O exército perdido de Cambises

Paul Sussman

O exército perdido de Cambises

Tradução de
LUIZ ANTONIO AGUIAR

EDITORA RECORD
RIO DE JANEIRO • SÃO PAULO
2004

CIP-Brasil. Catalogação-na-fonte
Sindicato Nacional dos Editores de Livros, RJ.

Sussman, Paul
S965e O exército perdido de Cambises / Paul Sussman; tradução de Luiz Antonio Aguiar. – Rio de Janeiro: Record, 2004.
476p. :

Tradução de: The lost army of Cambyses
ISBN 85-01-06618-4

1. Escavações (Arqueologia – Egito. 2. Romance americano. I. Aguiar, Luiz Antonio, 1955- . II. Título.

04-2029 CDD – 813
CDU – 821.111(73)-3

Título original inglês
THE LOST ARMY OF CAMBYSES

Capa: Bruno Porto

Direitos exclusivos de publicação em língua portuguesa para o Brasil adquiridos pela
DISTRIBUIDORA RECORD DE SERVIÇOS DE IMPRENSA S.A.
Rua Argentina 171 – Rio de Janeiro, RJ – 20921-380 – Tel.: 2585-2000
que se reserva a propriedade literária desta tradução

Impresso no Brasil

ISBN 85-01-06618-4

PEDIDOS PELO REEMBOLSO POSTAL
Caixa Postal 23.052
Rio de Janeiro, RJ – 20922-970

À bela Alicky,
por me agüentar,
e à minha mãe e ao meu pai,
por me encorajarem sem pressões.

"A força que foi enviada contra os amonitas partiu de Tebas com seus guias e pode ser rastreada até à cidade de Oásis, o que... equivale a sete dias de viagem através das areias, partindo de Tebas. A notícia que se tem é que conseguiu chegar até este ponto; porém, sobre o seu destino, a partir daí, nada se sabe. Jamais alcançou os amonitas, tampouco retornou ao Egito. Há, contudo, uma história contada pelos próprios amonitas e por outros que deles a ouviram, segundo a qual quando os homens deixaram Oásis, e já atravessando o deserto, chegando a um local a cerca de meio caminho entre a cidade e a fronteira dos amonitas, uma ventania de extrema violência vinda do sul, no momento em que faziam a refeição da metade do dia, soterrou-os em tamanha quantidade de areia que os fez desaparecer para sempre."

Heródoto, *As Histórias*, Livro Três.

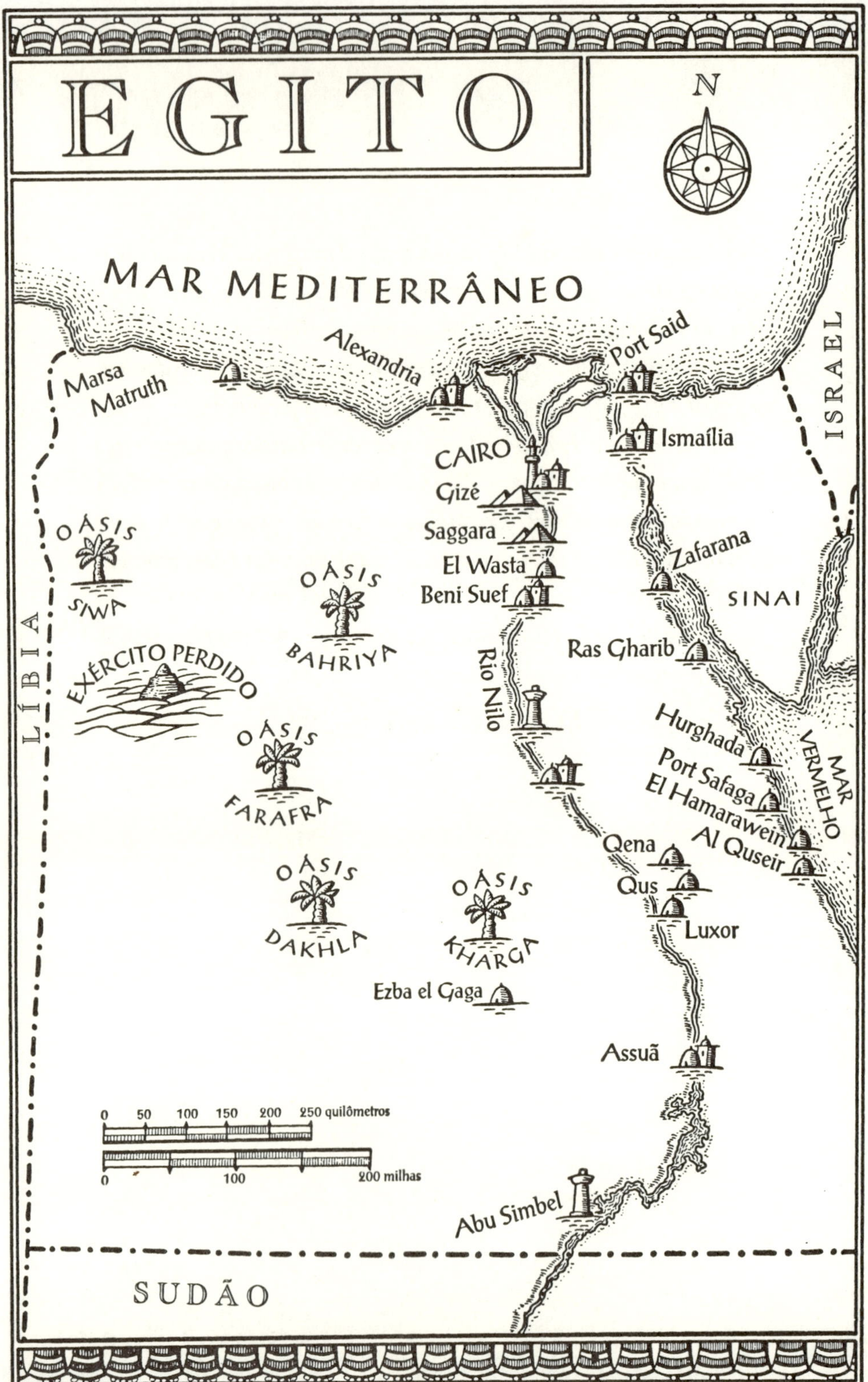
EGITO
N
MAR MEDITERRÂNEO
Alexandria
Port Said
Marsa Matruth
Ismaília
ISRAEL
CAIRO
Gizé
Saggara
El Wasta
Beni Suef
Zafarana
SINAI
OÁSIS SIWA
OÁSIS BAHRIYA
Ras Gharib
Rio Nilo
EXÉRCITO PERDIDO
LÍBIA
OÁSIS FARAFRA
Hurghada
Port Safaga
El Hamarawein
Al Quseir
MAR VERMELHO
Qena
Qus
Luxor
OÁSIS DAKHLA
OÁSIS KHARGA
Ezba el Gaga
Assuã
0 50 100 150 200 250 quilômetros
0 100 200 milhas
Abu Simbel
SUDÃO

PRÓLOGO

O Deserto Ocidental, 523 a.C.

A mosca estivera importunando o grego por toda a manhã. Como se já não bastassem o calor de fornalha do deserto, a marcha forçada e as rações rançosas, agora sofria mais este tormento. Ele amaldiçoou os deuses e assentou um forte tapa no rosto, provocando uma chuva de gotas de suor, e mesmo assim sem lograr atingir o inseto.

— Malditas moscas! — resmungou raivoso.

— Ignore-as — aconselhou o seu companheiro.

— Não consigo. Estão me deixando maluco. Se eu não soubesse que é impossível, diria que foram enviadas por nossos inimigos.

Seu companheiro deu de ombros:

— Quem sabe? Dizem que os amonitas têm estranhos poderes. Soube que podem se transformar em bestas selvagens. Chacais, leões e outros animais semelhantes.

— Eles podem se transformar no que quiserem — rosnou o grego. — Quando puser minhas mãos neles, vou fazê-los pagar por esta marcha amaldiçoada. Faz quatro semanas que estamos neste deserto! Quatro semanas!

Ele tirou o odre do ombro e bebeu, fazendo uma careta, um gole do líquido quente e oleoso. O que não daria por uma caneca de água fresca das nascentes das colinas de Naxos; uma água que não tivesse aquele gosto, como se meia centena de prostitutas com varicela tivessem acabado de banhar-se nela!

— Vou desistir desse trabalho de mercenário — grunhiu. — Esta será minha última campanha.

— Você vive dizendo isso.

— Desta vez é sério. Vou voltar para Naxos, encontrar uma esposa, um belo pedaço de terra. Oliveiras... pode-se ganhar bastante dinheiro com isso, você sabe.

— Duvido que você agüente essa vida.

— Mas é claro que agüento — replicou o grego, dando, em vão, outro tapa tentando matar a mosca. — É o que vou fazer, você vai ver. Desta vez é diferente.

E desta vez foi diferente. Durante vinte anos, ele lutara nas guerras alheias. Já fazia tempo demais e ele sabia disso. Não podia mais suportar marchas como aquelas. E a dor do ferimento da velha flechada estava ainda mais forte este ano. Agora, mal podia levantar o braço do escudo acima da altura do tórax. Esta seria a última expedição, estava decidido. Ia voltar para Naxos e plantar oliveiras na ilha onde nasceu.

— Afinal de contas, quem são esses amonitas? — perguntou, engolindo mais um gole de água.

— Não tenho a menor idéia — replicou seu companheiro. — Eles têm um templo que Cambises quer ver destruído. Ao que parece, existe um oráculo por lá. É tudo o que eu sei.

O grego resmungou, mas não quis prosseguir com a conversa. Na verdade, não tinha muito interesse naqueles contra quem tinha de lutar. Líbios, egípcios, cários, hebreus, e mesmo seus conterrâneos, os gregos... Para ele, eram todos a mesma coisa. O que tinha de fazer era cair sobre eles, matar quem tinha de matar e ingressar na expedição seguinte, quando não acontecia de ser contra o próprio povo que lhe havia pago pela guerra anterior. Hoje, seu amo era Cambises, da Pérsia. E no entanto, não fazia muito tempo, havia lutado contra aquele mesmo Cambises, no exército egípcio. Eram assim as coisas, na sua profissão.

Ele bebeu mais um gole de água, permitindo ao seu espírito vagar de volta para Tebas, para o seu último dia lá, antes que partissem na travessia do deserto. Ele e um amigo, Phaedis da Macedônia, carregando consigo um odre de cerveja, cruzaram o Iteru, o grande rio, na direção do vale que chamavam de Portais dos Mortos, onde, segundo diziam, muitos grandes reis foram enterrados. Passaram a tarde bebendo e explorando os arredores, descobrindo afinal um estreito túnel ao pé de um despenhadeiro de cascalhos para dentro do qual, ousadamente, ambos rastejaram. Lá dentro, as paredes e o teto tinham sido cobertos com imagens pintadas e o grego, puxando sua faca, começara a talhar o seu nome no reboco fresco: ΔΥΜΜΑΧΟΣ Ο ΜΕΝΕΝΔΟΥ ΝΑΞΙΟΣ ΤΑΥΤΑ ΤΑ ΘΑΥΜΑΣΤΑ ΕΙΔΟΝ ΑΥΡΙΟΝ ΤΟΙΣ ΤΗΙ ΑΜΜΟΝΙΔΙ ΕΔΡΑΙ ΕΝΟΙΚΟΥΣΙΝ ΕΠΙΣΤΡΑΤΕΥΣΩ ΕΙΓΑΡ... "Eu, Dymmachus, filho de Menendes de Naxos, vi estas maravilhas. Amanhã marcharei contra os amonitas. Possa eu..."

Mas, antes que pudesse terminar, o pobre Phaedis, seu velho amigo, ajoelhara-se sobre um escorpião, deixando escapar um tremendo berro e a seguir escapulindo atropeladamente para fora do túnel feito um gato assustado. Como ele riu!

Só que ele é que acabou sendo a piada, afinal, pois a perna de Phaedis inchara, ficando da largura de um tronco de árvore, impedindo-o de marchar com o exército no dia seguinte. E assim Phaedis escapara daquelas quatro semanas de tormento no deserto. Pobre Phaedis? Que sorte a dele, isso sim! Ele ria só de lembrar.

Dymmachus foi despertado do seu devaneio pela voz do companheiro.

— Dymmachus! Ei, Dymmachus!

— O que foi?

— Olhe aquilo ali, seu idiota. Ali adiante.

O grego levantou os olhos e fixou-os à frente, ao longo da linha da tropa em marcha. Estavam atravessando um largo vale entre dunas altas e, bem adiante, com o contorno deformado pelo intenso brilho do sol da metade do dia, erguia-se uma enorme rocha em formato de pirâmide, os lados tão uniformes que parecia que alguém os havia cortado para ganharem aquela forma. Havia alguma coisa sutilmente ameaçadora naquela rocha, destacando-se silenciosa e solitária em meio à paisagem monótona, e o grego, involuntariamente, levou a mão ao amuleto de Ísis no seu pescoço, sussurrando uma rápida oração para afugentar os maus espíritos.

Prosseguiram a marcha por mais meia hora antes de ordenarem uma parada para a refeição do meio-dia, quando a companhia do grego já quase se alinhava com uma das laterais da rocha. Ele deu alguns passos vacilantes na direção dela e arriou na faixa de sombra junto a sua base.

— Quanto falta ainda? — grunhiu. — Oh, Zeus! Quanto ainda falta?

Garotos se aproximaram trazendo pão e figos, e os homens comeram e beberam. A seguir, alguns deles foram gravar seus nomes na superfície da rocha. O grego inclinou-se para trás e fechou os olhos, deliciando-se com uma súbita brisa. Sentiu a picada de uma mosca na face. A mesma, ele tinha certeza, que o tinha atormentado por toda a manhã. Desta vez não fez nenhuma tentativa de matá-la, deixando-a vagar sem rumo pelos seus lábios e pálbebras. Ela voou, pousou novamente, voou e pousou, testando a sua reação. Mas ele continuava imóvel, e o inseto, animado pela falsa sensação de segurança, finalmente resolveu pousar na sua testa. Com infinito cuidado o grego ergueu a mão, manteve-a por um momento a cerca de 20 centímetros da face, então deu um tapa violento na própria têmpora.

— Peguei você, sua amaldiçoada! — gritou, fixando os olhos no que restou da mosca, esmagada na palma da mão. — Finalmente!

O seu triunfo durou pouco, no entanto, porque naquele instante um débil murmúrio alarmado começou a se erguer da retaguarda da coluna.

— O que houve? — perguntou, limpando a mão dos resquícios da mosca e pondo-se alerta. — Um ataque?

— Não sei — disse alguém ao seu lado. — Alguma coisa está acontecendo lá atrás.

O alarido aumentava. Quatro camelos passaram trotando, a carga dos animais desprendendo-se e caindo no seu rastro, os focinhos espalhando gotas espumentas. Ouviam-se gritos e berros abafados. A brisa, também, aumentava de intensidade, bafejando no seu rosto, fazendo o seu cabelo revolver-se e dançar.

O grego protegeu os olhos para fitar o sul ao longo do vale. Uma espécie de escuridão parecia aproximar-se por detrás deles. Uma carga de cavalaria, ele pensou a princípio. Mas, em seguida, uma rajada furiosa de vento açoitou seu rosto e ele escutou claramente o que até então não passara de um grito truncado.

— Oh, Ísis! — sussurrou.

— O quê? — exclamou o seu companheiro.

O grego virou-se para ele. Havia medo nos seus olhos.

— Uma tempestade de areia.

Ninguém se moveu nem disse coisa alguma. Todos já haviam ouvido falar das tempestades de areia do deserto ocidental, que chegavam como de lugar nenhum e engoliam tudo à sua passagem. Cidades inteiras haviam sido devoradas por elas, dizia-se, civilizações inteiras perdidas para sempre.

— Se você se deparar com uma tempestade de areia, só há uma coisa a fazer — explicara-lhes um dos guias libaneses.

— O quê? — interrogaram.

— Morrer — replicara ele.

— Salve-nos! — alguém exclamou, apavorado. — Que os deuses possam nos proteger!

E então, subitamente, todo mundo estava correndo e gritando.

— Salve-nos! — berravam. — Tende piedade de nós!

Alguns desvencilharam de suas cargas e saíram correndo, enlouquecidos, pelo vale afora. Outros avançavam com dificuldade tentando alcançar a lateral da duna, ou caíam ajoelhados, ou agachavam-se junto à pirâmide de pedra, procurando abrigo. Um homem caiu com o rosto enterrado na areia, soluçando. Outro foi esmagado por um cavalo enquanto lutava para montá-lo.

O grego era o único a permanecer em seu lugar. Nem se movia nem falava, pôs-se de pé, somente isso, os membros paralisados parecendo de chumbo, enquanto a muralha escura rolava inexoravelmente para cima dele, parecendo mais e mais veloz, à medida que se aproximava. Mais animais de carga passaram trotando, e homens também, correndo já sem suas armas, as faces retorcidas de terror.

— Corram! — gritavam. — Metade do exército já foi coberta! Corram ou estarão perdidos!

O vento rugia agora, fustigando com lençóis de areia seus pés e cinturas. Havia um rugido, também, como uma queda d'água ondulante. O sol reduzia sua intensidade.

— Vamos, Dymmachus, vamos sair daqui — gritou o seu companheiro. — Se ficarmos vamos ser enterrados vivos.

No entanto, o grego não se mexia. Um leve sorriso entortava-lhe a boca. De todos os modos de morrer que havia imaginado, e foram tantos, este nunca lhe havia cruzado o pensamento. E também que fosse esta a sua última campanha! Era tão cruel que parecia ridículo. O sorriso tornou-se mais largo na boca e, a despeito dele mesmo, transformou-se numa risada descontrolada.

— Dymmachus, seu idiota! O que está acontecendo com você?

— Vá — exclamou o grego, gritando para conseguir ser ouvido acima do bramido da tempestade. — Corra, se é o que está querendo! Não faz diferença. Quanto a mim, vou morrer parado exatamente aqui.

Ele sacou a sua espada e manteve-a à frente, vislumbrando a imagem de uma serpente que se enroscava na lâmina brilhante, as mandíbulas abrindo-se para abocanhar a ponta da espada. Ele a tinha conquistado há vinte anos, na sua primeira campanha, contra os lídios, e desde então trazia-a consigo, sua mascote da sorte. O grego correu o polegar ao longo da lâmina, experimentando-a, enquanto o companheiro girava nos calcanhares e saía em disparada.

— Você enlouqueceu! — gritou-lhe por cima dos ombros. — Idiota! Louco!

Dymmachus ignorou-o. Apertou o cabo da espada e encarou a vultosa escuridão cada vez mais perto. Logo estaria sobre ele. O grego flexionou os músculos.

— Venha então — sussurrou. — Vamos ver do que você é capaz!

Subitamente, sentiu a cabeça leve. Era sempre assim na batalha: o medo inicial, os membros pesados, e depois a repentina vaga do prazer da luta. Talvez, plantar oliveiras não fosse para ele, afinal. Ele era um *machimos*. Lutar estava em seu sangue. Talvez fosse melhor assim. Entoou então uma velha canção egípcia para afugentar o mau-olhado:

A seta de Sakhmet está em você!
A mágica de Toth está no seu corpo!
Ísis o amaldiçoa!
Néftis o castiga!
A lança de Hórus está em sua cabeça!

E então a tempestade o atingiu, pulsando sobre ele com a força de mil carruagens. O vento quase varreu-lhe os pés da areia, cegando-o, encrespando-lhe a túnica, rasgando-lhe a carne. Formas espectrais assomavam através da escuridão, braços agitando-se, os seus gritos sufocados pelo rugido ensurdecedor. Um dos estandartes do exército, arrancado de sua armação, voou-lhe de encontro às pernas, enganchando-se ali por um momento para depois libertar-se e desaparecer no redemoinho.

O grego desferia golpes no vento com sua espada, mas a tormenta era forte demais para ele, empurrava-o para trás, para os lados, e vez por outra o forçava a cair sobre os joelhos. Um punhado de areia penetrou-lhe na boca, sufocando-o. De algum modo, no entanto, conseguiu erguer-se novamente, porém foi derrubado quase de imediato, e dessa vez não conseguiu mais se levantar. Uma onda de areia cobriu-o.

Por alguns momentos ele debateu-se, resistiu, e então ficou imóvel. Sentiu de repente um imenso cansaço mas também uma imensa serenidade, como se estivesse flutuando debaixo d'água. Havia imagens deslizando através do seu espírito — Naxos, onde havia nascido e se criado, o túmulo em Tebas, Phaedis e o escorpião, a sua primeira campanha, tantos e tantos anos atrás, contra os ferozes lídios, quando ele conquistara a sua espada. Com um último e supremo esforço de vontade, levantou a espada no ar acima dele, e assim, mesmo depois de ter sido soterrado, sua lâmina pesada ainda se projetava acima da superfície das areias, a serpente gravada na lâmina, enroscada nela, marcando o local onde ele havia tombado.

1

CAIRO, SETEMBRO DE 2000

A limusine saiu lentamente através dos portões da embaixada, comprida, polida, e tão negra como uma baleia, fazendo uma pausa breve, antes de seguir para entrar no tráfego. Dois motociclistas da polícia tomaram suas posições à frente dela, dois atrás.

Por uma centena de metros o comboio continuou em frente, árvores e edifícios deslizando de ambos os lados, depois dobrou à direita e novamente à direita, para o Corniche el-Nil. Outros motoristas lançavam olhares, tentando ver quem se encontrava no interior do veículo, porém os vidros das janelas eram escuros demais e impediam que enxergassem qualquer coisa do seu interior, exceto silhuetas borradas de duas cabeças humanas. Uma bandeirola americana tremulava na extremidade de sua lateral, na esquerda dianteira.

Após um quilômetro, o comboio chegou a uma confusa confluência de estradas e viadutos. O líder dos motociclistas diminuiu a marcha, ligou a sirene e seguiu adiante, guiando a limusine com todo cuidado pelo labirinto pavimentado e subindo a seguir uma auto-estrada elevada onde o trânsito não era tão pesado. O comboio ganhou velocidade, acompanhando as placas para o aeroporto. Os motociclistas na traseira inclinaram-se um pouco à frente, aproximando-se, e iniciaram uma conversa.

O deslocamento de ar foi repentino, e tão abafado que não se tornou evidente, de imediato, que ocorrera uma explosão. Houve primeiro um rumor seco e surdo, e a limusine foi projetada no ar, dando uma guinada que a fez atravessar a faixa central da auto-estrada, colidindo contra uma parede de concreto. Foi somente quando uma nova explosão, mais alta agora, fez estremecer o veículo já avariado, e um jato de fogo subiu do seu fundo, que ficou claro que não fora apenas um acidente de estrada.

Os guardas frearam bruscamente, fazendo as motos derraparem. A porta da frente da limusine escancarou-se e o motorista jogou-se para fora, gritando, com seu paletó em chamas. Dois dos motociclistas jogaram suas jaquetas sobre ele, abafando o fogo; os demais tentaram alcançar as portas traseiras do carro. Mãos frenéticas davam murros na lataria do interior da limusine, enquanto uma mortalha de fumaça negra a envolvia e já se erguia do veículo para o céu. O ar tornou-se carregado do cheiro acre da gasolina e da borracha queimadas. Os carros reduziram a marcha e pararam, seus motoristas estupidificados. Na dianteira da limusine, a bandeira americana em chamas rapidamente reduziu-se a cinzas.

2

O Deserto Ocidental, uma Semana Depois

— Puta que pariu!

O motorista soltou um berro de alegria quando seu Toyota com tração nas quatro rodas projetou-se do topo da duna e decolou, suspenso no ar como um desajeitado pássaro branco, antes de bater com um baque surdo no solo, do outro lado. Por um momento pareceu que ele fosse perder a direção, o veículo deslizando para baixo num ângulo perigoso, mas ele conseguiu controlá-lo e, alcançando o fundo do declive, apertou o pé no acelerador novamente, ganhando impulso e logo alcançando o topo da duna seguinte.

— Puta que pariu, porra-caralho! — ele berrou.

E continuou berrando por mais vinte minutos, a música altíssima saindo do estéreo do jipe, seus cabelos louros açoitados pelo vento, até que freou derrapando junto a uma beirada de areia bastante alta e desligou o motor do carro. Deu uma tragada em seu baseado, sacou seus binóculos e saltou, as botinas triturando ruidosamente a areia.

O deserto estava sinistramente silencioso, o calor tornava o ar mais espesso. A palidez do céu parecia fazer pressão sobre a paisagem em volta.

Ele ficou observando por alguns instantes a desordenada colagem das dunas e fossos de cascalho que se espalhava ao seu redor, um cenário estranhamente fora do mundo, privado de vida e movimento, e então, dando mais uma tragada no baseado, elevou os binóculos e focalizou-os em direção noroeste.

Uma escarpa em formato de lua crescente de pedra calcária atravessava a sua linha de visão, com a mancha de um oásis verde-escuro traçada ao fundo. Minúsculas vilas esbranquiçadas distribuíam-se entre bosques de palmeira e lagos salgados, e uma mancha branca maior no extremo oeste da paisagem marcava uma pequena cidade.

— Siwa — sorriu o homem, exalando um anel de fumaça pelas narinas. — Graças a Deus.

Ele permaneceu naquele local por alguns minutos, deslocando os binóculos para várias direções, e então voltou para o jipe, deu partida no motor, a zoada do seu estéreo ecoando novamente através das areias.

Aos solavancos pelo deserto, rodando numa estrada de terra batida, ele alcançou o limiar do oásis uma hora depois. Três antenas de rádio e uma torre de água de concreto elevavam-se à direita. Um bando de cães selvagens chegou latindo junto às calotas do veículo.

— Ei, caras, também estou contente em ver vocês! — Ele riu, tocando a buzina, e começou a fazer o jipe dar arrancos para a frente e à ré, levantando nuvens de poeira e forçando os cães a se dispersarem.

Ele passou por duas parabólicas, conectadas a satélites, e um acampamento militar improvisado, antes de entrar numa estrada pavimentada que o levou ao centro de um grande conglomerado que já havia avistado do topo da duna: Siwa Town.

O lugar estava praticamente deserto. Duas carroças puxadas a burro avançavam ruidosamente pela estrada e, na praça principal, um grupo de mulheres agrupava-se ao redor de uma imunda barraca de vegetais, seus xales de algodão cinza puxados sobre os rostos. Todas as demais pessoas haviam se refugiado nos prédios devido ao calor do meio-dia.

Ele encostou o carro num dos lados da praça, logo abaixo de uma barreira de pedras encimada por edificações em ruínas e, pegando um grande envelope de papel pardo do banco traseiro, saltou e atravessou a praça, não se preocupando em trancar as portas do veículo. Parou num armazém geral e conversou brevemente com o proprietário, passando-lhe um pedaço de papel e um maço de dinheiro, e fazendo um sinal de cabeça indicando o Toyota, depois seguiu adiante, virando numa rua transversal, e entrou num prédio decrépito com o letreiro Welcome Hotel pintado na lateral. Assim que entrou, um homem atrás de um balcão saltou à frente com um grito de alegria e apressou-se em cumprimentá-lo.

— Dr. John! O senhor está de volta! Que bom vê-lo!

Ele falou em berbere e o jovem respondeu no mesmo dialeto.

— Bom ver você também, Yakub. Como vão as coisas?

— Bem. E o senhor, como está?

— Sujo — respondeu o jovem, sacudindo a poeira da camiseta com a inscrição *I LOVE EGYPT*. — Preciso de uma chuveirada urgente.

— Sem dúvida, sem dúvida. O senhor sabe onde fica a ducha. Água quente, não, receio, mas, fria, toda que quiser. Mohammed! Mohammed!

Um garoto apareceu vindo da sala ao lado.

— O dr. John está de volta. Traga-lhe uma toalha e sabão para ele tomar uma ducha.

O garoto saiu apressado, suas sandálias estalando alto contra os ladrilhos do assoalho.

— Quer comer? — perguntou Yakub.

— Claro. Quero comer. Faz oito semanas que só ponho na boca feijão e sardinha em lata. Toda noite sonhava com os frangos ao *curry* do Yakub.

O homem riu.

— E vai querer também batatas fritas para acompanhar?

— Quero batatas fritas. E pão fresco. E um refrigerante gelado. Quero tudo que você puder me servir.

Yakub riu mais ainda.

— O mesmo velho dr. John de sempre!

O garoto reapareceu trazendo a toalha e uma barra de sabão, entregando-as logo em seguida.

— Primeiro, preciso dar um telefonema — disse o jovem.

— Sem problema. Venha. Venha.

O proprietário conduziu-o a uma sala em grande desordem, com uma armação com cartões-postais, todos com os cantos já dobrados, encostada na parede, e um telefone em cima de um arquivo de fichas. Deixando o seu envelope sobre uma cadeira, o jovem pegou o fone e fez a discagem. Ouviu alguns toques, até que uma voz ecoasse do outro lado da linha.

— Alô — disse, agora falando em árabe —, quero por favor falar com...

Yakub fez-lhe um aceno e deixou-o a sós. Dali a dois minutos, retornou com uma garrafa de refrigerante, mas o seu hóspede continuava ao telefone, e assim deixou a garrafa sobre o fichário e saiu para começar a cuidar da refeição.

Trinta minutos mais tarde, banhado e barbeado, o cabelo escovado para trás da testa queimada pelo sol, o jovem estava sentado no jardim do hotel à sombra de uma palmeira nodosa, devorando ferozmente sua comida.

— Então, o que está acontecendo pelo mundo, Yakub? — perguntou, partindo um pedaço de pão e besuntando-o com o molho da beirada do prato.

Yakub bebericava seu refrigerante.

— Já soube do embaixador americano?

— Nada. É como se eu tivesse estado em Marte nos dois últimos meses.

— Explodiram com ele.

O jovem deixou escapar um assovio baixo.

— Uma semana atrás — completou Yakub. — No Cairo. A Espada da Vingança.

— Ele morreu?

— Não, sobreviveu. Por pouco.

O jovem soltou um gemido.

— Que pena! Acabe com todos os burocratas e o mundo será um lugar bem mais saudável. Esse *curry* está soberbo, Yakub.

Duas moças européias levantaram-se de uma mesa no outro extremo do jardim e passaram por eles. Uma delas voltou-se, dando uma olhada no jovem, e sorriu. Ele a cumprimentou com um gesto de cabeça.

— Acho que ela gostou de você — brincou Yakub, depois que elas se afastaram.

— Pode ser — o jovem deu de ombros para o companheiro. — Mas quando eu contar a ela que sou um arqueólogo, vai querer uma boa distância de mim. A primeira regra da arqueologia, Yakub... Nunca diga a uma mulher o que você faz. É o beijo da morte.

Ele terminou seu *curry* com batatas fritas e reclinou-se, as moscas zumbindo na árvore acima da sua cabeça. O ar estava impregnado com o cheiro do braseiro, da fumaça de lenha e da carne tostada.

— Bem, quanto tempo está planejando ficar por aqui? — perguntou Yakub.

— Em Siwa? Mais uma hora, acho.

— E depois, volta para o deserto?

— Depois, volto para o deserto.

Yakub assentiu com a cabeça.

— Já está lá há um ano. Você volta, compra suprimentos e depois desaparece outra vez. O que anda fazendo lá no meio do nada?

— Medições — sorriu o jovem. — E cavo buracos. E desenho diagramas. Mas, quando o dia está realmente bonito tiro fotos, também.

— E o que está procurando? Um túmulo?

O jovem deu de ombros.

— Acho que pode chamar assim.

— Mas já encontrou alguma coisa?

— Quem sabe, Yakub? Talvez. Talvez não. O deserto é hábil em pregar peças na gente. A gente pensa que encontrou alguma coisa, daí vai ver e não encontrou nada, realmente. E quando a gente pensa que não encontrou porcaria nenhuma, de repente descobre algo que vale a pena. O Saara, como dizemos lá na minha terra, é um grande filho da puta enganador.

Para dizer isso, ele falou em inglês, e Yakub repetiu as palavras, lutando para tirá-las da boca.

O jovem achou graça, tirando cigarros e uma pequena bolsa de maconha do bolso da camisa.

— Isso mesmo, Yakub. E isso nos dias em que a gente está com sorte.

Ele enrolou um baseado com habilidade, acendendo-o e tragando profundamente, depois inclinando a cabeça para trás contra o tronco da palmeira e exalando a fumaça, satisfeito.

— O senhor fuma demais essa porcaria, dr. John — advertiu o egípcio. — Vai acabar fazendo mal.

— Ao contrário, meu amigo — suspirou o jovem, fechando os olhos. — Aqui no deserto é a única porra que consegue manter minha sanidade.

*

Ele deixou o hotel uma hora mais tarde, o envelope pardo ainda seguro em sua mão. A tarde agora adiantada, com o sol mergulhando no oeste, sua coloração passando de um amarelo aguado para um alaranjado cítrico. Ele atravessou de volta a praça, até o jipe, agora carregado de caixas com provisões. Entrando no veículo, deu partida e, indolentemente, conduziu-o pelos cinqüenta metros até a entrada da única garagem da cidade.

— Complete — disse ao frentista. — Encha também os galões de reserva. E ponha água nos recipientes plásticos. A da bica serve.

Ele jogou as chaves para o frentista e caminhou cerca de cem metros estrada acima até o correio. Já dentro, abriu o envelope pardo, retirou uma série de fotografias, examinou-as, em seguida recolocou-as no envelope, lambendo-lhe a aba e fechando-o.

— Quero enviar esta correspondência. Registrada — disse ao homem no balcão.

O homem pegou o envelope, pesou-o e, puxando um formulário da gaveta embaixo da escrivaninha, começou a preenchê-lo.

— Professor Ibrahim az-Zahir — disse ele, lendo o nome escrito na parte frontal, enunciando-o para ter certeza de que tudo estava correto. — Universidade do Cairo.

O jovem recebeu uma cópia do formulário, pagou e, deixando o envelope, voltou a pé para a garagem. O tanque do jipe, os tanques reservas e os recipientes de água estavam cheios agora e, com uma última olhada ao redor da praça do mercado, ele tornou a subir no veículo, ligou o motor e conduziu-o lentamente para fora da cidade.

Parou por instantes no limiar do deserto e olhou, pensativo, para a cidade que deixava para trás. Depois, ligando o estéreo, acelerou o motor e tocou à frente, penetrando através do terreno arenoso.

O seu corpo foi encontrado dois meses mais tarde. Ou pelo menos o que restou dele, carbonizado na fornalha do jipe incendiado. Um grupo de turistas num safári pelo deserto deu por acaso com o veículo a cerca de cinqüenta quilômetros ao sudeste de Siwa, capotado ao pé de uma duna, casco de metal disforme com algo dentro que lembrava uma forma humana. Ele tinha, assim parecia, capotado ao tentar transpor a duna, embora não fosse uma duna particularmente escarpada e, curiosamente, houvesse outras marcas de pneus por perto, como se ele não estivesse sozinho quando o acidente aconteceu. O corpo estava tão desfigurado que só pôde ser identificado conclusivamente pelos registros das arcadas dentárias que foram enviados dos Estados Unidos.

3

Londres, Quatorze Meses Mais Tarde

A dra. Tara Mullray afastou uma mecha de cabelo cor de cobre dos olhos e seguiu em frente, caminhando pela plataforma suspensa. As lâmpadas tornavam o ambiente muito quente e um lustre de suor formou-se sobre sua testa, de pele macia e pálida. Abaixo, através dos orifícios de ventilação nos topos dos tanques, relanceou os olhos sobre as cobras, porém não lhes deu atenção maior do que as cobras a ela. Já trabalhava no viveiro de répteis fazia uns quatro anos, e qualquer novidade sobre seus habitantes já se esgotara muito tempo atrás.

Ela passou pela píton africana, pela *Bit arietans*, pela víbora *Echix pyramidum* e pela víbora do Gabão, detendo-se finalmente acima da naja. A serpente estava encolhida no canto do seu tanque, porém, assim que ela se aproximou, levantou a cabeça, a língua vibrando, o seu corpo grosso, marrom-oliva, movendo-se de um lado para o outro como um metrônomo.

— Olá, Joey — disse ela, deixando no chão o depósito e o gancho de serpentes que vinha carregando e acocorando-se na plataforma. — Tudo bem com você?

A cobra testou o lado interno da tampa do tanque, irrequieta. Ela calçou um par de luvas de couro grosso e também óculos de proteção, pois a cobra poderia, e foi de fato o que fez, cuspir veneno.

— Certo, você é um amor de garoto — disse ela, agarrando o gancho. — Hora de tomar seu remédio.

Ela se inclinou à frente e soltou a tampa do tanque, inclinando-se para trás, quando a cabeça da cobra se ergueu para aproximar-se dela, suas aletas ligeiramente inchadas. Com movimentos precisos, tantas e tantas vezes ensaiados, ela agarrou o pegador da tampa do depósito, prendeu a cobra no gancho e, mantendo os olhos sobre ela o tempo todo, soltou-a já dentro do depósito, tampando-o rapidamente. Do interior do depósito veio um suave rumor rastejante, produzido pela cobra, que agora explorava seu novo ambiente.

— É para o seu próprio bem, Joey — disse ela. — Não vá ficar zangado.

A naja era a única da coleção de que ela não gostava. Com as outras, mesmo a *taipan*, ela se sentia perfeitamente à vontade. Mas a naja sempre a deixava nervosa. Era astuciosa e agressiva, e tinha um péssimo temperamento. Joey a tinha picado uma vez, coisa de um ano atrás, enquanto ela o removia do tanque para limpeza. Ela a tinha fisgado muito embaixo, no corpo, e a serpente de pescoço negro conseguira girar e dar o bote sobre as costas de sua mão desprotegida. Felizmente foi apenas uma picada enxuta, sem injeção de veneno, mas bastou para abalá-la. Em quase dez anos trabalhando com cobras, nunca fora picada. E, desde então, passou a tratar a naja com a máxima cautela, usando luvas quando tinha de lidar com ela, cuidado que não tomava com as demais. Verificou a tampa para se assegurar de que estivesse bem fechada e, erguendo o depósito, fez o caminho de volta pela passarela, atenta a cada passo, ao descer as escadas e depois atravessando um longo corredor até o seu escritório. Podia sentir a cobra movendo-se no interior do depósito e isso a fez diminuir as passadas, tentando não balançá-la demais. Não havia por que perturbar a serpente mais do que o necessário.

No escritório, Alexandra, sua assistente, já a aguardava. Juntas, removeram a cobra do depósito e a colocaram sobre um banco. Alexandra mantendo-a esticada enquanto Tara inclinava-se para examiná-la.

— Já devia ter cicatrizado — suspirou, observando uma área na metade da extensão das costas da cobra, onde as escamas estavam inchadas e feridas.

— Deve ter esfregado as costas na rocha novamente. Acho que deveríamos deixar o seu tanque descoberto por enquanto, para ela melhorar.

Retirou um pouco de anti-séptico do armário e começou gentilmente a untar o ferimento. A língua da cobra vibrou de novo, entrando e saindo, e os olhos pretos levantaram-se para ela ameaçadoramente.

— A que horas é o seu vôo? — perguntou Alexandra.

— Às seis — respondeu Tara, olhando para o relógio na parede. — Preciso sair logo que termine isto aqui.

— Gostaria que o meu pai morasse no exterior. Faz a relação parecer muito mais exótica.

Tara sorriu.

— Você poderia chamar minha relação com meu pai de muitas coisas, Alex, mas não de exótica. Tome cuidado com a cabeça dela, agora.

Ela acabou de limpar a área afetada e, espremendo sobre o dedo um pouco de creme, espalhou-o ao longo do flanco da cobra.

— Enquanto eu estiver fora ela vai precisar ser limpa dia sim, dia não, certo? E continue com os antibióticos até sexta-feira. Não quero que a inflamação subcutânea se espalhe.

— Pode ir tranqüila, boa viagem — disse Alexandra.

— Vou telefonar no final da semana para saber se aconteceu alguma complicação.

— Quer parar de se preocupar? Vai dar tudo certo. Acredite ou não, o zôo pode sobreviver sem você por duas semanas.

Tara sorriu. Alexandra tinha razão. Ela ficava sempre ligada demais em seu trabalho. Era uma característica que herdara do pai. Eram as primeiras férias, propriamente falando, que tirava em dois anos, e sabia que tinha de aproveitar ao máximo. Apertando o braço de sua assistente, disse:

— Desculpe, estou exagerando, não é?

— Bem, você não acha que as cobras vão sentir saudades de você, acha? Elas não têm sentimentos.

Tara torceu a boca, fingindo indignação.

— Como se atreve a falar assim das minhas crianças? Elas choram de saudade de mim toda noite que passo fora.

Ambas acharam graça. Tara pegou o gancho de serpentes e, juntas, recolocaram a cobra no depósito.

— Tem certeza de que vai saber colocá-la de volta?

— Claro — afirmou Alexandra. — Pode ir sossegada.

Tara apanhou o seu casaco, o capacete, e dirigiu-se para a porta.

— Antibióticos até sexta-feira, lembre-se.

— Vá embora, pelo amor de Deus!

— E não se esqueça de retirar a pedra dela.

— Meu Deus, Tara!

Alexandra agarrou um pedaço de pano e arremessou-o. Tara agachou-se, rindo, e fugiu corredor abaixo.

— E não se esqueça de usar os óculos protetores quando for apanhá-la — advertiu falando por sobre os ombros. — Você sabe como a safada fica depois que é medicada!

O tráfego da tarde estava pesado, mas ela era bastante hábil em se enfiar nas brechas com sua *motobike*, cruzando o Tâmisa pela Ponte Vauxhall e indo a toda, nos últimos três quilômetros até Brixton. De vez em quando, consultava o relógio. O seu vôo estava marcado para dali a três horas e ela não tinha sequer arrumado a mala.

— Que merda! — resmungou por dentro do seu capacete.

Morava sozinha, num apartamento de subsolo cavernoso atrás de Brockwell Park. Comprara-o havia cinco anos com o dinheiro que a mãe lhe deixara, e sua melhor amiga, Jenny, tinha se mudado para o quarto vago como locatária.

Durante alguns anos, levaram uma vida ao estilo boêmio, livre de preocupações, dando festas uma atrás da outra, trocando toda hora de namorados, sem levar nenhum a sério. Então Jenny encontrara Nick e, alguns meses depois, foram morar juntos, deixando Tara para cuidar sozinha do apartamento. O pagamento da hipoteca quase a levou à falência, mas ela não quis mais nenhum inquilino. Começou a gostar de ter seu próprio espaço. Vez por outra, se perguntava se algum dia se acertaria com um homem, como Jenny. E houve uma vez, anos atrás, em que apareceu uma pessoa, mas fazia um bocado de tempo. De modo geral, sentia-se feliz vivendo sozinha.

Encontrou o apartamento em total desordem, quando entrou. Serviu-se de um copo de vinho, ligada num CD de Lou Reed, e dirigiu-se para o estúdio, onde com um tapa acionou o botão da sua secretária eletrônica. Uma voz metálica feminina anunciou: "Você tem seis mensagens."

Duas eram de Nigel, um velho amigo da universidade, a primeira convidando-a para jantar no sábado, a segunda cancelando a primeira porque ele se lembrou que ela ia viajar. Outra era de Jenny, prevenindo-a para não sair em nenhuma excursão em camelos, porque todos os cameleiros eram tarados. Outra era da escola, confirmando a palestra que daria sobre serpentes, outra era de Harry, um operador da bolsa que já a vinha perseguindo havia dois meses sem que ela respondesse a seus recados, e a última era de seu pai.

— Tara, eu estava pensando... Será que você me poderia trazer umas garrafas de *scotch*? E o *Times*? Se houver algum problema, me comunique, se não me encontrarei com você no aeroporto. Eu estou... hã... querendo ver você. Sim... hã... espero ansiosamente por ver você. Tchau, então.

Ela sorriu. Ele sempre ficava sem jeito quando tentava dizer alguma coisa afetuosa. Como a maioria dos acadêmicos, o professor Michael Mullray só se sentia à vontade no mundo das idéias. As emoções atrapalham quem tenta pensar com clareza. E foi por isso que ele e sua mãe se separaram. Porque ele não podia suportar a necessidade de afeto de sua mãe. Mesmo por ocasião da morte dela, seis anos atrás, ele teve que se esforçar para mostrar alguma emoção. No funeral, sentara-se no fundo, sozinho, sem qualquer expressão, perdido nos próprios pensamentos, e saiu imediatamente depois da cerimônia para fazer uma conferência em Oxford.

Tara terminou o vinho e foi para a cozinha reencher o copo. Sabia que seria melhor deixar em ordem o apartamento, mas estava apertada de tempo, então contentou-se em jogar fora o lixo e tomar um banho, para depois ir para o quarto arrumar o que ia levar.

Não via o seu pai havia quase um ano, desde a última vez em que ele estivera na Inglaterra. Vez por outra, falavam-se pelo telefone, uma conversa mais funcional do que afetiva. Talvez ele lhe falasse sobre algum novo objeto que houvesse desencavado, ou sobre um curso que estivesse dando; ela conseguiria se lembrar de alguma fofoca sobre seus amigos e colegas de trabalho para lhe contar. Os telefonemas raramente duravam mais que alguns poucos minutos. Todos os anos ele lhe enviava um cartão de feliz aniversário, que todos os anos chegava uma semana atrasado.

Portanto, ficou bastante surpresa quando, no mês anterior, sem mais nem menos, seu pai telefonara convidando-a para passar as férias com ele. Ele já vivia fora do país há cinco anos e fora a primeira vez que sugerira que viesse visitá-lo.

— A temporada está quase no final — disse ele. — Por que não pega um avião e vem para cá? Você pode ficar no alojamento da escavação, e eu a levaria para conhecer os arredores.

A sua primeira reação fora de apreensão. Ele estava velho, já bem entrado na faixa dos setenta, e tinha um coração fraco, que o forçava a viver sob tratamento contínuo. Talvez fosse a maneira de dizer que a sua saúde estava declinando e que queria algo do tipo uma reaproximação com ela, antes do fim. No entanto, às suas perguntas, ele insistira que estava perfeitamente bem e apenas havia pensado que seria bom para pai e filha passarem um pouco de tempo juntos. Não era bem do feitio dele e Tara ficou desconfiada, mas, no final das contas, pensou, ora dane-se!, e reservou a passagem. Ao lhe telefonar para avisar quando chegaria, ele lhe pareceu sinceramente satisfeito.

— Esplêndido! — exclamou. — Vai ser como nos velhos tempos.

Ela colocou suas roupas sobre a cama, escolhendo com cuidado as peças que desejava levar e jogando-as numa grande bolsa de viagem. Sentiu vontade de fumar um cigarro, mas resistiu à tentação. Havia parado de fumar fazia quase um ano e não queria recomeçar, e não apenas porque, se conseguisse completar um ano sem fumar, ganharia cem libras de Jenny. Como sempre fazia quando a vontade de fumar apertava, pegou um cubo de gelo do *freezer* e pôs-se a sorvê-lo.

Tara se perguntou se deveria ter comprado um presente para o pai, mas agora não havia mais tempo e, fosse como fosse, mesmo se tivesse comprado alguma coisa, ele quase com certeza não ia gostar do presente. Tara recordou a dolorosa decepção de muitos natais, ela ainda criança, quando se punha a pensar durante semanas o que lhe daria, apenas para ele abrir o seu presente, tão cuidadosamente escolhido, e murmurar um agradecimento sem entusiasmo: "Encantador, querida. Justamente o que eu queria", para logo a seguir desaparecer por trás de seu jornal novamente. Ela lhe compraria uma garrafa de uísque no *duty-free*, o *Times*, e talvez uma loção após-barba, e isso teria de servir.

Jogando algumas últimas bugigangas na mochila, entrou no banheiro e tomou uma chuveirada. Uma parte dela estava morrendo de medo da viagem. Sabia que acabariam brigando, por mais que tentassem seria difícil evitar. Ao mesmo tempo, não podia deixar de sentir-se emocionada. Já fazia um bom tempo desde a última vez em que estivera no exterior e se as coisas ficassem muito ruins, sempre podia dar o fora e sair viajando por conta própria durante alguns dias. Não era mais uma criança, dependente do pai. Podia fazer o que quisesse. Aumentou a temperatura do chuveiro e inclinou a cabeça para trás para que a água corresse pelos seios e estômago. E começou a cantarolar.

Mais tarde, já tendo trancado todas as janelas, saiu de casa carregando sua bolsa de viagem, e bateu a porta atrás de si. Estava escuro agora e um leve chuvisco começara a cair, fazendo a calçada brilhar sob as luzes da rua. Normalmente, um tempo desses a deixava deprimida, mas não esta noite.

Checou se estava com seu passaporte e as passagens, e encaminhou-se para a estação, sorrindo. No Cairo, pelo que sabia, nunca fazia menos de trinta graus.

4

CAIRO

— Está na hora de fechar por esta noite, minha pequena — disse o velho Iqbar. — Hora de você ir para casa, onde quer que seja.

A menina permaneceu imóvel, brincando com os cabelos. O seu rosto estava sujo e um pouco de muco brilhoso saía do seu nariz.

— Você já pode ir — disse Iqbar. — Pode ir, e volte amanhã para me ajudar, se quiser.

A garota não respondeu, apenas ficou olhando para ele. Iqbar deu um passo na direção dela, mancando acentuadamente e respirando com dificuldade.

— Vamos, vamos, sem brincadeiras. Sou um homem velho e estou cansado.

A loja estava começando a ficar às escuras. Uma única lâmpada sem lustre emitia uma luz débil, porém, nos cantos, as sombras tornavam-se cada vez mais densas. Pilhas de pequenos artigos misturados afundavam lentamente na escuridão, como se mergulhassem numa superfície líquida. Lá de fora veio o grasnado triste de uma buzina e o som de alguém martelando.

Iqbar deu mais um passo à frente, a barriga saliente por baixo do seu *djelaba*. Seus dentes, estragados e manchados, pareciam algo ameaçadores. A sua voz, contudo, era gentil e a menina não demonstrava ter nenhum receio dele.

— Você vai para casa ou não vai?

A garota balançou a cabeça.

— Nesse caso — disse ele, voltando as costas e arrastando os pés em direção à entrada da loja —, terei de fechar você aqui dentro para passar a noite. E é claro que é à noite que os fantasmas costumam aparecer. — Ele parou à porta e retirou um feixe de chaves do bolso. — Já contei a você sobre esses fantasmas? Tenho certeza de que falei com você. Todos os antiquários da cidade são mal-assombrados. Por exemplo, naquela velha lâmpada ali — ele apontou para uma lâmpada de latão colocada numa prateleira —, mora um gênio chamado al-Ghul. Ele tem mil anos de idade e consegue assumir a forma que bem entenda.

A garota arregalou os olhos para a lâmpada, espantada.

— E está vendo aquela velha arca de madeira ali, no canto, aquela com uma grande fechadura e as braçadeiras de ferro? Bem, tem um crocodilo ali dentro. Um enorme crocodilo verde. Durante o dia ele dorme, porém à noite sai para caçar crianças. Para quê? Para devorá-las, é claro. Ele as pega na sua bocarra e as engole inteirinhas.

A garota mordeu os lábios, os olhos indo e voltando rápido da arca para a lâmpada.

— E aquela faca, pendurada ali na parede, com a lâmina encurvada. Ela pertenceu a um rei. Um homem muito cruel. Todas as noites, ele volta, pega a faca e corta a garganta de qualquer pessoa em quem consegue pôr as mãos. Ah, sim, esta loja está cheia de fantasmas. Portanto, se pretende passar a noite aqui, minha pequena amiga, esteja à vontade.

Sorrindo furtivamente para si mesmo, escancarou a porta, fazendo retinir uma armação de pequenos sinos de latão. A menina deu alguns passos à frente, com medo de ser trancada dentro da loja. No que a ouviu mover-se, Iqbar voltou-se, erguendo as mãos, como se fossem garras, e soltou um rosnado. A garota gritou e riu ao mesmo tempo, e escapuliu para dentro das sombras nos fundos da loja, onde se agachou atrás de um par de velhas cestas de vime.

— Então, ela quer brincar de esconde-esconde, não é? — grunhiu o velho, indo atrás dela com um sorriso no rosto. — Ora, não vai ser fácil conseguir se esconder de Iqbar. Ele pode ter apenas um olho, mas é um olho muito bom. Ninguém consegue se esconder do velho Iqbar.

Ele a via tentando se ocultar atrás das cestas, espiando pela brechas entre elas. Não quis estragar sua alegria depressa demais e assim, arrastando os pés, fingiu não vê-la, ao passar por ela, e abriu as portas de um velho guarda-louças de madeira.

— Será que ela está aqui dentro? — Iqbar fez que espiava dentro do guarda-louças. — Não, não está no guarda-louças. Ela é mais esperta do que pensei.

O velho fechou o guarda-louças e entrou num aposento na parte de trás da loja, onde foi fazendo o máximo barulho que pôde, abrindo gavetas e esbarrando nos arquivos.

— Você está aqui dentro, monstrinho? — gritou, divertindo-se. — Escondeu-se no meu escritório secreto? Oh, ela é uma sabichona, não é?

Continuou ainda algum tempo fazendo estardalhaço e depois saiu, os passos titubeantes, parando exatamente junto das cestas. Podia ouvir as risadinhas reprimidas da garota.

— Agora, deixe-me pensar. Ela não estava no guarda-louças e não estava no escritório. Tenho certeza de que não seria tola bastante para esconder-se na arca de madeira com o crocodilo. Assim, se não me engano, há apenas um único lugar em que ela pode estar. E é bem aqui atrás destas cestas. Vamos ver se o velho Iqbar está certo.

Ele se abaixou. E nesse instante os sinos na porta retiniram, desafinados, e alguém entrou na loja. Ele se virou, espigando-se. A menina permaneceu onde estava escondida.

— Já estávamos fechando — disse Iqbar, arrastando os pés na direção dos dois homens parados no vão da porta. — Mas, se os senhores querem apenas dar uma espiada por aí, por favor, não tenham pressa.

Os homens ignoraram-no. Eram jovens, com pouco mais de vinte anos, barbados; ambos vestidos com túnicas pretas, sujas, com um *'imma* preto atado em torno da testa. Olharam em volta da loja por um momento, medindo-a de cima a baixo, e então um deles deu um passo para fora, fazendo um sinal. Tornou a voltar um instante depois, seguido por outro homem, um homem branco.

— Em que posso ajudá-los? — perguntou Iqbar. — Estão procurando por alguma coisa em particular?

O recém-chegado era um gigante, alto e de ombros largos, grande demais para o terno de linho barato que usava, bastante apertado em suas coxas grossas e em seus ombros maciços. Mantinha um charuto aceso, já fumado pela metade na mão e uma pasta, na outra, as letras CD estampadas no couro marrom já gasto. O lado esquerdo da face, da têmpora até quase chegar à boca, estampava um lívido sinal de nascença púrpura. Iqbar sentiu um arrepio de medo.

— Posso ajudá-lo? — ele repetiu.

O homem gigante fechou a porta da loja gentilmente, girando a chave na fechadura e fazendo um sinal para seus acompanhantes, que se adiantaram para Iqbar, sem expressão alguma no rosto. O lojista recuou até esbarrar no balcão da loja.

— O que vocês querem? — disse, começando a tossir. — Por favor, o que desejam?

O gigante caminhou até junto de Iqbar e parou diante dele, as suas barrigas quase se tocando. Ele o fitou durante um momento, sorrindo, e depois, levantando o charuto, apagou-o no tapa-olho do velho. Iqbar berrou, levando as mãos ao rosto.

— Por favor, por favor! — exclamou, tossindo. — Não tenho dinheiro. Sou um homem pobre!

— Você está com uma coisa que nos pertence — disse o gigante. — Uma antigüidade. Chegou para você ontem. Onde está?

Iqbar estava encurvado, os braços em volta da cabeça, protegendo-a.

— Não sei do que está falando — falou ofegante. — Não tenho nenhuma antigüidade aqui. É ilegal negociar com elas!

O gigante fez um sinal para os seus dois capangas, que agarraram o velho pelos cotovelos, forçando-o a ficar ereto. Iqbar voltou a cabeça para um lado, face comprimida contra o ombro, como se estivesse tentando se esconder. O turbante de um dos homens deslizou ligeiramente para cima, revelando uma cicatriz espessa correndo para o centro da testa, lisa e pálida como se uma sanguessuga estivesse presa à pele. A visão pareceu aterrorizar o velho.

— Por favor! — ele gemeu. — Por favor!

— Onde está? — repetiu seu inquisidor.

— Por favor, por favor!

O gigante murmurou alguma coisa para si mesmo e, colocando sua pasta no chão, retirou o que parecia uma pequena pá de pedreiro. A lâmina com formato de diamante estava suja, a não ser nas bordas, onde o metal brilhava como se tivesse sido amolado.

— Você sabe o que é isto? — perguntou.

O velho fitava a lâmina, mudo de terror.

— É uma pá arqueológica — sorriu o gigante. — Nós a usamos para desbastar o solo, cuidadosamente... assim.

Ele fez a demonstração, passando a pá de um lado para o outro diante da face aterrorizada do homem velho.

— Mas também tem outras utilidades.

Com um movimento rápido — surpreendentemente rápido para um homem do seu tamanho —, ele riscou o ar com a espátula, produzindo um rasgão no rosto de Iqbar. A pele abriu-se como uma boca e o sangue jorrou sobre a túnica do velho. Iqbar gritava e se debatia pateticamente.

— Agora — disse o gigante —, lhe pergunto mais uma vez. Onde está a peça?

Por detrás das cestas de vime, a menina rezou para al-Ghul, o gênio, sair de sua lâmpada e vir ajudar o velho.

Já passava da meia-noite quando o avião tocou o solo.

— Bem-vindos ao Cairo — disse a aeromoça, enquanto Tara deixava a cabine, recebendo em cheio uma baforada quente e fumaça de diesel. — Tenha uma boa estada aqui.

O vôo transcorrera sem nenhuma anormalidade. Ela havia se sentado numa poltrona do corredor, junto a um casal com rostos avermelhados, que passara a primeira metade da viagem prevenindo-a contra problemas estomacais que estaria propensa a sofrer devido à comida egípcia e a segunda, dormindo. Tara bebeu algumas doses de vodca, assistiu à metade do filme projetado durante o vôo, comprou uma garrafa de *scotch* no carrinho de *duty-free* e depois inclinou a poltrona para trás e ficou olhando para o teto. Teve vontade de fumar, como sempre acontecia quando voava, mas, em vez de ceder, pediu os cubos de gelo habituais.

Seu pai trabalhava no Egito desde que ela era criança. Segundo as pessoas que entendiam do assunto, ele era um dos mais renomados arqueólogos contemporâneos. "Ele está à altura de um Petrie e de um Carter", um dos colegas dele dissera-lhe certa vez. "Se tem alguém vivo que tenha dado mais para o avanço do nosso conhecimento sobre o Antigo Reinado, ainda estou por conhecer."

Ela devia se sentir orgulhosa. Mas a verdade é que as conquistas acadêmicas do pai nunca a entusiasmaram. Tudo o que sabia, e tudo o que soubera durante sua primeira infância foi que ele parecia mais feliz num mundo que já estava morto havia quatro mil anos do que com a família. Mesmo o seu nome, Tara, tinha sido escolhido porque incorporava o nome do deus-sol egípcio Rá.

Todo ano, ele viajava para o Egito, para realizar suas escavações. No início, ficava fora apenas durante um mês, se tanto, partindo em novembro e voltando pouco antes do Natal. No entanto, à medida que Tara ia crescendo e o casamento dos seus pais lentamente desmoronava, começou a passar cada vez mais tempo fora.

— Seu pai está com outra mulher — sua mãe lhe dissera, certa ocasião. — O nome dela é Egito. — Era para ser uma piada, mas nenhuma das duas achou graça.

Então veio o câncer, e sua mãe entrou num rápido declínio. Foi nessa época que, pela primeira vez, Tara começou realmente a odiar o seu pai. Enquanto a doença mastigava os pulmões e o fígado de sua mãe e o pai mantinha a distância habitual, incapaz até mesmo de oferecer algumas palavras de consolo, ela sentiu uma espécie de fúria consumindo-a contra este homem que parecia dar mais valor a túmulos e velhos fragmentos de cerâmica do que à sua própria carne e sangue. Alguns dias antes da morte da mãe, Tara telefonou para o Egito para lhe dizer palavrões aos gritos, surpreendendo até mesmo a si mesma com a violência da sua raiva. No funeral, mal se falaram, e logo a seguir ele se mudara definitivamente para o Egito, dando aulas durante oito meses ao ano na Universidade Americana do Cairo e escavando nos outros quatro. Ficaram sem trocar sequer uma palavra durante quase dois anos.

No entanto, e apesar de tudo, ela guardava também algumas boas lembranças dele. Certa vez, por exemplo, ainda criança, ela estava chorando por uma razão qualquer e, para fazê-la parar, ele executou um truque de mágica, fazendo parecer que tirava fora o polegar da mão. Ela riu às gargalhadas e insistiu para que ele repetisse o truque, de novo e de novo, fixando os olhos, maravilhada, e ele fazendo de conta vezes seguidas que separava o seu polegar da mão, simulando, ainda, gemidos de dor, enquanto fazia o dedo arrancado dançar no ar.

Na manhã do seu aniversário de quinze anos — e esta era a sua lembrança favorita —, no que Tara acordou, encontrou um envelope endereçado a ela, sobre a colcha da cama. Ao abri-lo, encontrara a primeira pista de uma trilha do tesouro que a levou a percorrer toda a casa e o jardim até que acabou conduzindo-a ao sótão, onde encontrou um finíssimo colar de ouro escondido no fundo de um velho baú. Cada pista era um verso rimado, escrito sobre pergaminho, com desenhos e símbolos acrescentando um ar ainda mais misterioso à brincadeira. Seu pai devia ter gastado muitas horas fazendo tudo aquilo. Mais tarde, ele levou Tara e a mãe para jantar fora, regalando ambas com maravilhosas histórias de escavações e descobertas, e personagens excêntricos do meio acadêmico.

— Você está muito bonita, Tara — dissera-lhe, inclinando-se à frente para ajustar o novo colar de ouro, que ela tivera o cuidado de usar. — A garota mais bonita do mundo. Estou muito, muito orgulhoso de você.

Momentos como estes — mesmo escassos e pouco usuais — compensavam de certo modo a frieza de seu pai e seu alheamento, e era o que a ligava a ele. Fora esta a razão pela qual lhe telefonara dois anos depois do funeral de sua mãe, pedindo uma reconciliação após o longo silêncio entre ambos. E, num certo sentido, foi esse também o motivo pelo qual estava viajando agora para o Egito. Porque sabia que no fundo, ao seu modo e a despeito das suas inumeráveis falhas, ele era um homem bom, que ele a amava e que precisava dela também, assim como ela precisava dele. E, é claro, havia a esperança — como acontecia sempre que se encontrava com ele — de que talvez desta vez as coisas fossem diferentes. Talvez eles não brigassem, não acabassem aos gritos um com o outro. Talvez, pudessem aproveitar satisfeitos e muito à vontade a companhia um do outro, como se comportam pai com filha. Talvez desta vez conseguissem fazer as coisas andarem bem.

"Mas é um risco e tanto!", refletiu consigo mesma, enquanto o avião aterrissava. "Você vai é ficar satisfeita de revê-lo por uns cinco minutos, e então começarão a discutir novamente."

— Suponho que saiba — falou sua vizinha de poltrona jovialmente — que os acidentes de avião acontecem mais na hora do pouso do que durante o vôo.

Tara pediu mais cubos de gelo à comissária de bordo.

Finalmente, quase uma hora depois de haver aterrissado, ela apareceu no saguão de chegada do aeroporto. Houve uma espera interminável na inspeção dos passaportes, seguida de outra demora, na liberação das bagagens, onde os guardas de segurança executavam uma revista aleatória.

— *Sayf al-Tha'r* — um companheiro de viagem dissera-lhe, balançando a cabeça. — Quantos problemas ele causa. Esse homem pode levar o país à paralisia!

Antes que Tara pudesse perguntar do que estava falando, ele já havia localizado a sua bagagem e fazia sinal para um carregador apanhá-la, mergulhando em seguida na multidão. A sacola de Tara surgiu alguns minutos mais tarde e tudo o mais no momento fora esquecido, ela a pendurou no ombro e encaminhou-se para a alfândega, o coração saltando de tanta expectativa.

Desde a primeira conversa com o pai, começara a se imaginar indo ao seu encontro no saguão de chegada, ele de pé, esperando, os dois aos gritos de alegria e correndo um para o outro de braços abertos. Mas, efetivamente, a única pessoa que a cumprimentou foi o chofer de táxi, caçando passageiros. Ela percorreu os olhos ao longo da fileira de rostos alinhados junto à barra que delimitava o saguão de chegada, mas seu pai não era nenhum deles.

Mesmo àquela hora, o terminal estava movimentado. Parentes dando-se as boas-vindas e se despedindo ruidosamente, crianças correndo e brincando entre as cadeiras de plástico, turistas de excursões apinhados em torno de representantes das agências de aparência exausta. Policiais de uniforme preto circulando ostensivamente com os cinturões em que encaixavam seus coldres com armas atravessados no peito.

Ela esperou, por algum tempo, na barra divisória, depois começou a vaguear pelo saguão. Saindo do terminal, o representante de uma agência de turismo confundiu-a com alguém do seu grupo e tentou empurrá-la para dentro de um ônibus. Ela retornou para o interior do terminal, percorreu-o por mais alguns instantes até encontrar um lugar onde fazer câmbio, depois comprou um copinho de café e foi se sentar num lugar que oferecia uma boa visão tanto da entrada do terminal quanto da cancela de chegada.

Depois de uma hora, telefonou para o pai de um telefone público, porém ninguém respondeu, nem do alojamento da escavação, nem do apartamento que ele mantinha no centro de Cairo. Ela se perguntou se o táxi dele poderia ter ficado detido no trânsito — presumia que teria vindo pegá-la de táxi, ele nunca aprendera a dirigir — ou se adoecera ou, com o seu pai era sempre uma possibilidade, simplesmente se esquecera de que ela estaria chegando.

Mas, não, ele não se esqueceria. Não desta vez. Não depois de ter demonstrado tanta satisfação com sua chegada. Ele estava atrasado. Era tudo. Apenas atrasado. Tomou mais um copinho de café, instalou-se numa cadeira e abriu um livro.

"Droga!", ela pensou. "Esqueci de comprar para ele o *Times*."

5

Luxor, na Manhã Seguinte

O inspetor Yusuf Ezz el-Din Khalifa levantou-se antes do alvorecer e, após ter tomado um banho de chuveiro e ter-se vestido, foi para a sala de estar fazer as suas orações matinais. Sentia-se cansado e irritadiço, como de costume, toda manhã. O ritual religioso, levantar-se, ajoelhar-se, curvar-se e proferir as orações, clareava-lhe a cabeça. No instante em que o concluía, sentia-se mais leve, calmo e fortalecido. Como acontecia todas as manhãs.

— *Wa lillah al-shukr* — disse para si mesmo, indo para a cozinha fazer o café. — Graças sejam dadas a Deus. Grande é o seu poder.

Pôs um pouco de água para ferver, acendeu um cigarro e ficou observando uma mulher lá fora que estendia a roupa lavada no telhado oposto, justamente abaixo do nível da janela da sua cozinha, a uns três metros de distância. Várias vezes já tinha se perguntado se conseguiria pular do seu edifício para o dela, vencendo a estreita aléia que os separava. Nos dias de sua juventude, provavelmente já teria feito uma tentativa. Seu irmão, Ali, com toda certeza, teria se mostrado mais do que disposto a aceitar o desafio. No entanto, Ali estava morto, e ele próprio agora tinha responsabilidades. Era uma altura de uns vinte metros do chão e, com mulher e três crianças pequenas, não podia dar-se o luxo de correr tal risco. Ou talvez fosse apenas uma desculpa. Além do mais, jamais gostara muito de alturas.

Misturou café e açúcar à água fervendo, deixando-a borbulhar até a beirada do frasco antes de despejá-lo dentro de um copo. A seguir, foi para dentro da casa, até o vestíbulo da frente, um enorme espaço sombrio para o qual todos os quartos do apartamento se abriam. Há seis meses estava construindo uma fonte ali, e o chão era um amontoado assustador de sacos de cimento, lajotas e tubos de plástico. Era uma fonte pequena, nada demais, e a tarefa deveria ter durado algo em torno de duas semanas. Mas sempre aparecia alguma coisa para tirá-lo do trabalho, as semanas estendiam-se em meses e o trabalho ainda estava na metade. Na verdade, não havia espaço para a tal fonte, e sua mulher vivia reclamando amargamente da bagunça e das despesas, mas ele sempre quisera uma fonte e, fosse como fosse, traria um pouco de colorido àquele apartamento tão monótono. Ele se agachou e enfiou o dedo num monturo de areia, pensando que talvez tivesse tempo suficiente para assentar algumas telhas antes de sair para o escritório. O telefone tocou.

— É para você — disse a sua mulher sonolenta, no que ele entrou no quarto de dormir. — Mohammed Sariya.

Ela lhe passou o fone e deslizou para fora da cama, erguendo o bebê do seu berço e desaparecendo em direção à cozinha. Seu filho entrou, pulou para a cama e começou a dar saltos animados junto dele.

— *Bass*, Ali! — disse ele, empurrando o garoto. — Pare! Alô, Mohammed. É cedo ainda. O que aconteceu?

A voz do seu assistente soou no outro extremo da linha. Khalifa segurou o fone com a mão direita enquanto usava a esquerda para defender-se do filho.

— Onde? — perguntou.

O assistente respondeu. Pela voz, parecia nervoso.

— Você está aí, agora?

O filho de Khalifa estava rindo e tentando atingi-lo com um travesseiro.

— Já falei para parar, Ali. Desculpe, o que foi que você disse? Certo, fique onde está. E não deixe ninguém chegar perto. Vou para aí imediatamente.

Ele recolocou o fone no lugar e, agarrando o filho, virou-o de cabeça para baixo e beijou os seus pés nus, um de cada vez. O garoto estremecia de tanto rir.

— Me vira, pai — gritava. — Me vira de cabeça para cima.

— Vou virar, sim, e depois vou jogar você pela janela — disse Khalifa. — Assim quem sabe você voa para longe e me deixa um pouco em paz.

Ele jogou o garoto na cama e foi para a cozinha, onde Zenah, sua esposa, preparava mais café, o bebê sugando-lhe o peito. Da sala, veio o som de sua filha cantando.

— Como ele está? — perguntou, beijando a esposa e fazendo cócegas nos dedos dos pés do bebê.

— Faminto — ela sorriu. — Como o pai dele sempre está. Quer o café da manhã?

— Não dá tempo — disse Khalifa. — Tenho de ir para a margem oeste.

— Sem tomar café?

— Aconteceu uma coisa.

— O quê?

Ele olhou para a mulher estendendo roupa lavada sobre o teto no outro lado da rua.

— Um cadáver — respondeu. — Acho que não vou voltar para o almoço.

Khalifa cruzou o Nilo numa das lanchas com motor brilhantemente pintado que faziam a travessia nos dois sentidos entre as duas margens. Normalmente, teria usado o barco, mas a pressa era tanta que preferiu pagar mais e tomar uma lancha para transporte individual. Justo no momento em que iam partir, um senhor idoso chegou apressado com uma caixa de madeira segura debaixo do braço. Ele se agarrou na balaustrada do barco e subiu a bordo.

— Bom dia, inspetor — disse, ofegante, colocando a caixa aos pés de Khalifa. — Quer engraxar?

Khalifa sorriu.

— Você não deixa passar nenhuma chance, não é, Ibrahim?

O velho deu uma risada mais parecida com um cacarejo, revelando duas fileiras de dentes de ouro desiguais.

— Um homem precisa comer. E um homem precisa andar com sapatos limpos, também. Assim, ajudamos um ao outro.

— Vá em frente, então. Mas, seja rápido. Tenho mais o que fazer do outro lado e não posso ficar à toa enquanto atracamos.

— Você me conhece, inspetor. O engraxate mais rápido de Luxor.

Ele tirou da caixa alguns trapos, escova e polidor, e deu um tapinha na caixa, indicando que Khalifa devia pôr os pés em cima dela. Um menino sentou-se silenciosamente na popa, cuidando do motor, com a fisionomia impassível.

Deslizaram pela água transparente, as colinas de Tebas surgindo à frente, mudando de cor de cinzento para marrom e depois para amarelo sob a luz do dia que ia se firmando. Outras lanchas passavam por eles, por ambos os lados, e uma, mais distante, à direita, levando um grupo de turistas japoneses. Provavelmente para um passeio de balão por sobre o Vale dos Reis, pensou Khalifa, para admirar o nascer do sol. Aí estava uma coisa que ele sempre desejou fazer, mas a trezentos dólares por passeio, não era para ele. E provavelmente, com os salários pagos pelo departamento de polícia, nunca seria.

Chegaram à margem ocidental, passando por uma brecha entre duas outras lanchas e avançando ruidosamente sobre a margem de cascalho. O velho deu um último e rápido polimento na ponta dos sapatos de Khalifa e bateu palmas com as mãos sujas de graxa, indicando que havia terminado o serviço. O detetive estendeu-lhe duas libras egípcias, deu o mesmo para o garoto e pulou para a praia.

— Eu espero pelo senhor — disse o garoto.

— Não precisa — replicou ele. — Até a próxima, Ibrahim.

O detetive virou-se e subiu até o topo do banco de areia onde uma grande aglomeração estava aguardando a próxima barca. Abriu caminho em ziguezague através da multidão, espremendo-se por uma brecha entre uma parede e uma pesada cerca de arame enferrujado, seguindo depois por uma trilha estreita e poeirenta ao longo do rio. Havia fazendeiros nos campos, colhendo milho e cana-de-açúcar, e dois homens estavam mergulhados até a cintura numa vala de irrigação, eliminando da terra as ervas daninhas. Grupos de crianças, trajando camisas brancas muito limpas, passavam correndo por ele, a caminho da escola. O calor estava aumentando. Khalifa acendeu outro cigarro.

Levou uns vinte minutos para alcançar o corpo. Já então os edifícios do lado ocidental de Luxor pareceram afastar-se, tornando-se um borrão distante, e os sapatos que ele acabara de engraxar estavam cobertos de poeira branca. Ele emergiu de uma floresta de juncos e logo à sua frente estava o sargento Sariya, agachado na margem, junto ao que parecia uma maçaroca de trapos molhados. Ele se ergueu à aproximação de Khalifa.

— Já telefonei para o hospital — disse ele. — Estão mandando alguém para cá.

Khalifa assentiu com a cabeça e desceu para a beira da água. O corpo estava caído de bruços, braços estendidos, rosto enterrado na lama, a camisa rasgada e suja de sangue. Da cintura para baixo ainda se encontrava dentro d'água, a batida das ondas movimentando-o de um modo que parecia alguém remexendo-se dormindo. Um tênue odor de algo deteriorado subiu-lhe até às narinas.

— Quando ele foi encontrado?

— Logo antes do amanhecer — respondeu o subdelegado. — Devia estar flutuando rio acima e foi apanhado pela hélice de um barco. É por isso que os braços estão tão lacerados.

— Estava deste mesmo jeito quando você chegou aqui? Não tocou em nada?

Sariya fez que não com um movimento de cabeça.

Khalifa agachou-se ao lado do corpo, examinando a área ao redor. Levantou o pulso, observando uma tatuagem na metade do antebraço.

— Um escaravelho — disse ele, sorrindo sutilmente. — Muito inapropriado.

— Por que inapropriado?

— Para os egípcios antigos, o escaravelho era um símbolo de renascimento e renovação. O destino do nosso amigo aqui vai ser bastante diferente — observou, largando o pulso do cadáver de volta no chão. — Você não tem idéia de quem nos chamou aqui?

Sariya sacudiu a cabeça.

— Não quis dar o nome. Telefonou para a estação de um telefone público e disse que encontrou o corpo quando desceu até aqui para pescar.

— Tem certeza de que era um telefone público?

— Toda. A ligação caiu, interrompendo uma frase dele no meio, como alguém que fica sem dinheiro.

Khalifa permaneceu alguns instantes em silêncio, pensando, e depois ergueu a cabeça, indicando um agrupamento de árvores à distância de cinqüenta metros além do qual se poderia ver o teto de uma casa. O fio escuro e fino de um cabo de telefone era nitidamente distinguível, abaixo do seu beiral. Sariya elevou as suas sobrancelhas.

— E daí?

— O telefone público mais próximo fica a dois quilômetros daqui, lá na cidade. Por que ele não fez a chamada dali?

— Pode ser que estivesse em estado de choque. Não é todo dia que cadáveres são trazidos pela água, até aqui, nessas margens.

— Precisamente. Era de se esperar que ele quisesse dar a notícia o mais depressa possível. E por que não deixaria o nome? Você sabe como é o pessoal destas redondezas. Nunca perde a oportunidade de aparecer nos noticiários.

— Você acha que ele poderia estar sabendo de alguma coisa?

Khalifa deu de ombros.

— É apenas estranho. Como se não quisesse que alguém ficasse sabendo que fora ele quem encontrara o cadáver. Como se estivesse com medo.

Ouviu-se ruído na água, e uma garça saiu voando dentre os juncos, batendo desajeitadamente as asas num trajeto em forma de arco, no ar, rio abaixo. Khalifa observou-a por um momento, então, balançando a cabeça, voltou a sua atenção para o corpo. Começou a remexer nos bolsos das calças, de onde retirou um canivete, um isqueiro barato e um pedaço de papel encharcado, dobrado, que colocou sobre as costas do corpo e desdobrou cheio de cuidados.

— Uma passagem de trem — disse, aproximando o rosto para examinar as letras desbotadas. — De volta do Cairo. Datada de quatro dias atrás.

Sariya deu-lhe um saco plástico, onde ele deixou cair os objetos.

— Vamos, me dê uma ajuda aqui.

Juntos, agacharam-se junto ao corpo e, colocando as mãos por debaixo, giraram-no, deitando-o de costas, a lama sendo esmagada por debaixo de seus pés. Ao ver o rosto, Sariya cambaleou e teve uma violenta ânsia de vômito.

— *Allah u akbar* — exclamou, tossindo. — Deus todo-poderoso!

Khalifa mordeu os lábios, forçando-se a olhar. Já vira cadáveres antes, é claro, mas nenhum tão brutalmente mutilado. Mesmo coberto com uma máscara de lama, era evidente que não restava muito do rosto. A órbita do olho esquerdo estava vazia, o nariz virara uma massa de carne e cartilagem retalhadas. Khalifa ainda ficou um momento examinando o que via, lutando para formar a imagem de algo que algum dia poderia ter sido um rosto com vida. Então, erguendo-se novamente, dirigiu-se até Sariya e pousou a mão no ombro dele.

— Você está bem?

Sariya assentiu de cabeça, bloqueou uma das narinas com um dedo e assoou fortemente, fazendo uma pequena massa de muco projetar-se na lama.

— Mas o que foi que aconteceu com ele?

— Não sei. Talvez uma hélice, como você disse. Só que não vejo como uma hélice poderia ter arrancado fora o olho, ou causado esse tipo de ferimentos.

— Você está querendo dizer que alguém fez isso deliberadamente?

— Não estou querendo dizer nada. Apenas que uma hélice esfacelaria a carne completamente, não a fatiaria dessa maneira. Repare como a pele... — Ele pressentiu que o seu assistente estava prestes a ser acometido de uma nova crise de náusea e parou a frase no meio, não desejando incomodá-lo mais. — Vamos esperar o resultado da autópsia — disse apenas, depois de uma pausa.

Ele acendeu dois cigarros e passou um para Sariya, que inalou uma baforada profunda, mas logo a seguir arremessou-o de lado e cambaleou até a margem para vomitar. Khalifa voltou-lhe as costas e encaminhou-se de volta à linha da água, vasculhando com os olhos a margem oposta. Uma procissão de embarcações, das que costumavam percorrer o Nilo, estava enfileirada ao longo da elevação que acompanhava a margem, e além delas, pouco visível, a primeira torre do Templo de Karnak. Uma faluca atravessou sua linha de visão, a enorme vela triangular cortando o céu como se fosse uma lâmina. Ele despachou com um peteleco o cigarro, jogando-o dentro da água, e suspirou. Suspeitava que ia demorar um pouco até ter a chance de trabalhar na sua fonte novamente.

Enquanto o inspetor Khalifa permanecia junto ao rio, um grupo de turistas montados em mulas começava a subir as colinas às suas costas. Eram vinte ao todo, na maioria americanos, avançando em fila indiana, com um garoto egípcio à frente como guia e outro no final da fila, para garantir que ninguém ficasse para trás. Alguns agarravam-se nervosos às suas selas, tensos por causa dos precipícios, fazendo caretas a cada solavanco. Uma em particular, uma mulher robusta com os ombros vermelhos de queimaduras do sol, não estava se divertindo nem um pouco com a experiência.

— Ninguém avisou que a gente ia passar tão junto de um despenhadeiro como esse — ela não parava de gritar. — Disseram que ia ser um caminho fácil. Deus do céu!

Outros, no entanto, pareciam mais relaxados, virando-se de um lado para o outro nas selas para melhor aproveitarem o espetáculo da paisagem. O sol estava alto agora e a planície abaixo deles pulsava e reluzia sob o calor. Ao longe, era possível enxergar a linha prateada e serpenteante do Nilo, mais adiante a massa compacta do lado oriental de Luxor, e para além o borrão quase indistinto do deserto e das montanhas, não mais do que uma mancha contra o céu palidamente azul. A todo momento, o guia detinha a marcha para apontar algumas das paisagens abaixo: o Colosso de Mêmnon, parecendo àquela distância apenas brinquedos, as ruínas do que restou de Ramesseum, o vasto conjunto do templo mortuário de Ramsés III em Medinet Habu. Os que não estavam amedrontados demais, erguiam suas câmeras e batiam fotos. Fora os ruídos do tropel das mulas, o barulho que seus cascos produziam esmagando a areia e o alvoroço da mulher com queimaduras de sol, eles seguiam praticamente em silêncio, fascinados pelo cenário.

— Faz Minnesota parecer uma merda — murmurou um homem para a sua mulher.

Finalmente, chegaram ao ponto mais alto das colinas, onde a trilha alargava-se e ficava mais plana, permanecendo assim por algum tempo, antes de embicarem de novo no declive de um vasto vale rochoso.

— Ali à frente é o Vale dos Reis — gritou o guia. — Cuidado. Segurem-se! A descida é um bocado inclinada.

— Meu Deus — soou uma voz trêmula atrás dele.

Tinham apenas iniciado a travessia do espinhaço, as mulas ziguezagueando entre rochas espalhadas, quando um homem subitamente saltou da sombra de enorme rocha arredondada pela erosão, onde estivera deitado.

Seu *djellaba* estava sujo e rasgado, e seus cabelos emaranhados caíam bem abaixo dos ombros, dando-lhe aspecto desleixado e mesmo selvagem. Na mão, segurava algo embrulhado em papel pardo. Ele se adiantou ligeiro, em direção aos turistas.

— Olá olá, bom dia boa noite — disse, emendando as palavras umas nas outras. — Olhem aqui por favor amigos. Tenho uma coisa de que sei que vão gostar.

O guia das mulas gritou qualquer coisa para ele em árabe, mas o homem o ignorou e dirigiu-se a um dos turistas, uma jovem usando um chapéu de sol de abas largas. Erguendo o objeto em sua mão, desembrulhou-o, exibindo um gato talhado numa pedra escura.

— Veja senhora um trabalho muito bonito. Compre, compre. Eu muito pobre preciso comida. Você linda senhora compre!

Estendeu a escultura para ela com uma mão, ao mesmo tempo levando a outra à boca indicando sua fome.

— Compre compre. Não como faz três dias. Por favor compre. Fome. Fome.

A mulher olhava fixamente à frente, sem demonstrar dar-se conta da presença dele. Depois de segui-la aos tropeços por alguns metros, o homem desistiu e voltou sua atenção para o homem que vinha atrás dela.

— Olhe, olhe senhor bela escultura. Muito boa qualidade. Quanto quer pagar dê o preço dê o preço.

— Ignore-o — disse o guia por cima do ombro. — Ele é maluco.

— Sim sim maluco — riu-se o esfarrapado, girando o corpo em duas voltas completas e golpeando o chão duramente com os pés, numa espécie de dança. — Maluco maluco. Por favor senhor não compra não comida eu morro de fome. Da melhor qualidade diga quanto quer pagar senhor.

O homem também ignorou-o e a figura maltrapilha começou a percorrer para cima e para baixo a fila de mulas, seus gritos tornando-se cada vez mais roucos e desesperados.

— Se não gostam de gatos tenho outras esculturas. Muitas muitas esculturas. Por favor compre. Antigüidades? Tenho antigüidades. Três mil por cento genuínas. A senhora precisa de guia eu sou um guia muito bom conheço todas estas colinas cada pedacinho delas. Mostro o vale de reis e rainhas muito barato. Mostro túmulo muito bonito. Novo túmulo ninguém mais conhece. Preciso comer. Não como faz três dias.

Agora, a fila já apertava o passo das montarias e ia deixando-o para trás. De passagem, o garoto da retaguarda deu-lhe um chute nas costelas para tirá-lo de vez do caminho. O homem esfarrapado caiu ao chão numa nuvem de poeira, enquanto os turistas seguiam adiante.

— Obrigado obrigado obrigado! — ele gritou, rolando no chão como um animal ferido, seu cabelo esvoaçando de um lado para o outro. — Muito gentil o amável turista me ajude. Não quer gato não quer ver túmulo não quer guia. Eu vou morrer! Eu vou morrer!

Ele esfregava o rosto no chão, chorava, batia com os punhos na areia.

No entanto, os turistas não o viam mais, pois já haviam contornado a extremidade de uma rocha que emergia do solo e iniciavam a descida para o Vale dos Reis. Como alertara o guia, era um caminho escarpado, com um declive praticamente vertical para a direita. A mulher com os ombros queimados pelo sol agarrou-se ao pescoço de sua mula, trêmula, agora amedrontada demais até para continuar com suas queixas. Os gemidos do homem louco gradualmente foram se tornando mais fracos até desaparecerem totalmente.

6

CAIRO

Tara esperou no aeroporto até depois das dez da manhã, e já então tinha os olhos avermelhados por causa da falta de sono e estava zonza, de tão cansada. Telefonara para o pai a cada meia hora, percorrendo vezes seguidas o saguão, chegando mesmo a tomar um táxi até o terminal doméstico, prevendo a possibilidade de ele ter ido esperá-la no lugar errado. Tudo inútil. Ele não estava no aeroporto, não estava no alojamento da escavação, não estava em seu apartamento no Cairo. Suas férias estavam dando para trás, antes mesmo de começar. Ela pôs-se de pé sobre seu assento pela milionésima vez, vasculhando com o olhar todo o amplo saguão. No entanto, havia tantas pessoas passando, em todas as direções que, mesmo que seu pai estivesse em meio àquela multidão, ela não seria capaz de distingui-lo. Tara desceu ao chão, foi para o telefone público e ligou para o alojamento da escavação em Saqqara e para o apartamento no Cairo, uma última vez. Então, jogando a bolsa de viagem sobre o ombro e colocando os óculos escuros, saiu do terminal e fez sinal para um táxi.

— Cairo? — perguntou o motorista, um homem robusto com bigode espesso e dedos manchados de nicotina.

— Não — Tara replicou, afundando cansada no assento traseiro. — Saqqara.

O seu pai estivera fazendo escavações em Saqqara, necrópole do antigo Egito, capital Mênfis, durante a maior parte dos seus cinqüenta anos.

Já fizera escavações também em outros locais por todo o Egito, de Tanis e Saís, no norte, a Qustul e Nauri, na região superior do Sudão. No entanto, Saqqara sempre fora o seu verdadeiro amor. Em todas as temporadas, ele se instalaria na sua casa de escavação e lá permanecia por três a quatro meses ininterruptos, trabalhando arduamente numa pequena área de ruínas desgastadas pelas areias, revelando cada vez alguns metros a mais de história. Havia temporadas em que ele não realizava escavação alguma, e dedicaria o tempo à restauração dos achados ou registrando o que encontrara no ano anterior.

Era uma existência frugal, quase monástica — apenas ele, um cozinheiro e um pequeno grupo de voluntários. Mas, era o único lugar no mundo, assim Tara acreditava, onde ele se sentia verdadeiramente feliz. As suas cartas pouco freqüentes revelavam, nas breves descrições dos progressos do seu trabalho, uma satisfação que parecia totalmente ausente nas outras áreas da sua vida. E por isso tinha se mostrado surpresa quando a convidara a passar aqueles dias com ele — este era o seu mundo, o seu lugar especial, e um convite desses só podia ser um gesto de boa-fé.

O trajeto, vindo do aeroporto, não foi nada confortável. O motorista parecia não pensar duas vezes antes de entrar em curvas fechadas ou ao enfrentar tráfego mais pesado. Num trecho de estrada ao longo de um fétido canal de águas esverdeadas, ele passou para a outra pista para ultrapassar uma caminhonete e imediatamente deu com um imenso caminhão de transporte de carga, vindo em sentido oposto. Tara presumiu que ele voltaria à sua pista. Nem pensar. O que ele fez foi apertar com toda força a buzina e meter o pé no acelerador, para ultrapassar a custo a caminhonete, que, em resposta, acelerou como se estivesse apostando corrida. O caminhão vindo contra eles parecia ficar ainda maior a cada segundo. Tara sentiu um nó no estômago, convencida de que iam bater. Somente no último instante, quando a colisão parecia inevitável, foi que o motorista deu uma guinada para a direita no volante, fechando a caminhonete e evitando bater na dianteira do caminhão por uma questão de centímetros.

— Ficou com medo? — ele riu e acelerou o táxi novamente.

— Fiquei — replicou Tara, lacônica. — Com muito medo.

Enfim, e para o seu grande alívio, viraram à direita, deixando a estrada principal, e depois de seguir por uma estrada menor, ladeada de árvores, por alguns quilômetros, pararam ao pé de um despenhadeiro arenoso, acima do qual podia-se enxergar os níveis superiores de uma pirâmide em degraus.

— A senhora compra entrada ali — disse o motorista, apontando para uma bilheteria num prédio à direita.

— Preciso comprar? — perguntou ela. — O meu pai trabalha aqui. Vim fazer uma visita a ele.

O motorista debruçou-se para fora e gritou alguma coisa para o homem sentado na janela. Trocaram algumas breves palavras em árabe e, então, outro homem, jovem, saiu do prédio e inclinou-se para a janela do táxi, examinando Tara.

— O seu pai trabalha aqui? — O seu inglês tinha um forte sotaque.

— Sim — disse ela. — Professor Michael Mullray.

— Excelente! — O homem sorriu abertamente. — Todo mundo conhece o *Doktora*. O mais famoso egiptológico do mundo. Ele meu bom amigo. Ele me ensina inglês. Eu mesmo levo você para o alojamento da escavação.

Ele deu a volta até o outro lado do táxi e entrou, sentando-se no assento do carona. A seguir, deu instruções ao motorista.

— Meu nome Hassan — disse, assim que o veículo recomeçou a se mover. — Trabalho na *teftish* principal. Seja muito bem-vinda. — Ele estendeu a mão, que Tara apertou.

— Meu pai devia me pegar no aeroporto — explicou ela. — Acho que nos desencontramos. Sabe se ele está aqui?

— Sinto muito, acabo de chegar. Ele provavelmente está na casa da escavação. Você se parece *nele*, sabe?

— *Com* ele — corrigiu Tara, sorrindo. — Eu me pareço com ele.

O homem riu também e disse, com todo o cuidado:

— Você se parece com ele. E você é boa professora, parecida *nele* também.

Seguiram a estrada até o topo da escarpa e depois viraram à direita numa trilha esburacada que acompanhava a borda de um platô do deserto.

A pirâmide em degraus ficara para trás, e havia duas outras pirâmides próximas, ambas em ruínas e meio tombadas, de modo que Tara teve a impressão de que todas eram imagens da mesma pirâmide em diferentes fases de destruição. À direita, os campos divididos como colchas de retalhos na planície às margens do Nilo, bruxuleando ao calor da manhã; à esquerda, o deserto se abria, ondulado, na direção do horizonte, uma paisagem árida, vazia e desolada.

Uns cem metros mais à frente na trilha, passaram por dentro de um pequeno povoado, e Hassan fez sinal para o motorista parar.

— É este *teftish* — disse ele, indicando um grande edifício amarelo à direita. — O escritório central de Saqqara. Eu fico aqui. *Beit Mullray,* o alojamento da escavação de seu pai, mais além. Eu digo ao motorista como chegar lá. Se tiver alguma dificuldade é só voltar aqui.

Ele saltou do carro, disse alguma coisa ao motorista e o veículo partiu novamente, continuando por mais dois quilômetros antes de parar no acostamento ao lado de uma casa baixa de um único andar, situada bem na beirada do escarpamento.

— *Beit Mullray* — anunciou o motorista.

Era um prédio comprido, mal construído, pintado num cor-de-rosa pastel, disposto em volta de três laterais de um pátio arenoso, no centro do qual ficava uma enorme peneira de escavação feita de madeira e tela de arame. Havia uma precária torre de madeira com um tanque de água em cima da extremidade do edifício, uma pilha de engradados de madeira na outra, com um cão esquálido e sarnento dormitando na sua sombra, que se projetava junto a eles. Todas as janelas estavam fechadas, com as venezianas abaixadas. Não parecia haver ninguém no local.

O motorista disse que a esperaria, prometendo que, se ela não encontrasse seu pai ali, poderia levá-la de volta para o Cairo, onde conhecia vários hotéis muito bons. Ela recusou a oferta e, retirando sua bagagem do porta-malas do carro, pagou a corrida e encaminhou-se para a casa. O táxi deu uma ré e partiu, levantando uma nuvem de poeira.

Tara atravessou o pátio, reparando no que parecia ser uma fileira de blocos de pedras pintados, cobertos por uma lona, no canto, e bateu à porta da frente. Nenhuma resposta. Ela experimentou a maçaneta. A porta estava trancada.

— Papai! — chamou. — É Tara!

Nada.

Deu a volta até os fundos da casa. Um comprido terraço sombreado em toda sua extensão, com vasos de gerânios ressecados e cactos, alguns limoeiros retorcidos e dois bancos de pedra. A vista para o lado oeste, atravessando a planície verde do Nilo, era fabulosa, mas ela sequer reparou nisso. Tirando os óculos de sol, esticou-se até uma das janelas com as venezianas fechadas e tentou enxergar alguma coisa por entre as ripas descascadas. Estava escuro lá dentro e, a não ser a borda de uma mesa com um livro sobre ela, não conseguiu ver nada. Experimentou outra veneziana, mais adiante, distinguindo uma cama com um par de botas do deserto bastante gastas enfiadas por debaixo dela e, então, retornou à frente da casa e bateu à porta novamente. Ainda nada. Tara encaminhou-se novamente até a altura da trilha, e ficou ali parada alguns instantes, olhando para ambos os lados, depois voltou para o terraço e sentou-se num dos bancos de concreto.

Começava a ficar preocupada. Seu pai já a havia desapontado em várias ocasiões — vezes demais até para conseguir lembrar —, porém sentia que estava acontecendo alguma coisa diferente. Talvez tivesse sido acometido de alguma doença, ou quem sabe sofrera um acidente qualquer? Diversas cenas começaram a atravessar sua mente, cada qual mais preocupante do que a anterior. Ela se levantou e foi bater nas persianas novamente, mais por frustração do que por esperança.

— Onde você está, papai? — resmungou para si mesma. — Que merda, onde é que você se meteu?

Esperou na casa durante quase duas horas, perambulando pelos arredores, espiando através das persianas, ocasionalmente martelando a porta, bagas de suor borbulhando através da testa, olhos pesados de exaustão. Um grupo de crianças brincando no vilarejo mais abaixo avistou-a e subiu correndo o declive arenoso nos fundos do prédio, gritando.

— Canetas para a escola! Canetas para a escola!

Ela catou algumas canetas em sua bolsa de viagem e distribuiu-as, perguntando se alguma delas havia visto um homem alto com cabelos brancos. As crianças pareceram não entender e, uma vez já com as canetas nas mãos, desapareceram escorregando de volta pelo declive, deixando Tara sozinha com as moscas, o calor, o silêncio e a casa fechada.

Por fim, com o sol já no seu zênite e ela já tão cansada que quase não conseguia se manter acordada, decidiu ir procurar Hassan, o homem que encontrara mais cedo. Sabia que, se o pai tivesse apenas ficado retido em algum lugar, iria se zangar por ela ter armado um estardalhaço, só que agora estava preocupada demais para se ocupar com isso. Com a última caneta que lhe restara, escreveu um bilhete apressado explicando o que ia fazer e deu um jeito de prendê-lo na fresta da porta da frente. Então, tomou a trilha poeirenta em direção ao vulto denteado da pirâmide de degraus, o sol castigando-a, o mundo silencioso em volta à exceção dos ruídos de seus passos sendo triturados e, vez por outra, o zumbido de uma mosca que vinha persegui-la.

Estava andando fazia cinco minutos, de cabeça baixa, quando algo puxou seu olhar para a direita, um lampejo momentâneo. Ela se deteve para olhar melhor, protegendo os olhos com a mão. Havia alguém ali, de pé, a cerca de uns duzentos metros, já em meio ao deserto, no topo de uma duna. A distância entre eles era muito grande, e o sol estava demasiadamente brilhante, para que pudesse enxergá-lo direito. Percebeu apenas que parecia bastante alto e que estava vestido de branco. Houve outro breve lampejo e ela se deu conta de que a pessoa devia estar olhando através de binóculos, com o sol refletindo-se nas lentes.

Seguiu em frente, supondo que se tratasse de um turista explorando as ruínas. Então, ocorreu-lhe o pensamento de que talvez fosse um arqueólogo que conhecesse seu pai. Voltou-se naquela direção com a intenção de chamá-lo, quem quer que fosse, mas a pessoa já havia desaparecido. Ela passou os olhos pelos pequenos morros de areia e cascalho, mas não avistou ninguém e, após um momento, continuou seu caminho, perguntando-se se não fora uma espécie de alucinação causada pelo cansaço e pela preocupação. Tinha a sensação de que o cérebro estava flutuando dentro de sua cabeça, e as têmporas começaram a latejar. Desejou ter trazido um pouco de água.

Levou mais uns vinte minutos para alcançar o *teftish*, e nessa altura sua blusa estava encharcada de suor e os membros doíam. Finalmente, encontrou Hassan e lhe explicou o que estava acontecendo.

— Tenho certeza de que tudo está OK — disse ele, oferecendo-lhe uma cadeira no seu escritório. — Talvez seu pai tenha saído a passeio. Ou para escavar.

— Sem deixar um bilhete?

— Não estaria esperando por você no Cairo?

— Telefonei várias vezes para o apartamento dele e ninguém atende.

— Ele sabia que você chegava hoje?

— Claro que sabia que eu chegava hoje — replicou Tara. Houve um momento de silêncio. — Sinto muito — disse. Estou cansada e muito preocupada.

— Posso entender, srta. Mullray. Por favor, fique calma. Nós vamos encontrá-lo.

Ele pegou o *walkie-talkie* que estava sobre a sua escrivaninha, pressionou um botão lateral e começou a falar, pronunciando com todo cuidado as palavras *Doktora Mullray*. Ouviu-se um estalido de estática e, a seguir, várias outras vozes, uma após a outra, respondendo. O funcionário escutou a todos, falou alguma coisa, novamente, e depois tornou a colocar o *walkie-talkie* no lugar.

— Ele não está na escavação. Ninguém o viu. Espere aqui, por favor.

Hassan dirigiu-se a uma outra sala, no lado oposto do corredor. Tara escutou algumas vozes falando baixo, e um minuto depois ele retornava.

— Ele foi ao Cairo ontem pela manhã, depois voltou a Saqqara à tarde. Ninguém mais o viu, depois disso.

Hassan levantou o fone do gancho. Teve outra breve conversação, enfatizando as palavras *Doktora Mullray*. Seu cenho estava franzido quando recolocou o fone no lugar.

— Aquele Ahmed. Ele levou seu pai no táxi. Ahmed diz que seu pai disse a ele para vir a *Beit Mullray* na noite passada, para levar ele para o aeroporto. Mas, quando Ahmed chegou, seu pai não apareceu. Agora estou preocupado também. *Doktora* não faz dessas coisas.

Ele ficou em silêncio por um momento, tamborilando os dedos na escrivaninha, depois, abriu uma gaveta e apanhou um molho de chaves.

— Estas aqui... chaves de reserva do alojamento da escavação — explicou. — Vamos até lá.

Saíram do escritório e ele apontou para um Fiat branco, já bastante usado, estacionado do lado de fora.

— Vamos de carro. Mais rápido.

E ele dirigiu bastante rápido, de fato, o carro dando pulos e solavancos ao longo da trilha esburacada, derrapando ao frear na frente da casa. Eles desceram e foram até a porta da frente, e Tara imediatamente percebeu que o bilhete que deixara tinha desaparecido. Sentiu o coração acelerar e, adiantando-se, experimentou a maçaneta da porta. Ainda estava trancada e não houve resposta às batidas frenéticas. Hassan escolheu uma chave do molho, enfiou-a na fechadura girando duas vezes, a porta abriu-se e ele entrou. Tara seguiu-o.

Viram-se numa sala comprida, pintada de branco, com uma mesa de jantar retangular no extremo mais próximo a eles, e no outro dois sofás puídos e uma lareira. Outros aposentos se abriam para ambos os lados, num dos quais Tara pôde divisar a quina de uma cama de madeira. Estava escuro e frio e havia um sutil aroma adocicado no ar, que ela após certo tempo identificou como cheiro de fumaça de charuto.

Hassan atravessou a sala e abriu uma janela. A luz do sol espalhou-se pelo assoalho. Imediatamente, ela viu o corpo, caído de encontro à parede oposta.

— Oh, Deus — balbuciou. — Oh, não!

Com duas rápidas passadas, chegou junto dele e caiu de joelhos, segurando sua mão. Estava fria e rígida. Tara sequer tentou reanimá-lo.

— Papai — sussurrou, alisando seus cabelos grisalhos. — Oh, meu pobre pai.

7

LUXOR

O inspetor Khalifa olhava fixamente para o cadáver, recordando o dia em que trouxeram o corpo do seu pai para casa.

Ele tinha seis anos, na época, e na realidade não entendeu o que estava acontecendo. Carregaram o corpo para a sala de estar e o estenderam sobre a mesa. Sua mãe, chorando muito, vestindo sua túnica preta, tinha se ajoelhado aos pés do morto, enquanto ele e Ali, seu irmão, haviam se postado lado a lado, de mãos dadas, junto à cabeceira da mesa, sem conseguir desviar os olhos daquelas faces pálidas, cobertas de poeira.

— Não se preocupe, mãe — tinha dito Ali —, vou tomar conta de você e do Yusuf. Eu juro.

O acidente tinha acontecido a apenas alguns quarteirões de onde moravam. Um ônibus de turismo, numa velocidade excessiva para aquelas ruas estreitas, derrapou, perdeu a direção e colidiu contra o frágil andaime de madeira sobre o qual seu pai estava trabalhando, fazendo desabar toda a estrutura. Três homens morreram, seu pai fora um deles, esmagado debaixo de uma tonelada de tijolos e madeirames. A companhia de turismo se recusara a aceitar a responsabilidade pelo acidente e nenhuma indenização fora paga. Os passageiros do ônibus escaparam ilesos.

Naquela época, viviam em Nazlat al-Samman, aos pés do platô de Gizé, numa choça isolada, feita de tijolos de barro cru, de cujo teto se avistava a Esfinge e as pirâmides.

Ali fora o mais velho por seis anos, forte, inteligente e destemido. Khalifa o idolatrava, seguindo-o para todo lugar, imitava a sua maneira de andar e repetia coisas que ele dizia. Naquela idade, quando ficava chateado, costumava murmurar *Dammit*!, uma palavra que havia aprendido do seu irmão, que por sua vez a aprendera de um turista britânico.

Depois da morte do pai, fiel a sua palavra, Ali abandonou a escola e foi trabalhar para sustentá-los. Conseguiu um emprego nos estábulos dos camelos, retirando o estrume e fazendo a limpeza, consertando selas, conduzindo os camelos para o alto do platô de onde os turistas os tomavam a passeio. Khalifa recebera permissão para ajudá-lo aos domingos, mas não durante a semana. Ele chegara a implorar para ajudar o irmão todos os dias, mas Ali insistira que o que ele deveria fazer era concentrar-se nos estudos.

— Aprenda, Yusuf — exigia ele. — Preencha sua mente. Faça tudo o que não posso fazer. Faça com que eu me orgulhe de você.

Somente anos mais tarde ele descobrira que, todo dia, além de comprar comida e roupas e pagar-lhes o aluguel, Ali guardava um pouco dos seus minguados ganhos a fim de que, quando chegasse a ocasião, Khalifa pudesse pagar uma universidade. Era muito o que ele devia ao seu irmão. Devia-lhe tudo. E foi por isso que dera o nome dele ao seu primeiro filho — para mostrar o quanto lhe era reconhecido.

Seu filho, no entanto, nunca conhecera o tio, e jamais o conheceria. Ele se fora para sempre. E quanta saudade sentia dele! E quanto também desejava que as coisas tivessem corrido de modo diferente.

Ele balançou a cabeça e voltou a se concentrar no problema que tinha em mãos. Estava numa sala de teto branco no subsolo do hospital geral de Luxor e tinha a sua frente o corpo, que haviam encontrado naquela manhã, estendido sobre uma mesa de metal, nu. Um ventilador girava acima de sua cabeça; uma única lâmpada sem lustre acrescentava-se à atmosfera estéril e fria. O dr. Anwar, patologista local, achava-se curvado sobre o corpo, cutucando-o com as mãos enluvadas.

— Muito curioso — continuava a resmungar para si mesmo. — Nunca vi nada parecido. Muito curioso.

Eles haviam fotografado o cadáver no local onde fora encontrado, jogado na margem rasa do rio, e a seguir o colocaram num saco de cadáveres com zíper, trazendo para Luxor de barco. Tiveram de preencher muita papelada para poderem mandá-lo para ser examinado e a tarde já estava adiantada. Ele tinha mandado Sarya levantar qualquer registro de pessoa dasaparecida, num raio de trinta quilômetros, poupando assim o seu assistente da desagradável tarefa de testemunhar a autópsia. Ele próprio estava achando difícil evitar as náuseas. Estava desesperado por um cigarro e, vez por outra, enfiava instintivamente a mão no bolso procurando o maço de Cleópatras, mesmo não se atrevendo a tirar os cigarros. Como era notório, o dr. Anwar era rigorosamente contra o fumo no seu necrotério.

— Então o que pode você me dizer? — perguntou Khalifa, inclinando-se sobre a parede fria de azulejos, torcendo sem se dar conta um dos botões de sua camisa.

— Bem — disse Anwar, fazendo uma pausa breve para pensar. — Sem dúvida, ele está morto — disse, soltando uma gargalhada acompanhada de palmadinhas que, prazerosamente, dava em sua barriga. As péssimas piadas de Anwar eram tão notórias quanto a sua repugnância contra cigarros. — Desculpe — emendou-se. — Foi de muito mau gosto.

O médico deixou escapar outra risadinha, mas logo a expressão de seu rosto ficou séria novamente.

— O que você quer saber?

— Idade.

— Difícil precisar, mas eu diria que beirando os trinta anos, talvez um pouco mais velho.

— Hora da morte?

— Cerca de dezoito horas atrás. Talvez vinte. Vinte e quatro no máximo.

— E ele ficou dentro d'água todo esse tempo?

— Eu diria que sim... isso mesmo.

— E por qual distância você acha que ele pode ter sido carregado pelo rio, nessas vinte e quatro horas?

— Não tenho a menor idéia. Cuido de cadáveres, não de correntezas.

Khalifa sorriu.

— OK, causa da morte.

— Achei que isso era óbvio — observou Anwar, baixando o olhar para o rosto mutilado. Já o haviam limpado da lama e parecia, se isso fosse possível, até mesmo mais horrendo do que quando Khalifa o vira inicialmente, uma massa toscamente retalhada de carne. Havia ulcerações em todos os outros pontos do corpo, também — nos braços, ombros, em todo o abdômen e no alto das coxas. Havia até mesmo uma pequena marca de perfuração no saco escrotal, que Anwar teve grande prazer em indicar. "Vez por outra", Khalifa pensou, "o homem entusiasma-se um pouco demais pelo seu trabalho."

— O que quero saber é...

— Sim, sim, já sei — cortou o patologista. — Eu estava brincando. Você quer saber o que causou as lesões.

Ele recostou-se na mesa de exame, atrás dele, e puxou fora as luvas, a borracha estalando ao descolar-se das mãos.

— OK, vamos começar pelo mais importante. Ele morreu de choque e hemorragia, ambos resultantes dos ferimentos que está vendo. Havia uma quantidade relativamente pequena de água nos pulmões, o que significa que ele não teria se afogado e então sofrido os ferimentos posteriormente. Tudo isso foi feito em terra seca e só depois o corpo foi atirado no rio. Provavelmente, não muito longe de onde foi encontrado.

— Não poderiam ter sido os hélices do barco, então?

— De maneira alguma. Aí, teríamos um tipo completamente diferente de ferimentos. Menos limpo. A carne teria sido mais lacerada.

— Um crocodilo?

— Não seja estúpido, Khalifa. Este homem foi deliberadamente mutilado. E, além do mais, para sua informação, não existem crocodilos no norte de Assuã. E com certeza nenhum que fume. — Ele apontou os braços do homem, o tórax e a face. — Três marcas de queimaduras. Aqui, aqui e aqui. Provavelmente charuto. Grandes demais para que sejam de cigarro.

Ele remexeu no bolso e retirou um saquinho de castanhas de caju, oferecendo-as a Khalifa. O detetive recusou.

— Como queira — disse Anwar, inclinando a cabeça para trás e despejando uma grande quantidade de castanhas dentro da boca. Khalifa ficou observando, admirando-se de como ele conseguia comer a apenas alguns metros daquele rosto macerado.

— E os cortes? O que os causou?

— Não faço idéia — resmungou Anwar, mastigando. — Uma espécie de objeto de metal, obviamente afiado. Possivelmente uma faca, se bem que já vi toda espécie de ferimento a faca e nenhum que se pareça exatamente com este.

— Como assim?

— Ora, os cortes são pouco definidos. É difícil de explicar. Mais uma impressão do que propriamente ciência. É evidente que foram causados por alguma espécie de lâmina afiada, mas nada que me pareça familiar. Olhe este aqui, por exemplo. — Ele apontou para um rasgão no peito do homem. — Se uma faca tivesse feito esse ferimento, ele seria mais estreito e não tão... qual é a palavra?... Ele foi *estripado*. E olhe, o corte é ligeiramente mais profundo numa das extremidades. Não me peça para ser mais preciso, Khalifa, porque não posso. Apenas acredite que estamos tratando aqui com uma arma pouco usual.

O inspetor puxou um pequeno bloco do bolso e tomou algumas anotações. A sala ecoava com o ruído da mastigação de Anwar.

— Tem algo mais a me dizer sobre ele?

— Ora, ele gostava de beber. Está com níveis altos de álcool no sangue. E parece que tinha interesse no Egito antigo.

— A tatuagem do escaravelho?

— Exatamente. E não é um desenho dos mais comuns. E olhe aqui também.

Khalifa aproximou-se.

— Está vendo esta contusão em volta dos braços? Aqui, e aqui, onde a carne está descorada? Este homem foi pego à força... assim.

Anwar foi para as costas de Khalifa e agarrou seus braços, seus dedos cravando-se na carne.

— A contusão no braço esquerdo é mais ampla e estende-se em volta do braço, mais adiante, sugerindo que, provavelmente, ele foi agarrado por duas pessoas, e não apenas uma, cada qual de maneira um pouco diferente.

Pela profundidade da contusão, diria que ele se envolveu-se numa luta e tanto.

Com a cara enfiada em seu bloco de anotações, Khalifa assentiu de cabeça.

— Eram no mínimo três — completou. — Dois segurando e mais outro com a faca, ou fosse lá o que fosse.

Anwar concordou com um movimento de cabeça, depois, cruzando a porta, pôs a cabeça para fora do corredor e gritou para alguém no extremo oposto. Um instante depois, dois homens apareceram trazendo uma maca com rodas, sobre a qual colocaram o corpo. Cobriram-no com um lençol e levaram-no para fora da sala. Anwar terminou as suas castanhas e, dirigindo-se para uma pequena pia, começou a lavar as mãos. A sala estava em silêncio a não ser pelo barulho do ventilador.

— Francamente, estou chocado — disse o patologista, o tom da sua voz subitamente desprovido da galhofa usual. — Estou neste trabalho faz trinta anos e nunca vi nada semelhante. É... — ele fez uma pausa, ensaboando as mãos vagarosamente, de costas para Khalifa — algo sacrílego — concluiu.

— Nunca vi você como um sujeito religioso.

— E não sou. Mas não existe outra maneira para descrever o que aconteceu a este homem. Quero dizer, não se limitaram a matá-lo. Eles trincharam o pobre desgraçado. — Ele se virou, afastando-se das torneiras e começou a secar as mãos. — Pegue quem fez isso, Khalifa. Pegue esses caras bem depressa e meta-os na prisão.

A gravidade do tom de voz do médico surpreendeu Khalifa.

— Vou fazer o possível — assegurou. — Se surgir mais alguma coisa, por favor, assegure-se de que eu seja informado.

O detetive guardou seu bloco de anotações e dirigiu-se à porta. Estava a meio caminho quando Anwar o chamou.

— Há mais uma coisa.

Khalifa voltou-se.

— Apenas um palpite, mas talvez ele tenha sido um escultor. Desses que fazem esculturas para os turistas, coisas assim. Havia um bocado de poeira de alabastro sob as unhas dos dedos, e seus braços eram bastante musculosos, o que pode indicar que ele estivesse acostumado a trabalhar com um martelo e uma talhadeira. Pode ser que eu esteja errado, mas é por onde começaria a investigação. Nas lojas de alabastro.

Khalifa agradeceu e retomou o seu caminho, descendo o corredor, já retirando os cigarros do bolso. A voz de Anwar ressoou às suas costas.

— Nada de fumar até que esteja fora do hospital!

8

Cairo

— Ele odiava charutos — disse Tara.

O funcionário da embaixada encarou-a:

— O quê?

— Charutos. Meu pai os odiava. Qualquer espécie de fumo, na verdade. Dizia que era um hábito repulsivo. Como o de ler o *Guardian*.

— Ah — disse o funcionário diplomático, perplexo. — É mesmo?

— Quando entramos na casa de escavação, tinha lá um cheiro. A princípio não consegui identificá-lo. Depois, percebi que era fumaça de charuto.

O funcionário, um assistente do adido chamado Crispin Oates, voltou os olhos para a estrada, buzinando insistentemente contra um caminhão à frente.

— E isso tem algum significado?

— Como eu disse, meu pai detestava fumo.

Oates deu de ombros.

— Pode ter sido outra pessoa, fumando.

— Mas essa é justamente a questão — disse Tara. — Era proibido fumar na casa de escavação. E era uma regra sem exceções. Sei disso porque ele me escreveu uma vez dizendo que tinha dispensado um voluntário por desobediência.

Uma motocicleta ultrapassou-os, e depois deu uma guinada, tomando a frente deles e forçando Oates a frear.

— Maldito idiota!

Ficaram em silêncio durante um momento.

— Não estou entendendo direito aonde a senhorita quer chegar — disse ele, afinal.

— Nem eu — suspirou Tara. — Só que... não devia haver cheiro de fumaça de charuto na casa de escavação. Não consigo parar de pensar nisso.

— Tenho certeza de que é apenas... bem, você sabe, o choque.

Tara suspirou.

— Sim — replicou, contrariada. — Deve ser isso mesmo.

Eles atravessavam uma auto-estrada elevada, já chegando ao centro de Cairo. Era quase noite e as luzes da cidade espalhavam-se por toda distância em volta e abaixo deles. Ainda estava quente e Tara baixara o vidro da janela, de modo que o seu cabelo esvoaçava para trás como um rastro de vapor. Ela sentiu-se estranhamente desligada, como se os acontecimentos das últimas horas não tivessem passado de uma espécie de sonho.

Tiveram que ficar esperando, com o corpo do pai, durante uma hora até que o médico chegasse. Ele examinara o corpo rapidamente, antes de dizer o que já sabiam — que o homem idoso estava morto, provavelmente de um ataque coronariano agudo, embora outros exames fossem necessários. Uma ambulância chegara, seguida logo depois por dois policiais, ambos de terno, que fizeram a Tara uma série de perguntas de rotina sobre a idade do seu pai, estado de saúde, nacionalidade, profissão.

— Ele é um arqueólogo de campo! Faz escavações — replicara ela, irritada. — Que diabo mais vocês acham que ele estava fazendo aqui?

Ela mencionara a fumaça de charuto, explicando, como mais tarde explicou a Oates, que o fumo era proibido no alojamento da escavação. Os policiais tomaram nota, mas não consideraram a questão especialmente importante. Tara não insistiu. Em nenhum momento chegara a chorar. Na verdade, sua reação imediata à morte do pai foi não ter absolutamente nenhuma reação. Ficou observando o corpo ser colocado na ambulância, sem conseguir sentir coisa alguma, fosse o que fosse, como se desconhecesse aquela pessoa.

— Papai está morto — murmurou, como se tentasse provocar alguma reação em si mesma. — Ele está morto. Morto.

Mas as palavras não lhe causaram qualquer impressão. Ela tentara recordar alguns dos momentos bons que compartilharam — livros apreciados por ambos, dias de folga no zôo, a trilha do tesouro que ele preparara para o seu aniversário de quinze anos —, mas fora incapaz de sentir-se emocionalmente ligada a esses episódios. A única coisa que sentia — e tinha grande vergonha disso — era um profundo desapontamento por sua viagem ter sido estragada.

"Vou passar os próximos quinze dias preenchendo formulários e tomando providências para os funerais", pensou. "Que merda de férias!"

Oates chegara bem no momento em que a ambulância estava partindo. A embaixada fora a primeira a ser informada da morte do pai de Tara. Um sujeito louro, sem queixo, beirando os trinta anos, o típico inglês. Ele expressou suas condolências polidamente, porém sem nenhuma convicção, o que sugeria que já passara por muitas situações iguais.

Havia conversado com o legista, num árabe balbuciante, e perguntara a Tara onde ela ia ficar.

— Aqui — ela lhe respondera. — Ou pelo menos era isso que estava planejando. Acho que agora não vai ser muito apropriado.

Oates concordara.

— Acho que o melhor é levar a senhorita de volta ao Cairo e instalá-la em algum hotel na cidade. Vou dar alguns telefonemas.

Ele puxou um celular do bolso do terno — "Como um ser humano consegue usar ternos neste calor?", pensou Tara — e saiu do alojamento da escavação, voltando alguns minutos depois.

— Tudo arrumado — disse ele. — Colocamos você no Ramesses Hilton. Acho que já não resta muito que se possa fazer por aqui. Portanto, logo que esteja pronta...

Ela se deixou ficar um momento ainda no alojamento da escavação, percorrendo com os olhos as estantes de livros e os sofás roídos por traça, imaginando seu pai descansando naqueles ambientes, depois de passar o dia na sua escavação. Logo, juntava-se a Oates no carro dele.

— Engraçado — comentou ele, ligando o motor. — Estou no Cairo há três anos e é a primeira vez que venho a Saqqara. Para falar a verdade, nunca tive muito interesse em arqueologia.

— Nem eu — replicou ela, melancólica.

Já estava escuro quando chegaram ao hotel, um feio arranha-céu de concreto erguendo-se junto ao Nilo, na extremidade de uma interseção de estradas com tráfego pesado. O interior era fartamente iluminado e vistoso, com um vestíbulo de mármore cavernoso dando para vários bares, saguões e vitrines de lojas, através do qual fluía uma torrente constante de carregadores com uniformes vermelhos e muitas malas de grifes elegantes. Estava fresco — quase frio —, o que fez Tara sentir-se aliviada depois do calor do lado de fora. Seu apartamento ficava no 14º andar. Era espaçoso, bem arrumado, impessoal, sem vista para o rio. Ela largou a sua mochila sobre a cama e chutou para longe os sapatos.

— Vou deixar a senhorita à vontade, então — disse Oates, hesitante, na porta. — O restaurante é muito bom, ou, caso prefira, há o serviço de quarto.

— Obrigada — disse Tara. — Não estou com muita fome.

— Claro, entendo perfeitamente. — Ele pôs as mãos na maçaneta da porta. — Há muitas formalidades a serem cumpridas amanhã. Assim, se concordar, eu a pegarei, digamos, às onze da manhã e a levarei direto para a embaixada.

Tara concordou.

— Só mais uma pequena coisa. É melhor não sair à noite. Ainda mais se estiver sozinha. Não quero alarmá-la, mas a coisa anda meio arriscada para turistas, no momento. Um pouco de agitação dos fundamentalistas. Ataques, você sabe. Melhor prevenir do que lamentar depois.

Tara lembrou-se do homem que encontrara no aeroporto perto da esteira de bagagem.

— Sayf al-Tamar — disse ela, recordando o nome que ele mencionara.

— Al-Tha'r — corrigiu-a Oates. — Al-ta-ar. Sim, é o bando dele. Malditos lunáticos. Quanto mais as autoridades se esforçam para pôr as mãos nele, mais perturbações causam. Há partes do país atualmente que são verdadeiros territórios proibidos para nós. — Ele lhe entregou seu cartão. — Seja como for, telefone-me se precisar de qualquer coisa, e tenha uma boa noite de sono.

Sempre formal, apertou sua mão e, em seguida, abriu a porta, saindo.

Assim que ele foi embora, Tara foi pegar uma cerveja no frigobar e jogou-se sobre a cama. A seguir, telefonou para Jenny na Inglaterra e deixou um recado na secretária eletrônica, dizendo-lhe onde se encontrava e pedindo para que lhe telefonasse o mais rápido possível. Havia outras chamadas que sabia que deveria fazer — para a irmã do seu pai, para a Universidade Americana, onde ele tinha sido professor visitante de Arqueologia do Oriente Médio —, mas decidiu deixá-las para o dia seguinte. Então, foi para a sacada e ficou observando as ruas lá embaixo.

Um Mercedes preto acabara de estacionar na calçada do hotel, bloqueando a rua, forçando os carros atrás a se desviarem, o que não devia estar deixando-os nada contentes, a julgar pelas imprecações que Tara escutava a distância.

A princípio, Tara não prestara muita atenção ao carro. Depois, a porta do passageiro se abriu e uma pessoa saltou para a calçada. Subitamente, Tara ficou tensa. Não dava para ter certeza se era o homem que vira em Saqqara — aquele que a ficara observando, quando ela caminhava ao longo do escarpamento —, entretanto, alguma coisa lhe dizia que era ele mesmo. Estava usando um terno claro e, mesmo daquela altura, era uma figura enorme, fazendo os pedestres em torno dele parecerem anões.

Ele se abaixou para dizer alguma coisa ao motorista do Mercedes, que deu partida, retornando ao tráfego. O homem grande ficou observando o carro se afastar e, em seguida, de repente, virou-se, olhando para cima, direto para ela, ou pelo menos foi o que Tara imaginou, se bem que, na verdade, estava longe demais para ela ter certeza da direção para a qual os olhos dele estavam voltados. Tudo durou apenas um momento, então ele baixou novamente a cabeça e caminhou na direção da entrada lateral do hotel, levando a mão à boca e soltando fumaça do que parecia um enorme charuto. Tara deu de ombros e, deixando o balcão, fechou as portas corrediças e trancou-as.

O Rio Nilo, Entre Luxor e Assuã

A espuma ia se formando na proa do SS *HORUS* à medida que a embarcação subia lentamente o rio, com suas luzes despejando um fulgor algo sinistro sobre a água. Sombrias florestas de juncos desfilavam nas margens, onde a grandes intervalos viam-se pequenas cabanas e casas. No entanto, já passava da meia-noite e restavam poucas pessoas no convés para vê-las. Havia somente um jovem casal trocando carícias, na popa, os seus rostos colados, e, sob um toldo na parte de trás do navio, um grupo de senhoras idosas jogando cartas. A maioria dos passageiros ou tinha se retirado para suas cabines para dormir ou estava sentada no salão, assistindo ao espetáculo do final da noite — um egípcio barrigudo cantando sucessos mais populares acompanhado de um *playback*.

Houve então duas explosões, quase simultâneas. A primeira foi próxima à proa do barco, tragando o jovem casal. A segunda, no salão principal, lançando mesas, cadeiras e fragmentos de vidro em todas as direções. O cantor foi atirado sobre seu aparelho de *playback*, o rosto enegrecido pelo calor; um grupo de mulheres próximas ao palco tombou em meio a uma saraivada de estilhaços de madeira e metal. Ouviram-se choro e gemidos, e os gritos de um homem cujas pernas haviam sido decepadas logo abaixo dos joelhos. As senhoras que jogavam cartas não foram atingidas, mas ficaram paralisadas debaixo do seu toldo. Uma delas começou a chorar.

Afastados do rio, para além do juncal, acocorados numa pedra que emergia da superfície do rio, três homens olhavam na direção do navio. O brilho das chamas que tomavam o convés iluminava as suas faces barbadas, revelando uma profunda cicatriz vertical na testa de ambos. Eles sorriam.

— Sayf al-Tha'r — um deles sussurrou.

— Sayf al-Tha'r — repetiram seus companheiros.

A seguir, trocaram sinais de assentimento e, erguendo-se, desapareceram dentro da noite.

9

CAIRO

Como combinado, Oates encontrou Tara no saguão do hotel às onze da manhã e levou-a de carro para a embaixada, a dez minutos de distância.

Apesar de exausta, Tara não dormira bem. A imagem do homem gigante não a abandonou um instante sequer, deixando-a inexplicavelmente nervosa. Havia finalmente deslizado para um sono leve, mas então o telefone tocara, despertando-a novamente. Era Jenny.

As duas conversaram durante quase uma hora e a sua amiga ofereceu-se para pegar o próximo vôo. Tara sentira-se tentada a aceitar, mas, ao final, lhe dissera para não se preocupar. Tudo estava sendo bem cuidado e, além do mais, ela provavelmente estaria em casa dentro de alguns dias, depois de cumpridas todas as formalidades. Combinaram de se falar novamente no dia seguinte e desligaram. Tara assistiu a um pouco de tevê, passando displicentemente da CNN para a MTV Ásia, depois para a BBC Mundial, até que finalmente recomeçou a cochilar.

Já era noite alta quando acordou uma segunda vez, sentindo de repente que algo estava errado. O mundo tinha ficado silencioso e o quarto estava repleto de vultos, embora a lua brilhasse através de uma estreita brecha nas cortinas, lançando um fantasmagórico reflexo de luz sobre o espelho na parede oposta.

Ela rolou por um tempo na cama, tentando decifrar o que a estava incomodando, mas logo virava-se de lado, tentando voltar a dormir. Ao fazer isso, escutou um rangido muito baixo, vindo da porta. Ficou escutando por vários segundos até se dar conta de que era o som da maçaneta da porta girando.

— Ei!

A sua voz soara anormalmente esganiçada.

O rangido parou um momento, mas logo recomeçou. Com o coração acelerando, ela foi até a porta, onde ficou olhando a maçaneta, vendo-a deslocar-se milimetricamente para baixo e para cima, como em câmera lenta. Teve o impulso de gritar novamente, mas, em vez disso, apenas agarrou a maçaneta, imobilizando-a. Houve uma breve resistência do outro lado e depois um ligeiro patinhar de pés. Tara contou até cinco e abriu a porta, mas o corredor estava vazio. Ou quase vazio, porque pelo menos uma coisa ainda permanecia por lá: cheiro de fumaça de charuto.

Depois disso, mantivera as luzes acesas durante o resto da noite, somente caindo no sono de novo quando o dia começou a raiar. Quando Oates lhe perguntou se tivera uma boa noite, a sua resposta fora bastante concisa:

— Não, foi uma merda.

Oates entrou com o carro através do portão da embaixada, que tinha paredes externas de cor creme, mostrando de passagem sua identificação ao guarda. Parou num pequeno estacionamento e conduziu Tara para o interior do edifício pela porta lateral. Eles desceram um longo corredor e subiram alguns degraus até uma fileira de escritórios no primeiro andar, onde foram recebidos por um homem magro, ligeiramente despenteado, de cabelos brancos, sobrancelhas espessas e óculos pendurados em volta do pescoço.

— Bom dia, srta. Mullray. — Ele sorriu, estendendo-lhe a mão. — Charles Squires, adido cultural. — Tinha um tom de voz agradável, tipo protetor, diferente do seu aperto de mão, que era um tanto afetado. — Crispin, por que não providencia café? Estaremos em meu escritório.

Ele conduziu Tara através de uma porta dupla até uma sala grande, ensolarada, com quatro cadeiras rodeando uma mesa. Havia outro homem de pé, junto à janela.

— Este é o dr. Sharif Jemal, do Conselho Supremo de Antigüidades — apresentou Squires. — Ele fez questão de estar aqui presente esta manhã.

O homem era baixo e espadaúdo, com um rosto acentuadamente marcado por varíola. Ele adiantou-se na direção de Tara.

— Permita-me que lhe ofereça as minhas condolências pela morte de seu pai — disse solenemente. — Ele era um grande estudioso e um verdadeiro amigo deste país. Sua perda será muito sentida.

— Obrigada — disse Tara.

Os três sentaram-se.

— O embaixador envia suas desculpas — continuou Squires. — Dada a eminência do seu pai, ele gostaria de estar aqui pessoalmente. Infelizmente, como a senhorita deve ter sabido, houve outro incidente terrorista na noite passada, perto de Assuã, e duas das vítimas eram britânicas. Assim, ele está um tanto preocupado no momento.

Ele sentou-se muito ereto, enquanto falava, as mãos magras sem pêlos entrelaçadas no colo.

— Sei que falo por ele, contudo, e na verdade por toda a embaixada, quando digo o quanto ficamos tristes ao sabermos da morte do seu pai. Tive o prazer de encontrá-lo em várias ocasiões. É uma grande perda.

Oates voltou trazendo uma bandeja.

— Com leite? — perguntou Squires.

— Preto, sem açúcar — disse Tara. — Muito obrigada.

Squires fez um sinal de cabeça para Oates, que servia café nas xícaras e as passava. Havia um silêncio incômodo na sala.

— Quando era estudante, tive a felicidade de passar uma temporada com o seu pai em Saqqara — disse, finalmente, Jemal. — Foi em 1972. O ano em que descobrimos o túmulo de Ptah-hotep. Jamais esquecerei a excitação quando entramos na câmara funerária pela primeira vez. Estava praticamente intacta, intocada desde o dia que fora selada. Havia uma magnífica estátua de madeira próxima à entrada, mais ou menos desta altura — ele indicou com a mão —, assombrosamente realista, com olhos embutidos, em perfeitas condições. Está atualmente no Museu do Cairo. Gostaria de levar você para vê-la.

— Eu adoraria — disse Tara, tentando parecer entusiasmada.

— O seu pai ensinou-me muita coisa — continuou Jemal. — Devo muito a ele. Era um grande homem.

Ele pegou um lenço e assoou-se ruidosamente, aparentemente dominado pela emoção. Os quatro deixaram-se cair em silêncio, bebendo o café em pequenos goles. Demorou um instante antes de Squires voltar a falar.

— O doutor assegurou-me que a morte do seu pai foi rápida e sem dor. Ao que tudo indica, foi um enfarte. A morte deve ter sido quase instantânea.

Tara assentiu de cabeça.

— Ele estava tomando remédios para o coração — afirmou ela.

— Por favor, não me entenda mal — disse Jemal —, mas creio que se o seu pai tivesse escolhido qualquer lugar para morrer teria sido Saqqara. Ele sempre se sentiu feliz ali.

— Sim — reforçou Tara. — Era como se fosse o seu verdadeiro lar.

Oates começou a reencher as suas xícaras.

— Receio que haja ainda várias formalidades a ser preenchidas — falou Squires, quase pedindo desculpas. — Para tudo isso, Crispin aqui pode prestar-lhe ajuda. — Ele cobriu a xícara com a mão. — Chega para mim, muito obrigado. E em algum momento, a senhorita vai ter de decidir o que fazer com o corpo do seu pai, se vai ficar no Egito ou retornar para a Inglaterra. No momento, contudo, simplesmente quero ressaltar que qualquer coisa de que venha a precisar nessa situação difícil, é só pedir.

— Muito obrigada —disse Tara. Ela permaneceu em silêncio por um momento, brincando com a xícara entre as mãos. — Houve... bem...

Ela fez uma pausa, hesitando. Squires ergueu as sobrancelhas.

— Não sei realmente como explicá-lo. Parece tão ridículo. É apenas...

— Sim?

— Bem... — Fez nova pausa. — Quando entrei no alojamento da escavação ontem senti cheiro de fumaça de charuto. Estranhei muito, porque meu pai nunca permitiu que se fumasse em qualquer lugar onde estivesse. Mencionei isso à polícia. E a Crispin.

Oates assentiu de cabeça. Jemal retirou do bolso um cordão de contas de preocupação de jade, passando-as uma a uma entre o polegar e o indicador. Tara pôde sentir o olhar fixo dos três sobre ela.

— Pouco antes, avistei um homem, um homem bastante grande...

— Um homem grande? — perguntou Squires, inclinando-se ligeiramente à frente.

— Sim, muito alto, bem maior do que o normal. Sinto muito, soa tudo bastante estúpido quando eu conto, mas...

O inglês lançou uma olhadela para Jemal e, com um aceno de mão, estimulou-a a prosseguir. As contas de preocupação começaram a chocalhar mais depressa, como se alguém estivesse sapateando.

— Bem, ele parecia estar me observando com binóculos.

— O homem grande? — quis confirmar Jemal.

— Sim. E nesta noite, vi o mesmo homem, ou pelo menos me pareceu que fosse o mesmo homem. Ele estava entrando no hotel e tenho certeza de que fumava um charuto. Mais tarde, no meio da madrugada, escutei alguém tentando entrar no meu quarto. Quando abri a porta, não havia ninguém, mas, fosse quem fosse, deixou um cheiro de fumaça de charuto no corredor.

Ela sorriu constrangida, consciente de que a coisa toda parecia paranóica. Eventos que na sua cabeça haviam parecido suspeitos e ameaçadores, mas agora, recontados diante de outras pessoas, soavam como nada mais do que coincidências.

— Eu avisei que ia parecer ridículo — murmurou Tara.

— De modo algum — protestou Squires, inclinando-se à frente e apoiando a mão no braço dela. — Trata-se de uma situação muito perturbadora para você. Dadas as circunstâncias, não chega a surpreender que se sinta ligeiramente... insegura. Afinal, está num país estrangeiro, alguém que lhe é muito próximo morreu. É fácil perder o sentido crítico em tais situações.

Ela sentiu que ele estava apenas sendo educado.

— Foi só que tive essa impressão de que alguma coisa estava acontecendo e... — ela ia dizendo — ... que era alguma coisa...

— Sinistra?

— Exatamente.

Squire sorriu, sutilmente.

— Acho que não deveria preocupar-se, srta. Mullray. O Egito é um país onde é fácil imaginar que alguma coisa está sempre acontecendo às nossas costas, quando na realidade não há nada de anormal. Não concorda, dr. Jemal?

— Certamente — riu Jemal com desdém. — Não se passa um dia sem que eu pense que alguém está tentando me pegar em alguma armadilha. Só que, no Departamento de Antigüidades, isso acontece de verdade!

Os três homens acharam graça.

— Tenho certeza de que todas as coisas que mencionou têm explicação perfeitamente inofensiva — disse Squires. Depois de uma pausa, acrescentou: — A menos, é claro, que não esteja nos contando tudo. — Havia um tom de pilhéria nessas palavras, mas também algo vagamente ameaçador no seu tom de voz, como se ele a estivesse acusando de esconder algo. — Você nos contou tudo? — perguntou.

Um breve silêncio.

— Acho que sim — disse Tara.

Squires fitou-a por um momento, depois endireitou-se na cadeira e riu novamente.

— Bem, então, aí está. Acho que pode dormir tranqüila na sua cama esta noite, srta. Mullray. Posso oferecer-lhe um biscoito?

Conversaram polidamente por mais uns dez minutos, ao fim dos quais Squires levantou-se, acompanhado pelos outros dois.

— Acho que já tomamos bastante do seu tempo. Crispin vai levá-la ao seu escritório, onde a ajudará com toda a papelada que se fizer necessária.

Ele entregou-lhe seu cartão e dirigiu-se à porta.

— Sinta-se à vontade para telefonar se ainda tiver mais alguma coisa para discutir. É o meu telefone direto. Faremos tudo que for possível para assisti-la.

Ele apertou-lhe as mãos, e acompanhou-a até a ante-sala. Jemal deu-lhe a mão para despedir-se.

— Venha — disse Oates. — Vamos oferecer-lhe um lanche.

Durante algum tempo, Squires e Jemal mantiveram-se em silêncio, os dois sentados, o primeiro olhando fixamente para fora, através da janela, o outro manipulando suas contas de preocupação. Finalmente, Jemal falou.

— Ela está dizendo a verdade?

— Oh, eu diria que sim, certamente — respondeu Squires, o vislumbre de um sorriso brincando ao redor dos seus lábios pálidos e finos. — Ela não sabe de nada. Ou pelo menos não crê que saiba de alguma coisa.

Ele enfiou a mão no bolso e puxou uma bala, que começou a desembrulhar.

— Então, o que está acontecendo? — perguntou Jemal.

Squires arqueou as sobrancelhas.

— Ora, essa é a pergunta, não é? Ao que parece, Dravic está envolvido, mas como Mullray entrou nisso tudo... você sabe tanto quanto eu. Tudo é muito misterioso.

Ele acabou de desfazer o embrulho e levou a bala à boca, sugando-a com ar contemplativo. A sala ecoou o chocalhar rítmico das contas de preocupação.

— Você contou ao Massey? — perguntou Jemal. — Os americanos precisam ser informados.

— Tome cuidado, meu velho. Eles não estão muito contentes, mas isso já era esperado.

— Então, o que faremos agora?

— Não há muito que possamos fazer. Não podemos deixar que saibam que sabemos sobre o túmulo. Isso seria fatal. Temos apenas que ficar sentados, parados, e esperar que as coisas funcionem.

— E se não funcionarem?

Squires balançou a cabeça, mas não respondeu.

Jemal continuava passando suas contas entre os dedos.

— Não gosto nada disso. Não deveríamos desistir de tudo?

— Ora, vamos, é uma oportunidade que aparece uma vez na vida. Pense no que podemos ganhar.

— Não sei. Não sei mais. Está ficando fora de controle. — O egípcio se pôs de pé e começou a caminhar pela sala. — E quanto à moça?

Squires tamborilou os dedos ligeiramente no braço do sofá, rodopiando a bala com a língua.

— Parece-me — disse ele, depois de uma longa pausa — que ela pode realmente ser útil. Pode nos auxiliar a esclarecer a situação. Contanto que não ponha a cabeça para fora. Isso não seria produtivo, em absoluto. Acha que pode conduzir as coisas aí pelo seu lado?

— A polícia faz o que eu mando — resmungou Jemal. — Eles não perguntarão nada que seja desnecessário.

— Sem dúvida. Então, creio que serei capaz de tomar conta da srta. Mullray, com Crispin mantendo-a sob vigilância. E também consegui outras pessoas para trabalhar no assunto. O mais importante é que não percebam que a estamos usando. Isso seria fatal. — Ele se levantou e caminhou até a janela, fixando o olhar no gramado perfeitamente aparado do jardim da embaixada. — Tudo o que devemos fazer é jogar nossas cartas com cautela. Se fizermos isso, creio de fato que alcançaremos nosso objetivo.

— É o que espero — disse Jemal. — Para o bem de todos nós. Porque, se não, estamos todos fodidos.

Squires soltou uma risada.

— Você usa as palavras com muita exatidão, meu velho.

Seus dentes então partiram a crosta da bala com força, produzindo um ruído forte de esmagamento.

10

LUXOR

Khalifa nunca imaginou que houvesse tantas oficinas de alabastro em Luxor. Sabia que havia muitas delas, é claro, no entanto, somente quando começou a visitá-las uma por uma, deu-se conta da enorme tarefa que representava rastrear a que queria encontrar.

Ele e Sariya tinham iniciado a procura no final da tarde anterior, imediatamente após a autópsia, ele na margem oeste, Sariya na margem leste, percorrendo todas as oficinas com uma fotografia da tatuagem do escaravelho, perguntando se alguém a reconhecia. Continuaram até tarde da noite, e retomaram a busca às seis daquela manhã. Era agora meio-dia e, pelos cálculos de Khalifa, já tinham visitado cerca de cinqüenta oficinas sem qualquer resultado. Começava a se perguntar se Anwar os tinha posto a caçar fantasmas.

Ele parou em frente de mais uma oficina: *Rainha Tiye do Alabastro, a melhor em Luxor*. Na fachada, fora pintado um avião e um camelo, ao lado da pedra negra da Caaba — sinal de que o proprietário tinha realizado sua *hajj* a Meca. Um grupo de trabalhadores estava sentado de pernas cruzadas na sombra debaixo de um toldo, cinzelando pedaços de alabastro, os braços e as faces brancas por causa da poeira. Khalifa cumprimentou-os com um movimento de cabeça e, acendendo um cigarro, entrou. Um homem emergiu da sala traseira para cumprimentá-lo, sorrindo.

— Polícia — disse Khalifa, exibindo o seu distintivo. O sorriso do homem murchou.

— Temos o alvará de licença — disse ele.

— Quero fazer algumas perguntas ao senhor. Sobre os seus operários.

— É sobre o seguro?

— Não, nada sobre seguro e nada sobre seu alvará. Estamos procurando uma pessoa desaparecida. — Ele puxou uma fotografia do bolso e estendeu-a. — Reconhece esta tatuagem?

O homem pegou a fotografia e examinou-a.

— Então?

— Talvez.

— Como assim? Você a reconhece, ou não?

— Sim, certo. Eu a reconheço.

"Finalmente", pensou Khalifa.

— É um dos seus operários?

— Era, eu o demiti há uma semana. Por quê? Ele está com problemas?

— É uma maneira de dizer a coisa, sim. Ele está morto.

O homem baixou de novo a vista para a fotografia.

— Assassinado — acrescentou Khalifa. — Achamos o seu corpo no rio ontem.

Houve uma pausa e então o homem devolveu a fotografia, virou-se e disse:

— É melhor você entrar.

Passaram através de uma cortina de contas, entrando numa grande sala nos fundos da loja. Havia uma cama baixa encostada a uma parede, uma televisão numa mesinha e uma mesa posta para o lanche, com pão, cebolas e uma fatia de queijo. Acima da cama, uma fotografia em sépia pendurada, com um homem idoso e barbado, usando fez e *djellaba* — um ancestral do proprietário da loja, Khalifa presumiu — e ao lado, numa moldura, o primeiro *sura* do Corão. Uma porta aberta conduzia a um quintal onde havia mais homens trabalhando. O proprietário da loja fechou a porta com um chute.

— Ele se chamava Abu Nayar — disse, voltando-se para Khalifa. — Trabalhou aqui por cerca de um ano. Era um bom artesão, mas um bêbado. Estava sempre chegando atrasado e não se concentrava no trabalho. Sempre criava problemas.

— Sabe onde ele morava?

— Old Qurna. Lá perto do túmulo de Rekhmire.

— Família?

— Esposa e duas crianças. Garotas. Ele tratava a mulher como um cachorro. Batia nela. Você sabe.

Khalifa tragou seu cigarro, examinando com interesse um busto de pedra calcária pintada, no canto, uma imitação da famosa cabeça de Nefertiti que estava no Museu de Berlim. Sempre teve vontade de ver o original, desde criança era atraído pelas reproduções nas vitrinas das oficinas em Gizé e no Cairo. Mas, agora, duvidava que chegasse a ver a escultura original. Para ele, o preço de uma viagem a Berlim era tão inacessível quanto o de uma excursão de balão sobre o Vale dos Reis. Ele voltou-se para o proprietário da oficina.

— Esse Abu Nayar tinha inimigos que você conheça? Qualquer pessoa que pudesse lhe guardar rancor?

— Por onde quer que eu comece? Ele devia dinheiro a todo mundo, costumava insultar qualquer um que encontrasse, metia-se em brigas. Sei de umas cinqüentas pessoas que gostariam de vê-lo morto. Talvez, cem.

— Alguém em particular? Alguma rivalidade entre clãs?

— Não que eu saiba.

— Esteve envolvido em alguma coisa ilegal? Drogas? Antigüidades?

— Como eu ia saber?

— Porque todo mundo nestas redondezas sabe de tudo sobre todo mundo. Vamos, nada de brincadeiras.

O homem coçou o queixo e arriou-se pesadamente na beirada da cama. Lá fora, os operários começaram a cantar uma canção folclórica, um dos homens dizia o verso, os outros juntavam-se ao coro.

— Nada de drogas — disse ele depois de uma longa pausa. — Ele não estava envolvido com drogas.

— E antigüidades?

O homem deu de ombros.

— E em antigüidades? — pressionou Khalifa. — Ele negociava?

— Miudezas, talvez.

— Que espécie de miudezas?

— Nada de mais. Alguns *shabtis*, alguns escaravelhos. Todo mundo faz esse tipo de negócio, pelo amor de Deus. Não é grande coisa.

— É ilegal.

— É sobrevivência.

Khalifa apagou seu cigarro num cinzeiro.

— Alguma coisa valiosa? — perguntou.

O proprietário da loja deu de ombros novamente e, inclinando-se para a frente, ligou a televisão.

— Nada que valesse matá-lo — disse ele.

Um programa de perguntas e respostas surgiu entre os chuviscos da tela em preto-e-branco. Ele ficou parado, um instante, assistindo. Depois de uma pausa longa, suspirou.

— Havia uns boatos.

— Boatos?

— De que ele encontrara alguma coisa.

— O quê?

— Só Deus sabe. Um túmulo. Algo grande. — O homem inclinou-se à frente e ajustou o volume. — Mas, ora, há sempre boatos assim, não há? Toda semana alguém encontra um novo Tutankâmon. Quem vai saber quando uma coisa dessas é verdade?

— Mas essa era verdade?

O dono da loja deu de ombros mais uma vez.

— Talvez, talvez não. Eu não quis saber. Tenho meu trabalho e isso é tudo que me interessa.

Ele caiu em silêncio, concentrando-se no programa. Do lado de fora, os homens ainda cantavam, o som metálico de suas ferramentas ecoando monotonamente no ar parado da tarde. Quando o homem falou, sua voz soou baixa, quase um sussurro.

— Há três dias, Nayar comprou para a mãe um aparelho de televisão e uma geladeira nova. É muito dinheiro para um homem que está sem trabalho. Tire a sua própria conclusão. — Ele irrompeu numa gargalhada. — Olhe só esse sujeito — gritou, apontando para um participante que acabava de responder uma pergunta incorretamente. — Que imbecil!

Havia qualquer coisa forçada na sua gargalhada. As suas mãos, o detetive notou, estavam tremendo.

Khalifa sempre fora fascinado pela história do seu país. Ele lembrava que, quando criança, ficava no teto da casa onde morava, observando o nascer do sol acima das pirâmides. Outras crianças na sua aldeia encaravam os monumentos com naturalidade. Mas, Khalifa, não. Para ele, sempre houvera algo mágico a respeito deles, grandes triângulos assomando em meio ao nevoeiro da manhã, portais para diferentes mundos e eras. Crescer tão próximo a eles tinha lhe transmitido um desejo insaciável de aprender mais sobre o passado.

Era um desejo que compartilhara com o seu irmão Ali, que, se isso fosse possível, era ainda mais fanático em sua paixão pela história, a qual lhe oferecia um santuário contra a vida árdua que levava. Todas as noites, ele retornava do seu trabalho, exausto e imundo, e depois de comer e tomar banho, ia sentar-se num canto do quarto, onde afundava-se na leitura de algum dos seus livros sobre arqueologia. Reunira uma grande coleção dessas obras, alguns emprestados da escola da mesquita local, muitos provavelmente roubados — e não havia nada que o jovem Khalifa amasse mais do que se sentar ao seu lado, enquanto ele lia em voz alta, junto à luz bruxuleante de um candeeiro.

— Fale-me sobre Rasses, Ali — ele pedia, lamuriento, aninhando-se por cima do ombro do irmão.

— Ramsés — Ali o corrigia, sorrindo. — Ora, houve certa vez um grande rei chamado Ramsés II, que era o mais poderoso em todo o universo. Ele possuía uma carruagem dourada e uma coroa feita de diamantes...

"Como eram afortunados por serem egípcios", Khalifa costumava pensar. "Que outro país possuía na terra tal riqueza de histórias fabulosas para serem passadas a suas crianças? Obrigado, Alá, por ter-me feito nascer nesta terra maravilhosa."

Os dois haviam realizado miniescavações no platô de Gizé, achando pedras e velhos cacos de cerâmica, já se imaginando como famosos arqueólogos. Certa vez, pouco depois da morte do pai, tinham descoberto uma pequena cabeça de faraó de calcário, próximo à base da Esfinge, e Khalifa ficou mudo de excitação, pensando que, uma vez na vida, haviam encontrado algo genuinamente antigo e valioso. Somente anos mais tarde descobrira que Ali a havia enterrado naquele local, para tirar a morte do pai dos pensamentos do seu irmão caçula. Tinham pegado carona para viajar até o sul, Saqqara, Dhashur e Abusir, e ao centro do Cairo, onde, metendo-se no meio de excursões escolares, conseguiram entrar sem pagar no Museu de Antigüidades. Ainda hoje, ele poderia visualizar o museu inteiro, dentro de sua cabeça, de tão bem que chegou a conhecê-lo naquelas sorrateiras excursões da infância. Em uma dessas visitas, ficaram amigos de um professor idoso, al-Habibi. Tocado pelo entusiasmo juvenil deles, o professor mostrara-lhes todo o acervo, destacando os objetos mais importantes e estimulando o seu interesse. Anos mais tarde, quando Khalifa ganhou um cargo na universidade para pesquisar história antiga, o mesmo professor al-Habibi se tornara seu orientador.

Sim, ele amava o passado. Havia alguma coisa mística relacionada ao passado, algo que brilhava, uma corrente feita de ouro que se estendia até o alvorecer do tempo. Ele amava o passado, por seu colorido e sua enormidade, e pela maneira como fez o presente parecer muito mais rico.

E, principalmente, o amava porque Ali o tinha amado. Era alguma coisa especial que haviam compartilhado: uma paixão em comum da qual ambos tinham drenado força e vitalidade. Em algum momento, suas mãos se haviam procurado, e se tocado, e era como se ainda acontecesse, mesmo que Ali estivesse morto e perdido para sempre. O velho mundo era para Khalifa, acima de tudo, uma afirmação do seu amor por aquele ente querido que se fora.

— Quem eram os faraós da Décima Oitava Dinastia? — Ali costumava perguntar-lhe, testando-o. E Khalifa recitaria os nomes, com grande hesitação:

— Ahmósis, Amenófis I, Tutmés I e II, Hatchepsut, Tutmés III, Amenófis II, Tutmés IV, Amenófis III, Akhenaton, e... e... droga, eu sempre me esqueço deste... é...

— Smenkhkare — Ali lhe lembraria.

— Maldição! Esse, eu sabia! Smenkhkare, Tutankâmon, Ay, Horemheb.

— Aprenda, Yusuf! Aprenda e cresça!

Bons tempos.

Ele demorou um pouco até encontrar a casa de Nayar. Era uma habitação oculta por trás de um apinhado de outros domicílios, na metade da subida de uma colina e por trás de uma fileira de covas que, no passado, tinham sido usadas para antigas sepulturas, mas que agora estavam cheias de lixo e lama. Um bode emaciado estava amarrado do lado de fora, as costelas aparecendo através da pele como as barras de um xilofone.

Ele bateu à porta, que depois de uma pausa breve foi aberta por uma pequena mulher com olhos verdes brilhantes.

Ela era jovem, 25 anos no máximo, e devia ter sido bonita. À semelhança de tantas mulheres *fellaha*, contudo, o desgaste de uma gravidez depois da outra e a dureza da vida diária a tinham envelhecido antes do tempo. Sua face esquerda, Khalifa notou, mostrava sinais de contusões.

— Sinto muito incomodá-la — disse ele gentilmente, mostrando-lhe seu distintivo. — Eu preciso... — Ele fez uma pausa, procurando os termos exatos. Era o tipo de coisa que já fizera várias vezes, e no entanto não conseguia se habituar. Lembrou-se de como a sua mãe havia reagido quando lhe trouxeram a notícia da morte do seu pai, e de que ela havia tido um colapso nervoso, começando a arrancar os cabelos e urrar feito um animal ferido. Odiava a idéia de causar um sofrimento desses.

— O que foi? — sobressaltou-se a mulher. — Ele embriagou-se de novo, não foi?

— Posso entrar?

Ela deu de ombros e voltou-se para dentro de casa, conduzindo-o para a sala, onde duas garotinhas estavam brincando juntas, sentadas no chão de concreto nu. Estava frio e escuro no interior da casa, como se ali dentro fosse uma gruta, sem outros móveis além de um sofá ao longo da parede e uma televisão sobre uma mesa no canto. Uma televisão nova, Khalifa notou.

— Então?

— Lamento ter más notícias — disse o detetive. — O seu marido, ele está...

— Preso?

Khalifa mordeu os lábios.

— Morto.

Por um momento apenas, ela encarou-o, depois arriou pesadamente sobre o sofá, cobrindo o rosto com as mãos. Khalifa presumiu que estivesse chorando e deu um passo à frente para confortá-la. Mal tinha se aproximado, percebeu que os ruídos abafados que vinham por entre os seus dedos não eram soluços, absolutamente, mas risadas.

— Fatma, Iman — disse ela, chamando as duas garotas com um aceno. — Aconteceu uma coisa maravilhosa.

11

CAIRO

Tendo terminado na embaixada, Tara quis ir ao apartamento do pai para examinar os seus pertences.

Ele tinha levado pouca coisa para a temporada de quatro meses em Saqqara — uma muda de roupas, alguns cadernos de anotações, uma câmera. A maioria dos seus objetos tinha ficado no apartamento no Cairo. Era onde ele deixava seus diários, *slides*, roupas, vários artefatos que as autoridades egípcias tinham permitido que ficassem para ele. E, é claro, seus livros, uma vasta coleção, vários milhares de volumes, todos encadernados em couro, que viera reunindo ao longo de toda a sua vida. "Com livros", ele costumava dizer, "mesmo a choupana mais pobre do mundo se transforma num palácio. Eles fazem tudo parecer muito mais suportável."

Oates ofereceu-se para levá-la no carro, mas o apartamento ficava a uma distância de apenas alguns minutos a pé e, além do mais, ela gostaria de ficar sozinha por alguns momentos. Oates telefonou antes para se certificar de que o zelador tinha um jogo de chaves de reserva, fez um mapa do caminho até lá e a acompanhou até os portões da entrada.

— Telefone quando estiver de volta ao hotel — pediu ele. — E, como mencionei antes, tente não ficar na rua depois que escurecer. Principalmente com essa coisa que aconteceu com o tal barco no rio.

Ele sorriu e desapareceu para dentro da embaixada.

A tarde já estava bastante adiantada e o sol poente projetava padrões mosqueados na calçada desnivelada. Ela deu uma olhada em volta, observando as guaritas policiais ao longo da parede externa da embaixada, um mendigo agachado junto ao meio-fio, um homem empurrando uma carreta com uma pilha de melancias. Depois, estudando brevemente o mapa, começou a andar.

Oates tinha lhe explicado que esta parte do Cairo era conhecida como Garden City e, ao atravessar o labirinto de avenidas arborizadas, entendeu a razão do nome. Era uma região mais sossegada, ou mesmo parada, do que o resto da metrópole, um remanescente da era colonial, com enormes vilas poeirentas, árvores em todo lugar e arbustos florescentes — hibisco, oleandro, jasmim, jacarandá-púrpura. No ar ecoava o chilrear de pássaros, tudo em volta recendia a um pesado aroma de relva cortada e flores de laranjeira. Parecia haver muito pouca gente nas ruas, somente algumas mulheres empurrando carrinhos de criança e uns raros executivos de terno. Muitas das vilas tinham limusines estacionadas na frente e policiais de guarda na entrada.

Ela caminhou por cerca de dez minutos até alcançar Sharia Ahmed Pasha, e depois até a esquina onde ficava o prédio do seu pai, uma construção da virada do século XIX, com enormes janelas e intrincadas sacadas de ferro batido. No passado, deveria ter sido um prédio amarelo, de tom alegre. Agora, o seu exterior era cinzento, escurecido pela poeira e fuligem.

Tara galgou os degraus da entrada, empurrou a porta para abrir e penetrou num refrescante saguão de mármore. A um canto, sentado a uma escrivaninha, estava um velho, presumivelmente o zelador. Ela se aproximou dele e, após uma conversa confusa conduzida na linguagem dos sinais, conseguiu informar quem era e por que tinha vindo. Resmungando, o homem se pôs de pé, tirou um jogo de chaves de uma gaveta e, arrastando os passos, dirigiu-se até um elevador de gaiola no canto. Depois de empurrar para o lado a porta de grade, convidou-a a entrar.

O apartamento ficava no terceiro andar no final de um corredor silencioso e lúgubre. Detiveram-se em frente da porta e o zelador foi enfiando as chaves na fechadura. Precisou fazer três tentativas antes de encontrar a chave correta.

— Obrigada — agradeceu Tara, no que ele abriu a porta.

Ele permaneceu onde estava.

— Obrigada — repetiu ela.

No entanto, ele não fez menção nenhuma de se mover de onde estava. Fez-se um silêncio embaraçoso e, então, dando-se conta do que ele esperava dela, Tara puxou sua carteira e lhe deu alguns trocados. Ele examinou as cédulas, lamentou-se, e saiu arrastando os pés corredor abaixo, deixando as chaves na porta. Ela esperou até que ele desaparecesse e só então virou-se e entrou no apartamento, levando as chaves e fechando a porta atrás de si.

Tara viu-se então num vestíbulo escuro, com assoalho de madeira, que se abria para cinco aposentos — o quarto, um banheiro, uma cozinha e dois outros ambientes, ambos entulhados de livros. Todas as janelas estavam fechadas, com as persianas abaixadas, dando ao lugar um aspecto de bolorento e abandonado. Por um breve momento, ela pensou distinguir um odor remanescente de fumaça de charuto, mas era tênue demais para ela ter certeza e, depois de farejar o ar uma ou duas vezes, desistiu. Provavelmente, seria apenas cera de assoalho ou outra coisa qualquer, pensou.

Tara encaminhou-se para a sala, acendendo a luz ao entrar. Havia livros e papéis espalhados por toda a volta, pilhas e pilhas, como se fossem monturos de folhas de árvores. Nas paredes viam-se quadros pendurados mostrando fotos de escavações e monumentos; no canto mais afastado da entrada da sala, havia uma escrivaninha empoeirada tomada de cacos de cerâmica de barro e de *shabtis* esmaltados. Não havia plantas.

"Como um lugar preservado para a posteridade", pensou Tara. "Para mostrar como as pessoas viviam num tempo diferente."

Ela perambulou pela sala, catando um ou outro objeto, remexendo nas gavetas, procurando vestígios do pai. Encontrou um dos seus diários, do começo dos anos 1960, quando ele escavara no Sudão, sua caligrafia miúda, precisa, intercalada com desenhos quase apagados, feitos a lápis, dos objetos que descobrira. Num dos aposentos, achou alguns dos livros que ele escrevera — *A vida na Necrópolis: Escavações em Saqqara, 1955-85; De Snofru a Shepseskaf — Ensaios sobre a Quarta Dinastia; O túmulo de Mentu-Nefer;*

Reinado e colapso do Primeiro Período Intermediário. A seguir, ela folheou um álbum de fotos — retratos tirados de uma grande trincheira escavada na areia que, à medida que se avançava no álbum, mostrava-se mais e mais profunda até que, nas últimas páginas, começaram a emergir os contornos do que parecia uma grande parede de pedra. Parecia não haver nada no apartamento que não se referisse ao trabalho do pai. Nada que lembrasse calor humano, amor, sentimentos. Nada do presente.

Então, quando já começava a se sentir oprimida pelo ambiente, duas surpresas. Junto à cama — uma cama dura e estreita, como um catre de prisão —, encontrou uma fotografia de seus pais no dia do casamento, o seu pai sorrindo, com uma rosa branca na lapela.

E na escrivaninha empoeirada na sala de estar, enfiada entre duas louças de cerâmica, o desenho de um anjo feito por mão de criança, as pontas das asas pintadas de prateado brilhante. Ela tinha feito aquele desenho havia anos, no jardim-de-infância, para o Natal. E o pai o havia conservado todo este tempo. Ela pegou o desenho, virou-o, e leu nas costas, naquela caligrafia emaranhada de criança: "Para o papai."

Por alguns momentos, seus olhos ficaram presos ao papel, em seguida, subitamente, incontrolavelmente, começou a chorar, arriando numa cadeira seu corpo abalado por violentos soluços.

— Oh, papai — ela sussurrou. — Sinto muito. Sinto muito.

Pouco depois, quando as lágrimas diminuíram, ela pegou as fotos do quarto e as colocou em sua mochila, junto com o desenho. E apanhou também uma fotografia do pai ao lado de um grande sarcófago de pedra, ladeado por dois trabalhadores egípcios. (Tara recordou que ele lhe explicara, quando ela era criança, que a palavra *sarcophagus* veio do grego, significando *devorador de carne*, uma imagem que a perturbou tanto que ela não conseguira dormir naquela noite.)

Ela estava tentando se decidir se deveria levar também alguns dos livros quando o telefone tocou. Tara ficou parada, por instantes, sem saber se deveria ou não atender. Mas logo resolveu que atenderia e atravessou às pressas a sala de estar, até a escrivaninha, no extremo oposto, onde estava o telefone, em cima de uma pilha de manuscritos. Mas, no que ela ia suspender o fone, a secretária eletrônica soltou um clique e, de repente, a voz de seu pai preencheu toda a sala.

"Alô, aqui é Michael Mullrray. Estou fora até a primeira semana de dezembro. Assim, por favor, não deixe mensagem. Você poderá me ligar quando eu estiver de volta, ou, se for um assunto acadêmico, contatar direto a universidade no número 7943967. Obrigado. Até breve."

A surpresa de ouvi-lo paralisou-a, como se uma parte de seu pai não estivesse totalmente morta, ainda, mas vagando em uma espécie de limbo eletrônico, nem neste mundo nem inteiramente desligado dele. Quando ela recobrou-se, a máquina já tinha emitido o seu *bip* e começara a gravar.

A princípio, pensou que a pessoa no outro lado da linha houvesse desligado, porque não escutou ninguém falando. Então, ela captou algo como um chiado tênue, ou um sussurro, talvez nada além do ruído baixo de alguém respirando no fone, e se deu conta de que a outra pessoa ainda estava na linha, embora não estivesse falando. Tara deu mais um passo em direção ao telefone, e chegou a estender o braço para suspender o receptor, então recuou de novo. E a outra pessoa ainda não havia desligado — ela sabia instintivamente que era um homem —, apenas esperava, respirando, tentando escutar, como se soubesse que ela estava no apartamento e desejasse que ela soubesse que ele sabia. O silêncio pareceu durar toda uma eternidade, antes que soasse outro clique, seguido do zumbido metálico da máquina, retornando a fita. Por um momento, ficou congelada, mas então, juntando suas coisas, apressou-se a deixar o apartamento, batendo a porta e trancando-a. De súbito, começara a se sentir ameaçada pelo interior sombrio do edifício, pelo elevador barulhento, pelo silêncio. Tara atravessou rapidamente o corredor, querendo sair dali. De passagem, alguma coisa atraiu a sua atenção, um grande besouro no chão limpo de mármore. Ela diminuiu o passo para examiná-lo e imediatamente percebeu que não era absolutamente um besouro, mas um grosso naco de cinza de charuto, do tamanho de uma peça de gamão. Tara começou a correr.

O elevador não estava no andar e, sem querer esperar por ele, tomou as escadas, saltando os degraus de dois em dois, desesperada agora para voltar ao ar livre. Alcançou o térreo, então, e virou na direção do saguão, porém subitamente o seu caminho foi bloqueado. Ela soltou um grito assustado. Era apenas o zelador.

— Sinto muito — disse, esbaforida. — Você me surpreendeu.

Tara lhe entregou as chaves, ele recebeu-as e disse qualquer coisa em sua voz baixa e rouca.

— O quê?

Ele repetiu o que havia dito.

— Não entendo... — A voz dela estava começando a ficar esganiçada. Estava desesperada para sair.

O zelador continuava a dizer alguma coisa, tentando se fazer entender, e então meteu a mão num bolso. De repente, ela sentiu-se tomada pelo medo irracional de que ele fosse sacar alguma espécie de arma, quando tirou fora a mão, apontando-a em direção ao rosto de Tara. Ela curvou o corpo para trás, tomando distância e erguendo o braço para se proteger. Era apenas um envelope. Um pequeno envelope branco.

— Professor Mullray — disse ele, agitando o envelope diante do rosto dela. — Aqui, professor Mullray.

Ela ficou olhando para o zelador, por um momento, ofegante, mas, depois, riu.

— Obrigada — disse, pegando o envelope. — Obrigada.

O zelador virou-lhe as costas e foi para sua escrivaninha, arrastando os pés. Ela se perguntou se estaria esperando mais uma gorjeta, porém não era o que parecia, e assim Tara se apressou em atravessar a porta do prédio e sair para a rua, sentindo-se contente com todo aquele espaço agora ao seu redor, e o calor ao ar livre. Ela passou por algumas crianças em uniforme escolar, suas camisas brancas e engomadas, e por um homem também de uniforme, com um caleidoscópio de fitas de medalhas no peito. No outro lado da rua, um jardineiro de macacão regava uma fileira de roseiras empoeiradas com uma mangueira.

Tendo avançado uns vinte metros, olhou para o envelope na sua mão. Instantaneamente, a cor drenou-se da sua face.

— Oh, não — murmurou Tara, com o olhar fixado naquela caligrafia tão familiar. — Não depois de todo este tempo, não agora.

O jardineiro arregalou os olhos para ela e então, virando a cabeça para um lado, começou a falar com a boca colada ao seu colarinho.

12

Norte do Sudão, Perto da Fronteira Egípcia

O garoto emergiu da tenda e começou a correr, levantando borrifos de areia da sola dos pés, dispersando um rebanho de cabras à frente. Passou pela fogueira apagada do acampamento, por um helicóptero coberto de redes, pilhas de engradados, até finalmente deter-se diante de outra tenda, esta ligeiramente afastada do acampamento principal. Ele puxou um pedaço de papel de dentro de suas roupas e, afastando a aba que fechava a entrada, entrou.

Havia um homem de pé no interior da tenda, os olhos fechados, lábios movendo-se como se recitasse algo somente para si. Tinha um rosto comprido, afilado, barbado, um nariz adunco e, entre os olhos, uma cicatriz vertical profunda, a pele riscada muito lisa e brilhante, como se tivesse sido polida vigorosamente. Ele sorria sutilmente, como se em estado de êxtase.

O homem ajoelhou-se, colocando as palmas da mão estendidas contra o chão, colando o nariz e a testa no piso acarpetado, alheio à presença do garoto, que permaneceu parado onde estava, observando, uma expressão reverente no rosto. Um minuto se passou, dois, três, e no entanto o homem de nariz adunco continuou as suas preces, curvando-se, erguendo-se, recitando, sem que o sorriso embevecido abandonasse seu rosto por um único instante. Parecia que não iria mais interromper sua oração, e o garoto estava prestes a deixar a tenda, quando o devoto baixou a cabeça para o chão uma última vez, murmurou amém, ficou de pé e voltou-se. O garoto adiantou-se e lhe entregou o pedaço de papel.

— Acabou de chegar, mestre. Do *Doktora* Dravic.

O homem pegou o papel e leu-o, os seus olhos verdes crescendo na semi-escuridão.

Havia nele qualquer coisa ameaçadora, um rumor de violência contida, mas, estranhamente, também certa gentileza na maneira como desceu a mão livre sobre a cabeça do garoto, como a assegurar-lhe confiança. O garoto tinha os olhos baixos, fitando os pés daquele homem com uma combinação em igual medida de temor e adoração.

O homem terminou de ler o pedaço de papel e o entregou de volta ao garoto.

— Alá, abençoado seja o seu nome, dá e Alá, abençoado seja o seu nome, toma.

O garoto continuou fitando o chão.

— Por favor, mestre — sussurrou. — Eu não compreendo.

— Não cabe a nós compreender, Mehmet — sentenciou o homem, erguendo o queixo do garoto de modo que o olhasse nos olhos. O garoto também tinha uma cicatriz profunda logo abaixo do centro de sua testa.

— Devemos simplesmente saber que Deus tem um propósito e que somos parte desse propósito. Não questionamos o Todo-Poderoso. Somente cumprimos o que nos é atribuído. Sem questionar. Sem hesitar.

— Sim, mestre — sussurrou o garoto, subjugado.

— Ele nos reservou uma grande tarefa. Uma busca. Se formos bem-sucedidos, a recompensa será grande. Se falharmos...

— E aí, mestre? E se falharmos? — O garoto pareceu terrificado.

O homem afagou os seus cabelos, confortando-o.

— Não falharemos. — Ele sorriu. — A estrada pode ser dura, porém atingiremos o seu fim. Já não disse a você? Somos os escolhidos de Deus.

O garoto sorriu e impulsivamente enlaçou a cintura do homem com seus braços, abraçando-o. O homem afastou-o.

— Há muito trabalho a fazer. Chame o dr. Dravic. Diga-lhe que deve encontrar a peça que falta. Entende? Ele precisa encontrar a peça que falta.

— Ele precisa encontrar a peça que falta — repetiu o garoto.

— Enquanto isso, tudo continua conforme combinado. Nada muda. Pode lembrar-se disso?

— Sim, mestre.

— Levantamos acampamento em uma hora. Vá.

O garoto deixou a tenda e saiu em disparada. Sayf al-Tha'r ficou observando-o afastar-se.

Eles o tinham encontrado quatro anos atrás, um órfão de rua, cavoucando para achar comida como um bicho, entre os refugos do Cairo. Analfabeto, sem parentes, selvagem, foi banhado e alimentado, e com o tempo tornou-se um deles, recebendo a marca da fé na testa e jurando vestir apenas o preto, cor da força e da lealdade.

Era um bom garoto — simples, inocente, devotado. Havia outros como ele na região, centenas deles, milhares. Enquanto o rico enchia a sua barriga e adorava os seus falsos ídolos, crianças como Mehmet passavam fome. O mundo estava doente. Tomado pelas trevas. Dominado pelo *Kufr*. Ele, contudo, estava lutando para consertar tudo. Para defender o oprimido. Combater o infiel. Restaurar as leis dos fiéis.

E, agora, subitamente, magicamente, os recursos de que necessitava para completar sua tarefa lhe haviam sido indicados. Indicados, e nada mais. Deus dá, Deus toma. Era frustrante. Entretanto, sabia que havia um propósito nisso. Deus sempre tem um propósito. E neste caso? Para pôr à prova o seu servo, é claro. Para testar a sua fidelidade. Uma vida fácil produz apenas uma fé fragilizada. Enquanto na adversidade descobre-se a profundidade da fé. Alá estava testando a sua devoção. E ele não o desapontaria. A peça seria encontrada. Não importava quantas mortes fossem necessárias. Ele, o servo, não falharia para com seu amo. E o amo, ele sabia, tampouco o desapontaria enquanto ele não fraquejasse. Ficou observando o garoto por mais algum tempo e então, voltando à tenda, ajoelhou-se, inclinou a cabeça até o chão e retomou suas preces.

13

Cairo

Tara abriu o envelope assim que se viu de volta ao hotel. Sabia que não devia fazê-lo, que devia simplesmente jogá-lo fora, mas não conseguiu resistir. Mesmo depois de seis anos, ainda havia uma parte dela que não era capaz de deixá-lo ir.

— Seu desgraçado! — murmurou, enfiando o dedo por baixo da aba do envelope e rasgando-o. — Você tinha de voltar, seu desgraçado! Seu desgraçado!

Olá, Michael,

Vou ficar na cidade por algumas semanas. Você já voltou de Saqqara? Se assim for, convido você para um drinque. Estou no Hotel Salah al-Din (753127), no entanto, você vai me encontrar, quase todas as noites, no salão de chá na esquina de Ahmed Maher com Bursa'id. Acho que o nome do lugar é Ahwa Wadood.

Espero que a temporada esteja correndo bem, e tomara que possamos nos ver.

Daniel L.

P.S. Teve notícias de Schenker? Estão achando que ele encontrou o túmulo de Imhotep! Caralho!

Ela sorriu, a contragosto. Típico de Daniel, fingir seriedade e depois pontuá-la com um expletivo vulgar. Pela primeira vez, novamente, depois de tanto tempo, sentiu aquele aperto na garganta, um vazio no fundo do estômago. Meu Deus, ele a magoara tanto!

Releu o bilhete, em seguida o amassou até transformá-lo numa bola de papel, arremessando-a para o outro lado do quarto. Agarrando uma garrafa de vodca do frigobar, saiu para a sacada, porém voltou quase imediatamente e atirou-se na cama, fixando os olhos no teto. Passaram-se cinco minutos, dez, doze. Então, levantou-se, pegou a sua mochila e deixou o quarto.

— Salão de Chá Ahwa Wadood — disse ao primeiro motorista na fila de táxis do lado de fora do hotel. — Esquina de Ahmed Maher com...

— Bursa'id — completou o homem, abrindo a porta para ela. — Sei onde fica.

Ela entrou no táxi e o veículo deu partida.

"Sua idiota", recriminou-se Tara em pensamentos, observando, através da janela, as vitrines brilhantemente iluminadas das lojas. "Sua fracota imbecil! Criatura desprezível!"

Do outro lado da rua, um Mercedes empoeirado deslizou de junto do meio-fio e sorrateiramente colocou-se na traseira do táxi, uma pantera no encalço de sua presa.

Ela lembrava muito bem a primeira vez em que haviam se encontrado. Fora há quanto tempo? Meu Deus, quase oito anos.

Ela estava no segundo ano do University College London, estudando zoologia, dividindo um apartamento com três amigas. Seus pais estavam morando em Oxford, o casamento deles rapidamente se aproximando de um colapso, e certa noite ela fora jantar na casa deles.

Era para ser uma reunião familiar, apenas eles três, o que já era suficientemente complicado, já que seus pais mal estavam se falando, na época. Logo que chegou, no entanto, o pai a avisara que teriam um colega dele como convidado.

— Um sujeito bom para conversar — comentou ele —, meio inglês, meio francês, pouco mais velho do que você. Está fazendo um Ph.D. em práticas funerárias do Último Período, na Necrópole de Tebas. Acabou de voltar após três meses escavando no Vale dos Reis. Um autêntico gênio. Sabe mais sobre iconografia de túmulos e sobre livros de vida depois da morte do que qualquer pessoa que eu conheça.

— Parece fascinante — resmungou Tara.

— Sim, acho que você vai gostar dele — disse seu pai, sorrindo, sem se dar conta da ironia. — Ele é um sujeito estranho. Muito envolvido com o trabalho. Claro que todos somos assim, em certa medida, mas ele parece um caso particular. Dá a impressão de que cortaria a própria mão se achasse que isso poderia aumentar o seu conhecimento do assunto. Ou a mão de qualquer pessoa, aliás. É um fanático.

— Somente alguém da mesma espécie pode reconhecer seu semelhante.

— É verdade, acho... Mas, pelo menos, tenho você e sua mãe. Daniel não parece ter ninguém. Fico preocupado com ele, para ser sincero. É exageradamente obsessivo. Se não tiver muito cuidado, vai acabar levando a si mesmo para uma sepultura, antes do tempo.

Tara bebeu a sua vodca costumeira de antes do jantar. Práticas funerárias do Último Período. Deus do céu!

O convidado estava quase uma hora atrasado e já discutiam se deveriam começar o jantar sem ele, quando a campainha tocou. Tara foi atender, ligeiramente embriagada a essa altura e forçando-se a ser educada.

"Com um pouco de sorte, ele vai embora logo após o jantar", pensou. "Por piedade, faça com que ele vá embora logo após o jantar."

Ela se deteve por um momento para se recompor, em seguida encaminhou-se até a porta e abriu-a.

"Oh, Meu Deus, você é lindo!"

Mas isso, afortunadamente, foi apenas um pensamento, não exprimido em voz alta, se bem que algum sinal de surpresa deve ter transparecido no seu rosto, já que ele era exatamente o contrário de tudo o que estivera esperando: alto, moreno, com as maçãs do rosto salientes e olhos castanhos tão escuros que eram praticamente pretos, como poças de água enegrecidas pelo acúmulo de musgos. Ela ficou lá em pé, parada, contemplando-o.

— Sinto muito pelo atraso — disse ele, seu sotaque inglês com uma leve vibração gaulesa no final das vogais. — Tinha trabalho para concluir.

— As práticas funerárias do Último Período na Necrópole de Tebas — replicou ela, parecendo embaraçosamente embaraçada.

Ele riu.

— Na verdade, eu estava preenchendo um pedido de financiamento. Provavelmente, algo um pouco mais interessante. — Ele estendeu a mão. — Daniel Lacage.

Ela a apertou.

— Tara Mullray.

Permaneceram apertando-se as mãos por um instante a mais do que o necessário e então foram para a sala.

O jantar foi maravilhoso. Daniel e o pai de Tara passaram a maior parte do tempo trocando idéias sobre um ponto obscuro a respeito da história do Novo Reinado — se teria ou não havido uma co-regência entre Amenófis III e o seu filho Akenaton. Ela já escutara discussões como essas — e fugira delas — uma centena de vezes antes. Com Daniel envolvido, no entanto, a argumentação assumia uma curiosa proximidade, como se os estivesse afetando naquele momento e naquele lugar, e não como se fosse um debate acadêmico monótono sobre um tempo tão distante que mesmo a história o tinha esquecido.

— Sinto muito — disse ele, sorrindo para Tara, no momento em que a mãe dela servia o pudim. — Isto deve ser uma tortura para você.

— De jeito nenhum — ela replicou. — Pela primeira vez em minha vida, o Egito está me parecendo de fato interessante.

— Muitíssimo obrigado — disse o pai rispidamente.

Após o jantar, os dois dirigiram-se para o jardim dos fundos para fumar um cigarro. Era uma noite quente, o céu apinhado de estrelas, e caminharam um pouco pelo gramado, sentando-se depois num balanço rústico.

— Acho que, lá dentro, você estava sendo apenas educada — disse ele pondo dois cigarros na boca, acendendo-os e passando um para ela. — Não havia necessidade disso.

— Não sou educada — respondeu ela, aceitando o cigarro. — Ou pelo menos não esta noite.

Ficaram ali sentados, em silêncio, durante algum tempo, balançando-se gentilmente para a frente e para trás, os corpos próximos porém não ainda se tocando. Ele tinha um perfume, não era loção após-barba, alguma coisa mais encorpada, menos manufaturada.

— Papai contou que você esteve escavando no Vale dos Reis — disse ela, afinal.

— Na verdade, um pouco para cima, lá nas colinas.

— Está procurando alguma coisa em particular?

— Oh, alguns túmulos do Último Período. Da vigésima sexta dinastia. Nada muito interessante.

— Achei que fosse um fanático sobre o assunto.

— E sou — replicou ele. — Só que esta noite, não.

Eles riram, os olhos fixos um no outro por um certo momento, depois voltando-se para olhar o céu. Acima deles os galhos de um velho pinheiro torciam-se como braços entrelaçados. O silêncio que se seguiu foi bastante comprido. Finalmente, ele falou:

— É um lugar mágico, sabe? O Vale dos Reis. — Sua voz soava baixo, quase um sussurro, como se estivesse falando para si mesmo e não para ela. — Faz a gente sentir um arrepio descendo pela espinha só de pensar nos tesouros que já foram enterrados ali. Quero dizer, olhe só o que acharam com Tutankâmon. E ele era um faraó menor. Um ninguém. Pense no que deve ter sido enterrado com um soberano verdadeiramente grande... Um Amenófis III, ou um Horemheb, ou um Seti I.

Ele reclinou a cabeça para trás, sorrindo, subitamente perdido em seus pensamentos.

— Com freqüência fico conjeturando como que deve ser encontrar algo assim. Claro que nunca acontecerá de novo. Tutankâmon é um caso único, a chance de seu túmulo ter sobrevivido era de uma em um bilhão. Só que não consigo parar de pensar nisso. A excitação. A comoção. Nada jamais poderia se comparar a isso. Nada neste mundo. Mas, então, é claro que...

Ele suspirou.

— O quê?

— Ora, é algo que provavelmente não duraria, a excitação. Essa é a coisa da arqueologia. Um achado nunca é o bastante. A gente está sempre tentando se superar. Olhe só o Carter. Depois de tirar tudo do túmulo de

Tutankâmon, passou os últimos dez anos da vida anunciando a todos que sabia onde Alexandre, o Grande, estava enterrado. Qualquer um consideraria que o maior achado da história da arqueologia seria o bastante, mas não foi. É como um dilema. A gente passa a vida inteira escavando os segredos do passado e ao mesmo tempo se preocupando com a possibilidade de que um dia não haverá mais nenhum segredo deixado para ser descoberto.

Ele ficou em silêncio por algum tempo, o cenho franzido, então esmagou o cigarro no braço do balanço e soltou uma risada. — Escute, aposto que você ia preferir estar lá dentro ajudando a lavar os pratos.

Seus olhos encontraram-se novamente e, como se agissem independentemente do resto do corpo, os dedos escorregaram através do assento e se tocaram. Foi um gesto inocente, quase imperceptível, e contudo ao mesmo tempo carregado de intenções. Eles desviaram os olhos. Mas as pontas dos dedos permaneceram em contato, algo irreversível fluindo entre eles.

Encontraram-se em Londres, três dias mais tarde, e em uma semana já haviam se tornado amantes.

Fora um tempo mágico, o melhor de sua vida. Ele tinha um apartamento em Gower Street — um minúsculo sótão com duas estreitas clarabóias e sem aquecimento central —, e essa tinha sido a alcova dos dois. Faziam amor dia e noite, jogavam gamão, faziam piqueniques entre os lençóis, faziam amor novamente, devoravam um ao outro.

Ele era um desenhista brilhante, e ela havia se deitado sobre a cama, nua, tímida e ruborizada, para que ele a desenhasse, esboços a lápis, carvão, craiom, cobrindo folhas e folhas com sua imagem, como se cada desenho fosse de alguma forma uma afirmação oficial de seu caso de amor.

Um amigo de Daniel lhe emprestava uma velha motocicleta Triumph e, nos fins de semana, os dois saíam para uma volta no campo. As mãos de Tara agarradas à cintura dele, eles procuravam cantos secretos nos quais pudessem ficar sozinhos, juntos — uma floresta silenciosa, uma margem de rio deserta, alguma estreita faixa de litoral sem ninguém à vista.

Ele a levou numa excursão pelo Museu Britânico, assinalando alguns objetos que lhe eram particularmente especiais, que lhe causavam entusiasmo, explicando sua história: um tablete de escrita cuneiforme de Amarna, um hipopótamo azul vitrificado, um fragmento da época de Ramsés com a figura de um homem possuindo uma mulher por detrás.

— "Sereno é o desejo de minha pele" — disse ele, traduzindo o texto em hieróglifo abaixo de uma das faces da pedra.

— Mas o meu não é — riu ela, agarrando o rosto dele e beijando-o apaixonadamente, sem ligar para os turistas em volta.

Juntos, visitaram também outras coleções — o Petrie, o Bodleian, o Sir John Soane Museum para ver os sarcófagos de Seti I —, e ela por sua vez levou-o ao zoológico de Londres, onde uma amiga sua, que estava trabalhando lá, trouxe uma píton para Daniel segurar, coisa que ele não achou nada divertida.

Por essa época, finalmente, os pais dela haviam se separado, mas Tara estava tão envolvida no seu relacionamento com Daniel que o episódio praticamente não a afetou. Tara graduou-se no curso que fazia e iniciou os estudos para o Ph.D., ainda desligada do que estava acontecendo, como se tudo o mais fosse parte de algum universo paralelo, distante da realidade inteiramente absorvente do seu relacionamento com Daniel. Ela tinha sido tão feliz. Tão completa.

— O que mais pode haver? — perguntou ela, certa noite, os dois deitados juntos depois de fazerem amor como num surto, especialmente intenso.

— O que mais você poderia querer? — perguntou Daniel.

— Nada — replicou ela, aconchegando-se a ele. — Nada neste mundo.

— Daniel é uma pessoa de enorme talento — seu pai lhe dissera quando ela lhe contou sobre o relacionamento deles. — Um dos mais brilhantes estudantes que já tive o privilégio de ter em minhas classes. Vocês formam um belíssimo casal. — Ele fez uma pausa e depois acrescentou: — Mas, tome cuidado, Tara. Como toda pessoa talentosa, ele tem uma espécie de sombra sobre si. Não o deixe magoá-la.

— Ele não vai fazer isso, papai — replicara. — Sei que ele não vai fazer isso.

Curiosamente, no seu íntimo, ela sempre culpou o pai, e não Daniel, por ele tê-la de fato magoado, como se tivesse sido o aviso que houvesse fraturado a relação dos dois, e não a pessoa sobre a qual fora prevenida.

O Salão de Chá Ahwa Wadood era um estabelecimento decadente, com serragem no chão e mesas abarrotadas de homens idosos bebendo chá e jogando dominó. Ela o viu assim que entrou, no outro extremo do salão, fumando um cachimbo *shisha*, cabeça encurvada sobre um tabuleiro de gamão, totalmente absorto. Não mudara quase nada. Desde a última vez em que se viram, seis anos atrás, apenas seu cabelo estava um pouco mais comprido, seu rosto mais queimado pelo sol. Ela o ficou observando fixamente por um momento, lutando contra um ataque de náuseas, e então encaminhou-se para onde ele estava. Antes que Daniel erguesse os olhos, ela já se havia postado bem à frente dele.

— Tara!

Os olhos escuros dele arregalaram-se. Por um longo momento, ficaram olhando um para o outro, sem dizer nada, e em seguida, inclinando-se sobre a mesa, ela ergueu a mão e lhe deu uma bofetada.

— Seu sacana — sibilou ela.

Luxor, as Colinas de Tebas

O louco agachou-se junto à fogueira, espetando as brasas com um graveto. Ao seu redor, os rochedos íngremes avultavam grandes e silenciosos. Além dele, o outro único sinal de vida era o ocasional uivo de um cão selvagem. Sobre seus ombros uma deslumbrante lua em curva, suspensa contra a noite.

Ele observava fixamente as chamas bruxuleantes, sua face encovada e empoeirada, os nós de seus cabelos sujos balançando sobre os ombros do *djellaba* puído. Ele podia enxergar deuses no fogo: estranhas figuras com corpos humanos e cabeças de bestas. Havia um com cabeça de chacal, outro semelhante a um pássaro e outro com uma touca alta e um alongado focinho de crocodilo. As figuras o assustavam, mas também o deliciavam. Ele começou a balançar os quadris, os lábios trêmulos, mesmerizado pelas imagens de fogo aos seus pés.

Agora as chamas lhe revelavam outros segredos; uma sala escura, um caixão, jóias, objetos empilhados contra uma parede, espadas, escudos, facas. Sua boca imobilizou-se, aberta, de tanta admiração.

As chamas escureceram-se, porém apenas por instantes, e quando se avivaram novamente a sala desaparecera e no seu lugar havia outra coisa. Um deserto. Quilômetros e mais quilômetros de areia ardente, e através dela um grande exército marchando. Ele escutou o rumor de patas, o tilintar de armaduras, uma canção avolumando-se. E também outro som, distante, como o rosnado de um leão. Parecia vir debaixo da areia, num crescendo, até que todos os demais sons perderam-se dentro dele. As pálpebras do homem começaram a tremer e sua respiração tornou-se mais apressada. Ele levantou as mãos finas e manteve-as tapando os ouvidos, pois o ronco começava a feri-los. As chamas saltavam, um vento começou a soprar e então, diante de seu olhar horrorizado, as areias do deserto começaram a borbulhar e a espumar como água. E se agitavam, encapelavam-se, e a seguir ergueram-se bem alto à frente dele, crescendo como uma onda gigantesca de um maremoto, mais e mais alta, engolfando o exército inteiro. Ele gritou e arremessou-se para trás, sabendo que também desapareceria debaixo da areia, se não fugisse. Pulou, colocando-se de pé, e saiu correndo loucamente, avançando pelas colinas, uivando...

— Não! — Seus gritos ecoavam dentro da noite. — Que Alá me proteja! Que Alá tenha piedade de minha alma! Nãooo!

14

Cairo

Jenny a descrevera como a semana Mike Tyson de Tara. Primeiro, Daniel a deixara, depois, quase imediatamente, descobrira que sua mãe tinha um câncer inoperável. Dois golpes letais, vindos do nada, um seguido do outro, nocauteando-a.

— Opa! — Jenny exclamara. — É assim que faz o Mike Tyson, quando ele pega pra valer.

Revendo o passado — e nos últimos seis anos ela não fizera outra coisa senão rever o passado, a coisa toda girando dentro da sua cabeça como se fosse sempre a mesma fita de vídeo —, percebia que os sinais estiveram presentes desde o começo.

A despeito da intimidade deles, uma parte de Daniel sempre se mantivera alheia. Eles acabavam de fazer amor e, imediatamente, ele sumiria tragado por suas leituras, como se a intensidade dos sentimentos que haviam brotado dele o alarmasse. Conversavam muito, mas, de certa forma, ele nunca revelou qualquer coisa sobre si mesmo. Depois de mais de um ano juntos, ela ainda não havia descoberto quase nada sobre o passado dele, como um escavador que tenta cavar e cavar, e acaba sempre batendo em pedra sólida, quase rente à superfície. Ele nascera em Paris, perdera seus pais num acidente de carro quando tinha dez anos, veio morar com uma tia na Inglaterra, fizera seus primeiros estudos universitários em Oxford. E era tudo. Como se ele submergisse na história do Egito para compensar a falta de uma história pessoal.

No entanto, os sinais sempre estiveram presentes. Mas ela os desconsiderara. Recusara-se a reconhecê-los. E o havia amado tanto...

O final chegara completamente sem aviso. Certa tarde, quando já havia dezoito meses que estavam juntos, entrara no apartamento dele, haviam se abraçado, haviam até mesmo se beijado, mas então ele se afastou.

— Tive notícias hoje do Conselho Supremo de Antigüidades — anunciou ele, olhando fixamente em sua direção, mas para baixo, evitando o contato visual. — Recebi a concessão para escavar no Vale dos Reis. Para dirigir minha própria expedição.

— Daniel, isso é maravilhoso! — gritou ela, aproximando-se e lançando os braços em torno dele. — Estou tão orgulhosa de você!

Tara pendurou-se nos ombros dele por um momento, depois afastou-se, sentindo que ele não retribuía o abraço, que havia mais para ser dito.

— O que foi?

Os olhos dele pareciam mais escuros do que o habitual.

— Isso significa que tenho de morar no Egito por algum tempo.

Ela riu.

— Mas é claro que você tem de morar no Egito. O que você estava esperando? Passar lá somente os finais de semana?

Ele sorriu, mas havia algo vazio na expressão do seu rosto.

— É uma grande responsabilidade, Tara. Tive a permissão para escavar em um dos maiores sítios arqueológicos do mundo. Uma enorme honra. Vou precisar... focalizar toda a minha atenção nisso.

— Claro que vai ter de focalizar toda a sua atenção nisso.

— Toda a minha atenção.

Algo na maneira como enfatizou o *toda* provocou um ligeiro estremecimento, que a percorreu por inteira, como o aviso de um terremoto mais forte, prestes a acontecer. Tara recuou alguns passos, seus olhos caçando os dele, mas foi incapaz de capturá-los.

— O que está dizendo, Daniel? — Silêncio... Ela aproximou-se novamente, tomando as mãos dele. — Está tudo bem. Posso viver sem você por alguns meses. Vai ser bom.

Havia uma garrafa de vodca sobre a escrivaninha atrás dele e, tirando suas mãos das dela, ele a apanhou e serviu-se de um copo.

— É mais do que isso, Tara.

Outro tremor a percorreu, mais forte, desta vez.

— Não estou entendendo...

Ele engoliu a vodca de um único gole.

— Acabou, Tara.

— Acabou?

— Sinto muito por ser tão grosseiro, mas não posso colocar a coisa de outra maneira. Venho esperando uma oportunidade como esta por toda a minha vida. Não posso permitir que qualquer coisa atrapalhe. Nem mesmo você.

Ela permaneceu olhando para ele por um momento e então, como se tivesse recebido um soco no estômago, cambaleou para trás, amparando-se no umbral da porta, procurando apoio. A sala ao seu redor espessou-se, tornou-se indistinta.

— E como eu iria... atrapalhar?

— Não consigo explicar, Tara. É só que preciso me concentrar no trabalho. Não posso ter nenhum... estorvo.

— Estorvo! — Ela lutou para controlar a voz, para encontrar palavras. — É isso que represento para você, Daniel? Um estorvo?

— Não é isso. É que apenas preciso... ficar livre para realizar o meu trabalho. Não posso ter laços me prendendo. Sinto muito. Sinto mesmo. Este último ano com você foi a melhor coisa da minha vida. Só que...

— Você encontrou algo melhor.

Houve uma pausa.

— Sim — disse ele, afinal.

Ela escorregou para o assoalho então, envergonhada por suas lágrimas, mas incapaz de controlá-las.

— Meu Deus — soluçava. — Oh, meu Deus, Daniel, por favor, não faça isso comigo.

Quando saiu, vinte minutos mais tarde, sentia-se como se tudo dentro dela tivesse sido raspado para fora. Durante dois dias, não teve mais notícias de Daniel e, por fim, incapaz de manter-se longe, retornou ao apartamento dele. Bateu na porta, mas ninguém abriu.

— Ele se mudou — informou um estudante que morava no andar de baixo. — Foi para o Egito, ou um lugar desses qualquer. Na semana que vem vai chegar um novo inquilino.

Ele não lhe deixara sequer um bilhete.

Teve vontade de morrer. Chegou até a comprar cinco frascos de aspirinas e uma garrafa de vodca.

Naquela semana, no entanto, recebera a notícia do câncer de sua mãe e isso, por alguma razão, atenuara o sofrimento da dolorosa partida de Daniel, uma agonia cancelando a outra.

Tara cuidara da mãe durante os quatro breves meses que ela ainda teve de vida, e no redemoinho de ter acompanhado sua lenta depauperação, conseguiu superar o final do relacionamento. Quando a mãe por fim morreu, Tara organizou o funeral e depois viajou para o exterior por um ano, primeiro para a Austrália, depois para a América do Sul. Na volta, comprou o seu apartamento, arranjou um emprego no zôo, restabelecendo assim alguma espécie de equilíbrio.

No entanto, a dor jamais a deixara inteiramente. Tinha havido outras relações, porém ela sempre se conservou retraída, não querendo arriscar a sofrer mesmo uma fração do tormento que vivenciara com Daniel.

Nunca mais o vira, nem tivera notícias dele novamente. Até aquela noite.

— Acho que fiz por merecer isso — disse ele.

— Fez, sim — replicou ela. — E muito.

Haviam deixado o salão de chá, olhares e sussurros às suas costas, e agora estavam descendo a Ahmed Maher rumo ao coração do bairro islâmico, passando por quiosques vendendo lâmpadas e cachimbos de *shisha*, roupas e vegetais. O ar estava saturado de odores agridoces de condimentos, e também de esterco e mercadoria barata, uma centena de ruídos diferentes assaltavam os seus ouvidos — martelos batendo, música, apitos e, saindo de uma porta de loja, o lento e rítmico rangido de uma enorme máquina de fazer aletria.

Chegaram a um cruzamento e viraram à esquerda, atravessando um portal de pedra com entalhaduras ornamentais, dois minaretes despontando bastante altos sobre eles. Uma estreita rua estendia-se adiante, ainda muito mais apinhada de gente do que a que haviam deixado. Cinqüenta metros à frente, entraram numa aléia estreita e detiveram-se diante de uma pesada porta de madeira. Uma placa na parede dizia Hotel Salah al-Din. Daniel abriu a porta e entraram num pequeno pátio arenoso, com uma fonte inteiramente seca ao centro e uma galeria de madeira correndo acima das suas cabeças.

— Lar doce lar — disse ele.

O quarto era no andar superior, abrindo-se para a galeria, simples mas limpo. Ele acendeu a luz, baixou as venezianas da janela e serviu para ambos uma dose generosa de uísque. Da rua embaixo, vinha o ruído de rodas de carroças e o murmúrio de vozes humanas. Ficaram em silêncio por um longo tempo, até que finalmente ele falou:

— Não sei o que dizer.

— Quem sabe... *eu sinto muito*?

— Ia adiantar alguma coisa?

— Seria um começo, sim.

— Então, sinto muito, Tara. Sinto de verdade.

Havia um pacote de charutos tipo *cheroot* sobre a mesa junto dele. Daniel puxou um deles e acendeu-o, exalando uma nuvem densa de fumaça. Parecia constrangido e nervoso, seus olhos passando rapidamente por ela e desviando-se logo a seguir. Na luz brilhante e fria do quarto, ela pôde ver que ele envelhecera mais do que tinha pensado à primeira vista. Havia mechas grisalhas em meio aos seus cabelos escuros e rugas cortando a testa. No entanto, ainda era bonito. Meu Deus, como era bonito.

— Quando começou a fumar essa coisa? — perguntou.

Ele deu de ombros.

— Alguns anos atrás. Carter costumava fumar charutos como estes. Achei que podia atrair um pouco da sorte que ele teve.

— E conseguiu?

— Para dizer a verdade, não.

Ele tornou a encher o seu copo e o dela também. Escutou-se o som alto de uma buzina, lá embaixo, uma moto tentando abrir caminho entre a multidão.

— Então, como foi que você me encontrou? — perguntou ele. — Não acho que tenha entrado naquele salão de chá por acaso.

— Li o bilhete que você deixou para o meu pai.

— Ah, claro. Como está ele?

Ela contou.

— Deus do céu! Sinto muito. Não sabia de nada. É verdade, não sabia.

Ele colocou o copo de lado e aproximou-se dela, estendendo os braços como se para abraçá-la. Mas ela ergueu a mão, contendo-o, e ele deixou cair os braços junto ao corpo.

— Sinto muito, Tara. Se houver alguma coisa que eu possa fazer...

— Já está tudo sendo providenciado.

— Mas, se precisar...

— Já está tudo sendo providenciado.

Ele assentiu de cabeça e afastou-se. Fez-se mais um longo silêncio. Ela se perguntou o que estava fazendo ali, o que podia estar querendo. Novelos de fumaça do *cheroot* rodeavam a lâmpada.

— E aí, o que você tem feito nos últimos seis anos? — perguntou Tara, enfim, consciente de que a pergunta parecia absolutamente superficial.

Daniel bebeu o seu uísque de um único trago.

— O de sempre... Escavações. Um pouco de leitura. Escrevi alguns livros.

— E está morando aqui, agora?

Ele fez um movimento negativo com a cabeça.

— Em Luxor. Estou no Cairo apenas por alguns dias. Negócios.

— Não sabia que você ainda mantinha contato com papai.

— E não mantinha — respondeu. — Nunca mais nos falamos desde... — Ele interrompeu-se e serviu-se de outro uísque: — Pensei que seria bom nos vermos. Não sei por quê. Pelos velhos tempos, essas coisas. Duvido que ele tivesse me procurado. Passou a me odiar pelo que fiz.

— Então somos dois.

— Sim — murmurou. — Acho que é isso mesmo.

Terminaram a garrafa de uísque, garimpando novidades um do outro, patinando sobre a superfície das coisas, sem ir fundo demais. Lá fora, o barulho na rua cresceu até atingir o pico, depois, lentamente, começou a dissipar-se, à medida que as lojas iam se fechando, com a noite, e os transeuntes iam rareando na rua.

— Você nem sequer escreveu para mim — disse ela, brincando com o copo. Já era tarde agora, sua mente turvada pelo uísque e pela exaustão. A rua lá fora estava vazia e silenciosa, pedaços de papéis eram carregados pelo vento como se a carne da cidade estivesse se descamando.

— Você gostaria que eu tivesse escrito?

Ela pensou e depois sacudiu a cabeça.

—Não.

Estava sentada na beirada da cama. Daniel estava num sofá empoeirado, encostado à parede oposta.

— Você ferrou com a minha vida — disse ela.

Ele ergueu a vista para ela e seus olhos se encontraram brevemente, até que Tara inclinou a cabeça para trás e terminou sua bebida.

— Seja como for, é tudo passado agora. Terminou.

E no mesmo instante em que dizia essas palavras, sabia que não eram verdadeiras. Que ainda havia alguma coisa para acontecer. Algum desfecho mais profundo.

Na rua, antes do grande portal de pedra que haviam atravessado horas atrás, o Mercedes preto empoeirado encontrava-se silenciosamente estacionado junto ao meio-fio, aguardando.

15

LUXOR

— E você não sabe de nada sobre um novo achado? — perguntou Khalifa, entediado, esmagando a ponta do seu cigarro numa xícara de café vazia.

O homem diante dele balançou a cabeça.

— Um túmulo? Um esconderijo? Qualquer coisa fora do comum?

Outro balançar de cabeça.

— Vamos, Omar. Se alguma coisa está acontecendo por aí, cedo ou tarde vamos descobrir. Por que não conta de uma vez?

O homem deu de ombros e assoou o nariz na manga da sua túnica.

— Não sei de nada — disse. — Absolutamente nada. Está perdendo seu tempo comigo.

Eram oito da manhã e Khalifa passara a noite inteira acordado. Seus olhos ardiam, a boca estava seca e a cabeça latejando. Fazia já dezessete horas, com apenas breves intervalos para as preces e para comer qualquer coisa, que ele e Sariya estavam entrevistando todos os indivíduos de Luxor com ligações conhecidas com o comércio de antigüidades, esperando encontrar uma pista no caso Abu Nayar. A tarde inteira do dia anterior, toda a noite e toda a manhã, um fluxo constante de notórios atravessadores, passando pelo distrito policial em Sharia el-Karnak, e todos respondendo exatamente a mesma coisa: não, não sabiam de nada a respeito de novas antigüidades chegando ao mercado; e, sim, se lembrassem de alguma coisa, se algo lhes ocorresse, entrariam em contato. Era como ser forçado a escutar a mesma fita gravada, vezes e vezes seguidas.

Khalifa acendeu outro cigarro. Não que estivesse com vontade de fumar, apenas precisava de alguma coisa para manter-se acordado.

— Mas como é que pode? Você acha que alguém como Abu Nayar poderia comprar um aparelho de televisão novo e uma geladeira para a sua mãe? — perguntou ele.

— Mas que diabo! Como é que vou saber? — grunhiu Omar, um homem pequeno, cabelos duros como arame e nariz bulboso. — Eu mal o conhecia.

— Ele encontrou alguma coisa, não foi?

— Você é que está dizendo.

— Ele encontrou alguma coisa e por isso foi morto. E você sabe o que ele encontrou.

— Não sei de nada.

— Você é um Abd el-Farouk, Omar! Nada acontece em Luxor sem que a sua família tome conhecimento.

—Mas, neste caso em particular, não sabemos de nada. Quantas vezes vou ter de repetir? Não sei de nada. Nada. Nada.

Khalifa se pôs de pé e foi até a janela, soltando baforadas do cigarro. Sabia que estava perdendo tempo. Omar não iria lhe dizer coisa alguma e ponto final. Poderia ficar fazendo perguntas a ele até cansar, e não faria a menor diferença. Ele soltou um profundo suspiro.

— Tudo bem, Omar — disse sem se virar. — Já pode ir. Entre em contato, se lembrar de alguma coisa.

— Com certeza! — disse Omar rapidamente, levantando-se e indo para a porta. — Eu ligo para você na mesma hora.

E mais rapidamente ainda saiu da sala, deixando Khalifa e seu assistente a sós.

— Quantos faltam? — perguntou Khalifa.

— Era o último — respondeu Sariya, inclinando-se à frente e esfregando os olhos. — Já falamos com todos. Não há mais nenhum.

Khalifa arriou numa cadeira e acendeu outro cigarro, sem notar que havia deixado um queimando no cinzeiro sobre o peitoril da janela.

Talvez estivesse no caminho errado. Talvez a morte de Nayar não tivesse relação com antigüidades. Considerando tudo que havia escutado sobre a vítima, não faltavam razões para alguém desejar sua morte. E o fato é que ele não tinha nenhuma prova ligando o caso a antigüidades. Absolutamente nenhuma.

No entanto, tinha aquela sensação — algo que não poderia explicar direito —, mas havia algo lhe dizendo que a morte de Nayar estava ligada ao comércio de artefatos antigos, do mesmo modo que arqueólogos pressentem, lá no fundo, quando estão próximos de um achado importante. Era como um sexto sentido, um instinto. E no instante em que vira o cadáver com a tatuagem do escaravelho, sentira que era um caso em que o presente somente poderia ser explicado pelo passado.

E havia algumas pistas. No mínimo o suficiente para que a sua linha de investigação não parecesse totalmente sem sentido. Nayar estava efetivamente envolvido com o comércio de antigüidades. E efetivamente pusera as mãos numa boa soma de dinheiro — e era evidente que se tratava de mais dinheiro do que poderia ganhar nos biscates que fazia para manter a família. A esposa, quando Khalifa a interrogara brevemente na tarde anterior, negara saber se o marido estava ou não de posse de qualquer artefato, o que não seria nada surpreendente, a não ser pelo fato de ela ter feito isso antes que ele tivesse mencionado o assunto, como se estivesse preparada para responder a essa pergunta. E havia ainda a reação dos atravessadores que ele interrogara.

— Medo — exclamou, soprando um anel de fumaça para o teto e observando-a enquanto se expandia, à medida que subia no ar, para depois se dissipar lentamente.

— O quê?

— Eles estavam com medo, Mohammed. Os atravessadores. Todos eles, apavorados.

— Não me surpreende. Podem pegar cinco anos por fazer negócios com antigüidades roubadas.

Khalifa soprou novo anel.

— Não era de nós que tinham medo. De alguma outra coisa. Ou de outra pessoa.

Sariya estreitou os olhos.

— Não estou entendendo.

— Alguém os ameaçou, Mohammed. Estavam disfarçando, mas todos estavam morrendo de medo. Dava para ver, quando lhes mostramos as fotos de Nayar. Ficavam pálidos, como se pudessem ver a mesma coisa acontecendo a eles. Todos os atravessadores de antigüidades em Luxor estão se cagando nas calças. Nunca tinha visto nada parecido.

— Você acha que eles sabem quem matou Nayar?

— Eles suspeitam, é claro. Mas não vão falar. O fato é que estão com muito mais medo do pessoal que retalhou Nayar do que de nós.

Sariya bocejou. Khalifa notou que a boca dele parecia ter mais próteses do que dentes.

— Então, com quem diabos você acha que estamos lidando? — perguntou o sargento. — A máfia daqui? Gente do Cairo? Fundamentalistas?

Khalifa deu de ombros.

— Pode ser qualquer um desses, ou nenhum deles. Só tenho uma certeza... É coisa grande!

— Você acha mesmo que Nayar pode ter encontrado um novo túmulo?

— É possível. Ou quem sabe alguém achou e Nayar ficou sabendo. Ou talvez se trate apenas de alguns objetos. Mas é alguma coisa valiosa. Alguma coisa que faça valer a pena matar uma pessoa.

Ele jogou o cigarro pela janela. Sariya bocejou novamente.

— Sinto muito, senhor — disse ele. — Não tenho dormido muito ultimamente, ainda mais com o novo neném.

— É claro — sorriu Khalifa. — Tinha esquecido. Quantos são agora?

— Cinco.

Khalifa balançou a cabeça.

— Não sei onde você arranja tanta energia. Três quase me mataram.

— Você devia comer mais grão-de-bico — recomendou Sariya. — É o que dá resistência, você sabe! Potência!

A espontaneidade do seu assistente ao lhe dar o conselho divertiu Khalifa e ele começou a rir às gargalhadas. Por um momento, Sariya pareceu ofendido. Depois, também começou a rir.

— Vá para casa, Mohammed — disse Khalifa. — E coma grãos-de-bico hoje, depois durma um pouco, relaxe. Mais tarde, vá à margem oeste conversar com a esposa e a família de Nayar. Veja o quanto consegue desencavar.

Pondo-se de pé, Sariya pegou seu paletó das costas da cadeira e encaminhou-se para a porta. De repente, voltou-se.

— Senhor?

— Hum?

Ele torcia a manga da camisa, sem olhar diretamente para Khalifa.

— Acredita em maldições?

— Maldições?

— Sim. Maldições antigas. Como, por exemplo, a maldição de Tutankâmon.

Khalifa sorriu.

— Como aquelas que dizem que aqueles que perturbam o sono dos mortos encontrará um fim terrível?

— Algo assim.

— Você acha que é com isso que podemos estar lidando aqui? Uma maldição?

Sariya deu de ombros esquivamente.

— Não, Mohammed. Não acredito em nada disso. Tudo não passa de um bando de superstições idiotas, já que está me perguntando. — Ele pegou o seu maço de cigarros, mas, vendo que estava vazio, amassou-o, transformando-o numa bola, e arremessou-o para o canto da sala. — Mas acredito no diabo. Alguma coisa sombria que toma conta da mente e do coração de um homem e o transforma num monstro. Já vi isso acontecer. E, aqui, é o diabo que estamos procurando. O diabo de verdade.

Ele inclinou-se à frente e começou a massagear os olhos com os polegares.

— Que Alá nos guie — murmurou. — Que Alá nos dê força.

Mais tarde, depois de comer dois ovos cozidos e queijo como desjejum, Khalifa cruzou o rio, pegou um táxi e seguiu nele até Dra Abu el-Naga, onde desceu, pagou as vinte e cinco piastras da tarifa e começou a subir a estrada na direção do Templo de Hatchepsut, em Dei rel-Bahri.

Aquele templo era um de seus monumentos favoritos. Um complexo de tirar o fôlego composto de diversos salões, terraços e colunas, cortados na pedra viva na base da face de um penhasco de uma centena de metros de altura. Todas as vezes em que se deparava com o monumento, sentia-se atordoado com sua ousadia. Era uma das maravilhas de Luxor. De todo o Egito. Do mundo.

E, no entanto, algo do seu brilho se perdera. Em 1997, 62 pessoas, a maioria turistas, haviam sido massacradas ali por fundamentalistas. Khalifa estava interrogando um suspeito, nas proximidades, e fora um dos primeiros policiais a chegar à cena do crime. Passara meses despertando durante a noite, coberto de suor, escutando novamente o ruído de seus pés patinando no assoalho empapado de sangue. Agora, toda vez que via o templo, sua admiração era cortada por um calafrio de náuseas.

Ele seguiu adiante até chegar a uma fileira de lojas de suvenires empoeiradas, no lado direito da estrada. Os proprietários postavam-se de pé diante delas, chamando os turistas que passavam, insistindo para que viessem ver seus cartões-postais, jóias, chapéus de sol e esculturas de alabastro, cada um proclamando que as suas mercadorias eram de longe as mais baratas e as melhores de todo o Egito. Um deles avançou para Khalifa brandindo uma camiseta com a estampa de um berrante hieróglifo na frente, porém o detetive afastou-o com um gesto, tomou a direita, atravessou um estacionamento de carros pavimentado e deteve-se em frente a um toalete móvel.

— Suleiman! — chamou. — Suleiman, você está aí?

Um homenzinho num *djellaba* verde-claro emergiu lá de dentro, claudicando ligeiramente. Uma cicatriz comprida corria em diagonal, atravessando a sua testa, partindo de junto do olho esquerdo e desaparecendo mais acima, por debaixo da linha do cabelo.

— Inspetor Khalifa, é você?

— *Salaam Alekun.* Como vai, meu amigo?

— *Kwayyis, hamdu-lillah* — sorriu o homem. — Bem, graças a Alá. Aceita chá?

— Obrigado.

— Sente-se, sente-se!

O homem apontou para Khalifa um banco na sombra junto a um edifício e pôs para ferver uma chaleira atrás do *trailer*. Quando o chá ficou pronto, ele serviu duas xícaras e levou-as até onde estava Khalifa, procurando sentir com cuidado os passos naquele chão irregular, como se tivesse medo de tropeçar. Ofereceu uma xícara a Khalifa e sentou-se, colocando a sua sobre o banco, junto a ele. Khalifa pegou a mão do homem e enfiou nela uma sacola de plástico.

— Cigarros.

Suleiman remexeu na sacola com suas mãos desajeitadas, manuseou e retirou de dentro dela um maço de Cleopatras.

— Não devia fazer essas coisas, inspetor. Sou eu quem estou em dívida com o senhor.

— Você não me deve coisa alguma.

— Fora a minha vida.

Quatro anos atrás, Suleiman al-Rashid estava trabalhando como guarda no templo. Quando os fundamentalistas irromperam no local, fora baleado na cabeça, tentando proteger um grupo de mulheres e crianças suíças. Na balbúrdia depois do atentado, todo mundo supôs que ele estivesse morto. Mas Khalifa examinou-o, encontrando um fraquíssimo batimento em seu pulso, e chamou os médicos para cuidarem dele. Ficou entre a vida e a morte por várias semanas, mas conseguiu sobreviver, afinal. No entanto, as lesões que sofreu o deixaram cego, e ele não pôde reassumir suas funções como guarda. Agora, cuidava de um dos conjuntos de banheiros do lugar.

— Como está a cabeça? — perguntou Khalifa.

Suleiman deu de ombros e esfregou as têmporas.

— Mais ou menos. Hoje, está doendo um pouco.

— Tem visto o médico regularmente?

— Médicos! Bah! Que inúteis!

— Se tem sentido dor, precisa ser examinado.

— Estou bem, obrigado.

Suleiman era um homem orgulhoso e Khalifa sabia muito bem que não deveria pressioná-lo além de um certo ponto. Então, perguntou pela mulher e pela família dele, e brincou com ele por que seu time, el-Abli, tinha perdido para o time de Khalifa, el-Zamalek, no último campeonato do Cairo. Depois, caíram em silêncio. Khalifa ficou parado, observando um grupo de turistas descendo de seus ônibus.

— Estou precisando de sua ajuda, Suleiman — disse, afinal.

— Claro, inspetor. Qualquer coisa. Sabe muito bem que basta me pedir.

Kalifa tomou um gole do seu chá. Não se sentia bem em envolver o amigo, jogando com seu senso de obrigação. Suleiman já tinha problemas de sobra. Mas ele precisava de informações. E Suleiman estava sempre de ouvidos atentos.

— Acho que alguém encontrou alguma coisa importante — disse. —

Um túmulo, um esconderijo. Algo grande. Ninguém fala a respeito, o que não chega a surpreender, exceto pelo fato de que não é só a ganância que os está mantendo calados, é medo. Estão apavorados. — Ele acabou de tomar o chá. — Você ouviu alguma coisa?

Suleiman não disse nada, apenas continuou coçando as têmporas.

— Não gosto de ficar perguntando coisas a você, pode crer. Mas já mataram um homem e não quero outros cadáveres.

No entanto, Suleiman continuou calado.

— Há um túmulo novo? — perguntou Khalifa. — Nada acontece por aqui sem que você acabe sabendo.

Suleiman ajeitou-se no banco e apanhou o seu chá, começando a sorver pequenos goles, vagarosamente.

— Tenho escutado algumas coisas — disse, o olhar morto direcionado à frente. — Nada muito certo. Como você já disse, o pessoal está apavorado.

Ele virou a cabeça de súbito, voltando-se para as colinas, correndo os olhos sem visão pelos paredões de pedras com seu brilho castanho-amarelado.

— Está achando que estamos sendo observados? — perguntou Khalifa, seguindo a direção para a qual voltara-se Suleiman.

— Sei que estamos sendo vigiados, inspetor. Eles estão em todo lugar. Como formigas.

— Quem está em todo lugar? O que é que você sabe, Suleiman? O que foi que andou ouvindo?

Suleiman continuou a dar goles em seu chá. Seus olhos, Khalifa notou, começaram a lacrimejar.

— Rumores — ele murmurou afinal. — Palpites. Uma palavra aqui, outra ali.

— Dizendo...?

A voz de Suleiman transformou-se num sussurro.

— Que encontraram um túmulo.

— E?

— Que há alguma coisa extraordinária nele. Algo sem preço.

Khalifa girou a xícara em sua mão, remexendo a borra de chá acumulada no fundo.

— Tem idéia de onde foi?

Suleiman acenou com os olhos para os lados das colinas.

— Em algum lugar lá em cima.

Um estremecimento na cabeça.

— Tem certeza?

— Tenho.

Uma pausa longa. O asfalto do estacionamento ondulava sob a ação do calor. De algum lugar atrás deles soou o zurro de uma mula. Ali perto, um casal europeu estava pechinchando com um motorista de carro quanto ao preço de um passeio rio abaixo.

— Por que todo mundo está tão assustado, Suleiman? — perguntou Khalifa, com cuidado. — Quem os está apertando?

Silêncio.

— Com quem estou lidando?

Suleiman ficou de pé, apanhou as duas xícaras vazias. Parecia não ter ouvido a pergunta.

— Suleiman? Quem são esses sujeitos?

Suleiman encaminhou-se para o *trailer* dos toaletes. Quando falou, não voltou a cabeça.

— Sayf al-Tha'r — disse ele. — É de Sayf al-Tha'r que têm medo. Sinto muito, inspetor, tenho muito o que fazer. É melhor ir embora agora.

Ele galgou com dificuldade os degraus do *trailer* e desapareceu no seu interior, fechando a porta.

Khalifa acendeu um cigarro e recostou-se contra a parede.

— Sayf al-Tha'r — sussurrou. — Eu sabia que era você.

Abu Simbel

O jovem egípcio misturou-se à multidão, o seu boné de beisebol puxado para baixo, cobrindo os olhos. Não parecia em nada diferente dos demais turistas caminhando ao redor dos pés das quatro estátuas gigantes, a não ser por estar balbuciando algo consigo mesmo e por mostrar pouco interesse pelas enormes figuras sentadas eretas, erguendo-se acima dele. Sua atenção estava concentrada nos três guardas de uniforme branco sentados num banco ali perto. Ele consultou o seu relógio, tirou a bolsa de viagem dos ombros e começou a desafivelar as correias.

Era meio-dia. Dois ônibus cheios de turistas americanos acabavam de chegar, vomitando uma corrente de passageiros sobre o asfalto, todos usando camisetas amarelas. Os vendedores de cartões-postais e de quinquilharias cercaram-nos imediatamente.

O jovem estava agora com a mochila aberta. Ele a apoiou num joelho e remexeu no seu interior. À sua esquerda, um grupo de turistas japoneses se agrupava em volta da guia, que sustentava no ar um espanta-moscas, para que todos vissem onde ela estava.

— O grande templo foi construído pelo faraó Ramsés II, no século XIII a.C. — ela gritou —, e foi dedicado aos deuses Re-Harakhty, Amun e Ptah...

Um dos guardas observava o jovem egípcio. Seus dois companheiros fumavam, entretidos numa conversa.

— As quatro estátuas sentadas representavam o Rei-Deus Ramsés. Têm mais de vinte metros de altura...

Os turistas americanos começavam a chegar, rindo e conversando. Um deles tinha uma câmera de vídeo e dava instruções a sua mulher, dizendo-lhe para ir adiante, mover-se para a esquerda, olhar para cima, sorrir. O jovem egípcio se pôs de novo de pé, um braço ainda dentro da mochila. O guarda continuava olhando-o fixamente, então cutucou levemente seus companheiros com o cotovelo. Eles interromperam a conversa e começaram a observá-lo também.

— As estátuas menores, entre as pernas de Ramsés, representam a mãe do rei, Muttuya, sua esposa favorita, Nefertari, e alguns de seus filhos...

De repente, ouviu-se bem alto a voz do jovem. Várias pessoas voltaram-se em sua direção. Ele fechou os olhos por um instante e então, abrindo um sorriso, retirou o seu braço da mochila, uma submetralhadora Heckler & Koch presa à mão dele. No mesmo movimento, arrancou o boné da cabeça, revelando uma profunda cicatriz vertical correndo entre as sobrancelhas.

— Sayf al-Tha'r! — gritou e, apontando a arma para a multidão, pressionou o gatilho. Houve o ruído de um clique, porém não seguido de fogo.

Os três policiais saltaram de pé, tentando apontar seus rifles. Todas as outras pessoas apenas permaneceram imóveis, horrorizadas, como se estivessem presas a raízes. Por um momento, tudo ficou parado. O atirador apertava as mãos freneticamente em torno de sua arma, depois pressionou o gatilho novamente e desta vez a Heckler & Koch disparou. Um furioso crepitar começou a ressoar e as balas ceifaram a multidão, rasgando-lhe as carnes, quebrando-lhe os ossos, espalhando areia misturada ao sangue. As pessoas, em pânico, começaram a correr, umas fugindo do pistoleiro, outras, confusas, correndo diretamente em sua direção, gritos de dor e terror enchendo o ar. O homem com a câmera de vídeo dobrou-se ao meio; os três guardas foram jogados para trás e depois tombaram. Acima do roncar da sua arma e dos gritos de angústia, o jovem podia ser ouvido cantando e rindo.

A saraivada de balas durou talvez dez segundos, o bastante para deixar uma manta de cadáveres aos pés das gigantescas estátuas. Então, a Heckler & Koch engasgou novamente e o ar foi preenchido por um estranho silêncio. O atirador lutou com sua arma por alguns momentos, depois, jogando-a fora, fugiu, penetrando no deserto.

Não foi muito longe. Cinco dos vendedores de bugigangas saíram em sua perseguição e, conseguindo derrubá-lo no chão, começaram a chutá-lo com os pés descalços, a cabeça dele indo para a frente e para trás como uma bola.

— Sayf al-Tha'r — gritou ele rindo, o sangue jorrando do nariz e boca. — Sayf al-Tha'r!

16

Cairo

Tara acordou sobressaltada. Sentou-se ainda grogue, olhando ao redor, vendo que estava na cama do quarto de hotel de Daniel. Por um momento horrível ela pensou que talvez... Depois se percebeu ainda inteiramente vestida e, simultaneamente, notou os lençóis estendidos sobre o sofá oposto, onde, tudo indicava, ele tinha dormido. Consultou o seu relógio. Era quase meio-dia.

— Merda! — Resmungou, cambaleando ao se pôr de pé, a cabeça latejando.

Havia uma garrafa de água mineral ao lado da cama e, desatarraxando a tampa, sorveu um generoso gole. Escutou um alarido subindo da rua. Mas nenhum sinal de Daniel. Nenhum bilhete.

Alguma coisa dentro dela a fazia sentir-se inexplicavelmente suja por causa do encontro da noite anterior, como se, tendo cedido ao seu impulso de vir até ali, tivesse se rebaixado. Quis ir embora depressa, antes que ele voltasse e, terminando a água, escrevinhou um bilhete desculpando-se por ter caído no sono. Depois, apanhou a sua mochila e saiu. Não informou onde estava hospedada.

De volta à rua, a princípio encaminhou-se para os enormes portais de pedra que haviam atravessado na noite anterior. Então, subitamente temerosa com a possibilidade de esbarrar com Daniel, voltou atrás e tomou a direção oposta, seguindo a rua estreita, entrando mais e mais no velho quarteirão islâmico.

Estava quente, o ar carregado de poeira, e havia uma multidão acotovelando-se em volta dela — mulheres carregando cestas de pães recém-saídos do forno, sobre a cabeça, mercadores apregoando suas mercadorias, crianças balançando sobre o lombo de mulas. Noutras circunstâncias, poderia ter apreciado a cena: os cheiros e sons tão exóticos, os quiosques coloridos com suas cestas de tâmaras e pétalas de hibiscos secas, as gaiolas apinhadas de coelhos, patos e frangos.

Mas, naquela situação, sentiu-se cansada e confusa. Repentinos e estridentes ruídos assaltavam os seus ouvidos — o barulho metálico dos martelos, uma buzina estridente, música tocando a todo volume num rádio — tudo aquilo perfurava sua cabeça, desorientando-a. O cheiro de lixo misturado ao de condimentos provocava-lhe alguma náusea, e ao mesmo tempo havia algo claustrofóbico no jeito como a multidão a espremia de todos os lados, sufocando-a no movimento dos corpos. Ela passou por um grupo de garotos descarregando folhas de latão da traseira de um caminhão, uma garota em pé em cima de uma pilha de sacos de juta, dois velhos jogando dominó no meio-fio, e todos pareciam estar olhando para ela. Um homem num estrado de madeira gritou alguma coisa, porém ela o ignorou e prosseguiu forçando passagem através da multidão, esbarrando nas pessoas, lutando para respirar, desejando por tudo estar de volta ao seu apartamento no hotel, fresco, quieto e seguro.

Depois de cerca de dez minutos, deparou com um açougueiro, matando frangos junto ao meio-fio. Uma por uma, tirava as aves da gaiola, empurrando seus bicos para trás com os polegares, fazendo a seguir um corte em suas gargantas, para depois atirá-las dentro de um barril de plástico azul, suas asas ainda estremecendo debilmente. Um semicírculo de espectadores reuniu-se para observar e Tara juntou-se a eles, nauseada pela cena, porém curiosamente compelida também por ela.

A princípio não notou aqueles homens, tão fascinada pela visão da faca do açougueiro penetrando na carne rosa-pálida da garganta dos frangos.

Foi somente depois de estar sendo observada havia alguns minutos que levantou a vista por acaso e os viu, de pé, no outro lado da rua. Eram dois, com suas barbas, *djellabas* pretos e *'immas* da mesma cor, bem enterrados nas cabeças. Ambos olhavam fixa e diretamente para ela.

Tara sustentou o olhar deles por um momento, então retornou a sua atenção para o açougueiro. Mais duas aves tinham sido abatidas, quando ela tornou a relancear para cima. Eles ainda estavam com os olhos fixos nela, expressões duras no rosto, inflexíveis. Havia algo de ameaçador neles e, afastando-se da multidão, Tara desceu a rua. Os homens esperaram alguns segundos, depois a seguiram.

Uns cinqüenta metros à frente, ela parou diante de uma loja que vendia tabuleiros de gamão. As figuras de preto também se detiveram, sem fazer nenhum esforço para disfarçar o fato de a estarem observando. Ela retomou o caminho e, mais uma vez, os homens se movimentaram atrás dela, conservando cerca de trinta metros de distância, os olhos nunca se afastando de Tara. Ela apressou os passos e virou para outra rua. Dez passos, quinze, vinte, e lá estavam eles outra vez, bem atrás dela. Seu coração começou a acelerar. Era uma rua ainda mais estreita do que a anterior e parecia ficar mais estreita quanto mais seguia adiante, as linhas dos prédios ao longo se aproximando, como as mandíbulas de um torno de serralheiro, a multidão tornando-se cada vez mais comprimida. Ela podia sentir os seus perseguidores cada vez mais próximos. Outra rua abriu-se mais adiante e à direita e, desvencilhando-se do apinhado de pessoas, Tara mergulhou por ela.

Era uma rua deserta e, por um momento, sentiu-se aliviada, feliz por ver-se livre da multidão. Então, começou a se perguntar se não teria cometido um erro. Aqui, estava completamente desprotegida, não havia a quem pedir ajuda. A falta de gente na rua subitamente tornou-se ameaçadora. Ela fez meia-volta, tencionando retornar, mas os homens haviam se aproximado mais rápido do que ela esperava e estavam a apenas dez metros dela. Por um instante, ficou paralisada, olhando fixamente para eles, então voltou-se e começou a correr. Mais cinco segundos se passaram, e ela já podia escutar as passadas deles, logo atrás dela, perseguindo-a.

— Alguém me ajude! — ela gritou, sua voz soando abafada e fraca, como se estivesse gritando com a boca coberta por um pano.

Cinqüenta metros adiante, deu uma guinada para a esquerda numa outra rua, depois para a direita, depois novamente para a esquerda, não mais se importando para onde estivesse indo, apenas querendo fugir. Pesadas portas de madeira faiscavam à sua passagem e a certa altura deteve-se e bateu a uma delas. Não houve nenhuma resposta e, após alguns segundos, recomeçou a correr, aterrorizada com a possibilidade de, se esperasse um pouco mais, ser agarrada. O ruído das passadas de seus perseguidores parecia ecoar por toda volta, ampliado e distorcido pelas ruas estreitas, de forma que dava a impressão de virem tanto da frente quanto de trás. Ela tinha perdido todo o sentido de direção. Sua cabeça latejava. Sentia-se prestes a vomitar de tanto medo. Por um intervalo de tempo que já parecia durar um século, continuou correndo, em ziguezague, agora, penetrando cada vez mais e mais fundo naquele labirinto de ruas transversais, até que finalmente foi dar numa pequena praça ensolarada, de onde saíam várias ruas, em diferentes direções. Havia uma palmeira mirrada no centro, com um velho sentado debaixo dela. Ela correu para ele.

— Por favor — implorou. — Por favor. O senhor pode me ajudar?

O homem levantou a cabeça para olhá-la. Ambos os olhos eram cor de leite. Ele estendeu a sua mão.

— *Baksheesh* — ele murmurou. — *Baksheesh.*

— Não — ela sibilou, desesperada. — Nada de *baksheesh*. Me ajude!

— *Baksheesh* — ele repetiu, agarrando a manga dela. — Dê *baksheesh*.

Ela tentou se desvencilhar, mas ele não a soltou, seus dedos agarrando-lhe a camisa como se fossem garras.

— *Baksheesh! Baksheesh!*

Soou então um grito e, depois, o barulho de passos correndo. Ela voltou-se apavorada. Havia quatro ruas dando para a praça, incluindo aquela por onde tinha vindo. Ela passou os olhos de uma para outra, tentando descobrir de onde partia o som, a praça inteira pulsando com o som dos passos, como se alguém estivesse tocando tambor. Por um momento, ficou paralisada, incapaz de decidir que direção tomar. Então, com o terror dando-lhe uma força inesperada, arrancou o braço das mãos do cego e disparou a correr em direção à entrada da rua oposta à que tinha descido. Enquanto se aproximava, divisou duas figuras barbadas saindo de uma esquina logo adiante e avançando direto para ela. Tara recuou, tentando alcançar uma outra rua, mas então, subitamente levada por algo instintivo que não saberia explicar, deu nova guinada e correu na direção da rua que tinha dado na praça.

Ela se deteve um instante, na boca da rua, e voltou-se ofegante. Os dois homens vestidos de preto estavam entrando na praça. Eles a avistaram e retardaram o passo, voltando-se para a direita deles, na direção da rua em que esteve prestes a entrar. Tudo ficou parado por um segundo, então uma enorme figura surgiu, o mesmo homem que ela vira em Saqqara e na calçada do seu hotel. O terno dele estava amarrotado e seu rosto, redondo como uma torta e muito liso, empapado de suor. Por um momento, ficou imóvel, de pé, olhando para ela, com a respiração pesada, a seguir enfiou a mão no bolso e tirou o que parecia uma pá de pedreiro.

— Onde está? — rosnou ele, avançando para Tara. — Onde está a peça?

— Não sei do que está falando — respondeu ela, arfando. — Você se enganou de pessoa.

— Onde está? — insistiu o grandalhão. — A peça que falta. Os hieróglifos. Onde estão?

Ele estava na metade da praça agora, quase junto à palmeira.

— *Baksheesh!* — gemeu o cego, agarrando o paletó de linho do gigante e retendo na mão o tecido. — *Baksheesh.*

O gigante tentou soltar-se, mas não conseguiu. Então, gritou uma imprecação contra o cego, erguendo o cabo da espátula e golpeando o nariz do homem. Ouviu-se um estalo alto, como um graveto se partindo, e um ensurdecedor grito de dor. Tara não esperou para ver o que havia acontecido. Virou-se à frente e fugiu em disparada. Lá de trás, ouvia-se o ribombar de passos, perseguindo-a.

Ela correu, correu, o sangue explodindo em seus ouvidos, tomou a esquerda e atravessou um arco, entrando numa espécie de túnel, que a levou para um pátio repleto de mulheres lavando roupas. Passou correndo, ainda, por elas e cruzou um portão para a rua. Agora, havia mais pessoas à vista. Entrou à direita, tomando outra rua, e subitamente viu-se cercada de transeuntes, lojas e quiosques. Por um momento, reduziu o passo, desesperadamente procurando respirar, mas logo apressou-se outra vez. Quase imediatamente, no entanto, mãos fortes agarraram-na e a fizeram voltar-se.

— Não! — gritou. — Não! Me solte!

Ela debateu-se, desferindo socos.

— Tara!

— Me solte!

— Tara!

Era Daniel. Acima dele, erguiam-se os minaretes gêmeos, perfurando o céu pálido da tarde, e o portão de pedra próximo ao hotel. Ela tinha dado a volta completa.

— Estão tentando me matar — falou com voz ofegante. — Estão tentando me matar e acho que foram eles que mataram papai também.

— Quem? Quem está tentando matar você?

— Eles.

Ela se virou, apontando. No entanto, as ruas estavam tão apinhadas de gente que, mesmo que seus perseguidores estivessem em meio à multidão, teria sido impossível localizá-los. Ela procurou-os por alguns segundos e depois, virando-se de volta para Daniel, enterrou sua face nos ombros dele, buscando apoio.

LUXOR

Já afastando-se do Templo de Hatshepsut, e ruminando a respeito do que Suleiman lhe dissera, Khalifa passou por dois jovens que vinham da Dra Abu el-Naga, montados em camelos. Riam um com o outro, golpeando os animais com suas varas, atiçando as desajeitadas bestas à frente com os tradicionais gritos dos condutores de camelo: *Yalla besara!* e *Yalla nimsheh!* (*Depressa! Ande!*). Khalifa voltou-se para observá-los e, de repente, o presente evaporou-se e ele voltou a ser uma criança, retornando aos estábulos de camelos em Gizé com seu irmão Ali, naqueles bons tempos de antigamente, antes de tudo ruir.

Khalifa nunca teve certeza de quando Ali tivera seu primeiro contato com Sayf al-Tha'r. Não fora uma ligação repentina. Acontecera aos poucos; algo que, gradual e inexoravelmente, fora afastando o irmão dos amigos e da família e carregando-o para os braços da violência. Khalifa nunca deixou de pensar que, se ao menos tivesse percebido mais cedo o quanto Ali estava mudando, ficando mais rígido, talvez pudesse ter feito alguma coisa. Mas não havia percebido nada. Ou, no mínimo, tentara se convencer de que as coisas não estavam tão ruins quanto pareciam. E por causa disso Ali morrera. Por culpa dele.

O islamismo sempre fizera parte de suas vidas e, como em qualquer outra grande religião, embutia um tanto de ira. Khalifa recordou que o imã, na sua mesquita local, nas sextas-feiras do *khuthar*, pregava contra o sionismo, os americanos e o governo egípcio, alertando para o fato de o *Kufr* estar tentando destruir o *ummah*, a comunidade muçulmana. Não havia dúvida de que as suas palavras haviam plantado sementes no espírito de Ali.

Para falar com sinceridade, havia plantando sementes no espírito de Khalifa também, já que muito do que o imã dizia era verdade. Havia maldade e corrupção no mundo. O que os israelenses estavam fazendo contra os palestinos era imperdoável. O pobre e o necessitado eram ignorados enquanto o rico enchia os bolsos.

Khalifa, entretanto, jamais fora capaz de fazer a conexão entre isso e o uso da violência. Já Ali tinha lentamente começado a construir essa ponte.

Tudo havia começado de modo bastante inocente. Conversas, leituras, uma ou outra reunião. Ali tinha começado a comparecer a comícios, distribuindo folhetos e até mesmo discursando em público. Ele dedicava cada vez menos tempo aos seus livros de história, mais e mais a tarefas religiosas. "O que é história sem verdade?", disse ela a Khalifa, certa vez. "E a verdade não é encontrada nos feitos dos homens, porém na palavra de Deus."

Muito do que ele fazia eram boas ações, e fora isso que persuadira Khalifa de que não havia necessidade de temer as mudanças que vinham sendo geradas no íntimo dele. Ele coletava dinheiro para os pobres, empregava parte do seu tempo ensinando crianças analfabetas, falando em defesa daqueles que não tinham voz.

No entanto, também, sua retórica foi endurecendo aos poucos, o ódio insinuando-se em seu espírito. Ele se envolveu com organizações fundamentalistas, juntando-se primeiro a uma, depois a outra, cada qual um pouco mais radical do que a anterior, sendo sugado cada vez para o fundo do redemoinho, a fronteira entre a fé e a ira tornando-se cada vez menos nítida. Até que, enfim, inevitavelmente, fora para Sayf al-Tha'r.

Sayf al-Tha'r. O nome gravara-se no espírito de Khalifa como marca a fogo é impressa no lombo de um touro. Fora ele quem corrompera Ali. Fora ele que o fizera praticar os atos que praticara. Fora ele, em última instância, que o tinha enviado para a morte naquele dia terrível, quatorze anos atrás.

E agora, com este caso, o círculo se completara. Agora, Khalifa não se sentia apenas investigando uma morte. Agora, havia outra que ele pretendia vingar. Sayf al-Tha'r. Sempre soube que era ele. Sempre soube. Cedo ou tarde, o passado sempre nos alcança, não importa o quanto se fuja dele.

Uma buzina estridente o puxou de volta ao presente. Ele estava caminhando como que a esmo pelo meio da rua e um ônibus turístico vinha em sua direção, buzinando insistentemente. Ele deu um passo para o meio-fio, procurando com os olhos os dois condutores de camelo, mas eles haviam desaparecido ao virar numa esquina. Khalifa acendeu um cigarro, esperou que o ônibus passasse, depois retomou seu caminho, a estrada adiante reluzindo ao calor do meio-dia.

CAIRO

— Eu não deveria ter deixado você — disse Daniel.

— Esta manhã ou seis anos atrás?

Ele voltou-se para ela.

— Estava falando especificamente desta manhã.

Estavam de volta ao quarto do hotel dele. Tara no sofá, as pernas encolhidas, alcançando o queixo, Daniel em pé junto à janela. Ela havia tomado uma dose de uísque, mas ainda estava tremendo, as imagens de tudo o que lhe acontecera ainda há pouco muito nítidas em sua mente.

— Tive que me encontrar com uma pessoa no museu — explicou ele. — Demorou mais tempo do que eu esperava. Devia tê-la avisado sobre os becos dos arredores. Às vezes, é um lugar perigoso para estrangeiros, principalmente mulheres. Há ladrões, batedores de carteiras...

— Aqueles sujeitos não eram batedores de carteiras — interrompeu-o Tara, descansando a testa sobre os joelhos. — Eu já os havia visto.

Daniel ergueu as sobrancelhas.

— Um deles, pelo menos — explicou Tara. — Eu o vi em Saqqara no dia em que encontrei o corpo do papai. E depois, mais tarde, no hotel. E ele não era egípcio.

— Está me dizendo que alguém anda seguindo você com algum propósito?

— Estou.

Daniel ficou em silêncio por alguns instantes e depois, indo até o sofá, sentou-se e tomou-lhe a mão.

— Olhe, Tara, sei que você passou por um bocado de tensão nos últimos dois dias. Primeiro o seu pai, agora essa coisa... Acho que talvez você esteja lendo demais sobre...

Ela afastou a mão dele.

— Não fique tentando ser condescendente comigo, Daniel. Não estou tendo uma fantasia histérica. Esse homem está me seguindo. Não sei por que, mas ele está me seguindo.

Ela se pôs de pé e foi até a janela, parando onde Daniel tinha estado e olhando para fora, por cima da confusão de telhados. O ar estava quente e ela sentia gotas de suor descendo-lhe dos seios.

— Ele falou algo a respeito de uma peça perdida. Insistia em me perguntar onde estava a tal coisa. Parece que acha que estou com algo dele. Sabe lá Deus o quê. Mas acha que está comigo. — Ela se virou. — E ele devia acreditar também que o meu pai estava com essa peça. Ele esteve no alojamento da escavação. E acho que também andou procurando no apartamento do meu pai. Deixou um cheiro de fumaça de charuto. Alguma coisa está acontecendo, Daniel. Você tem de acreditar. É alguma coisa ruim.

Daniel não disse nada, apenas se recostou no sofá olhando para ela intensamente, seus olhos castanho-escuros percorrendo o rosto de Tara. Ele puxou um *cheroot* do bolso da camisa e o acendeu.

— Alguma coisa está acontecendo — repetiu ela, virando-se novamente para a janela. — Por favor, acredite em mim.

Houve um breve silêncio e a seguir o ouviu se levantando e aproximando-se dela. Daniel colocou a mão sobre o ombro de Tara, que, com um repuxão, livrou-se dela. Mas Daniel a colocou de volta e desta vez ela a deixou ficar. Podia sentir a força dele, queimando, através da palma de sua mão.

— Acredito em você, Tara — disse gentilmente.

Ele a fez virar-se e tomou-a nos braços. Por um momento ela resistiu, porém por não mais do que um momento. Ela o sentia tão forte, tão seguro. Enterrou o rosto no ombro dele, as lágrimas derramando-se dos olhos.

— Não sei o que fazer, Daniel. Não sei o que está acontecendo. Alguém está tentando me matar e nem mesmo sei por quê. Tentei contar isso ao pessoal da embaixada. Mas não acreditaram em mim. Pensaram que eu estava imaginando coisas, mas não estou. Não estou.

— Certo, certo — disse ele. — Tudo vai terminar bem.

Ele apertou os braços em torno dela e Tara o deixou fazer isso, sabendo o quanto era perigoso ficar tão junto dele, mas incapaz de se defender. Lá fora, soou uma buzina, bem alto, um carro forçando passagem através da multidão.

Permaneceram naquela posição por algum tempo, até que ele, carinhosamente, deixou-a se afastar, esfregando os dedos logo abaixo dos olhos dela para limpar as manchas de lágrimas.

— Você disse que eram três...

Ela confirmou com um gesto de cabeça.

— Dois egípcios e um cara branco — disse. — O cara branco era enorme e tinha uma marca de nascimento no rosto. E é como eu falei, já o tinha visto antes. Em Saqqara e na calçada do meu hotel.

— Conte de novo: o que, exatamente, ele disse a você?

— Ele me perguntou onde estava... Ficava só repetindo "Onde está? Onde está a peça que falta?"

— Mais nada?

— Disse alguma coisa sobre hieróglifos.

Os olhos de Daniel se estreitaram.

— Hieróglifos?

— Sim, ele perguntou: "Onde estão? Onde estão os hieróglifos?"

— Tem certeza de que usou essa palavra? Hieróglifos? Certeza mesmo?

— Acho... que sim. Eu estava tão nervosa!

Daniel tragou lentamente seu *cheroot* e tiras de fumaça espiralada azul-acinzentada saíram-lhe do canto da boca.

— Hieróglifos? — repetiu ele, mais para si mesmo do que para ela. — Hieróglifos? Mas que hieróglifos? — Ele deu nova tragada no *cheroot* e deu algumas passadas através do quarto, refletindo. — Você não comprou nada aqui no Egito? Nenhuma antigüidade? Qualquer coisa?

— Não tive tempo para isso.

— E está me dizendo que este homem esteve na casa da escavação do seu pai?

— Sim. Tenho certeza.

Ele ficou em silêncio, esfregando as têmporas, pensando. Uma vespa entrou pela janela e pousou na borda do copo de uísque de Tara. Silêncio.

— Bem, então, eles obviamente acham mesmo que você está com alguma coisa que lhes pertence — observou ele, afinal. — E presumivelmente chegaram a esta conclusão porque acham que seu pai estava com essa tal coisa, antes. Assim, temos de responder a duas perguntas: primeiro, que objeto é esse? E segundo, por que acham que o seu pai estava de posse dele?

Daniel encaminhou-se para o sofá e sentou-se, perdido em seus pensamentos. Ela se lembrou dele assim, do tempo em que viveram juntos, lembrou que ele costumava ficar sentado, às vezes, numa espécie de transe, refletindo sobre algum problema, o cérebro funcionando como uma máquina, a expressão em seu rosto, meio tensa, mas também um tanto risonha, como se vivenciasse um processo que ao mesmo tempo lhe causasse dor e prazer. Ficou um minuto inteiro em silêncio, antes de se pôr de pé novamente.

— Vamos.

Ele apanhou seus *cheroots* e encaminhou-se para a porta.

— Para onde? A polícia?

Ele grunhiu.

— Não, se você quiser encontrar respostas. Lá, só vão pegar seu depoimento e esquecer o caso. Sei muito bem como eles são.

— Então, para onde?

Ele alcançou a porta e abriu-a com um puxão.

— Saqqara. O alojamento da escavação do seu pai. É por lá que começamos. Você vem?

Ela fitou-o profundamente nos olhos. Havia tanto ali que ela reconhecia — a energia, a determinação, o vigor. E havia algo mais, também. Algo que ainda não tinha visto nele. Demorou um instante para decifrar o que era — culpa.

— Vou — respondeu finalmente, apanhando sua mochila e alcançando-o já no corredor. — Estou indo.

Luxor

No seu caminho para casa, vindo de Deir el-Bahri, Khalifa parou para ver o dr. Masri al-Masri, diretor de antigüidades de Tebas Ocidental.

Al-Masri era uma lenda no Serviço de Antigüidades. Tinha sido incorporado ao departamento ainda jovem e, agora com quase setenta anos, por direito, devia estar ocupando uma posição mais elevada. Por diversas vezes já lhe haviam sido oferecidos cargos bastante importantes, mas sempre recusara. Era um nativo desta parte do mundo e sentia uma afinidade particular com seus monumentos. Devotara a vida à sua preservação e proteção e, embora não tivesse nenhuma qualificação acadêmica formal, era universalmente chamado de *o Doutor*, tanto por respeito como por medo. Seu temperamento, assim se dizia, era pior do que o de Seth, o deus egípcio do trovão.

Quando Khalifa chegou, ele estava numa reunião, por isso o detetive sentou-se numa amurada do lado de fora do escritório e acendeu um cigarro, contemplando, do outro lado da estrada, as dispersas ruínas do templo mortuário de Amenófis III. Por cima do ombro, chegou-lhe o alarido de uma discussão acirrada.

Houve uma época em que Khalifa tinha desejado trabalhar no Serviço de Antigüidades. Era o que teria acontecido se Ali não houvesse sido arrebatado deles, deixando-lhe, sozinho, a responsabilidade de cuidar da mãe. Naquela época, estava na universidade e ainda tentara continuar os estudos, por algum tempo, ganhando seu dinheiro como guia turístico, em brechas de horário. Mas não conseguia ganhar o suficiente, em especial depois de ter se casado com Zenab e com ela ficando grávida do seu primeiro filho.

Assim, Khalifa abandonou a egiptologia e entrou para a força policial. Sua mãe e Zenab lhe haviam implorado para não fazê-lo, assim como o seu mentor, professor al-Habibi, porém ele não encontrara outra maneira de prover uma vida decente para sua família. O pagamento não era nada excepcional, mas era melhor do que o de um inspetor júnior de antigüidades e pelo menos a força policial oferecia alguma segurança para o futuro.

Ficou muito triste na época e, de certa maneira, essa história ainda o deixava triste. Teria sido bom trabalhar entre os objetos e monumentos que tanto amava. Nunca se arrependeu da decisão de colocar os seus entes queridos em primeiro lugar. E, fosse como fosse, a arqueologia e o trabalho de detetive tinham similaridades. Ambos giravam em torno de seguir pistas, analisar indícios, solucionar mistérios. A única diferença, na verdade, era que, enquanto a arqueologia desencavava da terra coisas maravilhosas, no mais das vezes, a tarefa do detetive era deparar com coisas terríveis.

Ele deu uma tragada no cigarro. A discussão às costas dele estava se tornando ainda mais áspera. Khalifa escutou barulho de marteladas, como se alguém estivesse batendo com os punhos sobre uma mesa, e então subitamente a porta do escritório de al-Masri escancarou-se e um homem magro e rijo, num *djellaba* sujo, saiu de lá de dentro. Ele ainda voltou-se, por um breve instante, para gritar:

— Espero que um cão cague sobre a sua sepultura!

E, em seguida, dirigiu-se para fora do edifício, com passadas pesadas e gesticulando selvagemente com os braços.

— E torço para que dois cães caguem na sua! — berrou al-Masri às costas dele. — E que mijem sobre ela também!

Khalifa sorriu intimamente e, atirando fora o cigarro, pôs-se de pé. A porta do escritório estava aberta e, aproximando-se, meteu a cabeça para dentro.

— *Ya Doktora?*

O velho doutor estava sentado a uma mesinha de madeira compensada, por trás de pilhas e pilhas de papéis. Era alto e magro, com faces alongadas, pele escura e cabelos crespos, cortados rente — um típico *saidee*, um nativo do alto Egito. Ele levantou a vista.

— Khalifa — grunhiu. — Que bom, entre, entre.

O detetive entrou, e al-Masri apontou-lhe uma das cadeiras de braço enfileiradas contra a parede.

— Maldito camponês idiota — ele disparou, com um gesto indicando a porta. — Descobrimos o que parece ser uma extensão do templo mortuário de Seti I, num dos seus campos, e ele quer arar tudo e plantar *molochia* por lá.

— Todo mundo precisa comer — sorriu Khalifa.

— Não se isso ocasionar a destruição da nossa história. Ah, não. Ele que morra de fome! Bárbaro ignorante.

Al-Masri golpeou a escrivaninha com o punho, mandando um maço de papéis em revoada para o chão. A seguir, abaixou-se para recolhê-los e, com a cabeça encoberta pela escrivaninha, ofereceu:

— Chá?

— Obrigado.

Al-Masri deu um berro e um jovem entrou.

— Traga duas xícaras de chá, pode ser, Mahmoud? — Ele rearrumou os papéis, colocando-os numa pilha, depois movendo-os para outra, então separando metade numa pilha, metade em outra diferente, até que, afinal, abriu uma gaveta e enfiou-os dentro dela. — Que vão para o inferno. Não quero mesmo ler nada dessa porcaria!

Ele tornou a se sentar e voltou o olhar para Khalifa, as mãos cruzadas atrás da cabeça.

— Então, o que posso fazer por você? Veio pedir emprego?

O doutor conhecia a história de Khalifa e adorava implicar com ele a esse respeito, mas sempre de maneira amistosa. Apesar de nunca haver confessado, admirava o detetive. Sabia que Khalifa era uma das poucas pessoas cuja paixão pelo passado quase rivalizava com a que ele próprio sentia.

— Não exatamente — sorriu Khalifa.

O detetive inclinou-se à frente e apagou o cigarro num cinzeiro sobre a escrivaninha. A seguir colocou al-Masri a par do assassinato de Abu Nayar. O veterano arqueólogo escutou em silêncio, vez por outra estalando os dedos por trás da cabeça.

— Por acaso não ouviu nada a esse respeito? — perguntou Khalifa, ao final.

Al-Masri riu desdenhosamente...

— Claro que não. Nada. Se acontecer uma nova descoberta por aqui seremos os últimos a saber. Deve ter gente mais bem informada sobre o assunto lá na Lua.

— Mas é possível que algo tenha sido achado?

— É sempre possível, sem dúvida. Diria que, até hoje, tenhamos descoberto apenas vinte por cento do que deixou o Egito antigo. Talvez, menos. As colinas de Tebas estão cheias de túmulos não descobertos. Haverá coisas ali a ser encontradas pelos próximos quinhentos anos.

Mahmoud voltou trazendo o chá.

— Acho que pode ser alguma coisa grande — sugeriu Khalifa, pegando uma xícara da bandeja oferecida e sorvendo goles curtos. — Há pessoas dispostas a matar por isso. Ou a guardar segredo.

— Há pessoas por aqui que são capazes de matar uns míseros *shabtis*.

— Não, muito mais que isso. As pessoas estão apavoradas. Interrogamos todos os atravessadores de antigüidades em Luxor e todos estão se cagando de medo. É alguma coisa bastante importante.

O velho pegou sua xícara e bebericou-a. Ele parecia tranqüilo, mas dava para Khalifa sentir seu interesse. Sorveu outro gole do chá e, então, deixando a xícara de lado, ficou de pé e começou a perambular pela sala.

— Intrigante — murmurou para si mesmo. — Muito intrigante.

— Tem alguma idéia de quem possa ser? — indagou Khalifa. — Um túmulo real?

— Hummm? Não, pouco provável. Muito pouco mesmo. A maioria das grandes sepulturas reais já foram descobertas, exceto Tutmés II e Ramsés VIII. E, talvez a de Smenkhkare, se você aceitar que o corpo na KV55 era de Akhenaton, o que, pessoalmente, não acredito.

— Pensei que o túmulo de Amenófis I ainda estivesse perdido — observou Khalifa.

— Bobagens! Ele foi sepultado na KV39, como qualquer arqueólogo de bom senso sabe. Seja como for, a questão é que, se for mesmo um dos principais túmulos reais, quase com certeza estaria no Vale dos Reis, e ninguém vai conseguir manter um achado desse porte por lá em segredo, não importa quantas pessoas saia matando. O lugar é tão cheio de turistas que a gente mal consegue se mexer.

Suas mãos fecharam-se por trás das costas, os polegares girando lentamente. Vez por outra sua língua escorregava por sobre o lábio inferior.

— E o Vale Ocidental? — perguntou Khalifa, referindo-se a um desfiladeiro menor e menos freqüentado, uma ramificação que saía da metade do vale principal.

— Claro, é menos movimentado, mas ainda assim saberíamos se alguma coisa fosse encontrada por lá. Não é tão deserto assim.

— Quem sabe um esconderijo de múmias?

— Só que não existem mais múmias escondidas. Pelo menos, nenhuma tão importante, a não ser uma ou duas do último período Ramsés, e não consigo ver ninguém achando algo que valha a pena matar por uma coisa dessas.

— Uma sepultura real menos importante, então? Um príncipe. Uma princesa. Uma rainha secundária.

— Mas ainda assim teriam sido sepultados no Vale dos Reis ou no Vale das Rainhas. Em algum lugar perto do centro da necrópole. Esse pessoal gostava de ficar bem grudado um no outro.

Khalifa inclinou-se à frente e acendeu um cigarro.

— Um funcionário importante? Um nobre?

— É mais provável — admitiu o velho —, se bem que ainda ficaria surpreso. Quase todos os túmulos de funcionários importantes que encontramos ou ficava no Vale ou próximo dele. Próximo demais para tornar possível uma escavação clandestina. E essas sepulturas raramente contêm alguma coisa valiosa. Historicamente valiosa, sim, claro, mas nada de ouro ou coisa semelhante. Pelo menos nada que faça valer a pena matar alguém. A exceção óbvia seriam Yuya e Tjuju, mas esses eram casos únicos.

Ele parou diante da janela, seus polegares diminuindo o movimento de rotação até ficarem quase parados.

— Você me deixou intrigado, Khalifa. Alguém encontrar um novo túmulo, em si, não surpreende. Como eu disse, as colinas estão cheias dessas merdas. Mas, alguém esbarrar com um túmulo cujo conteúdo faça valer a pena cometer assassinatos, e que esse túmulo seja suficientemente afastado dos lugares mais explorados para alguém conseguir mantê-lo completamente em segredo, bem, isso não pode ser nada muito comum.

— E você nem imagina o que possa ser, então?

— Não mesmo! Claro que há muitas histórias sobre tesouros fabulosos enterrados mais para cima, nas colinas. Dizem que os sacerdotes de Karnak teriam escondido todo o ouro dos templos em uma caverna subterrânea lá por Qurn, ou um lugar próximo, para impedir que caísse nas mãos dos invasores persas. Dez toneladas de ouro, segundo se estima. Mas não passam de histórias de esposas velhas. Não, inspetor, acho que sei tão pouco disso quanto você.

O doutor voltou a sua escrivaninha e deixou-se cair sentado pesadamente. Khalifa terminou o seu chá e levantou-se. Ele não dormia desde a noite anterior e sentiu-se subitamente exausto.

— Tudo bem — disse —, mas se ouvir qualquer coisa, por favor, me conte. E nada de investigações de amadores. Trata-se de uma questão de polícia.

Al-Masri fez um gesto desdenhoso com a mão.

— Você acha mesmo que eu iria sair por conta própria por essas colinas, tentando encontrar a merda desse seu túmulo?

— Definitivamente, sim. Acho que faria isso mesmo — replicou Khalifa, sorrindo alegremente para o velho.

Al-Masri encarou-o de mau humor por um momento, parecendo aborrecido, mas depois soltou uma risada.

— Certo, inspetor. Faça as coisas do seu jeito. Se eu descobrir qualquer coisa, será o primeiro a saber.

Khalifa dirigiu-se para a porta.

— *Ma'a salama, ya Doctora.* A paz esteja com o senhor.

— E com você também, inspetor. Embora, se o que acaba de me dizer tenha algum fundo de verdade, paz é a última coisa que vai conseguir.

Khalifa assentiu de cabeça e saiu do escritório.

— Ah, inspetor — chamou-o de volta al-Masri.

Khalifa enfiou a cabeça outra vez pela porta.

— Se algum dia vier aqui para pedir um emprego, ficarei bastante feliz em lhe arranjar. Bom dia.

17

SAQQARA

Tomaram um táxi para Saqqara, seguindo a mesma estrada que Tara havia percorrido, dois dias antes. Hassan, que a acompanhava quando encontraram o corpo do pai, não estava no escritório. Um dos seus colegas a reconhecera, porém, e entregou-lhe as chaves do alojamento da escavação. Tomaram o carro, então, seguindo ao longo do escarpamento e pararam diante da casa, dizendo ao motorista que esperasse.

O interior estava escuro e frio. Daniel abriu algumas janelas e baixou as persianas. Com tristeza, ela passou o olhar em volta, detendo-se nas paredes caiadas, os sofás puídos, as estantes com armações frouxas, pensando no quanto seu pai era feliz naquele lugar, como o alojamento, de certo modo, havia se tornado parte tanto da vida dela quanto da dele. Enxugou os olhos na manga de sua blusa e voltou-se para Daniel, que olhava fixamente um quadro emoldurado na parede.

— Então, o que exatamente estamos procurando? — perguntou Tara.

— Não faço idéia — disse ele, dando de ombros. — Alguma coisa que pareça antiga, acho. Algo com hieróglifos.

Ele desviou sua atenção da figura e começou a examinar uma das prateleiras. Tara jogou a sua bolsa de viagem sobre uma cadeira e entrou num dos cômodos que saíam da sala. Havia uma cama estreita num canto, um guarda-roupa encostado à parede e, pendurada na porta, uma velha jaqueta safári com remendos. Ela enfiou a mão num dos bolsos e puxou uma carteira. Tara mordeu o lábio. Era do seu pai.

— Este quarto era do papai — disse.

Ele reuniu-se a ela e, juntos, vasculharam os pertences do seu pai. Não havia muita coisa, apenas algumas roupas, algum equipamento fotográfico, dois ou três cadernos de notas e, sobre uma cadeira junto à cama, um diário encadernado em couro. Os apontamentos eram breves e nada reveladores, relacionados quase exclusivamente com os progressos da temporada. Havia várias menções a Tara — que ele apelidou de *T* —, sendo o último do dia anterior à chegada dela ao Egito, o penúltimo dia da vida dele:

Manhã no Cairo. Reunião na American Uni, reit., currículo para o próximo ano. Almoço no Serviço de Antigüidades. Tarde, compras em Khan al-Khalili para a chegada de T. Volta, sáb., final da tarde.

E era tudo. Nada que lançasse qualquer luz sobre os eventos recentes. Acabaram deixando o diário de lado.

— Talvez eles já tenham encontrado seja lá o que estivessem procurando — sugeriu ela.

— Duvido. Do contrário, por que estariam caçando você?

— Mas como vamos saber que está aqui e não no Cairo?

— Não sabemos. Estou apenas com o palpite de que, seja lá o que for, seu pai teve a tal coisa em seu poder apenas por poucos dias. E já que é aqui que ele estava morando, de fato, nos últimos três meses, faz sentido começar procurando aqui. Vamos tentar nos outros quartos.

Eles passaram uma hora vasculhando a casa, examinando todas as gavetas e armários, e até se agacharam, para esquadrinhar debaixo das camas. Nenhum resultado. Fora o equipamento de câmera do seu pai, não havia nada que despertasse interesse até mesmo a um ladrão comum.

— Acho que estava enganado — concluiu Daniel por fim, exausto.

Tara estava em um dos quartos de dormir. A adrenalina a bombeara o tempo todo, enquanto faziam a busca. Mas agora estava vencida por uma súbita fadiga. A dor da morte do pai, temporariamente esquecida, voltou, inundando-a mais intensamente do que antes, uma esmagadora sensação de perda e de inutilidade. Passou a mão pelos cabelos e arriou-se sobre a cama, recostando-se no travesseiro. Alguma coisa produziu um ruído de trituração por baixo dela. Sentou-se de novo e levantou o travesseiro. Havia um pedaço de papiro dobrado, sobre o lençol, com o seu nome, Tara, escrito em tinta preta. Ela o abriu e leu.

— Daniel — chamou —, venha cá olhar isto aqui.

Ele entrou no quarto e ela lhe passou o papiro. Ele leu em voz alta:

Primeira de oito, primeiro elo numa cadeia,
Indício a indício, como um caminho de pedras,
Ao final o prêmio, alguma coisa escondida,
Mas será um tesouro, ou apenas ossos antigos?
Os deuses podem ajudar você, se pedir a eles educadamente,
A Imhotep, talvez, ou a Ísis ou a Seth,
Se bem que, pessoalmente, eu olharia um pouco
mais perto de casa,
Pois ninguém sabe mais do que o velho Mariette.

— Você não é um pouco velha para sair caçando tesouros? — brincou ele.

— Quando fiz quinze anos, papai montou uma trilha do tesouro como presente de aniversário — disse ela, sorrindo tristemente ao lembrar. — Foi uma das poucas vezes em que senti que ele realmente gostava de mim. Acho que isso aqui é o jeito dele de tentar curar velhas feridas. Uma espécie de presente de paz.

Daniel apertou-lhe o ombro e baixou os olhos de novo para o papiro.

— Fico me perguntando.... — murmurou para si mesmo.

— Você acha que talvez...

— Que o tesouro do seu pai seja a tal coisa que estamos procurando? Não faço idéia. Mas é óbvio que vale a pena encontrá-lo.

Com passadas largas, ele retornou à sala.

— Mariette é Auguste Mariette — disse ele por cima do ombro —, um dos fundadores da egiptologia. Ele trabalhou um bocado aqui em Saqqara. E descobriu o Serapeum.

Tara seguiu-o e juntou-se a ele diante do quadro para o qual estivera olhando antes.

— Auguste Mariette — ele identificou-o.

O quadro mostrava um homem barbado, de terno, e com o tradicional adorno de cabeça egípcio. Ele afastou o quadro da parede e virou-o. Colado às costas, havia outro papiro dobrado.

— Bingo. — Os seus olhos estavam brilhando.

— Vá em frente, então — incentivou ela, a adrenalina recomeçando a bombear. — Vamos ver o que tem nele.

Daniel descolou-o da moldura e o desdobrou.

A rainha de um faraó, porém ela também faraó,
Governou entre o marido e o filho do marido,
Nefertiti é o seu nome, um belo nome,
E com ela eis chegada a bela.
O marido herético, o amaldiçoado Akhenaton,
Abandonado pelos deuses porque aos deuses ele abandonou,
Juntos eles vivem, mas onde ela vive?
A resposta, talvez, você encontrará num livro.

— Que diabos isso significa? — perguntou Tara.

— Nefertiti foi a principal esposa do faraó Akhenaton — explicou. — Seu nome significa *A Bela Chegou*. Depois da morte de Akhenaton, ela trocou de nome para Smenkhkare e reinou como um faraó, plenamente. Quem a sucedeu foi Tutankâmon, filho de Akhenaton com outra esposa.

— Ah, sim, claro... — resmungou Tara.

— As gerações posteriores detrataram Akhenaton porque ele abandonou os deuses tradicionais do Egito em favor do culto de um único deus: Aton. Ele e Nefertiti construíram uma nova capital duzentos quilômetros ao sul daqui. Era chamada de Akhetaton, o horizonte de Aton, se bem que hoje é conhecida por seu nome árabe, Tel el-Amarna. Já escavei lá uma vez. — Ele cruzou a sala na direção da estante. — Parece que precisamos encontrar um livro sobre Amarna.

Ela se reuniu a ele e juntos correram os olhos rapidamente ao longo das fileiras de livros. Havia vários com títulos com o nome Amarna, mas nenhuma pista dentro de qualquer um deles. Havia outra estante de livros em um dos quartos e também a vasculharam, mas sem melhor resultado. Tara sacudiu a cabeça, frustrada.

— Uma merda dessas é bem típica do papai. Quero dizer, se nem ao lado de um egiptólogo consigo encontrar essas pistas, como é que ia me virar sozinha? Ele jamais conseguiu entender que não tenho o menor interesse nessa porcaria!

Daniel não a ouvia. Ele estava acocorado, olhos estreitados.

— Onde ela viveu? — ruminava. — Onde Nefertiti viveu?

Subitamente ele saltou de pé.

— *Merde*! — berrou. — Eu sou um idiota.

Daniel correu de volta para a sala, ajoelhou-se diante da estante de livros e deslizou os dedos ao longo da fileira de volumes. Puxou um para fora, um livro fino.

— Eu estava tentando ser esperto demais. O enigma era mais literal do que parecia. — Ele ergueu o livro, apontando para o seu título: *Nefertiti viveu aqui*. Estava sorrindo, satisfeito consigo mesmo. — Provavelmente o melhor livro sobre escavação que já foi escrito. É de Mary Chubb. Eu a encontrei certa vez. Mulher fascinante. Vamos ver o que essa pista diz.

O poema seguinte — sobre as dinastias do antigo Egito — mostrou ser mais fácil do que o anterior, levando-os a um pôster com a máscara de Tutankhâmon, na cozinha. O enigma cinco estava dentro de uma ânfora, em um dos quartos; o seis, enfiado numa fresta da chaminé, e o sete, escondido atrás do reservatório de água no banheiro. O oito, o enigma final, estava enrolado dentro de um tubo de papel de desenho, dentro de um guarda-louça na sala. A essa altura, estavam ambos bastante tensos de tanta expectativa. Leram o último verso juntos, em voz alta, tropeçando nas palavras, na pressa para desvendar o seu significado.

Afinal, a última pista, a oitava das oito,
A mais difícil de todas, então use a cabeça,
Perto de onde você está, porém não dentro,
Um banco de cinco mil anos para os mortos
Quinze passos para o sul (ou quinze para o norte).
Direto no centro, agora use os seus olhos,

Procure pelo sinal de Anúbis o Chacal,
Pois Anúbis é aquele que guarda o tesouro.

— Banco para mortos? — perguntou ela.

— Uma mastaba — replicou Daniel. — Um tipo de túmulo retangular feito de tijolos de barro. Mastaba é banco em árabe. Vamos.

Tara agarrou de passagem sua bolsa de viagem e seguiu-o para fora da casa, estremecendo com a lufada de calor, depois do frio lá dentro. O motorista do táxi estacionara o carro numa sombra diante da casa e inclinara para trás o assento, descalçando os pés e pondo-os para fora da janela. Daniel deteve-se por alguns momentos olhando em volta, protegendo os olhos com as mãos, e em seguida apontou para um outeiro oblongo, elevando-se da areia cinqüenta metros acima deles, mais para a esquerda.

— Tem de ser aquilo ali — disse ele. — Não estou vendo nenhuma outra mastaba.

Correram pela trilha até o outeiro e, quando chegaram mais perto, Tara constatou que era feita de tijolos de barro amarronzados, gastos pela exposição ao relento. Daniel foi até uma das extremidades e contou quinze passos ao longo da lateral, chegando aí o topo da mastaba quase à altura do seu pescoço.

— Está em algum lugar por aqui — disse ele, indicando o centro da parede. — Temos de achar a figura de um chacal.

Agacharam-se e correram os olhos por toda a superfície desnivelada. Tara encontrou-a quase de imediato.

— Aqui! — gritou.

Gravada na face de um dos tijolos, quase apagada, estava a figura de um chacal reclinado, garras esticadas, orelhas eretas. O tijolo parecia estar solto e, passando os dedos ao seu redor, Tara conseguiu ir retirando-o da parede. Era evidente que havia sido removido antes porque desprendeu-se com muita facilidade, revelando uma cavidade profunda. Daniel arregaçou a manga, verificou às pressas se não havia escorpiões, depois enfiou a mão dentro do buraco, retirando uma caixa de papelão achatada. Ele a colocou sobre o joelho e começou a desfazer o nó com a qual se encontrava amarrada.

— O que é isso? — perguntou ela.

— Não tenho certeza — respondeu Daniel. — É bastante pesada. Acho que deve ser...

Uma sombra vinda de cima caiu sobre eles, acompanhada de um estalido metálico. Surpresos, levantaram a vista. De pé, no topo da mastaba, uma metralhadora na mão, achava-se um homem barbado vestido com uma túnica preta e um turbante puxado para baixo na cabeça. Ele lhes indicou que deviam ficar de pé, dizendo alguma coisa em árabe.

— O que foi que ele disse? — A voz de Tara estava tensa de terror.

— A caixa — disse Daniel. — Ele quer a caixa.

Ele já ia estendendo o braço para entregar a caixa ao homem, quando Tara o deteve.

— Não — exclamou.

— O quê?

— Não até a gente descobrir o que tem dentro dela.

O homem falou novamente, agitando a arma. Novamente Daniel tentou entregar a caixa, mas Tara reteve o braço dele, puxando-o para trás.

— Eu disse não — sibilou ela. — Não até descobrirmos por que essa gente está fazendo isto.

— Mas que merda, Tara. Isso não é uma brincadeira! Ele vai nos matar. Conheço essa gente!

O homem estava começando a ficar mais e mais nervoso. Apontou a arma para a cabeça de Tara, depois para a de Daniel, a seguir para o topo da mastaba, descarregando uma rajada de balas nos tijolos de barro. Explosões de poeira se espalharam ao redor dos seus pés, cobrindo suas faces. Daniel deu um puxão violento com o braço e jogou a caixa sobre o túmulo.

— Deixe ele ir, Tara. Quero saber tanto quanto você o que tem aí dentro, mas não vale a pena. Acredite em mim, é melhor deixar que ele a leve.

Mantendo-os sob mira, o homem agachou-se, soltando uma das mãos da metralhadora para apanhar a caixa. Ela estava ligeiramente à sua esquerda e seus dedos não a encontravam. Por um instante, desviou os olhos deles e Tara, naquela fração de segundo, quase sem se dar conta do que fazia, esticou o braço, agarrou-lhe a túnica e deu um violento puxão. O homem soltou um berro e, desequilibrando-se, na borda da mastaba, tombou para a frente, batendo a cabeça na areia entre eles, seu pescoço torcendo-se num estranho ângulo.

Por um momento, Tara e Daniel ficaram paralisados. A seguir, olhando de soslaio para Tara, Daniel ajoelhou-se e ergueu a mão do homem, procurando-lhe o pulso.

— Ele está desmaiado? — e ela já sussurrava, por alguma razão.

— Está morto.

— Oh, meu Deus! — Tara levou as mãos à boca. — Oh, meu Deus!

Daniel olhava fixamente o corpo do homem. Então, agarrou seu *'imma* preto de lã e puxou-o, revelando uma cicatriz vertical profunda que atravessava a parte superior da testa. Ainda ficou olhando fixamente para a cicatriz, por alguns segundos, depois pôs-se de pé abruptamente e agarrou Tara pelo braço.

— Vamos cair fora daqui.

Ele já ia empurrando-a, mas, alguns metros à frente, Tara soltou-se e correu de volta para junto da mastaba, apanhando a caixa que ficara no topo do pequeno outeiro.

— Pelo amor de Deus! — gritou Daniel, seguindo-a e agarrando-a pelo ombro. — Deixe essa caixa aí! Há coisas acontecendo aqui... você não compreende? Vão chegar mais desses caras e...

Ela deu de ombros.

— Eles mataram meu pai — respondeu com voz desafiadora. — Você pode fazer o que achar melhor, mas não vou deixar que fiquem com esta caixa. Está entendendo, Daniel? Eles não vão ficar com ela.

Seus olhos encontraram-se brevemente. Em seguida, Tara arremeteu à frente, passando por ele, com apenas um olhar para trás, em direção ao alojamento. Ela enfiou a caixa dentro da mochila enquanto o olhar de Daniel fixava-se em suas costas, com uma expressão de fúria impotente contorcendo-lhe o rosto. Mas logo ele a seguia, resmungando para si mesmo.

O tiroteio despertara o motorista, que estava de pé no meio da pista, observando-os.

— O que *acontecer*? — perguntou ele, quando se aproximaram.

— Nada — retrucou Daniel. — Leve-nos de volta para o Cairo.

— Eu *ouvir* tiros.

— Faça o favor de dar partida logo nessa merda de...!

Ouviu-se o crepitar de disparos. Voltando-se, avistaram duas figuras vestidas de túnicas pretas, descendo a trilha correndo em direção a eles. Mais disparos, vindo por trás desta vez. E outras duas figuras emergiram do deserto, avançando direto sobre eles, manchas pretas contra o reflexo amarelo tremeluzente da areia. O motorista deu um berro e atirou-se no chão.

— Eu disse que iam aparecer mais desses sujeitos! — gritou Daniel. — Para o alojamento da escavação! Depressa!

Ele agarrou o braço de Tara e correram em direção à casa. Uma bala passou raspando pela cabeça dela, outra levantou um borrifo de areia bem na frente deles. Alcançaram a lateral da casa e pularam para o terraço dos fundos. Mais além, um declive arenoso descia bastante inclinado até o vilarejo embaixo, onde as pessoas já saíam de suas casas, olhando para o alto, perguntando-se o que seria todo aquele barulho.

— Desça o declive — gritou Daniel.

— E você, o que vai fazer?

— Faça o que digo. Eu sigo você.

— Não vou deixá-lo para trás!

— Deus do céu!

Escutaram então o ruído de passos em correria. Daniel passou os olhos freneticamente em volta, viu um velho *touria* encostado num banco e, agarrando-o, voltou correndo para a lateral da casa, espremendo-se contra a parede. O ruído surdo de pés aumentou ainda mais. Ele levantou o *touria*, arquejou duas vezes, depois girou-o com toda força que pôde, no instante em que um de seus perseguidores surgia dobrando a esquina da casa. A cabeça de metal da enxada esmagou o rosto do homem com um ruído nauseante, lançando-o sobre a vegetação rasteira, sua mão ainda agarrada na Heckler & Koch. Daniel saltou à frente e apanhou a arma.

— Agora! — gritou. — É a nossa chance!

Eles correram até a beirada do terraço e saltaram, caindo juntos no declive e descendo aos tropeços em meio a uma nuvem de poeira, sem que Tara largasse sua bolsa de viagem um só instante. Havia uma faixa de areia no sopé da descida, e adiante uma trilha, depois o vilarejo, estendendo-se ao longo da orla de uma densa floresta de palmeiras. Um carro avançava sacolejando em direção a eles, e Daniel acelerou mais ainda a corrida, tentando alcançá-lo, fazendo sinais para que ele parasse. O motorista reduziu a marcha e, vendo a arma, freou, derrapando. Lá de cima, vieram disparos, e Daniel virou-se, fazendo fogo também. Ouviu-se um alarido de gritos e os habitantes do vilarejo começaram a correr, dispersando-se. Daniel disparou outra vez, mantendo o dedo no gatilho, varrendo o declive até que o pente de munição ficasse vazio. Ele jogou fora a arma e voltou-se para o carro. O motorista havia fugido, deixando as chaves na ignição e o motor ligado. Daniel pulou para o assento da frente, tomando o volante.

— Entre, Tara — gritou. — Entre logo!

Ela mergulhou para o assento do carona e Daniel imediatamente pressionou o pé no acelerador, as rodas levantando uma onda de cascalho, enquanto o carro descia a trilha. Uma bala estilhaçou uma das janelas traseiras, outra perfurou o capô. O carro passou num buraco, batendo com força no fundo, descontrolando-se, e por um instante pareceu que iriam colidir contra um paredão, mas Daniel conseguiu recuperar a direção e acelerar novamente, com o eco dos tiros bem atrás deles e o alojamento da escavação perdido atrás de uma cortina de poeira.

— Não faço a menor idéia do que tem aí nessa merda dessa caixa — resmungou Daniel —, mas depois de tudo o que a gente passou, espero que tenha valido a pena.

18

LUXOR

Khalifa chegou em casa já no meio da tarde e estava se sentindo tão exausto que mal podia manter os olhos abertos.

Assim que atravessou a porta, seu filho pulou sobre ele.

— Papai! Papai! Você me dá uma trombeta no Abu Haggag?

A festa do Abu el-Haggag começaria em dois dias. Fazia semanas que Ali e seus colegas de escola estavam decorando uma balsa para a procissão das crianças e o garoto mal podia conter a excitação, à espera dos festejos.

— Você me dá uma? — ele gemeu com voz esganiçada, puxando a ponta do paletó de Khalifa. — Mustafá ganhou uma. E o Said também.

Khalifa levantou o garoto e desmanchou seu cabelo.

— Claro que dou.

Ali abanava os braços, feliz.

— Mamãe! — gritou. — Papai prometeu me dar uma trombeta no Abu Haggag!

Khalifa jogou o garoto sobre um ombro e, precisando ver bem onde pisava por entre o material de construção espalhado pelo *hall* da frente, dirigiu-se até a sala. Zenab estava sentada no sofá com o bebê no colo. Ao seu lado, sentavam-se a irmã dela, Sama, e o marido, Hosni. Khalifa soltou um muxoxo contrariado.

— Olá, Sama. Olá, Hosni — cumprimentou, colocando o garoto no chão.

Hosni levantou-se e os dois trocaram um abraço. Ali fez a volta e escondeu-se atrás do sofá.

— Eles acabam de voltar do Cairo — explicou Zenab, com um tênue tom acusatório na voz. Ela estava sempre pedindo a Khalifa para passar alguns dias na capital, mas, por uma razão ou outra, ele nunca arranjava tempo. E, fosse como fosse, iriam se apertar muito para pagar pela viagem.

— Viemos de avião — disse Sama, exibindo-se. — É muito mais rápido do que de trem.

— Negócios — acrescentou Hosni. — Tive uma reunião com um novo fornecedor.

Hosni trabalhava em óleos comestíveis e raramente falava sobre qualquer outro assunto.

— Eu lhe digo, estamos lutando para atender toda a demanda de hoje em dia — continuou. — As pessoas precisam comer e para comer precisam de óleo comestível. É um mercado cativo.

Khalifa assumiu uma expressão que, assim ele esperava, demonstrava interesse.

— Não sei se Zenab lhe contou, mas estamos em vias de lançar um novo produto, óleo de gergelim. É um pouco mais caro do que o tradicional, mas a qualidade é excepcional. Posso mandar algumas latas para vocês, se quiser.

— Obrigado — disse Khalifa. — Gostaríamos muito, não é verdade, Zenab?

Ele olhou para a esposa, que sorria afetadamente. Sempre ficava satisfeita quando ele tentava mostrar entusiasmo pelo trabalho de Hosni.

— Venha, Sama — disse ela, ficando em pé. — Vamos deixar os homens conversarem a sós. Aceita um copo de *karkadee,* Hosni?

— Adoraria.

— Yusuf?

— Por favor.

As irmãs desapareceram na cozinha. Khalifa e Hosni sentaram-se, tentando evitar o olhar um do outro, constrangidos. Houve um demorado silêncio.

— Então, como vai a força policial? — perguntou Hosni, afinal. — Pegou algum assassino hoje?

O cunhado tinha menos interesse no trabalho de Khalifa do que Khalifa no dele. Na verdade, esnobava um pouco o detetive. Trabalhando todas as horas que Deus lhe dava e por um salário tão mísero! Definitivamente, Zenab tinha se casado com alguém que não estava à sua altura. Bem, poderia ter escolhido alguém pior. Mas também poderia ter se dado muito melhor. Alguém no negócio de óleos comestíveis, por exemplo. Era onde o futuro estava. Um mercado cativo. E com esse novo óleo de gergelim, as coisas iam realmente decolar.

— Não, hoje, não — Khalifa estava dizendo.

— Como? Desculpe, mas...

— Não peguei nenhum assassino hoje.

— Ah, sim — disse Hosni. — Bom. Quer dizer, mau. — Ele interrompeu-se, confuso, tentando recuperar o fio da conversa. — Ei, soube que você se candidatou a um pedido de promoção. Acha que vai conseguir?

Khalifa deu de ombros.

— *Insha-Allah*. Se Alá quiser.

— Creio que é mais o caso de se o seu chefe vai querer!

Hosni soltou uma risada com a própria piada, esmurrando o braço do sofá.

— Sama! — chamou. — Ei, Sama! Yusuf disse que vai conseguir a promoção se Alá quiser e eu disse que era mais um caso de se o chefe dele vai querer ou não.

Ouviu-se uma espécie de zurro na cozinha, Sama evidentemente achando o comentário tão engraçado quanto o marido havia achado. Ali apareceu de detrás do sofá, prestes a atingir Hosni na cabeça com uma almofada. Khalifa lançou um olhar sobre ele e o garoto desapareceu novamente.

— E como vai indo a sua fonte? — perguntou Hosni depois de outro longo silêncio, lutando por encontrar alguma coisa para dizer.

— Oh, nada mau. Gostaria de olhar?

— Por que não?

Os dois homens foram para o *hall*, percorrendo o tumulto de sacos de cimento e latas de tinta, examinando o pequeno e malfeito tanque de plástico do qual, assim esperava Khalifa, uma fonte de água iria um dia jorrar.

— Está um pouco apertado por aqui — observou Hosni.

— Vai haver mais espaço quando todo esse entulho for jogado fora.

— De onde vai puxar a água?

— Vamos bombeá-la da cozinha.

Hosni coçou o queixo, um tanto aturdido por todo aquele empreendimento.

— Não sei por que você simplesmente não...

Ele foi interrompido por Ali, que escolheu aquele momento para vir correndo atrás deles e tropeçar num balde com pincéis de molho em aguarrás. Um líquido viscoso branco-acinzentado espalhou-se pelo chão de concreto.

— Droga, Ali — exasperou-se Khalifa. — Zenab! Traga aqui um pano, por favor!

Vindo dar uma olhada na bagunça feita, a mulher de Khalifa sentenciou:

— Não vou arruinar nenhum dos meus panos enxugando isso. Use folhas de jornal.

— Mas não tenho nenhum jornal aqui.

— Tenho um *al-Ahram* velho na minha maleta — ofereceu Hosni. — Pode usar à vontade.

Hosni trouxe o jornal da sala e começou a cobrir a poça de aguarrás com as folhas.

— Está vendo só? — disse. — É só botar em cima. Folhas de jornal são um ótimo absorvente.

Ele destacou outra folha e já ia colocá-la estendida sobre o chão, quando Khalifa agarrou o seu braço:

— Espere!

O detetive ajoelhou-se.

— Qual é a data deste jornal?

— Humm...

— Qual é a data?

Havia uma certa urgência na sua voz.

— É de ontem — disse Hosni, perplexo.

Um dos joelhos de Khalifa estava na poça de aguarrás, mas ele sequer percebia isso. Ele estava todo curvado sobre o jornal, lendo algo no canto inferior da página, os dedos indo e voltando nervosamente sobre as linhas do texto. Ali aproximou-se e ajoelhou-se junto ao pai, também correndo seus dedos sobre a página, para imitá-lo.

— De ontem — Khalifa disse para si mesmo ao terminar de ler o artigo. — Ontem. Deixe-me ver... Nayar foi assassinado na sexta-feira, foi no mesmo dia... Droga! — exclamou, ficando de pé num pulo, uma mancha escura agora se espalhando lentamente pelo joelho.

— Droga — gritou Ali, também saltando de pé.

— O que houve? — indagou Hosni. — Do que se trata?

Khalifa ignorou-o e correu para a cozinha, esquecido subitamente da sua exaustão.

— Zenab, preciso sair.

— Sair? E vai aonde?

— Cairo.

— Cairo!

Por um momento, pareceu que ela iria fazer um estardalhaço. Mas, em seguida, se aproximou dele e beijou-o na testa.

— Vou apanhar para você umas calças limpas.

No corredor Hosni estava abaixado, lendo o artigo que chamara a atenção de Khalifa. Havia uma fotografia de um velho muito feio, com um tapa-olho, e, acima da foto, a manchete: *Comerciante de Antigüidades Brutalmente Assassinado*. Ele balançava a cabeça, pesaroso. Era o tipo de coisa que jamais acontecia no ramo de óleos comestíveis.

19

Cairo

Não houve uma palavra entre eles, em toda a volta até o Cairo. Daniel concentrou-se na direção, olhos nervosamente checando a cada instante o retrovisor, para ver se não estavam sendo seguidos. Tara passou o tempo todo com os olhos fixos na bolsa de viagem, sobre o seu colo. Somente quando alcançaram a estrada principal Cairo-Gizé e viraram à direita, pegando tráfego pesado em direção ao centro da cidade, Daniel quebrou o silêncio.

— Sinto muito, Tara, mas é que você simplesmente não está entendendo o quanto isso tudo é perigoso. Aqueles homens... são seguidores de Sayf al-Tha'r. A cicatriz na testa é a marca deles.

Ela estava distraída, brincando com o zíper da bolsa de viagem.

— Quem é esse Sayf al-Tha'r? Toda hora escuto o nome dele.

— É um líder fundamentalista — disse Daniel, desviando-se de um ciclista que avançava oscilante à frente deles, com uma bandeja de pastéis sobre a cabeça. — O nome significa Espada de Vingança. Ele prega uma mistura de nacionalismo egípcio e extremismo islâmico. Ninguém sabe muito sobre ele, exceto que começou a aparecer no final dos anos oitenta e, de lá para cá, matou um bocado de gente. Principalmente, ocidentais. Faz mais ou menos um ano, ele matou com uma bomba o embaixador americano. O governo colocou a cabeça dele a prêmio por uma recompensa de um milhão de dólares.

Ele fitou-a de relance, sorrindo mal-humorado.

— Está vendo que beleza, Tara? Você acaba de fazer um inimigo do homem mais perigoso do Egito. Deus do céu.

Prosseguiram pela estrada em silêncio por mais alguns poucos quilômetros, a cidade começando a se adensar ao redor deles, até que finalmente alcançaram um elevado e pararam num engarrafamento. O carro permaneceu imobilizado por cerca de cinco minutos. Então, praguejando, Daniel tomou um desvio à esquerda, procurando caminho desimpedido pelas diversas travessas, até estacionarem numa rua repleta de lixo nas calçadas e saltarem do carro.

— Devíamos tentar ficar fora das ruas — disse ele, olhando em volta. — Aqui, estamos expostos demais. Não acredito que estejam nos seguindo, mas nunca se sabe. Tem gente deles em toda parte.

Eles começaram a andar, chegando a uma cerca em volta do que Tara inicialmente pensou que fosse um enorme parque, mas logo percebeu que se tratava na realidade de um zôo. Havia uma entrada, trinta metros à frente, e, pegando-a pelo braço, Daniel dirigiu-se para lá.

— Vamos entrar aqui. É menos provável sermos notados. E devem ter um telefone público que possamos usar.

Compraram o ingresso de vinte piastras e passaram pela roleta. O barulho da cidade pareceu ficar cada vez mais distante e de repente tudo ficou quieto. Pássaros cantarolavam nas árvores, famílias inteiras passeando juntas, jovens namorados sentados nos bancos de mãos dadas. De algum lugar nas proximidades escutava-se o murmúrio de água correndo.

Acabaram entrando por uma alameda sombreada, os olhos varrendo tudo em volta em busca de sinais de seus perseguidores. Passaram pelo cercado do rinoceronte, pela casa dos macacos, pela piscina do leão-marinho e por um lago cheio de flamingos, até que afinal encontraram um banco debaixo de uma figueira ressecada, onde se sentaram. Havia uma cabine de telefone a cinco metros de distância e, em frente, um elefante de aspecto raivoso numa jaula, com uma pata presa às barras por uma corrente pesada. Daniel vasculhou os arredores com o olhar, depois apanhou a bolsa de viagem de Tara e tirou a caixa.

— Primeiro, o mais importante. Vamos ver o que é isso — disse.

Deu mais uma olhada em volta, depois ele desfez o nó do barbante e levantou a tampa. Dentro dela, sobre um forro de palha, havia um objeto achatado, embrulhado em jornal. E havia também um pequeno cartão colado com fita adesiva a ele:

Tara. Achei que isto lhe agradaria. Amor, como sempre, papai.

Ele relanceou os olhos para ela, depois removeu o objeto da caixa e rasgou o papel. Era um fragmento que parecia feito de argamassa, com a forma grosseiramente quadrada, as bordas quebradas e desiguais. A superfície era pintada de amarelo pálido, com três colunas de hieróglifos pretos correndo

para baixo e, à esquerda, parte de uma quarta coluna. Uma fileira de serpentes com as cabeças desenhadas por detrás corria ao longo da borda inferior — e foi o que fez Tara pensar que era a razão de seu pai tê-lo escolhido como presente para ela.

Daniel colocou a peça em sua mão, virada para cima, movendo a cabeça num sinal de reconhecimento.

— Você sabe do que se trata? — perguntou ela.

Ele não respondeu de imediato e ela teve que repetir a pergunta.

— Reboco de gesso — disse ele, absorto. — Tirado da decoração de um túmulo. Os hieróglifos fazem parte de um texto maior... Veja, esta peça foi cortada no meio de uma palavra. Belíssimo artesanato. Realmente, muito bom. — Ele sorriu para si mesmo.

— É autêntica?

— Sem dúvida. Último Período, pelo que parece. Grego, talvez, ou romano. Possivelmente, do período de ocupação persa, não muito antes disso. Tenho quase certeza de que vem de Luxor.

— Como pode afirmar isso?

Com um movimento de cabeça, ele apontou o jornal no qual o objeto havia sido embrulhado. Na parte superior, havia dizeres em árabe.

— *Al-Uqsur* — ele traduziu. — Luxor. É um jornal local.

Ela tomou-lhe o fragmento e examinou-o, balançando a cabeça.

— Não posso entender por que papai a teria comprado, se é autêntica. Ele ficava revoltado com o comércio ilegal de antigüidades. Ficava sempre repetindo que era uma atividade bastante prejudicial.

Daniel deu de ombros.

— Talvez tenha pensado que fosse falsa. Não era um especialista nesse período, afinal de contas. Só um especialista em arte mortuária do Último Período poderia distinguir com exatidão. Se fosse algo do Antigo Reinado, era de se esperar que ele o tivesse reconhecido no ato.

— Pobre papai — suspirou ela. — Ficaria arrasado se tivesse se dado conta. — Ela lhe devolveu a peça. — Então, o que os hieróglifos significam?

Ele assentou o fragmento no colo e passou a escrutinar o texto.

— Lê-se da direita para a esquerda. Veja, o texto sempre corre de encontro às faces desenhadas. Na primeira coluna temos *abed*, que significa *mês*, e essas pinceladas são o número três, e a seguir *peret*, que era uma das divisões do ano egípcio, grosseiramente equivalente ao nosso inverno. Assim, ao *terceiro mês de peret*. Então, temos — ele apertou os olhos, concentrando-se —, parece, um nome, *ib-wer-imenty*, Grande Coração do Ocidente; *ib-wer*, grande coração; *imenty*, Ocidente. Não é um nome próprio, mais uma espécie de epíteto. Sem dúvida, não é parte de um título real. Ou pelo menos nada de que tenhamos ouvido falar.

Ele ficou alguns segundos refletindo, repetindo para si mesmo o nome, depois moveu o dedo para a segunda coluna do texto.

— Esta palavra no topo é *mer*, que significa pirâmide. A seguir, *iteru*, que é uma unidade de medida antiga, e então um número, noventa. Assim, *a pirâmide noventa iteru*. Então a próxima coluna começa com *kheper-en*, ao que parece, se bem que estes dois hieróglifos do topo estejam partidos, então... — Ele ergueu um pouco o fragmento, tentando pegar mais da luz. — Não, é *kheper-en*, mesmo, *aconteceu*, e então *dja wer, uma grande tempestade*. Então esta figura cortada à esquerda parece ser outro número, mas é impossível dizer qual. É só.

Ele examinou o fragmento por mais um instante, revirando-o nas mãos, balançando a cabeça, depois devolveu-o à caixa, que enfiou de volta na bolsa de Tara.

— Se vem mesmo de um túmulo tebano do Último Período, é uma peça bastante rara — disse. — Não se consegue muitas peças de decoração mortuária de depois do Novo Reinado. Assim mesmo, no entanto, duvido que valha mais do que algumas centenas de dólares. Nada que valesse a pena sair matando alguém.

— Então por que essa gente quer tanto esta coisa?

— Só Deus sabe. Talvez, estejam querendo a versão completa do texto do qual fazia parte, seja lá qual for. Mas por que esse texto seria tão importante, não faço idéia. — Ele puxou um *cheroot* do bolso da camisa, acendeu-o e expeliu uma nuvem de fumaça. — Espere aqui.

Daniel foi até a cabine telefônica e, puxando o fone, enfiou o cartão na fenda do aparelho e discou. Durante um momento, continuou olhando para ela, depois virou-se e começou a falar. A conversa durou cerca de três minutos e, num determinado instante, pareceu estar gesticulando, com raiva, depois recolocou o fone no gancho e retornou ao banco. A sua testa, notou ela, estava pontilhada de gotas de suor.

— Eles estiveram no meu hotel. Três deles. Viraram o meu quarto de cabeça para baixo, pelo que entendi. O proprietário ficou horrorizado, pobre coitado. Meu Deus, que confusão!

Ele se curvou à frente, esfregando o rosto com as mãos. Uma garotinha passou correndo, encarou-os, e depois saiu correndo novamente, rindo. Em algum lugar nas proximidades um macaco estava guinchando.

— Deveríamos ir à polícia — disse Tara.

— Acontece que roubamos um carro e matamos dois cidadãos egípcios. Nem pensar, porra!

— Foi legítima defesa! Eles eram terroristas!

— Mas não é necessariamente como a polícia veria a coisa. Acredite-me. Sei como pensam.

— Nós temos de...

— Eu disse não, Tara! Só iria piorar as coisas. Se é que é possível piorar ainda mais essa porcaria toda.

Houve um silêncio tenso.

— Então, o que vamos fazer? — perguntou ela. — Não podemos simplesmente ficar sentados aqui a vida inteira.

Outro silêncio.

— A embaixada — disse ele, finalmente. — Vamos para a embaixada britânica. É o único lugar seguro. Estamos totalmente perdidos nesta história. Precisamos de proteção.

Tara assentiu com a cabeça.

— Você tem o número? — perguntou ele.

Ela remexeu desajeitadamente em sua bolsa de viagem e tirou fora o cartão que Squires lhe dera no dia anterior.

— Certo. Ligue para eles. Conte tudo o que aconteceu. Diga que precisamos de ajuda. Urgentemente.

Ele lhe passou o seu cartão telefônico, ela foi até a cabine e discou. Responderam-lhe depois de apenas dois toques.

— Charles Squires.

Aquela voz calma avuncular.

— Sr. Squires? É Tara Mullray.

— Olá, srta. Mullray. — Ele não pareceu especialmente surpreso em ouvir-lhe a voz. — Está tudo bem?

— Não. Não, não está. Estou com um amigo e estamos...

— Um amigo?

— Sim. Um arqueólogo. Daniel Lacage. Ele conhecia meu pai. Olhe, estamos com problemas. Não posso explicar pelo telefone. Muita coisa aconteceu.

Uma pausa.

— Pode ser um pouco mais específica?

— Alguém está tentando nos matar.

— Matar você?

— Sim. Matar a nós dois. Precisamos de proteção.

Mais outra pausa.

— Tem algo a ver com o homem do qual me falou ontem? O homem que você disse que a estava seguindo?

— Sim. Nós encontramos uma coisa e eles estão tentando nos matar por causa disso.

Ela tinha consciência de que não estava dizendo nada que fizesse sentido.

— Certo — replicou ele brandamente. — Vamos simplesmente manter a calma. Onde você está?

— No Cairo. No jardim zoológico.

— Mais ou menos em que lugar do jardim zoológico?

— Hã... perto da jaula do elefante.

— E está com esse artefato?

— Estou.

Ele permaneceu um momento em silêncio. Ela teve a impressão de que ele pusera a mão tapando o receptor enquanto falava com alguém ao lado dele.

— Certo, estou mandando Crispin para aí imediatamente. Você e o seu amigo fiquem onde estão. Está me entendendo? Simplesmente permaneçam exatamente onde estão. Estaremos com vocês o mais depressa possível.

— Combinado.

— Tudo vai dar certo.

— Claro. Muito obrigada.

— Logo nos veremos.

Ele desligou.

— Então? — perguntou Daniel quando ela voltou a se sentar.

— Ele está mandando alguém nos pegar. Disse que devemos permanecer aqui.

Ele assentiu e eles caíram em silêncio. Daniel expelindo baforadas do seu *cheroot*. Tara com olhar fixo em sua bolsa de viagem. Ele tivera a esperança de que o misterioso objeto forneceria uma resposta qualquer para o que estava acontecendo, mas, em vez disso, parecia tornar as coisas ainda mais obscuras, como se um código já suficientemente complexo tivesse adquirido uma linha extra de inscrições. Ela se sentia atordoada e morrendo de medo.

— Talvez o dr. Jemal possa nos ajudar — disse ela, afinal. Daniel ergueu as sobrancelhas, intrigado. — Ele é um velho colega de meu pai — explicou Tara. — Eu o conheci ontem na embaixada. Talvez ele saiba por que o objeto é tão importante.

Daniel deu de ombros.

— Não sei quem ele é.

— É o subchefe do Serviço de Antigüidades.

— O subchefe do Serviço de Antigüidades chama-se Mohammed Fesal.

— Ah, bem... Ele é alguma coisa no Serviço de Antigüidades, seja lá o que for.

Houve uma pausa. Daniel soltou uma baforada do seu *cheroot*.

— Jemal?

— Sim. Dr. Sharif Jemal. Como o Omar Sharif.

— Nunca ouvi falar de um dr. Sharif Jemal.

— E deveria?

— Se ele é um funcionário importante no Serviço, sim, é óbvio. Tenho que lidar com esses caras todos os dias. — Ele ergueu o *cheroot* novamente, mas desta vez não o tragou, apenas o deixou suspenso diante do seu rosto. — O que mais ele disse, esse dr. Jemal?

— Pouca coisa. Disse que trabalhou com meu pai em Saqqara. Eles descobriram um túmulo juntos. Em 1972. No ano em que nasci.

— Que túmulo?

— Não consigo me lembrar. Hotep ou coisa assim.

— Ptah-hotep?

— Sim, isso mesmo.

O *cheroot* ainda estava suspenso diante da boca de Daniel. Ele fixou o olhar nela.

— Com quem você falou, Tara?

— O quê?

— Na embaixada. Com quem você acabou de falar?

— Por quê? Alguma coisa errada?

As gotas de suor na testa dele pareceram ter se multiplicado. Havia tensão nos seus olhos.

— O seu pai encontrou o túmulo de Ptah-hotep em 1963. O ano em que *eu* nasci. E ele o encontrou em Abydos, não em Saqqara. — Subitamente, ele atirou fora o *cheroot* e se pôs de pé. — Com quem você acabou de falar? — A voz dele soou rápida, nervosa.

— Charles Squires. O adido cultural.

— E o que ele disse?

— Disse apenas que a gente deveria esperar aqui. Eles vão mandar alguém ao nosso encontro.

— Só isso? E você lhe disse onde estávamos?

— Claro que sim. Do contrário, como ele iria nos encontrar?

— E a peça? Você mencionou a peça?

— Sim. Eu disse que nós...

— O que foi?

Um súbito tinido de alarme desceu por sua espinha.

— Ele perguntou se ainda tínhamos o artefato conosco.

— E então?

O tinido estava ficando mais forte.

— Eu não disse a ele que era um artefato. Apenas disse que tínhamos encontrado uma... coisa.

Por um momento ele ficou imóvel, em seguida ergueu-a com um puxão brusco.

— Vamos embora daqui.

— Mas isso é loucura. Loucura. Por que a embaixada ia mentir para nós?

— Não sei. Mas esse dr. Jemal evidentemente não é quem diz ser e, portanto, o seu amigo adido cultural também não é.

— Mas, por quê? Por quê?

— Já disse que não sei! Temos que sair daqui. Vamos!

O nervosismo em sua voz era inegável. Daniel agarrou a bolsa e puxou-a. Começaram a correr, contornando a jaula do elefante e seguindo um caminho que subia pela encosta de uma colina arborizada. Quando chegaram ao topo, viraram-se e olharam para trás.

— Olhe!

Ele apontava para baixo, para um ponto onde três homens, bastante visíveis por causa de seus ternos e óculos escuros, acabavam de chegar ao banco no qual estiveram sentados. Um deles foi até a cabine de telefone e examinou seu interior.

— Quem são eles? — sussurrou Tara.

— Não sei. Mas não estão aqui dando um passeio vespertino, isso é certo. Vamos dar o fora, antes que nos vejam.

Eles voltaram-se apressados, ganhando o outro extremo da colina e a seguir deixando o zoológico. Já na rua, Daniel fez sinal para um táxi, no qual entraram afobadamente.

— Tenho a sensação de que estamos encrencados, Tara — disse Daniel, olhando ansioso pelo pára-brisa traseiro. — E muito.

Squires apanhou o telefone quase precedendo o primeiro toque.

— Sim?

A voz no outro lado da linha soou por um breve momento. Ele escutou, segurando o fone com uma das mãos enquanto a outra lentamente desembrulhava uma bala. Ele não disse coisa alguma, e seu rosto permaneceu impassível. Quando a outra pessoa calou-se, ele disse:

— Muito obrigado. Continue procurando — e recolocou o fone no lugar.

A bala estava agora desembrulhada. Em vez de levá-la à boca, ele a colocou com cuidado na escrivaninha, à sua frente. Em seguida, fez três chamadas, uma após a outra, em rápida sucessão. Nas três chamadas, no que o telefone era atendido, ele dizia apenas: "Ficou com ela!", e em seguida desligava. Somente após a terceira chamada esticou a mão, pegando a bala, e colocou-a sobre a língua.

Ele permaneceu imóvel por certo tempo, olhos semicerrados, as pontas dos dedos apenas tocando a face, como se estivesse rezando. Somente quando o último resto da bala dissolveu-se em sua boca, ele se inclinou à frente, abriu uma gaveta e tirou um grande livro de capa dura. Na capa estava uma fotografia de uma parede coberta de hieróglifos multicoloridos, e o título *Práticas funerárias do Último Período na Necrópole de Tebas.* O autor era Daniel Lacage.

Ele fez os óculos escorregarem para cima de seu nariz e abriu o volume, cruzando suas pernas finas e sorrindo para si mesmo.

20

LUXOR

— Os assassinatos estão ligados — insistiu Khalifa. — Tenho certeza disso.

Ele estava sentado num escritório amplo, meticulosamente arrumado, no primeiro andar do quartel-general da polícia de Luxor. Diante dele, por trás da escrivaninha, reclinado numa extravagante cadeira executiva de couro preto, estava o inspetor-chefe Abdul ibn-Hassani, seu chefe. Khalifa estava sentado num banco baixo, um arranjo de assentos imaginado para enfatizar a posição hierarquicamente superior de Hassani no departamento de polícia. O chefe raramente perdia uma oportunidade de mostrar a seus homens quem mandava por ali.

— Certo, repasse tudo para mim mais uma vez — suspirou Hassani. — E mais devagar, agora.

Ele era um homenzarrão com os ombros largos de um lutador de luta-livre e cabelo cortado à escovinha, o rosto lembrando vagamente o do presidente Hosni Mubarak, cujo retrato estava pendurado na parede atrás dele.

Ele e Khalifa nunca se entendiam. Khalifa detestava a obsessão do chefe de fazer tudo segundo as regras; Hassani tinha suas desconfianças a respeito da educação universitária de Khalifa, de sua propensão a se deixar levar pela intuição, em vez de se ater aos fatos e evidências concretas, e de sua fascinação pelo passado antigo. O chefe era um pragmático. Não tinha tempo para coisas que haviam acontecido milhares de anos atrás. Estava interessado apenas em resolver crimes, aqui e agora. E isso se faria com trabalho duro, atenção aos detalhes e respeito aos superiores, não sonhando acordado com pessoas com nomes impronunciáveis que já haviam morrido havia três milênios. A história era uma distração, uma indulgência. E Khalifa era, em sua opinião, uma pessoa indulgente, dispersa. Esse era o motivo pelo qual estava protelando sua promoção. O homem não tinha jeito para a coisa. Devia estar trabalhando numa livraria, não num distrito policial.

— De acordo com a notícia do jornal — relatou Khalifa —, este homem, Iqbar, foi encontrado em sua loja com a face e o corpo inteiramente retalhados.

— Qual jornal?

— *Al-Ahram.*

Hassani bufou e mandou que Khalifa continuasse, com um aceno.

— O mesmo tipo de lesões que encontramos em nosso homem. Nayar era um atravessador de antigüidades. Iqbar também. Ou pelo menos ele tinha um antiquário, o que coloca os dois no mesmo ramo. Dois homens, ambos no mesmo negócio, assassinados da mesma forma, com um dia de diferença um do outro. Tem que ser mais do que uma coincidência. Principalmente, se observarmos o tíquete de trem que estava com Nayar. Ele esteve no Cairo um dia antes de Iqbar ser assassinado. Tem de haver uma ligação.

— Mas temos alguma evidência concreta? Não quero saber de adivinhações. Quero fatos.

— Bem, ainda não examinei o relatório do legista do Cairo...

— Sendo assim, talvez as duas mortes não tenham tanta relação assim. Você sabe que os jornais exageram. Principalmente esses mais sensacionalistas, como *al-Ahram.*

— Ainda não vi o relatório do legista — repetiu Khalifa —, mas sei que ambos foram mortos da mesma maneira. Os casos estão conectados. Tenho certeza.

— Então, prossiga — suspirou Hassani, contrariado. — Qual é a sua teoria?

— Acho que Nayar encontrou um túmulo...

— Eu já devia saber que os túmulos entrariam nesta história, de um jeito ou de outro!

— Ou outra pessoa qualquer encontrou algo parecido e Nayar ficou sabendo. Seja como for, foi alguma coisa grande. Ele foi para o Cairo, vendeu a Iqbar alguns artefatos. Recebeu o pagamento. Torrou o dinheiro. Provavelmente, pensou que estivesse feito para vida inteira. Acontece que alguém mais sabia do túmulo. E essa outra pessoa não gostou da idéia de dividir os achados.

— Isso é especulação, Khalifa. Mera especulação.

O detetive ignorou-o e prosseguiu.

— Talvez Nayar tenha pegado algo valioso e essas pessoas quisessem recuperar o tal objeto. Talvez o simples fato de que ele sabia do túmulo tenha sido o suficiente para emitirem a sentença de morte. Provavelmente, ambas as coisas. Seja qual for o caso, essas pessoas o pegaram e torturaram para descobrirem quem mais sabia sobre a descoberta, então foram ao Cairo e fizeram a mesma coisa com Iqbar. E, se não os prendermos, vão fazer a mesma coisa a outras pessoas. Se já não fizeram, sem que saibamos até agora.

— Mas quem são essas tais pessoas? Quem são esses lunáticos que, segundo você alega, estão dispostos a trinchar pessoas por causa de alguns poucos objetos poeirentos?

Ele soava como se debochasse de uma criança excessivamente imaginativa. Khalifa fez uma pausa, antes de responder.

— Tenho razões para supor que Sayf al-Tha'r está envolvido no caso.

Hassani explodiu:

— Pelo amor de Deus, Khalifa! Como se não bastasse você dizer que estamos lidando com um saqueador de túmulos que é também um *serial killer*, agora quer também meter o maldito do Sayf al-Tha'r nessa história? E quais são os indícios?

— Tenho um informante.

— Que informante?

— Alguém que trabalha em Deir el-Bahri. No templo. Já foi um guarda.

— E hoje em dia?

— Ele foi ferido no incidente.

— E hoje em dia? O que esse seu informante faz atualmente?

Khalifa mordeu um lábio, já antevendo a reação de Hassani.

— Ele cuida dos toaletes do monumento.

— Mas que maravilha! — rosnou o chefe. — O grande informante do Khalifa: o encarregado dos toaletes.

— Ele sabe mais do que acontece em Luxor do que qualquer outra pessoa que eu conheça. E é totalmente confiável.

— Tenho certeza de que é confiável quando se trata de limpar merda. Mas para um trabalho policial? Faça-me o favor!

Khalifa acendeu um cigarro e deixou os olhos correrem para fora da janela. O escritório do chefe dava vista diretamente para o templo de Luxor, uma das melhores vistas do monumento que alguém poderia ter na cidade. Uma pena que fosse desperdiçada com uma besta como Hassani. Lá de fora, veio o chamado de um muezim, convocando a todos para as orações do meio da tarde.

— Todos os atravessadores da cidade estão apavorados — disse Khalifa, afinal. — Todos a quem interroguei sobre o caso. Há alguma coisa fora do comum acontecendo, chefe.

— Mas é claro que há — replicou Hassani abruptamente. — E está acontecendo bem dentro da sua cabeça.

— Se eu pelo menos pudesse ir ao Cairo por um dia, circular um pouco por lá e ver o que descubro...

— Perda de tempo! Besteira! Esse tal Nayder, ou seja lá qual for o nome dele, provavelmente foi cortado a faca por alguém a quem devia dinheiro... Você disse que ele estava devendo dinheiro, não disse?

— Disse, sim, senhor, mas...

— Ou por alguém a quem andou insultando... Você disse que ele costumava tratar mal as pessoas, não disse?

Khalifa deu de ombros.

— E o tal Iqbar foi cortado por um ladrão, se é que ele foi mesmo tão cortado assim, o que, conhecendo o *al-Ahram*, é pouco provável. E eles não foram cortados pela mesma pessoa. Você anda lendo demais.

— Mas eu tenho esse palpite...

— Palpites não têm nada a ver com trabalho policial. Somente fatos.

Pensamentos claros. Evidências concretas. Palpites só servem para confundir a coisa toda.

— Como no caso al-Hamdi?

Hassani encarou-o, furioso.

O caso Ommaya al-Hamdi havia chocado a todos, até mesmo a Hassani. O corpo dela havia sido encontrado no fundo de um poço. Ela estava nua, havia sido estrangulada, e tinha apenas quatorze anos.

Um garoto do vilarejo, um retardado mental, foi logo preso e, debaixo de pesado interrogatório, confessou o crime. No entanto, Khalifa não estava convencido, sentindo que as coisas não estavam tão explicadas quanto pareciam. Suas dúvidas provocaram a ira de Hassani e piadinhas entre seus colegas. Mas ele os ignorou e prosseguiu na investigação, por conta própria, e acabou provando que o culpado havia sido um primo da garota, que estava apaixonado por ela. Khalifa jamais recebeu nenhum reconhecimento pelo seu papel na solução do crime, mas, desde então, seus palpites vinham sendo tratados um pouco mais respeitosamente.

— Certo, o que exatamente você está pedindo?

— Quero ir ao Cairo — respondeu, sentindo que seu chefe se enfraquecera. — Lá, vou ver o que é possível descobrir sobre o assassinato de Iqbar e se o caso pode jogar alguma luz neste com que estamos lidando aqui. Preciso apenas de um dia.

Hassani girou a bordo de sua poltrona, de modo a ficar de frente para a janela. Seus dedos tamborilavam sobre a escrivaninha. Escutou-se uma batida na porta.

— Espere! — gritou ele.

— Posso pegar o trem noturno — disse Khalifa. — Com isso se poupa a despesa com a passagem de avião.

— Mas, que merda, é claro que você vai pegar o trem noturno — retrucou de supetão. — Não somos uma companhia de turismo, porra! — Ele girou na poltrona novamente, voltando a ficar de frente para o detetive. — Um dia. É só o que você tem. Somente um dia. Vá esta noite. Volte amanhã à noite. E quero um relatório sobre a minha escrivaninha logo cedo, na manhã seguinte. Entendeu?

— Perfeitamente, senhor.

Khalifa pôs-se de pé e encaminhou-se para a porta.

— Espero que esteja certo a respeito dessa história — grunhiu Hassani. — Para o seu próprio bem. Porque, se não estiver, vou ter você em menor conta ainda do que já tenho.

— E se eu estiver certo, chefe?

— Fora!

21

Cairo

— *Onde ir vocês?* — perguntou o motorista do táxi.

— Para qualquer lugar — respondeu Daniel. — Para o centro.

— Midan Tahrir?

— Está ótimo!

Seguiram no veículo por alguns minutos, então Daniel, inclinando-se à frente, disse ao motorista:

— Não, Midan Tahrir, não. Zamalek. Leve-nos a Zamaleck. Sharia Abdul Azim.

O motorista assentiu com a cabeça e Daniel se recostou novamente no banco.

— Aonde estamos indo? — perguntou Tara.

— Vamos ver o meu despachante, Mohammed Samali. Ele é, provavelmente, a última pessoa no Cairo em quem se pode confiar, mas, no momento, não consigo pensar em ninguém mais que possa nos ajudar.

Acomodaram-se no assento e ficaram observando a vista através da janela, o táxi lentamente avançando em meio ao tráfego. Alguns minutos depois, Daniel segurou na mão de Tara. Nenhum dos dois disse nada, nem sequer trocaram um olhar.

Zamalek era um bairro suntuoso e arborizado, composto exclusivamente de vilas e de prédios residenciais bastante altos. Eles pararam diante de um edifício moderno e luxuoso, com jardins bem-cuidados e um *foyer* com fachada envidraçada. Depois de pagar ao motorista, subiram a escadaria até a entrada da frente. Na parede externa, havia um interfone com painel de metal polido. Daniel pressionou o botão do número 43.

Aguardaram trinta segundos, então ele pressionou de novo o botão. Mais uma espera demorada, então uma voz saiu do painel:

— Sim?

— Samali? É Daniel Lacage.

— Daniel? Mas que surpresa maravilhosa! — A voz soava delicada, musical, levemente ceceante. — Infelizmente, me pegou num momento inoportuno. Seria possível você...

— É urgente. Preciso conversar com você. Agora!

Houve uma pausa.

— Espere cinco minutos aí embaixo, depois suba. Quarto andar, mas isso você já sabe.

Escutaram um estalido e a porta se abriu. Eles entraram num *foyer* acarpetado, o ar no interior repentinamente mais frio em função do ar-condicionado. Como lhes foi pedido, esperaram por cinco minutos e só então tomaram o elevador até o quarto andar. O apartamento de Samali ficava na metade de um comprido corredor com retratos de antigos monumentos pendurados nas paredes. Eles bateram à porta e logo a seguir ouviram o barulho de pés se aproximando maciamente.

— Tome cuidado com o que vai dizer a ele — sussurrou Daniel. — E mantenha essa caixa na sua bolsa. É melhor que ele não a veja. Samali venderia a própria mãe, se pudesse obter algum lucro na transação.Quanto menos detalhes ele ficar sabendo, melhor.

Ouviram-se os estalidos de uma seqüência de fechaduras sendo destrancadas.

— Mil desculpas por tê-los feito esperar. Por favor, entrem.

Samali era alto e muito magro, completamente careca, com a pele tenuemente lustrosa, como se usasse algum creme hidratante. Ele se virou para o interior do apartamento e conduziu-os por um *hall* até um salão, tipicamente minimalista, com assoalho de madeira clara, paredes brancas e pouco mobiliário, todo em metal e couro. Através de uma porta lateral, Tara viu dois rapazes, um deles vestindo um roupão de banho. A porta fechou-se quase imediatamente, entretanto, e os rapazes sumiram atrás dela.

— Creio que não nos conhecemos — sorriu Samali.

— Tara Mullray — apresentou Daniel. — Uma velha amiga.

— Encantado.

Ele adiantou-se, pegou a mão de Tara, ergueu-a e aplicou-lhe um beijo em seus dedos, suas narinas dilatando-se momentaneamente, como se farejasse a pele dela. Ele baixou a mão de Tara e apontou-lhes um grande sofá.

— Bebem alguma coisa?

— Uísque — disse Daniel.

— Srta. Mullray?

— O mesmo. Obrigada.

Ele dirigiu-se a um bar e, pegando do decantador, serviu dois copos, colocando em cada uma pedra de gelo. Entregou-lhes os copos e sentou-se em frente a eles, pegando uma piteira de jade e encaixando nela um cigarro.

— Não bebe com a gente? — perguntou Daniel.

— Prefiro ficar vendo vocês beberem — disse Samali, sorrindo.

Ele acendeu o cigarro e tragou profundamente da ponta da piteira. Suas sobrancelhas eram muito finas e escuras e Tara de repente deu-se conta de que eram realçadas com delineador.

— Então — disse ele —, a que devo a honra?

Daniel levantou os olhos para ele e, então, desviou-os para a janela, os dedos nervosamente tamborilando na borda do sofá.

— Precisamos de ajuda.

— Mas é claro que precisam... — disse Samali, sempre sorridente.

Ele voltou-se para Tara, cruzando as pernas e alisando o tecido de suas calças com as mãos.

— Sou aquilo que, de um modo um tanto grosseiro, chamam de despachante, srta. Mullray. Ou um... quebra-galhos, perdoe o termo. Parte de uma espécie sempre denegrida, até que alguém precisa de fato de meus serviços. Então, de uma hora para outra, eu me torno indispensável. É uma vocação, tem suas recompensas — e ele fez um gesto com a mão exibindo o luxuoso apartamento —, embora não sejam do tipo espiritual. Um homem em minha profissão logo percebe que nunca receberá uma visita de caráter meramente social. Há sempre... qual é mesmo a palavra?... um propósito.

Ele falava em tom jocoso, mas seus olhos mantinham um brilho gélido como se entendesse que a polidez deles era apenas uma encenação e quisesse que soubesse que a dele também era. Samali inclinou a cabeça para trás e tirou uma tragada profunda de sua piteira, fitando o teto.

— Bem, então... Do que está precisando, Daniel? Problemas com a sua concessão para escavações? Ou talvez Steven Spielberg esteja interessado em filmar o seu trabalho e você necessita de ajuda para conseguir as autorizações?

Ele deu uma risadinha, deliciado com a própria piada. Daniel terminou seu uísque num só gole e pôs o copo de lado.

— Preciso de informações — respondeu ele, laconicamente.

— Informações — arrulhou Samali. — Mas que lisonjeiro. Um estudioso com a sua reputação vir a mim em busca de assessoria. Não consigo imaginar o que eu poderia saber que você não saiba, mas, por favor, pergunte à vontade.

Daniel curvou-se à frente, o forro de couro crepitando por baixo dele. De novo seus olhos fixaram-se por um instante em Samali e de novo desviaram-se para a janela, evitando cruzar olhares com o outro homem.

— Preciso de informações sobre Sayf al-Tha'r.

Uma brevíssima pausa.

— Alguma coisa em particular, ou apenas um resumo geral? — indagou Samali.

— Preciso saber da relação entre Sayf al-Tha'r e antigüidades.

Novamente, uma ligeira hesitação da parte de Samali.

— Posso perguntar por quê?

— É melhor eu não entrar em detalhes. Para a sua segurança, tanto quanto para a nossa. Há uma antigüidade em particular que acredito que ele esteja querendo e precisamos saber por quê.

— Mas quantos mistérios, Daniel!

Ele ergueu a mão e começou a examinar as unhas. Tara pensou escutar alguns sussurros na sala ao lado.

— Essa antigüidade tão misteriosa... — disse Samali. — Eu estaria correto em pensar que esteja nessa caixa na bolsa da srta. Mullray?

Nem Tara nem Daniel responderam.

— Pelo silêncio de vocês, presumo que sim. — Ele voltou os olhos para Tara. — Eu poderia vê-la, por favor?

Ela fixou os olhos nele por um instante, depois voltou-se para Daniel, e a seguir para a bolsa em seu colo. Houve um instante de silêncio entre eles, depois escutou-se a risadinha gutural de Samali.

— Tenho certeza de que o dr. Lacage disse a você para não mostrá-la a mim. É uma outra lição que logo se aprende neste meu ramo. É muito raro que confiem em nós.

Samali encarou-os por um momento, depois abanou a mão.

— Não importa. Guardem o segredo de vocês, se assim preferirem. É só que torna mais difícil para mim responder à sua pergunta. É como tentar jogar uma mão de pôquer sem ver todas as suas próprias cartas.

Ele voltou a examinar suas unhas.

— Então, querem saber sobre a Espada da Vingança e sua ligação com antigüidades, é isso? — Ele ficou um instante refletindo. — Trata-se de uma linha de inquirição extremamente perigosa. Mas eu me pergunto...

— O que vai ganhar com isso? — Daniel pôs-se de pé, pegou o seu copo, foi até o bar, serviu-se de nova dose. Suas mãos pareciam trêmulas. — Nada. Estou pedindo que nos ajude apelando para a sua bondade.

As sobrancelhas de Samali deram um pulo para o alto.

— Mas, ora vejam... Primeiro, sou considerado a fonte de toda a sabedoria, e a seguir o grande filantropo. Quando terminarmos esta conversa, vou ter dificuldade de saber quem sou.

— Posso lhe dar algum dinheiro, trezentos dólares, talvez quatrocentos, se isso puder resolver.

Samali soltou um muxoxo.

— Ora, por favor, Daniel. Posso ser um homem que venceu por conta própria, mas pelo menos ganhei a vida com muito estilo. Não sou uma puta de rua, pegando uns trocados pelos meus serviços. Pode guardar os seus quatrocentos dólares.

Ele deu uma nova tragada na sua piteira, agora mais lenta, sorrindo sutilmente, como se apreciasse ter deixado Daniel tão pouco à vontade.

— Se bem, é claro, que nada no mundo é inteiramente de graça. Especialmente informações a respeito de alguém tão perigoso quanto Sayf al-Tha'r. Então, vamos apenas deixar entendido que você vai ficar me devendo. Um dia, posso cobrar a dívida de você. Concorda?

Eles se encararam por um momento, então Daniel sorveu todo o uísque em seu copo e disse:

— Concordo!

Ele serviu-se de uma generosa dose e retornou ao sofá.

O cigarro de Samali já havia sido totalmente consumido e, inclinando-se à frente, ele soltou-o da piteira sobre um cinzeiro de metal.

— É claro que não tenho ligações com a organização de Sayf al-Tha'r. Vamos deixar isso bem entendido já de princípio. Qualquer coisa que eu vá lhes contar é puramente de ouvir dizer.

— Prossiga.

— Bem — começou ele, alisando de novo as calças —, ao que parece nosso prezado amigo, nos últimos anos, vem financiando suas operações, secretamente, por meio da venda de antigüidades. — Samali encaixou outro cigarro na piteira. — Pelo que se sabe, ele conhece mais sobre artefatos egípcios do que qualquer especialista, de modo que esta é uma óbvia fonte de recursos para ele. Aliás, a única, já que suas atividades o isolaram de todos os demais grupos fundamentalistas no Egito. Até mesmo al-Jihad não quer ter contato com ele.

Samali pôs-se de pé e deu alguns passos lentos em direção à janela, o sol do cair da tarde refletindo-se em sua careca de um modo que dava a impressão de ser feita de bronze polido.

— Ele dirige uma verdadeira indústria informal, pelo que se sabe. Os artefatos são roubados de escavações, ou de túmulos recém-descobertos, ou ainda de reservas técnicas de museus. Então, são enviados para o sul, para o Sudão, e despachados de navios para atravessadores na Europa e no Extremo Oriente, que os vendem a colecionadores particulares. Os ganhos são discretamente trazidos de volta para cá e empregados em... Bem, creio que vocês sabem perfeitamente como esse dinheiro é empregado.

— Um homem muito grande — disse Tara —, com uma marca de nascença na face. Você o conhece?

Samali permaneceu junto à janela, olhando para a rua, lá embaixo.

— Dravitt — disse ele. — Drakich. Dravich. Algo assim. Alemão, creio eu. Ele é os olhos e ouvidos de Sayf al-Tha'r no Egito. Receio não poder lhe dizer muita coisa a respeito dele. A não ser que as histórias sobre esse indivíduo não são nada agradáveis.

Samali voltou-se para eles.

— Não sei o que você tem aí nessa caixa, Daniel, mas se, como você diz, Sayf al-Tha'r a quer, garanto a você que, cedo ou tarde, ele a terá. Antigüidades são o ar que ele respira. E quando o que está em jogo é obtê-las, ele age de maneira bastante rude.

— Mas não se trata de algo valioso — disse Daniel. — Por que ele estaria tão desesperado para pôr as mãos nesse objeto?

Samali deu de ombros.

— Como posso lhe dizer, se é algo que você não quer me mostrar? Só vou repetir: se Sayf al-Tha'r a quer, Sayf al-Tha'r vai tomá-la de você.

Ele encaminhou-se lentamente de volta para a poltrona e, pegando o isqueiro, acendeu seu cigarro.

— Acho que vou tomar um drinque, afinal — disse. — Esta tarde ficou estranhamente quente, de repente.

Ele foi até o bar e serviu-se um copo de um licor amarelo-opalescente.

— E a embaixada britânica? — perguntou Tara.

Houve uma pausa momentânea, depois um sonoro tilintar, quando Samali colocou um cubo de gelo em seu copo.

— A embaixada britânica?

Sua voz parecia indicar desconhecimento do assunto, embora tenha soado levemente mais aguda, como se alguém tivesse apertado seu pescoço.

— Parece que eles querem a tal coisa, também — explicou Daniel. — Ou, pelo menos, o adido cultural está interessado nela.

Outro tilintar. Samali deixou o pegador de gelo de lado e, erguendo seu copo, sorveu um longo gole, ainda de costas para eles.

— Mas por que diabos você acha que o adido cultural tem tal interesse?

Samali sorveu novo gole e encaminhou-se para a janela, sem pressa. Por um longo momento, agora, fez-se silêncio.

— Vou lhes dar um pequeno conselho — disse, enfim —, e vou dá-lo de graça. Livrem-se dessa antigüidade, seja lá o que for, e saiam do Egito. Façam isso logo, façam isso hoje. Porque, se não, vocês vão morrer.

Um calafrio percorreu a espinha de Tara. Involuntariamente, ela agarrou a mão de Daniel. A palma de sua mão estava molhada de suor.

— O que mais sabe, Samali? — perguntou Daniel.

— Muito pouco. E fico satisfeito que seja assim.

— Mas você sabe de alguma coisa mais?

— Por favor — pediu Tara.

Mais uma vez, fez-se um longo silêncio. Samali terminou seu drinque e ficou de pé, imóvel, o braço ao longo do corpo, segurando o copo, dando baforadas seguidas em sua piteira. As janelas pareciam ter vidros bastante grossos, porque não se ouvia qualquer barulho vindo da rua. Os sussurros na sala ao lado haviam parado.

— Pode haver... como vou dizer isso?... uma espécie de intermediação — disse, afinal, pronunciando as palavras lentamente — para as antigüidades roubadas. No interior da embaixada britânica. E também na americana. Isso, se o que andei escutando tiver fundamento. Mas são meros boatos, entendem? Boatos gerados por boatos. Coisas deixadas no ar. Segundo se diz, alguns objetos são roubados de museus, tirados então do país aproveitando-se da imunidade diplomática, e vendidos no exterior, com os ganhos sendo depositados em contas secretas em alguns bancos, tudo com ar de novelas de espionagem.

— Deus do céu! — murmurou Daniel.

— Oh, essa é apenas parte da história — observou Samali. — Os embaixadores organizam a exportação de artefatos. No entanto, é o nosso próprio serviço de segurança que os rouba. Ou, pelo menos, um membro da equipe do serviço de segurança. Isso vai longe, Daniel. Essas pessoas têm conexões em toda parte. Veja, podemos até estar sendo vigiados, e mesmo escutados, neste exato momento.

— Temos de ir à polícia — disse Tara. — Temos de ir.

Samali sorriu causticamente:

— Não está escutando o que estou lhe dizendo, srta. Mullray. Essas pessoas são a polícia. São o *sistema*. Não há como enfatizar mais o poder de que dispõem. Eles a manipulam sem que você nem ao menos se dê conta. Comparado a eles, Sayf al-Tha'r é o seu melhor aliado.

— Mas por quê? — perguntou-se Daniel. — Por que tanta coisa a respeito desta peça, em particular?

Samali deu de ombros.

— Quanto a isso, como já lhe disse, não tenho nenhuma resposta. O que estou vendo aqui é que, de um lado, temos as embaixadas e seus serviços secretos... — Ele ergueu a mão, ainda segurando o copo. — E, de outro, temos Sayf al-Tha'r... — e ele ergueu a outra mão. — Entre ambos, prestes a serem espatifados em um milhão de pedaços...

— Nós — murmurou Tara, com seu estômago se retorcendo.

Samali sorriu.

— O que podemos fazer? Para onde podemos ir?

O egípcio não respondeu. Daniel estava sentado na borda do sofá, olhos fixos no chão. Tara começou a sentir de repente a caixa em seu colo como se pesasse uma tonelada. E suas pernas até mesmo doíam com o peso. O silêncio no ar parecia latejar.

— Precisamos de um meio de transporte — falou Daniel, afinal. — Um carro, uma moto, qualquer coisa. Você pode cuidar disso?

Samali baixou os olhos para eles por um momento e então, seu olhar sutilmente mais brando, atravessou a sala, pegou o telefone, discou e falou algumas palavras breves no fone. No outro lado da linha, escutou-se um murmúrio baixo, e então ele desligou.

— Vai haver uma moto lá embaixo em cinco minutos — disse ele. — As chaves vão estar na ignição.

— Quanto? — perguntou Daniel.

— Ora, é de graça — sorriu Samali, debochado. — Nem mesmo eu sou mercenário o bastante para tirar dinheiro de um homem condenado.

Estava quente no quarto, mas Tara percebeu que tremia descontroladamente.

A moto — uma Jawa alaranjada bastante rodada — esperava por eles, justamente como disse Samali. Não havia nenhum sinal da pessoa que a tinha deixado ali. Daniel pisou com força no pedal de ignição, dando partida no motor. Tara abraçou-se às costas dele, deixando a mochila em seu ombro, e a caixa dentro.

— Então, para onde vamos? — perguntou Tara.

— Para o único lugar onde poderemos descobrir por que este artefato é tão importante — respondeu.

— E que lugar é esse?

Ele engrenou a moto, pressionou o acelerador e tomou rapidamente a rua. O cabelo de Tara revoou para trás.

Da janela do seu apartamento, Samali ficou observando, enquanto eles desapareceram, dobrando uma esquina. A seguir, ele foi até o telefone, ergueu o fone e discou.

— Acabaram de sair — disse. — E estão com a peça.

Norte do Sudão

O helicóptero voou rasante pelo acampamento, aterrissando sobre uma pequena área aplainada, cem metros adiante. A ventania provocada por suas pás levantou uma cortina de poeira e de cascalho, que chicotearam as tendas como se fosse granizo. O garoto que viera recebê-los virou-se de costas e protegeu o rosto com um braço. Quando o helicóptero já estava no chão e o rotor quase já havia parado, ele correu para o aparelho e abriu a porta em sua lateral.

Um homem, num terno amarrotado, saltou para fora, uma maleta numa das mãos e um charuto na outra. Sua altura pareceu esmagar o garoto.

— Ele está aguardando o senhor, *ya Doktora*.

Encaminharam-se então para o acampamento, o garoto mantendo os olhos fixos no chão, sempre evitando olhar diretamente para o rosto do homem, que o amedrontava por causa da horrenda mancha púrpura em sua face. O homem caminhava ao seu lado, deixando a maleta balançar, alheio ao garoto.

Contornaram a margem do acampamento, indo até uma tenda pouco afastada das demais. O garoto puxou a aba, na parte frontal da tenda, abrindo-a, e entrou. O homem jogou fora seu charuto, dando uma parada antes de entrar.

— Seja bem-vindo, dr. Dravic — soou a voz lá de dentro. — Que tal um pouco de chá?

Sayf al-Tha'r estava sentado de pernas cruzadas no centro da tenda, suas faces parcialmente ocultadas pela penumbra. Havia um livro junto a ele, embora estivesse escuro demais para se enxergar qual seria.

— Prefiro uma cerveja — respondeu Dravic, irritado.

— Como o senhor bem sabe, o álcool é proibido aqui. Mehmet, traga para o sr. Dravic um pouco de chá.

— Sim, mestre. — O garoto saiu.

— Por favor...

O gigante curvou-se à frente e arriou sobre o chão acarpetado. Era evidente que ele não estava acostumado a sentar-se no chão porque imediatamente começou a se remexer, procurando uma posição mais confortável. Finalmente, sentou-se com uma perna dobrada por baixo dele e a outra, dobrada também, mas semi-erguida, com o joelho na altura de seu peito.

— Não entendo por que vocês não podem ter cadeiras por aqui — resmungou.

— Preferimos viver com mais simplicidade.

— Ótimo para vocês, mas não para mim.

— Então, sugiro que, na próxima vez, traga sua própria cadeira.

A voz de Sayf al-Tha'r não soava zangada, apenas firme. Dravic ainda resmungou alguma coisa, mas não insistiu. Ele parecia subjugado na presença do outro homem, ou mesmo perturbado. Puxou um lenço do bolso e esfregou as sobrancelhas que, nos dois minutos, desde que saltara do helicóptero, já haviam ficado empapadas de suor.

— Então? — indagou Sayf al-Tha'r. — Você ainda não a conseguiu?

Ao contrário de Dravic, ele estava muito à vontade, sentado no chão, as mãos descansando sobre os joelhos.

— Não — resmungou o alemão. — Estava em Saqqara, como eu disse que estaria, mas a garota fugiu com ela antes que eu pudesse detê-la. Dois de nossos homens foram mortos.

— A garota os matou?

— Ela e um sujeito que a acompanhava. Um arqueólogo. Daniel Lacage.

— Lacage? — Os olhos verdes do homem reluziram na escuridão. —

Que... interessante. O livro dele sobre a iconografia dos túmulos do Último Período é um dos meus favoritos.

Dravic deu de ombros:

— Eu não o li.

— Mas deveria. É um estudo excelente.

Um espasmo de contrariedade percorreu o rosto do gigante. Não era a primeira vez que se perguntava por que Sayf al-Tha'r havia feito questão de contratá-lo se os seus conhecimentos sobre o antigo Egito eram, obviamente, tão amplos. Era como se estivesse debochando dele. Enfatizando sempre que ele, um egípcio, conhecia muito mais o passado de seu país do que qualquer estrangeiro jamais conseguiria conhecer. Aquele bundão negro! Se dependesse de pessoas como ele, o Egito não teria mais passado nenhum. Tudo teria sido escavado muito tempo atrás e vendido pela primeira pechincha que fosse oferecida. Os punhos de Dravic fecharam-se, depois abriram-se, com os nós dos dedos empalidecidos.

Mehmet entrou trazendo o chá, entregando um copo para Dravic e colocando o outro no chão, à frente de seu mestre.

— Obrigado, Mehmet. Espere aí fora.

O garoto tornou a sair, sempre evitando olhar para Dravic.

— Por que Lacage está ajudando a garota? — perguntou Sayf al-Tha'r.

— Só Deus sabe. Ela passou a noite com ele, foram para Saqqara esta tarde, apanharam a peça e desapareceram outra vez.

— E neste momento?

— Neste momento, não sei onde estão.

— Eles chegaram a ir à polícia?

— Não. Teríamos sabido se tivessem feito isso.

— E a embaixada?

— Não. Estivemos vigiando o dia inteiro.

— Então, para onde?

— Pelo que estou sabendo, podem estar até na Lua. Já lhe disse, eles desapareceram. Podem estar em qualquer lugar.

— Mas estariam atrás do tesouro por conta própria? É isso?

— Olhe aqui, porra, eu não sei, entendeu? Não sou um telepata.

Houve um discreto retesamento em torno da boca de Sayf al-Tha'r, o primeiro sinal de contrariedade.

— É uma pena que você não tenha sido mais cuidadoso em Saqqara, dr. Dravic. Se tivesse usado de menos brutalidade com aquele senhor, isso nos teria poupado muitos aborrecimentos.

— Já disse que não foi minha culpa — protestou o gigante. — Não pus sequer um dedo naquele velho filho da puta. Ficamos à espera dele dentro do alojamento, mas antes que sequer tivéssemos chance de começar o interrogatório, ele teve uma porra de um enfarte. Foi dar com os olhos na espátula e caiu morto na minha frente. Não cheguei sequer a tocar nele.

— Então, é uma pena que você não tenha vasculhado o alojamento da escavação mais meticulosamente.

— A peça não estava lá. Foi por isso que não pudemos encontrá-la. Estava escondida do lado de fora, num buraco da parede de uma das mastabas.

Sayf al-Tha'r assentiu lentamente com um movimento de cabeça e, sem tirar os olhos de Dravic, apanhou seu chá. Ergueu o copo até a boca e sorveu, de leve, um gole, apenas umedecendo os lábios com o líquido e nada mais. Dravic também ergueu seu copo e sorveu-o ruidosamente. O suor brotava de suas faces. Estava com dificuldade de respirar, de tanto calor.

— Vamos encontrá-los — assegurou ele. — É apenas questão de tempo.

— Tempo é algo de que não dispomos, dr. Dravic, como bem sabe. Não podemos manter tudo isto em segredo para sempre. Precisamos da peça imediatamente.

— Estamos vigiando as estações de trem, os terminais de ônibus, o aeroporto. Temos homens por toda parte. Vamos encontrá-los.

— Espero que sim.

— Nós vamos encontrá-los.

Mais uma vez, Dravic parecia precisar se esforçar para conter sua irritação. Então, como se para dissipar a própria raiva, irrompeu numa risada, enxugando a fronte com o lenço.

— Meu Deus! Se essa coisa toda der certo, vamos nos tornar milionários.

O comentário pareceu interessar a Sayf al-Tha'r. Ele inclinou-se levemente à frente.

— E isso o excita, dr. Dravic? A idéia de tornar-se um milionário?

— Está brincando? É claro que sim. E não excita você?

— O quê? Ter um milhão de libras esterlinas para gastar comigo mesmo?

Para desperdiçar em luxo inútil, enquanto nos bairros miseráveis crianças morrem de fome? — Sayf al-Tha'r sorriu. — Não, não me excita. Nem um pouco. Fico enfastiado com essa idéia. — Ele levou o copo de chá aos lábios novamente. — Por outro lado, ter essa fortuna toda para disseminar a palavra de Deus... — Um sorriso aberto tomou conta de seu rosto. — Um milhão de libras esterlinas para derrotar os opressores e restaurar a lei da Sharia. Para purificar a terra e cumprir os desígnios de Deus. Isso, sim, me excita, dr. Dravic. E me excita bastante.

— Foda-se Deus! — gargalhou Dravic, enxugando agora o suor da nuca. — Eu fico com o dinheiro para mim mesmo!

Subitamente, o sorriso de Sayf al-Tha'r desapareceu. Ele encarou Dravic e seus dedos se apertaram tão fortemente em torno do copo que parecia que ia quebrá-lo a qualquer momento.

— Tenha cuidado com suas palavras — sibilou ele. — Muito cuidado. Ofensas como essas os homens não devem proferir.

Seus olhos estavam cravados nos de Dravic, muito verdes, sem pestanejar, como se não tivessem pálpebras. O gigante enxugou mais uma vez as sobrancelhas, não conseguindo sustentar o olhar do outro homem.

— Muito bem, muito bem... — murmurou — Você tem as suas prioridades, eu tenho as minhas. Vamos deixar assim.

— Sim, vamos — assentiu Sayf al-Tha'r. — Vamos deixar assim.

Permaneceram em silêncio por alguns momentos, e então Sayf al-Tha'r chamou o garoto para dentro.

— Mehmet, acompanhe o dr. Dravic de volta ao seu helicóptero.

Dravic pôs-se de pé, lentamente, sentindo um estremecimento nas pernas dormentes, e encaminhou-se para a saída da tenda, bastante aliviado por estar indo embora.

— Comunico assim que tiver novidades — disse. — Vou estar em Luxor. Se eles tiverem de aparecer em algum lugar, será lá.

— Vamos rezar para que assim seja. Tudo aqui está pronto. Podemos atravessar a fronteira e iniciar a operação em questão de horas. Tudo de que precisamos é saber o local.

O gigante assentiu, e estava prestes a sair da tenda quando a voz de Sayf al-Tha'r o fez voltar-se.

— Encontre a peça que falta, dr. Dravic. Oportunidades como esta acontecem apenas uma vez na vida. Precisamos aproveitá-la, enquanto é possível fazê-lo. Encontre a peça.

Dravic soltou um grunhido em resposta e saiu. Dois minutos depois, ouviu-se um som agudo, seguido do ruído de rotores, no que o helicóptero decolou e descreveu uma curva no ar desaparecendo sobre o deserto.

Uma vez sozinho, Sayf al-Tha'r pôs-se de pé e dirigiu-se a uma grande arca nos fundos da tenda. Retirando uma chave de dentro da túnica, destrancou o cadeado e abriu a tampa.

Envergonhava-o precisar se associar a um *Kufr* como Dravic, mas não tinha escolha. Seria muito arriscado atravessar a fronteira pessoalmente. Os inimigos estavam vigilantes. A sua espera. Sempre a sua espera. Mais adiante, talvez, quando o fragmento houvesse sido encontrado. Mas ainda não. Se pudesse usar qualquer outra pessoa, o teria feito, mas Dravic era o único que possuía as qualificações e, mais do que isso, a falta de escrúpulos requerida. Assim, dependia dele. Da imundície sobre a terra, do refugo da humanidade. Os caminhos de Alá eram de fato misteriosos.

Ele curvou-se e, do escuro interior da arca, que mais parecia um poço, retirou um pequeno colar. Foi só erguê-lo para a tênue luminosidade e o objeto reluziu. Ouro. Balançou-o e as delicadas cânulas de que era feito tilintaram musicalmente. Ele o recolocou na arca e foi retirando outros objetos. Um par de sandálias. Uma adaga. Um adorno para o peito finamente trabalhado, ainda com suas tiras de couro. Um amuleto de prata com o formato de um gato. Um por um, ergueu-os à luz, admirando-os fascinado.

Não havia dúvidas de que eram autênticos. No início, quando Dravic trouxera as primeiras informações sobre o túmulo, ele se recusara a acreditar. E era de fato inacreditável. Era pedir demais. E Dravic havia cometido erros anteriormente. Seu julgamento, nessas questões, nem sempre era confiável.

Somente quando teve em mãos aqueles objetos, como os tinha naquele exato momento, e quando os examinou com seus próprios olhos, teve a certeza de que era verdade. Que o túmulo era exatamente o que Dravic alegava que fosse. Que Alá havia de fato sorrido para eles. E sorrido para eles com todo o poder de sua graça.

Ele recolocou os objetos na arca e fechou a tampa, enfiando o cadeado de volta nas golilhas e pressionando-o para fechá-lo. À distância, ainda podia escutar o ruído compassado do rotor do helicóptero.

O túmulo fora o começo de tudo. Mas seria também o final de tudo, se encontrassem a peça que faltava.

Ele deixou a tenda, os olhos se estreitando sob o brilho do sol, mas sem sentir nenhum desconforto com o calor abrasador. Margeando o acampamento, rumou para o topo de uma duna mais baixa e, olhando para o leste, por sobre as colinas arredondadas de areia, parecia uma solitária mancha negra no vazio em toda a sua volta. "Em algum lugar nessa imensidão", pensou. "Em algum lugar, nesse mar infinito, ermo e ardente. Em algum lugar..." Ele fechou os olhos e tentou imaginar como tudo acontecera.

22

Cairo

O trajeto de Luxor ao Cairo demorou dez horas. O trem estava lotado e Khalifa passou toda a viagem espremido contra o canto de um vagão, exposto a correntes de vento, entre uma mulher que carregava uma cesta cheia de pombos e um homem idoso que sofria acessos convulsivos de tosse. A despeito do ambiente apertado e do balanço asmático do trem, ele adormeceu profundamente, seu paletó enrolado por trás da cabeça, servindo de travesseiro, os pés descansando sobre um enorme saco de tâmaras secas. Quando despertou, por causa de um sacolejo especialmente violento que fez sua cabeça bater nas barras da janela do compartimento, sentia-se bem descansado e com as forças restauradas. Proferiu então suas orações matinais, acendeu um cigarro e pôs-se a devorar o pão e o queijo de cabra que Zenab havia embrulhado para que levasse na viagem, repartindo-os com o homem idoso ao seu lado.

Alcançaram a periferia do Cairo por volta de seis da manhã. Havia marcado para se encontrar com Mohammed Tauba, o detetive encarregado pelo caso Iqbar, às nove horas, o que lhe deixava três horas de tempo livre. Portanto, em vez de prosseguir de trem até o centro do Cairo, desceu em

Gizé e, deixando a estação, pegou um taxi até Nazlat al-Sammam, seu vilarejo natal.

Desde que partira, treze anos atrás, tinha voltado ao lugar em somente duas outras ocasiões. Quando criança, pensava que viveria lá para sempre. Entretanto, depois da morte de Ali e, mais tarde, de sua mãe, tudo pareceu ter ficado diferente no vilarejo. Todas as ruas agora lembravam as coisas ruins que tinham acontecido, assim como todas as casas e árvores. Já não conseguia passear por ali sem ser tomado por uma sensação de vazio e de perda. Assim, aceitara o cargo em Luxor e se mudara. Suas duas visitas anteriores haviam sido motivadas por funerais.

Ele saltou do microônibus num congestionado entroncamento de estradas e, levantando a vista para a pirâmide de Queops, semi-encoberta por trás de uma cortina de névoa matinal, tomou a estrada principal que seguia até o vilarejo, acometido de nervosa excitação.

O lugar mudara muito desde os dias de sua infância. Na época, era um vilarejo tradicional — um minúsculo aglomerado de lojas e casas disposto em torno do platô de Gizé, sob o olhar silencioso da Esfinge.

Agora, com o crescimento da indústria de turismo e o inchamento inexorável das periferias a leste da cidade, havia perdido muito da sua identidade original. As ruas eram ladeadas por lojas de suvenires e as antigas habitações de tijolos de barro tinham cedido lugar a uma explosão de prédios de concreto descaracterizados. Ele percorreu os arredores por algum tempo, observando os prédios, alguns familiares, a maioria novos, sem muita certeza de por que havia vindo até ali, apenas sabendo que, por alguma razão, sentira necessidade de rever o seu antigo lar. Passou diante da casa onde morara, ou melhor, do local onde estava situada — fazia muito, fora demolida e substituída por um hotel de concreto de quatro andares — e deu uma olhada no curral de camelos onde ele e seu irmão haviam trabalhado, quando garotos. Vez por outra, cruzava com algum rosto familiar, e trocavam cumprimentos. Mas eram cumprimentos polidos, não calorosos. E distantes, até mesmo frios, em alguns casos. O que não chegava a surpreender, considerando o que acontecera com Ali.

Ficou por lá por aproximadamente uma hora, sentindo uma crescente melancolia, perguntando-se se não teria sido um erro ter vindo, quando então, depois de consultar de relance o seu relógio, encaminhou-se para o extremo do vilarejo, penetrando nas areias do platô. O sol estava alto, agora, dissolvendo a névoa, permitindo à silhueta das pirâmides que ficassem mais e mais definidas, a cada minuto. Ficou parado, contemplando-as por alguns momentos, depois tomou a esquerda, encaminhando-se para um cemitério cercado por um muro, encravado no sopé de uma escarpa de calcário oposta à Esfinge.

A parte mais baixa do cemitério situava-se em terreno plano, com seus túmulos ornamentados sombreados por pinheiros e eucaliptos. Mais perto da escarpa, o terreno começava a subir e os túmulos se tornavam mais modestos, amarronzados, sem arborização para protegê-los dos elementos, como se fossem subúrbios pobres às margens de uma cidade rica.

Era para essa área do cemitério que Khalifa subia agora, buscando caminho entre um apinhado de túmulos planos e retangulares, até que afinal alcançou o topo da área, já perto do muro, em frente a duas sepulturas bastante simples, pouco mais do que duas lajes de concreto cobertas por uma camada de gesso, sem outra ornamentação que uma pedra cimentada em cima de cada uma e dois ou três versos quase apagados do Corão pintados em suas superfícies. Eram os túmulos de seus pais.

Ficou observando-os por alguns instantes, depois ajoelhou-se, beijou-os, primeiro o de sua mãe e depois o do seu pai, sussurrando uma prece sobre cada um. Ficou algum tempo ali parado, a cabeça inclinada, então levantou-se e, devagar, como se suas pernas tivessem ficado subitamente mais pesadas, avançou até o extremo superior do cemitério, onde o muro fora destruído e o solo em volta estava coberto de lixo e de dejetos de cabras.

Havia um único túmulo nesse canto, colado ao muro como se tivesse sido afastado pelas sepulturas. Era ainda mais simples do que os de seus pais, apenas um retângulo de cimento barato, sem adornos, sem inscrições nem versos tirados do Corão. Khalifa lembrava ainda o quanto tivera de implorar aos administradores do cemitério para que permitissem que aquele túmulo fosse aberto; lembrava que tivera de escavá-lo com suas próprias mãos, em meio à madrugada, quando ninguém do vilarejo pudesse testemunhá-lo; lembrava do quanto chorara, enquanto cumpria a tarefa. Meu Deus, ele chorara tanto.

Ele se ajoelhou junto ao túmulo e, curvando-se à frente, encostou a face contra a superfície fria.

— Oh, Ali — murmurou. — Meu irmão, minha vida. Por quê? Por quê? Por favor, apenas me explique por quê.

Mohammed Abd el-Tauba, o detetive encarregado do caso Iqbar, parecia uma múmia. Sua pele era seca como um pergaminho, as bochechas chupadas para dentro, a boca permanentemente travada num ricto que era meio sorriso, meio esgar.

Ele trabalhava num escritório sujo em Sharia Bur Sa'id, onde tinha uma escrivaninha num dos cantos de uma sala impregnada de fumaça de cigarro que dividia com quatro outros detetives. Khalifa chegou pouco depois das nove e, depois de trocar cortesias e tomar uma xícara de chá, os dois homens foram direto ao assunto.

— Então, está interessado nesse homem idoso, Iqbar — disse Tauba, esmagando um cigarro num cinzeiro que já transbordava, de tão cheio, e imediatamente acendendo outro, cuja brasa fez brilhar, ao tragá-lo.

— Acho que pode estar ligado a um caso que estou investigando lá em Luxor — explicou Khalifa.

Tauba lançou dois jatos de fumaça das narinas.

— Foi uma coisa muita feia. Temos um bocado de assassinatos por aqui, mas nada semelhante a este caso. Eles trincharam o pobre desgraçado.

Ele esticou o braço para uma gaveta, de onde puxou uma pasta, abrindo-a sobre a mesa.

— Olhe o relatório do patologista. Múltiplas lacerações no rosto, braços e no torso. E queimaduras também.

— Queimaduras de charutos?

Tauba soltou um grunhido, confirmando.

— E os cortes? — perguntou Khalifa. — O que causou os cortes?

— Esquisito — disse Tauba. — O patologista não pôde determinar isso. Um objeto de metal de algum tipo, mas rombudo demais para ser uma faca. Ele acha que poderia ser uma pá.

— Uma pá?

— Isso mesmo, como essas ferramentas de pedreiros, você sabe? Dessas que usam para assentar argamassa, cimentar rachaduras, coisas assim. Está aí no relatório.

Khalifa folheou a pasta, examinando as fotos do homem idoso, caído no chão de sua loja, e a seguir as que mostravam seu corpo despido, deitado na mesa mortuária, como um peixe, e que lhe provocaram uma careta. Os comentários do patologista eram quase textualmente idênticos aos feitos por Anwar, em seu relatório sobre Abu Nayar.

"A natureza do instrumento que causou as lesões mencionadas acima é incerta", concluiu, na linguagem resumida, desumanizada de documentos desse tipo. "A patologia das lacerações é inconsistente com lesões infligidas por uma faca. O formato e o ângulo dos ferimentos sugere que tenham sido provocadas por uma pá de algum tipo, como as que são utilizadas por pedreiros, arqueólogos etc., embora não haja nenhuma evidência conclusiva de uma ou outra."

Khalifa fixou-se na palavra arqueólogo por um momento, antes de levantar a vista para Tauba outra vez.

— Quem encontrou o corpo?

— O dono da loja ao lado. Começou a desconfiar porque Iqbar não abriu sua loja para trabalhar. Daí, tentou a porta e a encontrou aberta, entrou e o resto está nas fotos.

— E quando foi isso?

— Na manhã de sábado. Só Deus sabe como os jornais ficaram sabendo de tudo tão depressa. Aposto como eles próprios cometem metade dos crimes do Cairo, para terem o que noticiar.

Khalifa sorriu:

— Iqbar comerciava com antigüidade?

— É provavel. Mas, todos eles fazem esse tipo de negócio, certo? Não tínhamos nada nos arquivos sobre ele, mas isso também não quer dizer coisa alguma. Só dispomos de recursos para investigar os atravessadores maiores. Quando se trata de apenas uns poucos objetos, temos de deixar para lá, do contrário vamos superlotar todas as prisões daqui até Abu Simbel.

Khalifa percorreu por alto toda a pasta mais uma vez, detendo-se na palavra "arqueólogo".

— Vocês não escutaram rumores sobre nada fora do comum chegando ao mercado de antigüidades, recentemente?

— Algo fora do comum?

— Algo valioso, entende? Algo pelo qual valha a pena matar.

Tauba deu de ombros:

— Nada de que eu me lembre, no momento. Teve um sujeito grego por aqui exportando artefatos disfarçados de reproduções, mas isso foi há uns dois meses. E não lembro de nada mais recente, a não ser o tal incidente em Saqqara.

Khalifa levantou a vista, de repente:

— Saqqara?

— Ontem à tarde. Um casal de ingleses meteu-se num tiroteio e fugiu de lá roubando um táxi. Ao que parece, a garota pegou alguma coisa de um dos alojamentos.

Ele chamou em voz alta um de seus colegas, na outra extremidade da sala, um homem obeso com grandes manchas de suor na camisa, por baixo das axilas.

— Ei, Helmi! Você, que tem um amigo na polícia de Gizé, quais são as novidades sobre aquele tiroteio em Saqqara?

— Quase nada — grunhiu Helmi, dando uma mordida numa enorme fatia de bolo. — Parece que ninguém sabe o que foi aquela coisa, a não ser que a garota fugiu com um objeto qualquer. Uma caixa, algo assim.

— Tem idéia de quem ela era? — perguntou Khalifa.

Helmi enfiou mais um naco de bolo na boca, a calda pegando-se em toda a volta dos seus lábios e no queixo.

— Filha de um arqueólogo, ao que parece. Um dos inspetores na *teftish* a reconheceu. Murray, ou algo parecido.

Murray, pensou Khalifa. Murray.

— Não é Mullray? Michael Mullray?

— Esse mesmo. Morreu a uns dois dias. Ataque do coração. A filha encontrou o corpo.

Khalifa puxou o caderno de notas do bolso e uma caneta.

— Bem, vamos ver se peguei tudo... A garota encontrou o corpo do pai dois dias atrás, então retornou ontem, pegou o tal objeto do alojamento da escavação e...

— O motorista do táxi acha que ela pegou a tal coisa de um dos túmulos — corrigiu Helmi. — Ele disse que eles entraram no deserto, pegaram essa coisa, numa caixa desse papelão em que entregam pizzas...

— Sabia que você ia dar um jeito de enfiar comida nessa história, Helmi — berrou um dos colegas.

— Vá à merda, Aziz... Bem, então ela pegou a tal caixa, voltou, e daí começaram a atirar neles. Mas o pessoal no vilarejo mais abaixo disse que era o cara que estava com a garota quem estava atirando. Como eu disse, ninguém até agora sabe o que houve por lá.

— E vocês sabem o nome do homem?

Helmi balançou a cabeça, negativamente. Khalifa ficou um momento pensando em silêncio.

— Existe alguma chance de eu conversar com esse seu amigo de Gizé?

— Claro, mas ele não vai lhe contar nada mais do que lhe contei. Seja como for, ele foi afastado do caso. A al-Mukhabarat assumiu a investigação ontem à noite.

— O serviço secreto? — a voz de Khalifa soou surpresa.

— Acho que eles querem manter a coisa toda confidencial. É má publicidade para o Egito, você sabe, ainda mais com uma turista metida na história. Nem sequer saiu nos jornais.

Khalifa rabiscou qualquer coisa em seu caderno de notas.

— Existe mais alguém com quem eu possa falar? — perguntou, depois de uma pausa.

Helmi tirava fora com a mão as migalhas que haviam caído em sua escrivaninha.

— Acho que tem um sujeito na embaixada britânica que conhece a garota. Orts, algo assim, adido júnior. É só o que sei.

Khalifa anotou o nome e guardou seu caderno.

— Acha mesmo que existe alguma ligação entre os casos?

— Não sei — respondeu Khalifa. — Não consigo enxergar nenhuma conexão óbvia, mas... bem, é só uma espécie de sensação de que... — Ele interrompeu-se, sem se preocupar em concluir a frase, apanhando o arquivo do caso Iqbar. — Pode me dar uma cópia disto aqui?

— Claro.

— E eu gostaria de visitar a loja da vítima. É possível?

— Nenhum problema.

Tauba vasculhou sua escrivaninha e encontrou um envelope.

— Endereço e chaves. É para os lados de Khan al-Khalil. Já terminamos de recolher todas as digitais e de fazer os exames técnicos.

Ele jogou o envelope para Khalifa, que o apanhou e se pôs de pé.

— Volto em algumas horas.

— Não precisa ter pressa. Vou ficar por aqui até bem tarde. Eu sempre fico nesta merda até bem tarde.

Trocaram um aperto de mãos e Khalifa encaminhou-se para a saída do escritório. Já estava quase na porta, quando Tauba chamou-o:

— Ei, esqueci de perguntar, Khalifa... sua família não é de Nazlat al-Sammam, é?

Houve uma pausa, e então ele respondeu:

— Port Said — e apressou-se a ganhar o corredor.

LUXOR

O maior arrependimento de Dravic, seu único arrependimento, de fato, foi não ter matado a garota. Depois de tê-la estuprado, deveria ter cortado a garganta dela e tê-la enterrado numa vala qualquer. Mas não o fez. Deixou-a escapulir. E, claro, ela foi imediatamente dar parte na polícia, contou o que ele havia feito e *bang*! Isso foi o fim da sua carreira.

Certo, ele arrumou um bom advogado e conseguiram persuadir o júri de que foi sexo consensual. No entanto, a sujeira respingou. O mundo da egiptologia é muito pequeno e, logo, todo mundo ficou sabendo que Casper Dravic havia estuprado uma de suas escavadoras voluntárias e, para piorar o caso, que havia conseguido se safar. Os convites para dar aulas pararam, as concessões para escavações começaram a ser negadas, os editores já não atendiam seus telefonemas. Com trinta anos, sua carreira terminara. Por que, ora, por que simplesmente não havia matado a garota? Foi um erro que ele jamais repetiria. Um erro que jamais repetiu.

Ele agitou a cabeça para trazer a si mesmo de volta ao presente e acenou para o dono do bar, indicando que queria mais café. Ao seu lado, um jovem casal de escandinavos estava curvado sobre um guia de viagens, fazendo marcas com uma caneta. A garota era atraente, com lábios cheios, pernas longas e pálidas. Ele se permitiu, por um momento, deliciar-se com o pensamento dela berrando, num êxtase doloroso, enquanto ele se enfiava em seu ânus rosado e apertado, mas logo a seguir forçou sua mente a ocupar-se novamente com o túmulo.

Haviam passado a maior parte da noite anterior removendo os últimos artefatos — a estela funerária, o Anúbis de basalto, os vasos canópicos de alabastro. Tudo o que restava era o próprio sarcófago, com seus painéis reluzentes pintados e seu texto grosseiramente cunhado em hieróglifos. O sarcófago seria retirado logo mais à noite. Tudo o mais havia sido encaixotado e enviado para o sul, para o Sudão, de onde sairia para os mercados clandestinos da Europa e do Extremo Oriente.

Era um butim e tanto. Um dos melhores que já vira. Último Período. Vigésima Sétima Dinastia, uma centena de objetos diferentes, artesanato tosco, mas em boas condições de preservação — deveria render algumas centenas de milhares de dólares, talvez mais. Seus 10% de comissão iriam significar um bom ganho pelo trabalho que tivera. Mas, comparado ao tesouro maior, não passava de ninharia. Comparado ao tesouro maior, qualquer objeto que ele já roubara não passava de ninharia. Esse era o maior de todos. A chance que ele aguardara a vida inteira. O fim de seus problemas.

Mas somente, é claro, se ele encontrasse a peça que faltava. Essa era a chave. Lacage e a tal Mullray tinham o futuro dele nas mãos. E onde haviam se metido? O que estariam planejando fazer? Quanto já sabiam?

O seu receio, a princípio, era que levassem a peça direto para as autoridades. Não terem feito isso era ao mesmo tempo um alívio e uma preocupação para ele. Alívio porque significava que ainda haveria a chance de recuperá-la. Preocupação porque sugeria que os dois estivessem, agora, atrás do tesouro.

E esse era o seu maior medo, agora. O tempo estava se esgotando, como dissera Sayf al-Tha'r. Não poderiam ficar esperando para sempre. Quanto mais a peça permanecesse em poder daqueles dois, maiores as chances de que o butim maior escapasse por entre suas garras. Todas as suas esperanças, todos os seus sonhos...

— Mas o que estarão fazendo agora? — murmurou para si mesmo. — Que merda estarão fazendo neste momento?

Dravic escutou um muxoxo de desaprovação junto a si. Levantando a vista, deu com o casal escandinavo encarando-o.

— O que foi? — grunhiu. — Algum problema?

O casal pagou a conta e apressou-se a deixar o bar.

O café de Dravic chegou e ele sorveu-o, observando, ao longe, as colinas de Tebas bem diante dele, maciças e amarronzadas, contra o fundo azul-claro do céu.

O que ele não conseguia entender era o que, caso Lacage e a garota estivessem agora caçando o tesouro, poderiam fazer com apenas aquele fragmento. Claro que Lacage era tido como um dos melhores egiptólogos do mundo. Era sempre possível que ele conseguisse decifrar tudo, a partir de uma única peça. Mas, Dravic duvidava que conseguisse. Iam precisar de mais. E, para conseguir mais, teriam de vir para Luxor. Era por isso que estava à espera deles por lá, e não no Cairo. Era onde eles iam surgir de repente. Tinha certeza disso. Seria apenas questão de tempo. O que, mais uma vez, era algo de que não dispunha tão folgadamente assim.

Terminou seu café e, pegando o paletó, puxou um charuto de um dos bolsos. Rolou-o um pouco entre o indicador e o polegar, deliciando-se com o crepitar das folhas secas de tabaco, então colocou-o na boca e o acendeu, avivando a brasa com uma tragada. A carícia quente da fumaça em seu palato acalmou-o, e chegou até mesmo a melhorar o seu estado de ânimo. Esticou as pernas e voltou os pensamentos para a garota Mullray, sua imaginação percorrendo o corpo dela — os quadris estreitos, os seios firmes, a bunda empinada. Tantas coisas ele gostaria de fazer com ela... Tantas coisas ele faria com ela... O pensamento o fez ronronar de prazer. Algo que certamente a garota não sentiria, quando estivesse montado em cima dela. Dravic baixou os olhos para o grosseiro volume por dentro de suas calças e explodiu numa gargalhada.

23

CAIRO

A loja de Iqbar ficava numa rua estreita do Sharia al-Muizz, uma rua movimentada, bastante extensa, que corria quase como uma artéria, atravessando o coração do bairro islâmico do Cairo. Khalifa demorou algum tempo até conseguir encontrar a rua, e mais tempo ainda para encontrar a loja, que tinha um gradeado de segurança feito de ferro, bastante sujo, baixado na frente, e ficava praticamente oculta, atrás de uma enorme barraca que vendia nozes e confeitos. Finalmente, conseguiu descobri-la e, erguendo o gradeado, destrancou a porta e entrou, com sinos tocando acima de sua cabeça.

O interior era sujo e caótico, com quinquilharias de todos os tipos penduradas do chão ao teto, fieiras de lâmpadas de latão, móveis e miudezas diversas empilhadas nos cantos. Das paredes, máscaras de madeira o observavam; um pássaro empalhado estava pendurado do teto. O ar cheirava a couro, metal envelhecido e, pelo menos assim pareceu a Khalifa, a morte.

Ele olhou em volta por alguns momentos, seus olhos se ajustando à penumbra, então moveu-se em direção ao balcão nos fundos da loja, onde uma área no assoalho havia sido delimitada com um círculo feito a giz, as tábuas ainda manchadas pelo sangue escuro, amarronzado, de Iqbar. Diversos círculos menores orbitavam o maior como um planeta e suas luas, destacando vestígios de nacos acinzentados de cinzas de charuto. Ele se deteve, remexeu num deles, e então, pondo-se novamente ereto, dirigiu-se às costas do balcão.

Khalifa tinha poucas esperanças de encontrar alguma coisa. Se, como suspeitava, Iqbar houvesse comprado antigüidades de Nayar, o mais provável é que tivessem sido vendidas, ou levadas dali pelas pessoas que o haviam matado. E mesmo que ainda houvesse alguma coisa, duvidava que pudesse encontrá-la. Os atravessadores de antigüidades do Cairo eram notórios pela sua habilidade em ocultar suas mercadorias. Mesmo assim, valia a pena dar uma olhada na loja.

Abriu algumas gavetas e remexeu no que havia dentro delas. Afastou da parede a moldura de um grande espelho, pendurado, pensando na possibilidade de haver um cofre ali atrás, mas não havia nada do gênero. Espremendo-se por entre duas enormes cestas de vime, penetrou num quarto nos fundos da loja, descobrindo um interruptor atrás da porta, no qual acendeu a luz.

Era um quarto pequeno, tão entulhado como o restante da loja, com uma fileira de fichários velhos encostados à parede e, no canto, uma estátua em tamanho natural, feita de madeira pintada em preto e dourado, uma reprodução barata das estátuas dos guardiães do túmulo de Tutankâmon. Khalifa parou junto a ela e cravou os olhos, diretamente, nos olhos da estátua.

— Buuu! — exclamou.

Os fichários estavam entupidos de papéis velhos e, depois de vinte minutos, ele desistiu de entender qualquer coisa do que estava anotado neles e voltou para a parte da frente da loja.

— É como procurar agulha num palheiro — murmurou para si mesmo, percorrendo com os olhos as prateleiras abarrotadas de quinquilharias. — E o pior é que nem ao menos tenho certeza se há uma agulha por aqui.

Por mais uma hora, ele continuou remexendo aleatoriamente por toda a loja, abrindo uma caixa aqui, uma gaveta ali, até que finalmente desistiu. Se havia pistas do assassinato do velho a ser descobertas, estariam soterradas em meio a toda aquela balbúrdia de objetos e, a não ser que estivesse disposto a esvaziar inteiramente a loja, não havia outra maneira de encontrá-las. Ele deu uma última olhada por trás do balcão, desligou a luz do quarto dos fundos e, com um suspiro de resignação, tirou as chaves do bolso e encaminhou-se para a porta.

Havia um rosto olhando para ele, do outro lado da vidraça.

Era um rosto miúdo, sujo, tão pressionado contra o vidro que seu nariz ficara achatado. Khalifa adiantou-se e abriu a porta. Uma menina maltrapilha, de não mais de cinco ou seis anos, estava de pé, parada na soleira, com seu olhar cravado no interior da loja às costas dele. Ele se agachou junto a ela.

— Olá — disse.

A garota parecia mal ter se dado conta da presença dele, tão concentrada estava olhando para dentro da loja. Ele pegou sua mão.

— Olá — repetiu. — Meu nome é Khalifa. E o seu?

Os olhos castanhos da menina passaram de relance pelo rosto dele, e a seguir voltaram a fixar-se na cena às costas de Khalifa. Ela ergueu a mão e apontou para dentro da penumbra.

— Tem um crocodilo ali — disse, indicando uma velha arca de madeira fechada por um cadeado de latão com um intricado ornamento gravado nele.

— É mesmo? — Khalifa sorriu, lembrando-se que, em criança, acreditava convictamente que um dragão vivia debaixo da cama de seus pais. — E como é que você sabe disso?

— Ele é verde — disse ela, ignorando a pergunta — e de noite ele sai para comer as pessoas.

Os braços dela eram tristemente finos, tinha a barriga inchada. Uma criança das ruas, ele adivinhou, mandada pelos seus pais para cavoucar as lixeiras, já que não tinham como alimentá-la. Ele afastou uma mecha de cabelos dos olhos dela, cheio de compaixão. "Não é de se estranhar por que os fundamentalistas conseguem tanto apoio", pensou. "Seus métodos podem ser medonhos, mas pelo menos eles tentam chegar a essas pessoas e lhes oferecer alguma esperança num futuro melhor."

Khalifa ergueu-se.

— Você gosta de doces? — perguntou.

Pela primeira vez, a menina voltou sua atenção inteiramente para ele.

— Gosto — respondeu.

— Espere aqui um instante.

Ele foi até a barraca de doces em frente à loja, onde comprou duas grandes fatias de um bolo açucarado cor-de-rosa. Quando voltou, descobriu que a menina havia se aventurado alguns passos para o interior da loja. Ele lhe entregou os pedaços de bolo, que ela começou a mordiscar.

— Você sabe o que tem ali dentro? — perguntou ela, apontando para uma grande lâmpada de bronze.

— Não, não sei.

— Um gênio — replicou ela de boca cheia. — Ele se chama al-Ghul. Tem dez milhões de anos de idade e pode se transformar em várias coisas. Quando aqueles homens entraram aqui, fiz um desejo, pedi a ele que ajudasse o sr. Iqbar, mas o gênio não fez nada.

A menina falava de um modo tão inocente que Khalifa demorou um pouco para se dar conta da importância de suas palavras. Pousando a mão gentilmente no ombro dela, a fez virar-se e olhar para ele.

— Onde você estava quando chegaram os homens que machucaram o sr. Iqbar?

A garota estava concentrada em seu bolo e não respondeu. Em vez de pressioná-la, Khalifa preferiu ficar imóvel e em silêncio, esperando ela terminar de comer.

— Qual é mesmo o seu nome? — perguntou ela, levantando os olhos, finalmente.

— Yusuf — respondeu. — E o seu?

— Maia.

— Mas que nome bonito.

Ela examinou por alguns momentos sua segunda fatia de bolo...

— Posso guardar isso para mais tarde? — perguntou.

— Claro que pode.

Ela fez a volta até as costas do balcão, onde arranjou um pedaço de papel de seda, que usou para embrulhar a fatia de bolo, enfiando-a depois num bolso do vestido.

— Quer ver uma coisa? — perguntou.

— Quero.

— Então, feche os olhos.

Khalifa fez o que ela pediu. Escutou então o leve rumor de passos, no que a menina saiu de detrás do balcão e correu para os fundos da loja.

— Pode abrir agora — disse ela.

Ele abriu os olhos, e ela havia desaparecido.

Khalifa aguardou um momento e então, com cuidado, moveu-se na direção de onde viera a voz dela, olhando em volta, em meio à penumbra, até que finalmente enxergou o topo da cabeça da menina saindo de uma das velhas cestas de vime.

— Aí é um bom esconderijo — disse, debruçando-se para dentro da cesta.

Ela levantou os olhos para ele e sorriu. Logo, entretanto, o sorriso pareceu se apagar, e de repente ela começou a chorar convulsivamente, lágrimas quentes abrindo trilhas na sujeira do seu rosto, seu corpo miúdo tremendo como se fosse uma folha de árvore. Ele esticou os braços para ela, ergueu-a e a apertou contra seu ombro.

— Pronto, pronto... — sussurrou, alisando seus cabelos emaranhados. — Vai ficar tudo bem, Maia. Vai ficar tudo bem.

Com ela no colo, ele começou a caminhar pela loja, cantarolando baixinho uma música de ninar que sua mãe costumava cantar para ele. Depois de alguns momentos, o tremor do corpo da menina foi passando e sua respiração voltou ao normal.

— Você estava escondida por trás das cestas, quando os tais homens chegaram, não é, Maia? — disse, gentilmente.

Ela assentiu com um movimento leve de cabeça.

— E o que foi que aconteceu? Você consegue me contar?

Fez-se então uma longa pausa e, então, ela falou:

— Foram três homens — sussurrou no ouvido dele. — Um deles tinha um buraco na cabeça.

Ela afastou alguns centímetros seu corpo de Khalifa...

— Aqui! — disse, tocando na testa do detetive. — E tinha um outro, que era um gigante, um homem branco, com uma cara esquisita.

— Esquisita por quê?

— Era púrpura — respondeu Maia, correndo os dedos por uma de suas faces. — Aqui, era púrpura. E aqui, era branca. Ele tinha uma coisa parecida com uma faca, e machucou o sr. Iqbar com ela. Os outros dois homens ficaram segurando o sr. Iqbar. E foi aí que pedi ajuda a al-Ghul, mas ele não veio ajudar.

Ela estava falando muito depressa agora, a história saindo aos borbotões, numa mixórdia de palavras sem pausa para tomar fôlego. Maia contou que os homens malvados chegaram, começaram a fazer perguntas a Iqbar, e que ela assistiu a tudo de seu esconderijo secreto; então, eles começaram a desferir cortes no velho Iqbar, e continuaram cortando e cortando, mesmo depois de ele já lhes ter contado tudo o que eles queriam saber; e depois, quando já haviam ido embora, ela estava apavorada porque havia fantasmas na loja, mas ela fugiu, e não havia contado nada para ninguém porque se a mãe dela soubesse que ela estava na loja de Iqbar, em vez de estar pedindo esmolas, ela levaria uma surra.

Khalifa escutou tudo sem dizer uma palavra sequer, sempre alisando os cabelos da menina, deixando-a contar a história do seu próprio jeito, aos poucos ligando os pontos da narrativa desordenada que ela ia fazendo. Quando finalmente ela terminou de falar, interrompendo-se de súbito no meio de uma frase, como um brinquedo cuja bateria houvesse terminado, ele colocou-a sobre o balcão e, tirando o seu lenço, secou os olhos dela. A menina tirou do bolso seu segundo pedaço de bolo e começou a mordiscá-lo pela ponta.

— Sabe de uma coisa? Você não deve ficar aborrecida com o al-Ghul — disse o detetive, limpando também o catarro que escorria do nariz dela. — Tenho certeza de que ele teve vontade de ajudar. Mas não conseguiu sair da lâmpada, entende?

— Por que não? — perguntou ela, tirando os olhos do seu bolo e erguendo a vista para ele.

— Porque um gênio só consegue sair da lâmpada quando alguém a esfrega. É preciso chamá-lo para o nosso mundo.

As sobrancelhas da menina contraíram-se, no que ela foi absorvendo a informação, e então um sorriso emoldurou sua boca, como se um amigo que ela pensava que a tivesse traído houvesse, de algum modo, provado que, no final das contas, sempre foi leal a ela.

— Vamos esfregar a lâmpada agora? — pediu ela.

— Bem, poderíamos fazer isso, sim — respondeu Khalifa —, mas você tem de lembrar que só pode chamar um gênio três vezes. E ia ser uma pena chamá-lo sem motivo, não ia?

De novo, as sobrancelhas dela se contraíram.

— É mesmo! — respondeu afinal. E, como se fosse um pensamento que lhe ocorreu em conseqüência do anterior, disse: — Gosto de você.

— E eu gosto de você também, Maia. Você é uma garota muito corajosa. — Ele esperou ainda um momento e continuou: — Maia, preciso perguntar algumas coisas a você.

Ela não respondeu de imediato, apenas deu outra mordida no bolo e começou a balançar as pernas, seus calcanhares batendo repetidamente na frente do balcão.

— Você entende? Quero pegar as pessoas que feriram o sr. Iqbar. E acho que você pode me ajudar. Você me ajuda?

Seus calcanhares continuaram a bater no balcão, quase com a pressão rítmica de um metrônomo.

— Ajudo — disse ela.

— Você disse que esses homens malvados queriam uma coisa do sr. Iqbar. Consegue lembrar o que era, Maia?

Ela pensou por um momento e a seguir fez que não com a cabeça.

— Tem certeza?

A menina balançou de novo a cabeça.

— E consegue se lembrar o que o sr. Iqbar disse aos tais homens? O que contou a eles, enquanto o iam machucando?

— Ele disse que tinha vendido a tal coisa — respondeu ela.

— E ele disse a quem a vendeu? Você lembra?

Ela baixou os olhos, esfregando o rosto, pensando, fixando os pés e o movimento deles de encontro ao balcão. Quando afinal levantou a vista outra vez, seu olhar era quase um pedido de desculpas.

— Tudo bem — disse o detetive, alisando os cabelos da menina. — Você está indo bem. Muito bem.

Ele precisava ajudá-la mais, dar a ela algumas pistas para ativar sua memória. Khalifa recordou então sua conversa com Tauba e decidiu um tiro no escuro.

— Por acaso o sr. Iqbar disse que tinha vendido a tal coisa a um senhor inglês?

E, de repente, um assentimento vigoroso de cabeça.

— E será que ele disse que a vendeu a um senhor inglês que estava trabalhando num lugar chamado Saqqara? — Ele pronunciou o nome do lugar muito lentamente, quase soletrando-o. Depois de uma breve pausa, a menina assentiu novamente. Khalifa decidiu tentar voltar um pouco mais para trás. — Maia, você consegue se lembrar de um homem, que deve ter passado aqui pela loja alguns dias antes?

Ele havia assistido a algumas palestras do professor Mullray na American University, anos atrás, e revirava a mente agora tentando recuperar a figura do homem.

— Ele era um homem alto, Maia. Já velho. Muitos cabelos brancos, óculos engraçados, bem redondos e...

Ela o interrompeu, excitada, gritando:

— Ele fazia uma mágica, tirava fora o polegar. Era engraçado.

Já fazia vários dias que ele havia passado pela loja, Maia contou, e enquanto Iqbar tinha ido procurar alguma coisa no quarto dos fundos, lhe perguntara se ela queria ver um truque de mágica. A menina respondeu: "Quero!", então, ele agarrou o polegar e o puxou fora. Maia disse que riu muito com o truque.

— E ele comprou alguma coisa do sr. Iqbar? — perguntou Khalifa.

Ela enfiou um dedo no nariz e disse:

— Uma pintura!

Ela tirou o dedo do nariz e, com a ponta brilhando de muco, desenhou um quadrado na tampa do balcão.

— Era... mais ou menos assim! Havia umas cobras na parte de baixo. E... — ela se deteve por um instante, procurando a palavra certa — uns desenhos — disse afinal.

"Desenhos", pensou Khalifa. "Desenhos... Talvez fossem hieróglifos. Um objeto com hieróglifos desenhados."

— Eu ajudei o sr. Iqbar a embrulhá-lo — prosseguiu a garota. — Numa caixa. Eu sempre ajudava ele a embrulhar as coisas.

Ela deu outra mordida em seu bolo. Khalifa afastou-se do balcão e começou a andar de um lado para o outro pela loja.

"São como peças de um quebra-cabeça", ele refletia. "Nayar vem para o Cairo e vende um artefato para Iqbar. Mullray o compra de Iqbar e o leva para Saqqara. Nayar é assassinado. Iqbar é assassinado. Mullray morre de um ataque cardíaco, o que pode ser uma coincidência. Mas também pode não ser. A filha de Mullray vem para Saqqara e encontra o tal objeto. Pessoas desconhecidas tentam detê-la."

Longe de ter esclarecido qualquer coisa, o caso todo parecia mais intrincado do que nunca. Por que Mullray compraria uma antigüidade roubada? E o que teria exatamente acontecido, no dia anterior, em Saqqara?

"O tal objeto", pensou. "Aí está a chave. O que é esse objeto que todos querem tão desesperadamente? O que é? O quê? O quê?"

Ele voltou-se para a garota. Não daria nenhum resultado fazer a ela mais perguntas sobre a tal pintura. Era evidente que Maia lhe havia contado tudo o que sabia. A única outra possibilidade era que ela soubesse de outros objetos que Iqbar teria comprado de Nayar e que poderiam, ou não, estar ainda naquela loja.

— Maia — falou gentilmente —, o sr. Iqbar tinha algum esconderijo secreto aqui na loja? Um lugar onde ele escondia coisas muito especiais?

Ela não respondeu, os olhos da menina desviaram-se dele e resvalaram para seus joelhos. Mas, alguma coisa na sua postura — a boca muito apertada, os punhos cerrados — disse a ele que a pergunta havia atingido um ponto sensível.

— Por favor, me ajude, Maia. Por favor.

Ela permaneceu calada.

— Acho que o sr. Iqbar ia querer que você me contasse — arriscou o detetive, segurando as mãos da menina. — Porque, se você não me contar, não vou conseguir pegar as pessoas que fizeram essa maldade com ele.

Ela ficou em silêncio por um intervalo mais longo do que os anteriores, mas em seguida levantou a vista para ele.

— Se eu mostrar, você me dá a lâmpada de al-Ghul?

Khalifa sorriu e baixou-a para o chão.

— Isso está me parecendo um acordo muito justo. Você me mostra o esconderijo secreto e pode ficar com o gênio.

A garota soltou uma pequena risada, satisfeita com a barganha feita, e, pegando Khalifa pela mão, conduziu-o ao quarto dos fundos.

— Sou a única pessoa no mundo que sabe disso... — disse ela, dirigindo-se à estátua de madeira do guardião, no canto do quarto. — Nem mesmo os fantasmas sabem, é segredo.

A estátua era negra, tinha um ornamento dourado na cabeça, um bastão, sandálias e um saiote de corte diagonal dourado. A garota colocou a mão por debaixo do saiote, que parecia ser feito de madeira maciça, e puxou firmemente. Ouviu-se um estalido baixo e uma gaveta secreta, com tampo, saiu lentamente, como o carregador deslizando fora de uma pistola. A garota puxou a gaveta dos trilhos e colocou-a sobre o chão, então, voltou-se de novo para a estátua e, com todo o cuidado, desparafusou um de seus polegares, revelando uma cavidade de onde ela tirou uma chave de metal. A seguir, inseriu a chave numa fechadura na parte frontal da gaveta, dando duas voltas para abri-la.

— Muito bom, não é? — disse ela.

— Sem dúvida — respondeu Khalifa, ajoelhando-se junto a ela. — Muito bom mesmo.

A gaveta estava dividida em dois compartimentos. Num deles, havia um maço volumoso de recibos bancários, alguns documentos legais, e um vaso cheio de pepitas de turquesas não lapidadas. Na outra, havia um embrulho amarrado com um cordão. Khalifa tirou fora o embrulho e desatou o cordão, deixando escapar um assovio baixo, quando viu seu conteúdo.

Havia sete objetos: uma adaga de ferro com uma tira de couro toscamente passada em volta do cabo, um amuleto de prata com a forma de uma pilastra Djed, um peitoral de ouro, um pequeno vaso para ungüentos feito de terracota com a face do deus-anão Bes pintada nele, e três *shabits* de porcelana azul-clara. O detetive examinou-os, um por um, virando-os e revirando-os em suas mãos, e, então, voltou-se para a garota. Mas ela havia sumido.

— Maia — ele chamou, erguendo-se. E, como ela não respondeu, encaminhou-se de novo para a parte da frente da loja.

— Maia!

Ela havia ido embora. Assim como, ele reparou, a lâmpada de bronze de al-Ghul. Ele saiu para a rua, olhou em volta, mas a menina não estava mais à vista.

— Adeus, Maia — murmurou ele. — Que Alá sorria sempre para você.

LUXOR

Suleiman al-Raschid estava cochilando num catre, na sombra atrás do seu toalete móvel, quando escutou o som de pisadas metálicas, como se alguém estivesse subindo os degraus e entrando no *trailer*, acima dele.

Normalmente, ele teria dado a volta para verificar se a pessoa precisava de papel higiênico e para garantir que estaria posicionado adequadamente caso, quando ela saísse, quisesse lhe dar uma *baksheesh*. O calor do meio-dia estava muito forte, no entanto, e assim ele ficou onde estava, a cabeça aninhada sobre o braço, enquanto, vindo de cima dele, escutava os passos, ressoando no vão por baixo do piso do *trailer*.

Ele não registrou, de imediato, nada ameaçador. Se bem que escutasse um som de água batendo, bastante estranho, mas presumiu que o cliente estivesse apenas jogando a água do balde que ficava no canto do *trailer* no urinol da parede, para limpá-lo. Seria algo desnecessário, já que Suleiman fazia questão de manter o *trailer* o mais limpo possível, mas sempre havia pessoas, especialmente os alemães, obsessivas com certas coisas. Virando de lado com um resmungo, ele se dispôs a simplesmente deixar por isso mesmo.

Então, de repente, sentiu cheiro de gasolina e, quase ao mesmo tempo, ouviu um som alto de gotejamento, como se algo, vazando do *trailer*, estivesse pingando na areia perto dele. Suleiman se pôs de pé de um pulo.

— Ei — gritou, dando a volta até a frente do *trailer*. — O que...

Uma pancada violenta por detrás atirou-o para a frente, sobre os degraus do trailer.

— Traga-o aqui! — sibilou uma voz vindo de cima.

Dois braços bastante fortes enlaçaram a cintura de Suleiman e ele se sentiu erguido do chão. Outra pessoa segurou-o de cima e ele foi meio empurrado, meio puxado para dentro do *trailer*. Tentou se soltar, mas ainda estava um tanto zonzo por causa da pancada em sua cabeça e tudo o que conseguiu foi um arremedo de resistência. O odor de gasolina lhe provocou um engulho.

— Algeme-o — disse a voz. — Ali, nos canos.

Suleiman escutou um estalido e uma coisa fechou-se em torno de seu pulso. Seu braço foi violentamente torcido para cima e então houve outro estalido. Ele soltou um gemido quando as algemas morderam sua pele.

— Agora, a gasolina.

Algo foi despejado em seu rosto e no seu *djellaba*. Tentou afastá-lo de si, fosse o que fosse aquilo, mas seu braço estava imobilizado pelas algemas. O líquido provocou uma ferroada nos seus olhos cegos e queimou seus lábios. Não podia enxergar seus agressores, mas não precisava ver. Já sabia quem eles eram.

Pararam de despejar gasolina sobre ele e ouviu-se o barulho da lata vazia, ao ser jogada fora, batendo no assoalho. A seguir, os passos apressados de seus agressores, deixando o *trailer*. Por um momento, fez-se silêncio, e então ele escutou o riscar de um fósforo. Estranhamente, não sentiu medo. Raiva, sim, e pena de sua família. Como iriam se sustentar sem ele? Mas nenhum medo.

— *Ibn sharmouta! Ya kha-in!* — sibilou uma voz vinda de fora. — Filho da puta! Traidor! Isto é o que acontece àqueles que denunciam Sayf al-Tha'r.

Outro silêncio breve, e Suleiman escutou o rumor súbito da chama inflando-se, sentindo quase instantaneamente o calor intenso avançando sobre ele, lambendo rapidamente o assoalho de madeira compensada.

— Deus possa ter piedade de suas almas — murmurou, tentando desesperadamente soltar-se das algemas. — Possa o Todo-Poderoso perdoar vocês!

Mas, então, o fogo o cobriu e tudo o que se pôde escutar foram seus gritos.

Cairo

Uma hora depois de deixar a loja de Iqbar, Khalifa estava sentado diante de Crispin Oates, no escritório dele, na embaixada britânica. Não tivera o cuidado de telefonar, pedindo para ser recebido, apenas apareceu lá, sem nenhum aviso. Oates estava visivelmente contrariado com aquela intrusão, mas não teve muita escolha a não ser permitir a entrada do detetive. Agora, estava dando o troco, mostrando-se tão senhorial e pouco cooperativo quanto possível, acobertando-se de uma impecável polidez britânica.

— Então, não tem idéia de para onde foi a srta. Mullray? — perguntou Khalifa.

Oates suspirou, enfadado:

— Absolutamente nenhuma, sr. Khalifa. Como já expliquei ao senhor, alguns minutos atrás, a última vez em que vi a srta. Mullray foi anteontem, quando a apanhei no hotel e a trouxe à embaixada. Desde então, não tivemos contato. Hum... Receio que seja proibido fumar neste escritório.

Khalifa tinha acabado de tirar os cigarros do bolso do paletó. Ele os devolveu para onde estavam, inclinando-se ligeiramente à frente, com os artefatos da loja de Iqbar pesando no bolso interno.

— Percebeu algo estranho no seu modo de agir? — perguntou.

— Fala da srta. Mullray?

— Sim, da srta. Mullray.

— O que quer dizer com "estranho"?

— Quero dizer que ela poderia parecer... preocupada?

— Ela tinha recentemente encontrado o cadáver do pai. Eu esperaria que ela se mostrasse preocupada em tais circunstâncias. Você não?

— O que eu quero dizer é... Por favor, me desculpe se meu inglês é...

— Pelo contrário, sr. Khalifa, seu inglês é excelente. Muito melhor do que o meu árabe.

— O que quero dizer é que, quando viu a srta. Mullray pela última vez, ela agia como se estivesse com algum tipo de problema? Parecia amedrontada, talvez? Sob ameaça?

Não, respondeu Oates, pelo que se lembrava, não demonstrava nem uma coisa nem outra.

— Mas já contei tudo isso aos homens de Gizé, como lhe disse. Claro que estou contente em poder cooperar, mas parece tudo um tanto... repetitivo.

— Sinto muito — disse Khalifa. — Vou tentar ocupar o mínimo possível do seu tempo.

No entanto, ele prosseguiu com o interrogatório por mais vinte minutos. E quanto mais perguntas fazia, mais convencido ficava de que Oates sabia mais do que revelava. Finalmente, Khalifa concluiu que já tirara tudo o que era possível dali e, empurrando a cadeira para trás, pôs-se de pé.

— Muito obrigado, sr. Orts. Sinto tê-lo incomodado.

— De modo algum, sr. Khalifa. Foi um prazer. Mas é Oates. E ele soletrou: O-A-T-E-S.

— Claro. Mil desculpas. E eu sou o *inspetor* Khalifa.

Apertaram-se as mãos com firmeza e Khalifa encaminhou-se para a porta. Mas, dois passos adiante, deteve-se e, puxando seu caderno de notas, fez alguns rabiscos numa página em branco.

— Uma última pergunta. Isto aqui significa alguma coisa para você?

Ele mostrou a página a Oates. Khalifa desenhara nela um esboço de um quadrado, exatamente como fizera a garota, para ele, na loja de Iqbar, com alguns toscos hieróglifos no seu interior e, ao longo da borda inferior, uma fileira de serpentes. Oates examinou o desenho e seus lábios se contraíram sutilmente.

— Não — respondeu depois de uma pausa. — Receio que não.

“Mentiroso”, pensou Khalifa.

Ele encarou Oates por um instante e então fechou seu caderno de notas e devolveu-o ao bolso do paletó.

— Ora, então... — disse —, bem, foi só um tiro no escuro. Mais uma vez, obrigado por sua ajuda.

— Não creio que tenha ajudado em coisa alguma — disse Oates.

— Pelo contrário... o senhor me deu muitas informações.

Khalifa sorriu e fechou a porta atrás de si, ao sair do escritório.

Em seu escritório, Charles Squire desligou o intercomunicador pelo qual estivera escutando a conversa e reclinou-se na poltrona. Por um momento, manteve-se imóvel, fitando o teto, uma contração hostil em seu rosto, e então, sentando-se de volta à frente, ergueu o fone e discou sem hesitar.

— Jemal... — disse. — Creio que estamos com problemas.

24

LUXOR

Alcançaram Luxor já na metade da tarde, depois de uma viagem de quase vinte horas.

Poderiam ter feito o percurso em um terço do tempo, mas Daniel insistira para que fizessem um trajeto mais comprido, evitando assim atravessar a parte central do Egito.

— Todo o sul de Beni Suef está apinhado de fundamentalistas — explicou. — Não se pode sequer espirrar sem que Sayf al-Tha'r fique sabendo. Além do mais, há bloqueios policiais em todos os entroncamentos. Não se permite que estrangeiros transitem por ali sem guias. Seríamos pegos antes dos primeiros dez quilômetros.

Em vez de tomarem diretamente rumo sul, em linha reta, seguindo portanto a auto-estrada do Nilo, e direto para Luxor, tomaram rumo leste em al-Wasta, atravessando o deserto.

— Vamos até o mar Vermelho — disse-lhe Daniel, traçando a rota que pretendia seguir num mapa — e depois seguir pelo litoral rumo sul até al-Quseir. Daí, entramos de novo pelo interior até chegarmos ao Nilo, aqui, em Q'us, logo ao norte de Luxor. Dessa maneira, evitamos todo esse trecho pelo centro.

— É uma volta e tanto.

— Tem razão — assentiu ele. — Mas há uma vantagem nisso. Por exemplo, teremos uma chance de chegar a Luxor vivos.

Curiosamente, dadas as circunstâncias, Tara gostou muito da viagem. Não encontraram muito tráfego na rodovia leste e Daniel pôde pisar o acelerador à vontade, alcançando 140 quilômetros por hora, com o sol descendo suavemente às suas costas até que, subitamente, ficou escuro e eles se viram sozinhos no meio do deserto. O ar estava limpo e gélido, e acima dele piscava uma multidão de estrelas.

— É lindo! — gritou ela, num momento em que estavam atravessando a imensidão. — Nunca vi tantas estrelas!

Daniel reduziu um pouco a velocidade.

— Os egípcios acreditavam que as estrelas eram filhos de Nut — explicou —, a deusa do céu. Ela as paria a cada noite e as engolia de volta pela manhã. Também acreditavam que eram as almas dos mortos, aguardando na escuridão pelo retorno do deus-Sol Rá.

Ela apertou-se ainda mais à cintura dele, apreciando a solidez e o calor de seu corpo. De repente, tudo o que havia acontecido nos últimos dois dias pareceu desaparecer.

Pararam para passar a noite numa pequena aldeia de pescadores junto ao litoral, encontrando um quarto no andar acima de um café, com duas camas e uma janela dando vista para o mar.

Daniel pegou no sono quase imediatamente. Tara ficou acordada até muito tarde, escutando o murmúrio do mar e contemplando o rosto de Daniel, iluminado pelo luar, um rosto bronzeado, forte, as sobrancelhas sempre contraídas, como se pensamentos tormentosos estivessem passando por sua mente. Ele começou a murmurar alguma coisa e, incapaz de conter-se, ela aproximou-se dele para escutar. Era um nome. Um nome de mulher. Mary, algo assim. E repetia, várias vezes. Mary. O estômago dela começou a doer e, virando-se de lado, ficou olhando para fora da janela, inexplicavelmente entristecida.

Mas Tara não comentou coisa alguma na manhã seguinte e, depois de um rápido desjejum, tomaram a direção sul, seguindo o nascer do sol, passaram por Hurghada, Port Dafaga e El-Hamarawein, até finalmente chegarem a al-Quseir, daí, viraram rumo oeste de novo, com o vento açoitando seus rostos, a paisagem rochosa do deserto passando velozmente de ambos os lados. Daniel manteve a Jawa rodando a toda velocidade e Tara enterrou o rosto em suas costas, temendo chegar o momento em que a viagem terminaria e que eles novamente se defrontariam com a realidade da situação que viviam.

Alcançaram Q'us às duas, e a parte ocidental de Luxor meia hora mais tarde. Enquanto os carros e os prédios iam cada vez mais se aglomerando em torno deles, e as ruas se enchiam de pessoas, a cabeça de Tara recostou-se contra as costas de Daniel, como se um grande peso tivesse descido sobre ela. Emitiu um profundo suspiro, seus pulmões desejando ardentemente um cigarro.

— E agora? — perguntou ela quando saltaram da moto na calçada em frente a um posto de gasolina, no extremo da cidade.

— Agora, vamos ver Omar.

— Omar?

— Um velho amigo. Omar Abd el-Farouk. Ele era o meu *rais*, lá no Vale. Um século atrás, sua família era composta dos mais famosos ladrões de túmulos do Egito. Agora trabalham para as missões arqueológicas e têm duas ou três lojas de suvenires. Muito pouca coisa acontece por aqui sem que fiquem sabendo.

O frentista chegou junto deles e começou a encher o tanque da moto.

— E se ele não puder nos ajudar? — indagou Tara. — E se a gente não descobrir coisa alguma por aqui?

— Não se preocupe. — Daniel pegou a mão dela. — Vai dar tudo certo. Vamos nos livrar dessa confusão. Confie em mim.

Ele não soou nada convincente.

Omar vivia numa casa de tijolos de barro cujos fundos davam diretamente para as ruínas do que fora, no passado, o grande palácio de Malqata. Ele estava trabalhando no jardim, quando Tara e Daniel chegaram, juntando com um ancinho talos de palmeiras, no chão, e empilhando-os num canto onde um burrico velho mordiscava letargicamente as folhas queimadas de sol. Assim que os viu surgir, soltou um grito de contentamento e aproximou-se deles correndo.

— *Ya Doktora!* — gritou. — Quanto tempo! Bem-vindo!

Os dois homens se abraçaram, beijando-se duas vezes em cada face. Daniel apresentou Tara, explicando quem ela era.

— Fiquei sabendo sobre o seu pai — disse Omar. — Lastimo muito. Que ele descanse em paz.

— Obrigada!

Ele gritou alguma coisa para o interior da casa e conduziu-os a uma mesa à sombra de uma bananeira.

— Escavei muitos anos com o dr. Daniel — disse ele ao sentarem-se. — Trabalhei com outros arqueólogos também, mas o dr. Daniel sempre foi o melhor. Ninguém sabe mais sobre o Vale dos Reis do que ele.

— Omar diz isso a todos com quem trabalha — replicou Daniel, sorrindo.

— É verdade — confirmou o egípcio. — Mas só é sincero quando é sobre o dr. Daniel.

Uma bela garota saiu da casa, trazendo três garrafas de refrigerante, que colocou sobre a mesa. Ela olhou de relance para Daniel, ficou ruborizada e correu de volta para dentro da casa.

— Minha filha mais velha — disse Omar, orgulhoso. — Já recebeu duas propostas de casamento. Rapazes daqui, boas famílias. Mas ela só tem pensamentos para uma única pessoa.

Ele indicou Daniel com um movimento de cabeça e soltou uma risada.

— Deixe de histórias e vamos beber essa merda de refrigerante, Omar.

Conversaram sobre amenidades por alguns minutos: sobre os filhos de Omar, a viagem deles, vindo do Cairo, outras expedições trabalhando na área. A garota bonita reapareceu com terrinas de sopa de lentilhas e, quando terminaram, trouxe uma travessa de frango frito, arroz e *molochia*, verde e oleoso. Depois de tudo, a mulher de Omar chegou com um cachimbo *shisha*, que colocou entre os dois homens. Ela agradeceu os cumprimentos pela refeição, recolheu os pratos e, com uma olhada para trás cheia de curiosidade, examinou rapidamente Tara, antes de desaparecer dentro de casa.

— Mas então... — disse Omar, exalando a fumaça pelas narinas —, você deve estar aqui por alguma razão, creio eu, Daniel. Não é somente a visita a um amigo.

— Não se pode esconder nada dos el-Farouk.

— Minha família trabalha para arqueólogos britânicos há mais de um século. — Omar sorriu, dando uma piscadela para Tara. — Meu tataravô esteve com Petrie. Meu bisavô, com Carter. Meu tio-avô trabalhou com Pendlebury, em Amarna. Vemos através deles como se fossem de vidro. — Ele passou o cachimbo para Daniel. — Assim sendo, pode falar, meu amigo. Se houver alguma coisa que eu possa fazer por você, farei. Você é da família.

Fez-se silêncio por alguns instantes, e então Daniel voltou-se para Tara:

— Mostre para ele — disse Daniel.

Tara hesitou por alguns momentos e então, curvando-se sobre a mochila, puxou a caixa de papelão e entregou-a a Omar. Ele removeu a tampa e ergueu o fragmento decorado, revirando-o sobre a mão.

— Creio que isso veio de algum lugar aqui na região — disse Daniel. — Provavelmente, de um túmulo. Já viu isso antes? Sabe de alguma coisa a respeito?

Omar não respondeu de imediato, apenas continuou revirando a peça em suas mãos. A seguir, devolveu-a para dentro da caixa e recolocou a tampa.

— Onde conseguiu isso? — perguntou afinal.

— Meu pai comprou para mim — explicou Tara. Ela fez uma pausa e então acrescentou: — Sayf al-Tha'r está querendo essa peça para si. E também o pessoal da embaixada britânica.

Ela sentiu o desconforto de Daniel, ao seu lado, e percebeu que ele não queria que isso fosse mencionado. Omar apenas assentiu de cabeça e, pegando de volta o cachimbo, puxou lentamente uma tragada da ponteira de bronze.

— Foi por isso que você pegou um trajeto tão longo do Cairo até aqui?

— Foi — reconheceu Daniel. — Achamos melhor evitar a região central do Egito. Você sabe de alguma coisa, não sabe?

O egípcio soltou uma espessa baforada de fumaça, dando-se tempo para pensar.

— Ontem de manhã, a polícia me chamou para fazer perguntas — disse ele. — Nada fora do comum. Toda vez que se comete um crime envolvendo antigüidades, a primeira coisa que a polícia consegue imaginar é ir em cima de um el-Farouk. Não adianta repetir mil vezes que não fazemos mais essas coisas, e isso há mais de cem anos. Não, não adianta. A polícia vem sempre em cima de nós.

Outra pausa e ele prosseguiu:

— Só que desta vez, não eram as mesmas perguntas idiotas. Havia um assassinato na história. Um homem daqui. O detetive achava que ele poderia ter descoberto um novo túmulo. E pegado alguns objetos. Então, pessoas poderosas ficaram contrariadas. Ele queria descobrir o que eu sabia a respeito.

Ele inclinou-se à frente, para atiçar a brasa do *shisha*.

— É claro que não contei nada à polícia. São todos uns cães e eu preferia morrer a ajudá-los. Mas a verdade é que andei escutando coisas. Sobre um novo túmulo, descoberto lá em cima, nas colinas. Não sei onde, mas é alguma coisa bem grande. Alguma coisa que, segundo se diz, Sayf al-Tha'r quer, e quer bastante.

— E você acha que esta peça pode vir de lá? — perguntou Daniel.

Omar deu de ombros:

— Talvez sim, talvez não. Não sei. O que posso lhes dizer é que vocês dois estão em grande perigo. Não faz bem a ninguém se opor à Espada da Vingança.

Seus olhos passaram de Daniel para Tara, e de novo para Daniel. O burrico havia parado de ruminar entre os talos de palmeira e estava farejando o terreno em volta do forno de barro para pães, numa das esquinas externas da casa. Fez-se um longo silêncio.

— Preciso descobrir de onde veio esta peça — disse Daniel. — Preciso descobrir por que é tão importante. Por favor, nos ajude, Omar.

Por um longo intervalo, o egípcio manteve-se calado, apenas soltando baforadas de seu cachimbo. Então, muito lentamente, pôs-se de pé e encaminhou-se para a casa. Por um momento, Tara chegou a pensar que ele os estava abandonando. Na soleira da porta, entretanto, ele se voltou:

— É claro que vou ajudá-lo, dr. Daniel. Você é meu amigo, e quando um amigo pede ajuda, Abd el-Farouk não o desaponta. Vou perguntar por aí. Nesse meio tempo, vocês ficam aqui em casa. São meus hóspedes.

E ele estendeu a braço, convidando-os a entrar na casa.

25

Cairo

De pé em frente ao *foyer* do Museu do Cairo de Antigüidades Egípcias, contemplando a grande cúpula de vidro no teto e as colossais estátuas no extremo oposto do átrio, Khalifa desejou ter mais tempo disponível. Já fazia dois anos desde sua última visita à coleção e ele gostaria de, pelo menos, dar uma volta pelo museu e rever suas peças favoritas: os sarcófagos de Yuya e Tjuju, os artefatos de Tutankâmon, a escultura em pedra calcária do anão Seneb.

A tarde já estava bastante avançada, no entanto, e tinha de pegar o trem. Assim, sem mais demora, ele virou à esquerda e, com passos apressados, atravessou a galeria do Antigo Reinado e subiu uma larga escadaria no final, sempre com uma olhada de passagem para os objetos expostos, mas resistindo à tentação de deter-se para uma apreciação mais demorada.

No topo da escadaria, abriu uma porta com uma placa pendurada dizendo "Privativo" e subiu outra escadaria, esta de madeira, descendo por um corredor comprido e amplo até chegar a uma porta com os dizeres, impressos na vidraça: "Professor Mohammed al-Habibi". Ele bateu duas vezes à porta e uma voz alegre o convidou a entrar.

Seu ex-professor estava de pé, costas voltadas para ele, curvado sobre sua escrivaninha, muito concentrado, examinando alguma coisa com uma lente de aumento.

— Só um segundo — disse ele sem se voltar. — Fique à vontade.

Khalifa fechou a porta, recostando-se nela, observando carinhosamente o senhor idoso de costas. Sabia que seria inútil tentar atrair sua atenção. Quando o professor estava fixado num artefato, nem mesmo uma manada de elefantes selvagens seria capaz de distraí-lo.

Ele tinha a mesma aparência de sempre: a mesma figura rotunda, um cardigã com pontos já frouxos, a bainha dos jeans dez centímetros acima dos tornozelos. Os ombros estavam um pouco mais encurvados e seu crânio calvo um pouco mais enrugado, mas isso era de se esperar já que, afinal de contas, ele devia estar com quase oitenta anos.

Khalifa ainda se lembrava do dia em que se conheceram, quase 25 anos atrás. Fora ali, no museu. Ele e Ali estavam parados junto a uma mesa de libação de alabastro, perguntando-se o que seriam libações, e o professor, passando por eles, deteve-se para explicar.

Ficaram gostando dele logo no primeiro momento — sua aparência desleixada, seus modos gentis, a maneira como se referia à mesa, reverentemente, como se fosse uma pessoa e não um objeto inanimado. O professor também gostara deles, comovido, talvez, pelo interesse deles no passado, pela pobreza que evidenciavam e, quem sabe — se bem que isso somente ocorreu a Khalifa anos depois —, pelo fato de que seu filho tinha a idade de Ali quando foi morto num acidente de carro, muitos anos antes.

O professor tornara-se seu guia não-oficial, mantendo encontros com eles todas as sextas-feiras e levando-os para passear pelo museu por uma hora ou duas, depois pagando um refrigerante para cada um ou uma fatia de *basbousa*, num quiosque em Midan Tahrir. Já mais crescidos, o refrigerante e a *basbousa* deram lugar a um almoço, toda sexta-feira, na residência do professor, feito por sua esposa, que era ainda mais rotunda e desleixada do que ele, se é que isso fosse possível. Ele lhes emprestava livros e lhes passava artefatos para que os manuseassem, além de deixá-los assistir à tevê que, embora nenhum dos dois jamais admitisse, era a coisa de que mais gostavam daquelas visitas ao apartamento dele.

De certo modo, ele preenchera o vazio deixado pela morte do pai dos dois irmãos. E, sem dúvida, havia uma inclinação paternal na maneira como tratava os garotos. O orgulho que sentira quando Khalifa conquistou uma vaga na universidade fora muito mais de um pai pelo filho do que de um amigo pelo outro. Assim como as lágrimas que vertera, quando soube do que aconteceu a Ali.

Passaram-se vários minutos até que ele afinal deixou de lado sua lente de aumento e voltou-se.

— Yusuf! — exclamou ao dar com Khalifa, um largo sorrisso tomando todo o seu rosto. — Mas por que diabo não disse que era você que estava aí, seu boboca!

— Não queria atrapalhar.

— Tolice!

Khalifa adiantou-se e os dois se abraçaram.

— Como estão Zenab e as crianças?

— Muito bem, obrigado. Mandaram lembranças para você.

— E o pequeno Ali? Ele está indo bem na escola?

O professor era padrinho de seu filho e interessava-se carinhosamente pela educação do garoto.

— Ele está indo muito bem.

— Sempre soube que seria assim. Ao contrário do pai, aquele garoto tem cérebro. — Ele deu uma piscadela marota para Khalifa e, contornando a mesa, pegou o telefone. — Vou avisar à Arwa que você vai jantar conosco.

— Sinto muito, mas não posso. Preciso voltar para Luxor esta noite.

— E não tem tempo nem para um lanche rápido?

Khalifa sorriu. Na casa do professor al-Habibi não existia tal coisa como um *lanche rápido*. A idéia que a mulher dele fazia de *fast food* era pôr na mesa cinco pratos em vez dos dez habituais.

— Também não. É uma visita rápida.

Habibi produziu um som dentro da boca, um *tsc-tsc* desconsolado, recolocando o fone no lugar.

— Ela vai ficar uma fera por não ter visto você. E vou levar a culpa. Ela vai dizer que não me empenhei para levar você para casa. Que eu deveria tê-lo arrastado, se necessário. Você não tem idéia da encrenca em que está me metendo.

— Sinto muito. Esta vinda ao Cairo não foi nada planejado.

O professor soltou um muxoxo:

— Bem, só espero que você passe por aqui sem ter planejado com mais freqüência. Sentimos muito a sua falta.

Ele abriu uma gaveta e tirou dela uma garrafa de xerez, servindo-se de uma generosa dose, num copo sobre a mesa.

— Se estou bem informado, as leis de Alá não se tornaram mais flexíveis desde a última vez em que nos vimos.

— Receio que não.

— Então, não vou lhe causar o constrangimento de lhe oferecer uma bebida. — O professor ergueu seu copo para Khalifa. — É bom ver você, Yusuf. Já faz muito tempo desde a última vez.

Ele tomou todo o xerez de um único gole, arrotou discretamente e então, pondo um braço em torno de Khalifa, conduziu-o à mesa.

— Dê uma olhada nisto — disse.

Sobre o mata-borrão, havia um fragmento de papiro amarelado, já bastante puído, com seis colunas de texto em hieróglifos negros e, num dos cantos, quase apagado, parte de uma cabeça de falcão com o disco solar por cima. Habibi entregou a Khalifa sua lente de aumento.

— Sua opinião, por favor.

Era um jogo que sempre acontecia entre eles. O professor apresentava um artefato qualquer e Khalifa teria que descobrir do que se tratava. O detetive curvou-se e examinou o papiro.

— Já não consigo ler hieróglifos tão bem quanto antigamente — disse ele. — Não há muita utilidade para isso no trabalho policial.

Ele esquadrinhou as linhas do texto.

— Um dos livros sobre a vida após a morte? — ele arriscou.

— Muito bem. Mas qual?

Khalifa examinou outra vez o texto e perguntou, hesitante:

— Amduat? — Mas logo a seguir, antes mesmo que Habibi fizesse algum comentário: — Não, o Livro dos Mortos.

— Bravo, Yusuf! Estou impressionado. Mas você é capaz de datá-lo?

Isso já era bem mais difícil. As orações e os rituais contidos no Livro dos Mortos haviam aparecido pela primeira vez nos túmulos da realeza da Décima Oitava Dinastia, e pouco haviam mudado nos mil e quinhentos anos seguintes. Apenas os próprios hieróglifos poderiam dar alguma indicação da data — mas, se assim fosse, Khalifa não tinha conhecimentos suficientes para decifrá-la. A única pista possível seria a cabeça de falcão encimada pelo disco solar e um nome no texto: Amenemheb.

— Novo Reinado — disse, mas era apenas um palpite.

— E por quê?

— Por causa da figura do Re-Harakhty.

O Re-Harakhty era o deus oficial do Novo Reinado. E Amenemheb era um típico nome do Novo Reinado.

Habibi assentiu com a cabeça, aprovando.

— Argumento impecável. Resposta errada, mas assim mesmo com uma base impecável. Tente de novo, vamos.

— Não tenho a menor idéia, professor. Terceiro Intermediário?

— Errado.

— Último Período?

— Errado! — O professor estava se divertindo. — Última chance — ele anunciou com uma risadinha.

— Só Deus sabe. Greco-romano?

— Receio que não — ele riu mais um pouco, dando palmadas carinhosas no ombro de Khalifa. — Na verdade, vinte é o número.

— Vigésima Dinastia? Mas eu já tinha dito que era do Novo Reinado.

— Vigésima Dinastia, não, Yusuf. Século XX.

Khalifa ficou boquiaberto:

— É falso?

— Sem dúvida. Mas uma falsificação muito boa.

— Mas como o senhor descobriu? Parece absolutamente genuína.

Habibi soltou uma gargalhada:

— Você ia se surpreender ao ver como esses vigaristas são habilidosos. Não apenas com o trabalho artístico, mas também com a escolha dos materiais. Eles têm recursos para envelhecer a tinta e o papiro de modo a fazê-los parecer como tendo mil anos. Que talento eles têm. Pena que o usem para ludibriar as pessoas.

Ele esticou o braço, pegou a garrafa e serviu-se de mais um copo.

— Mas como o senhor pôde identificar a falsificação? — perguntou Khalifa outra vez. — O que tinha de errado?

Como da vez anterior, o xerez desapareceu num único gole.

— Bem, há inúmeros testes que podem ser feitos. Por exemplo, o do carbono-14, nos filamentos do papiro. E análises microscópicas da tinta. Mas, neste caso, não precisei recorrer aos cientistas. Foi só examinar. Vamos, dê outra olhada.

Khalifa curvou-se sobre o papiro outra vez e examinou-o minuciosamente com a lente de aumento. No entanto, mesmo usando todo o seu poder de observação, não encontrou coisa alguma que lhe sugerisse que o papiro fosse falsificado.

— Essa me pegou — disse ele, endireitando o corpo e devolvendo a lente ao professor. — É absolutamente perfeito.

— Exatamente! E é por isso que se pode dizer que é falso. Observe qualquer manuscrito egípcio, ou inscrições, pinturas de parede... nunca são perfeitas. Sempre há uma pequena falha... um pingo de tinta, um hieróglifo desalinhado, uma figura voltada para o lado errado. Mesmo que seja uma coisa minúscula, sempre se encontra pelo menos uma falha. Mas não nessas falsificações. Elas nunca têm falhas. E é isso que as põe a perder. São boas demais. Os antigos nunca tinham toda essa precisão. É a atenção aos detalhes que denuncia os falsificadores.

Ele se inclinou à frente de Khalifa e, apanhando o papiro, amassou-o até transformá-lo numa bola e atirou-o à cesta de lixo. A seguir, rodeou a mesa e arriou-se pesadamente em sua velha poltrona de couro, pegando um cachimbo de urze-branca de uma prateleira às suas costas, encheu-o de tabaco e acendeu-o. Khalifa acendeu um cigarro e, enfiando a mão no bolso, tirou o pacote com os artefatos, embrulhados num pedaço de pano, sobre a escrivaninha de Habibi.

— Muito bem, então. Agora é a sua vez — sorriu o detetive. — O que pode me dizer sobre isto aqui?

Habibi levantou os olhos para ele, em meio às baforadas da fumaça azulada de seu cachimbo e, com uma expressão intrigada no rosto, desfez o embrulho. Diante dele, estavam os sete objetos que Khalifa encontrara na loja de Iqbar. O professor inclinou-se um pouco para examiná-los e deslizou suas mãos enrugadas sobre eles, delicadamente, amorosamente, como se estivesse tentando tranqüilizá-los, ganhar a confiança deles.

— Interessantes — disse ele. — Muito interessantes. De onde são?

— Isso é o senhor que tem de me dizer — disse Khalifa.

Habibi emitiu uma risadinha e retornou sua atenção aos objetos. Ele acendeu uma lâmpada às suas costas e apanhou a lupa. Um por um, ergueu os artefatos e os examinou, revirando-os sob a luz, trazendo-os junto ao rosto, seus olhos injetados de sangue ora inchando-se ora retrocedendo por trás da espessura das lentes. Sua respiração áspera ecoava por todo o escritório.

— Então? — indagou Khalifa, após um intervalo de quase cinco minutos.

Habibi colocou sobre a escrivaninha o *shabti* que estava examinando e recostou-se em sua poltrona. Seu cachimbo havia se apagado e ele demorou mais um instante para, sem a menor pressa, reenchê-lo e acendê-lo de novo. Estava degustando aquele momento, como alguém a quem se pedira para identificar um vinho particularmente raro e, depois de prová-lo meticulosamente, no íntimo sentia-se confiante em poder dizer do que se tratava.

— Ocupação persa — disse, afinal.

— Ocupação persa? — admirou-se Khalifa, erguendo as sobrancelhas.

— Isso mesmo.

— Primeira ou segunda? — perguntou o detetive, depois de uma pausa.

Habibi soltou uma risadinha:

— Mas que examinador sem piedade você seria! Não me deu pista alguma, não foi? Eu diria que a primeira, embora não possa lhe dar uma data exata. Algo entre 525 e 404 a.C. Os *shabtis*, no entanto, parecem um pouco mais recentes.

— Mais recentes?

— Da Segunda Ocupação Persa, embora possam ser da Trigésima Dinastia. É praticamente impossível determinar a data específica de objetos como esses, principalmente estes assim, tão simples, sem nenhuma legenda ou inscrição. Não existem indicações de estilo óbvias. A gente tem de se guiar pela intuição.

— E sua intuição sobre eles diz que são do Segundo Período Persa?

— Ou da Trigésima Dinastia.

Khalifa ficou em silêncio por alguns instantes, refletindo, antes de perguntar:

— São autênticos?

— Ah, sim — respondeu Habibi. — Sem dúvida alguma. São autênticos, sim.

Ele tirou uma baforada comprida de seu cachimbo. Em algum lugar abaixo deles, o sistema de alto-falante anunciou que o museu fecharia em dez minutos.

— Mais alguma coisa? — perguntou Khalifa.

— Depende do que você quer saber. O vaso de ungüentos de terracota provavelmente pertenceu a um soldado. Temos aqui muitos semelhantes. Parece que eram um utensílio do equipamento militar padrão da época. A adaga também sugere alguma conexão com uso militar. Pode ver aqui, a lâmina está denteada e gasta, assim não era utilizada para fins apenas cerimoniais ou votivos. Era usada como uma arma mesmo. O peitoral é interessante. Parece ter pertencido a alguém importante. É de melhor qualidade do que os demais objetos.

— O que nos diz alguma coisa?

— Bem — refletiu um pouco o professor, sugando seu cachimbo —, ou veio de uma fonte diferente da dos outros itens, ou a pessoa que possuía o vaso de ungüento e a adaga teve uma substancial melhora de nível de vida.

Khalifa riu.

— O senhor deveria entrar para a polícia. Com tal poder de dedução, a esta altura seria o inspetor-chefe.

— Quem sabe? — Habibi fez um gesto com o cachimbo de quem descarta a idéia. — Mas daí eu iria estar falando um bando de besteiras. Isso é o bom de trabalhar com o passado antigo. A gente pode inventar a teoria mais maluca que quiser, e ninguém vai poder jamais provar que você está errado. Tudo se resume a interpretação.

Ele apanhou novamente a garrafa de xerez e serviu-se de uma terceira dose. Desta vez, entretanto, não engoliu tudo num único gole, limitando-se a sorver de leve a bebida.

— Agora, me conte, Yusuf. De onde vieram?

Khalifa deu a última tragada em seu cigarro e amassou-o no cinzeiro.

— Acho que de Luxor. Um novo túmulo.

Habibi assentiu de cabeça, muito vagarosamente.

— Alguma relação com o caso que está investigando?

Foi a vez de Khalifa confirmar com a cabeça.

— Não vou pedir detalhes.

— É melhor mesmo não pedir.

Habibi apanhou uma caneta da escrivaninha e revirou o bojo do cachimbo, empurrando para baixo as cinzas. Mais uma vez, o anúncio ressoou lá embaixo. Eles ficaram sentados, imóveis e em silêncio, por alguns instantes.

— Tem a ver com Ali, não tem? — arriscou Habibi.

— Como?

— O caso, estes objetos... têm a ver com Ali?

— O que fez você pensar...?

— Posso ler em seu rosto, Yusuf. Na sua voz. Ninguém passa a vida estudando pessoas mortas sem entender um pouco as que estão vivas. Eu sei, Yusuf. Isso tem a ver com o seu irmão.

Khalifa não respondeu. O professor pôs-se de pé e contornou lentamente a mesa. Passou às costas do detetive e, por um momento, Khalifa chegou a pensar que ele estivesse se encaminhando para uma estante de livros no extremo oposto da sala. Então, sentiu a mão do professor em seu ombro. Apesar da idade, o aperto da sua mão era bastante firme.

— Arwa e eu — começou a dizer o professor, com a voz trêmula —, quando você e Ali apareceram em nossas vidas...

Ele se deteve no meio da frase. Khalifa voltou-se e pegou nas suas mãos as do senhor idoso.

— Eu sei — disse o detetive, em voz baixa.

— Tenha cuidado, Yusuf. É só o que lhe peço. Seja cuidadoso.

Ficaram parados, exatamente na posição em que estavam, por alguns momentos, e então Habibi recuou um passo e dirigiu-se novamente para sua poltrona.

— Vamos dar outra olhada nesses objetos, certo? — disse, tentando soar animado. — Deixe eu ver se há algo mais que possa lhe contar. Onde foi que larguei a merda da minha lente de aumento?

26

LUXOR

Omar conduziu-os a um quarto bastante simples, no andar de cima de sua casa, com chão de concreto bruto e sem vidraças nas janelas. Enquanto sua mulher e a filha mais velha traziam travesseiros e lençóis, as três outras crianças postaram-se na soleira da porta, observando os recém-chegados. O caçula, um garoto, parecia fascinado pelos cabelos de Tara. Ela o pegou no colo e ele enrolou um cacho deles em seu dedos, sussurrando algo para sua mãe.

— O que foi que ele disse? — perguntou Tara.

— Que, pegando no seu cabelo, parece crina de cavalo — respondeu Omar.

— É a falta que faz o condicionador — retrucou Tara sorrindo, apertando a ponta do nariz do garoto e colocando-o no chão. Sentiu-se surpreendentemente aliviada por ter a família ao seu redor, como se eles pudessem formar uma barreira invisível de carinho e inocência entre ela e o mundo exterior. Ao assegurar-se de que tinham tudo do que precisavam, Omar conduziu a mulher e os filhos para fora do quarto.

— Vou dar uma volta por aí e ver o que posso descobrir — disse ele. —

Enquanto isso, esta casa é sua. Estarão seguros aqui. Em Luxor, pelo menos, o nome el-Farouk ainda oferece alguma proteção.

Dizendo isso, Omar saiu do quarto. Tara e Daniel tomaram banho, subindo a seguir para o telhado da casa, onde havia roupas postas para secar num varal e uma pilha de tâmaras vermelho-acastanhadas, secando sobre um lençol. Ficaram contemplando por alguns instantes as colinas de Tebas, que assomavam sobre eles como se fosse uma gigantesca onda amarronzada, depois voltaram-se para o rio. Havia fumaça elevando-se dos campos, onde os agricultores queimavam os restolhos da colheita de milho e cana-de-açúcar; uma carroça transportando uma pilha bastante alta de palha atravessou lentamente a linha de visão deles, puxada por uma parelha de búfalos-d'água. Duas garças brancas descreviam um vôo rasante ao longo da superfície turva do canal; um grupo de crianças brincava no topo de um monte de areia, atirando gravetos sobre um cachorro acorrentado abaixo delas. De algum lugar distante, chegou a eles a batida fraca de uma bomba de irrigação.

— Detesto ficar aqui sem fazer nada — disse ela depois de prolongado silêncio.

— Fazer o que, por exemplo?

— Não sei. Só acho que não está certo fazer toda essa viagem até aqui para ficarmos parados vendo a paisagem, depois de tudo o que aconteceu.

— Não há muito para se fazer, Tara. Pelo menos, não até Omar retornar. Nosso próximo movimento depende do que ele conseguir descobrir.

— Eu sei, eu sei. Mas fico me sentindo inútil, aqui, esperando sem fazer nada. Com se estivéssemos à mercê dos acontecimentos. Meu pai está morto. Há pessoas tentando nos matar. Quero fazer alguma coisa. Quero encontrar respostas.

Ele colocou o braço sobre os ombros dela.

— Sei como se sente. Fico tão frustrado quanto você. Mas estamos de mãos amarradas.

Ficaram ali parados, em silêncio, por algum tempo, observando um homem idoso conduzindo um camelo pela estrada abaixo deles. Daniel voltou-se de novo para as colinas, perdido em seus pensamentos, os olhos passeando pela parede ondulada de rocha. De repente, como se tivesse tomado uma decisão, pegou a mão dela e puxou-a para as escadas.

— Vamos. Pode não resolver nossos problemas, mas pelo menos vai nos manter ocupados.

— Aonde estamos indo?

— Para lá! — e apontou para a crista plana das colinas, correndo como uma lâmina pelo topo dos morros. — É o melhor lugar para se apreciar um pôr-do-sol no Egito.

Foram descendo as escadas, quando Daniel disse:

— É melhor levar a caixa com você.

— Por quê? Tem medo de que Omar a roube?

— Não. Só não quero que ele seja morto por causa dela. É problema nosso, Tara. Devemos mantê-la sempre conosco.

Demorou quase uma hora para chegarem ao topo da crista, seguindo a princípio por um caminho de lajes de concreto cada vez mais esparsas e, depois, por uma trilha de terra em ziguezague, subindo sempre até chegarem a uma ravina estreita, saindo daí para o cume das colinas. Fora uma escalada árdua e, no final, estavam ambos encharcados de suor. Pararam por um momento para recuperar o fôlego, então Daniel sentou-se numa grande pedra e acendeu um *cheroot*, tamborilando os dedos sobre a coxa, como se estivesse aguardando alguém. Tara tirou do ombro sua mochila e foi para um ponto um pouco acima dele, fascinada pela vista extraordinária. O pôr-do-sol, um sol enorme e avermelhado, uma jóia colossal pendurada num céu turquesa; ao longe, a faixa prateada do curso do Nilo, reluzindo sob a névoa do entardecer; a interminável cadeia de morros, silenciosos, desertos, misteriosos.

— Chamam este pico de el-Qurn — disse Daniel —, o *chifre*. Visto da maioria dos lugares, parece apenas um espinhaço, correndo ao longo das colinas. Mas, visto do Vale dos Reis, do norte, tem a forma de uma pirâmide. Os egípcios antigos o chamavam de Dehenet. *A testa*. Foi por causa dele que escolheram o vale como local para seus sepultamentos.

— É tão tranqüilo — observou Tara.

— Três mil e quinhentos anos atrás, foi exatamente isso o que sentiram. O pico é consagrado à deusa Meret-Seger: "Ela, que ama o silêncio..."

Ele pôs-se de pé, dando uma olhada rápida para trás, na direção do caminho pelo qual haviam subido até ali.

— Olhe, bem ali — disse ele, apontando. — Aquela área retangular, fechada, à direita. É o Medinet Habu, o templo mortuário de Ramsés III. Um dos mais lindos monumentos do Egito. E mais ali, onde você vê aquelas palmeiras, é a casa do Omar. Está vendo?

Tara olhou para baixo, acompanhando a linha traçada pelo dedo de Daniel:

— Acho que estou.

— A seguir, se você virar para a esquerda, lá onde fica a estrada, aquela que desce para o rio, aqueles ali são os Colossos de Mêmnom. E, se você continuar mais para a esquerda — ele se inclinou sobre ela, a ponto de suas faces praticamente se tocarem —, onde está aquele conjunto de construções, aquele é o Ramesseum, o templo mortuário de Ramsés II.

Tara podia sentir a respiração de Daniel em sua orelha, e curvou-se um pouco para trás, levantando os olhos para ele. Havia uma espécie de perturbação nos olhos dele, refletindo o que ia em seu íntimo.

— O que foi? — perguntou.

— Eu... — ele interrompeu o que ia dizendo, incapaz de encontrar as palavras. Seu olhar desviou-se.

— O que foi, Daniel?

— Eu queria...

Subitamente, escutaram um som como algo aproximando-se rastejando, por trás deles. Viraram-se abruptamente e, ladeado pelas paredes da ravina pela qual haviam subido até onde estavam, minutos antes, deram com um rosto desgrenhado, selvagem, de faces chupadas, olhos sombrios e avermelhados.

— Minha nossa — murmurou Daniel.

— Olá, por favor, olá — balbuciou o recém-chegado, avançando um passo ou dois além da saída da ravina, o que lhes permitiu ver seu *djellaba*, tão puído e rasgado que era um milagre que ainda se mantivesse inteiro sobre o homem. — Esperem, esperem, esperem, vou mostrar a vocês uma coisa muito boa. Aqui, aqui, aqui. Vejam!

Saindo para o cume, a figura correu para eles e esticou a mão esquelética, na qual segurava um escaravelho esculpido em pedra negra.

— Vi vocês subindo... — gaguejou ele. — Muita subida. Muita subida. Aqui, olhem, olhem, o melhor artesanato. Muito, muito bom, quanto me dão por ele?

— *La* — disse Daniel, balançando a cabeça. — *Mish delwa'tee*. Agora, não.

— Boa qualidade. Boa. Quanto me dão?

— *Ana mish aayiz*. Não queremos.

— Preço, preço. Pode dar preço. Vinte libras egípcias. Muito barato.

— *La* — repetiu Daniel, com voz áspera. — *Ana mish aayiz.*

— Quinze. Dez.

Daniel balançou a cabeça.

— *Antika* — disse o homem, baixando a voz. — Tenho *antika*. Você vão gostar. Muito boa. Autêntica.

— *La* — exclamou Daniel com toda firmeza. — *Imish*. Vá embora.

O homem começou a ficar desesperado. Ajoelhou-se aos pés de Tara e Daniel.

— Pessoas boas. Pessoas boas. Tentem entender. Sem dinheiro, sem comida, fome, fome, como um cão. — Ele atirou a cabeça para trás e subitamente emitiu um uivo de ferir os ouvidos. — Estão vendo? — grunhiu. — Sou um cão. Não homem. Cão. Animal. Cão — e soltou outro uivo.

— *Khalas!* — berrou Daniel. — *Chega!*

Daniel enfiou a mão no bolso e tirou algumas notas, que entregou ao homem. Ele as pegou, seus soluços de repente dando lugar a um sorriso largo, exibindo dentes manchados. E ele começou a rodopiar tropegamente pela crista da montanha.

— Homem bom homem bom homem bom — ele cantava. — Meu amigo tão bom para mim. — Ele levantou a vista para Tara, atirando-se com uma pirueta aos pés dela. — Bela moça, quer ver túmulos? Quer ver Hatshepsut? Vale dos Reis. Vale das Rainhas. Túmulos preciosos. Túmulos secretos. Posso guiar. Muito barato.

— Já chega — exclamou Daniel. — Você já ganhou sua *baksheesh*. Vá embora. *Imshi.*

— Mas posso mostrar a vocês coisas muito preciosas. Muitos segredos.

— *Imshi!*

O homem parou de dançar e, dando de ombros, voltou-se para a passagem, esfregando o dinheiro com os dedos e resmungando para si mesmo.

— Dinheiro, vá embora, dinheiro, vá embora, dinheiro, vá embora.

Ele enfiou-se pelo desfiladeiro estreito e foi descendo devagar. Quando somente sua cabeça ainda estava à vista, voltou-se de súbito, olhando diretamente nos olhos de Tara.

— Não é aquilo que você pensa — disse apenas, sua voz subitamente calma e lúcida. — Os fantasmas me mandam avisar você. Não é aquilo que você pensa. Muitas mentiras.

E então ele desapareceu de vez, e tudo o que se podia escutar era o som triturante das pedras, à medida que ele descia tropegamente a encosta da montanha.

— O que ele quis dizer? — reagiu Tara, inexplicavelmente atordoada pelas palavras do homem. — Não é aquilo que penso?

— Só Deus sabe — disse Daniel. Ele pulou da rocha onde estava e andou até a beira do despenhadeiro, observando o Vale lá embaixo. — É um louco, obviamente. Pobre coitado. Pela aparência dele, faz um mês que não come.

Ficaram em silêncio, imóveis, Daniel olhando na direção do Vale, Tara olhando para Daniel, pouco abaixo dela.

— Você ia me dizer alguma coisa — falou Tara, afinal.

— Como?... — Ele voltou-se para Tara. — Ah, nada importante. Venha dar uma olhada. É a melhor hora do dia para ver o Vale, quando está deserto. Bem como devia ser, nos tempos antigos.

Ela pulou para junto dele, os dedos dos dois se encontrando de leve. Abaixo deles, o Vale estava silencioso e deserto, com seus vales tributários saindo dele como os dedos de uma mão espalmada.

— Onde é o túmulo de Tutankâmon? — perguntou ela.

— Está vendo aquele gargalo do Vale, no centro? — ele apontou. — Adiante, mais para a esquerda, aquilo parecendo um portal, na encosta da colina. É o KV9, o túmulo de Ramsés VI. O de Tutankâmon é logo depois.

— E onde fica o seu sítio de escavação?

A resposta veio somente depois de um sutil engasgo.

— Não dá para ver daqui. É mais para cima, no Vale, na direção de Tutmés III.

— Eu me lembro de quando vim aqui, uma vez, com mamãe e papai — disse Tara. — Eu era criança, ainda. Papai estava dando palestras num cruzeiro pelo Nilo e tivemos de acompanhá-lo. Ele estava tão animado, nos levando para conhecer os túmulos, e tudo o que eu queria era voltar para a piscina do navio. Acho que foi quando me dei conta de que não ia ser a filha que ele queria.

Daniel olhou para ela. Seu ombro se moveu ligeiramente, como se ele tivesse a intenção de pegar a mão dela, mas não fez isso. E, após um segundo instante, desviou seus olhos novamente, terminou de fumar seu *cheroot* e o jogou fora.

— Seu pai amava muito você, Tara — disse ele, em voz baixa.

Ela deu de ombros:

— Pode ser.

— Acredite em mim, Tara, ele a amava. Acontece que algumas pessoas têm dificuldade de dizer as coisas. De falar de seus sentimentos.

E então, de repente, ele *estava* segurando a mão dela. Nenhum dos dois disse nada, nem se mexeram, como se o contato entre eles fosse tão frágil que se romperia a qualquer pequeno abalo. O sol já estava bem baixo no horizonte e a luminosidade começava a esmaecer. Algumas poucas estrelas saíram no céu e, na planície abaixo, as luzes das casas já iam se acendendo. Oposto a eles, num platô de rocha distante, podiam divisar a silhueta de alguns soldados movimentando-se em torno de uma guarita, um dos postos de vigilância instalados pelas montanhas depois do massacre de Deir el-Bahri. O vento estava soprando mais forte, agora.

— Você está com outra pessoa? — perguntou ela, quase murmurando.

— Uma namorada? — ele sorriu. — Não, na verdade, não. Houve algumas pessoas. Mas nenhuma... — ele ficou buscando o adjetivo apropriado — ...ninguém importante. E você?

— A mesma coisa.

Ela fez uma pausa, então perguntou:

— E quem é Mary? — perguntou a contragosto, mas sem conseguir se conter.

— Mary?

— Na noite passada, enquanto você dormia, continuava repetindo o nome dela.

— Não conheço nenhuma Mary.

Ele parecia sinceramente surpreso.

— Você repetiu esse nome várias vezes. Mary... alguma coisa. Mary. Mary.

Ele refletiu por alguns instantes, repetindo o nome para si mesmo, e de repente girou nos calcanhares, dando uma gargalhada.

— Mary! Mas que maravilha! Você ficou com ciúmes, Tara? Por favor, diga que você ficou com ciúmes.

— Não — replicou ela, na defensiva. — Apenas interessada.

— Pelo amor de Deus! *Mery*. Era isso o que eu estava dizendo. Não era Mary. *Mery. Mery-amun*. Bem-amado Amun. Ninguém com quem você tenha de se preocupar, garanto. Ela é um homem, aliás. E está morto faz dois mil e quinhentos anos.

Ele continuava rindo, e agora Tara ria junto, embaraçada com o erro que cometera, mas também deliciada. A mão dele apertou a dela, a dela apertou a dele, e então, antes mesmo que soubessem o que estava acontecendo, ele a girou em seus braços e a beijou.

Por um segundo, Tara tentou resistir, uma voz na sua cabeça alertando para o perigo que ele representava, que ele terminaria magoando-a novamente. Mas não passou de um segundo, entretanto, então ela entreabriu a boca, enlaçou o seu pescoço com os braços e apertou-o contra si, a despeito do que ele havia feito, ou talvez por causa disso. As mãos dele acariciaram-lhe o pescoço, as costas, os seios dela pressionados com força contra o peito de Daniel. Ela havia esquecido como o contato do corpo dele lhe dava prazer.

Ela não poderia dizer por quanto tempo ficaram abraçados, mas quando, finalmente, se soltaram, foi para descobrir que a noite havia subitamente tomado o mundo em volta deles. Sentaram-se numa rocha e ele protegeu-a do vento com seus braços. Bem à direita deles, uma cadeia de luzes se acendeu na encosta da colina, sinalizando o caminho de lajes de concreto pelo qual vieram subindo. Havia mais luzes se acendendo na planície abaixo deles, na maioria luzes claras, mas também algumas com uma cintilação esverdeada, marcando o minarete de uma mesquita.

— Mas, então, quem é essa Mary? — perguntou ela, aninhando o rosto no ombro dele.

Ele sorriu.

— Um dos filhos do faraó Amasis. Ele era o Príncipe Mery-amun Sethep-ib-re. Viveu por volta do ano 550 a.C. Minha teoria de estimação é que ele foi enterrado aqui, no Vale dos Reis. É nisso que estou trabalhando nos últimos cinco anos. Venho tentando encontrá-lo. Estou convencido de que o túmulo dele continua intacto.

Ele tirou outro *cheroot* do bolso de sua camisa, curvando-se às costas dela para proteger a chama do isqueiro contra o vento.

— E quando você vai recomeçar a escavar? — perguntou ela.

Ele curvou-se à frente, tragando o *cheroot*, depois soltando lentamente uma baforada, deixando o vento carregar a fumaça e levá-la embora, como uma tira com partes esgarçadas. Houve uma longa pausa, então, e quando ele tornou a falar sua voz estava alterada. Subitamente, havia uma ponta de amargura nela, de ressentimento.

— Não vou retomar a escavação.

— Como assim?

— É exatamente o que eu disse. Não vou voltar a escavar.

— Quer dizer que vai escavar em outro lugar?

— Talvez. Mas não no Egito.

Ele estava olhando agora para a ponta de seus pés, os lábios retesados e pálidos. Sua mão livre estava cerrada, o punho transformado numa bola, como se estivesse prestes a esmurrar alguém. Ela soltou-se de seus braços e girou de modo a ficar de frente para ele, sentada na pedra, observando o perfil do seu rosto.

— Não estou entendendo, Daniel. Como assim, não vai mais escavar no Egito?

— O que quero dizer, Tara — disse ele — é que, em todos os sentidos, minha carreira como arqueólogo egiptologista está encerrada. Acabou. *Kaput*. Eu me fodi.

A amargura no seu tom de voz era indisfarçável. Ele levantou os olhos para ela, os olhos escurecidos como se toda a vida e luz tivessem sido tirados dele, então deixou cair a cabeça.

— Tomaram minha concessão — murmurou ele. — Aqueles filhos da puta tiraram minha concessão. E, dadas as circunstâncias, é pouco provável que eu a obtenha de volta.

— Oh, meu Deus!

Tara cresceu cercada de arqueólogos e sabia o golpe que isso representava para ele. Ela pegou a mão dele nas suas, acariciando-a, consolando-o.

— O que aconteceu? Me conte!

Ele puxou outra baforada do *cheroot*, depois o descartou, seu rosto contraindo-se numa careta, como se estivesse com um gosto horrível na boca.

— Na verdade, há pouco para contar. Encontramos pistas do que parecia ser um antigo muro de contenção em nosso sítio e eu queria escavar ao longo dele para descobrir até onde ia. Infelizmente, avançava para fora dos limites de nossa concessão, entrando no sítio pegado ao nosso, uma equipe polonesa. É rigorosamente proibido invadir a concessão alheia por aqui, mas ainda ia demorar duas semanas até que os poloneses iniciassem a escavação, então, pensei, foda-se, e comecei a escavar. O que eu deveria ter feito era entrar em contato com eles, ou pelo menos com as autoridades egípcias, para discutir o assunto, mas... ora, eu não poderia esperar. Precisava saber até onde ia o muro, entende? Não consegui me controlar.

Os dedos de sua mão livre começaram a tamborilar freneticamente sobre a superfície da rocha.

— Quando os polacos chegaram, foi uma merda de uma confusão. O chefe da missão deles me chamou de irresponsável, acusou-me de não ter respeito pelo passado. Devotei toda a minha vida ao Egito, Tara. Ninguém tem mais respeito pela sua história do que eu. Quando ele falou essas coisas, não consegui me controlar. Eu o agredi. Literalmente. Tiveram de me arrancar de cima dele. Achei que ia matá-lo, e claro que ele me denunciou. A embaixada polonesa fez uma queixa formal, levou-a direto às altas esferas. Resultado: minha concessão foi revogada. E não foi só isso. Estou proibido de trabalhar em qualquer outra missão, no Egito. "Desequilibrado". Foi como me classificaram. "Um perigo para si mesmo e para seus colegas." "Uma ameaça." Filhos da puta! Idiotas! Gostaria de matar todos eles a tiros. Todos aqueles canalhas!

Ele falava aceleradamente, agora, sua respiração aos solavancos, seus ombros estremecendo. Ele soltou sua mão da dela e, ficando de pé, deu alguns passos à frente em direção à borda do despenhadeiro, contemplando o vale. A despeito da escuridão, o solo descorado lá embaixo ainda estava claro, com o vento soprando em direção norte transformando-o num rio leitoso. Gradualmente, a respiração dele foi voltando ao normal, e seus ombros pararam de tremer.

— Sinto muito — murmurou. — É só que eu fico...

Ele começou a massagear as têmporas, suspirando profundamente. Fez-se um longo silêncio, quebrado apenas pelo crepitar do vento.

— Isso aconteceu há dezoito meses — disse ele, afinal. — Permaneci por aqui guiando excursões, vendendo algumas aquarelas, sempre com a esperança de que as coisas mudassem, mas não mudaram. E não vão mudar. Em algum lugar, lá embaixo, há um túmulo intacto, esperando para ser descoberto e não vão me deixar procurar por ele. Tem idéia do que isso representa para mim? A frustração que estou sentindo? Meu Deus!

Ele deixou a cabeça pender.

— Não sei o que dizer — falou ela, desolada. — Lamento tanto. Sei muito bem o que o Egito significa para você.

Ele deu de ombros.

— Aconteceu a mesma coisa com Carter, você sabe. Em 1905. Ele foi expulso do Serviço de Antigüidades por ter se metido numa briga com turistas franceses lá em Saqqara. Terminou trabalhando como guia turístico e pintor. Assim, em certo sentido, meu sonho de me tornar um novo Carter tornou-se realidade. Se bem que não exatamente do jeito como eu havia visualizado a coisa.

A amargura havia se dissipado agora, e também a raiva, dando lugar a um desconsolo exausto. Tara se pôs de pé e veio para o lado dele, enlaçando-lhe pela cintura. Ele deixou-se abraçar.

— Sabe o que é engraçado nisso tudo? — sussurrou. — O tal muro de contenção, no final das contas, havia sido erguido por Belzoni, no século XIX. Tudo o que eu queria da vida destruído por causa de um muro construído duzentos anos atrás por um outro merda de um arqueólogo. — Ele deu uma gargalhada, na verdade um som frio, vazio, privado de qualquer humor.

— Lamento muito — repetiu ela.

— Lamenta mesmo? — Ele se voltou, seu rosto e o dela frente a frente. — Eu juraria que você ia ficar feliz com isso. Algo como justiça poética, no final das contas.

— Mas é claro que não fiquei satisfeita, Daniel. Nunca quis mal a você.

Ela elevou a vista, sustentando o olhar dele, então ficou na ponta dos pés e o beijou docemente nos lábios.

— Eu quero você — disse ela simplesmente. — Quero você agora, aqui, sob as estrelas. Enquanto ainda podemos fazer isso.

Ele baixou os olhos para ela e então abraçou-a e pressionou os lábios contra os dela, beijando-a apaixonadamente, sua língua movendo-se dentro da boca de Tara, as mãos dele deslizando pelas costas dela. Tara podia senti-lo endurecer-se contra ela, a pressão produzindo uma efervescência que atravessou seu estômago. Ele afastou-se um pouco, pegou a mão dela e disse:

— Sei onde pode ser.

Daniel recolheu a mochila dela e tomaram uma trilha estreita que corria ao longo do topo do desfiladeiro, levando-os a penetrar ainda mais nas colinas. A planície desapareceu, atrás deles. Tudo ao redor estava em silêncio, a não ser pela trituração de pedras sob seus pés. Depois de vinte minutos, atingiram um ponto em que a trilha, abruptamente, dava numa área plana e muito ampla, coberta de cascalho, na qual sobressaíam quatro vultos curvos, como vírgulas numa página, de resto, totalmente em branco. No que se aproximaram, Tara se deu conta de que eram pequenos muros de aproximadamente trinta metros de extensão e que batiam na altura de seus joelhos.

— Quebra-ventos — explicou Daniel. — Nos tempos antigos, as patrulhas de guarda nestas colinas se abrigavam por trás deles.

Ele se deteve e apanhou do chão o que parecia ser uma pedra achatada.

— Veja — disse ele, segurando o objeto ao luar. — Cerâmica.

Caminharam até o maior dos muros e, sem uma palavra, se ajoelharam um diante do outro. A parte superior de seus corpos recebia uma brisa suave. Da cintura para baixo, o ar mantinha-se quente e parado, como se estivessem de joelhos numa piscina. Ficaram se olhando por um momento e, então, tocaram-se, Daniel lentamente desabotoando a blusa dela, seus seios se libertando e reluzindo, pálidos, ao luar, os mamilos intumescidos. Ele inclinou-se à frente e beijou-os. Ela jogou a cabeça para trás, fechou os olhos e gemeu de prazer, tudo o mais, naquele instante, esquecido.

27

Cairo

Já eram quase sete horas quando Khalifa voltou finalmente ao escritório de Tauba. O detetive estava sentado à escrivaninha, sob a luz de uma lâmpada, batendo com apenas dois dedos numa máquina de escrever manual já bastante velha, o assoalho ao seu redor coberto por uma fina camada de cinzas de cigarro, como se tivesse havido uma leve precipitação de flocos de neve naquele seu canto do escritório.

Khalifa lhe entregou de volta a chave da loja de Iqbar e informou-o sobre a garota e os artefatos. Tauba assoviou.

— Sei que é contra os procedimentos — acrescentou Khalifa —, mas deixei os objetos com um amigo meu no museu. Ele vai examiná-los e mandá-los para você logo pela manhã. Espero que não se aborreça com isso.

Tauba fez um gesto indicando que não fazia caso, e disse:

— Sem problemas. Eu não iria fazer nada com eles até essa hora mesmo.

— A garota deu uma boa descrição dos assassinos de Iqbar —, informou Khalifa. — Dois deles parecem homens de Sayf al-Tha'r.

— Puta merda!

— O terceiro não era egípcio. Talvez europeu, ou americano. Um sujeito grande, com uma marca de nascença ou uma cicatriz no lado esquerdo da face...

— Dravic.

— Você o conhece?

— Toda a força policial do Oriente Médio conhece Casper Dravic. Fico surpreso que você não tenha ouvido falar nele. Um filho da puta. Alemão.

Ele deu um berro para um de seus colegas, que começou a revirar um arquivo de pastas.

— E isso realmente conduz a Sayf al-Tha'r — disse Tauba. — Pelo que sabemos, Dravic tem trabalhado para ele nos últimos anos, validando antigüidades e contrabandeando-as para fora do país. Sayf al-Tha'r não se atreveria a pôs os próprios pés no Egito. Fica lá no Sudão, e Dravic é quem cuida de tudo por aqui.

O colega de Tauba colocou três grossas pastas vermelhas sobre sua escrivaninha. Tauba abriu a de cima.

— Dravic — disse Tauba, tirando da pasta uma grande foto em preto e branco e passando-a para Khalifa.

— Um belo sujeito — grunhiu Khalifa.

— Cumpriu pena de dois meses em Tura, uns tempos atrás, por posse de antigüidades, mas nunca conseguimos pegá-lo por algo realmente grande. Ele é esperto. Usa outras pessoas para fazer o trabalho sujo. E, como trabalha para Sayf al-Tha'r, ninguém se apresenta para denunciá-lo ou para nos fornecer provas contra ele. Uma garota que ele estuprou fez isso, certa vez, e olhe só o que aconteceu a ela.

Tauba jogou outra foto sobre a escrivaninha.

— Meu Deus! — sussurrou Khalifa.

Tauba afastou a cadeira para trás e cruzou as pernas sobre a escrivaninha, acendendo um cigarro. Khalifa folheava as pastas.

— Fui ver aquele sujeito na embaixada britânica — disse ele, depois de um momento.

— E daí?

— Na verdade, nada concreto. Não me contou nenhuma novidade. Tive a impressão de que estava me ocultando algo. Tem alguma idéia por que estaria fazendo isso?

— O que você acha? — disse Tauba, bufando. — Eles nunca nos perdoaram por termos nacionalizado o Suez e posto todos eles para fora daqui. Vão fazer qualquer coisa que puderem para nos criar problemas.

— Era algo além disso... Oates sabe de alguma coisa sobre o caso. E não quer que eu descubra o que é.

Os olhos de Tauba se estreitaram:

— Está querendo me dizer que a embaixada britânica está envolvida nesta confusão?

— Para ser sincero, não sei mais o que estou dizendo. — Khalifa soltou um suspiro desconsolado, inclinando-se à frente e esfregando os olhos. — Há alguma coisa por trás, mas não tenho idéia do que seja. Merda, não sei mesmo, que droga!

Charles Squires fixou os óculos em seu nariz e começou a examinar o cardápio. Por cerca de dois minutos, ficou sentado imóvel, absorto e em total silêncio, antes de pô-lo de lado, assentindo satisfeito com a cabeça.

— Codorna. Sim, a codorna aqui é sempre muito boa. E como entrada, bem, panqueca de frutos do mar parece muito interessante. Jemal?

— Não estou com fome.

— Ora, vamos. Você não pode ficar desnutrido. Precisa comer alguma coisa.

— Vim aqui para conversar, não para comer.

Squires estalou os lábios em sinal de desaprovação e voltou-se para a figura à sua esquerda, um homem obeso, careca e um Rolex inusitadamente grande no pulso.

— E você, Massey? Tenho certeza de que não vai me deixar comer sozinho.

O americano examinou rapidamente o cardápio, enxugando com um lenço a nuca que, apesar do ar-condicionado do restaurante, estava empapada de suor.

— Eles não têm *steak* aqui? — perguntou, com um sotaque sulista acentuado.

Squires apontou para o cardápio:

— Creio que você vai achar o *fillet mignon* muito adequado ao preço que cobram.

— Mas vem com molho em cima? Não quero nada com molho. Um *steak* simples.

Squires chamou o garçom e lhe perguntou:

— O *fillet mignon* vem com algum molho?

— Sim, senhor. Molho de pimenta.

— Não quero saber de molho de pimenta — insistiu Massey. — Um *steak* simples. Sem merda nenhuma em cima. Pode me trazer um *steak* simples?

— Certamente, senhor.

— OK. Pode me trazer um, então. Ao ponto. Com batatas fritas.

— E como entrada, senhor?

— Meu Deus, sei lá. Que coisa é essa que você vai comer, Squires?

— Panqueca de frutos do mar.

— OK. Pode me ver uma também. E não esqueça que o *steak* é ao ponto.

— Excelente — sorriu Squires. — A panqueca e codorna para mim. E, por favor, me traga a carta de vinhos.

Ele devolveu o cardápio ao garçom, que se inclinou numa reverência e sumiu de vista.

Massey partiu uma metade de pão, untou-a com manteiga e enfiou-a na boca.

— E então? O que está acontecendo? — perguntou, mastigando.

— Bem — começou a dizer Squires, observando a boca do americano com um misto de fascinação e aversão. — Parece que nossos amigos finalmente chegaram a Luxor, certo, Jemal?

— Chegaram lá esta tarde — confirmou o egípcio.

— Essa complicação toda é ridícula — grunhiu Massey. — Já sabemos onde está a peça. Por que simplesmente não vamos lá e pegamos? Vamos parar de ficar apenas rodeando a coisa.

— Acontece que isso implicaria um risco muito grande de nos denunciar — explicou Squires. — Não devemos aparecer até que isso seja absolutamente necessário.

— Mas ninguém está brincando aqui — disse o americano, fungando. — Há muita coisa em jogo.

— Estou atento a isso — replicou Squires. — Por ora, entretanto, é melhor ficarmos encobertos. Por que deveríamos nos arriscar desnecessariamente quando a garota e Lacage podem fazer isso por nós?

— Não gosto disso — disse Massey, sem parar de mastigar. — Que merda! Não gosto nem um pouco.

— Vai dar tudo certo.

— Quero dizer, Sayf al-Tha'r...

— Vai dar tudo certo — repetiu Squires, um leve toque de chateação insinuando-se em sua voz. — Contanto que ninguém seja traído pelos próprios nervos.

O garçom voltou com a carta de vinhos e, reposicionando os óculos no nariz, Squires começou a estudá-la. Massey pegou a outra metade do pão e passou-lhe manteiga.

— Temos, entretanto, um pequeno problema — disse Squires, depois de um instante, sem levantar os olhos.

— Eu sabia — rugiu Massey. — O que é?

— Um policial. De Luxor. Aparentemente, descobriu acerca dos hieróglifos perdidos.

— Puta merda! Você tem noção do que isso pode significar?

— Tenho, sim. Uma excelente noção a respeito — replicou Squires, agora com irritação indisfarçável na voz. — Apenas não pretendo me deixar levar por histerias.

— Não dê uma de superior, seu inglesinho de merda!

Jemal bateu com o punho na mesa, fazendo os talheres pularem e os copos tilintarem.

— Parem com isso — sibilou ele. — Não vai nos adiantar de nada.

Os três homens mergulharam num silêncio raivoso. Massey devorou o resto do pão. Squires brincava distraído com o garfo. Jemal começou a manipular suas contas para afastar a tensão.

— Jemal está certo — disse finalmente o inglês. — Nada mais improdutivo do que começarmos a brigar entre nós. A questão é: o que vamos fazer a respeito desse sujeito de Luxor?

— Achei que isso fosse óbvio — disparou Massey. — Estamos numa jogada importante demais para permitir que um borra-botas desse estrague tudo.

— Deus do céu! — exclamou Jemal. — Está falando em matá-lo? Um policial?

— Não, vamos comprar um vestido para ele e tirá-lo para dançar esta noite. Ora, mas de que outra porra você acha que eu poderia estar falando?

O egípcio encarou Massey com evidente desagrado, seus punhos cerrando-se, amarrotando junto a toalha da mesa. Squires deixou de lado a carta de vinhos e, juntando as mãos, apoiou o queixo nas pontas dos dedos.

— Creio que uma eliminação parece drástica demais, dadas as circunstâncias — disse em voz calma. — É como usar um malho de forja para quebrar uma noz, ou coisa do gênero. Não vejo por que não poderemos resolver o contratempo sem recorrer à violência. Jemal?

— Vou cuidar disso — disse ele. — Sem problemas.

— Creio que é nossa melhor opção — concordou Squires. — Um policial morto pode levar a toda sorte de complicações desnecessárias. Assegure-se de mantê-lo sob vigilância.

Jemal assentiu.

— Ainda acho que devíamos acabar com ele — grunhiu Massey. — Para deixar o terreno limpo.

— No final das contas, pode ser que acabe nisso mesmo — observou Squires. — Mas, por enquanto, sugiro que a discrição seja mantida na ordem do dia. Já tivemos muitas mortes por causa deste nosso negócio.

— Se está querendo ganhar o prêmio Nobel da Paz, está no negócio errado, porra!

Squires ignorou-o e voltou a estudar a carta de vinhos, correndo o dedo para cima e para baixo da lista. Num dos extremos do restaurante, um homem começou a tocar piano.

— Há uma coisa interessante sobre esse nosso amigo policial — observou ele. — Parece que tem algum passado em comum com Sayf al-Tha'r. Confere, Jemal?

— Tudo indica que tem contas a acertar com ele — disse o egípcio, fazendo suas contas tinirem. — Assunto de família.

— Mas que merda é essa, agora? — grunhiu Massey.

— Que coincidência extraordinária, não é mesmo? — Squires sorriu, já agora recuperada a sua compostura. — Vivemos mesmo num mundo muito pequeno, não é? Ah, de fato, creio que nossas panquecas de frutos do mar estão chegando. E uma meia-garrafa de Chablis, para fazê-las descer bem, depois, quem sabe? E, a seguir, borgonha, acompanhando o prato principal.

Ele desdobrou seu guardanapo e o colocou cuidadosamente sobre o colo, aguardando a chegada da refeição.

Os olhos do professor Mohammed al-Habibi estavam ardendo. Ele os esfregou devagar, afundando os nós dos dedos dos punhos cerrados nas órbitas franzidas, e por um momento o desconforto reduziu-se um pouco. Mas, tão logo voltou a debruçar-se sobre os artefatos, o incômodo voltou. Era um problema que vinha sofrendo com freqüência, nos últimos dias. Estava ficando velho e seus olhos não suportavam mais o excesso de esforço. Sabia que deveria fechar tudo e ir para casa, descansar um pouco, mas não conseguiria fazer isso. Não até ter descoberto tudo o que aqueles objetos tinham para lhe contar. Yusuf era seu amigo, afinal de contas. Devia isso a ele. E, num certo sentido, devia a Ali também. Pobre Ali.

Serviu-se de mais uma dose de xerez, num copo, esvaziando a garrafa, acendeu novamente seu cachimbo e, erguendo a lupa, curvou-se sobre o peitoral de ouro para examiná-lo mais uma vez.

Havia qualquer coisa intrigante naqueles objetos que seu jovem amigo havia lhe trazido. Não era algo que estivesse à vista, mais uma intuição. Para Habibi, artefatos eram seres vivos. Que emitiam sinais. Comunicavam-se. Contanto que você soubesse escutá-los, podiam lhe contar inúmeras histórias interessantes. Neste caso, entretanto, quanto mais escutava, mais perplexo ia ficando.

Quando os examinou pela primeira vez, na presença de Khalifa, não percebera nada fora do comum. Os artefatos haviam sido produzidos por uma manufatura sem requintes, desenho comum, facilmente datados, nada diferentes das dúzias de objetos similares em exposição no museu, nos andares abaixo dele.

Só depois que Khalifa foi embora é que começou a ter dúvidas. E por nenhuma razão em particular. Apenas por uma sensação um tanto sutil de que, a despeito da sua aparente obviedade, aqueles objetos estariam tentando lhe dizer alguma coisa bastante específica.

— Mas dizendo o quê? — indagou-se em voz alta, percorrendo a superfície do peitoral com sua lente de aumento. — O que vocês querem que eu escute?

O escritório estava agora completamente às escuras, a não ser pela pequena área banhada de luz pela lâmpada de sua escrivaninha. Vez por outra, escutava os passos dos guardas, atravessando o corredor do lado de fora, mas, a não ser por isso, o museu estava em silêncio. Um espesso rolo azulado da fumaça do cachimbo pairava sobre sua cabeça, como se fosse uma nuvem de chuva.

Ele pôs de lado o peitoral e apanhou a adaga, segurando-a pela lâmina e girando o cabo de um lado para o outro sob a luz. Também era uma peça simples, perfeitamente comum, cerca de 36 centímetros de comprimento, feita de ferro, uma incrustação de bronze na ponta da lâmina e uma tira de couro marrom enrolada bastante apertado no cabo, para facilitar a empunhadura. Muito típica do período. Ele já havia autenticado uma praticamente igual, apenas alguns meses atrás.

Al-Habibi terminou seu xerez e puxou uma profunda tragada de seu cachimbo, uma nuvem de fumaça envolvendo por um instante o objeto diante dele. Quando pôde enxergá-lo com nitidez, reparou que a tira de couro estava ligeiramente solta no extremo do cabo onde se unia com a lâmina. Ele afrouxou-a, com todo cuidado, e a tira começou a desenrolar-se.

A princípio, pensou que fossem apenas leves arranhões na superfície do cabo. Foi somente quando virou o cabo de modo que o foco da lâmpada não recaísse diretamente sobre a peça, e posicionou a lupa bem perto sobre o cabo, que se deu conta de que aquelas marcas eram, na verdade, letras desenhadas. Não era persa, nem egípcio, como ele esperaria, mas grego. Uma seqüência de letras gregas, quase indistintas e toscamente inscritas no metal do cabo. ΔΥΜΜΑΧΟΣ ΜΕΝΕΝΔΟΥ — Dymmachus, filho de Menendes. Seus olhos piscaram sobressaltados.

— Ora, ora, ora, então esse é o segredinho de vocês, não é? — murmurou ele.

Ele tomou nota das palavras no bloco que tinha na escrivaninha, soletrando-as meticulosamente e checando, depois, para certificar-se de que as havia copiado com exatidão. Então, deixou a adaga de lado, ergueu o bloco à altura dos olhos e reclinou-se bem para trás em sua poltrona.

— Onde foi que vi isso antes? — perguntou-se em voz alta. — Onde? Onde?

Por cerca de vinte minutos, permaneceu sentado na poltrona, olhando para o nada, vez por outra apenas erguendo o copo e levando-o aos lábios, apesar de já não haver nenhum xerez nele. Então, de repente, jogou para o lado o bloco de notas, pôs-se de pé abruptamente, indo até a estante no extremo oposto da sala, movendo-se com uma rapidez extraordinária para um homem de sua idade.

— Impossível! — exclamou ele. — Não pode ser.

Ele correu os dedos ansiosamente pelas lombadas de livros até que, afinal, retirou um volume que estava no centro da prateleira — um livro antigo, encadernado em couro, com folhas parecidas com pergaminho, e o título gravado em letras douradas na lombada: *Incriptions grecques et latines de tombeaux des rois ou syringes à Thèbes*. J. Baillet. Voltou em largas passadas para sua escrivaninha e, varrendo-a com um braço para abrir espaço, colocou o livro bem debaixo da lâmpada, começando imediatamente a percorrer as páginas. Lá de fora, o segurança disse, alto:

— Boa noite, professor! — e passou direto pela porta.

O velho professor ignorou o cumprimento, tão absorvido que estava pelo volume diante dele. O silêncio da sala pareceu avolumar o ruído áspero de sua respiração.

— Não é possível! — murmurou ele. — Totalmente impossível! Mas, meu Deus, se for verdade...

28

Luxor, as Colinas de Tebas

Estava frio demais para ficarem ali, deitados, despidos, por muito tempo, mesmo sob a proteção do quebra-vento. Depois de fazerem amor, enfiaram-se de volta dentro de suas roupas e, com Daniel carregando a mochila, penetraram ainda mais nas colinas, o vento fustigando suas costas, a paisagem brilhando, uniformemente prateada sob o luar. Tara agarrou-se ao braço de Daniel, seu corpo tomado por uma ardência intensa e morna, uma dor deliciosa entre as pernas. Havia esquecido que amante vigoroso ele era.

— O que estamos procurando? — perguntou ela, depois de um momento, reparando que ele voltava a cabeça ora numa direção, ora noutra, os olhos vasculhando os declives imersos em escuridão.

— O quê? Ah, nada, nada mesmo. É só que já faz um tempo que estive aqui.

Ela apertou mais ainda o braço dele.

— Você está arrependido?

— Do quê? De termos feito amor? — Ele sorriu. — Não, foi maravilhoso. Por que, você está?

Ela forçou-o a deter-se e, pondo-se na ponta dos dedos, beijou apaixonadamente seus lábios.

— Acho que isso quer dizer que você não está arrependida — disse Daniel, rindo.

Continuaram a caminhada, braços em volta um do outro, mais e mais para dentro das colinas, o mundo ao redor morto e silencioso, a não ser pelo ruído de seus pés no solo, o assovio do vento e, vez por outra, o uivo distante de um cão selvagem.

Pelo que Tara podia perceber, estavam atravessando um enorme platô no topo do maciço. À direita, o terreno ia se inclinando suavemente, bloqueando a visão naquela direção. Para a esquerda, estendia-se plano por centenas de metros, até que mergulhava numa confusão escura de vales e penhascos. À frente, a distância, elevava-se o desenho dos picos mais altos, muito negros contra o céu de um azul escuro cinzento. Ela não tinha a menor noção de para onde estavam indo, mas também não se importava. Estava feliz apenas por estar ao lado dele, segurando seu braço, sentindo seu calor, sua força e vigor.

Finalmente, depois de uma hora de caminhada, Daniel reduziu o passo e parou. A trilha, nessa altura, entrava num leve declive, atravessando um curso de água raso e quase seco que se interpunha bem no caminho deles, de um lado a outro, como se fosse o rastro deixado por uma serpente gigantesca.

— Você está tremendo — observou ela.

— É frio, mais nada. Esqueci como aqui fica gelado à noite.

Ela enfiou as mãos nos bolsos de trás do jeans dele e esfregou o nariz em seu pescoço.

— Acho que devíamos pensar em ir embora. Estamos fora há quase três horas. Omar deve estar preocupado.

Nenhum dos dois se moveu. Uma estrela cadente riscou o céu.

— Se fosse dia, poderíamos tentar descer por um outro caminho — disse ele afinal. — Há diversas trilhas que se pode tomar. Mas, à noite, é melhor não arriscar. Estas colinas estão cheias de poços com velhos túmulos. Se deixarmos a trilha e cairmos dentro de um deles, podemos não conseguir sair. Uns anos atrás, uma canadense caiu num túmulo, perto de Deir el-Bahri. Ninguém escutou seus gritos. Acabou morrendo de inanição. Quando encontraram o corpo dela...

Ele interrompeu-se subitamente, o corpo tensionando-se.

— O que foi? — perguntou Tara.

— Acho que escutei... Ouça!

Ela inclinou a cabeça mas não conseguiu escutar nada a não ser as lufadas do vento.

— O que é? — ela tornou a perguntar.

— Escutei um... de novo! Ouça!

Agora, ela conseguiu ouvir. Um som distante, à esquerda deles, na direção das colinas. Um ressoar nas pedras, como se alguém estivesse batendo um martelo, muito levemente, numa bigorna. Alguém vinha se aproximando. Ela apertou os olhos, tentando enxergá-los, mas estava escuro demais.

— Provavelmente, uma patrulha — disse Daniel, baixando a voz. Melhor a gente desaparecer daqui.

Ele a ajudou a atravessar o curso de água e rodearam uma enorme pedra, na outra margem, agachando-se, então, em meio à penumbra.

— Mas qual é o problema? — sussurrou ela.

— Eles ficam desconfiados de qualquer um que encontrem por aqui, depois de escurecer. Acham sempre que é alguém fazendo alguma coisa errada. Somos ocidentais e, portanto, o mais provável é que não tivéssemos problemas. Mas, nas atuais circunstâncias, acho que é melhor evitarmos qualquer confronto com autoridades.

— E se eles nos virem? — perguntou ela, os dois espiando por cima da rocha.

— Daí, você fica parada e diz bem claramente a eles que é uma turista. Esses sujeitos todos foram alistados recentemente e, pelo que ouvi, adoram puxar o gatilho.

Agora, o ruído de passos era inconfundível. E também o de vozes abafadas, além do som baixo de alguém cantando uma espécie de ladainha religiosa. Tara mordeu os lábios. "Que ironia", pensou, "passamos por tanta coisa e agora vamos levar um tiro por acidente." Ela podia sentir a mão de Daniel apertando, tensa, seu braço.

Demorou mais um minuto até a patrulha aparecer. Num momento, a paisagem estava vazia, uma confusa mistura de escuridão e penumbra, então, de repente, as figuras começaram a emergir, avançando ao longo do leito do curso de água, parcialmente seco. A princípio, todos pareceram sair da escuridão juntos, uma única silhueta mal se destacando da escuridão do fundo. Gradualmente, entretanto, foram ganhando contornos mais definidos, até que por fim Tara pôde enxergá-los nitidamente sob o luar: nove homens. Caminhando em fila indiana, os da retaguarda carregando algo que parecia ser um sarcófago. À frente da fila, um pouco adiantada em relação aos demais, uma figura enorme com vestes claras. As entranhas de Tara se contorceram violentamente.

— Meu Deus! — sibilou ela. — É ele.

Tara curvou-se um pouco à frente para enxergar melhor, seu pé deslocando uma pequena quantidade de cascalho que foi cair no curso de água. O ruído pareceu encher a noite. Daniel agarrou-a pelo braço, puxando-a para trás da pedra, onde ficou fora de vista, e tapando a boca de Tara com a mão.

Os dois ficaram completamente imóveis, mal se atrevendo a respirar. Os passos foram se aproximando cada vez mais, avançando pela passagem pedregosa, até que chegaram tão perto que Tara já podia escutar as vozes em separado de cada homem. Parecia inevitável que ela e Daniel fossem encontrados, e os músculos de sua perna se contraíram, preparada para correr. No último instante, quando os homens estavam praticamente em cima deles, a ponto de ela poder quase sentir o cheiro da fumaça do charuto de Dravic, desviaram-se para uma outra trilha e avançaram, agora em perpendicular ao curso de água, para a direita, no sentido oposto ao do vale do Nilo, os passos deles pouco a pouco ressoando cada vez mais surdamente, à medida que penetravam nas colinas.

Por muitos minutos ainda, Tara e Daniel permaneceram imóveis onde estavam. Então, muito devagar, Daniel ergueu-se e deu uma espiada por cima da rocha. Ela ergueu-se também, ao seu lado, observando a coluna que, lentamente, ia se dissolvendo em meio à escuridão.

— O que estavam fazendo aqui? — perguntou ela, sussurrando.

— Estavam no túmulo.

Tara olhou para ele, intrigada.

— Ora, que diabo! Que outra coisa poderiam estar fazendo aqui? Dando um simpático passeio noturno? Com um sarcófago?

Ele saiu por detrás da rocha, olhar fixo na direção onde havia desaparecido a fila de homens.

— Devem conhecer um caminho diferente para descer — disse ele. — Um caminho que permita a eles passar, evitando as patrulhas lá do Vale dos Reis. É como eu disse, estas colinas estão cheias de trilhas. É só saber onde se está pisando.

Daniel permaneceu imóvel por um instante, olhando para dentro da escuridão, então, tomando um fôlego profundo, enfiou os braços nas tiras da mochila e a puxou para as costas.

— Quero que você volte para a casa de Omar — disse ele, pegando no braço dela e conduzindo-a de volta à trilha. — É só seguir a trilha de volta até o topo do Qurn e depois descer pelo mesmo caminho por que viemos. Quando chegar lá embaixo, vá direto para a casa de Omar e não saia de lá.

— O que você vai fazer?

— Não se preocupe comigo. Vá!

Ela soltou-se do braço dele.

— Você vai procurar o túmulo, não é?

— Mas é claro que vou procurar pelo maldito túmulo. Não foi para isso que viemos para cá? Agora, vá logo. Depois me encontro com você, lá embaixo.

Daniel tentou agarrá-la pelo braço novamente, mas ela afastou a mão dele.

— Vou com você.

— Tara, conheço estas colinas. Vai ser melhor se eu for sozinho.

— Vou com você. Quero saber o que tem lá tanto quanto você.

— Pelo amor de Deus, Tara. Não tenho tempo para discutir. Eles podem voltar.

— Então, é melhor a gente começar a andar.

Ela passou-lhe a frente, fixando o olhar no curso de água. Ele aproximou-se dela por trás, agarrou seus ombros e girou-a bruscamente para si.

— Por favor, Tara! Será que não entende? Estas colinas... são perigosas. Já trabalhei por aqui, conheço a região. Você indo comigo só ia...

— Só ia o quê, Daniel? — disparou ela, os olhos faiscando de repente. — Está dizendo que eu ia atrapalhar você? É isso?

— Não, atrapalhar, não. É só que... Eu não quero ver você ferida.

Havia uma ponta de desespero na voz dele. Apesar do vento, a testa dele estava pontilhada de suor. Ela podia sentir o corpo dele tremendo, bem junto a ela.

— Não quero que você se fira — repetiu ele. — Será que não é capaz de entender isso? Essa coisa não é brincadeira.

Por um breve momento, ficaram ali parados, os olhos cravados, como fogo, um no outro. Então, novamente Tara soltou-se do braço dele.

— Você não está me devendo nada, Daniel. Não há dívidas aqui a ser pagas. Nada para provar. Estamos nisto juntos. Se você for, vou também. Certo?

Ele abriu a boca com a intenção de argumentar, mas os olhos dela já lhe diziam que era inútil.

— Mas não sei no que estamos nos metendo — balbuciou ele.

— Seja lá o que for, já estou dentro — replicou ela. — Assim, não adianta mais ser cauteloso, agora. Acho que devemos ir logo em frente.

Ela ficou na ponta dos pés e beijou o queixo dele.

— Mas só não quero que você seja ferida — ele repetiu, impotente.

— Já lhe passou pela cabeça que também não quero que você seja ferido?

Seguiram pelo leito semi-seco do canal de água, seguindo o caminho pelo qual haviam visto Dravic e seus homens chegando. O ar da noite estava gelado e começaram a surgir tufos de névoa, flutuando rente ao chão, reluzindo ao luar como fogo-fátuo. À distância, um cão selvagem começou a uivar.

Por duzentos metros, o canal avançava sinuosamente pelo platô. Então, o terreno iniciava uma descida, e o curso acompanhava-o, em direção à borda sul do maciço.

— Para aquele lado — explicou Daniel, tentando enxergar na escuridão. — As colinas dão numa série de penhascos. É provável que o túmulo seja num deles, em algum lugar junto à margem deste curso d'água. Exatamente onde, não dá para saber. Pode ser num local inacessível sem equipamento de escalada.

Continuaram descendo, o canal de água gradualmente se tornando numa garganta profunda e estreita, suas laterais rochosas elevando-se como muros. O terreno ia se tornando acidentado, recoberto de pedregulhos e lascas de pedras soltas, de modo que precisavam olhar direito cada passo, deslocando pequenas massas de detritos rochosos no formato de biscoitos, à medida que avançavam. Daniel puxou do bolso uma pequena lanterna e acendeu-a, dirigindo o facho para a passagem em declive adiante deles.

— Se esse terreno aí na frente começar a deslizar, estamos mortos! — murmurou ele. — Vai nos carregar pela passagem abaixo e nos atirar no despenhadeiro, como se fosse uma cachoeira. Se a descida for inclinada demais, vamos ter de voltar. Só Deus sabe como conseguiram trazer aquele sarcófago cá para cima.

Continuaram avançando cada vez mais, o declive da passagem cada vez mais acentuado e o solo mais e mais traiçoeiro, por baixo de seus pés. As paredes haviam ficado tão próximas que podiam tocar ambos os lados, esticando os braços. Por duas vezes, Daniel implorou a Tara que retornasse e o deixasse prosseguir sozinho, e por duas vezes ela insistiu em acompanhá-lo.

— Já cheguei até aqui — disse ela. — Não vou desistir agora.

Finalmente, chegaram num ponto em que a garganta projetava-se numa descida quase vertical de seis metros, cujo fundo era um declive com o solo de lascas de pedras, íngreme e deslizante como um escorrega de *playground*. O declive seguia por mais vinte metros e então, subitamente, como se uma porta tivesse sido escancarada, as paredes da passagem desapareciam, nada mais havia à frente além de uma coluna de céu e, bem distante, o reluzir prateado da planície abaixo.

— É a borda do penhasco — disse Daniel, indicando-o com o facho da lanterna. — São mais de cem metros de queda livre. Dali, não poderemos ir adiante.

Ele agarrou-se numa beirada da parede da passagem, experimentou apoiar-se nela para se certificar de que poderia agüentar seu peso, e inclinou-se à frente, ultrapassando com o corpo a borda e apontando sua lanterna para baixo.

— Tem alguma coisa aí embaixo? — perguntou Tara.

— Parece uma abertura — respondeu ele. — Entra bem para dentro, um pouco abaixo de onde estamos.

Ele inclinou-se um pouco mais.

— Não dá para ver direito. Está entulhada de pedregulhos. Mas, sem dúvida, é uma entrada, ou algo parecido.

Ele puxou o corpo de volta e lhe entregou a lanterna.

— Segure isso para mim. E mantenha apontada para baixo.

Ele virou-se de novo e, usando as paredes da passagem como apoio, pendurou-se na borda da parede vertical, alcançando a seguir a inclinação com chão de pedregulhos, mais abaixo. Movia-se com agilidade, como se estivesse acostumado com essa espécie de terreno, e assim, trinta segundos depois, havia atingido o fundo. Tara seguiu-o mais devagar, experimentando cada passo antes de apoiar seu peso, os dedos fincados na rocha.

No fundo, juntou-se a Daniel, de cócoras diante de uma pequena entrada retangular, aberta na superfície do declive.

— Achamos? — sussurrou ela.

— Bem, não há dúvida de que se trata de um túmulo — afirmou, pegando dela a lanterna. — Veja aqui, a rocha foi cortada de modo a criar uma passagem. Dá para ver as antigas marcas de cinzel.

Metade da entrada estava bloqueada por pedras e cascalho, deixando somente uma abertura de cerca de um metro em cima. Daniel enfiou a cabeça dentro dela e passou o facho da lanterna através da escuridão compacta. Subitamente, ouviu-se um rumor e alguma coisa projetou-se para fora, ganhando a noite.

— Mas que merda é...? — Tara engasgou de susto.

— Morcegos. — Ele sorriu. — Eles adoram túmulos. Não precisa se preocupar com eles.

Daniel deu mais uma olhada com a luz da lanterna, e a seguir enfiou-se pela abertura. Tara ergueu-se um pouco, firmando os pés no chão, para segui-lo, mas ao fazer isso escorregou num pedregulho solto, perdendo o equilíbrio. Seu corpo oscilou por um segundo, com ela tentando desesperadamente agarrar-se nas paredes de pedra, mas então todo o chão de pedregulhos cedeu debaixo de seus pés, e ela se viu caindo de costas e deslizando direto para a beirada do despenhadeiro, as pedras soltas carregando seu corpo como se tivesse sido pegada numa corredeira prestes a despencar na cachoeira.

— Tara — gritou Daniel.

Os braços dela debatiam-se descontroladamente, com ela tentando se agarrar. Pelas paredes afuniladas da estreita passagem, o silvo das pedras deslizando era ampliado dez vezes, de modo que parecia que ela havia sido tragada por um rio em fúria, os pedregulhos soltos sendo vomitados da boca da passagem, logo abaixo dela, e desaparecendo na escuridão sem fundo. Daniel ficou parado sem poder fazer nada, na boca do túmulo, assistindo-a deslizar cada vez mais. Foi somente quando ela já estava quase na beirada do despenhadeiro, e parecendo que não se salvaria de ser lançada no vazio pela força da torrente de pedras, que finalmente conseguiu fincar o pé numa saliência da rocha e deter sua queda. Fez-se um longo silêncio, então, e depois o ressoar distante da pedras atingindo o solo, cem metros abaixo.

— Merda! — exclamou ela.

Tara permaneceu imóvel por alguns instantes, respirando ofegante, e então, com extremo cuidado, levantou-se, mantendo ambos os pés firmemente plantados nas paredes da passagem, onde a pedra era sólida.

— Você está bem? — ele gritou.

— Mais ou menos.

— Fique aí. Não se mova.

Ele arrastou-se para fora do túmulo, dirigiu o facho da lâmpada de modo a iluminar o solo de terra e cascalho do declive, então, com todo cuidado, avançou até onde ela estava, agarrando sua mão estendida e, meio conduzindo, meio puxando, conseguiu trazê-la para o topo da rampa. A poeira havia tornado as roupas e o rosto de Tara num borrão acinzentado, sua camisa estava rasgada no cotovelo e manchada de sangue.

— Você se machucou — observou ele.

— Nada sério — ela replicou, tirando com as mãos a poeira de seu cabelo. — Vamos, precisamos ver o que tem nesse túmulo.

— Pensei que eu fosse o obsessivo por aqui — brincou ele, sorrindo, ainda tenso. — Você devia ter sido uma arqueóloga, Tara.

Ela respondeu com uma careta e disse:

— Prefiro um trabalho mais emocionante.

Entrando pela abertura, viram-se num estreito corredor em declive. Já dentro, com a luz da lanterna, constataram que a parte de baixo da entrada fora bloqueada com uma parede de tijolos de barro, contra a qual os pedregulhos foram se empilhando. Por um longo momento, Daniel ficou parado, de pé, em silêncio, examinando tudo em volta.

— Originalmente, toda a entrada deve ter sido atijolada — concluiu finalmente. — Ao longo dos anos, mais e mais pedregulhos devem ter se acumulado contra os tijolos, até que somente a parte de cima ficasse livre.

Quem quer que tenha encontrado o túmulo, derrubou para dentro o que tapava a entrada e deixou a parede de tijolos, da metade para baixo, intacta. — Daniel dirigiu o foco da lanterna para o lado, mostrando: — Olhe ali os tijolos.

Afastada para junto da parede do corredor estava uma pilha de tijolos, alguns quebrados, outros inteiros. Daniel remexeu a pilha e tirou um dos tijolos. Numa das faces, estava gravado o desenho de nove homens ajoelhados, as mãos atadas às costas, com um chacal sentado acima deles.

— O que é isso? — perguntou ela.

— O selo da necrópole real — disse ele, sorrindo para si mesmo. — Nove prisioneiros manietados subjugados por Anúbis, o chacal. Se o bloqueio da entrada estivesse intacto, com o selo real gravado nele, isso significaria que o túmulo estaria intacto, até o momento em que fora encontrado. Intocado, desde a antigüidade. Com todos os seus tesouros.

Ele ficou ainda alguns instantes examinando o tijolo, então recolocou-o no chão, com toda delicadeza, e dirigiu o facho da lâmpada para o corredor abaixo dele, a luz abrindo um buraco na opressiva escuridão em volta. A luz lhes permitiu ver que o poço descia suavemente por cerca de trinta metros, abrindo-se para o que parecia ser uma espécie de câmara. Para além dos limites da luz da lanterna, a escuridão era quase tangível, e mais fechada do que Tara já imaginara poder existir. Começaram a avançar, com Daniel iluminando em volta as paredes, o teto e o chão, tudo nitidamente cortado na pedra pelo trabalho de cinzéis. Depois de alguns passos, ele se deteve.

— O que foi? — sobressaltou-se Tara.

— Tem alguma coisa se movendo ali embaixo.

— Morcegos?

— Não, no chão. Logo ali.

Ele apontou o facho para baixo. Alguma coisa vinha na direção deles. E movendo-se bastante rápido.

— Daniel — ela exclamou, tentando manter a calma. — Fique absolutamente parado. Nada de movimentos súbitos.

O trem noturno para Luxor estava menos apinhado do que na ida e Khalifa ficou praticamente sozinho no vagão. Ele tirou os sapatos, acendeu um cigarro e começou a examinar os arquivos sobre Dravic, que Tauba havia fotocopiado para ele. Atrás dele, dois mochileiros, uma garota e um garoto, estavam jogando cartas. Os arquivos não eram uma leitura agradável. Nascido em 1951, na antiga Alemanha Oriental, Dravic era filho de um oficial da SS que, posteriormente, filiou-se ao Partido Comunista e subiu na hierarquia do partido até alcançar postos de algum destaque.

Ainda garoto, havia tido um excelente desempenho na escola, principalmente em idiomas, e com a idade de apenas dezessete anos, conquistou uma vaga na Universidade de Rostock, na qual completou seu doutorado em arqueologia do Oriente Próximo. Publicou seu primeiro livro aos vinte anos — uma análise da Escrita Linear A Minóica — e a seguir produziu uma seqüência de outros trabalhos, um dos quais, sobre colônias do Último Período Grego no delta do Nilo, era ainda considerado um texto de referência na matéria.

Khalifa terminou seu cigarro e acendeu, direto, outro, lembrando-se de que lera esse livro sobre as colônias gregas para um ensaio que escreveu na universidade. Ficou olhando para a paisagem, através da janela, por alguns instantes, uma planície escura e deserta, a não ser por esparsas luzes de habitações afastadas e de vilarejos, então retornou sua atenção para os papéis em frente a ele.

Apesar das muitas conquistas acadêmicas, Dravic parecia ter tido sempre uma tendência para a violência. Aos doze anos, arrancou o olho de um colega de escola, numa briga num *playground*, escapando de um processo criminal apenas em função da intervenção do chefe local do partido, que era amigo de seu pai. Três anos mais tarde, esteve envolvido no assassinato de um mendigo, morto queimado, e encontrado num parque da região. Um ano depois, junto com uma gangue, estuprou uma garota judia. Em ambas as ocasiões, escapou de sofrer punições devido às conexões de seu pai. Khalifa balançou a cabeça, espantado.

O alemão havia começado a escavar com vinte e poucos anos, primeiro na Síria, depois no Sudão e a seguir no Egito, onde trabalhou por cinco temporadas consecutivas em Naukratis, no Delta. A despeito de persistentes rumores sobre roubo de antigüidades, e casos mais graves, não houve acusações contra ele, e sua carreira desenvolveu-se muito bem. Khalifa deteve-se numa fotografia mostrando Dravic apertando a mão do presidente Sadat, e uma outra, recebendo um prêmio de Erich Honecker.

Parecia destinado a grandes realizações. Então, ocorreu o incidente com a escavadora voluntária. Embora tivesse acontecido no Egito, a garota era uma cidadã alemã, e foi lá que ele fora julgado. Conseguiu livrar-se, mas desta vez a lama havia se espalhado. Sua bolsa de pesquisa fora cancelada, sua autorização para escavações, tomada, e ninguém mais aceitava publicar seus trabalhos.

Isso acontecera há duas décadas. Desde aí, vinha ganhando a vida no mercado de antigüidades, colocando seus conhecimentos a serviço de patronos ricos, tanto procurando quanto autenticando objetos. Em 1994, fora preso em Alexandria pela posse de antigüidades roubadas, e cumpriu pena de três meses na prisão de Tura, no Cairo, época da última foto conhecida tirada dele. Khalifa suspendeu-a diante de si — um péssimo instantâneo em preto-e-branco com o alemão de pé, junto a uma parede às suas costas, segurando uma placa com um número na altura do peito, encarando mal-humorado a câmera, um homem grande, de aspecto truculento. Khalifa sentiu um arrepio.

Após ser solto de Tura, Dravic mergulhou numa espécie de clandestinidade, saindo e entrando no país ilegalmente, comandando o roubo de antigüidades e a venda delas no mercado negro da Europa e do Extremo Oriente. A despeito dos mandados de prisão em sete países, e de ter sido localizado inúmeras vezes, sempre dava um jeito de manter-se um passo adiante da lei.

Havia apenas vagas informações sobre seus movimentos mais recentes. Sabia-se que ele começara a trabalhar para Sayf al-Tha'r em meados dos anos 1990, e mantivera a ligação, desde então. Havia rumores de uma conta secreta em bancos suíços, ligações com organizações neonazistas e até mesmo envolvimento secreto com agências de inteligência orientais, mas tudo boatos, nenhuma confirmação. Depois de 1994, o alemão havia mantido uma certa discrição em suas ações. Uma coisa era certa — ele era um dos piores elementos em circulação.

Khalifa foi até o final dos arquivos, depois levantou-se, para esticar as pernas, encaminhando-se para o outro extremo do vagão, onde o casal de mochileiros havia deixado de lado o baralho e agora escutava música de um toca-fitas. Ele acenou de cabeça, cumprimentando-os, e perguntou-lhes para onde estavam indo. Mas o casal ignorou-o — "provavelmente receiam que eu tente lhes vender alguma coisa", pensou o detetive sorrindo para si mesmo — e ele então, dando de ombros, retornou ao seu assento, acendeu mais um Cleopatra e começou a ler o relatório do patologista sobre a morte de Iqbar. A música dos mochileiros parecia entrar no ritmo das rodas do trem, somando-se num único som. Ele sentiu que seus olhos começavam a pesar.

Já ao sul de Beni Suef, o trem deteve-se. Ficou parado por cinco minutos, emitindo um som sibilante, como se estivesse tomando fôlego, e então recomeçou a se mover. Mais um minuto se passou, e então ele escutou a porta do vagão se abrindo atrás dele. Fez-se uma pausa, então escutou-se um grito e depois o ruído de algo se partindo. A música do toca-fitas interrompeu-se de repente. Ele voltou-se.

Três homens vestindo *djellabas* negros estavam de pé junto aos mochileiros, cujo toca-fitas estava quebrado, no chão. Um dos homens agarrou o garoto pelos cabelos, forçando a cabeça dele para trás e, num movimento tão ligeiro que Khalifa mal pôde acompanhá-lo com o olhar, rasgou-lhe a garganta com uma faca. O sangue jorrou sobre o chão do vagão.

O detetive pôs-se de pé num salto, tentando puxar sua arma. Então, deu-se conta de que a havia deixado em Luxor, e passou rapidamente os olhos em volta, procurando qualquer coisa que pudesse usar para se defender. Alguém havia deixado uma pilha de livros no assento oposto ao dele. Khalifa começou a atirá-los sobre os atacantes.

— Polícia — gritou. — Larguem suas armas.

Eles riram e avançaram sobre ele. Khalifa ainda se manteve onde estava por um segundo, depois virou-se e correu, arrombando de passagem a porta no final do vagão e entrando no vagão seguinte. Havia mais pessoas ali, inclusive um grupo de crianças, com lâmpadas de bronze nas mãos.

Ele correu por entre os assentos, tentando escapar, mas tropeçou numa lata de óleo de cozinha e tombou. Uma mão agarrou sua testa, puxando a sua cabeça para trás.

— Deus me ajude! — gritou, quase sem voz. — Alá me proteja!

Um rosto assomou diante dele, um rosto cruel, grande como uma bola de praia, metade branco, metade púrpura.

— Pobrezinho do Ali — riu-se o homem. — Ali, Ali, Ali.

Ele estava empunhando uma pá em formato de diamante, com as bordas afiadas. Com um berro, misturado a uma gargalhada, trouxe-a para trás e em seguida enfiou-a no pescoço de Khalifa...

O detetive despertou com um sobressalto.

O relatório do patologista havia deslizado de seu colo e estava agora espalhado pelo chão. Atrás dele, ouvia o som do toca-fitas do casal de mochileiros. Ele olhou ao seu redor. Estavam ambos dormindo, um recostado no outro. Khalifa balançou a cabeça, aliviado, e agachou-se para recolher o relatório.

29

Luxor, as Colinas de Tebas

A serpente rastejou, subindo o corredor, diretamente para eles, os olhos brilhando contra o facho da lanterna.

— Não mova um músculo — insistiu Tara.

— Deus do céu — grunhiu Daniel. — O que é?

— *Naja nigricollis* — respondeu ela. — Uma naja.

— E isso é ruim?

— Hã-hã!

— Muito ruim?

— Se um de nós levar uma picada, não vai conseguir sair daqui. Elas são muito agressivas. E tremendamente venenosas. E cospem, também. Assim, nada de movimentos bruscos.

A barriga da cobra, arrastando-se no chão, produzia um ruído seco e áspero. Daniel tentou manter o facho sobre ela.

— Porra — ele sentiu um calafrio.

A serpente chegou até poucos passos deles, então deteve-se, erguendo-se ligeiramente, seu pescoço inchando, seus olhos negros e ameaçadores. Era grande, quase dois metros, seu corpo grosso e flexível. Ao seu lado, Tara pôde sentir Daniel começando a tremer.

— Tente manter-se calmo — sussurrou ela. — Vai tudo ficar bem.

A cobra oscilou a cabeça para trás e para diante, por um instante, e então baixou-a de novo para o chão, avançando um pouco mais, até alcançar a bota de Daniel, sua língua negra e fendida parecendo lamber o couro empoeirado. Ela ergueu a cabeça mais uma vez, começando a explorar o tornozelo de Daniel, enroscando-se lentamente em volta da perna dele.

— Desligue a lanterna — disse Tara.

— Como é?

— Desligue a lanterna. Agora! A luz a está excitando.

A língua da cobra estava lambendo a panturrilha de Daniel. A respiração dele soltava-se em engasgos.

— Não vou conseguir! — balbuciou ele. — Não posso ficar no escuro com essa coisa.

— Desligue logo! — sibilou ela.

— Deus do céu!

Ele pressionou o interruptor e foram envolvidos pela mais densa escuridão, como se seus olhos tivessem sido cobertos por um pedaço de veludo pesado. O silêncio pressionava seus ouvidos, apenas quebrado pelo som da cauda da cobra, agitando-se no chão, e pela respiração estertorosa de Daniel.

— Está subindo pela minha perna — gaguejou ele.

— É só ficar o mais imóvel que puder.

— Mas ela vai me morder.

— Não se você ficar parado.

— Está se enroscando na minha perna. Não agüento mais, Tara. Por favor, faça alguma coisa. Por favor!

Ele estava entrando em pânico. A serpente poderia captar seu medo e isso a faria assustar-se também, aumentando as chances de mordê-lo.

— Fale para mim sobre Mery-amun — disse ela, em desespero.

— Foda-se Mery-amun!

— Comece a me contar tudo sobre ele — sussurrou ela.

Ele estava tão aterrorizado que começava a arfar descontroladamente.

— Ele foi o segundo filho do rei Amasis — gaguejou. — Viveu por volta de 550 a.C. Sumo sacerdote de Amun em Karnak, meu Deus do céu!

— Continue falando.

— Carter encontrou um fragmento de cerâmica com seu nome no vale. Parecia dar a localização do seu túmulo. Junto ao Caminho Sul, vinte cúbitos distante da Água dos Céus. Achamos que a Água dos Céus é um despenhadeiro no extremo mais alto do vale.

Daniel calou-se. O ar em volta parecia vibrar.

— O que está acontecendo?

— Não sei. Ela não está mais em minha perna. Mas ainda posso senti-la.

Ela permaneceu calada por um momento, pensando.

— Tara?

— Certo! Quero que você ligue de novo a lanterna. Mas aponte-a para cima. Não para o chão. Para cima. E faça isso bem devagar. Nada de movimentos rápidos.

Um estalido, e então uma estreita coluna de luz atingiu o teto. A claridade lhe permitiu imediatamente enxergar a serpente. Estava entre as pernas dele, um pouco à frente de Daniel, a cabeça erguida até a altura do gancho da calça dele.

— Parece que ela gosta de você — disse Tara.

— Sou o tipo que agrada as mulheres — murmurou ele, por entre os dentes cerrados.

Lentamente, ela agachou-se. A cauda da serpente arrastando-se nos calcanhares das botas de Daniel.

— Abaixe um pouco a luz. Com cuidado.

O facho de luz deslizou pelo teto, vindo para baixo.

A serpente estava novamente oscilando a cabeça, as laterais de seu pescoço completamente dilatadas, como mãos em concha. Era um mau sinal. Estava começando a ficar nervosa. Muito devagar, Tara tirou um lenço do bolso, segurando-o a distância e agitando-o um pouco para atrair a atenção da cobra. A serpente continuava movendo a cabeça para trás e para diante, olhando ora para o lenço, ora para Tara, então de volta para o lenço, sempre em seu movimento pendular, então inclinou-se para trás e, produzindo um som como se estivesse se assoando, lançou um jato de veneno no tecido branco. Tara sentiu gotas se espalharem por sua mão e pelo braço, queimando a pele.

— O que está acontecendo? — sibilou Daniel, tentando olhar para baixo sem mover a cabeça.

— Continue parado. Estou tentando agarrá-la.

— Você não vai fazer isso, Tara. Por favor, não me diga que vai tocar nela.

— Não se preocupe. Temos uma cobra igual a essa no zôo. Vivo tendo que lidar com ela.

"Mas somente com um gancho de cobras", ela pensou consigo mesma. E usando luvas e óculos protetores. Ela tentou afastar da lembrança a picada que havia levado e, sempre agitando o lenço em sua mão esquerda, começou a avançar à direita para a cobra, mirando o colar de escamas negras logo abaixo da cabeça e tentando não tremer demais. O sangue estava latejando em seus ouvidos.

— Meu Deus — grunhiu Daniel.

Ela ignorou-o, concentrando toda a sua atenção na cobra. Por duas vezes, a serpente inclinou a cabeça para trás, cuspindo no lenço, e por duas vezes Tara paralisou sua mão, fechando rapidamente os olhos, esperando vários segundos de grande agonia até, lentamente, abri-los de novo para então mover seus dedos em direção ao pescoço da cobra, esperando a qualquer momento sentir a picada de suas presas penetrando-lhe na carne. "Não posso cometer nenhum erro", pensou Tara. "Se eu a pegar embaixo demais, vou lhe dar a chance de virar-se e me morder. Alto demais, e vou acabar metendo minha mão bem entre as presas dela. Tenho de calcular com exatidão."

— O que está acontecendo? — soou, desesperada, a voz de Daniel.

— Quase... — sussurrou ela. — Quase...

Sua mão estava a apenas alguns centímetros do pescoço da cobra. Gotas de suor estavam tapando sua visão. As pontas de seus dedos tremiam tanto que parecia que ela estava acenando para alguém.

— Por favor, Tara, o que está...?

A serpente deu o bote. Mas atacou o lenço e não a mão de Tara. Por puro reflexo, ela recolheu a mão esquerda no exato instante em que investia com a direita, movendo-a à frente e para cima, conseguindo agarrar a cobra logo abaixo do pescoço. A serpente debateu-se furiosamente, sua cauda açoitando a perna de Daniel.

— Deus Todo-Poderoso! — berrou ele, caindo para trás e largando a lanterna.

— Está tudo bem — gritou ela. — Eu a peguei! Eu a peguei!

A serpente enroscou-se no braço de Tara, apertando-se, e lutando furiosamente. A cobra era bastante forte, mas Tara a agarrara com firmeza, não permitindo que se soltasse. Ainda tremendo, Daniel apanhou a lanterna e iluminou a serpente. A boca da cobra estava arreganhada, de tanta fúria, revelando suas presas afiadas e gotejantes.

— Meu Deus! Não posso acreditar que você fez isso!

— Nem eu.

Tara passou por ele, dirigindo-se de volta para a abertura e esgueirando-se para fora, com a serpente convulsionando-se enroscada ao seu braço como se fosse uma bandeirola agitando-se ao vento. Com todo cuidado, Tara desceu pela passagem até quase a beirada e então, baixando o braço, deixou a serpente cair no vazio. Ao cair, a serpente parecia uma linha traçada a lápis, espiralada contra o céu, até que não foi mais possível enxergá-la. Tara fez o caminho de volta pela passagem, entrando no túmulo, ofegante.

— Tudo certo! — disse, sua voz soando mais tranqüila do que ela de fato estava. — Agora, que tal dar uma olhada por aqui?

A câmara no final do corredor tinha formato retangular. Era pequena, não mais do que oito metros de comprimento por quatro de largura. Suas paredes eram decoradas com colunas de textos hieróglifos pretos e vívidas cenas em vermelho, verde e amarelo. Formando um rodapé, por toda a extensão das paredes, havia uma fileira de serpentes com a cabeça erguida, como as do fragmento de reboco que haviam encontrado em Saqqara. O lugar estava completamente vazio.

Havia um desnível de um metro, do corredor para o chão da câmara. Tara pulou sem hesitar. Daniel permaneceu na borda por um momento, correndo o facho da lanterna pelo chão, antes de pular também. De novo, ele jogou o facho da lanterna pelo chão em volta, então iluminou mais para o alto e, muito devagar, esquadrinhou as paredes com a luz, as imagens surgindo e desaparecendo à medida que o facho passava por elas. Ele parecia nervoso, seu olhar a toda hora desviando-se para trás, em direção à entrada da câmara. Aos poucos, entretanto, no que sua atenção ia se concentrando nas imagens pintadas — as cores brilhantes, os rostos exóticos, as colunas irregulares de hieróglifos — começou a parecer mais relaxado. Um sorriso atravessou seu rosto e seus olhos começaram a faiscar.

— São bons — murmurou para si mesmo, reforçando com um movimento de cabeça. — Ah, sim, muito bons!

Ele elevou o facho da lanterna, iluminando as cenas pintadas: uma figura com cabeça de chacal guiando um homem em direção a uma balança montada com pratos, e junto a ela, outra figura de pé, com a cabeça de um íbis, segurando uma pena e um tablete nas mãos.

— O que é isso? — perguntou Tara.

— Uma reprodução do Livro dos Mortos — respondeu ele, fascinado pela pintura. — Anúbis, deus da necrópole, leva os mortos até a balança do juízo. O coração do falecido será pesado e o resultado será anotado pelo deus Tot. É uma cena típica dos túmulos egípcios. E aquela também...

Ele correu o facho de luz pelas paredes, até outra imagem: um homem de pele avermelhada e vestindo um saiote branco, estendendo os braços, segurando em cada mão o que parecia ser um vaso. Diante dele, havia uma mulher de pé, a pele amarelada, sua cabeça encimada por um par de chifres de boi e, entre eles, um disco circular.

— Os mortos fazem uma oferenda à deusa Ísis. Vermelho para a pele do homem, amarelo para a pele da mulher. Magnificamente pintados. Repare na precisão das linhas, a riqueza das cores. Não posso acreditar... É simplesmente impossível, algo assim...

Seus olhos estavam arregalados de fascinação.

— E estas figuras aqui? — perguntou Tara, apontando para uma cena numa das paredes laterais: dois homens com asas, intrincadamente detalhadas, e barbas, encarando-se, um sentado, o outro de joelhos. — Parecem diferentes.

Daniel jogou a luz sobre elas.

— Tem razão — concordou ele. — Pelo estilo, são persas, não egípcias. Dá para dizer pela maneira como usam os cabelos e as barbas. Nas ruínas de Susa ou Persépolis, podemos achar esse tipo de pintura por toda parte. Mas, geralmente, não são vistos em túmulos egípcios. A mesma coisa com esta pintura aqui...

Ele dirigiu o facho para a parede oposta: um homem barbado com uma túnica branca, diante de uma mesa onde havia uma pilha alta de frutas.

— Estilo grego — explicou ele. — Veja, ele está usando uma toga e sua pele é pálida. A barba é mais curta, mais encaracolada. É também muito pouco usual encontrar uma figura dessas num túmulo egípcio. Não que nunca se tenha escutado nada sobre isso, mas... Bem, o túmulo de Petosíris em Tuna el-Gebel tem algo parecido. E o túmulo de Si-Amun, em Siwa. Mas é único, se acrescentarmos a cena persa. É quase como se três diferentes pessoas tivessem sido enterradas aqui. Inacreditável!

Ele voltou-se devagar, circulando com o facho de luz sobre as paredes, com um brilho faminto nos olhos, algo possessivo, como se, ao analisar o túmulo, estivesse ao mesmo tempo reivindicando sua descoberta. Tara caminhou até uma pequena reentrância nos fundos da câmara.

— O nicho canópico — explicou ele, vindo logo atrás dela. — Para os vasos canópicos. Quando os mortos eram mumificados, suas entranhas eram removidas e colocadas em quatro recipientes: um para o fígado, outro para os intestinos, outro para o estômago e um último para os pulmões. É aí que deveriam estar.

Sua voz soava como se ele fosse o guia, numa visita turística. Ela sorriu para si mesma, lembrando a ocasião em que ele a carregara para um passeio pelo Museu Britânico. Isso aconteceu quando eram namorados, e ele se alongava em explicações sobre cada objeto que viam.

— E isso aqui, professor? — perguntou ela, indicando um painel pintado bem junto da reentrância, à esquerda. — O que é isso?

Ele iluminou o painel. Estava dividido em três seções, uma sobre a outra. Na de cima, uma fileira de figuras marchava por uma paisagem pintada de amarelo. Na seguinte, as figuras pareciam estar sendo carregadas no ar, rodopiando, uma criatura com o corpo de homem e a cabeça de algum animal com um comprido focinho assomando sobre eles, brandindo uma clava. Na última cena, restava uma única figura, ainda tendo como fundo a mesma paisagem amarela e, por trás dele, bem mais alto, um jovem segurando uma cruz-ânkia e usando na cabeça um adereço de cabeça com o formato de uma flor-de-lótus.

— As imagens contam uma história — respondeu Daniel. — As figuras no alto são soldados. Veja... lanças, arcos, escudos. Parece que estavam marchando através de um deserto. E então, no registro abaixo, a figura com a clava e a cabeça de animal é Set, o deus da guerra e do caos. E também dos desertos. Ele os está abatendo. Parece, assim, que eles foram derrotados numa batalha, embora não haja indicação de quem era o inimigo. A seguir, no registro inferior, aquela figura com o adereço de lótus na cabeça, é Nefertum, deus da regeneração e da ressurreição.

— E o que quer dizer?

Daniel deu de ombros.

— Talvez que o espírito do exército viva, apesar da derrota. Ou que alguns soldados sobreviveram à batalha. É difícil interpretar com exatidão o simbolismo egípcio. Eles tinham uma compreensão do mundo bem diferente da nossa.

Daniel ainda ficou observando as imagens por algum tempo, então voltou-se e dirigiu o facho da lanterna para as paredes que ladeavam a entrada do corredor, cobertas de colunas de vívidos hieróglifos em preto. Na parede da esquerda, mais ou menos no centro, havia uma parte do texto faltando.

— Foi daí que nossa peça saiu — disse ele. — Veja, as serpentes se encaixam na fileira ao longo da parede.

Ele agachou-se, com Tara ao seu lado. A escuridão parecia espremê-los, como se estivessem imersos em um líquido escuro. Tara podia escutar seu coração batendo.

— Então, ande logo — ela o apressou. — Ponha ela de volta. Foi para isso que viemos até aqui.

Ele lhe lançou um olhar, então tirou a mochila de suas costas, puxou de dentro dela a caixa e, removendo a peça de reboco, encaixou-a cuidadosamente em sua posição original. Uma vez colocada no lugar, tornava-se quase impossível notar que fora retirada de lá.

— O que diz aí? — perguntou ela.

Ele lhe lançou mais um olhar, então pôs-se de pé, tomou alguns passos de distância e dirigiu o facho da lanterna para os hieróglifos.

— O texto começa aqui — disse. — À esquerda da porta. E deve ser lido de cima para baixo e da direita para a esquerda.

Ele examinou a parede por mais algum tempo, e então começou a ler, o facho da lanterna indo para cima e para baixo conforme ele seguia as colunas de texto, traduzindo rapidamente e sem hesitação. Nos exíguos confins do túmulo, sua voz repercutia a distância, um eco perfeito, como se estivesse vindo de um passado remoto. Tara sentiu os pêlos da nuca se eriçarem.

— *Eu, ib-wer-imenty, repousei aqui no décimo segundo ano do rei do Alto e Baixo Egito, Se-tut-ra Tar-I-ush*... É o regente egípcio do imperador persa Dario... *dia quatro, primeiro mês de Akhet. Amado por Dario, leal servidor de sua afeição, campeão do rei, bem-amado de seu amo, seguidor de seu rei, comandante do exército, o justo, o fiel, o verdadeiro. Na Grécia, estive ao seu lado. Na Lídia, estive com ele. Na Pérsia, não o decepcionei. Em Ashkalon, eu estava lá.*

Ele fez uma pausa. Haviam chegado ao extremo inferior da terceira coluna.

— Mas o que significa tudo isso? — perguntou Tara.

— Bem, ele está datando o túmulo no Primeiro Período Persa. Os persas dominaram o Egito, sob a coroa de Cambises, mais ou menos em 525 a.C. Dario sucedeu a Cambises em 522 a.C. Este sujeito morreu no ano 12 do reinado de Dario, ou seja, mais ou menos em 510 a.C.

Ela quase podia escutar a mente dele dando voltas.

— Esse cara deve ter sido um dos generais de Dario. Isso é o que geralmente significam títulos como *shemsu nesu*, seguidor do rei, e *mer-mesha*, comandante do exército. Você não faz idéia de como isto é importante. Praticamente nenhum sepulcro deste período foi encontrado até hoje em Tebas. É fabuloso.

— Continue — pediu Tara. — O que diz o resto?

Ele voltou a luz para o topo da quarta coluna.

— *Os núbios destruí, por ordens de meu amo, reduzindo-os a pó, conquistando grande fama. Os gregos, fiz se curvarem. Os líbios, expulsei-os para a linha do distante horizonte e os fiz provar o sabor da morte. Minha espada era poderosa. Grande era minha força. Eu não conhecia o medo. Os deuses estiveram sempre comigo.*

Ele baixou a luz por um momento.

— Muito bem, nosso pedaço é agora, no início da próxima coluna.

Daniel iluminou novamente os hieróglifos e prosseguiu:

— *No ano três, sob a pessoa do rei do Alto e Baixo Egito, Mes-u-ti-ra Kem-bit-jet*... sim, o regente real do Egito, sob a coroa de Cambises, na época... *antes de eu conquistar grande fama, **no terceiro mês de peret, eu, ib-wer-imenty,** fui para o deserto ocidental, para sekhet-imit, com o fim de destruir os inimigos do rei.*

Ele se deteve outra vez, uma súbita expressão intrigada em seu rosto.

— O que foi? — perguntou Tara.

— Sekhet-imit, isso é...

Daniel interrompeu-se, pensando, e então, sem terminar sua frase, retomou a tradução, sua voz mais lenta, agora, mais cuidadosa, como se estivesse checando e checando outra vez cada palavra...

— *No lugar onde está* ***a pirâmide, 90 iteru*** *para o sul e a leste de sekhet-imit, no centro do vale de areia, quando fazíamos a refeição da metade do dia,* ***uma grande tempestade nos apanhou.*** *O mundo escureceu. Não havia mais sol. Cinqüenta mil foram soterrados pela areia. Fui o único a se salvar, por graça dos deuses. Por sessenta iteru, caminhei sozinho atravessando o deserto, rumo sul e leste até a terra das vacas. Forte era o calor. Dolorosa sede penei. Dolorosa fome penei. Muitas vezes morri. Entrementes, alcancei a terra das vacas. Os deuses estavam comigo. Eu era muito presente em Sua mercê...*

Daniel emudeceu. Tara voltou os olhos para ele. Os lábios dele estavam se movendo, mas sem produzir nenhum som. Mesmo na escuridão fechada, ela podia enxergar seu rosto tornando-se mortalmente pálido. Os dedos dele tremiam, fazendo o facho de luz dançar na parede.

— Meu Deus! — sussurrou ele, a voz rouca, como se a escuridão tivesse penetrado em sua garganta.

— O que foi?

Ele não respondeu.

— O que foi, Daniel?

— É o exército de Cambises.

Os olhos dele não poderiam estar mais arregalados, repletos de surpresa e triunfo.

— O que é o exército de Cambises?

Mais uma vez, ele não respondeu de imediato, ficou parado de pé, contemplando as paredes, alheio à pergunta de Tara, como numa espécie de transe. Passou-se quase um minuto antes que, finalmente, balançando a cabeça como para se fazer despertar, tomou a mão dela e conduziu-a para o outro lado da câmara, de volta ao painel que haviam examinado momentos antes. Daniel jogou a luz sobre o painel, murmurando:

— Em 525 a.C., Cambises da Pérsia conquistou o Egito e incorporou-o ao Império Persa. — Ele tinha dificuldades de fixar o facho da lanterna. — Algum tempo depois, aproximadamente em 523 a.C., enviou dois exércitos de Tebas. Ele próprio comandou o primeiro, marchando rumo sul sobre os etíopes. O segundo exército foi enviado em direção nordeste para destruir o oráculo de Amun, no oásis de Siwa, que os egípcios conheciam pelo nome de Sekhet-imit, o lugar das palmeiras.

Ele iluminou então a primeira das três imagens no painel, um grupo de figuras marchando através do deserto.

— De acordo com Heródoto, o historiador grego, que escreveu sobre isto 75 anos mais tarde, o exército alcançou um oásis chamado A Ilha dos Abençoados, que é provavelmente, nos dias de hoje, al-Kharga. Em algum lugar entre lá e Siwa, no entanto, bem para dentro do Grande Oceano de Areia, o exército foi pego por uma tempestade de areia e completamente destruído. Cinqüenta mil homens foram soterrados, de um segundo para o outro.

Ele baixou a lanterna para o segundo registro, as figuras agora sendo massacradas pela clava de Set.

— Ninguém jamais comprovou se a história era verdadeira. Mas este texto prova que era. E não apenas isso, mas que uma pessoa sobreviveu, esse homem, chamado ib-wer-imenty. Ele sobreviveu à tragédia. Sabe lá Deus como, mas foi o que aconteceu.

Ele baixou a lanterna para o último registro.

— Aqui, ib-wer-imenty com Nefertum, deus da regeneração e da ressurreição. É o que esta última cena significa: o exército foi destruído, mas nosso homem aqui sobreviveu.

— Mas por que isso é tão importante? — perguntou ela.

Sem tirar os olhos da parede por um segundo sequer, ele puxou um *cheroot* do bolso e o acendeu, a chama do fósforo momentaneamente rechaçando as sombras e iluminando o interior da câmara.

— O simples fato de que este relato confirma Heródoto já é significativo o bastante. Mas há mais do que isso, Tara. Muito mais.

Ele conduziu-a pela mão de volta até junto do texto.

— Está vendo? Ib-wer-imenty não apenas nos conta que sobreviveu à tempestade de areia. Ele fornece a precisa localização de onde ela se abateu sobre o exército. Veja... "No lugar onde está a pirâmide, 90 *iteru* para o sul e a leste de sekhet-imit." Não sei que pirâmide é essa. Presumo que seja alguma rocha de calcário no formato de uma pirâmide. Mas nós, efetivamente, sabemos que um *iteru* é uma antiga unidade de comprimento que equivale a dois quilômetros. E há mais, seguindo o texto: "Por sessenta *iteru*, caminhei sozinho atravessando o deserto, rumo sul e leste até a terra das vacas." A terra das vacas é uma tradução para *ta-hit*, o nome antigo de al-Farafra, outro oásis entre Kharga e Siwa. Não está entendendo, Tara? O que temos aqui é na verdade um mapa de onde o exército de Cambises foi soterrado. Sessenta *iteru* a noroeste de al-Farafra, noventa *iteru* a sudoeste de Siwa, no lugar onde está a pirâmide. Nenhum texto antigo poderia dar uma localização mais precisa. É fabuloso.

Estava bastante quente no túmulo e o rosto dele estava reluzente de suor. Ele puxou uma baforada nervosa de seu *cheroot*.

— Tem alguma idéia do que isso representa? As pessoas têm procurado pelo exército perdido de Cambises há milhares de anos. Essa coisa tornou-se uma espécie de Santo Graal para os arqueólogos. Mas o deserto ocidental é enorme. Tudo o que Heródoto diz é que um exército se perdeu em algum lugar naquela imensidão. Isso não significa coisa alguma. Poderia ser em qualquer lugar.

Ele se deteve um segundo para tomar fôlego.

— No entanto, com estas indicações, é possível obter praticamente a localização exata. As medidas, partindo de Siwa e al-Farafra diminuem a área a ser vasculhada para, talvez, algumas dezenas de quilômetros quadrados. Se for feita uma busca aérea, não será difícil localizar uma rocha em formato de pirâmide. Uma coisa dessas se destacaria em meio às dunas como o dedão dolorido no pé. Seria possível encontrá-la em menos de uma semana.

— Mas somente se a pessoa tiver essas medidas — disse ela, começando a entender.

— Exatamente. É por isso que nossa peça do texto é tão crucial. É nela que está a distância de Siwa e parte do hieróglifo dando a distância de al-Farafra. Sem isso, as chances de encontrar o exército perdido não são melhores do que de outras centenas de exploradores que o têm procurado. Agora, dá para entender por que Sayf al-Tha'r a quer tão desesperadamente.

Daniel emudeceu, olhando fixamente para a parede, seus olhos cintilando ao brilho da luz da lanterna. Na mente de Tara, os pensamentos haviam disparado.

— E qual seria o valor de uma descoberta como essa? — perguntou ela, depois de um longo silêncio.

— Um exército antigo inteiro? Cinqüenta mil homens, totalmente equipados, perfeitamente preservados debaixo das areias do deserto? Porra, seria o maior achado da história da arqueologia. Nunca houve nada semelhante. O túmulo de Tutankâmon pareceria coisa de brechó, comparado a isso. Há poucos anos, um peitoral desse período foi vendido por mais de cem mil dólares. Claro que seria necessário vender o material aos poucos, para não fazer o mercado desabar... Meu Deus, um achado desses tornaria Sayf al-Tha'r um dos homens mais ricos do Oriente Médio. Tremo só de pensar o que ele faria com recursos dessa grandeza à disposição.

Ficaram imóveis e em silêncio. O facho da lanterna estava começando a enfraquecer, sua luz gradualmente baixando de um transparente brilhante para um amarelo difuso.

— E a embaixada britânica? — indagou Tara. — Squires e Jemal?

— Devem ter descoberto algo sobre o túmulo. Se o que Samali disse é verdade, estão querendo o pedaço que falta do texto tanto quanto os fundamentalistas. O tesouro em jogo aqui é inacreditavelmente valioso. Mais do que já imaginei ser possível existir.

Continuaram ali, parados de pé, fascinados pela parede. Apesar do calor, Tara percebeu que estava tremendo. Fez-se mais um prolongado silêncio.

— E o que diz o resto do texto? — perguntou ela afinal. — Você não o terminou.

Daniel dirigiu o facho de luz de volta ao ponto em que havia interrompido a leitura.

— Onde foi mesmo que paramos? Ah, sim... *Entrementes, alcancei a terra das vacas. Os deuses estavam comigo. Eu era muito presente em Sua mercê...* Certo, então, vamos adiante... — Ele franziu os olhos, concentrando-se. — A próxima palavra parece ser um nome, embora não seja egípcio. — Ele aproximou-se, apertando os olhos junto à parede. — Parece algo como a tradução egícpia de um nome grego. Não é possível saber com precisão qual seria... Os egípcios não usavam vogais, apenas consoantes.

Daniel soletrou cuidadosamente a palavra.

— *Demmichos*. Ou *Dimmachos*. Algo assim. *Dimmachos era o meu nome, filho de...* — Ele se deteve mais uma vez. — *...Menendes de Naxos. Quando,* *entretanto, meus feitos se tornaram conhecidos, passaram a me chamar ib-wer-imenty.* Claro! — Daniel soltou uma gargalhada.

— O que foi?

— Ib-wer-imenty. É um jogo de palavras. Eu devia ter entendido logo. *Ib-wer*, Grande Coração. *Imenty*, do Oriente. Acontece que *ib-wer* também pode ser Grande Sede. Muito apropriado para um homem que caminhou 120 quilômetros sozinho, atravessando o deserto. Este homem era um grego de nascimento. Provavelmente, um mercenário. O Egito era cheio deles, naqueles tempos. Um soldado grego a serviço de um soberano persa, com um apelido egípcio.

Ele voltou o facho da lanterna para as figuras que haviam examinado antes: o homem de pele clara diante da mesa com uma pilha de frutas; o homem com cabelos e barbas encaracolados, ajoelhado diante de seu rei; a figura de pele avermelhada trazendo oferendas para a deusa Ísis.

— É por isso que temos aqui três diferentes estilos de representação. Para destacar três diferentes aspectos da mesma pessoa. Grego, persa, egípcio. É maravilhoso. Absolutamente maravilhoso.

Ele retornou a luz da lanterna para a parede, percorrendo agora as três últimas colunas de texto.

— *Quando meus feitos se tornaram conhecidos, quando tornou-se sabido que eu retornara dos mortos, Cambises me colocou ao seu lado direito, fez-me progredir e me transformou num de seus amigos bem-amados, porque eu escapara vivo do deserto e ele sabia que os deuses estavam comigo. A mim foram dados terras, títulos e riquezas. Sob a pessoa de Dario, vivendo por longo tempo, prosperei mais ainda e me tornei grande. Esposa, eu tive. Três filhos ela deu à luz. Grande me tornei no conselho real. Sempre leal. Coração forte. Autêntico protetor. Primeiro em posição na casa do seu amo. Em Waset, tinha minhas propriedades...* Waset é o nome egípcio antigo para Tebas, atual Luxor... *Em Waset, vivi por longo tempo. Jamais retornei para Naxos, minha terra natal... Oh, seres viventes sobre a Terra que porventura passem por este túmulo, que amem a vida e odeiem a morte, possam vocês dizer: "Osíris transfigurou ib-wer-imenty..."*

A voz de Daniel emudeceu e ele baixou o facho de luz.

— O resto são orações tiradas dos livros sobre a vida depois da morte. — Ele balançou a cabeça, dando baforadas em seu *cheroot*, a ponta em brasa emitindo um brilho alaranjado em meio à escuridão. — Mas que história inacreditável, hem? Um modesto mercenário grego que marchava com o exército de Cambises, retorna dos mortos e se vê na posição de amigo e confidente de reis. Parece algo saído dos mitos homéricos. Eu poderia passar o resto da minha vida...

De repente, escutaram o retinir de pedras, na passagem lá fora. Daniel voltou-se para Tara, os olhos arregalados, e apagou a sua lanterna, esmagando o seu *cheroot* no chão. A escuridão os envolveu por completo. Ouviu-se um murmúrio abafado, vindo do alto da entrada, e então o som de pedras raspando umas nas outras, denunciando que alguém penetrava no túmulo. Eles se encolheram junto a um dos cantos, colando-se contra a parede. Tara agarrou o ombro de Daniel, querendo gritar, mas incapaz de emitir qualquer som.

Ouviu-se mais um ruído de pedras sendo remexidas, então um esquálido facho de luz desceu o corredor em direção à câmara. Os murmúrios aumentaram de volume e ouviu-se ruído de passos. Vinte metros, dez, cinco, e então eles surgiram na entrada. Houve uma pausa e então uma figura vestida de preto saltou da passagem dentro da câmara.

Com um berro, Daniel investiu sobre ele, derrubando-o no chão.

— Fuja, Tara! — gritou. — Pelo amor de Deus...

Duas outras figuras saltaram para a câmara, derrubando Daniel a socos.

— Daniel!

Ela avançou, gritando o nome dele. Alguém a agarrou e jogou no chão. Ela debateu-se usando os pés, desferindo socos no ar, mas foi atingida de novo, agora mais forte, e todo o ar exalou-se de seus pulmões. Houve gritos, movimentos bruscos, e então, subitamente, a câmara foi tomada por uma luz clara e ofuscante. Desabituada a tanta luz, os olhos dela cerraram-se.

— Ora, ora — comemorou uma voz triunfante, acompanhada de uma gargalhada —, os ratos foram pegos na arapuca.

Tara conseguiu abrir os olhos, ainda piscando. Havia quatro homens diante dela, dois deles portando metralhadoras, outro com um rifle e o último com um porrete. Mais acima, na entrada do corredor, com uma lanterna de halogênio, estava Dravic. Vários outros homens se amontoavam na passagem, atrás dele. Ainda cambaleante, Tara conseguiu pôr-se de pé. Daniel também já se levantava, seu nariz gotejando sangue. Ele foi para junto de Tara.

— Você está bem? — perguntou ela.

Ele assentiu de cabeça. Dravic correu os olhos pelo chão em volta da câmara, então, entregou a lâmpada para o homem ao seu lado e pulou para a câmara.

— Estou vendo que nossa amiga serpente já não está por aqui — observou ele. — Obviamente, não era um vigia tão eficiente quanto pensei que fosse. Que pena! Eu ia adorar ver vocês morrerem lentamente do veneno dela.

Dravic aproximou-se deles, sua silhueta gigantesca parecendo ocupar metade da câmara, bloqueando até mesmo a luz da lâmpada. Tara encolheu-se contra a parede, seu rosto ardendo, no ponto em que fora atingida.

— Como soube que estávamos aqui? — murmurou Daniel, a voz grossa, a boca cheia de sangue. Dravic riu.

— Acha mesmo que a única proteção que teríamos para proteger o túmulo seria aquela cobra de merda? Seus idiotas! Estúpidos! Tínhamos guardas escondidos no alto da passagem. Quando avistaram vocês, nos chamaram e voltamos na mesma hora.

— O que vai fazer conosco? — perguntou Tara, com voz trêmula.

— Matá-los, é claro. — A voz do gigante soava absolutamente fria. — É só uma questão de decidir como e quando. E o que vou fazer antes com você.

Ele encarou-a, sorrindo, seus lábios brilhando, oleosos, como se fossem compridos vermes rosados.

— E tenha certeza de que quero fazer muitas coisas com você, antes.

Ele esticou o braço e correu um dedo pelos seios dela. Tara afastou-lhe a mão, um espasmo de náusea contraindo seu rosto.

— Você matou meu pai — sibilou ela.

— Ora, bem que eu queria fazer isso — ele riu. — Teria sido um grande prazer. Infelizmente, ele caiu morto antes que eu pudesse mexer um dedo. Fiquei tão contrariado com isso quanto você.

Ele viu a dor nos olhos dela e sua risada foi ainda maior.

— Sim, ele caiu no chão, bem na minha frente — disse Dravic para feri-la ainda mais. — Assim, de repente. Estava bem diante de mim, de pé, então caiu no chão se contorcendo feito um porco que leva uma facada. Nunca vi ninguém morrer de um jeito tão patético.

Ele se voltou e disse alguma coisa para seus homens em árabe. Eles começaram a rir também. A despeito do medo que sentia, uma onda de ódio atravessou Tara. Ela avançou a cabeça e cuspiu com toda força no rosto de Dravic. As gargalhadas cessaram abruptamente. Ela abraçou-se, encolhida, pronta para o castigo inevitável.

Mas o golpe que esperava receber não veio. Por um momento, o gigante ficou ali de pé, parado, a mancha de cuspe escorrendo pela sua face púrpura, e então, erguendo a mão, ele limpou-a fora.

— Você já foi currada? — perguntou ele tranqüilamente, olhando para o líquido viscoso em seus dedos. — Estuprada? Violada? Seu corpo usado como um brinquedo por homens, totalmente contra a sua vontade? Vagina, ânus, boca? Não? Então, pode acreditar que não perde por esperar.

— Não se atreva, Dravic — grunhiu Daniel.

— Oh, não se preocupe, Lacage. Você não vai ficar de fora.

Ele sacudiu a mão, livrando-se dos restos da cusparada e, enfiando-a depois em seu bolso, tirou uma pequena espátula de metal, as bordas dela brilhando, afiadas, à luz da lâmpada.

— Veja, nem todas as violações aqui precisam ser de natureza sexual, afinal de contas.

O braço dele moveu-se rápido, fazendo a lâmina da espátula rasgar o braço de Daniel, que estremeceu de dor, no que uma linha de sangue brotou por baixo de sua camisa.

— Mas primeiro o trabalho, depois o prazer. — O gigante devolveu a espátula ao bolso. — Temos algumas coisas a tratar, antes de tudo.

Ele voltou-se e examinou a parede de hieróglifos, fazendo um sinal para o homem com a lâmpada se aproximar.

— Finalmente, temos a peça final do quebra-cabeça. Uma pena que tenha sido removida, no começo desta confusão toda. Se as coisas tivessem sido deixadas como estavam, poderíamos ter evitado um bocado de perda de tempo, de problemas. E de dor.

Ele lançou um olhar para Tara, com uma expressão lasciva no rosto, então voltou-se para a parede e agachou-se em frente a ela, examinando o texto.

— Normalmente, quando um novo túmulo é descoberto nestas montanhas, somos os primeiros a saber. O pessoal daqui sabe que o melhor para eles é vir direto falar conosco. Do contrário, incorrerão na ira de Sayf al-Tha'r. E na minha. E já sabem que isso não é nada bom. Mas, este túmulo foi encontrado por alguém que decidiu agir sozinho. Ele já pagou por sua ganância, não sem antes remover daqui alguns objetos. Incluindo, é claro, esta peça tão vital.

Ele retirou a peça de reboco da parede e revirou-a nas mãos.

— Muito irônico que ele tenha retirado exatamente esta parte, em especial, do texto. Não tinha idéia da sua importância, é claro. Ele simplesmente queria alguma coisa decorativa que pudesse vender. Se tivesse tido tempo, teria recortado e tirado fora a parede inteira. Infelizmente para ele, começou justamente com uma peça que marcava o local exato onde vamos encontrar o exército, e desta forma condenou não apenas a si mesmo, mas também muitos outros a um fim extremamente penoso.

Mesmo a três metros de distância, Tara podia sentir o denso odor de suor do corpo dele. Fazia-a ter vontade de vomitar.

— Mas nada disso importa mais — prosseguiu ele. — Agora, temos a peça. E por esta hora, amanhã, teremos também o exército. — Ele lançou outro olhar sequioso para Tara. — E depois é que a diversão vai começar.

Ele gritou qualquer coisa em árabe e dois homens, munidos de malhos, saltaram para dentro da câmara. Dravic apontou para a seção do texto que Daniel havia traduzido. Os dois, então, encaminharam-se para a parede, ergueram os malhos e começaram a despedaçar o reboco, abrindo grandes buracos nele, arrancando-o da parede.

— Meu Deus! — gritou Daniel, saltando à frente. — Por favor, não! Pelo amor de Deus, parem!

A coronha de uma metralhadora afundou no estômago de Daniel, empurrando-o para trás.

— Você não pode destruir essa parede — ele estava soluçando. — Pelo amor de Deus, você não pode fazer isso!

— Uma precaução triste, mas necessária — debochou Dravic. — O resto da decoração pode ficar como está, mas não podemos nos arriscar a que alguém encontre o túmulo e fique sabendo do exército. Ainda não.

Grandes pedaços de reboco coberto de hieróglifos caíam ao chão, quebrando-se, numa explosão de poeira branca. Enquanto um dos homens continuava martelando a parede, o outro, agora, começava a esfarelar com o malho os pedaços no chão em centenas de pequenos fragmentos. Daniel abaixou a cabeça desesperado.

Já com toda aquela seção da parede destruída, Dravic fez um sinal dispensando seus homens. O ar dentro da câmara estava pesado de tanta poeira. Tara começou a tossir.

— E o que vai acontecer agora? — sussurrou Daniel, incapaz de desviar os olhos da pilha de reboco pulverizado.

Dravic encaminhou-se para a entrada da câmara, a peça do texto em sua mão. Ele a entregou a um dos homens, e foi içado para cima, para poder alcançar a boca do corredor.

— Agora — disse, voltando-se para olhá-los — uma coisa muito desagradável vai acontecer a vocês dois.

Ele fez um sinal com a mão e desapareceu na subida da passagem estreita. O homem em frente a Daniel ergueu a arma.

— Não! — gritou Tara, pensando que ele fosse disparar em Daniel. Mas em vez disso, ele girou a arma, com a coronha voltada para Daniel, e atingiu-o numa das têmporas. Daniel desabou no chão, inconsciente, um filete de sangue descendo por seu pescoço. Tara ajoelhou-se junto a ele, tocando seu rosto. Ela chegou ainda a escutar algo se movendo às suas costas. Algo muito rápido, descendo sobre ela, e então, subitamente, ela estava caindo em velocidade em direção ao que parecia ser um imenso oceano de água escura.

Norte do Sudão

O garoto atravessou correndo o acampamento com a transcrição da mensagem de rádio em sua mão. As cabras do rebanho, assustando-se com a sua aproximação, ergueram-se em suas patas e se dispersaram, antes que as alcançasse, mas ele as ignorou e continuou correndo até chegar à tenda de seu mestre. Ele afastou a aba da tenda, ofegando por causa do esforço, e entrou.

O interior era parcamente iluminado por uma única lamparina de querosene. Sayf al-Tha'r estava sentado de pernas cruzadas sobre o chão atapetado, um livro aberto bem próximo ao rosto, tão imóvel quanto uma estátua. O garoto parou diante dele.

— Eles a encontraram! — gritou, incapaz de conter sua excitação. — A peça! *Doktora* Dravic a encontrou!

O homem botou o livro sobre seu colo e dirigiu o olhar para o garoto, sem expressão nenhuma no rosto.

— Está escrito que devemos ser contidos, sempre, qualquer que seja a ocasião, Mehmet! — disse ele, brandamente. — Tanto na alegria quanto no desespero. Não é necessário gritar.

— Sim, Sayf al-Tha'r — o garoto abaixou a cabeça, reverentemente.

— Mas também está escrito que devemos nos regozijar plenamente com as dádivas de Alá. Portanto, não fique envergonhado de sua alegria. Apenas, controle-a, Mehmet. Mantenha sempre o controle. Este é o caminho para Deus: tornar-se senhor de si mesmo.

Ele estendeu a mão e o garoto entregou-lhe a mensagem. Inclinando a cabeça para o papel, ele a leu. Quando terminou, dobrou-a cuidadosamente e enfiou-a num bolso da túnica.

— Não disse a você que éramos os escolhidos de Deus? Desde que continuemos leais e com nossa fé concentrada em sua grandeza, tudo virá a nós. E é o que acontece agora. Este é um grande dia, Mehmet.

Um largo sorriso abriu-se de repente em seu rosto, como água se espalhando por terra ressecada. O garoto jamais o tinha visto sorrir daquele jeito, e sentiu seu coração disparar. Desejou cair de joelhos e beijar os pés de seu mestre, dizer o quanto o amava e o quanto sentia-se grato por tudo que fizera por ele.

Mas afastou de si o impulso. O caminho para Alá é tornar-se senhor de si mesmo. As palavras de seu mestre ressoaram em seus ouvidos. A lição havia sido aprendida. Ele permitiu-se sorrir, e nada além disso, mesmo com o coração ardendo de contentamento.

Já o homem pareceu perceber o que ia na mente do garoto, porque colocou-se de pé e pousou a mão sobre o ombro dele.

— Muito bem, Mehmet — disse. — Alá sempre recompensará o bom discípulo. Assim como sempre punirá o que se portar mal. Agora, vá e diga ao nosso povo para se preparar. Assim que soubermos onde é o local, começaremos a enviar o equipamento via aérea.

O garoto assentiu de cabeça e recuou para a saída da tenda.

— Mestre — disse ele, voltando-se. — A maldade irá ser detida agora? O *Kufr* será destruído?

O sorriso do homem alargou-se ainda mais.

— Assim será, Mehmet. E como poderia deixar de ser, com todo um exército nos ajudando?

— *Alah u akbar*! — riu o garoto. — Alá é grande.

— Sim, ele é. Maior do que a compreensão de qualquer um de nós.

O garoto deixou a tenda, e então Sayf al-Tha'r retornou ao seu lugar, junto à lamparina de querosene, e retomou a leitura do livro. A capa de couro do volume estava puída e gasta, e assim ele o sustinha delicadamente com ambas as mãos. O texto não era nem em árabe nem em inglês, mas em grego, como mostrava o título na capa ΗΡΟΔΟΤΟΥ ΙΣΤΟΡΙΑΙ — *As histórias de Heródoto*.

Ele aumentou um pouco a chama da lamparina e ergueu o livro até poucos centímetros do rosto, suspirando de prazer, entregando-se inteiramente à leitura.

30

Luxor

O trem de Khalifa entrou em Luxor pouco antes das oito da manhã. Depois de seu pesadelo, ele não conseguira dormir novamente e agora sentia-se cansado, os olhos extremamente pesados. Decidiu passar em casa para refrescar-se antes de ir para o trabalho.

A cidade já estava em grande atividade. A Festa de Abu el-Haggag estava marcada para começar naquela tarde e já àquela hora a multidão começava a se reunir em enorme expectativa, transitando por entre as barracas coloridas às margens das ruas, repletas de doces, bolos e chapéus de festa. Normalmente, Khalifa também estaria aguardando com ansiedade os festejos. Hoje, entretanto, tinha outras coisas ocupando seus pensamentos e, acendendo um cigarro, foi descendo a rua al-Mahatta, alheio à agitação em torno dele.

Seu apartamento ficava a quinze minutos a pé de distância do centro da cidade, um bloco uniforme de concreto erguendo-se como uma peça de dominó em meio a uma fileira de outros prédios semelhantes. Batah e Ali já haviam saído para a escola, quando ele chegou em casa, e o bebê Yusuf dormia profundamente em seu berço. Khalifa tomou um banho, depois do qual Zenab o fez sentar, trazendo-lhe café, pão e queijo. Ele a ficou observando afetuosamente, enquanto ela se movimentava na cozinha, seus cabelos despencando como uma cascata negra, chegando quase à cintura, seus quadris elegantes e provocantes. Havia vezes em que ele esquecia o quanto era afortunado de tê-la como esposa. A família dela não queria o casamento, ele, um estudante sem um centavo e filho de uma família pobre. No entanto, Zenab era uma mulher de vontade própria. A lembrança o fez sorrir.

— Qual é a graça? — perguntou ela, com um prato de fatias de tomate nas mãos.

— Eu estava pensando em quando decidimos nos casar. Seus pais eram totalmente contra e você disse a eles que era eu ou ninguém.

Ela entregou-lhe os tomates e sentou-se aos seus pés.

— Eu devia ter dado ouvido a eles. Se não tivesse sido tão teimosa, teria um Hosni todo para mim, agora.

Khalifa soltou uma gargalhada e, inclinando-se para ela, beijou-lhe a cabeça. Os cabelos dela estavam quentes e perfumados e, a despeito de seu cansaço, sentiu-se excitado. Khalifa deixou de lado o prato com os tomates e abraçou-a pelos ombros.

— Como estava o Cairo? — perguntou ela, beijando-lhe o braço.

— Mais ou menos. Fui ver o professor.

— Ele está bem?

— Parece bem, sim. Mandou lembranças para você.

Ela ergueu-se levemente e abraçou o joelho dele. Seu vestido havia escorregado ligeiramente, desnudando seu ombro e o cimo de seu peito, exatamente onde os seios começavam a salientar-se. Com o cotovelo, Khalifa afastou de vez o prato de tomates.

— Que caso é esse que você está investigando? — perguntou ela docemente, fazendo desenhos na coxa dele. — É coisa importante, não é?

— É sim — respondeu. — Acho que sim.

— Não pode me contar?

— É um bocado complicado — disse ele, acariciando os cabelos dela.

Ela já sabia que aquela era sua maneira de dizer que não queria conversar sobre o assunto, e não insistiu. Então, aproximou-se dele um pouco mais, erguendo o rosto, e o beijou suavemente nos lábios.

— O bebê está dormindo — sussurrou Zenab.

Khalifa acariciou-lhe o pescoço, aspirando o perfume de seus cabelos.

— Preciso ir para o trabalho — disse ele.

Ela beijou-o novamente e, pondo-se de pé, soltou o vestido. Estava totalmente nua por debaixo.

— Precisa mesmo?

Ele olhou fixamente para o corpo dela — moreno e esbelto, seios empinados e firmes, e um macio monte de pêlos encaracolados entre as pernas. Deus, como era bonita. Ele levantou-se e tomou-a nos braços.

— Acho que não vai fazer diferença se eu chegar um pouco atrasado.

Eles se beijaram e, tomando a mão dele, ela conduziu-o para o quarto. Zenab sentou-se na cama e desabotoou a camisa e as calças dele, puxando-as para baixo e a seguir enlaçando-se à cintura dele. Ele a recostou na cama e deitou-se ao lado dela, acariciando os seios, a barriga, as coxas, beijando os ombros, sentindo o contato do corpo dela contra o seu, aspirando o...

O telefone tocou.

— Não atenda — pediu Zenab, rolando para cima, encarapitando-se sobre o peito dele e deixando seus cabelos escorrerem sobre o rosto.

Mantiveram-se na cama por mais um momento, mas então o bebê, despertado pelo telefone, começou a chorar e, com um muxoxo de frustração, ela se levantou e foi até o berço. Khalifa girou sobre si mesmo até o outro lado da cama e levantou o fone. Era o professor al-Habibi.

— Espero não estar incomodando — disse.

— De maneira alguma. Eu estava apenas... dando uma mão para Zenab.

Ela lhe lançou um olhar debochado e, tirando o bebê, que já estava aos berros, do berço, saiu do quarto, parando para lhe dar um beijo na cabeça, de passagem.

— Escute, Yusuf — disse o professor. — É uma coisa que achei que você precisava saber. Sobre os tais objetos que me trouxe ontem.

Khalifa curvou-se para alcançar seus cigarros no bolso das calças:

— Diga!

— Eu os fiquei examinando, na noite passada, depois que você foi embora, e descobri uma inscrição no cabo da adaga, por debaixo da cobertura de tiras de couro. Eram apenas algumas palavras, rabiscadas toscamente no metal. Letras gregas.

— Gregas?

— Isso mesmo. Um nome. Presumo que seja do dono da adaga.

— Continue.

— O nome era Dymmachus, filho de Menendes.

— Dymmacchus — Khalifa revirou os pensamentos, procurando lembrar-se se sabia algo sobre o nome. — E isso diz alguma coisa a você?

— O engraçado é que eu tinha certeza de que já havia visto esse nome antes — explicou al-Habibi. — Demorou um pouco até eu me lembrar onde foi, mas então consegui. — Ele fez uma pausa para efeito dramático.

— Sim...?

— No Vale dos Reis. O túmulo de Ramsés VI. As paredes estavam cobertas de rabiscos antigos, gregos e coptas, e um deles havia sido deixado por um certo Dymmachus, filho de Menendes, de Naxos. Vi isso no meu Baillet.

— É o mesmo homem?

— Bem, não é possível estar inteiramente seguro, mas eu ficaria surpreso se existissem duas pessoas em Tebas chamadas Dymmachus, com um pai chamado Menendes. São nomes bastante incomuns.

Khalifa emitiu um assovio:

— Parece incrível!

— De fato. Porém o mais incrível vem a seguir.

Nova pausa para causar expectativa, e mais uma vez Khalifa precisou pedir-lhe que prosseguisse.

— Esse Dymmachus não deixou apenas o nome no túmulo. Ele também deixou lá uma curta inscrição.

— E o que dizia?

— Parece estar incompleta. Ou alguém escreveu algo por cima ou ele interrompeu-se no meio do que pretendia escrever...

Khalifa escutou o som de papel sendo manuseado na outra ponta da linha.

— Diz lá: "Eu, Dymmachus, filho de Menendes de Naxos, vi estas maravilhas. Amanhã marcharei contra os amonitas. Possa eu..." E pára aqui.

— Os amonitas... — repetiu Khalifa, que ainda não havia acendido o cigarro. — Não era assim que os gregos chamavam o povo de Siwa?

— Exatamente! Tirado do nome do deus Amun, que tinha um oráculo nesse oásis. E, pelo que sabemos, houve apenas uma expedição militar enviada contra os amonitas nesse período.

— E qual foi?

Outra pausa de efeito dramático.

— O exército de Cambises.

O cigarro de Khalifa escapou de seus dedos.

— O exército de Cambises, aquele que se perdeu no deserto?

— É o que a história conta.

— Mas conta também que ninguém sobreviveu. Como podemos estar com uma adaga que pertenceu a um dos soldados?

— Essa é uma boa pergunta, não é?

Khalifa pôde escutar o professor sugando seu cachimbo para avivar a brasa. Ele tirou outro cigarro do maço e o acendeu. Fez-se uma longa pausa.

— Tem certeza de que a adaga veio de um túmulo de Tebas? — indagou o professor afinal.

— É o que acho.

— Então, poderia haver várias explicações. Talvez esse Dymmachus não tenha seguido com o tal exército? Ou talvez a adaga já tivesse passado para outras mãos, quando ele partiu com o exército? Ou talvez Heródoto tenha feito um registro equivocado e o exército de Cambises não tenha sido destruído por uma tempestade de areia.

— Ou talvez tenha, sim, sido destruído, e esse tal Dymmachus sobreviveu.

O professor ficou em silêncio por alguns instantes.

— Eu diria que essa é a menos provável das possibilidades. Embora sem dúvida seja a mais instigante.

Khalifa puxou uma profunda tragada de seu cigarro. Não era para ele estar fumando no quarto porque o bebê dormia ali e, inclinando-se à frente, escancarou uma janela. Os pensamentos atravessavam sua mente tão depressa que não conseguia acompanhá-los, muito menos pô-los em ordem.

— Acho que o túmulo de um soldado de Cambises seria um achado significativo — disse ele.

— Se fosse comprovado que é autêntico — acrescentou Habibi. — Claro, um grande achado.

Então, era isso? Abu Nayar havia descoberto o túmulo de um homem que fora um dos soldados do exército perdido de Cambises. Como o professor disse, seria um grande achado. Um dos mais importantes ocorridos no Egito, nos últimos anos. Mas ainda assim não explicava por que Dravic se esforçava tanto para recuperar um pequeno fragmento de texto em hieróglifos. Aliás, ele não tinha dado atenção aos demais objetos na loja de

Iqbar. Tudo o que queria era aquela peça. Havia alguma coisa faltando. Havia algo mais.

— E se fosse o próprio exército? — a pergunta pareceu escapulir de sua boca antes mesmo que tivesse pensado em formulá-la.

— Como assim?

— O exército perdido de Cambises. Qual o significado de um achado como esse?

Houve uma longa pausa.

— Creio que aí já estaremos entrando no reino da fantasia, Yusuf. O exército está soterrado em algum lugar no meio do deserto ocidental. Nunca será encontrado.

— Mas e se *foi* encontrado?

Outra pausa.

— Acho que você não precisa que eu lhe diga a importância que isso teria, Yusuf.

— É verdade.

Ele atirou o cigarro fora pela janela e abanou o ar com as mãos para dissipar a fumaça do cigarro.

— Yusuf?

— Sim, desculpe. Eu estava apenas pensando... O que mais sabemos a respeito desse tal exército, professor?

— Receio que não muito. Não é o meu período. A pessoa a quem você deve consultar é o professor 'Ibrahim az-Zahir. Ele passou a maior parte da vida estudando-o.

— E onde posso encontrá-lo?

— Aí mesmo em Luxor. Ele passa seis meses por ano em Chicago House. Mas na prática está aposentado. Teve um derrame no ano passado. A mente está começando a falhar.

Fez-se novo silêncio e, então, agradecendo ao professor e prometendo jantar na casa dele na próxima visita ao Cairo, Khalifa desligou. Dirigiu-se a seguir para a sala. Zenab estava embalando o bebê nos braços. Foi até eles e os abraçou.

— Preciso ir para o escritório.

— E eu aqui fazendo de tudo para que ele adormeça outra vez.

— Sinto muito. Mas...

— Eu sei. — Ela sorriu, beijando-o. — Ande logo. E não se esqueça de que a parada das crianças é esta tarde. Prometi a Ali e Batah que iríamos estar lá para assistir. Às quatro horas. Não se atrase.

— Não se preocupe — disse ele. — Eu volto a tempo, prometo.

O Deserto Ocidental

Tara recuperou os sentidos por duas vezes durante a jornada — breves laivos de consciência em meio à pesada mortalha de total ausência.

A primeira vez, num espaço apertado, abafado, as paredes vibrando em volta dela e cheirando a gasolina. Apesar da escuridão impenetrável e da dor excruciante na cabeça percebeu imediatamente que estava no porta-malas de um veículo. Estava sozinha, ali dentro, dobrada ao meio na posição fetal, as mãos amarradas aos tornozelos, a boca tampada com fita adesiva. Deduziu que estavam rodando por uma estrada pavimentada porque, embora pudesse sentir a intensa trepidação provocada pelo motor, os sacolejos não eram violentos, mesmo com o veículo parecendo estar rodando em alta velocidade. Viu-se pensando em todos os filmes que havia assistido nos quais pessoas eram enfiadas em porta-malas, mas encontravam meios de deduzir para onde estavam indo, voltando toda a sua atenção para os sons e para as sensações que tiveram durante a viagem. Tentou fazer o mesmo, apurando os ouvidos para qualquer som externo que pudesse dar pistas de sua localização. Além do toque ocasional da buzina do carro, entretanto, e, em dado momento, uma passageira explosão de música em alto volume, não havia coisa alguma que dissesse onde ela estava ou para onde a levavam, e logo ela submergiu novamente na inconsciência.

Da segunda vez em que despertou, escutou batidas fortes e ritmadas bem acima de sua cabeça. Ficou ouvindo aquele som por alguns instantes e a seguir abriu os olhos. Estava sentada ereta, amarrada a um assento. Daniel se achava ao seu lado, a cabeça pendida sobre o peito, crostas de sangue coagulado em torno de uma das faces e no pescoço. Curiosamente, não se sentiu preocupada a respeito dele. Apenas constatou que ele estava ali e então voltou os olhos para baixo, e deu com uma infindável extensão amarela abaixo dela. Por alguma razão, ocorreu-lhe estar olhando para um imenso pão-de-ló de massa levíssima, e isso a fez rir. Quase de imediato, ouviu vozes e algo que poderia ser um saco foi enfiado em sua cabeça. Ela começou a perder a consciência, mas não sem antes passar por um clarão súbito de lucidez: "Estou num helicóptero", disse para si mesma, "voando acima do deserto, para o lugar onde está o exército perdido de Cambises." Então, a escuridão a envolveu e nenhum outro pensamento fixou-se em sua mente.

Luxor

Khalifa teve duas surpresas ao chegar à central de polícia. Uma delas foi dar de cara com o inspetor-chefe Hassani no saguão de entrada e, longe de ser advertido aos berros por estar atrasado, foi recebido com algo que quase se aproximava da cordialidade.

— Que bom que você voltou, Yusuf — disse o chefe, chamando-o pelo nome, o que, pelo que Khalifa podia se lembrar, ele nunca fizera antes. — Pode me fazer um favor? Logo que tiver um tempinho, dê uma passada pelo meu escritório. Nada com que se preocupar. Pelo contrário. São boas notícias.

Ele chegou a dar tapinhas nas costas de Khalifa e, a seguir, afastou-se, descendo o corredor.

A segunda surpresa foi encontrar Omar Abd el-Farouk sentado em seu escritório.

— Ele não quis esperar lá embaixo — explicou Sariya. — Não quer que ninguém o veja. Alega ter informações sobre o caso Abu Nayar.

Omar estava encolhido, sentado, num dos cantos do escritório, tamborilando os dedos sobre os joelhos, obviamente intimidado pelo ambiente em que se encontrava.

— Ora, ora — ironizou Khalifa, encaminhando-se para sua mesa e sentando-se. — Nunca pensei ver o dia em que um Abd el-Farouk viesse aqui por vontade própria.

— Pode acreditar — disse Omar com um muxoxo —, não é nada fácil.

— Chá?

Omar balançou a cabeça, recusando.

— Diga-lhe para sair. — Ele indicou Sariya. — O que tenho a dizer é apenas para você.

— Mohammed é meu colega — replicou Khalifa. — Ele é absolutamente...

— Eu e você, a sós. Ou nada feito — disparou Omar.

Khalifa suspirou e fez um sinal de cabeça para Sariya:

— Pode nos dar cinco minutos, Mohammed? Ponho você a par depois.

O assistente de Khalifa deixou a sala, fechando a porta atrás de si.

— Cigarro? — o detetive inclinou-se à frente, oferecendo seus Cleópatras. Omar dispensou o oferecimento com um gesto.

— Vim aqui para falar, não para troca de gentilezas.

Khalifa deu de ombros e, recostando-se em sua cadeira, acendeu o cigarro.

— Muito bem — disse. — Pode falar, então.

Os dedos de Omar começaram a tamborilar mais rápido.

— Acho que uns amigos meus estão em perigo — começou a contar, baixando a voz. — Eles apareceram ontem em minha casa, precisando de ajuda. Mas agora desapareceram.

— E o que tem isso a ver com Abu Nayar?

Omar deu uma olhada em volta, como se para reassegurar que ninguém mais os escutava.

— Dois dias atrás, quando você me trouxe para cá, perguntou se um novo túmulo fora encontrado nas colinas.

— E você afirmou que não sabia nada a esse respeito. Devo entender que de repente se lembrou de alguma coisa? — A indagação foi carregada de sarcasmo.

Omar encarou-o.

— Você deve estar se divertindo — sibilou ele. — Um el-Farouk vindo a você para pedir ajuda.

Khalifa não disse coisa alguma, apenas tragou lentamente o cigarro.

— Certo, Abu Nayar encontrou um túmulo. Não sei onde, por isso nem se incomode de me perguntar. Ele removeu um pedaço da decoração da parede desse túmulo. Meus amigos estavam com essa peça. E agora desapareceram.

Lá fora, pipocaram fogos de artifício. Em sua cadeira, Omar teve um sobressalto.

— E quem eram esses seus amigos?

— Um arqueólogo. Dr. Daniel Lacage. E uma mulher. Inglesa.

— Tara Mullray — adivinhou Khalifa.

— Você a conhece? — As sobrancelhas de Omar arquearam-se para cima.

— Consta que ela e Lacage estiveram metidos num tiroteio, em Saqqara, dois dias atrás.

— Já sei o que está pensando, Khalifa. Mas acontece que trabalhei com o dr. Lacage por seis anos. Ele é um bom homem.

Khalifa assentiu de cabeça.

— Acredito em você. — O detetive fez uma pausa, então acrescentou. — Nunca pensei que diria isso algum dia para um el-Farouk.

Por um momento, Omar manteve-se em silêncio. Então, um leve sorriso atravessou seu rosto. Seus ombros relaxaram um pouco.

— Acho que vou querer aquele cigarro agora.

— Então, Omar? — disse o detetive, inclinando-se à frente, estendendo o maço. — O que exatamente aconteceu ontem?

— Foi só o que eu disse. Eles chegaram em minha casa pedindo ajuda. Estavam com essa peça de reboco de gesso decorado, numa caixa. A mulher disse que o pai havia comprado a peça para ela e que Sayf al-Tha'r a queria. E também a embaixada britânica.

— A embaixada britânica?

— Ela disse que havia pessoas na embaixada britânica que também queriam a tal peça.

Khalifa puxou uma caneta de seu paletó e começou a fazer anotações num pedaço de papel. Que diabos está acontecendo aqui?, perguntou-se.

— E o que mais?

— Eles queriam saber de onde a tal peça havia saído. Disse a eles que era perigoso, e que deviam esquecer o assunto, mas não aceitaram meu conselho. O dr. Lacage é meu amigo. Se um amigo pede ajuda, não recuso. Prometi a ele fazer umas perguntas por aí. Deixei minha casa mais ou menos às quatro da tarde. Quando voltei, tinham saído. Não os vi mais depois disso.

— Sabe para onde foram?

— Disseram à minha mulher que iriam até o topo do el-Qurn. Temo pela vida deles, inspetor. Principalmente depois do que aconteceu com Abu Nayar. E com Suleiman al-Rashid.

Khalifa interrompeu abruptamente suas anotações.

— Suleiman al-Rashid?

— Você sabe, morrer queimado daquela maneira, ora...

O rosto de Khalifa ficou pálido.

— Ele está morto?

Omar assentiu.

— Oh, não — grunhiu Khalifa. — Suleiman, não. Meu Deus!

— Você não sabia?

— Acabei de chegar do Cairo.

— Sinto muito. — Omar baixou a cabeça. — Pensei que já tivesse sabido. — Ele fez uma pausa e a seguir acrescentou: — Todos sabem o que você fez pelo Suleiman.

O rosto de Khalifa queimava entre suas mãos.

— Vou dizer a você o que fiz por Suleiman. Eu o matei! Foi isso que fiz. Se não tivesse ido vê-lo, naquele dia... Maldição! Como posso ser tão estúpido?

A voz de Khalifa sumiu de repente. Alguém lá na rua estava tocando um tambor. Houve um longo silêncio entre os dois homens.

— Talvez eu deva deixá-lo sozinho, inspetor — ofereceu Omar gentilmente. — Não é direito invadir o seu pesar deste jeito. — Ele levantou-se e encaminhou-se para a porta.

— A peça — disse Khalifa.

— Perdão?

— O tal pedaço de reboco decorado. Você o viu?

— Vi — respondeu Omar.

— Tinha serpentes ao longo da parte inferior?

Omar assentiu.

— Os símbolos. Os hieróglifos. Consegue se lembrar de algum deles?

Omar pensou por alguns instantes e então, aproximando-se da escrivaninha, pegou a caneta de Khalifa e fez um desenho no papel que o detetive tinha diante de si. O detetive examinou o desenho por um instante.

— Tem certeza de que foi isso que viu?

— Acho que sim. Sabe o que é?

— *Mer* — disse Khalifa. — O símbolo para pirâmide.

O detetive fixou os olhos no desenho por um longo instante e então, dobrando o papel, enfiou-o no bolso.

— Muito obrigado, Omar. Sei o quanto foi difícil para você vir aqui.

— Então, encontre meus amigos, inspetor. Apenas isso. É só o que estou pedindo.

Por um momento, pareceu que ele ia lhe estender a mão, mas afinal apenas deu um cumprimento de cabeça e deixou o escritório.

Khalifa passou os vinte minutos seguintes transmitindo a Sariya as informações que recolhera no Cairo e recebendo detalhes sobre a morte de Suleiman. Então, como lhe fora pedido, subiu para o andar onde ficava o escritório do inspetor-chefe.

De hábito, Hassani gostava de fazê-lo aguardar por alguns minutos, pelo menos, antes de autorizar sua entrada no escritório. Hoje, entretanto, colocou-o logo para dentro. E não apenas isso, como lhe ofereceu uma cadeira quase decente para que ele se sentasse.

— Vou ter o relatório dos progressos sobre a investigação datilografado até o meio-dia — disse logo o detetive, tentando antecipar-se à inevitável pergunta sobre o relatório. No entanto, Hassani fez com a mão um gesto de pouco caso.

— Não se incomode com isso, Yusuf. Como disse, tenho boas notícias.

Ele recostou-se na cadeira e projetou o queixo à frente, adotando a mesma posição do presidente Mubarak, acima dele.

— Tenho o prazer de informar que o seu pedido de promoção foi aceito. Parabéns.

O inspetor-chefe abriu um sorriso, embora alguma coisa no seu rosto sugerisse que ele não estivesse tão satisfeito quanto proclamava.

— Está brincando?! — exclamou Khalifa.

O sorriso de Hassani diminuiu um pouco de intensidade.

— Nunca faço brincadeiras. Sou um policial.

— Sim, senhor. Desculpe. — Ele não sabia o que dizer. Era a última coisa que esperava.

— Quero que você tire o resto do dia de folga. Vá para casa, conte a sua esposa, comemore! Então, amanhã mesmo, estarei mandando você para uma conferência em Ismaília.

— Ismaília?

— Uma bobajada sobre a polícia urbana no século XXI. Três dias. Deus o proteja. É o tipo de coisa que vai ter de aprender a aturar, se quer avançar na sua carreira, na força policial.

Khalifa não replicou. Estava satisfeito, naturalmente. Ao mesmo tempo, no entanto, havia alguma coisa...

— E sobre a investigação? — perguntou.

Mais uma vez, aquele mesmo gesto desdenhoso com a mão. E o mesmo sorriso falso.

— Não se preocupe com a investigação, Yusuf. Tudo pode esperar alguns dias. Vá para Ismaília, assista à conferência, então retorne e volte ao trabalho. Vai tudo esperar por você.

— Mas não posso simplesmente abandonar o caso.

— Relaxe! Você foi promovido. Aproveite!

— Eu sei, mas...

Hassani se pôs a rir. Uma gargalhada alta, intempestiva, que tomou toda a sala e abafou as palavras de Khalifa.

— Ora, se não temos aqui uma quebra das normas. Logo eu, dizendo a um subordinado que trabalhe menos! Espero que você não conte isso a ninguém. Pode arruinar a minha reputação.

Khalifa sorriu, mas não aceitaria ser dispensado tão facilmente.

— Três pessoas foram assassinadas, senhor. Duas estão desaparecidas. Tenho provas concretas do envolvimento de Sayf al-Tha'r, assim como da embaixada britânica. Não posso simplesmente deixar tudo de lado.

Hassani continuava a rir-se. Nos seus olhos, entretanto, Khalifa podia distinguir uma profunda irritação. Irritação prestes a tornar-se raiva.

— Você quer essa promoção?

— Senhor?

— Você não parece nada contente com a novidade. Ou nada *grato*.

Ele acentuou a última palavra, como se para fazer Khalifa reparar bem nela.

— Estou muito grato, senhor. Mas há vidas em perigo. Não posso simplesmente sumir por três dias, afundado numa conferência em Ismaília.

Hassani assentiu de cabeça.

— Acha que não podemos cuidar das coisas por aqui, sem você, é isso?

— Não, senhor. É só que...

— Acha que a força policial não pode continuar trabalhando na sua ausência?

— Eu...

— Acha que é o único aqui interessado em lei e ordem, em certo e errado?

A voz de Hassani ia aumentando de volume, uma veia em seu pescoço começava a se dilatar.

— Vou lhe dizer uma coisa, Khalifa. Passei a vida inteira trabalhando pelo bem deste país e não vou ficar aqui escutando um merdinha como você tentar me dizer que é o único que se importa com nosso trabalho. — A respiração dele foi ficando nervosa. — Você conseguiu o que queria. Conseguiu a porra da sua promoção. E amanhã, se sabe o que convém a você, vai direto para Ismaília. E ponto final.

Ele afastou-se da mesa, colocou-se de pé e foi para junto da janela, onde ficou parado, olhando para fora, de costas para Khalifa, estalando as juntas dos dedos. Sem se importar em pedir, Khalifa acendeu um cigarro.

— Quem está pressionando você, chefe? — disse serenamente.

Hassani não respondeu.

— Esta promoção é por isso, não é? Alguém pressionou você. Alguém me quer fora do caso.

Hassani manteve-se em silêncio.

— É uma troca. Eu ganho um novo posto e em troca esqueço a investigação. O acordo é esse, não é? Estão querendo me comprar.

Os dedos de Hassani estalavam tão alto, agora, que parecia que iriam se partir.

Muito lentamente, ele se virou.

— Não gosto de você, Khalifa — grunhiu ele. — Jamais gostei e jamais vou gostar. Você é arrogante, é insubordinado, é um pé-no-saco. — Ele deu um passo à frente, a mandíbula projetada adiante, como um lutador entrando no ringue. — E você é também o melhor detetive que temos aqui na força. Não pense que não sei disso. E, mesmo você não acreditando, nunca quis mal a você. Assim me escute, e escute bem. Pegue sua promoção, vá para Ismaília e esqueça esta investigação. Porque do contrário, pode me acreditar, se não fizer isso, não há nada que eu possa fazer para protegê-lo.

Ele sustentou o olhar de Khalifa por alguns instantes e então virou-se de novo para a janela.

— Feche a porta ao sair — disse Hassani.

31

O Deserto Ocidental

A primeira coisa de que Tara se deu conta foi o calor. Foi como se fosse sendo arrancada das profundezas de um lago gelado e, a cada braça que ia subindo, a água se tornasse mais e mais quente, até que emergisse na superfície de um verdadeiro inferno. Ela ficou certa de que, se continuasse à tona, iria ser queimada viva e, assim, revirando-se para o lado, tentou afundar de novo, voltar para a água fria, para as profundezas escuras abaixo dela. No entanto, seu corpo parecia querer boiar, irresistivelmente, e por mais que tentasse não conseguia descer a mais do que alguns poucos centímetros da superfície. Por instantes, ainda tentou lutar, buscando impelir seu corpo para baixo, mas em vão e, finalmente, entregou-se, rolou seu corpo, virando de costas resignadamente, vendo-se empurrada para as chamas. Seus olhos se arregalaram subitamente.

Ela estava deitada no chão de uma tenda. Junto a ela, olhando de cima, estava Daniel. Ele estendeu o braço para acariciar seus cabelos.

— Seja bem-vinda! — disse ele.

A cabeça de Tara doía e sua boca estava ressecada, pastosa, como se cheia de papel. Ficou deitada imóvel, por alguns momentos, então, com esforço, conseguiu sentar-se. A dois metros de distância, diante da saída da tenda, havia um homem sentado com uma arma aninhada no colo.

— Onde estamos? — murmurou ela.

— No meio do deserto ocidental — respondeu Daniel. — No Grande Oceano de Areia. Meu palpite é que é um lugar qualquer entre Siwa e al-Farafra.

Ela se esforçava para respirar, suportando o calor. O ar queimava sua boca e garganta, como se estivesse bebendo lava. Não conseguia enxergar nada para além da saída da tenda, apenas uma vastidão de areia. De algum lugar próximo, lhe vinha o som de gritos e do resfolegar de geradores. A sede era martirizante.

— Que horas são?

Ele consultou o relógio de relance.

— Onze.

— Eu estava no bagageiro de um carro — disse ela, tentando ordenar os pensamentos. — Depois, num helicóptero.

— Não lembro nada da viagem. Só do túmulo — disse ele, dando de ombros.

Daniel esticou um pouco mais o braço, tocando-a no lado da cabeça. O sangue que Tara havia visto no rosto e no pescoço dele havia sido limpado, se é que ela não o tinha imaginado. Ela deslizou a mão pelo chão atapetado e entrelaçou-a nos dedos dele.

— Daniel, sinto muito por ter metido você nesta encrenca.

— Fui eu que me meti nela — ele sorriu. — Não é sua culpa.

— Devia mesmo ter deixado aquele pedaço de parede em Saqqara, como você sugeriu.

Inclinando-se à frente, ele beijou-lhe a testa.

— Pode ser. Mas pense só... Se você tivesse feito isso, não teríamos nos divertido tanto. Nunca tive emoções tão fortes escavando. — Ele correu as mãos pelos cabelos de Tara. — Seja como for, vamos estar juntos deles quando fizerem a maior descoberta da história da arqueologia. Creio que uma coisa dessas vale uns galos na cabeça.

Ela entendeu que ele estava tentando animá-la e se esforçou ao máximo para responder no mesmo tom. A verdade, entretanto, é que se sentia debilitada, aterrorizada, sem esperanças. E apesar dos gracejos de Daniel, sabia que ele devia estar se sentindo exatamente do mesmo modo. Podia enxergar isso nos olhos dele e nos ombros arriados.

— Eles vão nos matar, não vão?

— Não necessariamente. Há uma boa chance de que, uma vez que encontrem o exército...

Ela cravou seus olhos nos de Daniel:

— Eles vão nos matar, não vão?

Ele ficou mudo por um instante e depois desviou o olhar para o chão:

— Vão — disse afinal. — É o que calculo que vão fazer.

Mergulharam em silêncio, então. Daniel curvou-se à frente, abraçando as pernas e apoiando o queixo nos joelhos. Tara se pôs de pé, esticou-se, a cabeça ainda latejando. O homem de guarda continuava a vigiá-los sem qualquer expressão no rosto. Em momento algum fez qualquer movimento para mantê-los sob a mira de sua arma. Tara, por alguns segundos, chegou a imaginar se poderiam subjugá-lo e escapar. Mas afastou o pensamento quase de imediato. Mesmo que saíssem da tenda, para onde iriam? Estavam no meio do deserto. Tara se deu conta de que aquele homem estava ali apenas para ser visto por eles. O real carcereiro era a areia e o calor. Teve vontade de chorar, mas seus olhos estavam secos demais para verterem lágrimas.

— Estou com sede — murmurou.

Daniel ergueu a cabeça e dirigiu-se ao homem:

— *Ehna aatzanin. Aazin mayya.*

O homem ficou um instante observando-os e então, sem tirar os olhos deles, deu um grito para alguém do lado de fora. Minutos depois, outro homem entrou na tenda com um vaso de barro, que entregou a Tara. Ela levou-o aos lábios e bebeu alguns goles. A água estava quente e tinha gosto de terra, mas ela bebeu até quase a metade do vaso, mesmo assim, e passou-o para Daniel, que bebeu também. O ronco de um helicóptero soou acima deles, fazendo a lona da tenda tremular.

A manhã se foi. O calor, se é que isso era possível, ficou ainda mais forte, secando o suor do rosto e do pescoço de Tara assim que brotava da pele. Daniel cochilou um pouco, a cabeça recostada no colo dela. Mais helicópteros passaram por sobre a tenda. Mais ou menos uma hora depois, o homem de guarda foi trocado e lhes trouxeram comida — vegetais crus, queijo, pedaços de pão árabe, tudo um tanto azedo e difícil de engolir. Ela tentou forçar-se a comer, mas não tinha fome. Daniel também, e assim a maior parte da comida ficou intocada. O novo guarda era tão silencioso e impassível quanto seu predecessor.

Tara percebeu que devia ter caído no sono novamente porque, quando despertou, a comida havia sido retirada e o primeiro homem estava de novo vigiando-os. Tara fixou os olhos nele, mantendo o olhar que ele lhe lançou, tentando fazer algum tipo de contato. Ele simplesmente olhava para ela com uma expressão gélida e dura, e depois de alguns instantes Tara desviou os olhos.

— Não adianta tentar comunicar-se — disse Daniel. — No entender deles, não somos nada mais que animais. Pior. Somos *Kufr*. Infiéis.

Ela deitou-se novamente, de costas para o homem, e cerrou os olhos. Tentou pensar em seu apartamento, na casa dos répteis, em Jenny, nas frias tardes de dezembro em Brockwell Park. Em qualquer coisa que a levasse para longe. Mas não conseguia evitar as imagens. Elas surgiam em sua cabeça, mas se dissipavam tão logo as alcançava. E por trás delas sempre aparecia o rosto de Dravic, fitando-a com aquela repugnante avidez. A moça remexeu-se, sentou-se de novo, enterrou o rosto nas mãos, desesperando-se.

Finalmente, ainda no começo da tarde, quando o sol alcançava seu zênite e o ar dentro da tenda estava tão quente que ela pensava que não podia mais suportar ficar lá dentro, a aba da entrada foi puxada e uma cabeça enfiou-se por ela. Algo foi dito ao homem de guarda, que se pôs de pé e, apontando-lhes a arma, indicou que deveriam sair. Os dois trocaram olhares e, então, levantando-se, passaram pelo homem, saíram da tenda, e o fulgor do sol os atingiu em cheio, forçando-os a estreitar os olhos. A tenda em que estavam fazia parte de um grande acampamento erguido no meio de um vale entre altas dunas, uma delas, à esquerda, muito alta, em elevação acentuada, e a outra, à direita, num aclive mais suave. Por toda parte estavam empilhados barris de combustível, cordas, fardos de palha para embalamento e caixotes. Um helicóptero pouco acima deles baixava uma rede com mais caixotes e barris, que descarregou no vale, deixando-o numa área plana na areia, onde uma dúzia de figuras vestidas com as túnicas pretas acorreram como um enxame, liberando o carregamento da rede e levando-o dali.

Tara mal reparou nisso tudo, no entanto, pois o que imediatamente capturou seu olhar não foi nem o helicóptero nem o acampamento, mas uma enorme rocha com a forma de pirâmide, erguendo-se diante dela. Sua linha de visão estava parcialmente bloqueada pelas tendas e pilhas de caixotes, e assim só pôde enxergar o cimo da rocha, mas já era o suficiente para dar idéia do quanto era grande. E havia algo sutilmente ameaçador naquela visão, a rocha ali, no meio do deserto, negra e sólida em contraste com toda a vastidão de areia em volta. Um arrepio percorreu-lhe a espinha. Ela reparou logo que aqueles homens esforçavam-se para evitar voltarem os olhos para a rocha.

Tara e Daniel foram conduzidos através do acampamento, um homem à frente deles e dois às costas, saindo pelo extremo norte das tendas e subindo até o topo de um morro de areia, muito íngreme, no qual encontraram Dravic, de pé debaixo de um guarda-sol e com um chapéu de palha enfiado na cabeça.

— Espero que tenham dormido bem — disse ele, rindo-se, assim que foram postos diante dele.

— Vá à merda! — rosnou Daniel.

Do topo do morro, puderam ter uma visão aberta do vale, que, à distância, desviava-se levemente para o norte, como um cavado entre duas gigantescas ondas de areia. A enorme rocha estava diretamente em frente a eles, todo o seu contorno agora visível, irrompendo da lateral da duna à esquerda como uma ponta de alfinete atravessando um macio tecido amarelo. Abaixo dela, parecendo minúsculos com aquela massa rochosa assomando sobre eles, havia uma multidão de homens brandindo pás e *tourias*, enquanto, de sua base, saíam cinco tubulões compridos, como enormes serpentes, subindo pela lateral da duna e desaparecendo na curva do topo. Os motores dos geradores ressoavam muito mais alto, agora, preenchendo tudo ao redor com seu resfolegar pesado e ritmado, como se fossem milhares de asas batendo no ar.

— Achei que gostariam de assistir... — disse Dravic. — Afinal, não vão mesmo ter oportunidade de contar isso a ninguém.

E de novo aquele insidioso cacarejo debochado vindo da garganta do alemão. Tara podia sentir que o gigante não tirava os olhos dela, percorrendo lascivamente todo o seu corpo. Ela sentiu um arrepio de nojo e recuou um passo, deixando Daniel entre eles. Dravic grunhiu e virou-se, voltando o olhar para o vale à frente. Ele tirou um charuto do bolso da camisa e enfiou-o na boca.

— Encontrar este lugar foi mais fácil do que poderíamos pensar — vangloriou-se. — Tive medo de que as indicações no túmulo fossem apenas estimativas grosseiras, como é o caso de muitos desses textos antigos, mas nosso amigo Dymmachus deu a localização do lugar errando apenas por cinco quilômetros. Uma proeza e tanto, considerando que ele não dispunha de nenhum dos recursos da tecnologia moderna para guiá-lo. — Ele ergueu um isqueiro e acendeu o charuto, sugando-o devagar para avivar a brasa, seus lábios fazendo um som chupado, como bolhas, enquanto puxava o ar pela extremidade. — Começamos a varrer a área pelo ar assim que amanheceu — continuou —, e uma hora depois já havíamos localizado o lugar. Depois de todas as complicações dos últimos quatro dias, foi quase um anticlímax. Eu esperava algo mais dramático.

A alguma distância, à direita deles, duas motos de areia subiam pelo flanco da duna, seus motores soltando um queixume, os pneus calcando um sulco profundo na areia como se estivessem abrindo um zíper no aclive.

— Do jeito que a coisa está andando, tudo vai ficar dentro do cronograma —disse Dravic, abrindo um sorriso, tentando torturá-los com seu êxito. — Melhor, até. Já trouxemos de helicóptero todo o equipamento de que precisamos: combustível para os geradores, caixotes para o empacotamento, palha para proteger os achados. E está vindo mais, trazido em camelos. Já encontramos uma inscrição lá na superfície da rocha e, assim, sabemos que o exército está aqui por perto. Tudo o que precisamos agora — ele interrompeu-se, sugando profundamente o charuto — é encontrá-lo. O que espero que aconteça em poucas horas.

— Pode não ser tão fácil assim quanto pensa — disse Daniel, fixando o olhar nele. — Essas dunas estão sempre mudando de lugar. Deus sabe em que profundidade deste deserto está o que era a superfície, dois mil e quinhentos anos atrás. O exército pode estar a cinqüenta metros abaixo do chão, agora. Ou mais. Vocês podem ficar escavando por semanas, sem encontrá-lo.

Dravic deu de ombros, desdenhoso.

— Com métodos tradicionais, talvez. Felizmente, temos equipamento um pouco mais moderno à disposição.

Ele apontou para os cinco tubulões que saíam da base da rocha gigantesca. Tara reparou que cada um tinha um homem dos dois lados de sua extremidade. Estavam segurando os tubulões em algo que pareciam pegadores e passando a boca dos tubos para cima e para baixo da areia, que estava sendo sugada para dentro de um tubo plástico o qual se alongava para trás dele.

— Aspiradores de areia — explicou Dravic. — Parece que são a última moda no Golfo. São usados para tirar areia dos aeroportos, estradas, tubulações de petróleo, coisas assim. Trabalham exatamente como um aspirador de pó doméstico. A areia é sugada, passa pelo tubo e então é jogada a uma distância conveniente, que, neste caso, fica no extremo mais distante daquela duna. Segundo me disseram, cada um pode aspirar cem toneladas de areia por hora. Assim sendo, encontraremos nosso exército antes do que você pensa.

— Seremos vistos — disse Daniel. — Não vai conseguir manter uma operação deste tamanho em segredo por muito tempo.

Dravic soltou uma gargalhada, correndo com o braço à sua volta, descrevendo assim um extenso arco.

— E quem vai nos ver? Estamos no meio do deserto, pelo amor de Deus! A povoação mais próxima fica a 120 quilômetros daqui. Não há vôos comerciais passando aí por cima. Você está se apegando a esperanças perdidas, Lacage. — Ele soltou uma baforada espessa no rosto de Daniel. — Mas que dilema esta situação deve representar para você! Por um lado, deve estar torcendo para que eu fracasse. Ao mesmo tempo, como arqueólogo, uma parte de você deve estar esperando desesperadamente que eu tenha êxito.

— Estou cagando para esse exército — disparou Daniel.

— Mas que mentira, Lacage! Que mentira deslavada! Você está tão ansioso quanto eu para ver o que tem lá embaixo. Somos da mesma laia.

— Muita presunção sua.

— Isso mesmo, Lacage. Somos exatamente iguais. Ambos vivemos em função do passado. Temos essa coisa irresistível que nos leva a escavá-lo. Não basta para nós saber que em algum lugar aqui neste deserto há um exército enterrado. Temos necessidade de encontrá-lo. De vê-lo. Precisamos trazê-lo até nós. É intolerável que a história oculte alguma coisa de nós. Ah, eu entendo você, Lacage. Melhor do que você entende a si mesmo. Você se importa mais com o que está aí embaixo do que se importa com a própria vida. Ou com a vida dessa sua amiguinha.

— Babaquice! — exclamou Daniel. — Pura babaquice!

— É mesmo? — Dravic soltou uma risadinha. — Acho que não. Se eu cortasse a garganta dela, bem na sua frente, parte de você continuaria a desejar que eu tivesse êxito. É um vício, Lacage. Um vício irresistível. E somos ambos viciados.

Daniel encarou-o fixamente e, por alguns instantes, pareceu a Tara que as palavras de Dravic haviam tocado em alguma coisa profunda de Daniel. Havia perturbação nos olhos dele, quase repulsa, como se tivesse se deparado com uma parte de si que preferiria não reconhecer que existia. Mas foi algo que desapareceu quase de imediato e, balançando a cabeça, ele enfiou as mãos desafiadoramente nos bolsos.

— Vá se foder, Dravic.

O gigante sorriu.

— Posso garantir que se alguém vai foder alguém por aqui, serei eu.

E ele recuou ligeiramente o tronco para olhar Tara, depois fez um sinal de cabeça para os três guardas. Eles ergueram as armas e os conduziram de volta para a descida do morro, em direção ao acampamento.

— E não tentem escapar — disse Dravic às costas deles. — Se o calor não der cabo de vocês, com certeza a areia movediça vai fazer isso. Na verdade, pode ser que seja assim que eu vá me livrar de vocês dois. É muito mais divertido do que enfiar uma bala na cabeça de alguém.

Ele fez uma careta de prazer e a seguir voltou-se para as escavações. Abaixo dele, os homens começaram a cantar.

32

Luxor, Colinas de Tebas

Havia um lugar para o qual Khalifa costumava ir quando precisava pensar, no alto das colinas de Tebas, sob a sombra do Qurn, e era onde estava agora.

Descobrira esse refúgio anos atrás, logo que chegara a Luxor — um assento natural no rochedo, na metade da subida da montanha, num penhasco mais baixo, com uma vista espetacular para o Vale dos Reis, abaixo. Era capaz de ficar horas e horas sentado ali, sozinho, em paz. E mesmo que se sentisse atordoado, infeliz, desolado ou desgraçado, sua cabeça sempre se desanuviava e ele recobrava o ânimo. Seu recanto para reflexão, era como o chamava. Não havia outro lugar no mundo em que se sentisse mais em contato consigo mesmo e com Alá.

O sol já havia passado do seu zênite na hora em que chegou. Ele sentou-se e descansou as costas contra a pedra calcária fria, contemplando as montanhas castigadas pelo sol. Muito lá embaixo, podia ainda enxergar as pessoas vagando pelo vale, pequenas formigas. Khalifa acendeu um cigarro.

A conversa com Hassani o havia abalado. E muito. Sua reação imediata, é claro, fora recusar a promoção e prosseguir na investigação. Afinal de contas, a vida de duas pessoas corria perigo — se é que ainda estivessem vivas — e ele não poderia simplesmente abandoná-las. Nem poderia esquecer o que fora feito contra Suleiman, Nayar e Iqbar. Muito menos, em certo sentido, o que fora feito a seu irmão, Ali.

A despeito de tudo isso, tinha dúvidas. Desejaria não tê-las, mas tinha. Não estava num filme, no qual haveria a garantia que tudo acabaria bem no final. Era vida real e, mesmo desprezando-se por isso, estava com medo.

Voltar-se contra Sayf al-Tha'r já era suficientemente perigoso. Mas agora parecia que tinha inimigos no seu próprio lado da história. Só Deus saberia quem e só Deus saberia por que, mas eram inimigos poderosos. Poderosos o bastante para assustar Hassani, e isso não seria conseguido sem mais nem menos.

"Não há nada que eu possa fazer para protegê-lo", dissera seu chefe. E ele não estava falando da carreira de Khalifa. Estava falando de sua vida. E talvez das vidas de sua família também. Seria certo pôr em risco aqueles que mais amava no mundo? Não devia nada a Nayar, a Iqbar ou a Suleiman, afinal de contas, nem ao casal de ingleses. E a Ali? Bem, a ele, sim, isso sempre pesaria em sua consciência, mas a este preço? Talvez devesse mesmo largar a investigação. Aceitar a promoção, ir para Ismaília. Claro, ele se odiaria por isso. Mas pelo menos ficaria vivo. E aqueles que amava também. Jogou o cigarro fora com um peteleco e voltou os olhos para os hieróglifos toscos gravados na rocha junto ao lugar em que estava sentado. Havia três cartuchos ali — os de Horemheb, Ramsés I e Seti I.

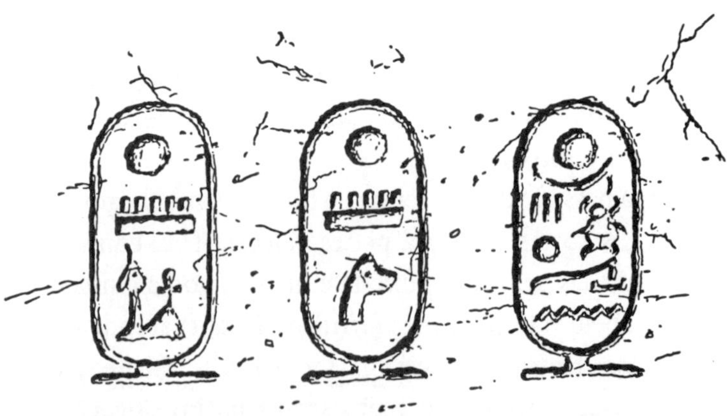

Abaixo deles, havia uma inscrição, feita por alguém que quis se identificar: "O Escriba de Amun, Filho de Ipu". Certamente, um dos antigos trabalhadores da necrópole, que devia ter se sentado exatamente naquele lugar, mais de três mil anos atrás, deliciando-se com a mesma vista que Khalifa tinha diante de si, suscetível ao mesmo silêncio e, quem sabe, sentindo as mesmas coisas. Ele esticou o braço para tocar na inscrição.

— O que devo fazer? — ele suspirou, correndo os dedos pelas imagens toscamente gravadas. — O que é certo? Diga-me, Filho de Ipu. Me dê algum sinal. Porque, que o diabo me carregue...

Khalifa foi interrompido pelo retinir de pedras. Virou-se, então, e levantou a vista. Um homem macilento e imundo estava olhando para ele, de uma saliência poucos metros acima.

— Desculpe sinto muito me perdoe Alá tenha piedade — gaguejou o homem, em árabe, dando tapas na cabeça.

Ele prendeu seu *djellaba* com um nó em torno da cintura e, balançando primeiro as pernas esquálidas para fora da extremidade da saliência, saltou e desceu, com dificuldade pelo declive rochoso.

— Você fala com os fantasmas! — balbuciou ele, enquanto descia. — Você também fala com os fantasmas. Colinas cheias de fantasmas. Milhares de fantasmas. Milhões de fantasmas. Alguns, bondosos. Outros, cruéis. Alguns, terríveis. Já vi muitos.

Estava no chão agora e, movendo-se desajeitadamente, deu a volta para atirar-se aos pés de Khalifa.

— Vivo com os fantasmas. Conheço muitos deles. Estão em toda parte.

Ele apontou para um lugar atrás da cabeça de Khalifa.

— Ali está um. Outro, ali. E ali. Ali. Ali. Olá, fantasmas! — acenou. — Eles me conhecem. Estão famintos. Eu também. Estamos todos famintos. Muito famintos. — Ele revirou as dobras de sua túnica, sacando um embrulho de papel amassado. — Quer escaravelho? — ofereceu. — Muita qualidade!

Khalifa balançou a cabeça, recusando:

— Hoje não, amigo.

— Olhe! Olhe! O melhor! Nada melhor em todo Egito. Apenas olhe! Por favor!

— Hoje não! — repetiu Khalifa.

O homem deu uma olhada em volta e aproximou-se um pouco mais, baixando a voz.

— Gosta de antigüidades? Tenho antigüidades. Muito boas.

— Sou policial — alertou Khalifa. — Tenha cuidado com o que está dizendo.

O sorriso do homem apagou-se:

— Antigüidades falsas — apressou-se a dizer. — Não de verdade. Falsas. Eu que faço. Falso, tudo falso. Rá! Rá! Rá!

Khalifa assentiu com um movimento de cabeça, puxando um cigarro e acendendo-o em seguida. O homem arregalou os olhos para ele, como um cachorro querendo um petisco. Sentindo uma súbita pena dele, Khalifa atirou-lhe o maço de cigarros.

— Fique com eles! — disse. — Mas, por favor, me deixe em paz! Certo? Quero ficar sozinho.

O homem pegou os cigarros e disse:

— Obrigado. Muito generoso. Fantasmas gostam de você. Estão me dizendo para lhe dizer isso. Gostam muito de você. — Ele protegeu uma orelha com a mão como se para escutar melhor e disse: — Estão dizendo que toda vez que você tem problemas, sobe até aqui e eles lhe dão bons conselhos. Fantasmas vão proteger você. — Ele enfiou os cigarros no bolso da túnica e se pôs de pé. — Quer um guia? — perguntou.

— Quero apenas ser deixado em paz — disse Khalifa.

O homem deu de ombros e, assoando o nariz na ponta de seu *djellaba*, encaminhou-se para a trilha no sopé do penhasco, sem se importar de caminhar descalço sobre as pedras.

— Quer ver o Vale dos Reis? — gritou por sobre o ombro. — Hatshepsut, túmulos dos nobres? Conheço tudo aqui. Muito barato.

— Noutra hora — gritou Khalifa do seu lugar. — Hoje não.

— Posso mostrar lugares que mais ninguém viu. Lugares muito bons. Lugares muito especiais.

Khalifa balançou a cabeça, recusando e, desviando o olhar, contemplou as colinas desertas. O homem continuou caminhando aos tropeções até quase alcançar o ponto em que a trilha fazia uma curva e desaparecia de vista por trás de uma saliência mais alta da rocha.

— Levo você a lugares secretos — gritou ele.

Khalifa resolveu ignorá-lo.

— Túmulo novo! Ninguém mais conhece! Muito bom!

Ele finalmente desapareceu por trás da saliência rochosa. Houve um breve intervalo e então, como se alguém tivesse lhe dado um chute no traseiro, Khalifa pulou de pé.

— Espere! — gritou, sua voz ampliada, ecoando pelas paredes de rocha. — Espere aí!

Ele desceu quase escorregando pela trilha, perseguindo o homem, que, ao escutar seu grito, havia retornado, surgindo de novo à frente.

— Um novo túmulo que ninguém mais conhece — repetiu Khalifa ofegante, avançando na sua direção. — Você disse que sabe de um túmulo novo que ninguém mais conhece?

O homem bateu palmas:

— Fui eu que o encontrei — gritou. — Muito secreto. Os fantasmas me levaram até lá. Quer ver?

— Quero — disse Khalifa, o coração disparando. — Quero ver, sim. Quero muito ver esse túmulo. Me leve até ele.

Ele deu um tapinha no ombro do homem e a seguir, lado a lado, começaram a subir pela trilha que penetrava nas colinas.

De início, não havia como Khalifa ter certeza de que o túmulo daquele maluco era o mesmo encontrado por Nayar. Como al-Masri havia salientado, havia inúmeros velhos poços naquelas montanhas. Era mais do que possível que seu guia tivesse esbarrado com um outro túmulo, que não tivesse nenhuma ligação com o caso que ele estava investigando.

Então, depois de um bocado de conversa, havia convencido o homem a lhe mostrar as antigüidades de que havia falado e suas dúvidas foram desfeitas. O homem tinha em seu poder três *shabits*, todos idênticos aos que Khalifa encontrara na loja de Iqbar, e um pequeno vaso de ungüento com a face de Bes, gravada nele, também idêntica à que o detetive retirara do esconderijo de Iqbar. Era evidente que provinham da mesma fonte. Khalifa devolveu os artefatos e procurou por seus cigarros. Só quando já havia enfiado a mão no bolso é que se deu conta de que os dera ao guia.

— Pode me dar um cigarro? — pediu.

— Não — respondeu o guia. — São meus.

Demorou mais de uma hora até alcançarem o topo da estreita passagem e mais trinta minutos para alcançarem a entrada do túmulo. A última parte do trajeto, quando tiveram que descer os seis metros da face rochosa acima do túmulo, foi particularmente árdua para Khalifa, que sempre detestara alturas. O homem louco lançava-se pelo declive abaixo sem aparentar a menor sombra de preocupação. Khalifa, por sua vez, levou cerca de cinco minutos para tomar coragem para iniciar a descida, e quando finalmente começou a escalada, foi centímetro a centímetro, tão devagar e cauteloso que parecia estar se movendo em câmara lenta.

— Que Alá me proteja — murmurou ele, colando o rosto com força à reconfortante solidez da rocha. — Que Alá tenha piedade de mim.

— Venha, venha, venha! — gargalhava o homem, saltitando abaixo dele. — O túmulo está aqui. Por que demora? Pensei que quisesse ver o que tem nele.

Finalmente, o detetive alcançou o fundo e, arrastando-se para dentro da entrada, arriou contra a parede do corredor, ofegante.

— Me dê um cigarro! — disse, com voz entrecortada. — E sem discussão, ou prendo você pela posse de antigüidades roubadas.

Com extrema má vontade, o maço foi oferecido a Khalifa, que pegou um cigarro e acendeu-o, cerrando os olhos e dando uma profunda tragada. Duas baforadas depois, ele começou a se sentir mais relaxado.

Uma tênue nesga de claridade do sol penetrava no túmulo, apenas o suficiente para iluminar o corredor e seu fundo, o poço escuro da câmara funerária.

— Como encontrou este lugar? — indagou Khalifa, olhando em volta.

— Os fantasmas me contaram — disse o louco. — Sete dias atrás, dez dias. Faz pouco tempo. Me contaram por onde devia descer para chegar aqui. Disseram que havia aqui coisa muito especial. Venha, venha, está ali embaixo. Muito especial. Um túmulo muito secreto, muito especial.

Ele deslocou-se até a entrada e apontou para a brecha pela qual haviam entrado.

— Olha, ali. Quando vim aqui na primeira vez havia um muro. Muro grande. Cobria toda a porta, não dava para ver aqui dentro. Mas eu derrubei o muro, como os fantasmas me disseram para fazer. Tinha medo. Estava tremendo de medo. Mas desci até ali adiante porque queria ver. Parecia que alguém estava me empurrando.

Ele falava cada vez mais acelerado. E já avançava, descendo o corredor. Khalifa o seguiu.

— Um salão — disse ele, apontando para baixo. — Escuro, negro, como a noite. Acendi um fósforo. Muita coisa ali dentro. Centenas de coisas. Coisas maravilhosas e coisas terríveis. Muita magia. Aqui moram fantasmas.

Estavam parados diante da entrada da câmara funerária agora. À medida que os olhos de Khalifa se adaptavam à escuridão, ele conseguia distinguir vagamente cores e imagens na parede oposta.

— Tesouros, tesouros, tantos tesouros — grunhiu o homem. — Passei a noite inteira aqui. Dormi aqui com os tesouros, como um rei! Muitos sonhos eu tive, coisas estranhas vieram a mim, em minha cabeça, como se eu sobrevoasse o mundo e pudesse enxergar tudo, todas as coisas, mesmo os pensamentos dos homens. — Ele saltou para a câmara. — Depois, contei ao meu amigo.

— Seu amigo? — perguntou Khalifa.

— Às vezes ele vem para as colinas, quando fica bêbado, a gente conversa, ele me traz cigarros. Ele tem uma pintura. Aqui!

Ele apontou para seu pulso esquerdo. No local onde Nayar tinha uma tatuagem de um escaravelho. O detetive começava a entender.

— Contei ao meu amigo o que os fantasmas haviam me mostrado. Daí, ele disse: "Me leve até lá." E eu trouxe ele para cá. Ele riu muito. Ele disse: "Vamos ficar muito ricos! Você e eu vamos viver como reis." Ele disse que ia cuidar de tudo. Levou coisas para mostrar a pessoas muito especiais. Disse que ia me comprar uma tevê. Disse para eu não voltar aqui. Disse para eu não contar nada a ninguém. Daí, esperei, esperei, esperei. Mas ele não voltou. E então, aqueles outros chegaram por aqui, noutra noite. Eu estava sozinho. E não ganhei televisão. E estou com fome. E só tenho os fantasmas como amigos.

Ele emitiu um suspiro e, desolado, deu alguns passos em torno da câmara, arrastando as mãos pelas paredes. Khalifa saltou para a câmara, reparando imediatamente que toda uma seção da parede havia sido destruída. O detetive agachou-se junto à pilha de destroços do reboco, no chão, balançando a cabeça, chocado com tal vandalismo.

Agora, ele podia enxergar com clareza a cadeia de eventos. Aquele homem deparara-se com o túmulo e contara tudo a Nayar. Este retirara determinados objetos, incluindo, ao que tudo indicava, um pedaço da parede, cujos restos pulverizados estavam agora, ali, aos seus pés. Sayf al-Tha'r ficara sabendo da descoberta. Nayar fora assassinado. O resto, já sabia.

Ele se pôs de pé e começou a examinar a câmara. Seus olhos agora estavam ajustados à penumbra e ele já podia enxergar a maior parte da decoração, embora as laterais do salão estivessem ainda imersas na escuridão impenetrável, como se houvessem sido cobertas por cortinados negros. O guia sentou-se no chão, de onde observava Khalifa com seus olhos sombrios, resmungando para si mesmo.

— Você já havia voltado aqui, depois que o encontrou? — indagou Khalifa.

O homem balançou a cabeça negativamente:

— Mas vi muitas coisas. Fiquei escondido nas pedras, sem fazer barulho, como se eu fosse uma pedra também. Eles vêm à noite, toda noite, como chacais. Eles pegam coisas do túmulo, uma noite, duas noites, três noites, toda noite, mais e mais coisas.

— E na noite passada?

— Na noite passada, eles vieram. Depois foram embora. Depois, outras pessoas vieram também.

— Que outras pessoas?

— Homem, mulher. Brancos. Já tinha visto eles antes. Entraram no túmulo. Foram devorados.

— Foram mortos?

O louco deu de ombros.

— Foram mortos? — repetiu Khalifa.

— Quem vai saber? Não vi eles com os fantasmas. Talvez, ainda vivos. Talvez, não. Aquele homem que eu vi...

— O que tem ele?

Mas ele se calou e começou a fazer desenhos com o dedo sobre a poeira do chão.

Khalifa voltou-se de novo para as paredes. Muito devagar, deu uma volta inteira em torno da câmara, usando sua lanterna para iluminar a decoração, onde a luz natural não chegava. Passou um longo tempo diante da tríade de desenhos que havia chamado tanto a atenção de Daniel, examinando minuciosamente cada seção, e depois passando adiante. Deu uma espiada no nicho canópico, nas figuras dos dois persas, na do grego diante da mesa de frutas, Anúbis pesando o coração do falecido, observando cada centímetro das paredes, o facho de luz de sua lanterna enfraquecendo-se gradativamente até que afinal, quando havia justamente acabado de completar o circuito, apagar-se de vez, deixando-o no escuro. Ele enfiou a lanterna de volta no bolso e voltou para onde a luz do sol batia ainda.

— É perfeito — disse, em voz baixa. — Absolutamente perfeito.

O louco levantou os olhos para ele:

— Muita areia — murmurou. — Areia, homens, um exército, todos engolidos.

— Eu sei — disse Khalifa, pousando a mão no ombro dele. — E agora preciso descobrir onde isso aconteceu.

Chicago House, a sede da Missão Arqueológica da Universidade de Chicago, está instalada em meio a um hectare e meio de exuberantes jardins na Corniche el-Nil, uma estrada margeando o rio, a meio caminho entre os templos de Luxor e Karnak. É um vasto prédio, no estilo *hacienda*, todos os pátios, alamedas e colunatas em arco, durante os seis meses por ano em que permanecem abertas, povoados por uma diversificada coleção de egiptólogos, artistas, estudantes e conservadores, alguns engajados em seus estudos particulares, mas a maioria trabalhando no outro lado do rio no templo de Medinet Habu, cujos relevos e inscrições a Missão de Chicago tem registrado meticulosamente já há quase três quartos de século.

Já era de tarde quando Khalifa chegou ao portão principal da instituição e mostrou de passagem sua identificação aos seguranças armados. Foi feita uma chamada para o setor principal do prédio e, três minutos depois, uma jovem americana veio ao seu encontro. Ele explicou o objetivo de sua visita e foi rapidamente conduzido para dentro do complexo.

— O professor az-Zahir é uma doçura — comentou a garota, enquanto atravessavam os jardins. — Ele vem para cá todo ano. Gosta de usar nossa biblioteca. Ele praticamente faz parte do mobiliário.

— Ouvi dizer que ele não anda bem de saúde.

— Há momentos em que fica um pouco confuso, mas cite um egiptólogo que não seja assim. Ele está muito bem.

Seguiram ao longo de um caminho arborizado e até a colunata na entrada do prédio, o ar recendendo densamente a hibiscos e jasmins, e grama recém-cortada. A despeito de sua proximidade da estrada, o complexo estava silencioso, os únicos sons audíveis sendo o chilreio dos pássaros e o chiado de um aspersor regando o jardim.

A garota o conduziu através da colunata, passando depois por um pátio e a seguir para um jardim, nos fundos do edifício.

— Ele está bem ali — disse, apontando uma figura sentada à sombra de uma acácia bastante alta. — Está tirando sua soneca da tarde, mas não se preocupe por ter de acordá-lo. Ele adora visitantes. Vou providenciar o chá e mando para vocês.

Ela virou-se, tomando a direção de volta para o prédio. Khalifa encaminhou-se para junto do professor, que estava arriado na cadeira, seu queixo pendido sobre o peito. Era um homem pequeno, careca e tão enrugado quanto uma ameixa, com manchas hepáticas nas mãos e no crânio, e grandes orelhas, que brilhavam, translúcidas, na luz da tarde. A despeito do calor, estava vestindo um pesado paletó de *tweed*. Khalifa sentou-se numa cadeira ao seu lado e pousou a mão sobre o braço dele.

— Professor az-Zahir?

O homem idoso murmurou qualquer coisa, tossiu e, lentamente — primeiro um, depois o outro — seus olhos se abriram e ele voltou-se para Khalifa. Ocorreu ao detetive que ele parecia uma tartaruga.

— É o chá? — perguntou, com voz debilitada.

— Já estão trazendo.

— O quê?

— Estão trazendo o chá — repetiu Khalifa, um pouco mais alto.

Az-Zahir ergueu o braço direito e consultou o relógio.

— É muito cedo para o chá.

— Vim conversar com o senhor — disse Khalifa. — Sou amigo do professor Mohammed al-Habibi.

— Habibi! — grunhiu o homem idoso. — Habibi acha que estou senil! E tem razão! — Rindo consigo mesmo, ele estendeu a mão trêmula. — E quem é você?

— Yusuf Khalifa. Já fui aluno do professor Habibi. Agora sou policial.

Ele assentiu de cabeça, endireitando-se como pôde na cadeira. Khalifa reparou que sua mão esquerda tombava pesadamente sobre o colo, como se estivesse morta. Az-Zahir pegou a direção do olhar do detetive.

— O derrame — explicou ele.

— Sinto muito. Não pretendia...

Az-Zahir fez um gesto com a mão, dispensando desculpas.

— Coisas piores acontecem na vida da gente. Como ter um bobalhão como o Habibi como professor! — Ele soltou mais uma risadinha, seu rosto se contraindo numa careta redonda e desdentada. — Como está aquele cachorrão velho?

— Bem. Mandou lembranças.

— Duvido!

Um homem veio na direção deles, trazendo duas xícaras de chá, que colocou numa mesinha entre os dois. Az-Zahir não conseguiu alcançar a xícara, então Khalifa passou-a para ele. O velho professor sorveu ruidosamente o líquido. De algum lugar bem atrás deles, vinham os ruídos ritmados de raquetadas e batidas de bolas, de um jogo de tênis.

— Qual é mesmo o seu nome?

— Yusuf. Yusuf Khalifa. Quero conversar com o senhor sobre o exército de Cambises.

Outro sorvo barulhento:

— Ah, o exército de Cambises.

— O professor Habibi disse que ninguém sabe mais sobre esse assunto do que o senhor.

— Bem, é claro que sei mais do que ele. Não que isso seja grande coisa.

Ele terminou o chá e entregou a xícara para Khalifa, que a colocou sobre a mesa. Uma vespa chegou voando sinuosamente e deteve-se no ar, sobre a bandeja. Por um longo intervalo, ficaram ali sentados e em silêncio, o queixo de az-Zahir gradualmente pendendo de novo sobre o peito, como se ele fosse feito de cera e estivesse, devagar, derretendo ao calor da tarde. Parecia que ia adormecer outra vez, mas então, subitamente, soltou um espirro e sua cabeça voltou a se erguer.

— Então — grunhiu ele, tirando um lenço do paletó e assoando o nariz —, o exército de Cambises. O que quer saber sobre isso?

Khalifa tirou o maço de cigarros que havia comprado no caminho de volta da margem ocidental e acendeu um.

— Qualquer coisa que puder me contar, na verdade. Os soldados se perderam no Grande Oceano de Areia, certo?

Az-Zahir assentiu de cabeça.

— É possível ser um pouco mais preciso?

— De acordo com Heródoto, foi em algum lugar entre o que era chamado de Oásis, ou Ilha dos Abençoados, e a terra dos amonitas. — Ele espirrou novamente, enterrando a seguir o nariz no lenço. — Pelo que sabemos, esse Oásis citado é al-Kharga — disse, a voz abafada pelo lenço. — No entanto, há pessoas que sustentam que possa ser al-Farafra. Na verdade, ninguém sabe. A terra dos amonitas é Siwa. Portanto, em algum lugar entre esses dois pontos. É o que Heródoto escreveu.

— É a única fonte disponível?

— Sim, infelizmente. E há quem diga que ele inventou a história toda.

Ele terminou de assoar o nariz e deslizou a mão para o lado do paletó, tentando recolocar o lenço no bolso. Mas acabou desistindo e enfiou-o na manga de seu braço paralisado. Houve um ruído de cascalho prensado atrás deles. Os dois tenistas haviam encerrado o jogo e seguiam de volta ao edifício.

— Tênis, que jogo ridículo — resmungou az-Zahir. — Ficar batendo numa bolinha pra lá e pra cá, fazendo-a passar sobre uma rede. É o tipo de coisa que só os ingleses poderiam inventar. — Ele balançou a cabeça enrugada, em sinal de desaprovação. Fez-se outra longa pausa. — Eu bem que gostaria de fumar um desses cigarros — disse ele, afinal.

— Desculpe. Devia ter lhe oferecido.

Khalifa lhe passou um cigarro e acendeu-o. O homem idoso deu uma profunda tragada.

— Muito bom. Depois do derrame, os médicos disseram que eu não devia mais fumar, mas estou certo de que um cigarrinho só não vai me fazer mal nenhum.

Por alguns instantes, ele fumou em silêncio, segurando o cigarro bem perto da ponta, inclinando-se à frente para soltar as baforadas, uma expressão de intensa concentração no rosto. Já havia quase terminado o cigarro quando tornou a falar:

— Provavelmente foi o *khamsin* que os soterrou — disse. — O vento do deserto. Quando ele sopra, pode se tornar bastante violento, principalmente na primavera. Muito violento. — Ele espantou uma mosca com um abano da mão. — As pessoas começaram a procurar por esse exército quase que a partir do momento em que ele se perdeu, sabe? O próprio Cambises enviou uma expedição para encontrá-lo. E também Alexandre o Grande. E os romanos. Ganhou uma espécie de aura mística. Como Eldorado.

— O senhor também procurou por ele?

O velho soltou um muxoxo:

— Que idade você pensa que eu tenho?

Khalifa deu de ombros, embaraçado.

— Vamos, dê um palpite.

— Setenta?

— Você é bastante lisonjeiro. Tenho oitenta e três. E desses oitenta e três anos, gastei quarenta e seis lá no deserto ocidental procurando pela porra desse exército. E, nesses quarenta e seis anos, sabe o que encontrei, afinal?

Khalifa não respondeu.

— Areia. Foi tudo que encontrei. Milhares e mais milhares de toneladas de areia. Encontrei mais areia do que todos os arqueólogos da história somados. Virei um especialista em areia.

Ele soltou uma alegre risadinha e, curvando-se à frente, deu a última tragada no cigarro, esmagando-o depois no braço da cadeira e deixando a ponta cair na xícara de chá.

— Não devemos atirar nada no chão — explicou ele. — Ia emporcalhar o jardim. É um belo jardim, não acha?

Khalifa concordou.

— É a principal razão de eu vir para cá. A biblioteca é maravilhosa, é claro, mas o que eu amo mesmo é o jardim. É tão tranqüilo. Gostaria de morrer aqui.

— Estou certo de que...

— Por favor, me poupe dessa espécie de chavão. Estou velho e doente, e quando eu me for, espero estar exatamente aqui, nesta cadeira, à sombra desta acácia maravilhosa.

Ele tossiu. O mesmo homem que trouxera o chá veio buscar a bandeja de volta.

— Quer dizer que jamais foi encontrado nenhum sinal do exército? Nenhuma indicação de onde possa estar?

Az-Zahir não parecia estar escutando. Estava esfregando a mão no braço da cadeira, murmurando qualquer coisa para si mesmo.

— Professor?

— Sim?

— Jamais encontraram nenhuma pista do exército perdido?

— Ah, tem sempre alguém dizendo que sabe onde ele está. — Ele soltou um muxoxo. — Uma expedição, no começo deste ano, pensou que o tivesse encontrado. Tudo asneiras. Teorias birutas, nada mais. Quando se exige deles alguma prova concreta, não apresentam coisa nenhuma que preste. — Ele enfiou o dedo numa orelha, remexendo lá dentro. — Se bem que havia um sujeito, um americano...

— Um americano?

— Bom sujeito. Jovem. Meio impetuoso. Conhecia bem seu trabalho, entretanto. — Ele continuava cavucando a orelha com o dedo. — Trabalhava lá no deserto por conta própria. Tinha uma teoria sobre uma pirâmide.

Os ouvidos de Khalifa entraram em alerta:

— Uma pirâmide?

— Não uma pirâmide, pirâmide mesmo, não. Uma enorme ponta de rocha com a forma de uma pirâmide, foi isso que ele disse. Ele havia encontrado algumas inscrições nela. Estava convencido de que haviam sido deixadas pelos soldados do exército perdido. Chegou a me procurar, sabe? Telefonou-me de Siwa. Disse que havia escavado algumas pistas e que ia me mandar fotografias. Mas nunca recebi fotografia nenhuma. Daí, uns dois meses depois, encontraram o jipe dele. Queimado. Com ele dentro. Uma tragédia. John. Era o nome dele. John Cadey. Um sujeito simpático. Meio impetuoso demais. — Finalmente o velho tirou o dedo da orelha.

— Mas o senhor lembra de onde ele estava escavando? — indagou Khalifa.

Az-Zahir deu de ombros.

— Em algum lugar, lá no deserto. — Ele suspirou. Parecia estar ficando cansado. — Mas lá é um bocado grande, sabe? Gastei tempo de sobra escavando por lá. Perto de uma pirâmide. Foi o que ele me disse. Um bom jovem. Cheguei a acreditar que ele houvesse encontrado alguma coisa. Mas, então, aconteceu esse acidente. Muito triste! Nunca será encontrado, sabe? O exército. Nunca. É como ouro dos tolos. Uma miragem. Cadey. Era como ele se chamava.

A voz dele ficava cada vez mais fraca, até se emudecer de todo. Khalifa olhou em volta. A cabeça do idoso professor havia tombado sobre o peito, a pele se amontoando em volta do queixo e da papada, já não tanto parecendo um rosto, mas uma gamela cheia de rugas. Seu braço bom havia caído junto à lateral da cadeira e ele começou a roncar. Khalifa o ficou observando por alguns segundos e então, pondo-se de pé, deixou-o em seu cochilo e encaminhou-se de volta para o prédio.

A biblioteca da Chicago House, a melhor biblioteca sobre egiptologia fora do Cairo, ocupava dois salões refrigerados, de paredes totalmente brancas, no térreo do prédio, com tetos altos, fileiras intermináveis de estantes e um penetrante cheiro de cera de lustrar e países antigos. Khalifa mostrou ao bibliotecário sua identificação e explicou o que desejava.

O homem — um jovem americano, com óculos redondos e barba espessa — esfregou o queixo, pensativo.

— Bem, temos, sim, algum material que pode ser útil. Você lê alemão?

Khalifa respondeu com a cabeça, negativamente.

— Que pena! *Drei Monate in der Libyschen Wüste*, de Rohlf, é ótimo. Provavelmente o melhor estudo já escrito sobre o deserto ocidental, apesar de já ter uns cem anos. Mas jamais foi traduzido, assim, acho que não vai servir para você. Mesmo assim, temos alguma coisa em árabe e em inglês. E temos mapas muito bons, levantamentos aéreos. Vou ver o que posso encontrar.

Ele desapareceu numa sala lateral, deixando Khalifa junto a uma pilha de volumes sobre os primórdios da egiptologia — *Researches in Egypt and Nubia*, de Belzoni, *Monumenti dell'Egitto e della Nubia*, de Rosellini, e os doze volumes de *Denkmäller aus Aegypten und Aethiopien*, de Lepsius. Khalifa percorreu as lombadas com os dedos, tirando um exemplar do *Ancient Egyptian Paintings*, de Davies, colocando-o no alto da pilha e, delicadamente, abrindo-o. Ainda o estava examinando, vinte minutos depois, quando o bibliotecário retornou e, gentilmente, chamou-lhe a atenção com um tapinha no ombro.

— Deixei alguns livros na sala de leitura para você. Na mesa junto à janela. Não é tudo o que temos sobre o assunto, mas já dá para começar. Pode gritar por mim, se precisar de mais alguma coisa. Ou talvez seja melhor assoviar, já que estamos numa biblioteca.

Ele riu, fungando, da própria piada, e retornou a sua mesa. Khalifa devolveu o Davies à pilha e foi para a segunda sala, que tinha estantes em ambas as paredes laterais e uma fileira de mesas no centro. Na mais distante dele, junto à janela que dava para os jardins, havia duas pilhas mal equilibradas de volumes. Ele sentou-se, pegando o livro de cima da pilha mais próxima e começou a ler.

Khalifa demorou três horas para achar o que queria. Finalmente, encontrou uma pista num livro fino intitulado *Uma jornada através do Grande Mar das Dunas*, escrito em 1902 por um explorador inglês, capitão John de Villiers.

O objetivo de De Villiers era refazer o percurso, em sentido oposto, da histórica expedição de Rohlf, de 1874, partindo de Siwa, utilizando-se de guias locais e com uma caravana de quinze camelos, e atravessar o deserto até o oásis de Dakhla, a 600 quilômetros de distância, rumo sudoeste. Vinte dias mais tarde, enfermidades que se abateram sobre a expedição e carência de suprimentos o forçaram a desviar-se para al-Farafra, onde então a empreitada fora abandonada. O que interessou Khalifa, no entanto, não foi o desfecho da expedição, mas um episódio ocorrido oito dias depois que ela iniciou a viagem:

Foi na manhã desse oitavo dia que Abu, o garoto que já mencionei, apontou para mim uma extraordinária visão à grande distância, através das dunas, meio a leste da trajetória de nossa marcha.

Minha primeira impressão foi de que a pirâmide, pois é dela que se tratava, devia ser uma miragem, uma ilusão de ótica...

Khalifa fez uma pausa, tentando entender as palavras pouco familiares, então, pôs-se de pé e dirigiu-se ao bibliotecário para lhe pedir um dicionário inglês-árabe. O homem lhe indicou um volume, Khalifa tirou-o da prateleira, retornou à mesa e folheou o dicionário, procurando a palavra:

— Ah! — exclamou. — *Sirab. Tawahhum basari.* Entendi.

Daí, retornou ao texto, mantendo o dicionário aberto ao seu lado e consultando-o com freqüência:

Evidentemente, não parecia possível que fosse uma formação natural, tanto pela precisão de sua forma quanto pela ausência de qualquer formação semelhante nas proximidades.

No entanto, à medida que nos aproximamos, fui forçado a reconsiderar esta avaliação inicial. A pirâmide era, assim revelou-se, tanto real quanto obra da natureza. Como se sobressaíra das areias e quando, entrementes, não me foi possível precisar, já que meus conhecimentos, infelizmente, não alcançam a geologia. Tudo que posso registrar é que constituía um detalhe excepcional em meio à paisagem, inacreditavelmente grande, emergindo das dunas como a ponta de uma lança, ou, talvez, seja mais apropriado dizer, similar à presa de um tridente, tal qual aquele que brandia Pôseidon (afinal de contas, estávamos no Oceano de Areia!).

"Acho que ele tentou fazer uma piada", pensou Khalifa.

Demoramos mais de um dia para atingir o fantástico objeto, o que significou um desvio considerável de nossa rota. Muitos dos homens foram contra nos aproximarmos dela, por acreditarem que se tratava de algo de má sina, arauto do diabo, da espécie de superstição mágica tola à qual a mente dos árabes-egípcios apresenta-se sobremaneira suscetível (ele são, em diversos sentidos, como lorde Cromer tão precisamente sugeriu, pouco melhor do que uma nação de crianças).

Khalifa balançou a cabeça, tanto divertindo-se quanto irritando-se com o comentário. "Mas que inglês arrogante de merda!"

Preferi conversar com meus homens sobre suas apreensões, esforçando-me para trazê-los à razão, até mesmo concedendo que imensas rochas poderiam parecer aterradoras, embora, segundo minha experiência, apenas para aqueles com predisposições femininas ou infantis, mas nunca para homens tão valentes quanto os que tinha ali. Isso pareceu surtir o efeito desejado, apesar de alguns resmungos grosseiros, e assim prosseguimos naquela direção, atingindo nosso objetivo no final da tarde e montando nosso acampamento na base da rocha.

E isso é tudo, estou certo de que você concordará comigo, que pode ser dito sobre uma saliência de rocha, mesmo uma tão intrigante quanto essa, e acredito que haja esgotado a maior parte do assunto nos poucos parágrafos anteriores. No entanto, eu teria minha atenção ainda voltada para um particular aspecto do referido fenômeno, ou seja, para algumas marcas descobertas em sua base, na face voltada para o sul, a qual, sob um exame mais minucioso, mostrou ser provida de hieróglifos rudimentares.

Meu domínio quanto à linguagem usada no Egito Antigo é tão limitado quanto o da geologia. Sei o bastante, no entanto, para arriscar o palpite de que aqueles sinais representavam um nome: "Net-nebu". Um viajante, no passado, sem dúvida, que esteve nesta localidade milênios antes de nós.

Mais tarde, naquela mesma noite já quando Azab, o cozinheiro, servia o jantar, levantei um brinde — com chá, desafortunadamente, não com vinho — ao intrépido Net-nebu, desejando que tivesse tido boa saúde em vida, e também esperando muito sinceramente que houvesse alcançado seu destino em segurança. Meus homens juntaram-se a mim, erguendo suas canecas, solenemente repetindo minhas palavras, mas sem, suspeito eu, fazer idéia do que eu dizia. Isso pareceu soerguer seus ânimos, entretanto, e, no final das contas, tivemos todos uma bela noite de sono.

Khalifa repassou todo o trecho duas vezes, para assegurar-se de que o havia compreendido inteiramente, copiando o curioso registro para si, e depois foi para o apêndice do final do livro. Ali, encontrou excertos, do diário de expedição de Villier, com pormenores sobre as distâncias cobertas a cada dia e referências a marcações por bússola. Comparando estas indicações com um mapa básico do Egito Ocidental, ele pôde ter uma idéia da localização da rocha com formato de pirâmide. A seguir, pediu ao bibliotecário mapas mais detalhados, e com isso tentou encontrar o ponto exato onde estaria.

Tudo isso exigiu mais tempo do que ele imaginava. Khalifa percorreu um mapa em escala 1:150.000, mas não encontrou o rochedo marcado em lugar nenhum. Era algo que devia estar assinalado num detalhado mapa do Oceano de Areia, levantado por satélites, mas, não. Já um mapa egípcio de levantamento militar, escala 1:50.000, onde inevitavelmente deveria aparecer, interrompia-se justamente a oeste da área que ele queria examinar. Khalifa começou a acreditar que jamais a encontraria.

Mas, finalmente, conseguiu. Num mapa para pilotos da RAF, da Segunda Guerra, guardado na biblioteca, aliás, mais como um documento histórico do que pela informação geológica que poderia conter. No entanto, oferecia um minucioso quadro topográfico da área entre 26 e 30 graus, latitude e longitude. Bem ali, mais ou menos a meio caminho entre Siwa e al-Farafra, erguendo-se solitária na paisagem do deserto, havia um pequeno triângulo com a legenda: "Formação Rochosa Piramidal". Khalifa deu um tapa na mesa, de puro contentamento, o som ecoando por toda a sala como se fosse o disparto de um revólver.

— Desculpe — sussurrou para o bibliotecário, que enfiou a cabeça pela porta para ver o que estava acontecendo.

O detetive anotou as coordenadas da rocha, checando duas vezes para se certificar que as havia copiado corretamente, e então, já imaginando se o seu amigo Abul, o Gordo, ainda estava no negócio de organizar excursões turísticas pelo deserto, pôs-se de pé e esticou o corpo. Foi só então que reparou que já havia escurecido. Passava das oito horas. E ele prometera estar em casa às quatro, para a parada das crianças.

— Merda! — rosnou, fechando bruscamente seu bloco de notas e saindo às pressas. Zenab não estaria nada satisfeita, à sua espera.

33

O Deserto Ocidental

Já ao cair da noite, não haviam sido encontrados sinais do exército, e Dravic mostrava-se cada vez mais impaciente.

Durante o dia inteiro, ele ficara observando o trabalho que corria abaixo dele, na expectativa de que ressoasse o grito avisando que alguma coisa fora encontrada. As horas foram passando, uma a uma, o sol castigando-o duramente, as moscas rondando sempre o seu rosto, a enorme rocha erguendo-se à sua frente, seu contorno oscilando debaixo do calor descomunal, e nada do grito tão esperado. Os aspiradores de areia trabalhavam sem descanso, mas não encontravam nada. Somente areia. Toneladas e mais toneladas de areia, como se o deserto estivesse debochando dele.

Duas ou três vezes, ele descera para vistoriar pessoalmente a escavação, cavoucando aleatoriamente com sua pá, xingando qualquer um que por acaso estivesse por perto. Na maior parte do tempo, no entanto, permanecera sob a sombra do guarda-sol, mastigando seus charutos, tirando o suor dos olhos, cada vez mais ansioso e frustrado.

Quando finalmente o sol baixou e o céu começou a escurecer, o ar piedosamente se refrescando, instalaram lâmpadas de arco voltaico por todo o entorno da escavação, inundando o vale de luz. As chances de as luzes serem avistadas de longe eram mínimas e, além do mais, de qualquer modo, era um risco necessário, se quisessem adiantar os trabalhos. Todos os homens disponíveis foram providos de pás e receberam ordens de ajudar na escavação da trincheira. De fato, havia todo um exército agora lá embaixo, em furiosa atividade, sob o brilho leitoso da luz. Um exército à procura de um exército. Mas nenhum resultado ainda.

Ele começava a preocupar-se com a possibilidade de Lacage ter razão. Talvez o exército estivesse numa profundidade muito maior do que havia imaginado. Nas suas estimativas, estaria entre quatro e sete metros. Foi o que assegurara a Sayf al-Tha'r. Entre quatro e sete metros. Dez, no máximo. Mas estavam chegando aos dez metros de profundidade e não haviam encontrado coisa alguma. Absolutamente nada.

É claro que o acabariam encontrando, mas estavam pressionados pelo tempo. Não poderiam ficar ali para sempre. A cada dia despendido, as chances de que a operação atraísse a atenção de alguém aumentavam consideravelmente. O deserto era um lugar remoto, mas não tão remoto que pudessem permanecer indefinidamente despercebidos. Tinham no máximo uma semana. E se o exército estivesse a cinqüenta metros de profundidade, não teriam tempo de tirar muita coisa dos achados.

— Onde ele está? — resmungava para si mesmo, sugando raivosamente seu charuto. — Já devíamos tê-lo encontrado a esta altura. Merda, onde ele está?

Dravic cerrou os punhos e esfregou as têmporas com os nós dos dedos. Estava com uma terrível dor de cabeça — o que não era de se estranhar, considerando que fazia mais de doze horas que estava ali de pé. Precisava acalmar-se. Pensar em outra coisa. Deu um grito para um dos homens, avisando que estava indo para a sua tenda e que, se qualquer novidade acontecesse, devia ser chamado imediatamente. Em seguida, desceu para o acampamento. Tinha uma garrafa de vodca em sua mala. Bastavam algumas doses e iria se sentir muito melhor. E quem sabe poderia dormir algumas poucas horas também? Era só do que precisava.

No meio do caminho, entretanto, uma outra idéia gradualmente lhe ocorreu, fazendo com que um sorriso se espalhasse lentamente por seu enorme rosto. Sim, pensou, isso iria de fato distraí-lo da tensão. Era só tomar um banho, beber um drinque ou dois, comer, e então...

Alcançou o acampamento e, contornando as pilhas de equipamento, deteve-se diante de uma tenda, enfiando a cabeça pela abertura. Lá dentro,

Tara e Daniel estavam deitados, encolhidos, no chão. Quando o viram entrar, sentaram-se. Olhou de relance para Tara e então disse alguma coisa, em árabe, para o homem de guarda. Daniel franziu o cenho.

— Animal! — sibilou ele. — Vou matar você, Dravic!

Dravic explodiu numa gargalhada:

— Vai ter de voltar dos mortos para fazer isso!

O alemão disse mais alguma coisa ao homem e depois saiu.

— O que está acontecendo? — perguntou Tara.

Daniel ficou calado, imóvel, olhar fixo na ponta de suas botas. Não conseguia se decidir a responder a Tara.

— O que foi que ele disse?

Daniel murmurou alguma coisa.

— O quê?

— Ele deu ordens de levarem você à tenda dele daqui a duas horas.

Ela consultou o relógio. Eram oito e quinze. Tara sentiu que ia vomitar.

Luxor

Como Khalifa previa, Zenab não o recebeu nada satisfeita. Ela assistia à tevê com Ali e Batah quando ele entrou, e imediatamente cravou-lhe um olhar feroz.

— Você não foi lá me ver, papai! — reclamou Ali. — Eu estava na barca de Tutankâmon. Eu era um de seus escravos abanadores.

— Desculpe — disse Khalifa, agachando-se diante do filho e acariciando seus cabelos. — Tinha uma coisa que precisei ficar resolvendo no trabalho. Eu estaria lá, se pudesse. Olhe aqui, trouxe um presente para você. E para você também, Batah.

Enfiou a mão na sacola plástica que trazia e tirou um colar de conchas, que deu à sua filha, e uma corneta de plástico.

— Obrigado, papai — gritou Ali, agarrando o instrumento e soprando tão alto quanto pôde. Batah correu para se ver no espelho. Ali a seguiu.

— É só uma vez ao ano, Yusuf — disse Zenab, quando ficaram a sós. — Uma tarde apenas no ano. Eles queriam tanto que você estivesse lá...

— Sinto muito — repetiu ele, tentando pegar na mão dela. Zenab recolheu-a, pondo-se de pé, atravessando a sala e fechando a porta para deixá-los a sós.

— Recebi um telefonema esta manhã — contou ela, ao retornar. — Do inspetor-chefe Hassani.

Khalifa não fez nenhum comentário, apenas puxou um cigarro.

— Ele queria me dizer que estava muito satisfeito com a sua promoção. Que isso significava mais dinheiro para nós, um apartamento subsidiado, escola nova para as crianças. Respondi que não sabia de nada a respeito. E ele me disse que logo você estaria em casa para me dar a notícia. E que era um passo e tanto na sua carreira. Repetiu isso muitas vezes.

— Canalha — murmurou Khalifa.

— Como?

— Ele está tentando me atingir, Zenab. Através de você. Ficou contando todas as vantagens da promoção na esperança de que você me convença a aceitá-la.

— E você não está querendo aceitar?

— É uma coisa complicada.

— Não tente me enrolar! Não desta vez. O que está acontecendo, Yusuf?

Ali começou a esmurrar a porta:

— Mamãe! Quero ver televisão!

— Seu pai e eu estamos conversando. Vá brincar com Batah.

— Mas não quero brincar com Batah.

— Ali, vá brincar com Batah. E não faça barulho para não acordar o bebê!

Escutou-se então o desafiante toque da corneta e o barulho de uma porta sendo batida com força. Khalifa acendeu o cigarro.

— Tenho de voltar ao Cairo — disse. — Esta noite mesmo.

Ela ficou imóvel por alguns momentos, então aproximou-se e ajoelhou-se diante dele, seus cabelos espalhando-se pelas coxas de Khalifa.

— O que está acontecendo, Yusuf? Nunca vi você desse jeito. Me conte. Por favor. Tenho o direito de saber. Principalmente se está afetando nossas vidas. Que investigação é essa? Por que não vai aceitar a promoção?

Ele a enlaçou com os braços, recostando a testa sobre sua cabeça.

— Não é que eu não queira lhe contar, Zenab. É que estou com medo. Com medo de envolver você. É muito perigoso.

— Então, tenho ainda mais direito de saber. Sou sua esposa. O que afeta você, afeta a mim também. E a nossos filhos. Se é algo perigoso, preciso saber.

— Ainda não entendi tudo que está acontecendo. Tudo que sei é que há vidas de inocentes em jogo e sou o único que pode salvá-las.

Mantiveram-se naquela posição por alguns momentos. Depois, ela afastou-o um pouco e olhou dentro dos olhos dele.

— Mas há alguma coisa a mais, não é?

Ele não respondeu.

— O que é?

— Não é que...

— O que é, Yusuf?

— Sayf al-Tha'r — murmurou ele.

A cabeça de Zenab pendeu sobre o peito.

— Meu Deus, isso não. Isso já passou. Está acabado.

— Nunca vai acabar — disse ele, olhos fixos nos joelhos. — É disso que me dei conta, durante esta investigação. Sempre esteve aqui, dentro de mim. Tentei esquecer, mudei de cidade, mas não consigo esquecer. Eu devia tê-los detido. Eu devia tê-lo ajudado.

— Já conversamos sobre isso, Yusuf. Não havia nada que você pudesse ter feito.

— Mas devia ter pelo menos tentado. E não tentei. Deixei que o levassem, sem fazer nada. — Khalifa pôde sentir as lágrimas se acumulando em seus olhos e lutou para refreá-las. — Não tenho palavras para dizer o que sinto sobre isso, Zenab. É como se estivesse carregando um peso enorme nas costas. Penso toda hora em Ali. E no que aconteceu. Que eu podia ter feito algo. E agora, nesta investigação, tenho uma chance de acertar as coisas. Não posso trazer Ali de volta, mas pelo menos compensar um pouco o mal que foi causado. E, se não fizer isso, não vou me dar por satisfeito. Metade de mim vai estar sempre presa ao passado.

— Prefiro a metade de um marido a um marido morto.

— Por favor, tente compreender. Preciso resolver isso. É importante.

— Mais importante do que eu e as crianças? Nós precisamos de você, Yusuf. — Zenab segurou as mãos do marido. — Não me importo com a promoção. Não precisamos de mais dinheiro, de um apartamento luxuoso. Estamos bem como estamos. Mas eu me importo com você. Meu marido. Meu amor. Não quero que seja morto. E é o que vai acontecer, se insistir com isso. Estou sentindo. Sei que é o que vai acontecer. — Ela estava chorando agora e enterrou a cabeça no colo dele. — Quero você aqui, conosco, em segurança — disse, aos soluços. — Quero você envelhecendo ao nosso lado, como uma família.

Do quarto de Batah chegou-lhes o berro da corneta. Fogos de artifício pipocaram na rua, lá embaixo. Khalifa alisou os cabelos da mulher.

— Não há nada no mundo mais importante para mim do que você e as crianças —sussurrou. — Nada. Nem o passado, nem meu irmão, nem mesmo minha própria vida. Amo vocês mais do que jamais vou ser capaz de expressar. Faria qualquer coisa por vocês. Qualquer coisa. — Ele ergueu a cabeça de Zenab, de modo a se fitarem bem nos olhos. — Me peça para desistir da investigação, Zenab. É só me pedir e eu o farei, sem hesitar um instante sequer. Me peça, então.

Por um longo momento, ela sustentou o olhar dele, seus olhos grandes, castanhos e úmidos. Então, muito devagar, pôs-se de pé.

— A que horas sai o seu trem? — perguntou ela mansamente.

— O último sai às dez horas.

— Então você só tem tempo de jantar.

Ela ajeitou os cabelos, pondo-os para trás, e foi para a cozinha.

Khalifa saiu de casa às nove e quinze. Levava uma sacola de viagem contendo uma muda de roupa, algo para comer e sua pistola, uma Helwan 9mm, arma padrão da polícia. Também levou consigo 840 libras egípcias, dinheiro que vinham guardando para fazer a *Hajj* a Meca. Sentiu-se péssimo por precisar usá-lo mas era só o que tinham em casa, em dinheiro vivo, e iria precisar dele para o que tinha de fazer. Jurou que, não importando o que haveria de acontecer nos próximos dias, ele o reporia.

Virou à esquerda, afastando-se do seu prédio, e iniciou a caminhada de quinze minutos até a estação, o ar da noite ainda ecoando o espocar dos fogos de artifício disparados pelas pessoas que celebravam o feriado de Abu el-Haggag. Perguntou-se se deveria passar pelo escritório para pegar mais munição, mas afinal decidiu não fazê-lo. Havia sempre o risco de dar de cara com algum colega. Precisava sair de Luxor sem que ninguém ficasse sabendo. Deu uma olhada no relógio. Nove e vinte.

A multidão aumentava nas ruas à medida que ele se aproximava do centro da cidade. As ruas em torno do templo de Luxor estavam apinhadas. Crianças com chapéus festivos corriam em todas as direções, disparando fogos. Bandas improvisadas — tocando principalmente *mizmars* e tambores — animavam as calçadas. Os vendedores de doces mal davam conta da demanda.

Num pequeno parque junto ao templo, um grupo de dançarinos *zikr* apresentava-se — duas fileiras de homens, de frente uns para os outros, movendo-se ritmadamente, indo de um lado para o outro, acompanhando o canto devocional de um *mushid*, posicionado numa das extremidades. Uma grande multidão acotovelava-se para assisti-los e Khalifa também reduziu o passo. Não para observar os dançarinos, mas para ver quem o estava seguindo.

Não podia ter certeza de quantos homens eram, nem quando haviam colado no seu rastro, mas não havia dúvida de que o estavam seguindo. Três, talvez quatro, misturando-se à multidão em festa, acompanhando cada movimento seu. Distinguiu um deles quando parou para comprar cigarros, um outro quando deu passagem a uma procissão de homens montados a cavalo. Somente um relance, um brevíssimo contato visual, antes que eles se ocultassem novamente na massa de pessoas. O máximo que podia dizer é que eram bons no que faziam. Homens treinados. Talvez, do serviço secreto. Ou da inteligência militar. Pelo tanto que percebeu, podiam ter estado às suas costas desde o começo do dia.

Agora, de pé no parque, Khalifa correu os olhos pela aglomeração de pessoas à sua volta. A dez metros de distância, um homem recostava-se numa cerca. Seus olhos volta e meia passavam por Khalifa, e o detetive já começava a crer que se tratava de um deles. Então, surgiu uma mulher e os dois se afastaram juntos, de braços dados. Nove e meia. Khalifa acendeu um cigarro e seguiu em frente.

Precisava ver-se livre deles antes de chegar à estação. Não podia estar certo de quem eram ou do que queriam, mas sabia que, se tivessem alguma suspeita de para onde estava indo, tentariam detê-lo. E, se o detivessem agora, ele não teria outra chance. Precisava despistá-los.

Nove e trinta e um. O detetive virou à esquerda, tomando uma rua estreita, passou por um grupo de crianças que assistiam tevê na calçada. Depois, acelerou o passo e virou a direita na primeira rua. Dois homens idosos jogavam *siga* sobre o chão poeirento, usando pedras como peças. Passou por eles rapidamente e mais uma vez, entrou à esquerda, descendo agora uma alameda cortada pelo vento. Vinte metros adiante, havia uma moto encostada a um muro. Ele fixou o olhar no retrovisor da moto, constatou que estava sozinho, e disparou a correr.

Por mais dez minutos, ziguezagueou pelas ruas secundárias de Luxor, tomando sempre direções inesperadas e súbitas, olhando a toda hora para trás, antes de finalmente sair na Modan al-Mahatta, a praça em frente à estação, com seu obelisco vermelho e a fonte que parecia nunca estar funcionando. Soltou um suspiro de alívio e passou para o calçamento, olhando à direita para ver se vinha algum carro. No que fez isso, reparou numa figura de terno, semi-oculta na penumbra de uma entrada de casa do lado oposto da rua, olhando diretamente para ele.

— Que merda — sibilou.

O trem para o Cairo já estava esperando na plataforma, os passageiros aglomerando-se em volta dele, os carregadores enfiando malas através das portas. Não havia maneira de entrar no trem sem ser visto. Khalifa consultou seu relógio. Nove e quarenta e três. Dezessete minutos.

Por um momento, ficou parado, sem saber o que fazer, então de súbito virou à esquerda, descendo a Sharia al-Mahatta, afastando-se da estação. Era uma idéia maluca. Completamente louca, mas não pôde pensar em mais nada. Precisava ir para casa.

Tomou o caminho mais curto que conhecia, cortando por ruas paralelas, sem se importar agora de olhar para trás, já sabendo que o estavam seguindo. Dez minutos depois, chegava ao seu edifício, disparando escadas acima e irrompendo pela porta da frente.

— Yusuf — Zenab, surpresa, veio saindo da sala. — Por que você voltou?

— Não tenho tempo para explicar — disse ele ofegante, empurrando-a para a cozinha. Olhou para o relógio. Nove e cinqüenta e três. Ia ser um bocado apertado.

Ele escancarou a janela da cozinha e verificou a estreita alameda lá embaixo. Como esperava, havia dois homens parados, entre as sombras, cobrindo os fundos do prédio. A altura de vinte metros até o chão fez sua cabeça rodopiar. Olhou para o telhado do prédio em frente, que ficava exatamente abaixo de sua janela, a uma distância de três metros, e era plano, cheio de varais de roupa e, no extremo oposto, uma porta que levava para o interior do prédio. Sempre se perguntara se seria possível saltar de um prédio para o outro. Agora, estava prestes a descobrir.

Olhou mais uma vez para baixo, lamentando-se, e então, inclinando-se para fora, atirou sua sacola de viagem para o telhado do outro lado da rua.

A sacola aterrissou com uma batida abafada e pesada no chão, assustando um bando de pombos, que levantou vôo, projetando-se no ar noturno.

— Yusuf — murmurou Zenab, dedos cravados no braço do marido. — O que você está fazendo? Por que jogou sua sacola nesse telhado?

Ele segurou o rosto dela entre as mãos e beijou-lhe a boca.

— Não pergunte. Porque se eu começar a pensar, acabo não fazendo.

Ele subiu para o parapeito da janela e, agarrando-se na moldura de metal, voltou-se para ela.

— Quero que mantenha a porta trancada esta noite — disse ele. — Se alguém telefonar, diga que fui para cama cedo, porque tenho de ir para Ismaília amanhã.

— Eu não...

— Por favor, Zenab. Não tenho mais tempo. Se alguém telefonar, diga que não pode me acordar. Amanhã de manhã, quero que pegue as crianças e vá para a casa de Hosni e Sama. Fique lá até receber notícias minhas. Entendeu?

Ela assentiu com um leve movimento de cabeça.

— Amo você, Zenab.

Ele inclinou-se para ela e beijou-a novamente, e então, voltando-se, fixou os olhos por sobre a alameda, no telhado no lado oposto. Parecia bastante longe.

— Feche a janela, quando eu for embora — sussurrou.

Não havia o menor sentido em tentar reunir coragem, então, murmurando uma breve prece, contou até três e pulou, lutando contra o impulso de emitir um berro de pavor. Por um momento, o tempo pareceu ficar parado, e ele flutuava no espaço vazio acima da alameda. Então, com uma pancada dolorosa, aterrissou no telhado, estatelando-se de cara no chão e esfolando o cotovelo no concreto.

Ficou parado, estirado no chão, por um instante, ainda mais aterrorizado agora, que já saltara, do que antes, e então, cambaleante, colocou-se de pé e olhou para trás. Zenab olhava da janela da cozinha, uma expressão chocada no rosto. Atirou para ela um beijo, apanhou a sacola de viagem e encaminhou-se apressado para a porta no final do telhado, que se abriu para uma escadaria que descia para o interior do prédio. Outra olhada no relógio. Nove e cinqüenta e quatro. Ele disparou escadas abaixo.

A porta de entrada do prédio dava frente para a entrada do seu prédio. Khalifa calculou que, com ambas as saídas do seu prédio vigiadas, não haveria razão para que eles estivessem vigiando esta também. Portanto, ele poderia sair e afastar-se dali sem ser visto. Gostaria de ter alguns minutos de sobra para checar a rua, mas não havia tempo para isso. Assim, mal atingiu o térreo, correu para a rua e dali de volta para o centro da cidade. Precisava vencer cerca de dois quilômetros em apenas cinco minutos. A adrenalina jorrava em suas veias como magma.

Dois minutos depois, estava com uma dor excruciante do lado esquerdo; mais um minuto e já não conseguia respirar, espremendo até o último milésimo de suas energias e mandando-o para as pernas, até que finalmente irrompeu de um apinhado entrelaçamento de ruas e galgou, tropeçando, as escadas de uma passagem elevada, pressionando a mão contra seu flanco. Duzentos metros à sua direita, o trem para o Cairo, lentamente, deixava a estação, suas rodas rangendo, raspando-se contra os trilhos.

"Mas que merda!", pensou ele. "Tinha de ser esta noite a primeira vez em que um trem sai de Luxor no horário."

Ficou parado, tentando recuperar o fôlego até o trem chegar quase à altura onde estava, então enfiou-se por baixo da barreira e começou a correr lado a lado com o trem, com uma alta murada de concreto à sua esquerda e as imensas rodas de aço do trem à direita, chegando quase ao seu peito. Ele agarrou-se no pegador de uma porta, mas não conseguiu segurar-se e precisou largá-la. O espaço entre o trem e a murada estava se tornando mais e mais estreito. Mais cinqüenta metros, e ele não teria mais como manter-se correndo ali. Agarrou outro pegador, desesperadamente tentando mantê-lo seguro, e desta vez conseguiu impulsionar-se para o degrau do vagão, usando todas as forças que lhe restavam, forçando a porta para abri-la e atirando-se para dentro, depois fazendo a porta correr de novo, fechando-a, no instante em que a murada de concreto quase se colava ao trem em movimento. Ele arriou num assento, ofegante.

— Você está bem? — perguntou um homem, diante dele.

— Muito bem. — Os pulmões de Khalifa contorciam-se. — Só preciso de... de...

— Um pouco de água?

— Um cigarro.

Lá fora, os prédios de Luxor lentamente iam ficando para trás, mergulhados na noite, enquanto o trem ganhava velocidade, tomando rumo norte, em direção ao Cairo.

34

Deserto Ocidental

— Não vou deixar ele me estuprar, Daniel!

As duas horas estavam quase esgotadas. Haviam sido as piores de sua vida — como uma tortura chinesa, minuto a minuto estreitando o tempo que tinha antes de ser levada a Dravic. Tara sentia-se como se estivesse num rio, sendo carregada para despencar numa cachoeira, sem poder fazer nada para salvar-se. Agora entendia como um prisioneiro no corredor da morte deveria sentir-se à medida que se aproximava a hora da execução.

— Não vou deixar ele me estuprar — repetiu ela, pondo-se de pé, nervosa demais para se sentar. — Prefiro morrer.

Daniel não dizia coisa alguma, apenas olhava para ela, sob a tênue luz do lampião de querosene, querendo falar mas incapaz de encontrar palavras. O guarda continuava observando-os com olhos mortiços. Ela dava passos sem rumo pela tenda, um peso no estômago, nauseada pela impotência, olhando sempre o relógio. Fazia frio, agora, e ela começara a tremer.

— Não sabemos o que vai acontecer — disse ele, tentando reconfortá-la.

— Claro! — disparou ela. — Quem sabe ele apenas quer conversar comigo sobre arqueologia?

Sua voz estava raivosa, cheia de amargura e sarcasmo. Daniel deixou pender a cabeça.

— Sinto muito — disse ela, depois de um momento. — É que eu estou apavorada.

Ele ficou de pé e tomou-a nos braços, abraçando-a com força. Tara aninhou-se nele como uma criança, as lágrimas brotando de seus olhos.

— Tudo bem... — insistiu ele. — Vai tudo ficar bem.

— Não vai não, Daniel. Nunca as coisas vão ficar bem outra vez se ele fizer isso comigo. Vou me sentir imunda pelo resto da minha vida.

Ele estava prestes a dizer que isso não faria tanta diferença assim, porque, afinal de contas, logo seriam mortos, mas deteve-se. Apenas acariciou os cabelos dela e a apertou mais ainda contra si. Ela estava tremendo incontrolavelmente.

Permaneceram ali parados até escutarem passos se aproximando, prensando-se sobre a areia. A aba da entrada da tenda foi aberta, alguém disse alguma coisa ao homem de guarda, que se levantou, então, e indicou a Tara que ela deveria sair.

Daniel puxou-a para trás de si, protegendo-a. O homem repetiu o gesto, dando um passo à frente agora e esticando o braço para agarrá-la. Daniel afastou o braço dele com um tapa e, erguendo os punhos, preparou-se para a luta. O guarda emitiu um chamado e a seguir dois outros homens entraram. Daniel arremessou-se contra um deles mas o homem desviou-se do golpe e, erguendo a coronha da arma, atingiu-o e, derrubando-o ao solo, manteve-se de pé junto a ele, com o cano da arma pressionado contra o seu peito. O companheiro dele agarrou o braço de Tara e a puxou para a saída da tenda.

— Sinto muito — murmurou Daniel. — Eu sinto muito.

— Eu te amo! — disse ela com voz trêmula. — Sempre amei você. Sempre.

E então ela se viu do lado de fora, sendo arrastada através do acampamento, um guarda agarrando seu braço e o outro cutucando-a nas costas com a arma, fazendo-a avançar. Ela se debatia violentamente, dando chutes e mordendo, mas em vão. O aperto em seu braço era forte demais para ela conseguir soltar-se. À sua frente, o vulto da pirâmide de rocha erguia-se, grande e silenciosa, contra a noite, refletindo o brilho das lâmpadas de arco voltaico abaixo dela.

Chegaram a uma tenda maior do que aquela onde ela e Daniel estavam sendo mantidos. Um dos guardas disse alguma coisa e ela foi empurrada através da entrada, a aba descendo por trás dela. Produziu apenas um leve ruído ao fechar-se, um som suave de lona roçando em lona, mas havia algo terrível naquele som, como se fosse a porta de uma cela se fechando.

— Boa noite — disse Dravic, com uma risadinha. — Fico feliz que tenha podido vir.

Ele estava sentado numa cadeira de lona junto a uma mesa de madeira apoiada em cavaletes. Numa das mãos, segurava um charuto já pela metade; na outro, um copo. Uma garrafa de vodca, três quartos dela já vazia, estava na mesa, perto dele. A face pálida do seu rosto mostrava agora uma coloração rosácea, como se a marca de nascença estivesse se imiscuindo sobre o resto do rosto, passando por cima do nariz e começando lentamente a colorir a outra face. A tenda fedia a charuto e suor. Tara teve um arrepio de nojo.

O alemão gritou qualquer coisa e Tara escutou o ruído de pés se afastando, no que os guardas a deixaram para ele.

— Quer um drinque?

Ela balançou a cabeça, recusando, tão apavorada que sentia como se seu peito fosse explodir. Dravic terminou sua bebida e serviu-se de mais uma dose. Bebeu-a de um só gole e soltou uma baforada de seu charuto.

— Pobrezinha — ele sorriu. — Aposto como você desejaria jamais ter se envolvido nesta encrenca toda, não é? E se não é o que está desejando agora, sem dúvida é como vai estar se sentindo daqui a alguns minutos — ele soltou uma gargalhada rouca.

— Por que me trouxe aqui? — a voz dela saiu arrastada.

Ele pressentiu o quanto ela estava apavorada e sua gargalhada agora foi ainda mais alta.

— Tenho certeza de que não preciso explicar.

Tornou a encher o copo e secou-o num só gole, sua garganta dilatando-se à medida que o líquido escorria por ela. Tara percorreu toda a tenda com os olhos, procurando alguma coisa que pudesse usar como arma. Ela podia ver o paletó de Dravic, com o cabo da espátula saindo do bolso e moveu-se sutilmente naquela direção. Outra explosão de gargalhadas.

— Vá em frente — disse ele. — Tente pegá-la. É o que desejo que você faça. Qual é a graça, se você não lutar um pouco?

Ela alcançou o paletó e puxou a espátula, recuando, então, brandindo-a apontada para ele.

— Eu mato você — disse ela entre dentes. — Se se aproximar de mim, mato você!

Ele deixou o copo de lado, levantou-se e avançou bamboleando para ela. Tara podia ver o volume em sua virilha, e a garganta dela estreitou-se, como se estivesse sendo estrangulada. Dravic continuava avançando sobre ela, soltando baforadas do charuto, anéis de fumaça pairando em volta de sua enorme cabeça.

— Eu mato você — repetiu ela, tentando atingi-lo com a espátula.

Dravic estava diante dela, agora. A cabeça dela mal alcançando seu peito, os braços dele tão grossos como as coxas dela. Tara recuou contra a lona da tenda, brandindo a espátula.

— Fique longe de mim!

— Vou machucar você! — sussurrou ele. — Vou machucar você de verdade.

Ela tentou atingi-lo mais uma vez, mas ele agarrou-lhe o braço facilmente e o torceu, forçando-a a soltar a espátula. Ela encolheu-se contra a lona da tenda, desesperada, tentando atingir a virilha dele com o joelho, mas foi inexplicavelmente incapaz de fazer sua perna mover-se. Dravic curvou-se sobre ela, uma torre monstruosa, então sua mão, num movimento rápido, puxou para baixo a frente da blusa de Tara, rasgando o tecido e expondo-lhe os seios. Ela rastejou para o lado, cobrindo-se com os braços.

— Você é um animal desgraçado! — berrou ela. — Um animal nojento, horroroso. Um canalha.

O soco atingiu-a no lado da cabeça, pesado como um malho, projetando-a para o outro lado da tenda, onde tombou no chão. Meio desacordada, sentiu que ele se aproximava e a seguir o peso esmagador de seu corpo sobre o dela. Tara não conseguia respirar.

Ele tirou o charuto da boca e, esticando o braço, pressionou a ponta em brasa contra o pescoço dela. Tara gritou, contorcendo-se em agonia, tentando tirá-lo de cima. Mas Dravic era pesado demais, era como se houvesse uma montanha sobre ela. O charuto desceu novamente, em seu antebraço agora, e depois no alto dos seios. A cada vez, ela berrava e ele dava gargalhadas deliciadas. Ele jogou o charuto para o lado e começou a apalpar os seios, apertando-os brutalmente, espremendo sua carne pálida. Então, curvou a cabeça sobre ela, grunhindo como um porco, e começou a morder o pescoço e os ombros de Tara, seus dentes deixando profundos vergões arroxeados na pele. De alguma maneira, ela conseguiu soltar uma das mãos e, com toda a força que pôde reunir, enfiou seu polegar no olho de Dravic. Ele curvou-se para trás, rugindo.

— Sua puta imunda! — gritou. — Vai aprender uma bela lição agora.

Ele golpeou-a três vezes no rosto, com extraordinária violência, expulsando totalmente o ar dos pulmões de Tara. Ela sentiu-se sendo girada e colocada de bruços, e escutou o som de um cinto sendo puxado dos ilhoses, apesar de o ruído lhe parecer estranhamente abafado. Ela sentia-se como se tivesse sido expulsa do seu corpo e estivesse ali ao lado, de pé, observando a cena, uma testemunha do estupro e não sua vítima. E foi assim que viu Dravic abrir as calças e, com a mão por debaixo da barriga dela, desabotoar seus jeans.

"Vou ser estuprada", pensou, de um jeito algo alheio a si mesma. "Dravic vai me estuprar e não há nada que eu possa fazer para me defender."

Ela ainda viu a espátula, cerca de trinta centímetros distante de sua mão, e esticou o braço para alcançá-la, mesmo sabendo que jamais conseguiria.

"Será que vai doer muito?", pensou.

Ele agarrou-a pelos cabelos e puxou sua cabeça para trás, ao mesmo tempo que arrancava jeans e tênis. Ela cerrou os olhos e os dentes, esperando pela invasão.

Mas não aconteceu. Ela podia sentir o peso do corpo de Dravic sobre si, as mãos dele em suas nádegas, mas subitamente pareceu que ele havia parado, imóvel, congelado.

— Vamos — disse, impaciente. — Acabe logo com isso.

Mas, ainda assim, ele não se moveu. Ela abriu os olhos de novo e virou-se de frente. Ele estava olhando para a entrada, a cabeça inclinada para o lado, tentando escutar. E ela escutou também. De início, apenas um alarido confuso. Então, gradualmente, como um rádio sendo sintonizado, o som veio se tornando mais claro. Os gritos. Dúzias de vozes gritando. Dravic ainda permaneceu na mesma posição por um momento, então, resmungando, pôs-se de pé e abotoou de novo as calças. Os gritos aumentavam de volume e se tornavam mais insistentes, embora ela não compreendesse o que estavam dizendo. Dravic pegou de volta sua espátula e, lançando um olhar para ela, no chão, afastou a aba da tenda e foi embora. Ela ficou sozinha.

Por alguns momentos, ela ficou ali, estirada, imóvel, seu rosto parecendo inchado, pesando-lhe, as queimaduras em sua pele doendo torturantemente. Então, rolando de lado, puxou os jeans e enfiou neles os pés.

Passaram-se vários minutos e então um guarda entrou na tenda. Ele desceu a vista sobre Tara e houve um momentâneo brilho de desculpas em seus olhos, como se desaprovasse o que Dravic havia feito e quisesse que ela soubesse disso. Então, com uma torção da cabeça, indicou-lhe a saída.

Dravic não estava fora da tenda. Na verdade, todo o acampamento estava vazio, como uma cidade-fantasma. O guarda apontou com a arma em direção ao morro onde ela e Daniel haviam estado, mais cedo. Quando chegou ao topo, Daniel já estava lá, ladeado por dois homens armados. Ele voltou-se para Tara:

— Meu Deus! — exclamou ele, sentindo-se sufocar ante a visão da blusa dela, rasgada, e das lesões na pele. — Meu Deus, o que aquele filho da puta fez com você?

Ele deixou os guardas para trás e correu para ela, abraçando-a.

— Vou matá-lo! Vou matar esse animal!

— Estou bem — disse ela. — Estou bem.

— Mas ele...

Ela balançou a cabeça, negativamente.

— Ouvi seus gritos. Queria fazer alguma coisa, mas eles ficaram me apontando a arma o tempo todo. Sinto muito, Tara.

— Não foi sua culpa, Daniel.

— Vou matar esse canalha! Vou matar todos eles!

A força em seu abraço a estava machucando e ela afastou-o

— Estou bem — repetiu. — Sinceramente, estou bem. O que está acontecendo? Escutei gritos.

Ele não conseguia tirar os olhos das marcas na pele dela, seu rosto tomado de desolação e culpa.

— Acho que encontraram alguma coisa. Dravic está lá embaixo, na trincheira de escavação.

Ele a segurou pela mão e, juntos, avançaram até a borda do morro.

Haviam estado naquele mesmo lugar mais cedo, à tarde, e desde então, uma imensa cratera arredondada havia sido aberta, a areia sendo sugada do solo do vale até deixar visível a base da rocha piramidal, como se fossem as raízes de um imenso dente. Dravic estava no fundo da cratera, ajoelhado, de lado para eles, cavoucando o solo com sua espátula. O restante dos homens estava mais acima, olhando para baixo, em expectativa. A luz fria e leitosa das lâmpadas emprestava à cena um tom de irrealidade, algo onírico.

— O que foi que encontraram? — perguntou ela.

— Não sei — disse Daniel. — Estamos muito longe deles.

Dravic deu um grito e um dos homens atirou-lhe uma escova. Ele a apanhou e começou a varrer a área à frente dos seus joelhos, parando de instante em instante e então, inclinando-se, examinando atentamente o chão. Depois de um minuto, deixou a escova de lado e voltou a cavoucar com a espátula, alternando uma e outra ferramenta e, muito devagar, removendo a areia misturada com cascalho, deixando algo à mostra, que entretanto Tara não podia enxergar o que era.

Muitos minutos transcorreram. A maior parte do objeto estava visível, agora, e ela pôde distinguir que se tratava de uma forma semicircular, como a parte superior de uma roda. Dravic continuou removendo a areia em torno dela, até que, finalmente, deixando de lado as ferramentas, agarrou o objeto com ambas as mãos e puxou-o. Seus ombros contorceram-se com o esforço, mas o objeto não cedeu. Ele foi forçado a retomar a escova e a espátula para remover um pouco mais da areia. Apesar do que o alemão havia acabado de fazer com ela, Tara assim mesmo viu-se absorvida pelos movimentos dele. Daniel estava inclinado à frente, a mão dele apertando a dela, sua raiva de repente esquecida.

Mais uma vez, Dravic deixou de lado os instrumentos e agarrou o objeto, tentando livrá-lo. E mais uma vez não conseguiu. Recuou um passo, buscando mais apoio, firmou bem as mãos e, jogando a cabeça para trás, puxou com toda a sua força, as veias parecendo que iam explodir em seu pescoço. Por um momento, o mundo como que ficou congelado, ou como se aquela cena diante de Tara fosse uma fotografia e não algo acontecendo em tempo real. Então, lentamente, centímetro a centímetro, o objeto começou a soltar-se. Daniel deu um passo adiante. O objeto estava sendo arrancado da areia, oferecendo resistência incessante, o deserto relutante em desfazer-se do seu tesouro, cada vez mais para cima, até que de repente abriram-se as mandíbulas da terra e, junto com um jorro de areia e pequenos pedregulhos, o objeto soltou-se por completo. Um escudo, enorme, redondo, sua face convexa brilhando à luz das lâmpadas. Dravic ergueu-o acima da cabeça e os homens começaram a comemorar selvagemente, gritando, aplaudindo, batendo ruidosamente com os pés no chão.

— Achei! Puta que pariu! — berrou Dravic. — O exército de Cambises. Eu achei!

Por um momento, manteve o escudo levantado, triunfalmente, mas logo a seguir começou a berrar ordens. O escudo foi carregado dali e, então, os aspiradores de areia voltaram a funcionar, suas bocas furiosamente percorrendo a areia em volta.

— Limpem tudo! — rugia Dravic. — Tudo! Trabalhem!

Inicialmente, havia apenas mais areia, mais e mais areia, um poço amarelo sem fundo a ponto de começar a parecer que o escudo fosse uma peça isolada, algo que alguém havia descartado em meio ao deserto com o objetivo de debochar deles, de atormentá-los.

Então, vagarosamente, outras formas começaram a emergir. A princípio, indistinguíveis, apenas pontas e arestas, invisíveis distorções no homogêneo *continuum* do deserto. No que mais areia foi sugada, entretanto, elas começaram gradualmente a tornar-se reconhecíveis. Corpos, dúzias de corpos, centenas, a carne ressecada e endurecida por 2.500 anos de submersão, dando-lhes a aparência não de cadáveres, mas de homens muito idosos. Um exército de velhos. Mais velhos do que se poderia conceber, e ainda assim vivos, erguendo-se exauridos das areias, seus olhos cintilando sob a luz, irritados, desorientados, suas armas ainda firmemente sustentadas pelas mãos esqueléticas. Havia cabelos em seus crânios, armaduras presas em volta dos torsos e, o mais extraordinário, expressão em seus rostos — terror e sofrimento, horror e ódio. Um homem parecia estar ainda gritando, um outro gemia, outro ria, enlouquecido, sua boca escancarada para o céu, sua garganta entupida de areia.

— Meu Deus! — murmurou Tara. — Isso é...

— ...Fabuloso! — exclamou Daniel, a respiração pesada de tanta excitação.

— ...Horrendo!

A maioria das figuras estava totalmente deitada, imprensada contra o solo pelo peso monstruoso da tempestade que as soterrara. Alguns poucos, entretanto, estavam de joelhos, e outros de pé, os braços erguidos diante do rosto para se protegerem, pegos que foram tão subitamente que sequer haviam tido tempo para tombarem.

A cada corpo que emergia, um punhado de homens vestidos em túnicas negras descia sobre ele, como aves de rapina, puxando fora sua armadura e demais peças do equipamento e passando-as para o alto da trincheira, onde caixotes já estavam preparados para recebê-los. Vez por outra, um braço ou uma perna se desprendia, quando o corpo ao qual pertencera era pilhado.

— Tirem tudo deles! — gritava Dravic. — Tudo, absolutamente tudo. Eu quero tudo o que eles têm!

Passou-se uma hora e a escavação começou a se espalhar para todas as direções, deixando à mostra mais e mais soldados. Dravic dava passadas desordenadas, berrando ordens, examinando objetos, direcionando os aspiradores de areia, até que, finalmente, saiu da trincheira e ergueu a vista para Tara e Daniel.

— Eu lhe disse que encontraria, Lacage — gritou ele, explodindo de contentamento. — Eu lhe disse.

Daniel não respondeu. Seus olhos queimavam de ódio. E também, assim pareceu a Tara, com uma ponta de inveja.

— Eu não ia matar você sem lhe dar a oportunidade de ver isto aqui. Não sou tão cruel assim.

O alemão soltou uma gargalhada fazendo um sinal para seus homens levarem os dois de volta à tenda.

— E... srta. Mullray! — ele a chamou, quando ela já lhe dera as costas. — Nossa festinha não foi cancelada. Apenas, adiada. Vou mandar chamá-la em breve. Depois de todo o trabalho que vou ter aqui, vou precisar me meter em alguma coisa quente e apertada.

Norte do Sudão

O garoto foi encontrá-lo de pé, no alto de uma duna, sozinho, o olhar penetrando na noite, voltado para leste. Rapidamente, subiu até onde ele estava.

— Encontraram, mestre! — disse ele. — O exército. O dr. Dravic acabou de avisar pelo rádio.

O homem continuou olhando a imensidão, as dunas com um brilho prateado sob o luar, como um grande mar de mercúrio. Quando afinal falou, sua voz parecia enfraquecida.

— Este é o fim e o começo, Mehmet. Daqui para a frente, tanta coisa haverá de mudar. Algumas vezes, isso me assusta.

— Assusta, mestre?

— Sim, Mehmet. Mesmo eu, um guerreiro de Deus, posso me apavorar. E me apavoro com a responsabilidade que me foi dada. Há muito a ser feito. Às vezes, penso que gostaria apenas de dormir. Faz muito que não durmo, Mehmet. Anos. Não durmo desde criança.

Ele entrelaçou as mãos às costas. Uma brisa suave começou a soprar. O garoto estava ficando com frio.

— Vamos atravessar a fronteira amanhã. No meio da manhã. Informe ao dr. Dravic.

— Sim, mestre.

O garoto virou-se e começou a descer a duna. Na metade do caminho, deteve-se, olhou para trás e disse:

— Sayf al-Tha'r, você é como um pai para mim.

O homem manteve seu olhar sobre o deserto.

— E você é como um filho para mim — disse ele.

Uma voz baixa, pouco mais do que um murmúrio, as palavras se dissolvendo na noite. O garoto não chegou a escutá-las.

35

Cairo

O Cairo era o único local viável de onde Khalifa poderia iniciar a jornada que pretendia empreender. A alternativa seria dirigir de Luxor até 'Ezba el Gaga, então seguir o grande anel da auto-estrada do deserto, passando o oásis de al-Kharga e Dakhla, antes de cortar para o interior, a partir de al-Farafra — um longuíssimo trajeto por estradas em estado de manutenção precário, bastante policiadas e freqüentemente intransitáveis por causa das tempestades de areia. Não, tinha de ser do Cairo. Além do mais, era onde poderia encontrar Abdul, o Gordo.

O trem entrou na Central Ramsés logo depois das oito da manhã. Ele saltou ainda em movimento e, atravessando acelerado o cavernoso salão de mármore, enfiou-se num táxi, rumando para Midan Tahir. Já tivera dez horas para refletir no que estava fazendo e mais de uma vez as dúvidas o asaltaram. Mas ele as expulsou da mente, esforçando-se para se concentrar na jornada que tinha pela frente. Só esperava que Abdul ainda trabalhasse organizando *tours* pelo deserto.

Khalifa atravessou a praça, esquivando-se da barreira do tráfego matinal, e entrou pela Sharia Ralaat Harb, detendo-se enfim diante da loja de frente envidraçada onde se lia "Abdul Wassami Tours — A MELHOR DO EGITO", decalcada na parte de cima da vitrine. Abaixo, havia uma lista das várias excursões oferecidas, e entre elas, para alívio de Khalifa, uma "Emocionante Aventura de Cinco Dias no Deserto Incluindo Acampamento Sob as Estrelas, Passeio em Veículo com Tração nas Quatro Rodas e uma *Extravaganza* — um Espetáculo Totalmente Exótico de Dança do Ventre". Era evidente que Abdul não havia perdido o talento para vender seus produtos.

Ele abriu a porta e entrou na loja.

Abdul Wassami — Abdul, o Gordo, como todos o conheciam — era um amigo dos tempos de Khalifa em Gizé. Eram vizinhos de porta na infância e haviam freqüentado a mesma escola, onde, desde muito pequenos, Abdul demonstrara possuir um aguçado talento empresarial, vendendo *tônicos energéticos milagrosos* feitos de uma mistura de refrigerante com xarope contra tosse, e cobrando dez piastras por cabeça por sorrateiras excursões guiadas ao quarto de sua irmã mais velha (ao contrário do irmão, Fátima Wassami era alta, esbelta e extremamente atraente).

Tornar-se um adulto havia temperado um pouco suas façanhas, mas não sua engenhosidade, e depois de uma curta temporada exportando tâmaras líbias para a extinta União Soviética, ele montou sua empresa de excursões turísticas. Nos últimos tempos, ele e Khalifa pouco tinham se visto, mas o antigo afeto ainda existia entre os dois e quando o detetive entrou foi recebido com um grito de satisfação vindo dos fundos da loja.

— Yusuf! Mas que surpresa maravilhosa! Garotas, digam olá a Yusuf Khalifa, um dos meus mais antigos e mais queridos amigos.

Três garotas, todas muito jovens, todas muito bonitas, ergueram os olhos de seus computadores e lançaram um sorriso para Khalifa. Abdul correu em sua direção e espremeu-o num sufocante abraço.

— Olhe só a Rania — ele sussurrou no ouvido do detetive. — Aquela da esquerda, com enorme você-sabe-o-quê. Burra feito um pedaço de *basbousa*. Mas, que corpo! Meu Deus, que corpo! Olha só! — Ele soltou Khalifa e voltou-se para onde estavam as garotas. — Rania, querida, pode nos arrumar um pouco de chá?

Sorridente, Rania pôs-se de pé e encaminhou-se para os fundos da loja, os quadris balançando provocativamente. Abdul cravou os olhos nela por trás, fascinado, até ela desaparecer na pequena cozinha.

— Ah, os Portais do Paraíso — ele suspirou. — Meu Deus, que bunda! — Ele conduziu Khalifa até uma fileira de poltronas e sentou-se, um tanto apertado, ao lado dele.

— Tudo bem com Zenab?

— Tudo, obrigado. E Jamilla?

— Ao que eu saiba, tudo. — Ele deu de ombros. — Ultimamente, passa a maior parte do tempo na casa da mãe. Comendo. Deus do céu, como come. Perto dela, pareço estar numa dieta de fome. Ei, quer saber da última? Vou abrir uma filial em Nova York.

Desde que Khalifa se lembrava, Abdul sempre estivera para abrir uma filial em Nova York. O detetive sorriu e acendeu um cigarro. Rania retornou com o chá, deixou as xícaras em frente a eles e voltou para sua mesa. Os olhos de Abdul ficaram colados no proeminente traseiro da moça.

— Escute, preciso de um favor — disse Khalifa.

— Claro — disse seu amigo, ainda desatento. — Pode pedir.

— Preciso de um veículo com tração nas quatro rodas. Emprestado.

— Emprestado?

De repente, Abdul resolveu prestar atenção na conversa.

— Isso, emprestado.

— Você quer dizer alugado?

— Quero dizer emprestado. De graça.

— De graça?

— Exatamente. Vou precisar dele por quatro, talvez cinco dias. Um veículo que agüente qualquer terreno. Para o deserto.

As sobrancelhas de Abdul contraíram-se. Emprestar coisas de graça evidentemente não era um conceito com o qual estivesse familiarizado.

— E para quando você precisa desse veículo?

— Para já.

— Já? — Abdul soltou uma gargalhada. — Adoraria ajudar você, Yusuf, mas é impossível. Todos os meus veículos com tração nas quatro rodas estão lá em Bahriya. Levaria um dia para trazer um deles de volta para o Cairo, ou mais, se estiverem em excursão. E aliás, pensando melhor, é exatamente isso o que está acontecendo. Se eu tivesse um por aqui, claro que você poderia usá-lo, ora. Somos amigos. Mas, neste momento... Sinto muito, não é possível.

Ele inclinou-se à frente e bebericou um gole ou dois de seu chá. Fez-se um breve silêncio.

— Tem aquele que está na garagem — disse Rania, sem tirar os olhos do seu computador.

Abdul interrompeu o gole no meio.

— Aquele, novo, que foi entregue na segunda-feira. Está abastecido e pronto para ser usado.

— Sim, mas esse não pode ser usado — interveio Abdul. — Está reservado.

— Não está não — disse Rania.

— Tenho certeza de que está, sim — insistiu Abdul, encarando-a. — Reservado por um grupo de italianos.

Ele pronunciou as palavras devagar, acentuando-as sugestivamente, como se estivesse dando a deixa para um outro ator que esquecera sua fala.

— Acho que não, sr. Wassami. Um instante, vou verificar no computador.

— Nem precisa, porque...

Mas os dedos da moça já corriam pelo teclado.

— Ah, achei! — exclamou ela, triunfante. — Sabia que estava livre. Ninguém vai usá-lo nos próximos cinco dias. E é justamente o tempo de que seu amigo precisa, não é? Que sorte, hein?

Ela sorriu, um sorriso bem largo, e também Abdul, embora fosse evidente que teve de se esforçar para fazê-lo.

— Sim, querida, maravilhoso. — Ele suspirou e enterrou o rosto nas mãos. — Burra como uma merda de um pedaço de *basbousa*.

O Toyota 4x4 estava numa garagem, duas ruas depois. Branco, seu desenho lembrando um cubo, pára-choque reforçado com duas barras na frente, dois estepes presos atrás e uma fileira de oito galões de gasolina de reserva acoplados na carroceria sólida com teto de aço. Era exatamente o que Khalifa queria. Abdul tirou-o da garagem e o estacionou junto ao meio-fio.

— Você vai ter muito cuidado com ele, não vai? — implorou Abdul, agarrando-se ao volante como se quisesse protegê-lo. — É novo em folha. Estou com ele há apenas dois dias. Por favor, me prometa que vai ter cuidado com ele.

— Claro que vou.

— Custou quarenta mil dólares. E isso porque consegui um desconto. Quarenta mil. Devo estar louco ao entregá-lo a você. Completamente louco.

Ele saltou e conduziu Khalifa para dar uma volta em torno do carro, mostrando vários de seus acessórios, enfatizando sem parar que adoraria recebê-lo de volta inteiro.

— Tração nas quatro rodas, é claro. Mudança manual, refrigeração a água, injeção eletrônica. É praticamente impossível conseguir coisa melhor no mercado. — Ele falava como um vendedor de automóveis. — Totalmente equipado com galões de combustível, contêineres de água, caixa de ferramentas, esteiras de tração, estojo de primeiros-socorros, bússola. Enfim, tudo o que se poderia sonhar em precisar. Tem também cobertores, mapas, rações de emergência, sinalizadores, binóculos e... — abrindo o porta-luvas, tirou algo parecido com um enorme telefone celular com antena externa e um mostrador de cristal líquido — ...uma unidade GPS portátil.

— GPS?

— *Global Posicioning by Sattelite*... rastreamento via satélite. Pode dar a você sua localização precisa seja onde for e a qualquer momento e, se você alimentá-lo com as coordenadas do ponto que quer alcançar, isto aqui vai lhe dizer a que distância fica e em que direção. Tem um manual de instruções no porta-luvas. Mas é muito fácil de operar. Até eu consigo usá-lo.

Abdul recolocou o GPS no lugar e, com relutância, entregou as chaves a Khalifa.

— Não vou pagar a gasolina!

— Mas é claro que não, Abdul — disse Khalifa, subindo no veículo.

— Então estamos entendidos. A gasolina fica por sua conta. E leve isto também.

Ele puxou um telefone celular do bolso e entregou-o ao detetive.

— Se houver problemas, seja o que for, mesmo apenas uns barulhos estranhos, quero que você pare, estacione o carro direito, desligue o motor e me telefone imediatamente, certo?

— Mas este telefone vai funcionar no deserto?

— Ao que eu saiba, funciona em qualquer lugar menos no Cairo. Agora, prometa mais uma vez que vai ter cuidado com o veículo.

— Vou ter cuidado — disse Khalifa, dando partida.

— E vai estar de volta em cinco dias?

— Menos do que isso, espero. Obrigado de novo, Abdul. Você é um bom homem.

— Sou um maluco. Quarenta mil dólares!

O veículo começou a mover-se. Abdul apressou o passo para acompanhá-lo.

— Esqueci de perguntar para qual deserto está indo.

— Para o deserto ocidental.

— Para os oásis?

— Para depois dos oásis. Para o Grande Oceano de Areia.

Abdul agarrou-se na janela em desespero:

— Pare! Você não tinha me dito que era para o Grande Oceano de Areia! Santo Deus! Aquele lugar é um cemitério de carros! Você não vai levar meu...

— Obrigado de novo, Abdul. Você é um amigo de verdade!

Khalifa acelerou, afastando-se em velocidade rua abaixo. Abdul corria em seu encalço, mas sua obesidade jogava contra sua vontade e, depois de algumas passadas, foi forçado a deter-se. Pelo espelho retrovisor, Khalifa o viu parado no meio da rua, gesticulando furiosamente. O detetive deu dois toques na buzina e virou à esquerda, numa esquina, sumindo de vista.

36

Deserto Ocidental

O helicóptero revoou sobre as tendas com um rugido e aterrissou numa área plana de areia cinqüenta metros adiante do acampamento. Imediatamente depois de descer, sua porta lateral deslizou e duas pessoas saltaram do aparelho, um homem e um menino. O homem deteve-se por um instante, depois caiu de joelhos e beijou o solo.

— Egito — exclamou, sua voz ainda abafada pelo barulho do helicóptero. — Minha terra! Meu lar! Estou de volta!

Ele permaneceu prostrado no chão por longos segundos, seus braços acariciando o chão do deserto, então pôs-se de pé e encaminhou-se para o acampamento com o garoto ao seu lado.

À sua frente, desenvolvia-se frenética atividade. Uma fileira de caixotes era carregada vale acima, enquanto outros contêineres, mais pesados, eram transportados para o acampamento e empilhados em volta de seu perímetro. Havia um enxame de figuras em túnicas pretas, trabalhando por toda a parte. Estavam tão absortos em suas tarefas que os recém-chegados já haviam quase alcançado as tendas, antes de serem notados. Três homens que rolavam um barril de combustível ergueram os olhos, viram-nos e imediatamente interromperam o que estavam fazendo e ergueram os braços para o céu.

— Sayf al-Tha'r — gritaram. — Ele está aqui! Sayf al-Tha'r!

O grito se espalhou rapidamente e logo todos os homens deixavam de lado suas tarefas e corriam para saudar seu grande mestre.

O objeto de sua atenção continuou atravessando o acampamento, sem expressão nenhuma no rosto, a multidão que o acompanhava aumentando rapidamente, como a cauda de um cometa. A notícia de sua chegada chegou depressa àqueles que trabalhavam nas escavações, e eles também largaram suas ferramentas e correram em direção ao acampamento, berrando e agitando os braços. Os homens de guarda no cimo das dunas dispararam suas armas, em êxtase.

Alcançando o morro no extremo do acampamento, Sayf al-Tha'r subiu até o seu topo, o garoto Mehmet sempre ao seu lado, e contemplou o cenário abaixo dele. Os trabalhos haviam prosseguido noite adentro e havia uma enorme cratera aberta no vale como uma profunda ferida. Grandes folhas de plástico foram dispostas ao longo das bordas, onde eram empilhados os artefatos — escudos, espadas, lanças, capacetes, armaduras. Lá embaixo, na trincheira propriamente dita, no que a terra fora violada e começara a vomitar suas entranhas, expôs um emaranhado de corpos emaciados de animais e de seres humanos, a pele deles amarronzada e enrugada, como papel de embrulho. Havia algo de apocalíptico naquele cenário, como se fosse o fim do mundo e os mortos se erguessem para enfrentar o Juízo Final. "Muito apropriado", pensou Sayf al-Tha'r, pois havia de fato chegado a hora em que os homens seriam julgados. Ele ficou observando tudo aquilo por longos minutos, então levantou os braços, triunfalmente.

— *Allah u akbar* — ele rugiu. — Alá é grande!

— *Allah u akbar!* — respondeu a multidão abaixo dele.

O grito foi repetido várias vezes, acompanhado de tiros do alto das dunas e, então, com um aceno dos braços, Sayf al-Tha'r sinalizou aos seus homens que deveriam retornar ao trabalho. Imediatamente eles se dispersaram. Sayf al-Tha'r observou-os reassumindo suas tarefas, enchendo os caixotes e contêineres, transportando e empilhando, e então, mandando Mehmet de volta ao acampamento, ele desceu até as escavações e encaminhou-se para onde estava Dravic, que, de pé debaixo de um guarda-sol, supervisionava o encaixotamento dos artefatos.

— Perdão se não tive tempo para ir aplaudi-lo — disse o alemão. — Estou muito ocupado aqui embaixo.

Se percebeu o sarcasmo, Sayf al-Tha'r não deu mostras disso. Deteve-se, imóvel, fora da sombra do guarda-sol, sob o castigo do sol, observando a massa de corpos retorcidos. Agora, mais de perto, pôde ver que muitos haviam sido destroçados na pressa de saquear seus pertences. Membros foram arrancados dos torsos, mãos foram decepadas, cabeças desprenderam-se e jaziam no chão, a carne ressecada fora retalhada.

— Precisava destruí-los desse modo? — inquiriu.

— Não — disse Dravic com um muxoxo. — Poderíamos ter seguido as regras e levaríamos uma semana para desenterrar cada um deles.

Outra vez, Sayf al-Tha'r não reagiu ao sarcasmo. Inclinou-se para o chão e apanhou uma espada, revirando-a em suas mãos, admirando suas linhas graciosas e as refinadas ornamentações do cabo. Só havia visto coisa igual em museus, trancadas dentro de vitrinas, fora de alcance. Agora, havia centenas delas aos seus pés. Milhares. E era apenas uma fração do que estava ainda soterrado nas areias. A enormidade do achado era quase demasiada para que pudesse acreditar no que via. Mais do que poderia ter imaginado em seus sonhos mais ousados. A resposta a suas preces.

— Já sabemos até onde se estende?

— Tenho homens cavando algumas trincheiras para prospecção — respondeu ele, soltando uma baforada do charuto. — Já encontramos o extremo frontal, quase um quilômetro vale acima. Ainda estamos procurando pelo final. Essa merda não tem tamanho! — Ele enxugou a testa com o braço. — Quando chega a caravana de camelos?

— Depois de amanhã. Talvez antes.

— Ainda acho que deveríamos começar imediatamente a despachar de helicóptero parte dessa porcaria.

Sayf al-Tha'r balançou a cabeça em negativa.

— Não podemos correr o risco de ter uma fileira de helicópteros indo e voltando, cruzando a fronteira. Acabaria chamando a atenção.

— Correu tudo bem com o transporte de homens e equipamentos — replicou o alemão.

— Tivemos sorte. Precisávamos iniciar o trabalho sem demora e Alá nos favoreceu. Mas pode não fazer isso outra vez. Vamos esperar pela caravana de camelos e ela é que vai transportar todo o material, e de uma só vez. Estamos patrulhando a área?

— Temos motos adaptadas para dunas percorrendo tudo num raio de cinqüenta quilômetros.

— E o que mais?

— Mais o quê? Estamos no meio de uma porra de um deserto. Não há possibilidade de alguém passar por aqui a passeio.

Ambos ficaram em silêncio. Sayf al-Tha'r deixou de lado a espada e apanhou um pequeno amuleto de jaspe. Não era maior do que a unha de um polegar, mas belamente trabalhado, com a forma de Osíris, deus do mundo subterrâneo. Ele o esfregou gentilmente entre seus dedos.

— Temos mais cinco dias, seis no máximo — disse ele. — Quanto do exército poderemos retirar, nesse período?

Dravic puxou a fumaça de seu charuto.

— Uma fração dele. Menos do que uma fração. Estamos trabalhando direto e somente conseguimos desenterrar uma pequena parte. Fica mais fácil à medida que avançamos para o norte, porque aí os corpos parecem estar mais perto da superfície, mas até agora só conseguimos tirar da areia uma pequena parte. Mas deve ser tudo do que necessitamos, certo? Só o que já conseguimos vai nos render milhões. Vamos dominar o mercado de antigüidades pelos próximos cem anos.

— E quanto ao resto? As providências estão sendo tomadas?

— Estamos trabalhando da retaguarda para o extremo frontal. Não se preocupe, está tudo sob controle. E agora, se me der licença, tenho trabalho a fazer.

Ele mordeu com força seu charuto e afastou-se em direção aos aspiradores de areia. Sayf al-Tha'r o ficou observando, uma névoa de desagrado em seus olhos, e então, ainda com o amuleto entre os dedos, contornou as bordas da escavação, detendo-se à sombra da grande rocha com formato de pirâmide.

Entristecia-o pensar no que iriam fazer com o exército. Se houvesse outra opção, ele a adotaria, mas não havia. Era muito grande o risco de alguma outra pessoa encontrar todo aquele tesouro. Tinham de acautelar-se. Era algo que ia contra si mesmo, mas não havia outra escolha. Tinha de fazê-lo. Assim como matar. Tinha de fazê-lo.

Ele se sentou recostado à rocha, sempre esfregando o amuleto entre os dedos, observando o lago de cadáveres. Um deles, notou, fora enterrado até a cintura, seu torso estava ereto e ele parecia estar encarando-o. Sayf al-Tha'r desviou os olhos, mas, quando tornou a fixá-los na figura, lá estavam, ainda, as crateras cegas do cadáver fitando-o, seus lábios ressecados e repuxados deixando à mostra os dentes, como se estivesse soltando um rosnado. Havia ódio naquele rosto, fúria e, por alguma razão, Sayf al-Tha'r sentiu como se estivessem sendo dirigidos contra ele. Sustentou aquele olhar por um momento e, então, perturbado, pôs-se de pé e afastou-se. Foi quando baixou os olhos para o amuleto, apenas para dar-se conta de que se havia partido em dois pedaços, em suas mãos. Ficou um instante parado examinando, e a seguir, com um resmungo, atirou-o na trincheira.

37

CAIRO

Através do vidro escurecido de sua limusine, Squires lançou um olhar para as duas filas de veículos parados. Junto a ele, estava um pequeno Peugeot, com nove pessoas espremidas dentro, uma família, tudo indicava, e do lado deste, um caminhão carregado de couve-flor. Vez por outra, uma das filas avançava um pouco e ele se via observando um novo vizinho. Quase imediatamente, as duas outras filas avançavam também e a configuração familiar, limusine, Peugeot, caminhão, era restaurada, como se fossem cilindros de um gigantesco caça-níqueis, o qual, toda vez que era ativado, giraria devagar, apenas para retornar à mesma posição.

— E a que horas foi isso? — disse no seu celular.

Uma voz entrecortada ecoou do outro lado da linha.

— Não tem idéia de como foi? Ou quando?

Outra vez, o eco entrecortado. Um garoto vendendo frascos de perfume chegou junto à janela da limusine e deu algumas pancadinhas com os nós dos dedos no vidro. O motorista se debruçou para fora e berrou com o garoto, que se afastou.

— E a família dele?

A resposta chegou misturada a um jorro de estática.

Fez-se então uma pausa prolongada.

— Muito bem, não adianta chorar sobre leite derramado. Temos de nos ajustar aos fatos. Faça o que for possível para encontrá-lo e me mantenha informado.

Squires desligou o celular e devolveu-o ao bolso do paletó. Embora aparentasse tranqüilidade, havia um certo ar de preocupação em seus olhos.

— Parece que nosso amigo detetive desapareceu — disse.

— Que merda! — Massey bateu com sua mão carnuda no espaço do assento entre eles. — Jemal disse que ia mantê-lo sob vigilância.

— Parece que ele conseguiu despistá-los.

— Eu disse que deveríamos era ter nos livrado dele, não disse?

— Sem dúvida nenhuma, foi o que você disse, meu velho.

— Merda, merda, merda!

O americano batia com a mão cada vez mais forte sobre o assento. Repetiu o movimento continuamente, por longos segundos, então bruscamente se recostou, respirando pesado.

— Quando foi?

— Eles não sabem ao certo — suspirou Squires. — Ao que parece, a mulher dele e os filhos saíram de casa às sete horas da manhã de hoje. Por volta das dez ele ainda não havia mostrado a cara, então nossos rapazes arrombaram a porta, mas nem sinal dele.

— Amadores — disparou Massey. — Um bando de amadores!

Atrás deles, ressoou um barulho muito alto e estridente, um motorista de caminhão que martelava furiosa e inutilmente sua buzina.

— Parece que ele visitou uma biblioteca ontem — informou Squires. — Ficou examinando mapas do deserto ocidental.

— Deus do céu! Então, ele sabe sobre o exército.

— Parece que sim.

— Mas será que contou a alguém? À imprensa? Ao Serviço de Antigüidades?

Squires deu de ombros.

— Eu diria que tudo indica que não, ou teríamos ouvido alguma coisa sobre o assunto.

— Então, o que é que ele está fazendo agora?

— Impossível dizer. Trabalhando por conta própria, ao que parece. Receio que teremos de agir antes do que planejamos.

Pela primeira vez, Massey não discordou dele.

— Já temos todo o equipamento pronto? — indagou Squires.

— Não precisa se preocupar com a minha parte nessa coisa. Mas, quanto ao que Jemal ficou de fazer, não faço a mínima idéia. O homem é um palhaço de merda!

O americano tirou um lenço e assoou o nariz ruidosamente.

— Essa coisa não vai ser brincadeira! — disse ele, fungando. — Sayf al-Tha'r vai ter um bocado de homens protegendo o exército.

— Apesar disso, confio em que teremos êxito. Pode passar a informação para o pessoal nos Estados Unidos?

Massey assentiu de cabeça, e uma pilha de papadas se espremeu, umas contra as outras, como um bolo de muitas camadas.

— Muito bom — comentou Squires. — Então, parece que vamos começar a agir.

A limusine conseguiu avançar mais ou menos um metro.

— Ah, sim, se algum dia conseguirmos sair deste maldito engarrafamento. — Ele se inclinou à frente e perguntou ao motorista: — Mas que diabos está acontecendo?

— Tem uma caminhonete lá adiante capotada, bloqueando a estrada — foi a resposta.

Com um suspiro, Squires tirou uma bala do bolso e começou lentamente a desfazer o invólucro, voltando o olhar ausente para o Peugeot na fila de carros ao lado.

A rota mais óbvia que Khalifa poderia tomar, e a mais curta, seria ter seguido rumo sudoeste até o oásis Bahariya e, então, desviando-se para oeste, iniciar a travessia do deserto.

Mas decidiu não fazer isso. Quem quer que estivesse atrás dele, na noite anterior, já saberia que escapara e também que pegara o trem noturno das dez horas para o Cairo. Não precisaria ser nenhum gênio para saber que ele, agora, estaria indo para o deserto e, nesse caso, haveria uma boa chance de tentarem interceptá-lo na rota mais previsível.

Portanto, em vez de ir para sudoeste, decidira tomar praticamente a direção contrária, noroeste, indo para Alexandria, pegando depois a auto-estrada costeira para Marsa Matruh e, então, virando para o sul em Siwa. Mesmo sendo mais comprida, essa rota apresentava vantagens evidentes. As estradas eram mais bem conservadas, teria menos trajeto em deserto aberto para atravessar a partir de Siwa do que de Bahariya e, o mais importante, seria a última rota que seus perseguidores pensariam em tomar. Assim, após abastecer o carro, ele saiu do Cairo e pegou a Auto-Estrada 11, em direção à costa do Mediterrâneo.

Dirigia bastante rápido, fumando ininterruptamente, a paisagem à sua volta mudando de deserto para plantações e novamente para deserto. Havia um toca-fitas embutido no painel, mas ele só conseguiu encontrar uma única fita — *My love and the Rain*, com Kazim al-Saher — e, depois de tê-la feito tocar quatro vezes seguidas, ejetou-a do aparelho e passou a guiar sob total silêncio.

Demorou duas horas para alcançar Alexandria, e cinco para chegar a Marsa, parando apenas duas vezes no caminho, uma para abastecer e outra, pouco depois de Alexandria, para olhar o mar — era a primeira vez na vida em que o via.

A partir de Marsa, mais uma vez abastecendo o tanque, ele prosseguiu para oeste por mais vinte quilômetros, antes de virar para o sul, pegando a estrada para Siwa, uma pista pavimentada, sem nenhum tráfego, atravessando o deserto. O sol estava descendo, agora, e ele enfiou o pé no acelerador. Um estranho prédio em ruínas passou de relance e uma seqüência de placas enferrujadas sinalizou uma tubulação subterrânea. E nada mais havia à vista, apenas a melancólica vastidão de solo plano, coberto de cascalho alaranjado, vez por outra quebrado por colinas e taludes distantes. Não passou por nenhuma outra placa e nem por nenhum sinal de vida, a não ser esparsos rebanhos de dromedários, ruminando a vegetação rasteira do deserto, com seu pêlo amarronzado e desgrenhado.

Já na metade do caminho para Siwa, chegou a um bar de estrada — um barracão de mau aspecto, que se chamava, com alta dose de autocondescendência, Alexander Restaurant —, e deteve-se rapidamente para tomar um pouco de chá antes de prosseguir viagem. A noite caiu subitamente, dissolvendo o deserto em escuridão. Raramente enxergava lampejos de luzes, bastante distantes, adentrando a planície, um povoado, talvez, ou um acampamento militar, ou a língua flamejante das chamas que subiam de terminais de gás. Não fosse por isso, havia somente ele na imensidão. O detetive botou novamente Kazim al-Saher para tocar.

Finalmente, por volta das sete da manhã, percebeu a monotonia da planície em torno começar a ser quebrada. Montanhas indistintas elevando-se, picos e escarpas. A estrada começou a descer, sinuosamente, percorrendo agora uma sucessão intrincada de penhascos e cristas de montanha, até que a paisagem se abriu, de repente e, bem à frente, mais abaixo, viu-se diante de um tapete de luzes que piscavam como se fossem navios sobre o mar sereno. Oásis Siwa. Reduziu a marcha, por alguns instantes, admirando a vista, e depois continuou a descer.

Vinha dirigindo já fazia nove horas e estava quase terminando o seu segundo maço de cigarros.

38

O Deserto Ocidental

O homem pareceu materializar-se do nada, como se houvesse se formado da própria escuridão. Num momento, Tara e Daniel estavam sentados, abraçados, olhar parado fitando a chama da lamparina de querosene; e no seguinte ergueram os olhos e lá estava ele, parado de pé pouco adiante da entrada da tenda. Ele fez um sinal para o homem de guarda, nada mais do que um sutil movimento do dedo, e prontamente o homem pôs-se de pé e retirou-se.

— Sayf al-Tha'r, presumo — disse Daniel.

O homem não respondeu, apenas ficou observando-os. Fez-se um comprido silêncio.

— Para que veio aqui? — indagou Daniel, afinal. — Para nos dar uma olhada antes de nos matar? Para divertir-se conosco? — Ele indicou Tara com um movimento de cabeça, o rosto coberto de hematomas, a blusa rasgada. — Certo, então, fique à vontade. Tenho certeza de que Alá está muito orgulhoso de você.

— Não pronuncie o nome de Alá — disse o homem, avançando um passo, sua voz branda mas totalmente fria, seu inglês perfeito. — Você não é digno disso.

Ele fixou seus olhos em Tara, examinando suas faces inchadas, as marcas de queimadura no pescoço, no peito e no braço. Uma contração quase imperceptível marcou seus lábios.

— Dravic fez isto?

Ela confirmou com um leve movimento de cabeça.

— Não vai acontecer de novo. Foi... uma infelicidade.

— Não — disse Daniel, com voz controlada. — Era o que se podia esperar. É o que gente como você e Dravic fazem.

Outra contração quase imperceptível no rosto do homem.

— Não coloque a mim e Dravic no mesmo cesto, dr. Lacage. Ele é um instrumento, nada mais. Eu sirvo a um senhor mais alto.

Daniel balançou a cabeça, enfastiado.

— Gente como você me faz rir. Vocês massacram mulheres e crianças e, não sei como, convencem-se de que é tudo em nome de Alá.

— Já lhe disse para não pronunciar seu nome. — A voz do homem soou cortante, agora. — Sua boca o macula.

— Não — exclamou Daniel, erguendo os olhos e encarando-o bem nos olhos. — É você quem o macula. Você o macula toda vez em que o usa para justificar as coisas que faz. Acha mesmo que Alá espera de você...

A investida foi tão abrupta e rápida que o homem tinha a mão em torno da garganta de Daniel antes que ele ou Tara sequer percebessem seu movimento. Sayf al-Tha'r o forçou a pôr-se de pé, os dedos apertando-lhe a traquéia. Daniel debatia-se, incapaz de livrar-se.

— Pare! — gritou Tara. — Por favor, pare!

Sayf al-Tha'r ignorou-a.

— Vocês ocidentais são todos iguais — grunhiu ele, em fúria. — A hipocrisia de vocês é extraordinária. A cada dia, centenas de crianças morrem no Iraque por culpa das sanções que os seus governos impuseram ao país, e você ainda tem a audácia de tentar nos ensinar o que é certo e errado!

O rosto de Daniel estava começando a se tornar vermelho.

— Está vendo isto? — Sayf al-Tha'r ergueu a mão livre apontando a cicatriz em sua testa. — Isto me foi feito numa cela da polícia. Os interrogadores me deram um pontapé tão violento que fiquei cego por três dias. Meu crime? Falei em defesa dos milhões de pessoas neste país que vivem na inanição e na desesperança. Você já se insurgiu contra isso? Você já se insurgiu contra o fato de que metade do mundo viva na miséria para que uma minoria de privilegiados possa desperdiçar a vida em seu luxo inútil? Não. Como todos os da sua espécie, sua indignação é bastante seletiva, condenando apenas o que você acha conveniente condenar. Quanto ao resto, fecham os olhos.

Ele manteve a garganta de Daniel por mais um instante e então soltou-o. Daniel desabou.

— Você é um doido! — disse Daniel, tossindo. — Um doido fanático.

A respiração de Sayf al-Tha'r mal havia se alterado.

— É bem possível — replicou ele com serenidade. — A questão, entretanto, é por quê. Você tacha a mim e a meus seguidores de extremistas e de fanáticos, mas nem uma vez sequer examina o que está por trás destas palavras. Tente entender as forças que nos geraram.

Ele ficou parado, de pé, junto de Daniel, sua túnica preta parecendo fundir-se à escuridão de um modo que só deixava seu rosto visível, flutuando, sem um corpo, acima deles.

— Conheci muitos horrores, dr. Lacage — disse, sua voz abafada, quase um sussurro. — Homens surrados, mutilados e deixados aleijados nas prisões do Estado. Pessoas tão famintas que ficaram reduzidas a comer restos do lixo. Crianças estupradas por bandos de homens por terem a infelicidade de ser parentes distantes de alguém cujos pontos de vista não coincidiam com as idéias dos que detêm o poder. Essas coisas podem, sim, enlouquecer um homem. E é isto que você deveria condenar.

— E você acha que a solução é sair por aí matando turistas a tiros? — insistiu Daniel, ainda tossindo.

Sayf al-Tha'r sorriu sutilmente, seus olhos faiscando.

— A solução? Não... Não acho que isso seja uma solução. Estamos apenas marcando nossa posição.

— E que posição é essa, que mata gente inocente?

O homem ergueu as mãos, seus dedos longos, magros, quase esqueléticos:

— Que não toleraremos mais que vocês se intrometam em nossos assuntos. Que sustentem um regime sacrílego porque isso vem ao encontro de seus interesses. Que usem nosso país como um parque de diversões, enquanto nosso povo é mantido faminto, oprimido e desrespeitado.

Ele encarou Daniel, o tecido da cicatriz em sua testa reluzentemente vermelho na luz bruxuleante da lamparina.

— Fico imaginando como vocês, no Ocidente, iriam reagir, se a situação fosse ao contrário. Se fossem as suas crianças, mendigando nas ruas, enquanto nós, egípcios, vagabundeássemos por aí ostentando nossa riqueza e ofendendo seus costumes. Se a metade de seus tesouros nacionais tivesse sido roubada e levada para museus egícpios. Se um crime como Danishaway tivesse sido cometido em sua terra, contra o seu país, por potentados egípcios. Seria uma experiência interessante. Poderia ajudar você a entender de onde vem o ódio que sentimos.

A voz dele ainda soava baixa e tranqüila, embora salpicos espumosos começassem a se formar, borbulhantes, nos cantos de sua boca.

— Você sabia — continuou Sayf al-Tha'r — que quando Carter descobriu o túmulo de Tutankâmon assinou um contrato com *The Times*, de Londres, estabelecendo que somente este jornal poderia noticiar o que havia no túmulo? Para descobrir o que fora descoberto em nossa própria terra, sobre algo que nos pertencia, sobre um de nossos reis, nós, egípcios, tínhamos que consultar um jornal inglês.

— Isso aconteceu há oitenta anos — disse Daniel tossindo e balançando a cabeça. — Hoje é diferente.

— Não, não é diferente. A postura é a mesma. A pressuposição de que, como egípcios e muçulmanos, somos de alguma maneira menos civilizados, menos capazes de cuidar de nossos assuntos... De que vocês podem nos tratar como bem entendem... Isso tudo ainda persiste. E aqueles entre nós que tentam questionar tais coisas são tachados de loucos.

Daniel continuava encarando-o, mas não disse mais nada.

— Veja — disse Sayf al-Tha'r —, você não tem respostas a isso. E, de fato, não há respostas. Nenhuma outra a não ser pedir perdão pela maneira como este país e seu povo têm sido tratados. Vocês pilharam nossa herança, sugaram nosso sangue, tiraram sem dar nada em troca. E como está escrito no Sagrado Corão: "Estão recebendo nada mais do que aquilo que fizeram por merecer."

A sombra dele crescia contra a lona da tenda, negra, disforme e ameaçadora. Do lado de fora, vinha o barulho da escavação, mas dentro da tenda o ar estava silencioso e parado, como se estivessem num mundo à parte. Houve uma pausa. Então, muito lentamente, Tara pôs-se de pé.

— Sei muito pouco sobre o Egito — disse ela, parada diante do homem, olhando diretamente em seus olhos —, mas sei, de fato, que meu pai, morto por você, amava este país, seu povo e sua herança. E amava muito mais do que você. Olhe só o que está fazendo aqui. Destruindo tudo. Meu pai jamais teria feito isso. Ele queria proteger o passado. Você só quer vendê-lo pelo melhor preço. É você o hipócrita.

Os lábios do homem se apertaram e, por um momento, ela pensou que ele fosse lhe bater. Mas as mãos dele, no entanto, permaneceram imóveis.

— Não extraio nenhum prazer de estar saqueando o exército desta maneira, srta. Mullray. Às vezes, precisamos fazer coisas que nos contrariam para atingir propósitos mais altos. Se parte de nossa herança deve ser sacrificada para podermos nos libertar da opressão, que seja assim. Minha consciência está tranqüila.

Por um momento, ele sustentou o olhar dela e, então, muito devagar, acocorou-se diante da lamparina.

— Cumpro os desígnios de Deus. E Deus sabe disso. Deus está comigo.

Ele esticou o braço e segurou no metal escaldante. Sem piscar, sem contrair o rosto. Um débil odor de carne queimada subiu às narinas de Tara. Ela pensou que fosse vomitar.

— Não subestime o poder de nossa fé, srta. Mullray. É por isso que todos os meus seguidores adotam a marca da fé em suas testas. Para demonstrar o quanto sua convicção é profunda. Nossa dedicação é inabalável. Não somos acometidos de dúvidas.

Ele permaneceu imóvel pelo que pareceram séculos, encarando Tara, o rosto sem expressão, então ergueu-se de novo, a palma de sua mão com uma queimadura vermelho-pálida.

— Você me perguntou por que vim até aqui, dr. Lacage. Não foi, como você sugeriu, para conhecer vocês, meus prisioneiros. Foi antes para permitir que vocês, meus prisioneiros, me conhecessem. Para que me conhecessem e para que entendessem.

Sayf al-Tha'r ficou observando-os por um momento, então encaminhou-se para a saída.

Daniel gritou às costas dele:

— Isso não vai funcionar, será que não sabe? Escavar o exército dessa maneira e vendê-lo feito doidos! Vocês vão conseguir no máximo pegar uma pequena parte do que tem aí embaixo. E, então, alguma outra pessoa vai chegar e encontrar o restante, e o valor dos achados vai despencar. Não tem nenhum sentido, a não ser que você conseguisse recolher todo o exército.

Sayf al-Tha'r voltou-se. Ele estava sorrindo.

— Temos tudo planejado, dr. Lacage. Deus nos concedeu o exército e Deus vai assegurar-se de que somente nós nos beneficiemos dos seus tesouros.

Ele despediu-se com um movimento de cabeça e fundiu-se com a noite lá fora.

OÁSIS SIWA

No exato momento em que Khalifa estava entrando no pátio da frente da única garagem de Siwa, um blecaute apagou todas as luzes da instalação.

— Se quiser gasolina, vai ter de esperar — disse o atendente da garagem. — As bombas não vão funcionar até que a eletricidade volte.

— Mas esperar quanto tempo?

O homem deu de ombros:

— Podem ser cinco minutos. Podem ser cinco horas. Ninguém sabe. Certa vez, tivemos de esperar dois dias.

— Espero que seja menos do que isso.

— *Inshalá!* — disse o homem.

Khalifa estacionou no extremo do pátio e saltou. O ar estava gelado e ele tirou seu paletó do carro, vestindo-o em seguida. Uma carroça puxada a burros passou por ele com três mulheres na traseira, seus xales enrolados na cabeça, escondendo os rostos, dando-lhes um ar desmazelado, disforme, como esculturas de cera derretida. Escutou-se então um ronco, quando um gerador foi ligado.

Ele vagou sem rumo por algum tempo, esticando-se para espantar a dormência das pernas, e então, acendendo um cigarro, dirigiu-se a uma barraca de refrescos, no extremo da praça principal, e comprou um copo de chá gelado. Havia, próximo, um banco de madeira. Khalifa encaminhou-se naquela direção e sentou-se, tirando do bolso do paletó o celular de Abdul e digitando o número de Hosni. Seu cunhado atendeu na quarta chamada.

— Hosni, é Yusuf.

Ele escutou o cunhado tomar fôlego, nervoso.

— Mas que diabo está acontecendo, Yusuf? O serviço de segurança esteve aqui procurando você. Onde está?

— Bahariya — mentiu Khalifa.

— Bahariya? E o que está fazendo aí?

— Assunto policial. Não posso fazer comentários.

— Eles vieram ao meu escritório, Yusuf. Está entendendo? O serviço de segurança veio ao meu escritório. Você tem idéia do prejuízo que isso pode causar aos meus negócios? O mundo dos óleos de cozinha é muito pequeno. Os boatos correm logo.

— Sinto muito, Hosni.

— Se retornarem, vou ter de contar a eles onde você está. Estamos num momento muito delicado, por causa desse negócio do óleo de gergelim. Não posso deixar uma coisa dessas atrapalhar meu trabalho.

— Entendo perfeitamente, Hosni. Se tiver de contar a eles, pode contar. Zenab está aí?

— Sim, está. Ela veio aqui para casa, sem mais nem menos, hoje de manhã. Precisamos ter uma conversa, Yusuf. Quando você voltar. De homem para homem. Há coisas que precisam ser ditas.

— Perfeitamente, Hosni. Quando eu voltar... Mas agora, me deixe falar com Zenab, pode ser?

Khalifa escutou um resmungo, depois o som do fone contra a mesa e a seguir o de pés se afastando. Um segundo depois, Zenab veio ao telefone.

— E por favor, feche a porta, Hosni — ele a escutou dizer. Mais resmungos e o barulho da porta batendo. — Mas que sujeito abelhudo!

Khalifa sorriu:

— Você está bem?

— Muito bem — respondeu ela. — E você?

— Bem, também.

— Não vou perguntar onde você está.

— Melhor mesmo. E as crianças?

— Com saudades. Ali disse que não vai soprar sua corneta até você voltar. Assim, não se apresse.

Eles soltaram uma gargalhada, embora houvesse algo forçado nela.

— Eles saíram com Sama — prosseguiu ela. — Estão no festival. Vou dizer a eles que você telefonou.

— E diga que os amo.

— Claro que digo.

Por todo o dia, Zenab não havia praticamente saído de seus pensamentos. Agora, por alguma razão, não conseguia lembrar de nada do que lhe quisera dizer. Desejaria apenas poder ficar ali, uma hora inteira, talvez, escutando o som de sua respiração.

— Bem, era só um telefonema rápido — disse ele afinal. — Para me certificar de que Hosni não anda maltratando você.

— Ele não se atreveria. — Mais uma pausa. — Yusuf... aqueles tais homens...

— Por favor, não pergunte nada, Zenab. Quanto menos você souber, melhor. Contanto que você esteja bem, nada mais importa.

— Nós estamos bem.

— Ótimo.

Ele vasculhou sua mente procurando alguma coisa mais para dizer, uma frase de despedida que desse a ela alguma confiança. E tudo o que lhe veio à cabeça foi dizer que vira o mar.

— Quem sabe um dia vamos até lá juntos! Adoraria ver você num maiô!

— Você vai ter de esperar um bocado até me ver vestir uma coisa dessas! — Ela riu, de certo modo indignada, o som da risada morrendo lentamente até silenciar-se: — Amo você, Yusuf!

— Eu também amo você. Mais do que qualquer coisa no mundo. Dê um beijo nas crianças por mim.

— Claro que dou. Tenha cuidado!

Houve um silêncio final e ambos desligaram.

Ele terminou o seu chá e ficou de pé. A energia elétrica ainda não havia retornado e a maior parte da praça estava mergulhada em sombras. Bem na sua frente, erguia-se uma grande mesquita, suas paredes de pedra esbranquiçada refletindo o luar como se fossem feitas de gelo. Ele tinha pensado em comer alguma coisa, mas em vez disso encaminhou-se para a entrada da mesquita, onde descalçou os sapatos e lavou suas mãos e o rosto na pia embutida na parede.

O interior era escuro e silencioso, as poucas velas que havia acesas, insuficientes para iluminá-lo. A princípio, pensou que fosse a única pessoa ali, mas então reparou num outro homem ajoelhado mais para o fundo do salão com a testa pousada no chão.

Ficou ali parado, de pé, por alguns momentos, absorvendo a quietude, então adiantou-se, seus passos sem fazer nenhum ruído sobre o chão atapetado, parando então no meio do salão, sob um imenso candelabro, milhares de losangos de vidro despencando das sombras, como se o teto estivesse vertendo lágrimas. Ficou olhando para cima por um instante e então, virando-se para o *mihrab*, baixou a cabeça e começou a recitar:

Louvado seja Alá, Senhor de todas as coisas,
O Todo-Piedoso, o Todo-Misericordioso,
O Mestre do Dia do Juízo,
O único a quem servimos e o único a quem oramos em busca de auxílio;
Que ele nos guie pelo caminho certo,
o caminho daqueles a quem ele abençoou,
e não o daqueles contra quem Ele voltará sua ira
e nem o dos que se extraviaram

Assim orando, pedindo a Deus que o protegesse e à sua família, sentiu que suas preocupações e receios gradualmente se desfaziam, como sempre acontecia quando falava diretamente com Alá. O mundo exterior parecia recuar, ou era o interior da mesquita que se expandia, de modo que sua paz e sua tranqüilidade ocupassem o universo inteiro. Sayf al-Tha'r, Dravic, o inspetor-chefe Hassani, o exército de Cambises — todos se tornando minúsculos, até virarem não mais do que partículas de pó flutuando na infinitude do regaço de Deus. Khalifa sentiu-se tomado por uma poderosa serenidade.

Por mais vinte minutos, permaneceu recitando dez *rek'ahs*, os ciclos de preces, até que, enfim, pôs-se de pé e sussurrou amém. No que pronunciou essa palavra, o candelabro acima dele acendeu-se inundando todo o interior da mesquita num brilho radioso. Ele sorriu, sentindo nisso uma espécie de sinal de que suas preces haviam sido ouvidas.

De volta à rua, a praça estava de novo iluminada e as bombas de combustível funcionando. O frentista encheu seu tanque e os oito recipientes de reserva, enquanto ele próprio cuidou de encher os três recipientes de água de uma torneira de parede. Depois de pagar o combustível e comprar três maços de Cleopatras, já quase não lhe sobrou nenhum dinheiro. Entrou de novo no carro e atravessou o vilarejo, dando então nas dunas baixas que bordejavam seu extremo sul.

Não chegou a penetrar muito no deserto, apenas uns poucos quilômetros, então encostou o veículo junto a um morro de areia de topo achatado, com as encostas cobertas por um ralo cobertor de vegetação rasteira. Às suas costas, as luzes de Siwa reluziam, ainda. Na outra direção, deserto adentro, não havia nada, apenas uma interminável paisagem vazia, sob o luar. A distância, de algum lugar, chegou o uivo de um cão. Khalifa comeu um pouco da comida que Zenab havia preparado para ele — era a primeira vez naquele dia em que se alimentava — e, retirando cobertores da traseira do Toyota, recostou-se no assento, encolhido. Finalmente, abateu-se sobre ele a lembrança de que havia percorrido todo o caminho até ali sem ter a menor idéia do que faria, quando encontrasse o lugar onde estava o exército. Tentou concentrar sua mente no que tinha pela frente, mas estava cansado demais. Quanto mais tentava se concentrar, mas se dissolviam diante dele o exército, Sayf al-Tha'r e Dravic, até que finalmente, de uma maneira incompreensível, viraram uma imensa fonte de água jorrando das areias do deserto, transformando a areia em volta em um imenso campo coberto de folhagens. No assento do carona, bem junto a ele, estava sua arma, já destravada. Ele havia trancado as portas.

O Deserto Ocidental

Tara despertou sobressaltada. Sua cabeça estava recostada no colo de Daniel e ele a estava observando.

— Você estava arrancando meu coração — gaguejou ela. — Você estava com uma espada e estava me abrindo para arrancar meu coração.

— Foi só um sonho — disse ele meigamente, acariciando seus cabelos. — Está tudo bem!

— Você ia me sepultar. Num sarcófago.

Daniel curvou-se sobre ela e beijou-a na testa.

— Volte a dormir — sussurrou ele. — Tudo vai ficar bem.

Ela manteve os olhos arregalados sobre ele por instantes e então, muito lentamente, fechou-os, e adormeceu de novo, seu rosto pálido, seu corpo imóvel, agora, relaxado. Daniel ficou a observá-la por mais um momento e, em seguida, foi se soltando dela com cuidado, suavemente apoiou a cabeça de Tara no chão e pôs-se de pé. Começou a caminhar em volta, pela tenda, os olhos vez por outra desviando-se para a saída, a expressão em seu rosto parecendo distorcer-se, mudar, enfim, como se ele estivesse usando uma máscara que, lentamente, estivesse escorregando.

— Venham logo! — murmurou ele. — Vamos, onde vocês estão?

O homem de guarda vigiava-o com um rosto impassível, o dedo tensionado sobre o gatilho de sua arma.

O Deserto Ocidental, Perto do Oásis Siwa

Khalifa despertou com Zenab cutucando seu rosto com o nariz. Ou pelo menos, acreditou que fosse Zenab. Então, abriu os olhos e se deu conta de que o que havia tomado pelo calor da respiração dela eram de fato os primeiros raios do sol filtrando-se pelo pára-brisa dianteiro. Ele jogou de lado os cobertores, abriu a porta e saltou do veículo, tremendo de frio, porque o mundo em volta ainda não havia se aquecido. Proferiu suas orações matinais, acendeu um cigarro e subiu até o alto do morro junto ao qual parara o veículo. Para o norte, o cobertor de vegetação em forma de crescente do oásis se estendia à direita e à esquerda, seus lagos salgados reluzindo num tom rosáceo suave à luz do nascer do sol, colunas de fumaça erguiam-se dos bosques de palmeiras e dos pequenos olivais. Tudo o mais era o deserto, uma paisagem irregular, entrecortada, com extensões de areia, baixios de cascalho e surpreendentes formações rochosas que irrompiam de sua superfície. Ele contemplou tudo aquilo por alguns instantes, intimidado pela imensidão vazia, e então, jogando seu cigarro para o lado, voltou ao veículo e tirou a unidade GPS do porta-luvas.

Como Abdul havia lhe dito, era um aparelho auto-explicativo. Ele digitou as coordenadas da rocha em formato de pirâmide e apertou a tecla *GoTo*. De acordo com o mostrador, a rocha ficava a 179 quilômetros de distância, num rumo a 133 graus. Ele digitou sua posição no momento também e a do oásis al-Farafra, e deixou o rastreador ao seu alcance, junto com o celular de Abdul e sua arma. Então, tirou um pouco do ar dos pneus, para aumentar a tração e, dando partida no motor, avançou lentamente, penetrando no deserto, os pneus deixando para trás um sulco profundo na areia.

Khalifa jamais havia guiado nesse tipo de terreno e tomou todo o cuidado possível, mantendo o carro numa velocidade baixa e regular. O solo do deserto pode parecer sólido, mas, inesperadamente, era sempre possível ter pela frente depressões e lombadas, ao mesmo tempo que, eventualmente, se alcançava o topo do que parecera ser uma duna com uma inclinação suave para logo descobrir que o chão desaparecia, bem diante do veículo, mergulhando vinte metros num paredão de areia quase vertical. Em determinado momento, quase capotou, mal conseguindo manter o controle do veículo, que já deslizava de lado, sulcando profundamente o flanco do deserto. Depois disso, diminuiu ainda mais a velocidade.

Nos primeiros quilômetros, ainda encontrou outras marcas de pneus na areia, presumindo que fossem dos veículos que levavam os turistas para safáris, partindo de Siwa. Mas foram rareando aos poucos e logo desapareceriam de todo. Vez por outra, passou por faixas de vegetação rasteira, típica de alguns trechos das dunas, que pareciam tentar reter o veículo e, em duas ocasiões, por esqueletos semi-enterrados na areia, descorados pelo sol a ponto de assumirem uma cor branca antinatural. "Chacais", pensou ele, mas não podia ter certeza. Era somente areia, pedras, cascalho e, acima dele, uma imensidão azul onipotente. A mancha verde do oásis foi desaparecendo atrás dele até perder-se no horizonte.

Logo ficou evidente que, embora o GPS tivesse calculado o trajeto em 179 quilômetros, teria de percorrer uma distância muito maior até atingir seu destino. Afinal, o GPS lhe havia indicado uma distância em linha reta. Mas, no solo, era impossível manter um curso linear, já que intransponíveis aclives de areia, imensos espinhaços de rocha calcária e súbitas porções de terreno cobertas de afiadas lascas de pedra o forçavam, constantemente, a desviar-se para a direita ou para a esquerda, buscando um caminho pelo qual o veículo pudesse passar. Havia vezes em que os desvios eram curtos, apenas algumas centenas de metros; mas havia também desvios de três ou quatro quilômetros. A todo momento, era tirado de seu curso, como se puxado por uma forte correnteza. Depois de duas horas sem parar, e tendo até então, pelos seus cálculos, avançado setenta quilômetros, checou o mostrador do GPS e descobriu que havia se aproximado apenas quarenta quilômetros da rocha piramidal. Começou a se perguntar se conseguiria alcançá-la.

A manhã transcorreu em enorme lentidão. Em dado momento, deteve-se para descansar, desligando o motor e afastando-se alguns passos do veículo. Era extraordinário o silêncio, o mais denso silêncio que já experimentara em toda a sua vida. Só então se deu conta do quanto era invasivo o barulho do motor, nesta quietude sem limites. Se Sayf al-Tha'r tivesse colocado patrulhas, o que quase certamente teria feito, poderiam escutá-lo chegando a quilômetros de distância.

— É como se eu mandasse avisar pelo rádio que estou a caminho — resmungou, retornando para o veículo e dando partida outra vez. De repente, passou a se sentir tremendamente exposto.

Por mais duas horas de trajeto, o terreno manteve-se com as mesmas características. Então, por volta do meio-dia, divisou o que parecia ser uma cadeia de colinas atravessando o horizonte à sua frente. Era impossível distinguir perfeitamente àquela distância, já que o calor distorcia os contornos, fazendo a paisagem ora se elevar, ora abaixar, ora mesmo tremeluzir, como se fosse feita de água. À medida que foi se aproximando, a silhueta estabilizou-se e ele constatou que não se tratava de colinas, mas de uma imensa duna — uma gigantesca parede de areia, estendendo-se por toda a sua linha de visão numa monolítica curva inteiriça, com outras dunas, ainda maiores, avultando-se por detrás, como ondas que houvessem sido congeladas justamente no momento em que iam estourar na praia. Era o distante traçado do Grande Oceano de Areia.

— *Alá u akbar!* —, foi tudo o que ele pôde pensar em dizer. — Deus é Todo-Poderoso!

Seguiu com o veículo até chegar ao sopé da duna que parecia estar retendo as demais, como um enorme dique. Khalifa saltou do carro, encaminhando-se a pé para o seu topo. A areia era macia, afundava sob o peso dos pés e, assim, no que alcançou o cimo, estava ofegante, sua testa molhada de suor.

Adiante dele, as dunas estendiam-se, infindavelmente, até onde o horizonte delineava-se, fileira após fileira delas, avançando até onde a vista alcançava, uma paisagem silenciosa, lisa, homogênea, completamente diferente da sucessão desordenada de diferentes tipos de terrenos que ele havia percorrido até ali. Khalifa lembrou uma história que seu pai lhe contara, certa vez, na qual o deserto era, na verdade, um leão que havia adormecido na aurora dos tempos, mas que um dia despertaria e devoraria o mundo inteiro. Contemplando agora o oceano de areia, dava quase para acreditar nisso, pois a areia, de um amarelo-alaranjado, tinha a textura do pêlo de um animal, e as bordas altas das dunas lhe pareceram como o couro enrrugado de uma besta cuja idade era impossível imaginar. Ele sentiu uma pontada irracional de culpa por estar jogando o resto do seu cigarro no solo, como se pudesse assim queimar a pele de uma criatura viva.

Khalifa ficou contemplando o cenário por algum tempo e a seguir, sempre avançando com enorme dificuldade, desceu de volta para o veículo, afundando-se até os joelhos na areia. Tinha ouvido falar que havia poços de areia movediça nessa região, principalmente no sopé das dunas, mas desdenhou do pensamento de poder ser tragado por uma dessas armadilhas do deserto. "Seja qual for o desfecho desta aventura", disse a si mesmo, "não vai ser nada desse gênero."

Já junto ao veículo, tirou um pouco mais de ar dos pneus e, desprendendo três galões de reserva do suporte do teto do carro, completou o tanque, que já estava mais da metade vazio. Deu partida no motor, engatou a primeira e avançou lentamente para a cordilheira de dunas. De acordo com o GPS, ainda estava a quase 100 quilômetros de seu objetivo.

Seguiu dirigindo, enquanto a tarde avançava, seu Toyota parecendo um pequeno ponto branco, minúsculo em meio às muralhas de areia, como um bote destacando-se em meio ao oceano. Sempre guiando devagar, vencendo as dunas uma a uma, à medida que iam surgindo, reduzindo ainda mais no cume de cada uma delas para verificar se havia algum declive mais íngreme pela frente, e só então iniciando a descida. Em alguns lugares, as dunas eram quase junto uma da outra. Em outros, havia um longo trecho, separando-as, amplos vales de centenas de metros de extensão. Atrás dele, os sulcos dos pneus perdiam-se à distância como longas marcas de sutura.

A princípio, ele conseguiu manter seu curso numa razoável linha reta. Aos poucos, entretanto, as dunas começaram a crescer em altura, e seus declives ficavam mais e mais profundos, de modo que, em determinados momentos, chegava ao cume de uma duna e se via diante de um precipício quase vertical de areia. Então, precisava desviar-se ao longo da crista da duna até encontrar um ponto onde a descida fosse menos difícil, ou, por outra, voltar atrás para tentar encontrar uma passagem que a contornasse, o que poderia levá-lo a um desvio de dúzias de quilômetros. Mesmo com as janelas fechadas e o ar-condicionado ligado no máximo, podia sentir a inclemência do calor do lado de fora.

Quanto mais avançava, mais lhe parecia que a paisagem ao seu redor era dotada de uma alguma espécie de consciência rudimentar. A coloração das dunas parecia modificar-se, como se fossem variações do estado de espírito das massas de areia, refletindo-se sempre nos tons amarelo e alaranjado da superfície do deserto. Em dado ponto, parou para beber um pouco de água e recebeu uma brisa suave, que fez a areia sibilar, suspirante, como se as dunas também respirassem. Ele sentia o ímpeto de gritar, de dizer ao deserto que não desejava lhe causar nenhum malefício, que se invadia o âmago secreto do deserto, era apenas um intruso de passagem e, tão logo terminasse o que tinha a fazer, pretendia ir embora e jamais retornar. Nunca na vida se sentiu tão diminuto, nem tão solitário. Experimentou pôr para tocar o cassete com Kazim al-Saher, mas pareceu-lhe inadequado. Estava tão atônito com a paisagem ao seu redor que até mesmo esqueceu-se de fumar.

Mais ou menos às cinco da tarde, o sol agora bem baixo no céu ocidental, ele alcançou o cume de uma duna gigantesca e diminuiu a marcha para examinar a descida. Ao fazer isso, apurando a vista por cima do volante e através do pára-brisas dianteiro, alguma coisa chamou-lhe a atenção, bem à frente, à sua esquerda. Khalifa desligou o motor e saltou do veículo.

Era bastante difícil enxergar com nitidez, porque o ar ainda mostrava-se instável, sob o calor da tarde. Parecia um triângulo, algo indefinido, flutuando acima das dunas junto à linha do horizonte. Ele inclinou-se para dentro do carro, alcançando os binóculos, erguendo-os aos olhos, e ajustou o foco para trazer o objeto para mais próximo. Então, subitamente, divisou-o nitidamente:

uma imensa saliência de rocha escura, brotando da superfície com o formato de uma pirâmide, como se fosse um *iceberg* colossal. Estava a cerca de vinte quilômetros de distância, foi o que calculou. Vinte e oito, de acordo com o GPS. Ele vasculhou com os binóculos as dunas ao seu redor, mas não avistou nada que indicasse qualquer movimentação humana na área, a não ser algumas manchas escuras, bastante indefinidas, que poderiam ser, ou não, homens de guarda. Khalifa baixou os binóculos e fechou os olhos, escutando. De fato, não tinha esperanças de ouvir coisa alguma. Para sua surpresa, entretanto, distinguiu o distante rosnado de um motor, quase indiscernível, mas não havia como ter dúvidas. O ruído parecia diminuir, em determinados instantes, e retornar mais forte, a cada vez. Era como se o deserto ora o absorvesse, ora o acentuasse, de modo que se tornava difícil dizer de onde vinha. Somente depois de mais de um minuto de escuta, deu-se conta, com um sobressalto, de que não vinha da pirâmide de rocha, mas da sua retaguarda, bem na direção de onde viera. Ele girou o corpo, focalizando o binóculo nas marcas dos seus pneus. No que fez isso, duas motocicletas surgiram, como se decolassem por detrás da quarta duna atrás dele, ganhando o cume, a menos de dois quilômetros de distância, evidentemente seguindo o seu rastro.

Amaldiçoando a sorte, ele voltou os olhos para a borda da duna em que estava. O paredão de areia descia quase verticalmente, íngreme demais para tentar lançar-se pela descida com o seu Toyota. Apressando-se a voltar para o assento do motorista, deu partida no motor e encaixou a ré, retrocedendo acelerado duna abaixo, as rodas derrapando por baixo dele. No sopé da duna, ele girou o volante e engatou a primeira, pressionando até o fundo o acelerador. A traseira do veículo descreveu todo um giro antes de retornar à posição certa. Uns poucos metros adiante, no entanto, o movimento do carro foi travado, com um solavanco, e um agudo chiado elevou-se dos pneus, que agora lutavam para firmar-se contra o chão do deserto, conseguindo apenas enterrar-se mais e mais na areia.

— Mas que merda! — gritou Khalifa em desespero.

Ele engatou de novo a ré, olhos fixos no cume da duna que se erguia pouco além, esperando que a qualquer momento as motos surgissem voando do outro lado da encosta de areia. O veículo recuou um pouco e por breves momentos pareceu que havia conseguido soltar-se. Então, os pneus afundaram novamente, enterrando-se ainda mais fundo do que antes, alcançando quase a altura do eixo.

Ele saltou do carro para examiná-los, e verificou que os pneus já haviam quase desaparecido na areia. Enfiando-se de volta no carro, pegou o GPS, enfiando-o dentro da sacola, retirou um dos recipientes de água e começou a correr ganhando outra vez a encosta da duna, os pés afundando cada vez mais na areia.

Na metade da subida, o solo arenoso já parecia escorregar debaixo dos seus pés e ele não conseguia mais avançar. Esforçou-se para seguir em frente, mas não parecia estar se aproximando nem um pouco do cume, como se estivesse tentando vencer o movimento de um moinho gigantesco. O recipiente de água lhe pesava horrivelmente e, mesmo com relutância, Khalifa o jogou fora, usando a mão livre para equilibrar-se, enquanto os pés enterravam-se na areia, que o fazia deslizar para baixo a cada passo, embora lutasse freneticamente para avançar. Já podia escutar as motos, os motores acelerando mais e mais, por trás da duna às suas costas. Se chegassem ao cume e o avistassem, estava morto.

— Vamos — grunhiu. — Vamos!

Por um momento ainda, pareceu-lhe que não conseguiria sair do lugar. Então, quando tudo indicava que seria avistado, conseguiu firmar o pé e de novo se viu ganhando terreno acima, os olhos esbugalhados pelo esforço. Ele alcançou o cume e mergulhou na areia, ocultando-se, justamente no momento em que, às suas costas, as motos venciam o topo da outra duna e lançavam-se sobre o veículo abandonado.

O detetive ficou deitado no chão, imóvel, por instantes, tentando recuperar o fôlego e então, puxando a arma, rolou sobre o corpo e posicionou-se melhor sobre o cume, observando com toda cautela o vale abaixo de si.

As motos já haviam praticamente alcançado o veículo. Detendo-se de súbito, derrapando um pouco na areia, os motociclistas saltaram ao chão, já puxando do ombro suas metralhadoras. Um deles abriu a porta do Toyota e examinou seu interior, tirando fora o paletó que Khalifa deixara para trás, na pressa de fugir. O outro já galgava a encosta da duna, seguindo o rastro das pegadas de Khalifa e as marcas de pneus. O homem parou um instante junto ao recipiente de água descartado, apontando a arma e, com um disparo, abrindo um buraco no plástico, antes de continuar a subir. O barulho do disparo ecoou por toda a paisagem desolada.

Khalifa rolou o corpo novamente, descendo alguns metros pelo lado oposto. Não havia sentido em tentar correr. O homem o avistaria e o abateria como a um coelho. Poderia atirar nele, quando surgisse no alto da encosta de areia, mas ainda haveria o outro, lá embaixo.

Olhou em torno rapidamente. A parte de cima da duna, naquele ponto, era levemente cortada, deixando um espaço vazio côncavo correndo ao longo da crista, com uma pesada beirada de areia acobertando-o. Alguém enfiado por baixo daquela protuberância se tornaria invisível para uma pessoa de pé no topo, mesmo estando bem debaixo dos pés dela. Não era um grande esconderijo, mas era o melhor que o deserto tinha a oferecer. Agarrando sua sacola, o detetive arrastou-se mais para baixo e meteu-se no espaço protegido, deitando de costas com a arma engatilhada nas mãos, sobre o peito, olhar fixo na beirada de terra acima dele.

Por um momento, nada aconteceu. Então, ouviu o ruído de pés. Podia visualizar o homem surgindo no topo da duna, olhando em volta, avançando alguns passos, parando exatamente acima dele. Um chuvisco de areia deslocou-se da borda projetada sobre Khalifa, confirmando que o homem estava de fato quase diretamente acima. Enroscando um dedo no gatilho de sua Helwan, o detetive conteve a respiração.

Fez-se um silêncio agônico no ar. Ele podia quase adivinhar que lá estaria o homem, pensando, tentando descobrir onde sua presa haveria se metido. O chuvisco de areia agora era mais intenso, quase um pequeno deslizamento. Pareceu por um momento que o homem iria descer. Khalifa encolheu-se em seu buraco. Os segundos iam passando e nada acontecia. Gradualmente, o deslocamento de areia começou a diminuir. O homem estava imóvel. Fez-se outro comprido silêncio e, então, uma voz gritando:

— Parece que ele veio mesmo até aqui, mas depois voltou. Acho que o perdemos mais para trás.

Houve uma pausa, e então o ruído de passos se afastando. Khalifa soltou um sonoro suspiro de alívio, os ombros relaxando.

— Obrigado, Alá! — murmurou.

Foi quando o telefone de Abdul tocou.

O barulho foi tão inesperado que Khalifa demorou um momento até se dar conta do que se tratava. E, quando percebeu o que era, enfiou a mão desesperadamente na sacola, na tentativa de desligá-lo. Tarde demais. Já podia escutar o homem acima dele gritando e a batida apressada de pés. Khalifa mergulhou para fora da concavidade e, erguendo a arma, fez três disparos em rápida seqüência. O primeiro foi alto demais. O segundo, muito para o lado. O terceiro acertou em cheio a testa do homem, atirando-o para trás, fora de sua vista, e fazendo-o rolar pela encosta da duna.

Imediatamente Khalifa se pôs de pé, galgando trôpego a encosta para alcançar o cume. Quando o atingiu, uma rajada de metralhadora rasgou a areia à sua frente, forçando-o a recuar e atirar-se de bruços no solo. Houve uma pausa, então outra rajada, embora esta não mirasse o cume da duna. Khalifa arrastou-se encosta acima. O homem lá embaixo havia disparado nos pneus da segunda motocicleta. Apontando sua pistola, Khalifa fez fogo, mas errou. O homem voltou-se e varreu o topo da duna novamente com sua metralhadora, forçando o detetive a recuar. Mais uma breve pausa e então o ruído de uma moto dando partida.

Khalifa contou até três e ergueu de novo a cabeça, mas a moto já estava se afastando. O detetive se pôs de joelhos e, apontando, descarregou todo o pente de balas nas costas do motociclista. O homem oscilou, mas não tombou e, sem mais munição, Khalifa limitou-se a, impotente, observar a moto distanciar-se no vale. Cem metros adiante, a moto deteve-se e, voltando-se sobre o assento, o motociclista disparou uma rajada de balas para trás, no Toyota imobilizado. Manteve o fogo por cerca de cinco segundos e então, subitamente, com um rugido ensurdecedor que ecoou por todo o deserto, o veículo explodiu numa bola de chamas, e um cogumelo denso de fumaça negra elevou-se dele. A moto afastou-se a seguir, a toda velocidade.

Por longos instantes, Khalifa ficou olhando para baixo, contemplando o fogo abaixo dele, sua respiração reduzida a breves engasgos, as mãos tremendo. Então, inspirando profundamente duas ou três vezes, tornou a se pôr de pé devagar e pegou sua sacola, dentro da qual o celular ainda tocava. Ele o tirou da sacola, apertou a tecla *Atender* e levou-o ao ouvido.

— Yusuf, seu cachorrão! — reboou a voz de Abdul. — Por que demorou tanto a atender? Só estou ligando para me certificar de que meu Toyota está bem.

Khalifa dirigiu os olhos de novo para a alta coluna de fumaça negra e espessa, que subia em grossas espirais para o céu, e seu coração pareceu falhar.

— Mas é claro que está, Abdul! Seu veículo está perfeitamente bem.

39

Deserto Ocidental

Sayf al-Tha'r havia se postado no topo da duna desde o princípio da aurora, observando, abaixo dele, o exército ser paulatinamente trazido à tona. O sol já havia saído, elevando-se no céu, e de novo se posto, e enquanto isso a cratera de escavação se alargara inexoravelmente, como uma imensa boca se abrindo. Por volta do meio-dia, tantos corpos já haviam sido desenterrados e tanto material tirado deles que haviam ficado sem caixotes para embalá-los. Outros mais chegariam com a caravana de camelos, mais tarde, à noite, mas mesmo estes seriam insuficientes para dar conta dos milhares de artefatos empilhados lá embaixo. O solo do vale parecia um enorme ferro-velho com armas antigas, armaduras e cadáveres amontoados por toda parte.

Agora, entretanto, Sayf al-Tha'r havia voltado as costas para o exército e observava a plumagem de fumaça que se erguia à distância. Uma hora atrás, uma das patrulhas havia se comunicado pelo rádio avisando que tinha encontrado marcas na areia. A fumaça, presumivelmente, indicava que haviam alcançado o veículo, fosse qual fosse, que as tinha deixado. Ele deveria portanto sentir-se aliviado. Mas não. Em vez disso, estava tomado por um estranho pressentimento.

O garoto Mehmet aproximou-se.

— O que foi? — perguntou Sayf al-Tha'r. — O que aconteceu?

— Eles encontraram um veículo, mestre. E o destruíram.

— O motorista?

— Escapou. Matou um de nossos homens. O outro está voltando.

Sayf al-Tha'r ficou em silêncio. A coluna de fumaça elevava-se cada vez mais nos céus, como se um jorro negro de gás tóxico estivesse escapando da superfície do deserto. Uma brisa estava soprando, no topo dela, espalhando-a, torcendo-a.

— Quero ser informado quando o vigia chegar — disse ele por fim. — E mande o helicóptero até lá. O motorista não pode ter ido muito longe.

— Sim, mestre.

O garoto desceu a duna correndo. Sayf al-Tha'r começou a andar em círculos, as mãos entrelaçadas às costas, um pedaço de pano enfaixando sua mão queimada.

"Quem seria o intruso?", ele se perguntou. "O que estaria fazendo aqui, no meio do deserto? Estaria sozinho ou haveria outros com ele?"

Quanto mais pensava a respeito, mais se preocupava. Não porque temesse que fossem descobertos. Era algo mais profundo, mais básico. Estava pressentindo alguma coisa. Era como se uma mão viesse em sua direção, erguendo-se do passado. Ficou observando a coluna de fumaça e lhe pareceu que assumia uma forma quase humana, elevando-se no deserto como se fosse um gênio. Já podia distinguir uma cabeça, os ombros, um braço, e até mesmo os olhos, onde a brisa havia aberto dois buracos na névoa negra. E aqueles olhos pareciam estar fitando-o diretamente, cheios de ódio. Ele se voltou, aborrecido consigo mesmo por estar imaginando tais coisas, mas ainda podia sentir a massa escura, raivosa, às suas costas. Cerrou os olhos e começou a rezar.

— Sua voz está sumindo, Abdul... não posso... você está... é...

Khalifa apertou o fone contra a boca e produziu um ruído imitando estática, então desligou o celular. Por um curto instante, ficou se perguntando se deveria telefonar pedindo ajuda, mas imediatamente descartou a idéia. A quem iria telefonar, afinal? Ao chefe Hassani? A Mohammed Sariya? Hosni? Mesmo que acreditassem nele, o que poderiam fazer? Não, estava por sua própria conta. Jogou o telefone na sacola de viagem e apressou-se a voltar para o topo da duna, o ar à sua volta recendendo pesadamente a gasolina e plástico queimados.

As chamas ainda projetavam-se pelas janelas fechadas do veículo. Diretamente abaixo dele, no sopé da duna, estava o corpo do homem que havia matado, o rosto enfiado na areia, um braço torcido num ângulo inatural por baixo da cabeça. Khalifa encaminhou-se para ele, parando rapidamente para checar o recipiente de água perfurado. A maior parte do líquido havia escorrido, sobrando um pouco, apenas, num dos cantos. Ele ergueu o recipiente com todo cuidado até os lábios e bebeu o que restava de água. A seguir, continuou descendo para o vale.

O rosto do morto era uma grotesca máscara de sangue e areia, sua testa ostentando uma fenda que revelava ossos e massa encefálica no interior do crânio. Tentando desviar o olhar, Khalifa soltou a metralhadora, ainda presa à mão do homem, e começou a despir o cadáver. Não lhe agradava estar fazendo isso, mas se queria entrar no acampamento de Sayf al-Tha'r despercebido, ia precisar das roupas. Fez um embrulho da túnica e do turbante, recolheu a arma e iniciou mais uma vez a subida da encosta da duna. Depois de dez metros, no entanto, a consciência chamou-o e, retornando às pressas, escavou uma cova rasa na areia macia. Não era um enterro adequado, mas não conseguiu simplesmente deixar o corpo para ser devorado pelos abutres e chacais ou quaisquer outras criaturas que habitassem essa região selvagem esquecida por Deus. Inimigo ou não, aquele homem merecia, no mínimo uma pequena demonstração de respeito.

Quase pagou muito caro por seu gesto porque, no que subia de novo em direção ao cimo da duna, pôde escutar, distante mas inequívoco, o barulho do rotor de um helicóptero. Mais vinte segundos e teria sido localizado. Sobrou-lhe, apenas, o tempo suficiente para agarrar sua sacola e escorregar para dentro da beirada de areia antes que o helicóptero passasse bem sobre sua cabeça, espalhando uma nuvem de poeira da crista da duna, ao baixar. Por um minuto, ficou roncando a pouca altura, examinando a área, então subiu no ar e desviou-se rumo norte.

Seu plano inicial era afastar-se imediatamente, mas, com o helicóptero rondando por ali, não seria seguro sair a campo aberto, e assim ele decidiu permanecer onde estava até escurecer. Carregou sua arma com o pente de balas que lhe restava, enfiou a túnica preta na sacola, e encolheu-se o mais que pôde em sua caverna de areia, acendendo um cigarro e contemplando a paisagem do mar de dunas que, lentamente, ia desaparecendo junto com a luz diurna. Um hora, foi o que calculou, talvez menos. Só esperava que a lua não estivesse muito brilhante.

O sol decaiu no horizonte e as primeiras tênues estrelas já brilhavam no céu quando a motocicleta ultrapassou o cimo da duna e lançou-se pela encosta de areia abaixo, na direção do acampamento, freando bruscamente junto a uma pilha de caixotes. O motociclista saltou, uma mão agarrando o ombro, e então tombou desmaiado. Logo uma multidão juntou-se em torno, incluindo o garoto Mehmet, que se ajoelhou junto ao homem caído, pegou algo dele e então abriu caminho através da massa de homens, subindo correndo até o topo de outra duna, ao encontro de seu mestre.

— E então? — perguntou Sayf al-Tha'r.

— Ele encontrou isto — disse o garoto, ofegante. — No veículo.

Entregou então a carteira de Khalifa e sua identidade policial.

— E o helicóptero?

— Ainda procurando, mas não há sinal dele. Desapareceu.

O homem balançou a cabeça, negativamente.

— Não, ele está lá, em algum lugar. Posso até senti-lo. Mantenha o helicóptero na busca até o cair da noite. E dobre o número de guardas junto ao exército. Ele vai ter que vir para cá. Não há outro lugar para onde possa se dirigir. Avise a todos os homens que se mantenham alertas.

— Sim, mestre!

— E mande o dr. Dravic vir aqui imediatamente.

— Sim, mestre.

O garoto girou nos calcanhares e desceu correndo a encosta da duna. Por um momento, Sayf al-Tha'r permaneceu em silêncio, observando a coluna de fumaça, ainda bastante visível à luz do poente, então, abriu a carteira e examinou o nome e a foto no lado interno. Seu rosto não expressou nenhuma emoção, embora seus olhos se expandissem levemente e seu pomo-de-adão estremecesse, como se alguma coisa tentasse passar entre a pele e a garganta.

Examinou o documento por quase um minuto, então guardou-o no bolso e começou a vasculhar o restante do que havia na carteira. Dela, tirou o retrato da mulher de Khalifa, outro de seus três filhos e outro de seus pais, parados, braços dados diante das pirâmides. Havia um cartão telefônico, doze libras egípcias e um volume em miniatura com os versos do Corão. Mais nada.

Ou, pelo menos, ele pensou que não havia mais nada. Então, numa abertura escondida dentro de uma das divisões da carteira, encontrou mais uma foto. Estava vincada, bastante apagada, os cantos dobrados, mas ainda reconhecível: um jovem, bastante bonito, parecido com o homem da foto da identidade, porém parecendo mais maduro, mais austero, olhos inquiridores e um cacho de cabelos negros descaindo sobre uma testa alta e inteligente. Ele encarava diretamente a câmera, um braço junto ao corpo, o outro sobre uma pequena cabeça de esfinge. No verso, estava escrito: "Ali, na entrada do Museu do Cairo."

A mão de Sayf al-Tha'r começou a tremer.

Ainda olhava fascinado a foto quando Dravic surgiu no topo da duna.

— O que está acontecendo? — resfolegou o alemão.

— Vamos começar a despachar os artefatos de helicóptero amanhã — disse Sayf al-Tha'r.

— Como é?

— Quero os helicópteros aqui logo ao nascer do sol.

— Mas você tinha dito que não iríamos usar os helicópteros.

— Os planos mudaram. Vamos levar tudo o que pudermos de helicóptero, o restante segue com a caravana de camelos. Quero deixar este lugar em vinte e quatro horas.

— Mas, pelo amor de Deus, não podemos simplesmente...

— É uma ordem.

Dravic cravou nele um olhar raivoso e, puxando um lenço do bolso, começou a enxugar as sobrancelhas encharcadas de suor.

— Não há como conseguir providenciar tudo até amanhã. Mas, que merda, não tem jeito de fazer isso. Acabamos de encontrar o extremo da retaguarda do exército, esta manhã. Está a mais de três quilômetros de distância. Vai levar pelo menos mais dois dias para deixar a coisa toda armada.

— Então, vamos usar mais homens nesse trabalho. Vamos usar todos os nossos homens. Neste momento, vamos parar a escavação e nos concentrar em preparar o exército para nossa partida.

— Mas qual é o problema, pelo amor de Deus?

Sayf al-Tha'r baixou os olhos para a fotografia em sua mão.

— Fomos descobertos. Um policial. Ele está próximo. No deserto.

Por um instante, Dravic ficou olhando para ele, incrédulo, então explodiu numa gargalhada.

— E é por isso que você está se cagando de medo? Uma merda de um policial? Sozinho? Meu Deus! Vamos mandar uma patrulha atrás dele, matá-lo a tiros e acabou-se o problema. Não é possível que haja algum lugar por aí em que ele possa se esconder.

— Vamos partir amanhã.

— Mas não há tempo suficiente. Estou lhe dizendo. Precisamos no mínimo de mais dois dias para deixar tudo preparado. Se não fizermos isso direito, tudo o que pegamos não vai valer porra nenhuma. Será que não entende isso? Não vai valer nada!

Sayf al-Tha'r levantou os olhos, encarou-o friamente e disse:

— Vamos partir amanhã. É tudo.

Dravic abriu a boca, pensando em argumentar, mas se deu conta de que seria inútil. Então, arrancou do peito uma massa de muco impregnada de tabaco, cuspiu-a acertando a um centímetro dos pés de Sayf al-Tha'r e, virando-se, pôs-se a descer a duna.

Um gerador começou a funcionar e imediatamente as lâmpadas voltaicas abriram um clarão brilhante sobre a escavação, inundando-a com um jorro de luz gélida. Sayf al-Tha'r não deu nenhuma atenção a isso, apenas baixou os olhos novamente para a fotografia em suas mãos.

— Ali — sussurrou para si mesmo, o rosto se contraindo sutilmente, como se a palavra lhe trouxesse um gosto amargo à boca. — Ali Khalifa.

Permaneceu imóvel por instantes e então, súbita e bruscamente, rasgou a foto em pedaços, atirando-os ao vento. Eles se espalharam pelo cimo da duna, partes do rosto misturando-se confusamente no chão aos seus pés, como se fossem pedaços de um espelho quebrado.

Já havia escurecido quando Khalifa finalmente arrastou-se da concavidade da duna. Ou pelo menos estava tão escuro quanto era possível ficar no deserto, que nunca conhece escuridão completa, meramente uma penumbra fantasmal como se um véu baixasse sobre a paisagem. Ele ficou parado, de pé, por alguns momentos, contemplando as dunas, que se estendiam até muito longe, e a lua, que, atendendo ao seu pedido, não estava muito brilhante. Então voltou sua atenção para os arredores. Tinha uma longa caminhada pela frente e não havia tempo a perder. Abaixo dele, projetava-se um precipício de trinta metros de areia prensada, bastante íngreme. Khalifa lançou olhares para um lado e outro da crista da duna, buscando um ponto onde a descida fosse mais suave, mas o declive parecia ter a mesma inclinação em ambas as direções e, assim, murmurando uma breve oração, jogou sua sacola no chão, deixando-a rolar pela encosta de areia. Em seguida, sentou-se no chão e, com a metralhadora bem segura nas mãos, tomou impulso e começou a deslizar.

Ganhou velocidade quase imediatamente. Tentou retardar a descida com os pés, mas isso não teve outro efeito senão encher seus sapatos de areia. Ia descendo cada vez mais depressa, o vento assoviando em seus ouvidos, a camisa desprendendo-se da calça de modo que a areia penetrou viciosamente por entre as carnes nuas da parte inferior de suas costas. Já na metade da descida, colidiu com uma ondulação de areia mais dura e isso o fez começar a rolar pela encosta numa balbúrdia de areia que ia sendo arrastada por ele e braços e pernas debatendo-se sem controle, além da metralhadora, que golpeava dolorosamente seu peito e queixo. No final do declive foi projetado contra o solo, sofrendo uma forte pancada no ombro e aterrissando de rosto, seus lábios e língua se enchendo de areia.

— *Ibn sharmouta!* — murmurou. — Puta que pariu!

Ficou deitado imóvel por um momento e então, cuspindo, pôs-se em pé com dificuldade, voltando o olhar para a encosta da duna. De baixo, parecia ainda mais inclinada do que do topo, uma muralha quase vertical de areia, com um profundo sulco marcado em sua superfície. Ele sussurrou para si mesmo outra prece ligeira, esta de agradecimento por ainda estar vivo, e, tentando tirar fora a areia do cabelo, recuperou a sacola e iniciou sua caminhada pelo deserto.

Khalifa caminhou a noite toda, o silêncio cobrindo tudo em volta, quebrado apenas pelo tênue ruído de sua sacola arrastando-se no solo e pelo som áspero de sua respiração. Sabia que estava deixando um rastro que seria visto facilmente até mesmo no escuro, mas não havia o que pudesse fazer quanto a isso, a não ser continuar avançando até o limite de suas forças. Mantinha o GPS na mão e consultava-o vez por outra para checar quanto ainda tinha de percorrer. Não necessitava dele para se direcionar, já que a rocha em formato de pirâmide agora era totalmente visível, reluzindo misteriosa na escuridão. Ele imaginou que houvessem instalado luzes em sua base.

Gradualmente, seus passos ganharam ritmo. Devagar ao subir as encostas das dunas, mais depressa, na descida do outro lado, e então passadas ainda mais largas, cruzando o trecho plano, até o sopé da próxima duna. Para cima, para baixo e cruzando; para cima, para baixo e cruzando; para cima, para baixo e cruzando.

Tinha 28 quilômetros a percorrer e, na primeira metade do trajeto, conseguiu ainda manter-se concentrado na paisagem que o cercava, olhos e ouvidos atentos a qualquer sinal de que estivessem atrás dele. Com o passar das horas, entretanto, e com os quilômetros se sucedendo, sua mente começou a vagar.

Viu-se pensando em Zenab, sobre quando se conheceram, logo depois que ele iniciou a universidade. Um grupo de estudantes foi passar a tarde no zôo e Zenab estava entre eles, uma amiga de um amigo de um amigo. Ficaram longo tempo passeando, olhando os animais, Khalifa acanhado demais para puxar conversa com ela, até que finalmente se detiveram em frente à jaula do urso polar, que nadava tristonho em círculos na sua piscina de água leitosa.

— Pobre criatura — disse Khalifa com um suspiro. — Deve estar querendo ir para sua casa na Antártida.

— Acho que é Ártico — Zenab estava junto a ele. — Ursos polares vivem no Ártico. Não são encontrados na Antártida. Pingüins, talvez, mas não ursos.

O rosto de Khalifa ganhou uma coloração magenta, muito intensa, fascinado que estava pelos cabelos compridos e os olhos grandes que ela tinha.

— Ah — foi tudo o que conseguiu dizer. — Claro.

E foi assim que começou. Não dirigiu a palavra a ela por todo o resto da tarde, sua língua absolutamente presa da timidez. Sorria, agora, ao lembrar-se. Quem diria que, de um começo tão pouco promissor...

A oeste, no céu, uma estrela cadente reluziu por um instante e a seguir desapareceu. Para cima, para baixo e cruzando. Para cima, para baixo e cruzando.

Estava pensando agora em seus filhos. Batah, Ali, Yusuf, o bebê. Lembrava em detalhes cada um dos nascimentos como se houvessem acontecido no dia anterior. Batah, o primeiro, nasceu depois de quase dezenove horas de trabalho de parto.

— Nunca mais! — resmungou depois Zenab. — Nunca mais vou passar por isso.

Mas, passou por tudo novamente, poucos anos depois, quando nasceu Ali, e depois, outra vez, com o pequeno Yusuf, e, quem sabe, talvez acontecesse outras vezes ainda. Ele tinha essa esperança. Sempre sonhara com uma multidão inteira de crianças brincando ao redor da fonte que estava construindo no seu vestíbulo, fazendo os brinquedos delas flutuarem na água, suas risadas ecoando por todo o apartamento.

Soprou uma brisa fraca, fazendo as dunas à sua volta assoviarem, como se estivessem trocando comentários, aos sussurros, sobre ele. Para cima, para baixo e cruzando. Para cima, para baixo e cruzando. Ele acendeu um cigarro.

Agora, os filhos sumiam de sua mente, e ele começou a pensar em seus pais. Lembrou que seu pai costumava erguê-lo do chão e virá-lo de cabeça para baixo, segurando-o pelos pés, que sua mãe estava sempre sentada no chão da casa, pernas cruzadas, debulhando favas. Ele os reteve por alguns instantes e então seus pensamentos deslocaram-se de novo, agora para o professor al-Habibi e para Abdul, o Gordo, para o Museu do Cairo e para o estábulo dos camelos, para investigações que realizou, e para os casos que conseguiu desvendar. Uma imagem seguindo-se à outra, varando sua mente, como se estivesse sentado num cinema assistindo à história de sua própria vida, desdobrando-se devagar na tela diante dele.

E, é claro, que seus pensamentos, inevitável e inexoravelmente, chegaram ao seu irmão.

Primeiro, as lembranças boas, as aventuras que haviam vivido, um velho navio abandonado — que fora muito utilizado em cruzeiros pelo rio — de cujo convés superior costumavam saltar para mergulhos no Nilo. A seguir, as mudanças por que Ali passara, cada vez mais sisudo, mais distante, metendo-se em problemas, cometendo atos condenáveis. Finalmente, inevitavelmente, o dia em que o irmão morrera. O dia em que a vida do próprio Khalifa desabou. Tudo acontecera tão rápido, de modo tão inesperado. Os fundamentalistas chegaram ao vilarejo, certo dia, caçando estrangeiros, com o intuito de matá-los. Houve tiroteio, sete pessoas morreram, inclusive três terroristas. Khalifa estava na universidade, na hora, e somente soube das notícias pelo rádio. Correu para casa imediatamente, intuitivamente sabendo que Ali estava envolvido no incidente. Encontrou a mãe sentada sozinha, numa cadeira, olhar fixo numa parede.

— Seu irmão está morto — foi só o que ela disse, sem nenhuma expressão no rosto. — Meu Ali está morto. Ah, meu Deus, meu pobre coração está partido.

Mais tarde, Khalifa saiu percorrendo as ruas. Os corpos dos fundamentalistas não haviam sido removidos, foram deixados numa fileira, no calçamento, com mantas cobrindo seus rostos, a polícia em volta, conversando e fumando. Khalifa dirigiu-lhes um olhar, tentando ligá-los ao irmão que ele tinha amado tanto, depois afastou-se. Foi para o platô de Gizé, alcançou as pirâmides, e mais longe ainda, galgando os blocos até alcançar o cume da Grande Pirâmide de Quéops, o lugar onde Ali e ele costumavam sentar-se, quando crianças, o mundo abrindo-se lá embaixo como um mapa. E ali, no que para ele era o ápice do mundo, jogou-se ao solo e começou a chorar, inteiramente tomado de vergonha e de horror, incapaz de acreditar no que havia acontecido, incapaz de compreender, com o sol do final da tarde acima de sua cabeça como um imenso balão de pensamento, repleto de fogo, dor e atordoamento.

Ali, seu irmão. O irmão que se tornara seu pai. Aquele que fez dele quem ele era, que o inspirava em todos os sentidos. Tanto vigor. Tanta bondade.

Morto havia quatorze anos, agora, e ainda pesando sobre ele. E assim seria para sempre, até que se visse frente a frente com o homem que fora responsável por sua perda. Até que pudesse ficar frente a frente com Sayf al-Tha'r. Era por isso que tinha vindo até ali. Para olhar Sayf al-Tha'r bem nos olhos. Mesmo que morresse para conseguir seu intento. Ele precisava enfrentar o homem que destruíra sua família.

Khalifa alcançou, já trôpego, o topo de uma duna e levou um choque ao se dar conta de que estava quase alcançando seu destino. Menos de dois quilômetros adiante, erguia-se a grande rocha em formato de pirâmide, imensa, lúgubre, uma aura de luz reluzente, pulsando à sua volta. Manchas negras algo indistintas espalhavam-se a intervalos regulares pelos cumes das dunas das cercanias. Provavelmente, homens de guarda. De pronto, ele se jogou ao chão com medo de ser visto. Consultou o relógio. Faltava meia hora para o nascer do sol.

Khalifa escorregou pela encosta recuando um pouco do cume da duna e, posicionando a metralhadora ao seu lado, tirou a pistola da sacola, enfiando-a por dentro do cinto. A seguir, tirou as vestimentas negras e vestiu-as, metendo-as pela cabeça, enrolando o xale do morto em torno da testa e da cabeça, com o cheiro de sangue ressecado transmitindo ao tecido um cheiro fétido e azedo. Então, enfiou o celular e o GPS nos bolsos, descartou a sacola, atirando-a longe e, pegando de novo a metralhadora, subiu mais uma vez ao topo da duna, ultrapassou-o e iniciou a descida, dirigindo-se diretamente ao encontro de seus inimigos.

— Por Ali — ele sussurrou.

Tara atravessou o acampamento, o guarda andando pouco atrás dela, a arma apoiada no braço. Estava frio e ela envolveu-se com seus braços, seu corpo ainda enrijecido e dolorido devido às agressões de Dravic. Escutava gritos e marteladas e, de algum lugar à sua direita, uma balbúrdia de zurros roucos, como se fosse uma sinfonia de trompetes desencontrados. Ela respirou fundo, contente por ter saído do confinamento da tenda em que ela e Daniel eram mantidos presos.

Há quantos dias haviam sido capturados? Ela tentou forçar-se a pensar. Dois? Três? Procurou determinar alguns episódios que servissem de referência para calcular o tempo transcorrido. Sayf al-Tha'r aparecera na noite anterior. Dravic a atacara na noite antes dessa. E isso fora... quando? Teria sido na segunda noite deles no deserto? Não, fora na primeira. Haviam chegado naquela manhã. Então, fazia três dias ao todo. Muito mais tempo parecia ter se passado. Muito, muito mais.

Seguiram avançando por entre as tendas, contornando uma muralha de caixotes e saindo no extremo sul do acampamento. À direita, havia uma manada de camelos, era de onde os zurros vinham. Uma multidão de homens acotovelava-se em torno deles, carregando e descarregando caixotes.

Cinqüenta metros adiante, eles se detiveram e, baixando os jeans, Tara agachou-se e começou a urinar. Apenas alguns dias antes, ela jamais teria pensado em fazer uma coisa dessas na frente de um completo estranho. Agora, nem sequer se preocupava com isso.

O guarda ficou observando-a por alguns segundos, depois desviou o olhar. Era jovem, pouco mais do que um garoto. Tara ainda não o havia visto por ali.

— Você gosta do Manchester United? — perguntou ele, impulsivamente.

A voz dele a fez sentir um sobressalto. Era a primeira vez que algum dos seus captores lhe dirigia a palavra.

— O time de futebol — acrescentou ele.

Tara levantou a vista para ele, com a urina pingando por entre seus pés e, mesmo a contragosto, começou a rir. Não conseguia pensar numa situação mais absurda do que estar urinando no meio do deserto diante de um guerrilheiro fanático que queria conversar sobre futebol. Era insano. Sua risada tornou-se mais forte ainda, quase chegando à histeria.

— O que foi? — indagou o guarda, perplexo. — O que é tão engraçado?

— Isto — respondeu Tara, sua mão abrangendo toda a paisagem. — Tudo isto! É de matar de rir!

— Não gostar do Manchester United?

Ela pôs-se de pé, puxando os jeans de volta e adiantando-se um passo, de modo que seu rosto ficou a poucos centímetros do dele.

— Estou cagando para o Manchester United — sibilou ela. — Você entendeu o que eu disse? Não dou a mínima, foda-se! Fui seqüestrada, espancada e daqui a pouco vou ser morta. Foda-se o Manchester United e foda-se você também!

O olhar do guarda baixou para o chão. Embora fosse ele quem estivesse com a arma, parecia amedrontado com ela.

— O Manchester United é bom — murmurou ele.

Seu rosto era tão jovem, assustadoramente jovem. Tara ficou se perguntando qual seria a idade dele. Quatorze, quinze? Subitamente, ela sentiu uma ponta inexplicável de compaixão.

— Qual é o seu nome? — perguntou, a voz agora soando mais gentil.

Ele respondeu de modo inaudível.

— O quê?

— Mehmet.

— E por que está aqui, Mehmet?

O garoto pareceu perturbado com a pergunta.

— Sayf al-Tha'r ordenou — respondeu.

— E se Sayf al-Tha'r mandar você me matar, você o faria?

O garoto parecia enormemente intimidado. Sua cabeça ainda estava baixa.

— Olhe para mim — ela pediu. — Olhe para mim.

Relutante, ele ergueu os olhos.

— Se Sayf al-Tha'r disser a você para me matar, você me mataria?

— Sayf al-Tha'r é um homem bom — murmurou Mehmet. — Ele gosta de mim.

— Mas você me mataria? Se Sayf al-Tha'r mandasse, você faria isso?

O garoto, muito nervoso, desviou os olhos para o lado, piscando intensamente.

— Agora, vamos voltar.

— Não vou voltar até você me responder.

— Vamos voltar — repetiu ele.

— Primeiro, me responda.

— Sim — ele gritou, erguendo a arma e brandindo-a junto ao rosto dela. — Sim, mato você. Eu mato você! Por Alá, eu mato você. OK? OK? Quer que mate você agora, aqui?

A respiração dele estava acelerada e irregular, suas mãos tremendo. Ela achou melhor não pressioná-lo mais.

— OK — disse Tara em voz baixa. — OK, vamos voltar agora.

Ela virou-se e começou a caminhar em direção ao acampamento. Alguns segundos depois, escutou o garoto vindo atrás dela. Por alguns instantes, caminharam em silêncio, até que alcançarem o início da aglomeração de tendas.

— Sinto muito — sussurrou o garoto. — Sinto muito, mesmo.

Ela reduziu o passo e se voltou. O que poderia dizer? Ele era uma criança. Num certo sentido, todos ali eram crianças, pessoas simples, ingênuas, apesar dos atos que vinham cometendo. Crianças que se haviam dado conta de que tinham mais poder do que os adultos.

— Chelsea — disse ela. — Torço pelo Chelsea.

O rosto do rapaz foi tomado por um sorriso largo.

— O Chelsea não é bom — ele soltou uma risadinha. — Não tão bom quanto o Manchester. O Manchester United é muito bom.

Eles prosseguiram, então, atravessando o acampamento.

Deitado na areia, Khalifa observava as figuras trajadas de túnicas pretas à sua frente, abaixo dele. Havia apenas uma encosta entre ele e o exército, e o ar reverberava com o chacoalhar dos geradores e um ruído distante de marteladas.

Ele já não poderia avançar mais sem ser visto. Fileiras de homens de guarda postavam-se no cume diante dele e no vale abaixo, posicionados a intervalos regulares, de modo a tornar impossível que qualquer pessoa penetrasse despercebida no acampamento. Ele poderia tentar flanqueá-los, mas isso levaria tempo e um tom acinzentado começava a despontar no céu a oeste. Fosse de que maneira fosse, ele precisava estar dentro do perímetro quando o sol nascesse, ou quase certamente seria avistado pelos helicópteros de patrulha que, provavelmente, decolariam outra vez à primeira luz do dia. Ele se deixou escorregar do topo da duna e girou o corpo, deitando-se agora de costas, acendendo um cigarro e perguntando-se o que deveria fazer.

Foi Ali quem decidiu o que ele iria fazer. Ou melhor, um pequeno conselho que Ali lhe dera, certa ocasião, na primeira vez em que visitaram juntos o Museu do Cairo. Ao se aproximarem dos portões de entrada, seu irmão o deteve para instruí-lo sobre como poderiam entrar sem pagar ingresso.

— Vamos fingir que estamos com algum grupo de alunos — explicou ele. — Daí, é só entrar direto pela porta.

Khalifa ainda perguntou se não seria melhor tentar passar por alguma entrada lateral. Mas Ali balançou a cabeça, negativamente.

— Se virem a gente entrando sorrateiramente pela lateral, vão acabar nos parando — disse ele. — Vá sempre pela entrada principal. Finja estar à vontade, como se tivesse todo o direito de entrar por ali. Nunca falha.

E de fato nunca falhara. Mas se iria funcionar agora, já era outra questão. No entanto, ele não pôde pensar em nenhuma outra alternativa. Terminando o seu cigarro e apertando o xale ainda mais em torno da testa e do rosto, ele pôs-se de pé, subiu de novo até o alto da duna e voltou os olhos para os guardas abaixo dele.

— *Salaam* — ele os cumprimentou. — Está tudo bem?

Houve uma confusão de gritos e três guardas correram à frente, armas prontas, interceptando-o no sopé da duna.

"Finja estar muito à vontade", disse a si mesmo Khalifa.

— Ei! — ele riu, erguendo os braços. — Está tudo bem, rapazes. Estamos do mesmo lado!

Os homens continuavam a lhe apontar a arma.

— O que está havendo? — disse um deles. — De onde você veio?

— Mas de onde poderia ser, ora que diabo! Estive por aí em patrulha.

— Patrulha?

— Completa perda de tempo. Andei por aí a noite toda e não vi nada. Algum de vocês tem um cigarro?

Houve uma pausa, então um deles enfiou a mão no bolso e tirou um maço de Cleopatras. Seu companheiro, o homem que havia inquirido Khalifa, empurrou-o para trás.

— Não havia nenhuma patrulha percorrendo o deserto esta noite. Guardas em volta do perímetro, essa foi a ordem. Nada sobre patrulhas.

— Ora, eu ia gostar se alguém tivesse me dito isso — replicou Khalifa, tentando manter a voz calma. — Acho que caminhei uns trinta quilômetros por aí.

O homem encarou-o, os olhos se estreitando, e então, erguendo a arma, indicou que ele deveria baixar o xale para mostrar a metade inferior do rosto.

"Faça um escândalo, se começarem a fazer perguntas", lhe dissera Ali, naquele dia, no museu. "Mostre raiva, se necessário. Nunca hesite."

— Pelo amor de Deus — disparou Khalifa. — Estive caminhando a noite toda. Estou com frio!

— Mostre o rosto! — insistiu o homem.

Com um grunhido de chateação, Khalifa, muito devagar, puxou o xale até o queixo, tomando a precaução de mantê-lo sobre a testa.

— Não conheço você — disse o homem.

— E eu não conheço você! Não conheço metade dos homens aqui, mas nem por isso fico apontando minha arma para eles. Isso é maluquice! Maluquice! — Ele fez uma pausa, então arriscou: — Se não acredita em mim, por que não vai perguntar ao Dravic? Ele me conhece. Eu estava com ele quando cortou aquele velho no Cairo. Cortou ele todo, só faltou arrancar fora o rosto dele, com aquela porra da espátula dele, aquele animal!

Houve mais uma pausa breve e então, trocando sinais de assentimento entre si, os homens baixaram as armas. O que tinha cigarros deu um passo à frente e ofereceu o maço a Khalifa. O detetive tirou um e o pôs na boca, rezando para que não notassem o quanto suas mãos estavam tremendo.

— Vai voltar para o acampamento? — perguntou aquele que lhe dirigira as perguntas.

Khalifa assentiu.

— Bem, então diga a eles para mandarem alguém nos substituir.

— Certo, claro — respondeu o detetive. — Mas, me faça um favor, pode ser? O que acabei de dizer sobre o Dravic fica entre nós, certo?

Os homens soltaram uma risada.

— Não se preocupe. Todo mundo aqui acha a mesma coisa.

Khalifa sorriu, fez um aceno despedindo-se e começou a afastar-se. Poucos passos depois, entretanto, uma voz chamou por ele.

— Ei, não está esquecendo nada?

O detetive ficou paralisado. O que poderia ter esquecido? Uma senha? Um sinal secreto? Ele já deveria saber que ia faltar alguma coisa. Voltando-se, deparou com os três homens encarando-o, as metralhadoras seguras firmemente em suas mãos.

— Então? — perguntou aquele que lhe dera o cigarro.

Khalifa não conseguia pensar, seu coração acelerou-se. Ele sorriu desconcertado, seu dedo instintivamente curvando-se ao redor do gatilho de sua arma, os olhos correndo de um homem para o outro, calculando as chances que teria. Houve uma breve e agoniada pausa, a calma antes da tempestade, e então, uma gargalhada rouca.

— O cigarro, seu idiota. Não vai acendê-lo?

Levou um segundo para Khalifa registrar o que eles estavam dizendo, e então o ar projetou-se de seus pulmões num profundo suspiro de alívio. Ele ergueu a mão, tocando no cigarro em sua boca.

— É isso que uma noite inteira no deserto faz com a gente — disse, juntando-se à risada dos demais. — A cabeça fica toda revirada!

O homem acendeu o isqueiro e estendeu a chama para Khalifa que, curvando-se, encostou nela seu cigarro.

— Quanto mais cedo deixarmos este lugar esquecido por Deus, melhor — comentou ele.

Houve murmúrios de concordância.

Ele tirou duas tragadas do cigarro, fez um gesto com a cabeça, despedindo-se e afastou-se novamente. Desta vez, ninguém o chamou de volta. Ele havia passado.

O céu oriental estava definidamente acinzentado, agora. Khalifa atravessou o vale e subiu ao cume da duna seguinte, a enorme rocha avultando-se, como um monstro, à sua esquerda, silenciosa e imóvel, uma coluna sobre a qual todo o céu parecia se equilibrar. No cume da duna, passou por mais dois grupos de guarda e pôde observar o cenário caótico, abaixo dele — a cratera, as tendas, os camelos, as pilhas de caixas e de artefatos. Bandos de figuras trajadas de negro moviam-se em todas as direções, a maior parte deles colocando objetos dentro dos caixotes e transportando-os, embora um pequeno grupo estivesse trabalhando dentro da cratera, escavando por entre os cadáveres enroscados uns nos outros, ocupados numa tarefa que requisitava uma grande extensão de fios. Havia um enorme homem de pé, num plano mais acima, supervisionando todo o trabalho. Dravic, ele adivinhou.

Por alguns momentos, deteve-se, observando-os, e então voltou a sua atenção para o acampamento, bem a tempo de avistar uma moça loura entrando numa tenda bem no meio das demais. Ele gravou a posição daquela tenda, entre uma fileira de barris de combustível e uma enorme pilha de fardos de palha. Bem nesse momento, uma voz amplificada dirigiu-se aos céus:

— *Alá u akbar! Alá u akbar!*

Era o chamado para as preces do início do dia. Ele acelerou a descida, cobrindo de novo o rosto com o xale.

Uma corrente humana percorria o acampamento, em direção a um trecho plano de areia no seu lado sul, onde se enfileiravam, de rosto voltado para o leste. Sayf al-Tha'r estava entre eles, mas desviou-se no extremo do acampamento e entrou numa tenda que tinha uma antena instalada logo acima dela. Um homem se pôs de pé à sua entrada, mas com um gesto Sayf al-Tha'r o fez sentar-se de volta.

— Os helicópteros?

O homem entregou-lhe um pedaço de papel:

— Acabaram de decolar.

— Nenhum problema?

— Nenhum. Estarão aqui em uma hora.

— E os guardas? Nada?

O homem balançou negativamente a cabeça.

— Mantenha-me informado — disse Sayf al-Tha'r e saiu da tenda a seguir.

A correnteza humana tornara-se menos intensa, agora que os últimos deles se apressavam a chegar à área reservada para as orações, deixando o acampamento deserto. Os guardas permaneceram em suas posições, mas agora estavam de rosto voltado para leste, as cabeças curvadas sobre o peito. Sayf al-Tha'r passou os olhos por eles, vultos negros apinhados ao longo dos topos das dunas como se fossem uma fileira de abutres, a seguir virou-se para voltar ao acampamento. O alarido das orações espalhava-se pelo ar como uma brisa.

Ele chegou diante de sua tenda e afastou a aba que cobria a entrada. Ao se curvar para entrar, deteve-se de súbito, os ombros tensionando-se. Lentamente, endireitou o corpo e se virou, os olhos velozmente correndo de um lado para o outro. Adiantou-se um pouco, menos do que um passo, os olhos vasculhando o labirinto sombrio de lonas e equipamentos. Não viu coisa alguma, no entanto, e depois de um momento, balançou a cabeça, virou-se e desapareceu para dentro da tenda, a aba de lona caindo logo às suas costas.

Perto da Fronteira Líbia

Os helicópteros voavam baixo, quase junto ao solo do deserto, vinte deles, como um bando de aves de rapina sobre as areias. Um deles estava ligeiramente à frente dos demais, e os que vinham atrás acompanhavam cada um de seus movimentos, elevando-se e descendo junto com ele, e desviando-se para os lados, numa perfeita coreografia de vôo. Eram aparelhos grandes, pesados, suas carcaças desajeitadas, de alguma maneira, parecendo não combinar com a graciosidade dos movimentos. No interior deles, podiam-se distinguir formas humanas. Voavam depressa, antecipando-se à aurora, cortando o silêncio do céu que aos poucos tingia-se de vermelho.

40

O Deserto Ocidental

Khalifa permaneceu escondido por entre um amontoado de barris de combustível até que o acampamento ficasse completamente vazio. Então, avançou com cautela por entre as sinuosas avenidas de equipamentos e tendas, procurando aquela na qual a garota havia entrado. Calculava que dispunha de quinze minutos, vinte, no máximo.

Lá de cima, o mapa do acampamento parecia perfeitamente nítido. Agora, no chão, já não era tão fácil orientar-se. Tudo parecia igual e as referências que havia fixado minutos atrás — as fileiras de barris, a pilha de fardos de palha — não estavam à vista. Ele enfiou a cabeça em duas entradas de tendas, pensando que havia encontrado a que procurava, mas não havia nada dentro delas e ele estava começando a ficar desesperado quando deparou com uma mal-equilibrada parede de caixotes e avistou, pouco adiante, junto a uma pilha de fardos, a tenda que estava buscando. O detetive soltou um grunhido de alívio e, adiantando-se, puxou de lado a aba da entrada, penetrando em seu interior com a metralhadora pronta, à frente.

Não precisou da arma porque não havia na tenda o guarda que ele esperava encontrar. No entanto, a garota também não estava lá. Havia, sim, uma figura solitária, ajoelhada, de costas para a entrada, sua testa encostada no chão. Khalifa recuou um passo, percebendo que, mais uma vez, entrara na tenda errada, mas algo o deteve. Não podia enxergar o rosto do homem, e também muito pouco de sua silhueta ficava visível, por baixo das vestes pretas. Entretanto, de algum modo, ele sabia. Era Sayf al-Tha'r. Khalifa ergueu sua arma, o dedo pronto para apertar o gatilho.

Se a figura ajoelhada chegou a se aperceber do policial, não deu nenhum sinal, prosseguindo com suas preces, alheio à presença às suas costas. Khalifa pressionou mais ainda o gatilho, apertando a língua metálica até que faltasse apenas um levíssimo toque para disparar. Àquela distância, não havia como errar. O interior da tenda parecia ecoar o batimento de seu coração.

O homem ergueu-se, pôs-se de pé, proferiu uma prece, voltou a se ajoelhar. "Uma leve pressão a mais do dedo", pensou Khalifa, "é só o que é preciso." Uma pequena pressão a mais e a figura à sua frente tombaria morta. Ele pensou em Ali e ergueu um pouco o cano da arma, fazendo mira na base do crânio do homem. Respirou fundo, então, mordeu o lábio, então baixou a arma novamente, relaxou o dedo sobre o gatilho e deu um passo para trás, saindo da tenda.

Por instantes, ainda ficou observando a aba puída da tenda, um estranho vazio alastrando-se em seu estômago. Ele poderia ter somente ficado olhando para o homem por alguns poucos segundos, mas bastou esse tempo para o céu começar a lhe parecer muito mais iluminado, a aurora subindo rapidamente do leste como uma onda. Logo, as preces estariam terminadas. Ele girou nos pés e atravessou correndo o acampamento.

— Como estará Joey? — balbuciou Tara.

Ela estava sentada no chão da tenda, abraçando os joelhos e balançando o corpo para a frente e para trás. Daniel estava deitado junto a ela, tamborilando os dedos no chão, vez por outra erguendo o braço para consultar o relógio.

— Quem é Joey? — perguntou ele.

— Nossa naja. No zôo. Ele não andava muito bem.

— Achei que você já tinha tido experiências com cobras que bastassem para o resto da sua vida.

Ela deu de ombros:

— Bem, eu não gostava dele tanto assim, mas... sabe como é... quando penso que jamais vou vê-lo de novo... Só espero que Alexandra tenha mantido a dose de antibióticos. E que tenha retirado a pedra dele. Sabe, ele estava com uma doença de pele. Ficava se esfregando contra a pedra. Estava perdendo as escamas.

Ela estava apenas divagando, falando por falar, como se, por entabular uma conversa, pudesse adiar o momento em que seriam levados para fora e... o quê? Fuzilados? Decapitados? Esfaqueados? Ela voltou-se para o guarda que os vigiava. Não era mais o garoto Mehmet, era um homem mais velho. Ela visualizou-o apontando uma arma para sua cabeça e disparando: o barulho do tiro, a queda, o jorro de sangue, seu sangue. Tara começou a torcer as mãos.

— Que negócio é esse de seu amor por cobras, aliás? — murmurou Daniel, sentando-se com algum esforço. — Nunca entendi essa sua atração por elas.

Tara sorriu, melancólica:

— De uma maneira engraçada, foi papai quem me levou a me interessar por elas. Ele odiava serpentes, sabe? Era uma fenda em sua armadura. Fazia eu me sentir com uma espécie de poder sobre ele. Lembro que uma vez uns estudantes esconderam uma cobra de plástico em sua pasta, e quando ele a abriu...

Ela emudeceu de repente, dando-se conta de que não havia nenhum sentido em terminar de contar a história já que nenhum dos dois ia rir dela. Houve então um silêncio, um longo e pesado silêncio.

— E você? — perguntou ela afinal, desesperadamente tentando manter a conversação. — Você nunca me contou por que se tornou um arqueólogo.

— Só Deus sabe! Nunca pensei sobre isso. — Daniel estava ocupado com o cadarço de sua bota. — Acho que eu adoro escavar. Lembro que, antes de meus pais morrerem, quando eu morava em Paris, tínhamos um jardim e eu costumava cavar buracos lá no fundo do terreno, procurando tesouros escondidos. Buracos enormes, bem fundos, pareciam crateras. Papai costumava dizer que, se eu não tomasse cuidado, ia acabar saindo na Austrália. Foi assim que começou, suponho. Então, recebi de presente um livro com fotos dos tesouros de Tutankâmon, e, de alguma maneira essa mania de cavar e o Egito...

A aba da tenda se abriu e um homem de negro entrou, seu xale tapando o rosto para se proteger do frio do início do dia. O guarda no chão pôs-se de pé. No que fez isso, o recém-chegado atingiu-o com a coronha de sua arma, bem na têmpora. O homem cambaleou para trás e tombou inconsciente. Daniel pulou de pé, Tara logo a seguir. Khalifa puxou o xale para mostrar seu rosto.

— Temos pouquíssimo tempo — disse ele, curvando-se para pegar a metralhadora do guarda. — Sou um policial. Estou aqui para libertá-los. — Ele entregou a arma a Daniel. — Sabe usar isso?

— Acho que sim.

— Como conseguiu chegar até aqui? — perguntou Tara. — Quantos mais de vocês estão aí fora?

— Estou sozinho — respondeu Khalifa. — Não há tempo para explicações. Em poucos minutos, terão terminado as orações e o acampamento vai estar apinhado de gente outra vez. Precisamos sair agora, é nossa única chance.

Ele meteu a cabeça para fora da entrada, olhou em volta e tornou a virar-se para eles.

— Peguem rumo norte, subindo o vale e ultrapassando a escavação. Fiquem sempre junto ao sopé da duna do lado oeste. E corram o mais que puderem.

— Mas e você? — perguntou Tara.

Khalifa ignorou a pergunta, pegando por baixo de sua túnica o celular e o GPS.

— Fiquem com isto. Quando tiverem se afastado dos guardas, peçam ajuda. Suas coordenadas serão mostradas por este aparelho. Só precisam pressionar...

— Sei como funciona — disse Daniel, pegando o aparelho e entregando o celular a Tara.

— Mas e você? — ela insistiu, em voz mais alta, agora.

Khalifa voltou-se para eles:

— Tenho um assunto a resolver aqui. Nada que seja da conta de vocês.

— Não podemos simplesmente deixá-lo para trás.

— Vão logo! — disse ele, empurrando-os para a saída da tenda. — Saiam daqui agora! Sigam rumo norte e mantenham-se junto da duna à esquerda.

— Não sei quem você é — disse Daniel —, mas obrigado. Espero que possamos nos encontrar de novo.

— *Inshalá!* Agora, vão embora!

Eles saíram às pressas da tenda. Já fora, Tara voltou-se e, inclinando-se, deu um beijo rápido em cada face de Khalifa.

— Obrigada — murmurou.

Ele assentiu com um aceno de cabeça e empurrou-a adiante.

— Meus sentimentos por seu pai, srta. Mullray. Assisti a uma palestra dele, certa vez. Ele era maravilhoso. Agora, por favor, vão embora.

Por um segundo, ficaram se fitando, bem nos olhos, então Tara e Daniel saíram correndo por entre as tendas. Khalifa os ficou observando até que houvessem desaparecido, então voltou-se e, rapidamente, tomou a direção oposta.

Ele avançou em direção ao extremo sul do acampamento, detendo-se vez por outra para escutar o murmúrio das preces à sua frente, sempre tentando calcular quanto tempo lhe restava. Poucos minutos. Não mais do que isso. Uma faixa translúcida de luz rosácea surgiu sobre a crista da duna a leste, alargando-se cada vez mais, seu brilho primeiro se misturando e a seguir, devagar, superando o das lâmpadas voltaicas.

Ele seguiu em frente, até atingir o ponto onde já não havia tendas, dando lugar a uma balbúrdia de equipamentos. Uns cinqüenta metros mais adiante, fileiras de homens estavam ajoelhadas na areia, seus lábios movendo-se com as orações. Ele escorregou para trás de uma pilha de caixotes e deu uma olhada em volta procurando algo que pudesse desviar a atenção dos homens, quando as preces terminassem.

Havia várias pilhas de fardos de palha bem ali perto e, junto a eles, um solitário barril de combustível. Ele espiou para trás, focalizando as caixas de madeira às suas costas, todas marcadas com a figura de uma caveira com ossos cruzados na lateral, e então, indo até o barril, soltou sua tampa. Uma lufada de vapor exalou de dentro dele. Diesel, como ele havia pensado. Agarrou as bordas e ergueu o barril, entornando seu conteúdo sobre a pilha de fardos mais próxima. Continuou entornando o combustível até que a palha estivesse encharcada, então arrastou o fardo para detrás dos caixotes e encostou-o neles. Repetiu a operação mais duas vezes, o combustível derramando-se também sobre seus sapatos e na túnica.

Estava acabando de puxar o terceiro fardo para trás dos caixotes quando um alarido diferente avisou-o de que as preces estavam terminadas. Quase simultaneamente, escutou-se um tiro vindo do cume da duna logo acima de onde ele estava. Khalifa retesou-se, preparando a arma, achando que havia sido visto. Então, escutou todo um matraquear de disparos no outro extremo do acampamento e percebeu que não fora ele quem havia sido visto, mas Tara e Daniel.

— *Fa'r!* — exclamou. — Merda!

Retornou sua atenção então para a maçaroca de palha encharcada e, enfiando a mão no bolso, tirou seu isqueiro. O tiroteio ficou ainda mais intenso. Agora, acontecia uma enorme agitação à sua frente, também, no que a multidão de devotos dispersava-se e começava a correr de volta para o acampamento. Ele agachou-se e levou o isqueiro à base de um dos fardos.

— Não faria isso se fosse você.

A voz veio de detrás dele.

— Solte o isqueiro e se levante. E devagar.

Por um momento, Khalifa ficou paralisado, tudo em volta parecendo imprensá-lo. Então, cerrou os olhos, respirou fundo e acendeu o isqueiro. Ouviu-se um estalido e houve uma faísca, mas sem nenhuma chama. Uma rajada de balas levantou a areia ao seu redor.

— Disse para você largar esse isqueiro. E não vou repetir.

Derrotado, Khalifa abriu os dedos e deixou o isqueiro cair. Houve mais disparos no outro extremo do acampamento.

— Agora, levante-se — disse a voz. — Tudo muito devagar. E levante os braços também.

O detetive obedeceu. A dez metros de distância, com uma metralhadora nas mãos, estava Dravic.

— Seu estúpido de merda — rugiu Dravic.

De repente, surgiram homens de todos os lados. Dravic deu um berro e três deles agarraram Khalifa, forçando-o a se ajoelhar.

— Então, este é nosso bravo policial, não é mesmo? — disse o gigante, adiantando-se. — Um Omar Sharif todo só para nós.

Ele se deteve diante de Khalifa e, erguendo a mão, deu-lhe uma bofetada, partindo seu lábio.

— O que achava que ia fazer? Nos prender a todos, sozinho? Você é um bocado mais idiota do que eu poderia sequer imaginar.

Khalifa não disse coisa alguma, apenas encarou-o, o sangue escorrendo pelo seu queixo. O barulho dos disparos crescia cada vez mais. Um homem chegou correndo e disse alguma coisa a Dravic, que baixou os olhos para Khalifa.

— Você vai pagar caro por isso — grunhiu ele. — Pode acreditar em mim, você vai pagar muito caro.

Dravic fez um sinal para um dos homens, que apanhou o isqueiro de Khalifa e o entregou ao gigante. Este o pegou, inclinou-se à frente e, as narinas dilatadas, farejou o ar.

— Mas que cheiro é esse que estou sentindo? — disse. — Esse cheiro tão estranho, em sua linda túnica preta? Seria combustível?

Ele deu um sorriso grotesco e sádico. Os homens ao seu redor soltaram gargalhadas.

— Ora, parece que fomos um pouco descuidados por aqui, não fomos?

Ele recuou um passo e, erguendo o isqueiro bem à altura do peito de Khalifa, riscou a pedra, fazendo saltar uma chama amarelo-azulada.

— É só jeito, está vendo? Tudo está no polegar!

Dravic ficou passeando com a chama no ar, ora aproximando-a, ora afastando-a do tecido impregnado de combustível. Khalifa debateu-se, mas havia um homem de cada lado, segurando-o firmemente. A chama estava quase alcançando a borda da túnica.

— Pare! Pare com isso imediatamente!

A voz ergueu-se de detrás da multidão, áspera e cheia de autoridade. Os olhos de Dravic desviaram-se para cima e, resmungando, ele apagou o isqueiro e recuou. O círculo de homens se abriu, revelando Sayf al-Tha'r. Ele permaneceu imóvel por um longo momento, encarando Khalifa, e então adiantou-se, detendo-se diante do detetive, sem desviar os olhos dele.

— Olá, Yusuf!

— Você o conhece? — indagou Dravic, surpreso.

— Mas é claro — disse Sayf al-Tha'r. — Ele é o meu irmão caçula.

Eles correram através do acampamento, protegendo-se atrás de cada tenda e sempre conservando-se junto ao sopé da duna à esquerda, como Khalifa lhes havia orientado. Daniel na frente, Tara atrás, a adrenalina pulsando por todo o corpo dela, a dor em seu corpo momentaneamente esquecida.

Detiveram-se no extremo norte do acampamento. À sua frente, o corte aberto pela escavação estendia-se até se perder de vista, sem movimento e silencioso sob a luz cada vez mais forte do dia, e pilhas de artefatos espalhavam-se pelo terreno como os destroços de um gigantesco desastre aéreo. Eles avistaram guardas ao longo do cume da duna à sua direita, mas todos estavam com seus rostos voltados para o leste, em direção ao nascer do sol. Os que estavam mais acima não podiam ser enxergados, ocultados pelo ângulo da crista.

— Tudo bem? — perguntou Daniel.

— Tudo.

Prosseguiram em frente, sempre junto ao sopé da encosta da duna, com a rocha em formato de pirâmide assomando, enorme, à frente deles. A cada passo a mais que se afastavam do acampamento, a cada passo que davam sem serem descobertos, Tara sentia que estavam abusando um pouco mais da sorte. Já fazia anos que não rezava; pelo menos, desde criança. Agora, sem sequer perceber, começou a murmurar algo para si mesma, suplicando a fosse qual fosse o poder maior que os protegesse, que lhes permitisse escapar dali.

— Por favor, não deixe que nos vejam — sussurrou ela. — Por favor, não deixe que nos vejam. Por favor, não deixe que nos vejam.

Funcionou pelos primeiros cinqüenta metros. Então, quando atingiram o nível da borda da trincheira de escavação, escutaram um grito acima deles e um feroz crepitar de disparos.

— Merda — sibilou Daniel.

O grito fora ouvido por outras pessoas e mais tiros então foram disparados contra eles.

— Para trás — berrou ele. — Temos de recuar.

— Não!

— Não temos cobertura aqui onde estamos.

Ele lhe agarrou o braço e a puxou, forçando-a a voltar atrás. Agora, havia homens descendo aos trambolhões pelas encostas das dunas de ambos os lados de onde ele estava, fazendo fogo ininterrupto. Os projéteis passavam raspando por sobre a cabeça de Tara, cravando-se na areia, atingindo os caixotes e as armaduras antigas. Daniel disparou outra rajada de balas, e logo estavam de volta, em meio às tendas, com seus perseguidores momentaneamente desorientados pela balbúrdia de lonas.

— E agora? — perguntou Tara ofegante.

— Não sei! Não sei.

A voz dele traía desespero.

Correram à frente, agachando-se por entre as tendas e equipamentos. Estavam sendo perseguidos de perto, os gritos cresciam de volume bem atrás deles. E na frente também. Haviam sido cercados. Não tinham mais para onde correr. O medo começou a latejar nos ouvidos de Tara. Tudo começou a se tornar borrado à sua volta.

Conseguiram contornar uma tenda e, de repente, viram-se numa pequena área aberta, diante de uma motocicleta própria para terreno de dunas. Correram para ela. A chave estava na ignição. Sem nenhuma palavra, Daniel entregou a metralhadora aos braços de Tara, montou no assento e pisou no pedal de partida. O motor tossiu, mas não pegou. Ele pisou novamente no pedal. Nada.

— Vamos, filho da puta! — ele gritou. — Funcione!

Agora, havia apenas umas poucas tendas entre eles e os gritos e, por toda a volta, um cerco de vozes se fechando sobre eles.

Sem pensar, Tara ergueu a arma e disparou, a metralhadora saltando violentamente em suas mãos, uma chuva de balas perfurando lona e madeira. Ela relaxou um pouco o dedo, virou-se para o outro lado e disparou outra vez, esvaziando o pente. Havia outro pente de balas preso à arma, de cabeça para baixo e, soltando o pente esvaziado do encaixe, ela o posicionou na entrada e enfiou o novo pente. A motocicleta soltou um ronco, dando partida.

— Suba! — berrou Daniel.

Ela saltou para as costas dele e a mão de Daniel pressionou o acelerador antes mesmo que Tara tivesse aterrissado no assento. Uma nuvem de poeira jorrou de debaixo do pneu traseiro e eles dispararam à frente. De um salto, uma figura postou-se bem diante deles, mas Daniel ergueu o pé e chutou-a para fora do caminho. Outras figuras surgiram, à frente e de ambos os lados. Agarrada à cintura de Daniel com um único braço, olhos semicerrados como se isso pudesse protegê-la, Tara disparava rajadas espasmódicas por toda a volta, sem saber se estava conseguindo acertar alguma coisa. De algum lugar próximo, ouviu-se uma explosão e um homem apareceu rodopiando, mais para o lado deles, a sua túnica envolta em chamas.

Continuaram acelerando, ziguezagueando loucamente por entre as tendas, desviando-se ora numa direção, ora noutra, derrapando, os pneus escorregando às vezes lateralmente sobre o terreno, até que saíram pelo extremo norte do acampamento e avançaram em direção ao morro para cujo topo haviam sido levados na noite em que o exército fora descoberto. As figuras vestidas com túnicas negras corriam tentando alcançá-los, chegando agora de ambos os lados. Daniel diminuiu a velocidade, olhou em volta, então acelerou de novo.

— Segure-se!

Avançaram a toda em direção ao morro. Os homens na frente deles mantiveram-se parados por um segundo, então saltaram de lado. Quando ela percebeu o que ele ia fazer, jogou fora a metralhadora e enroscou a cintura de Daniel com ambas as mãos o mais firme que pôde.

— Não vai dar! — gritou ela.

Eles atingiram o sopé da encosta, embicaram encosta acima, puxando ao máximo do motor, alcançaram o topo, e então decolaram do chão, subindo mais e mais, impulsionados à frente e, depois do que lhes pareceu uma enormidade de tempo, descendo, então, no outro lado, colocando assim o morro entre eles e seus perseguidores. O pneu traseiro guinchou assustadoramente, quando bateram no solo, e por um momento parecia que iam tombar com a moto. De algum modo, entretanto, conseguiram se equilibrar e afastaram-se rapidamente, vale adentro. Muito esporadicamente, escutaram ainda rajadas de metralhadoras vindas de detrás, mas nenhuma acima deles, já que a maior parte dos homens de guarda havia abandonado seus postos e descido para o acampamento, quando começaram a escutar os tiros. Eles haviam escapado.

— Deus do céu! Olhe só essa coisa! — gritou Daniel, enquanto passavam ao longo das escavações.

Tara apertou ainda mais os braços em torno da cintura dele.

— Não fique olhando! Dirija! — berrou ela.

41

O Deserto Ocidental

— Você não é meu irmão — disse Khalifa, encarando o homem diante dele. — Meu irmão está morto. Morreu no dia em que ele e seus pistoleiros vieram ao nosso vilarejo e mataram quatro pessoas inocentes. No dia em que ele adotou o nome de Sayf al-Tha'r.

Agora que estavam frente a frente, a semelhança era óbvia: as mesmas maçãs do rosto altas, as bocas estreitas, narizes aduncos. Somente os olhos sugeriam uma diferença fundamental. Os de Khalifa eram azul-claros; os de Sayf al-Tha'r, verdes e brilhantes.

Permaneceram sustentando o olhar um do outro por algum tempo, corpo imóvel, a pouca distância entre os dois parecendo estalar, queimar, e então Sayf al-Tha'r estendeu a mão para Dravic.

— Sua arma.

O gigante deu um passo à frente e entregou-lhe a arma. Sayf al-Tha'r a pegou e apontou-a para a cabeça de Khalifa.

— Leve os homens daqui e ponha-os de volta a trabalhar — ordenou. — Pode chamar os homens de guarda cá para baixo também. Os helicópteros chegarão em trinta minutos e há um bocado de trabalho a ser feito.

— E os prisioneiros?

— Deixe que fujam. Não precisamos deles.

— E ele?

— Eu cuido dele.

— Não podemos...

— Eu cuido dele.

Resmungando, Dravic virou-se e se afastou. Os homens o seguiram, deixando os dois a sós. Sayf al-Tha'r fez Khalifa levantar-se e ficaram de pé, encarando um ao outro, Sayf al-Tha'r ligeiramente mais alto do que Khalifa.

— Devia ter me matado quando teve oportunidade, Yusuf. Na hora em que entrou na minha tenda, ainda há pouco. Era você, não era? Pude senti-lo às minhas costas. Por que não puxou o gatilho? Sei que é o que você queria fazer.

— Tentei pensar no que o meu irmão, Ali, faria numa situação dessas — respondeu Khalifa. — Sei que ele jamais teria atirado num homem pelas costas. Principalmente, se a pessoa estivesse rezando.

Sayf al-Tha'r soltou um grunhido:

— Você fala como se eu não fosse o seu irmão.

— E não é. Você é um monstro.

Os geradores interromperam seu funcionamento de repente, e as lâmpadas voltaicas desligaram-se, mergulhando o acampamento em tons mais suaves e sutis da aurora. No lado norte, uma coluna de fumaça espessa e negra ergueu-se no ar.

— Por que veio para cá, Yusuf?

Por um momento, Khalifa ficou silencioso.

— Não foi para matar você — respondeu. — Não, não foi. Embora você esteja certo: eu queria mesmo fazer isso. Há quatorze anos, é o que venho querendo fazer. Varrer Sayf al-Tha'r da face da terra.

Ele enfiou a mão por entre as dobras da túnica e tirou um maço de cigarros. Pegou um cigarro, mas então lembrou que Dravic havia tomado seu isqueiro e, assim, o cigarro ficou apagado em sua mão.

— Vim até aqui porque queria entender. Queria olhar em seus olhos e tentar entender o que aconteceu, há tantos anos. Como você pôde mudar tanto. Por que Ali precisou morrer para dar lugar a essa... aberração.

Os olhos Sayf al-Tha'r relampejaram momentaneamente, sua mão apertando-se em torno da metralhadora. Então, ele relaxou um pouco os dedos e em seu rosto abriu-se algo próximo a um sorriso.

— Eu abri os olhos, Yusuf, foi só. Olhei em volta e enxerguei o mundo como ele é. Mau e corrompido. A *sharia* esquecida. A terra dominada pelo *Kufr*. Foi o que enxerguei e jurei fazer algo para mudar o que via. Seu irmão não mudou. Simplesmente tornou-se adulto.

— Você tornou-se um assassino, apenas isso.

— Não, um servo leal de Deus. — Sayf al-Tha'r encarou Khalifa, seus olhos cravados nele. — É muito fácil para você, Yusuf. Você não era o filho mais velho. Não teve de suportar tudo o que suportei.. Não precisou arcar com as mesmas responsabilidades. Eu trabalhava dezoito, vinte horas por dia para sustentar você e nossa mãe. Sentia minha vida aos poucos sendo drenada. E, à minha volta, os ricaços ocidentais em hotéis luxuosos, gastando mais numa refeição do que eu poderia ganhar num mês inteiro. Essas coisas transtornam um homem. Mostram a ele qual é a realidade do mundo.

— Eu poderia tê-lo ajudado — argumentou Khalifa. — Implorei a você que me deixasse ajudá-lo. Você não precisava ter ficado sozinho com toda a responsabilidade.

— Eu era o filho mais velho. Era minha obrigação.

— Assim como é sua obrigação, agora, matar pessoas?

— Como está escrito no Sagrado Corão: "Combata os infiéis, até não existir mais quem se oponha à Fé."

— E lá também está escrito: "Não permita que o ódio contra as pessoas incite você a agir como um injusto."

— E também: "Aqueles que se desviam do caminho do Senhor deverão sofrer um severo castigo." E ainda: "Contra eles, reúna o máximo de suas forças para aterrorizar os inimigos de Alá." Devemos ficar aqui declamando versos sagrados um contra o outro, Yusuf? Creio que nisso vou superar sempre você.

Khalifa baixou os olhos para o cigarro apagado em sua mão.

— Tem razão — sussurrou. — Acho que você os conhece mais do que eu. Tenho certeza de que poderia citá-los desde o nascer do sol até a noite, ou por mais tempo até. Mas isso ainda não tornaria certo o que faz.

Ele ergueu os olhos de novo, fixando-os no rosto de Sayf al-Tha'r, percorrendo-o com os olhos.

— E ainda assim não reconheço você. O nariz, os olhos, a boca, sim, são de Ali. Mas eu não sei quem você é. Não sei mais. — Ele ergueu a mão para o coração. — Aqui, você é um estranho. Menos que um estranho. Uma ameaça.

— Continuo sendo seu irmão, Yusuf. Não importa o que você diga. Temos o mesmo sangue.

— Não, não temos. Ali está morto. Cheguei mesmo a sepultá-lo, fiz o túmulo com minhas próprias mãos, embora não houvesse corpo para colocar dentro dele.

Ele ergueu a manga e limpou o sangue de sua boca.

— Quando penso em Ali, sinto orgulho. Sinto admiração. Sinto amor. É por isso que continuo chamando meu irmão mais velho pelo seu nome de sempre. Mas você... De você, sinto apenas vergonha. Há quatorze anos. Há quatorze anos que abro os jornais esperando ler a notícia de mais uma atrocidade. Há quatorze anos que escondo meu passado. Que finjo que não sou quem sou porque sou o irmão de um monstro.

Mais uma vez, os olhos de Sayf al-Tha'r relampejaram, sua mão apertou-se contra a metralhadora, os nós de seus dedos ficaram pálidos.

— Você sempre foi um fraco, Yusuf.

— Você confunde fraqueza com humanidade.

— Não, você é que confunde humanidade com subserviência. Para tornar-se livre, uma pessoa precisa fazer coisas desagradáveis, às vezes. Mas por que você iria se esforçar para compreender uma coisa dessas? Compreensão, afinal de contas, nasce de sofrimento, e sempre tentei proteger você disso. Talvez tenha sido o meu erro. Você fala de vergonha, Yusuf, mas já lhe ocorreu quanta vergonha eu sinto? Meu irmão, aquele que amei e a quem me dediquei tanto, por quem trabalhei até me acabar para vestir, alimentar, mandar para a universidade, e agora ele é um policial. Um servo daqueles que fizeram isto contra alguém de seu próprio sangue!

Ele apontou para a cicatriz em sua testa.

— Foi por isso que quase me arrebentei de tanto trabalhar? Por isso que exauri minha vida? Creia-me, você não é o único a estar desapontado. Não é o único que acredita ter perdido o irmão. Não passa um dia sequer, um minuto sequer do dia, em que você não esteja em meus pensamentos. E não se passa um dia em que esses pensamentos me ocorram sem que estejam também ensombrecidos pelo arrependimento, pelo ódio e pela amargura.

A voz dele, agora, era apenas um silvo.

— Quando descobri que era você quem estava aqui, pensei que, talvez... apenas por um momento, cheguei a acreditar que... depois de tanto tempo...

Os olhos dele reluziram por um momento, depois escureceram-se de novo.

— Mas, não. Claro que não. Você não é forte o bastante. Você me traiu. E traiu a Deus. E por ter feito isso, será punido.

Ele apontou a arma para a cabeça de Khalifa, o dedo começando a pressionar o gatilho.

Khalifa encarou-o:

— Deus é grande — disse apenas. — E Deus é bom. Ele não precisa matar pessoas para provar isso. Essa é a verdade. Foi o que meu irmão Ali me ensinou.

Um sustentando o olhar do outro, cinco segundos, dez, e então, com um rugido, Sayf al-Tha'r apertou o gatilho. Ao fazer isso, entretanto, desviou o cano da arma para cima, e o disparo perdeu-se no céu. Houve uma pausa, então, e o garoto Mehmet chegou correndo.

— Leve-o. Vigie-o — disse Sayf al-Tha'r. — Vigie-o bem. Não converse com ele. — Ele voltou as costas e começou a se afastar.

— Você vai destruir tudo, não vai? — Khalifa berrou às costas de Sayf al-Tha'r, apontando as caixas atrás dele. — É o que tem ali. Explosivos.

Sayf al-Tha'r deteve-se e virou-se para Khalifa:

— O que recolhemos não terá valor algum se o restante do exército ainda existir. É uma infelicidade, mas não há alternativa.

Khalifa não replicou, apenas ficou olhando para ele.

— Pobre Ali — sussurrou o detetive.

Por dez minutos, continuaram a toda velocidade na moto, vez por outra Tara espiando por cima do ombro para ver se estavam sendo perseguidos. Quando ficou evidente que não havia ninguém atrás deles, Daniel reduziu a marcha e desviou-se para a direita, subindo a encosta de uma duna e detendo-se bruscamente no cume. Lá atrás, o acampamento tornara-se um borrão distante, com um tênue manto de fumaça acima dele no céu do amanhecer. A rocha em formato de pirâmide refletia um alaranjado-púrpura misturado à luz do dia que ia surgindo. Ficaram observando o cenário em silêncio.

— Não podemos, simplesmente, deixá-lo para trás — disse Tara afinal.

Daniel deu de ombros, sem dizer coisa alguma.

— Poderíamos telefonar pedindo ajuda. — Ela tirou o celular do bolso. — A polícia, o exército, alguma coisa assim.

— Perda de tempo. Levariam horas para chegar aqui. Isso, se acreditarem em nós.

Ele fez uma pausa, brincando com as chaves na ignição.

— Vou voltar — disse ele.

— Nós dois vamos voltar.

Ele sorriu:

— Tenho a sensação de que já tivemos esta discussão.

— Então, não vale a pena repetir. Vamos voltar, os dois.

— E fazer o quê?

Ela deu de ombros:

— Podemos nos preocupar com isso quando chegarmos lá.

— Um plano muito inteligente. Sutil.

Ele acariciou o joelho dela e, com um suspiro, engatou a moto, descendo a encosta do outro lado da duna.

— Pelo menos, está fazendo um dia muito bonito, apropriado para o que vamos fazer.

— E o que vamos fazer?

— Cometer suicídio.

A princípio, ele foi direto rumo leste, avançando cerca de um quilômetro, colocando duas enormes dunas entre eles e o vale onde o exército estava enterrado. Somente então rumaram outra vez para o sul, acelerando ao máximo em direção à enorme rocha, agora perdida em algum lugar à frente deles, à direita.

— Vamos rodar em paralelo ao vale, até alcançarmos a altura do acampamento — explicou ele. — Deste modo, pelo menos temos uma chance de nos aproximarmos. Se simplesmente voltássemos pelo mesmo caminho, iam nos avistar a dois quilômetros de distância. Não há mal nenhum em tentarmos permanecer vivos o máximo possível.

Mantiveram os olhos atentos para qualquer sinal de movimento nas dunas de ambos os lados e, em determinado momento, Daniel freou a moto e desligou o motor, fechando os olhos e tentando escutar qualquer coisa que pudesse indicar que haviam sido vistos. Mas não percebeu nada, apenas areia e silêncio, tudo parecia parado.

— É como se a coisa toda tivesse sido um sonho — disse Tara.

— Bem que eu queria.

Avançaram por mais cinco minutos, até que Daniel achou que já tivessem alcançado a altura do acampamento. Então ele desviou o rumo para o topo de uma duna à sua direita. A subida era íngreme e, quando chegaram ao topo, o motor já rangia, reclamando. A rocha em formato de pirâmide erguia-se à frente deles, ligeiramente à esquerda, duas dunas adiante, e escondia o acampamento e a escavação. Não havia sinais de guardas.

— Onde é que eles estão? — perguntou Tara.

— Não faço idéia. Devem ter descido, todos, para o acampamento.

Ele pressionou o acelerador e conduziu a moto pela descida, depois subindo a próxima duna. Agora, havia apenas uma duna entre eles e o exército. Podiam escutar alguns sons, muito vagos, gritos e marteladas. A paisagem ao redor, no entanto, permanecia decidida a mostrar-se vazia.

— É macabro — ela observou. — Parece que o deserto está cheio de pessoas invisíveis.

Daniel desligou o motor e, mais uma vez, percorreu com os olhos a área à sua frente. Então, devagar, tirou a mão do acelerador e deixou a moto deslizar desengrenada encosta abaixo, o impulso carregando-os ainda por cinqüenta metros através do trecho plano antes de finalmente parar. Eles desmontaram e Daniel deitou a moto sobre a areia.

— Daqui, seguimos a pé. Não quero me arriscar a ligar o motor. Faz barulho demais. Se alguém nos avistar... Bem, não temos muito o que fazer, então. Só sair correndo, acho eu.

Prosseguiram até o sopé da duna e começaram a subir o aclive, olhos fixos no cume acima deles, temendo o momento em que alguém iria aparecer ali e avistá-los. Mas, afinal, ninguém apareceu e, com os corações acelerados, ofegantes, alcançaram o topo e se jogaram de bruços, arrastando-se a seguir sobre a areia fria até poderem ter visão do vale abaixo.

Estavam diretamente acima da cratera de escavação, a imensa rocha bem diante deles, o acampamento a alguma distância, à esquerda. Bandos de homens corriam freneticamente em todas as direções, embalando e despachando artefatos — espadas, escudos, lanças, armaduras —, e carregando os camelos com os caixotes.

— Olhe, parece que estão se preparando para ir embora — disse Daniel, com uma careta de desagrado pela maneira como os objetos iam sendo tratados. — Mas, que absurdo! Nem estão mais se preocupando em protegê-los com palha. Estão apenas enfiando tudo o que podem nos caixotes.

Continuaram imóveis, deitados sobre a areia, observando a cena. Uma enorme figura percorria os grupos, com passadas largas, gritando o tempo todo e gesticulando. Dravic. Tara sentiu um espasmo de náusea e desviou os olhos.

— O que é aquilo?

Ela apontava um homem na borda da cratera, perto da base da pirâmide de rocha, manuseando o que parecia a distância uma pequena caixa cinza, com uma teia de fios em volta de seus pés. Os olhos de Daniel se estreitaram.

— Ah, meu Deus! — ele engasgou.

— O que foi?

— Um detonador.

Uma pausa breve...

— Você quer dizer...

— Vão explodir tudo — disse ele, seu rosto pálido de tanto horror. — Foi isso que Sayf al-Tha'r quis dizer, naquela noite. É a única maneira de preservarem o valor de venda do que estão levando. O maior achado da história da arqueologia e eles vão destruí-lo. Meu Deus! — A expressão em seu rosto contorcido indicava uma dor física.

— E o que vamos fazer?

— Não sei, Tara — ele balançou a cabeça. — Não sei mesmo. Se tentarmos descer agora, vão nos ver num segundo.

Ele forçou-se a tirar os olhos do detonador e, erguendo-se, voltou-se para a sua direita.

— Poderíamos tentar descer um pouco mais, lá junto ao acampamento, mas é um bocado perigoso. Alguém pode olhar naquela direção e é o fim.

— Se já viemos até aqui e há uma chance de descer, devemos pelo menos tentar.

— Mas e aí? Sabe-se lá onde está o tal detetive? Tem uma centena de tendas ali embaixo.

— Por enquanto, vamos nos preocupar apenas em descer, certo?

Ele sorriu a contragosto:

— É isso que eu amo em você, Tara. Nunca responde a uma pergunta hoje, se pode deixá-la para amanhã.

Daniel passou os olhos pelo acampamento mais uma vez e então, deixando-se escorregar um pouco, recuando da crista da duna, ergueu-se e começou a descer a encosta. Tara seguiu-o. Haviam se afastado apenas alguns metros quando escutaram algo às suas costas: uma batida ritmada, como se fossem tambores. Os dois pararam viraram-se, puseram-se a escutar. O barulho foi aumentando.

— O que é isso? — perguntou ela.

— Não sei. Soa como...

Ele empinou a cabeça, concentrando-se.

— Merda!

Daniel mergulhou na areia, puxando-a junto com ele.

— Helicópteros!

Ficaram deitados, imóveis, os rostos enfiados na areia, o barulho crescendo cada vez mais. Logo, estava por toda parte, invadindo seus ouvidos. A areia começou a ser soprada, do alto da duna, verdadeiros lençóis de areia, rodopiando sobre eles, a ventania pressionando do alto. O primeiro helicóptero passou roncando não mais de dez metros à frente deles. Um outro seguiu-se, e outro, outro, um número cada vez maior de aparelhos, como um enxame de gafanhotos, escurecendo o céu, um atrás do outro, até que finalmente todos haviam passado e a ventania provocada por eles arrefeceu.

Permaneceram ainda por mais um momento na posição em que estavam, então arrastaram-se de volta à crista da duna para poder ver a cena que acontecia abaixo deles.

Três helicópteros sobrevoavam o vale, enquanto os demais aterrissavam, metade deles ao sul do acampamento, os demais ao norte. Assim que os aparelhos tocaram o solo, uma multidão de homens os cercou, prontos para começar a carregar os caixotes para dentro deles. Houve uma breve pausa e então, como se fossem um mesmo e único aparelho, a porta de carga deslizou, abrindo-se. Os homens trajando túnicas negras curvaram-se para levantar as cargas. Justamente no momento em que faziam isso, de um modo totalmente repentino, assustador, um violento jorro de fumaça e chamas irrompeu da lateral dos helicópteros e escutou-se o furioso crepitar de disparos.

— Mas que merda é...

Os homens de Sayf al-Tha'r recuaram às pressas, os caixotes e o que continham sendo destroçados pela chuva de projéteis. O tiroteio intensificou-se, agora vindo também dos helicópteros que permaneciam no ar. As figuras vestidas de preto dispersavam-se em todas as direções, as balas varrendo tudo em volta deles e fazendo-os tombar, atingidos em meio à corrida desordenada. Alguns tentaram responder ao fogo, mas foram quase imediatamente abatidos pelos helicópteros acima deles. Os camelos também dispararam, enlouquecidos, pisoteando qualquer um que se colocasse à sua frente.

— É um massacre! — murmurou Tara. — Deus do céu! Um massacre!

Ouviram gritos e gemidos, e os roncos surdos e estouros dos barris de combustível que iam explodindo. Algumas figuras começaram a saltar dos helicópteros, uma onda de vestimentas cáqui, espalhando-se, logo a seguir, agachando-se e atirando. Cadáveres vestindo túnicas negras salpicavam o chão como se fossem pingos de tinta.

Daniel pôs-se de pé:

— Vou descer agora!

Tara fez menção de se levantar também, mas ele a impediu, colocando a mão no ombro dela.

— Fique aqui! Vou tentar achar o detetive e tirá-lo de lá. Espere aqui!

Antes que ela pudesse protestar, ele já a havia deixado, correndo em disparada pela crista da duna e, a seguir, descendo para o acampamento. Já chegando no sopé da encosta de areia, um dos homens de Sayf al-Tha'r saiu correndo do meio das tendas. Ele avistou Daniel e ergueu a arma, mas foi derrubado no chão por uma rajada de balas vindas do alto, a areia em torno do corpo logo se tingindo de sangue. Quase sem se deter, Daniel curvou-se, agarrou a metralhadora do homem e continuou a correr, penetrando no acampamento, em breve desaparecendo atrás de um véu de fumaça. Tara inclinou-se à frente, tentando enxergar para onde ele tinha ido. De repente, sua cabeça foi puxada para trás e ela se viu olhando para o céu.

— Creio que temos um certo assunto inacabado, srta. Mullray. E realmente torço para que você não aprecie nem um pouco o que vamos fazer.

— Você o ama, não é? — disse Khalifa gentilmente. — Sayf al-Tha'r.

Ele estava sentado no chão, de pernas cruzadas. A poucos passos de distância, junto à saída da tenda, Mehmet estava sentado, uma metralhadora apoiada na coxa, olhar fixo no rosto de Khalifa.

— Eu também já o amei, você sabe disso. Mais do que qualquer pessoa no mundo.

O garoto permaneceu em silêncio.

— Eu me parecia com você. Morreria por ele. Ficaria feliz em morrer por ele. Mas, hoje... — Ele baixou a cabeça. — Agora nada resta, a não ser sofrimento. Espero que você nunca tenha de sofrer algo assim. Porque amar alguém e depois odiá-lo é uma coisa terrível.

Eles mantinham-se imóveis. Khalifa vigiando as mãos dele, o garoto vigiando Khalifa. Um ruído fraco e ritmado entrando na tenda, aumentando então, cada vez mais insistente. O garoto se pôs de pé e, com a arma sempre apontada para o prisioneiro, afastou a aba da tenda.

— Parece que vocês logo irão partir — disse Khalifa.

Lá fora, homens passavam correndo. A batida dos rotores aumentava progressivamente, o espaço em torno vibrando até que o som dominou todo o ambiente. O garoto inclinou-se para fora e olhou para cima, sorrindo, apreciando o calor do sol e o bafejar do vento. Logo, estariam partindo. Ele e Sayf al-Tha'r. E logo, também, todas as coisas ruins do mundo acabariam. Era por isso que estavam aqui. Para fazer o paraíso na terra. Segundo os desígnios de Deus. Ele sentiu uma onda de esperança e de felicidade.

— Jamais vou odiá-lo — disse ele, virando-se para Khalifa, consciente de que não devia lhe dirigir a palavra mas incapaz de se conter. — Nunca. Não importa nada do que você disser. Ele é um bom homem. Ninguém jamais se importou comigo a não ser ele. — O garoto sorriu, um sorriso aberto. — Sim, eu o amo. Vou estar sempre ao seu lado. Nunca vou lhe faltar.

Ele baixou a vista, os olhos brilhando de amor e ingenuidade, e então, subitamente, escutou-se um ronco surdo e alguma coisa rompeu a lona, vindo de cima. Algo que derrubou o garoto sobre seus joelhos, partindo a lateral de sua cabeça, produzindo um jorro de sangue e massa encefálica sobre seu ombro. Por um breve instante, ele pareceu imobilizado, o sorriso ainda congelado em sua boca, que expelia sangue, então, ele tombou com o rosto voltado para cima, caindo por cima de Khalifa e fazendo o detetive resvalar para trás. Mais projéteis foram disparados do alto, castigando os membros do garoto e seu torso, fazendo seu corpo se torcer no chão como uma marionete, antes que os helicópteros se afastassem, descarregando suas armas em outro ponto, agora, e o corpo ficasse então imóvel, os dedos recurvados feito garras, como se o garoto estivesse tentando se segurar na borda de um precipício.

Por um instante, Khalifa permaneceu imóvel, o choque paralisando seus movimentos. Então, muito devagar, hesitante, empurrou o corpo de cima de si e se pôs de pé. O teto da tenda virara uma peneira de lona, o chão de areia estava pontilhado de pequenas crateras. Se o garoto não tivesse caído por cima dele, Khalifa teria certamente morrido também. Ele se curvou, experimentou o pulso de Mehmet, já sabendo que era inútil, então escorregou as pontas dos dedos pelos olhos do garoto, cerrando-os.

— Ele não merecia você — murmurou ele.

Havia chamas agora começando a se levantar dos fundos da tenda, enchendo seu interior de fumaça. Tossindo, Khalifa tirou as roupas manchadas de sangue e agarrou a metralhadora do garoto. Ainda voltou os olhos uma última vez para o cadáver metralhado e, em seguida, afastou a aba da tenda e mergulhou para fora.

O acampamento virara um inferno. Por toda parte havia fumaça e chamas. Silhuetas escuras povoavam a nuvem de fumaça, algumas correndo, outras estendidas, sem vida, no solo. Lá no alto, três helicópteros ainda sobrevoavam as tendas, fazendo o chão estremecer com seus disparos. Um barril de combustível explodiu. O barulho foi ensurdecedor.

Num relance, ele entendeu o que estava acontecendo e começou a correr. Havia avançado apenas trinta metros quando uma rajada de balas, vinda do alto, varreu a areia à sua frente, forçando-o a jogar-se atrás de um caixote. Já ia se levantando, mas jogou-se de novo no chão, ao ver duas figuras com vestes cáqui saindo da fumaça diretamente à sua frente, ambas usando máscaras de gás. Por um momento, pensou que o haviam enxergado. Então, um fez um sinal para o outro e ambos desapareceram de novo em meio ao redemoinho. Khalifa contou até três e recomeçou a correr.

Ele abrigou-se por trás de uma pilha de barris em chamas, atirando-se sobre um cadáver queimado, então ergueu a vista para checar a posição dos helicópteros. Um dos homens de Sayf al-Tha'r surgiu cambaleante à sua frente e tombou na areia, as mãos pressionando o estômago, o sangue escorrendo por entre os dedos. Khalifa atirou-se de joelhos junto a ele.

— Sayf al-Tha'r — gritou o detetive. — Onde está Sayf al-Tha'r?

O homem revirou os olhos para ele, bolhas de sangue saindo em borbotões dos cantos de sua boca.

— Por favor — berrou Khalifa. — Onde está Sayf al-Tha'r?

A boca do homem mexia-se, mas não produzia nenhum som. Uma das mãos dele agarrou a camisa de Khalifa, manchando-a de sangue. Khalifa segurou-lhe a mão.

— Por favor, me diga. Onde ele está?

Por um momento, ainda, o homem ficou apenas olhando para ele, sem compreender. Então, num esforço supremo, ergueu a mão livre e apontou para trás, em direção ao sítio de escavação.

— A rocha — balbuciou. — Rocha!

E finalmente ficou imóvel, morto.

Khalifa proferiu uma breve prece, pôs-se de pé e correu na direção indicada, sem dar atenção à balbúrdia que o cercava. Atingiu a borda da cratera de escavação e jogou-se por trás de um fardo de palha, vasculhando freneticamente com os olhos os arredores da rocha, um pouco à sua esquerda.

— Onde está você, meu irmão? — ele sibilou. — Onde você se meteu?

De início, não conseguiu avistá-lo. Havia coisas demais acontecendo, muita confusão. Então, quando estava começando a se desesperar, uma cortina de fumaça momentaneamente se abriu no meio e ele identificou uma pequena figura agachada junto à base da pedra, um grosso fio negro saindo, sinuoso, da caixa junto aos seus pés, e descendo até a trincheira de escavação mais abaixo. Estava a cem metros de distância, mas não tinha dúvida de que era ele. Nem sobre o que estava prestes a fazer.

— Peguei você — gritou.

Ele começou a correr. Viu de relance um movimento à esquerda e, virando-se, disparou. Uma figura vestida de preto desabou para trás sobre uma pilha de escudos. Uma outra figura ergueu-se parcialmente de detrás de um caixote de madeira e, novamente, Khalifa disparou, os projéteis explodindo no peito do homem. Segundos, era tudo o que ele tinha. Alguns segundos.

Penetrou numa densa barreira de fumaça e, de repente, tudo ficou turvo. O detetive tropeçou, seu corpo cambaleou, a custo conseguiu manter o equilíbrio e continuar avançando, lutando para respirar, sem nenhuma certeza de estar indo na direção certa. A barreira de fumaça parecia não acabar mais e, quando começava a se perguntar se conseguiria sair dela, tão rápido quanto veio, dissipou-se, e tudo clareou. E apenas poucos metros à frente, a face da rocha erguendo-se com toda sua solidez acima dele, estava Sayf al-Tha'r, o dedo posicionado no botão de detonação, pronto para destruir os restos do exército de Cambises. Khalifa acelerou as passadas e saltou, caindo sobre seu irmão, derrubando-o de encontro à rocha.

Por um instante, Sayf al-Tha'r ficou paralisado, seu corpo inerte, um filete de sangue escorrendo da têmpora, no ponto em que havia batido a cabeça contra a pedra. Então, com um som rouco, dolorido, o ar voltou a seus pulmões e ele se atirou contra Khalifa, rasgando seu rosto, puxando seus cabelos, a boca contorcida num esgar espumarento de fúria.

— Vou matar você — rugiu. — Vou matar você!

Pegou a cabeça de Khalifa nas mãos e começou a batê-la contra a rocha, uma, duas, três vezes.

— Você me traiu, Yusuf! Meu irmão! Meu próprio irmão!

Sayf al-Tha'r forçou-o a tombar sobre os joelhos e atingiu-o com um murro na boca.

— Você não tem como lutar comigo. Sou forte demais! Sempre fui forte demais. Deus está comigo.

Aplicou-lhe outro murro, e outro, e então atirou Khalifa de lado, sobre a areia, tentando tropegamente subir de novo para onde estava o detonador. Em desespero, Khalifa desfechou um pontapé, atingindo Sayf al-Tha'r logo abaixo do joelho, fazendo-o embaralhar as pernas e derrubando-o. Khalifa saltou por cima dele, tentando fixar seus braços no solo.

— Eu amei você — gritou, as lágrimas inundando seus olhos. — Meu irmão. Meu sangue. Por que você se transformou nisso?

Por baixo dele, Sayf al-Tha'r corcoveava, contorcia-se.

— Porque eles são o Mal! — grunhiu, quase cuspindo. — Todos eles. O Mal!

— São mulheres e crianças! Não fizeram nada contra você.

— Sim, fizeram! Fizeram! Mataram nosso pai! — Ele conseguiu soltar uma mão e enfiou as unhas nos olhos de Khalifa. — Você não entende isso! Mataram nosso pai. Destruíram nossa família.

— Foi um acidente, Ali! Não foi culpa deles!

— Foi culpa deles, sim! Destruíram nossa família! Eles são o Mal. Todos eles! Demônios!

Com uma força feroz, conseguiu arrancar Khalifa de cima de si e, saltando de pé, atingiu-o com um chute no quadril.

— Vou matá-los! Vou matar todos eles! Não deixarei nenhum vivo!

Ele desferiu outro chute e mais outro, empurrando Khalifa para a borda da cratera de escavação. Em desespero, o detetive relanceou em volta, procurando alguma coisa que pudesse usar como arma. Havia uma adaga antiga largada na areia, próximo a ele, sua lâmina de ferro já esverdeada e com profundos dentes. Ele a agarrou e riscou com a arma o ar entre ele e a figura de preto, tentando mantê-lo afastado. Mas quase imediatamente Sayf al-Tha'r estava de novo sobre ele, agarrando firmemente seu pulso, os joelhos pressionando o peito do detetive, e aos poucos fazendo a faca virar-se contra a garganta de Khalifa.

— Eles acham que podem nos tratar como animais! — gritou. — Acham que estão acima da lei. Mas não estão acima da lei de Deus. Deus enxerga a crueldade deles. E Deus exige vingança!

Ele começou a forçar a adaga para baixo. Khalifa tentava detê-la, os braços tremendo por causa do esforço, os pulsos crispando-se, mas seu irmão era forte demais. Centímetro a centímetro, a ponta aproximava-se de sua garganta até fixar-se sobre seu pomo-de-adão e penetrar na pele. O detetive ainda resistiu por mais um instante, então, aos poucos, foi cedendo. Khalifa olhou dentro dos olhos do irmão. Subitamente, o ruído da batalha havia desaparecido e havia apenas eles dois.

— O que está esperando? — sussurrou Khalifa.

E embora apenas ele estivesse agora segurando a adaga, suas mãos começaram a tremer como se estivessem lutando contra uma força invisível.

— Vamos! — disse Khalifa. — Chegou a hora! Quero me livrar de você para sempre. Quero voltar para o meu irmão. Meu irmão, tão lindo. Vamos! Mate-me!

Ele fechou os olhos, preparando-se. A faca penetrou um milímetro a mais na garganta dele, um filete de sangue já escorria por seu pescoço. Então, parou. Houve uma pausa e então, lentamente, a lâmina recuou. Alguma coisa bateu, com um ruído abafado, na areia, junto à cabeça de Khalifa e o peso sobre seu peito ergueu-se. O detetive reabriu os olhos.

Seu irmão estava de pé, olhando para ele. E o olhar de ambos se encontrou por um segundo, cada qual procurando penetrar mais no íntimo do outro, procurando qualquer coisa que pudesse compreender, alguma coisa em que pudessem se segurar. Então, Sayf al-Tha'r voltou-lhe as costas e deu um passo na direção do detonador, outro passo, outro, e subitamente uma rajada de balas projetou-o de lado contra a rocha, e dali escorregou para o chão. Ainda conseguiu erguer-se, recostar-se contra a rocha, um borbotão de sangue lhe saindo pela boca, a mão tentando inutilmente firmar-se contra a areia. Então, outra sucessão furiosa de tiros varou seu peito, e ele foi lançado outra vez para o lado, depois tombou, rolando agora até despencar na cratera, onde um emaranhado de braços e pernas descarnados fechou-se em torno dele, como se o exército o reivindicasse para si.

Khalifa desviou os olhos, horrorizado. A dez metros dele, Daniel estava parado com a metralhadora nas mãos. Ele avançou lentamente e, curvando-se, arrancou o fio do detonador. Khalifa cambaleou para trás, voltou os olhos cheios de lágrimas para o céu e sussurrou:

— Meu Deus... Ali!

Dravic arrastou Tara para longe da crista da duna, a matança abaixo desaparecendo de vista por trás da encosta. Ela tentou esmurrá-lo, enfiar-lhe as unhas, mas ele era muitíssimo mais forte e subjugou-a como se ela fosse nada mais do que uma boneca de pano. Ela não desperdiçou fôlego tentando gritar, já sabendo que qualquer som que emitisse se perderia em meio à cacofonia de tiros e explosões que já enchia o ar.

— Vou ensinar-lhe uma lição que jamais vai esquecer — rosnou ele. — Você fodeu com tudo, arruinou tudo, mas agora vai pagar caro.

Ele continuou puxando-a até que estivessem já bem abaixo do cume da duna, então forçou-a a deitar-se com o rosto para o chão, apoiando o pé na encosta e enterrando seu joelho direito junto à cintura dela. Ela ainda tentou dar-lhe um murro no escroto, mas ele era alto demais e seu punho atingiu, inofensivo, apenas a coxa dele. Ele agarrou um punhado dos cabelos dela e puxou-lhe a cabeça para trás, deixando à mostra o pálido arco do seu pescoço. O fedor do suor dele encheu-lhe as narinas como se fosse amônia.

— Quando eu tiver acabado com você, juro que vai preferir que tivesse apenas sido estuprada.

— Você é um homem corajoso, Dravic — disse ela, tossindo. — Mata mulheres e crianças. Que herói de merda!

Ele soltou uma gargalhada e puxou ainda mais a cabeça dela para trás, as vértebras da coluna de Tara estalando em protesto.

— Ah, não! Não vou matar você — disse ele. — Isso seria gentil demais. Vou cortar você toda, isso sim.

Ele enfiou a mão em seu bolso e tirou sua espátula, segurando-a diante dos olhos dela, exibindo suas bordas afiadas.

— Vou gostar de saber que, a partir de hoje, nunca mais você vai se olhar num espelho sem lembrar de nossos momentos juntos. Embora vá ter de me implorar para lhe deixar um olho sobrando, para poder se olhar no espelho.

Ele correu o lado achatado da pá pelo pescoço dela, desceu pelo peito, cutucando seu mamilo com a ponta. A aréola endureceu-se ligeiramente.

— Mas, ora, ora... — Ele soltou uma risada, afastando o tecido da blusa e expondo-lhe todo o seio. — Você é uma garota pervertida, não é? Parece que só gosta quando é para machucar, no final das contas.

— Vá se foder, Dravic!

Ela tentou cuspir no rosto dele, mas não havia saliva em sua boca. Ele se curvou até colocar seu rosto quase junto ao dela, os lábios dele úmidos, trêmulos.

— Com que vamos começar, hein? Uma orelha? Um olho? Um mamilo?

Ele levou a espátula à boca, lambeu-a, e então baixou a ferramenta outra vez para os seios, inclinando-se um pouco para trás para evitar a mão de Tara, que em vão tentava fincar os dedos nos olhos dele. Ela pôde sentir a espátula contra sua pele, sabia que ele estava prestes a talhá-la e, num último e desesperado esforço para se libertar, agarrou um punhado de areia e jogou no rosto do gigante.

— Sua puta! — uivou ele, soltando-lhe os cabelos e levando as mãos aos olhos. — Sua puta, vagabunda!

Ela contorceu-se, conseguindo escapar de baixo dele e virou-se de frente. Dravic estava meio de pé, meio ajoelhado, ela caída entre as pernas dele, deitada de costas agora, os olhos do gigante lacrimejando por causa da areia. Com tudo o que pôde reunir de suas forças, a moça recolheu o pé direito e projetou-o à frente, contra a virilha de Dravic, esmagando seus testículos. Ele berrou — um grito histérico, agudo como o de uma mulher — e curvou-se em dois, tossindo violentamente.

— Vou cortar seu rosto fora — ele soluçava. — Vou cortar você toda!

Ele tentou atingi-la com um golpe da espátula, mas ela desviou-se e começou a arrastar-se, tentando ganhar distância. Dravic engatinhou, perseguindo-a. Esticou a mão para detê-la, mas não conseguiu agarrá-la, esticou a mão outra vez, alcançando agora a ponta de sua camisa, e de repente estavam ambos rolando encosta abaixo, colidindo loucamente um com o outro, embrulhados numa nuvem de areia, vendo o céu passar borrado por entre um emaranhado de membros debatendo-se.

No final do declive, Tara foi projetada a distância, numa cambalhota aérea que a fez aterrissar de rosto na areia. Por um momento, ela ficou imóvel, zonza e desorientada, então conseguiu pôr-se de pé, ainda sem equilíbrio. Já no final da descida, Dravic e ela foram separados e, aos trambolhões, ele foi jogado a dez metros de onde Tara estava. Mas o alemão também estava conseguindo pôr-se de pé, a espátula afiada segura em suas mãos, o sangue escorrendo do nariz.

— Sua vagabunda! — berrou ele, tossindo. — Sua puta nojenta!

Ele avançou em direção a ela, seus pés enterrando-se profundamente na areia. E enterrando-se fundo demais, estranhamente, já que agora estavam de volta ao nível do chão. Tara recuou, já prestes a virar as costas e correr. O gigante ergueu a perna e deu mais um passo, porém afundou ainda mais, agora até os joelhos. De súbito, não estava mais olhando para ela. Ele curvou-se e tentou arrancar a perna da areia, mas algo parecia estar retendo-o, puxando-o para baixo, e ele não conseguia sair do lugar.

— Não! — Havia medo em sua voz. — Ah, não. Isso não. — Ele levantou os olhos para Tara, o rosto de repente fragilizado de terror. — Por favor, isso não!

Por instantes, ficou parado, algo quase infantil irradiando-se de seus olhos suplicantes, então, começou a lutar, o rosto contorcido num ricto de esforço e pânico. Ele debatia-se, tentando soltar as pernas, mas só conseguia afundar cada vez mais na areia movediça, agora enterrando-se até a altura de suas coxas, depois da virilha, e a seguir da cintura. Ele curvou-se para trás, firmando os braços dos lados do corpo, e tentou guindar-se para fora, mas seus braços também afundaram na areia. Dravic os puxou para fora, sempre segurando a espátula, tentou de novo apoiar-se, e o resultado foi o mesmo. A areia agora estava avançando sobre suas costelas. Ele começou a chorar.

— Me ajude! — gritou para Tara. — Pelo amor de Deus, me ajude! — Dravic estendeu a mão para ela, desesperado. — Por favor! Oh, por favor, me ajude!

As lágrimas escorriam fartas de seus olhos, os braços se debatiam no ar. Ele começou a gritar, uivos altíssimos e bestiais de total desespero, seus punhos socando a areia, a parte de cima de seu corpo retorcendo-se, em espasmos, como se estivesse sendo eletrocutado. Mas o deserto recusava-se a soltá-lo, lentamente puxando-o para baixo, já cobrindo-o até suas axilas, depois os ombros e, então, o que restava dele, alcançando sua enorme cabeça e a parte de cima de um dos braços, com a espátula ainda agarrada entre os dedos. Sem conseguir continuar assistindo, Tara virou de costas.

— Oh, não! — ele gritou por trás dela. — Não, por favor, não me abandone. Por favor, não me abandone. Me ajude a sair daqui.

Ela começou a galgar a encosta da duna.

— Por favor! — urrou ele. — Sinto muito pelo que fiz a você. Eu sinto muito. Por favor, não me deixe assim aqui. Não me deixe sozinho. Volte! Volte aqui, sua vagabunda! Sua puta nojenta! Vou matar você! Vou matar você, sua prostituta! Oh, por favor, meu Deus, me ajude! Por favor, me ajude!

Ainda ouviu-o gritar até quando já estava na metade da subida da duna, então, ele silenciou-se abruptamente. Já chegando ao topo, ela se voltou, enxergando apenas a parte superior da cabeça dele, sobressaindo-se da areia, e, junto a ela, a espátula. Ela deu de ombros e continuou em direção ao topo.

A batalha estava quase terminada no momento em que Tara alcançou o cume da duna. Havia incêndios por toda parte e o ar estava cheio de fumaça e de diversos tipos de emanações, mas os disparos haviam cessado e os três helicópteros que sobrevoavam o acampamento haviam aterrissado. As figuras vestidas de cáqui, soldados, evidentemente, avançavam metodicamente, pelo acampamento devastado, parando a todo instante para disparar rajadas de balas contra os cadáveres vestidos de túnicas negras estirados nas direções. Ela não avistou nenhum homem de Sayf al-Tha'r ainda de pé.

Tara percorreu com os olhos o cenário por alguns momentos, depois notou duas pequenas figuras, apartadas das demais, perto da base da grande rocha negra. Estavam a alguma distância, mas uma delas vestia uma camisa branca e Tara estava certa de que era Daniel. Desceu então a encosta da duna. Ao chegar ao terreno plano, puxou a blusa, cobrindo o rosto para se proteger da fumaça, e começou a avançar em meio à carnificina. Havia soldados por toda parte. Ela tentou perguntar a um deles o que estava acontecendo mas ele apenas continuou andando como se ela não existisse. Tentou mais uma vez, com o mesmo resultado, e assim simplesmente seguiu adiante em direção à rocha em formato de pirâmide, contornando a borda da trincheira de escavação e finalmente chegando até onde estavam as duas pessoas que avistara lá de cima. Alcançou Daniel primeiro. Ele estava sentado na areia, observando a trincheira, a metralhadora atravessada nos ombros. Khalifa estava um pouco mais adiante, recostado na rocha, um cigarro na boca, o rosto ferido, inchado, e com a camisa manchada de sangue. Eles ergueram a vista quando ela se aproximou, mas nenhum dos dois disse qualquer coisa.

Ela dirigiu-se a Daniel, acocorou-se junto a ele e pegou sua mão, apertando-a. Ele devolveu o aperto, mas permaneceu em silêncio. Khalifa voltou a cabeça para ela:

— Você está bem? — perguntou.

— Estou. Obrigada. E você?

Ele assentiu de cabeça, dando uma profunda tragada em seu cigarro. Tara queria perguntar o que estava acontecendo, quem eram os soldados, o que tudo aquilo significava, mas pressentiu que ele não queria falar, e assim ficou em silêncio.

Perto dali, um camelo ruminava a palha de um fardo, o caixote em seu lombo perfurado de balas. O sol já estava alto e a temperatura subia aos poucos.

Cinco minutos se passaram, dez, e então escutaram a vibração do motor de um helicóptero que se aproximava. O barulho foi aumentando gradativamente e então o aparelho surgiu, descrevendo uma curva ao sair de detrás da duna oposta a eles e sobrevoando o vale antes de descer a cinqüenta metros de onde estavam sentados. A areia jorrou sobre os rostos deles e tiveram de virar a cabeça para se proteger. O camelo disparou num galope ao longo da borda da cratera.

Assim que pousou, o piloto desligou o motor e as pás começaram a diminuir sua rotação. Diversos soldados correram em direção ao aparelho e escutou-se o rangido de uma porta deslizando para abrir-se, no outro lado. Seguiu-se um alarido de vozes, em conversação, e então quatro pessoas surgiram, contornando a frente do helicóptero.Tara reconheceu três deles — Squires, Jemal e Crispin Oates. O quarto, um homem gordo e careca, enxugando o crânio com um lenço, ela não conhecia. Eles vieram caminhando pela areia, parecendo totalmente deslocados em seus ternos e gravatas, e detiveram-se a poucos metros de distância.

Tara e Daniel puseram-se de pé.

— Bom dia a todos! — gritou Squires jovialmente. — Ora, ora, mas que aventura, hein?

42

O Deserto Ocidental

Por vários minutos, mantiveram-se todos em silêncio. Foi o gordo quem acabou falando:

— Bem, vou deixar isso aqui com você, Squires. Tenho muito trabalho a fazer.

— Pelo menos, apresente-se, meu velho.

— Mas que merda, isso aqui não é um piquenique, sabia?

Ele soltou um resmungo, voltou-lhes as costas e afastou-se, enxugando o pescoço com o lenço. Squires ficou observando-o ir-se dali.

— Por favor, perdoem nosso amigo americano. É um excelente parceiro, mas tem seu jeito próprio de ser, o que inclui certo desdém pelas artes da cortesia.

Ele sorriu, como se pedindo desculpas, depois, enfiando a mão no bolso, tirou uma bala que imediatamente começou a desembrulhar, seus dedos compridos e finos manipulando o celofane como se fossem pernas de aranha. Houve mais um prolongado silêncio, quebrado afinal por Khalifa:

— Foi tudo uma armadilha, não foi? — disse ele em voz baixa, jogando com um peteleco seu cigarro na trincheira. — O túmulo, o texto, isto aqui, hoje... — Com um gesto da mão ele indicou o cenário em volta. — Tudo, uma arapuca. Para trazer Sayf al-Tha'r de volta ao Egito, onde vocês poderiam pegá-lo.

Squires ergueu as sobrancelhas, mas não disse coisa alguma, apenas terminou de desembrulhar sua bala e enfiou-a na boca.

Apesar do calor, Tara sentiu um arrepio gélido percorrendo sua pele.

— Você quer dizer...

Ela não conseguia concatenar os pensamentos.

— O túmulo era falso — disse Khalifa. — Os objetos, não. Eram autênticos. Mas a decoração da parede, o texto: tudo feito agora. Iscas para atrair Sayf al-Tha'r. Brilhante, se a gente pensar um pouco a respeito.

Tara fixou os olhos em Squires, uma expressão ao mesmo tempo chocada e atônita em seu rosto. Já as faces de Daniel estavam pálidas, seu corpo tenso, como estivesse esperando que algo se abatesse sobre ele.

— Assim sendo, quem exatamente são vocês? — perguntou Khalifa. — Militares? Serviço secreto?

Squires continuava chupando tranqüilamente sua bala.

— Uma combinação de elementos de ambas as forças, na verdade. É melhor não ser muito específico. Basta dizer que cada um de nós representa respectivamente seu governo no que pode ser vagamente denominado como... organismos de inteligência. — Ele limpou com a mão um resíduo de poeira em sua manga. — E... o que nos delatou, então? — perguntou ele a Khalifa.

— Que o túmulo não era autêntico? — O detetive deu de ombros. — Inicialmente, os *shabtis* da loja de Iqbar. É claro que eram autênticos, mas de uma data posterior à do túmulo do qual foram retirados. Tudo o mais era do Primeiro Período Persa. Eles eram do Segundo. Se fossem anteriores, eu poderia ter aceitado. Deveriam ter sido roubados de um outro túmulo qualquer e reutilizados, nada mais. Mas de um período posterior, no entanto, não fazia sentido. Como é que um objeto do século IV a.C. poderia estar num túmulo que fora selado 150 anos antes? Claro que poderia haver outras explicações, mas foi o que me fez pensar que havia alguma coisa que não se encaixava. Foi só quando vi o túmulo pessoalmente que tive certeza.

— Você de fato tem um olho bem apurado — observou Squires. — Pensávamos que havíamos feito tudo direito.

— Mas fizeram — cortou Khalifa. — Era perfeito. Foi exatamente isso que delatou vocês. Algo que um velho professor meu me disse. Nenhum pedaço do antigo Egito é uma peça perfeita. Há sempre pelo menos uma falha, por menor que seja. Verifiquei cada centímetro daquele túmulo e não havia um único erro. Nenhum pingo de tinta fora do lugar, nenhuma coluna de hieróglifos desalinhada, nenhum sinal de alguma correção. Absolutamente nada errado. Perfeito demais. Os egípcios nunca eram tão precisos assim. Então, tinha de ser falso.

A mão de Daniel escapou da de Tara e ele afastou-se dois passos dela, balançando a cabeça, um sorriso quase imperceptível em sua boca. Ela teve ímpeto de reaproximar-se dele, ampará-lo, dizer que ele não podia ter visto nada disso, mas algo a fez sentir que ele não a queria perto de si.

— Mas ainda assim eu não tinha certeza do que estava acontecendo — prosseguiu Khalifa. — Alguém tivera um bocado de trabalho para criar um túmulo falso. E o propósito parecia ser atrair quem quer que o encontrasse até este deserto. Meu palpite era que alguém do serviço secreto poderia estar metido na história. Foram eles que ficaram me seguindo em Luxor. E a embaixada britânica também. — Ele ergueu os olhos para Oates. — Só não podia entender como as coisas se encaixavam. E até meia hora atrás, ainda não estava entendendo, até que os helicópteros chegaram. Então, tudo começou a fazer sentido.

Houve um breve crepitar de disparos de algum lugar no outro lado do acampamento. Uma lufada de vento quente soprou sobre onde eles estavam.

— Na verdade, é muita ironia — suspirou Khalifa. — A quantidade de dinheiro que gastaram para armar toda esta farsa seria o bastante para resolver a maioria dos problemas que geram pessoas como Sayf al-Tha'r. Quanto custou a vocês para enterrar todo este material aqui? Milhões? Dezenas de milhões? Meu Deus, vocês devem ter esvaziado todos os depósitos de reserva técnica dos museus do Egito.

Squires não disse nada, chupando sua bala, com uma expressão meditativa. Então, de repente, soltou uma risadinha:

— Oh, minha nossa, minha nossa... Inspetor, parece que sua conclusão final foi equivocada. De fato, o túmulo era uma farsa, como tão astutamente deduziu. E, como também já se deu conta, o objetivo era trazer ao deserto quem o encontrasse. Mas não tivemos de enterrar nada aqui. Tudo isso sempre esteve aqui.

Ele observou deliciado o olhar espantado de Khalifa e sua risada redobrou.

— Sim, é verdade, este é o exército perdido de Cambises. O autêntico. Exatamente como esteve enterrado aqui há já 2.500 anos. Tudo o que tivemos de fazer foi armar um plano, utilizando-o.

— Mas achei...

— Que houvéssemos plantado isto aqui? Receio que você superestime nossa capacidade de ação. Mesmo com as forças combinadas dos governos egípcio, americano e britânico, seria um tremendo esforço fabricar algo em tal escala.

Khalifa tinha os olhos postos na cratera, duvidando do que escutava. O emaranhado de restos do exército antigo, estendendo-se até onde a vista alcançava — braços e pernas, cabeças e torsos, uma balbúrdia de carne e tendões ossificados, destacando-se aqui e ali um rosto virado para cima, olhos arregalados, boca aberta, numa súplica inútil, vestígio de sua humanidade decomposta.

— Quando foi encontrado? — murmurou ele.

— Mais ou menos há doze meses — sorriu Squires. — Por um jovem americano chamado John Cadey. Ele gastou um ano inteiro, trabalhando por sua própria conta. As pessoas diziam que era maluco, mas estava convencido de que o exército estivesse aqui. Um dos grandes achados da história da arqueologia. Talvez, o maior achado de todos. Uma pena que ele não tenha vivido tempo suficiente para gozar de seu triunfo.

Jemal começara a manipular seu colar de contas para afastar a tensão, o ruído amplificado, e tornado mais irritante contra o silêncio do deserto, a ponto de parecer preencher todo o ar em volta.

— Como estamos de tempo, Crispin? — indagou Squires.

Oates consultou seu relógio:

— Cerca de vinte minutos.

— Então, creio que pelo menos posso oferecer a nossos amigos algumas explicações de como tudo isso foi pensado, não acha?

Ele enfiou as mãos nos bolsos e deu alguns passos lentos até a borda da cratera de escavação. Abaixo dele, o corpo de Sayf al-Tha'r estava enredado por uma confusão de braços e pernas.

— Tudo começou, creio, com um jovem chamado Ali Khalifa — e observou o corpo por um momento, depois voltou-se. — Ah, sim, inspetor, sabemos de seu parentesco com ele. E me solidarizo com você, de verdade. Não pode ter sido fácil, um cidadão decente, cumpridor da lei, ter como irmão o terrorista mais procurado do Egito. Não, não deve ter sido nada fácil.

Khalifa não fez comentários, apenas permaneceu olhando fixamente para Squires. Em algum lugar no outro extremo do acampamento, ouviu-se um estouro alto, a explosão de um barril de combustível.

— Ele chamou nossa atenção pela primeira vez na metade dos anos oitenta. Antes disso, havia pertencido a algumas pequenas organizações fundamentalistas, nada que nos preocupasse em particular. Em 1987, no entanto, ele surgiu com o nome de Sayf al-Tha'r, já com sua própria organização formada. Começou a matar estrangeiros. O que inicialmente fora um problema doméstico, de repente se tornou uma questão internacional. Fui chamado para intervir em nome do governo de Sua Majestade. Massey, aquele que vocês acabaram de conhecer, pelos americanos.

Nesse momento, equipes de soldados começavam a juntar os cadáveres e amontoá-los ao longo da trincheira de escavação. Tara ficou observando-os, a voz de Squires ressoando como se estivesse vindo de um ponto distante. Pelo canto de seu olho, ela via Daniel, olhando sem nenhuma expressão no rosto para os despojos do exército, com a metralhadora ainda em suas mãos.

— Fizemos de tudo para capturá-lo — disse Squires —, mas ele era astuto. Sempre dava um jeito de estar um passo à nossa frente. Chegamos muito próximos dele em 1996, numa emboscada em Asyut, mas de novo ele nos despistou e fugiu atravessando a fronteira para o Sudão. Depois disso, tornou-se impossível pegá-lo. Capturamos muitos de seus seguidores, mas isso não significava nada enquanto o chefe continuasse livre. E, enquanto ele permanecesse fora do Egito não havia mesmo como pôr as mãos nele.

— Daí, montaram uma armadilha para trazê-lo de volta — disse Khalifa.

— Bem — sorriu Squires —, foi mais o caso de a armadilha ter se armado por si mesma. Nós apenas acrescentamos alguns detalhes.

Ele tirou um lenço e começou a limpar as lentes dos óculos. As contas de preocupação de Jemal estavam passando cada vez mais depressa por entre seus dedos.

— A crise estourou de fato quando, um ano atrás, ele quase conseguiu matar o embaixador americano. Isso provocou uma tempestade. Fomos submetidos a uma extraordinária pressão para capturá-lo. Havia toda espécie de planos sendo ventilados. Houve até mesmo cogitações sobre um ataque nuclear de pequena escala contra o norte do Sudão. Então, o dr. Cadey fez sua encantadora descoberta e começamos a pensar o problema sob um ângulo diferente.

De algum lugar ao longe, chegou-lhes um grito, seguido pelo estampido de disparos.

— Estávamos monitorando Cadey havia algum tempo — explicou Jemal. — Ele estava trabalhando na fronteira líbia e queríamos ter certeza de que não estava fazendo nada que comprometesse a segurança nacional. Certo dia, interceptamos um pacote que ele havia postado, de Siwa. Continha fotografias: um cadáver, armas, roupas. Havia uma anotação no verso: "O exército perdido não está longe...".

— A princípio, não avaliamos direito o potencial de seu achado — retomou Squires. — Foi Crispin quem nos alertou para as suas possibilidades. O que foi mesmo que você disse, meu velho?

— Que era uma boa coisa que não tivesse sido Sayf al-Tha'r que tivesse feito a descoberta, ou ele teria os recursos suficientes para armar um exército também.

— Foi a centelha de tudo. Começamos então a pensar... E se Sayf al-Tha'r *encontrasse* o exército? Algo tão grande assim era bom demais para ser desperdiçado. Uma oportunidade única. Completa independência financeira. Todos os seus problemas de fundos resolvidos. Uma dádiva de Deus. E, quase certamente, ele iria querer verificar tudo pessoalmente. Seria inconcebível que um homem tão obcecado quanto ele por história antiga se mantivesse distante, lá no Sudão, enquanto seus homens traziam à tona um achado de tal magnitude. Ah, não, ele simplesmente precisaria retornar. E foi o que fez...

Ele levou os óculos à boca, soltou um bafo em cada lente, e depois, lentamente, com movimentos circulares do lenço, limpou-as. Mais e mais cadáveres eram dispostos ao longo da escavação, como pilhas de pedras negras de dominós.

— Fizemos contato com Cadey, pedindo sua cooperação — prosseguiu Squires —, mas ele não se mostrou totalmente flexível e, ao final, não tivemos escolha senão... removê-lo da equação. Muito desagradável, mas o que estava em jogo era alto demais para deixar que um único homem se interpusesse em nosso caminho.

Tara cravou-lhe um olhar, balançando a cabeça, uma expressão combinada de horror e incredulidade. O inglês pareceu não notar. Meramente, ergueu os óculos outra vez, examinou-os, e recomeçou a limpá-los.

— O problema se resumiu então a como trazer Sayf al-Tha'r ao exército sem permitir que ele suspeitasse que estava sendo manipulado. Essa era a chave de tudo: ele precisava acreditar que ele próprio tivesse feito a descoberta. Se lhe ocorresse, por um momento sequer, que o achado era uma isca ele não chegaria sequer perto.

— Mas por que todo esse trabalho para falsificar um túmulo? — perguntou Khalifa. — Por que simplesmente não plantar alguém na organização dele, para ir lhe contar que sabia onde estava o exército?

— Porque ele nunca acreditaria numa história dessas — replicou Squires. — Isto aqui não são as colinas de Tebas, onde as pessoas tropeçam com novos achados a todo momento. Estamos no meio do nada. Seria inconcebível que alguém achasse o exército por acaso.

— Cadey achou.

— Mas Cadey era um arqueólogo profissional. Os homens de Sayf al-Tha'r são *fellahin*, lavradores. Não há nada o que pudessem estar fazendo aqui. Não, simplesmente não ia parecer autêntico.

— E um túmulo de alguém do exército que tivesse sobrevivido pareceria?

— De um modo bizarro, mas, sim. Veja, ia parecer tão inusitado que, sim, só poderia ser autêntico. Sayf al-Tha'r poderia até suspeitar, é claro. E quem não suspeitaria? Mas não suspeitaria tanto quanto se alguém chegasse a ele alegando que encontrara o exército sozinho.

Deu uma última bafejada em seus óculos e devolveu o lenço ao bolso. Khalifa puxou seu maço e tirou um cigarro. Havia um engradado em chamas perto dele e, aproximando-se, acendeu o cigarro na madeira em brasa.

— Ora, detesto ver você ter de acender seu cigarro desse modo, meu velho — disse Squires.

Khalifa deu de ombros:

— Dravic tomou meu isqueiro.

— Mas que grosseria a dele. — Squires voltou-se para Jemal. — Seja gentil e empreste seus fósforos ao inspetor, pode ser?

O egípcio tirou uma caixa de fósforos do bolso e jogou-a para Khalifa.

— A propósito, alguém viu por aí nosso amigo Dravic? — perguntou Squires. — Ele parece ter se decidido a proceder, diante das circunstâncias, com notável discrição, no momento.

Sem tirar os olhos dos cadáveres de túnica preta, Tara disse, com uma voz totalmente sem entonação:

— Ele está morto. Lá no outro lado da duna. Areia movediça.

Houve uma breve pausa, e a seguir Squires observou com um sorriso:

— Bem, um problema a menos, então. — A seguir, tirando mais uma bala do bolso, perguntou: — Onde mesmo que eu estava?

— O túmulo — disse Khalifa.

— Ah, sim, o túmulo. Bem, não havia maneira de nós mesmos abrirmos um túmulo. Seria de todo impraticável. Afortunadamente, existia um que se adequava perfeitamente às nossas necessidades. Vazio. Sem decoração. E, o mais importante, desconhecido de todos, a não ser por um punhado de especialistas na necrópole tebana. Os homens de Sayf al-Tha'r, sem dúvida, jamais haviam ouvido falar nele, o que era, tenho certeza de que poderão compreender isso, crucial para que a coisa toda funcionasse.

Parte da bala estava ainda grudada no celofane, e ele se deteve para soltá-la.

— Mesmo com um túmulo já aberto, custou-nos um ano inteiro para concluir o trabalho. — Ele suspirou. — Não há palavras para descrever o nosso esmero. A decoração foi toda criada do nada e então, submetida a agentes químicos para que parecesse ter dois mil e quinhentos anos de idade. E, é claro, tudo teve de ser feito de modo absolutamente secreto. Acredite em mim quando digo que foi uma operação de vulto. Por três vezes, chegamos a acreditar que jamais seria concluída.

Finalmente, ele conseguiu soltar a bala e enfiou-a na boca, fazendo do celofane uma bolinha, que guardou no bolso.

— Mas, afinal, conseguimos terminar tudo. A decoração foi completada e o túmulo provido de um selecionado estoque de artigos das reservas técnicas dos museus do Cairo, acrescido de alguns que tiramos do próprio exército. Tudo o que restava era atrair algum dos informantes de Sayf al-Tha'r e depois esperar que seus homens decifrassem as inscrições.

— Só que alguém descobriu o túmulo primeiro — disse Khalifa.

— A última coisa que não poderíamos prever — confirmou Squires, balançando a cabeça. — Uma chance em um milhão. Uma em dez milhões. E mesmo assim não precisaria tornar-se um completo desastre. Alguns objetos poderiam ter sido tirados, deixando a decoração intacta. Do jeito que as coisas aconteceram, no entanto, levaram o único pedaço do texto que realmente importava. Assim, quando Sayf al-Tha'r chegou ao túmulo, do nosso ponto de vista, ele era absolutamente inútil. Uma tragédia, de fato.

— Embora não tão trágico quanto foi para Nayar e Iqbar — disse Khalifa em voz baixa.

— Não — concordou Squires. — Essas mortes foram de todo lamentáveis. Como também foi a do seu pai, srta. Mullray.

Tara ergueu a vista, olhos brilhando de ódio.

— Você nos usou — disparou ela. — Deixou que matassem meu pai e sequer pensou duas vezes sobre colocar nossas vidas em perigo. Você é tão ruim quanto Sayf al-Tha'r.

Squires sorriu, condescendente:

— Um pouco de exagero de sua parte, creio. Embora, dadas as circunstâncias, plenamente compreensível. A morte de seu pai, infelizmente, ocorreu como algo fora do nosso alcance. Mas, sim, de fato, usamos vocês. Como no caso do dr. Cadey, decidimos que o bem-estar de uma única pessoa deve estar subordinado aos interesses da sociedade. Desagradável, mas necessário.

Ele ficou em silêncio por alguns instantes, chupando sua bala.

— De início, não tínhamos idéia sobre o que dera errado no plano. Sabíamos que Dravic já havia descoberto o túmulo, mas, por alguma razão, parecia que ele não tinha mordido a isca. Quando descobrimos sobre o pedaço no texto faltando, enfrentamos um dilema extraordinário. Era tarde demais para abortar a operação toda, mas nenhum de nós poderia fazer qualquer coisa para ajudar Sayf al-Tha'r. Não tínhamos outra opção a não ser deixar os eventos tomarem seu curso natural.

Outra lufada de vento soprou sobre eles, mais forte do que a anterior, fazendo a duna por trás deles assoviar. O barulho das contas de preocupação de Jemal ficou mais lento e acabou por cessar. Daniel estava mordendo o lábio.

— Sua chegada tanto complicou nosso problema quanto ofereceu uma possibilidade de saída para ele — disse Squires para Tara. — Era óbvio que você tinha suspeitas quanto à morte de seu pai e havia sempre o perigo de que começasse a alardeá-las, causando enorme confusão. Ao mesmo tempo, havia a possibilidade de que, se adequadamente conduzida, você se mostrasse capaz de nos ajudar a localizar a peça que faltava e, conseqüentemente, restituí-la a Sayf al-Tha'r, sem que ele jamais ficasse sabendo de nosso envolvimento. E foi assim mesmo que tudo funcionou. Você desempenhou seu papel com perfeição.

Os olhos de Tara reluziam de tanto rancor. Ela se sentiu invadida, violada. Daniel lançou-lhe um olhar rápido.

— Admito que corremos um grande risco, por determinado tempo. Era um jogo incerto. Se você tivesse deixado que levassem a peça em Saqqara, tudo se tornaria muito mais fácil. Mas, não foi assim, você insistiu em fugir com ela, o que nos obrigou a entrar num terreno extremamente delicado. Se você tivesse ido às autoridades ou tivesse vindo até nós, na embaixada britânica, Sayf al-Tha'r teria recuado imediatamente. Assim, tivemos de conduzir você a prosseguir por sua própria conta. Daí, nossa pequena encenação acerca de um esquema de roubo de antigüidades.

— Samali — ela bufou.

— É um de nossos agentes, sim. E temos de admirar seu desempenho extraordinário.

— Meu Deus!

Os ombros dela tombaram. Khalifa teve ímpeto de ampará-la, consolá-la, mas pressentiu que não era hora para isso e ficou imóvel.

— E mesmo assim, nossa sorte oscilava sobre o fio de uma faca — prosseguiu Squires. — A coisa toda poderia ter se estilhaçado. O inspetor aqui nos causou o que não podemos chamar de apenas leves preocupações. E também não foi de modo algum fácil mantê-la sob controle, srta. Mullray, mesmo, felizmente, tendo alguém infiltrado, e foi isso afinal que nos auxiliou a levar as coisas a bom termo.

Ele sorriu e não disse mais nada. Os soldados finalmente haviam acabado de empilhar os corpos trajados de preto e agora perambulavam ociosos, no outro extremo do acampamento. Tudo, de repente, ficara muito silencioso e imóvel. Havia certa expectativa no ar, certa tensão. As palavras finais de Squires pareciam ressoar repetidamente na cabeça de Tara. Alguém infiltrado. Alguém infiltrado. Muito devagar, ele foi levantando o rosto que, já normalmente pálido, assumia agora uma transparência horrorizada.

— Não — murmurou ela. — Oh, meu Deus, não. — Ela dirigiu o olhar para Daniel. — Era você, não era?

Daniel manteve os olhos fixos na escavação, o rosto inexpressivo, os olhos percorrendo o emaranhado de corpos retorcidos.

— Você sabia — disse ela. — Você sabia o tempo todo.

Ele continuou olhando para o exército por alguns instantes, então, lentamente, voltou-se para ela. Havia culpa em seus olhos, e remorso, mais por trás deles, algo mais duro, mais brutal. De repente, ela sentiu-se como se não o conhecesse.

— Sinto muito, Tara — disse ele, e também o tom de sua voz não traía nenhuma emoção. — Mas era minha concessão... Eles iam me dar de volta minha concessão, entende? Iam me deixar escavar outra vez.

Ela encarou-o, chocada demais para conseguir fazer qualquer gesto. Parecia estranhamente alheia aos demais, especialmente a Khalifa, que avançou meio passo em sua direção, e mesmo dele, sentiu-se afastada. Era como se ela estivesse num túnel, com Daniel e todos os demais no outro extremo. Ela abriu a boca, tentando articular palavras, mas foi em vão, saiu apenas algo como um soluço de quem não consegue respirar. Daniel sustentou o olhar dela, por alguns instantes, depois desviou a vista, voltando-se outra vez para o amontoado de cadáveres mutilados abaixo dele.

— Quando? — ela conseguiu murmurar.

— Quando me envolvi nesse plano? — Ele deu de ombros. — Cerca de um ano atrás. Eles me procuraram, me contaram sobre o exército e que queriam usá-lo para atrair Sayf al-Tha'r de volta ao Egito. Disseram que se os ajudasse poderia escavar no Vale outra vez. Eu já não estava escavando havia seis meses, àquela altura. Teria feito qualquer coisa. Qualquer coisa.

Um espasmo momentâneo percorreu seu rosto, como se parte dele desprezasse o que estava acabando de dizer. Mas, desapareceu quase imediatamente e a frieza retornou. Ele se pôs de pé e apanhou a adaga, a mesma que Khalifa usara, momentos antes, revirando-a em suas mãos.

— Fui eu que sugeri a idéia de um soldado que tivesse sobrevivido à tempestade de areia. Lembrei-me da inscrição feita por Dymmachus na KV9, e criei toda a história sobre ele. Sabia da existência de um túmulo que seria simplesmente perfeito, bem afastado nas colinas. Fiz todo o trabalho por lá sozinho, um pouco a cada dia, lentamente cobrindo as paredes.

Ele sorriu.

— De certo modo, eu me sentia feliz, estando lá, sozinho. Pintando as paredes, criando aquele texto, montando a história toda. Eu estava feliz, de fato. E o resultado final... chegou a me surpreender. Lembro ainda do dia em que terminei. Fiquei lá sentado, parado, contemplando tudo aquilo e pensando: "É uma obra de arte!" A porra de uma obra de arte. Embora, é claro, possa ver agora que era um pouco perfeito demais. E eu devia ter notado que os *shabtis* eram da data errada. Que estupidez! Que falta de cuidado!

Ele trocou um olhar com Khalifa, que o fitou com uma expressão congelada.

— E a adaga? — perguntou o detetive.

— Ah, você a viu, não foi? — Daniel deu um sorriso cínico. — Não consegui resistir. As tiras de couro estavam soltas, então as puxei fora e rabisquei no metal Dymmachus filho de Menendes, em letras gregas. Foi só por diversão. Uma peça que poderia servir para uma autenticação extra.

Khalifa tragou seu cigarro, balançando a cabeça, com uma expressão de desprezo. Fez-se uma longa pausa.

— E era só o que eu deveria fazer — disse Daniel, afinal. — Apenas fabricar o túmulo. Mas, então, aconteceu o caso do pedaço do texto que ficou faltando, e depois você apareceu e eles descobriram que eu conhecia você. Pediram então que eu a contatasse, que ficasse vigiando você. Não me deixou nada feliz, mas o que eu podia fazer? Era a minha concessão, em jogo. E, para ser honesto, eu queria saber o que dera errado, tanto quanto eles. O túmulo fora uma criação minha, entende? Eu estava... totalmente envolvido nessa história. Assim, deixei o bilhete no apartamento do seu pai, já sabendo que você reconheceria a minha letra.

As lágrimas começaram a escorrer pelas faces de Tara. Ela se sentia como se suas roupas tivessem sido cortadas em tiras. Mas também a sua pele, deixando-a completamente nua, de modo que todos pudessem enxergar seu interior. Ela envolveu-se com os braços.

— Se você simplesmente tivesse deixado a peça em Saqqara, tudo teria corrido bem —disse ele. — Tentei dizer-lhe isso. Mas você não me escutou. E a seguir... — Ele ergueu as mãos, num gesto de impotência.

As lágrimas corriam mais intensamente dos olhos de Tara. Em seu rosto, havia uma expressão como se algo tivesse sido partido, uma expressão desnorteada, como se duas feições houvessem sido refeitas mas colocadas nos lugares errados.

— Você sabia sobre esse tal Samali?

Daniel assentiu com a cabeça.

— Assim que descobri o que era a peça, telefonei para Squires. Do zôo, quando disse que estava telefonando para o meu hotel. Ele me instruiu sobre o que eu deveria fazer.

— E a ida para Luxor? O passeio pelas colinas? Você sabia que Dravic estaria lá? Que você estava nos levando para uma armadilha?

— O que é que eu podia fazer? Tinha de colocar o texto nas mãos deles. Era o único jeito.

De repente, ela escutou novamente a voz do pai, ecoando lá do passado em sua cabeça: "Dá a impressão de que cortaria a própria mão se achasse que isso poderia aumentar o seu conhecimento do assunto. Ou a mão de qualquer pessoa, aliás. É um fanático."

— Por que você apenas não me contou tudo? — disse ela, soluçando.

Ele acocorou-se e devolveu a adaga ao chão, com todo cuidado, evitando danificá-la, fosse no que fosse.

— Bem que tentei — ele disse. — Quando estávamos sentados lá no topo de El Qurn. Você lembra? Mas, na hora, não consegui. Eu já tinha ido longe demais.

Ele voltou os olhos para ela e por um breve instante havia realmente algo próximo a lástima sincera em seus olhos.

— Nunca desejei magoar você, Tara — disse ele, um vago tom de gentileza em sua voz. — Quando vimos Dravic, lá nas colinas... mesmo naquela altura eu tinha segundas intenções. Sabia que eles deveriam ter alguém vigiando o túmulo e que, se eu descesse até lá, seria pego. Foi por isso que tentei prosseguir sozinho, para deixar você fora disso. Mas você não aceitou. Insistiu em me acompanhar.

— Tudo aquilo que você falou... — Ela estava tremendo descontroladamente — Toda aquela baboseira sobre gostar de mim...

— Não foi baboseira, Tara. Foi sincero. É só que...

Ele a fitou nos olhos por um momento e a seguir pôs-se de pé. De repente, como se uma luz tivesse sido desligada, a ternura em seus olhos desapareceu e não havia mais nada neles a não ser uma gélida falta de emoção.

— O quê? — murmurou ela. — É só o quê, Daniel?

Ele deu de ombros:

— Minha concessão era mais importante.

Por um momento, a moça manteve o olhar sobre ele, silenciosa, esmagada. Então, com um urro gutural de dor e decepção, voou sobre ele, enfiando as unhas em seu rosto, arranhando fundo a pele.

— Que merda de pessoa é você? — berrou, histérica. — Que monstro conseguiria fazer algo assim? Seu filho da puta. Eu poderia ter sido currada! Morta! E pelo quê? Por causa de um punhado de cadáveres? Por causa da merda dessa sua concessão? Por causa disso, você ia ficar parado e me ver morrer? Seu doente! Você não é humano! Você é... nojento! Você me dá nojo! Nojo!

Ele agarrou os pulsos dela e manteve-a afastada de si, lutando para contê-la. Ela ainda se debateu por alguns instantes e então, subitamente, sua raiva se exauriu e ela cambaleou para trás, recostando-se na rocha, ofegante, tentando respirar, a face molhada de lágrimas.

— Seu filho da puta! — disse ela, com voz entrecortada. — Seu sórdido, filho da puta mentiroso. Eu poderia ter sido morta.

Khalifa aproximou-se e colocou a mão gentilmente sobre o ombro dela, mas Tara afastou-a, com um movimento brusco. Oates e Squires trocaram um olhar rápido, e as contas de preocupação de Jemal recomeçaram a chocalhar. Daniel levou a mão ao rosto, encarando-a.

Por um longo momento, não houve nenhuma palavra nem ninguém se moveu. Então, escutou-se o ruído de passos aproximando-se e Massey apareceu.

— Perdi alguma coisa? — perguntou ele, passando os olhos por cada um deles.

— O dr. Lacage e a srta. Mullray estiveram... conversando sobre os episódios desta semana — resumiu Squires. O americano notou os arranhões no rosto de Daniel e explodiu numa gargalhada.

— Deus do céu! Umas unhadas dignas de uma gata selvagem. Você deveria lhe oferecer um emprego no seu departamento.

O vento recomeçara a soprar, em força constante, agora, descendo o vale, levantando a areia ao redor de seus pés e tornozelos. Oates consultou o relógio.

— Devemos partir, senhor.

— Certíssimo — assentiu Squires. — Faltam apenas alguns detalhes para serem contados. Por que vocês três não esperam por mim no Chinook, pode ser?

Oates, Jemal e Massey deram-lhes as costas e encaminharam-se para o helicóptero. Squires alisou seu cabelo, que fora desfeito pelo vento.

— Há muito pouco que ainda não saibam, na verdade — disse ele. — Uma vez que Dravic se apossou da localização do exército, Sayf al-Tha'r começou a despachar de helicóptero seus homens e equipamentos, partindo da Líbia. Deixamos que prosseguisse com o que tinha para fazer, monitorando a coisa toda por meio de satélites. Recebemos o sinal de que ele havia atravessado a fronteira alguns dias atrás. Inicialmente, planejávamos agir apenas amanhã à noite. Mas, do jeito como as coisas correram, a pequena odisséia do inspetor Khalifa nos obrigou a antecipar em um dia a operação. A Força Aérea Egípcia interceptou os helicópteros, quando eles cruzaram a fronteira. Tomamos o lugar deles e... bem, creio que vocês sabem do restante. Sayf al-Tha'r está morto, sua organização, destruída, e o mundo, momentaneamente, tornou-se um lugar mais seguro.

Khalifa deu um suspiro de indignação:

— E você acha que isso é o fim? Acham mesmo que, matando-o, resolveram o problema? Há dúzias de Sayf al-Tha'rs por aí. Centenas deles. Talvez seja hora de vocês se perguntarem por quê. — Ele encarou Squires por um instante e então, balançando a cabeça, avançou dois passos, contemplando as fileiras de cadáveres colocados ao longo da cratera. — E agora, o que vai acontecer? — perguntou.

— Com os cadáveres? Ora, vamos queimá-los em algum lugar no deserto. Em algum lugar onde jamais serão encontrados.

— E o exército? — Khalifa indicou com um movimento de cabeça o pântano de cadáveres.

— Vamos deixá-lo exatamente onde está — disse Squires, fazendo um gesto de desdém com a mão. — Deixe que o deserto o soterre de novo. Em poucos meses, terão desaparecido. E então, quem sabe? Pode ser que alguém chegue por aqui e faça a maior descoberta da história da arqueologia. Ou a maior redescoberta.

Ele deu uma piscada de olho para Daniel, que olhava para ele impassível. O cigarro de Khalifa havia se apagado e, tirando os fósforos do bolso, tentou acender outro. Agora, o vento soprava bastante forte, entretanto, e ele não conseguiu produzir a chama. Ele riscou um fósforo, dois, três, depois desistiu.

— E assim, como dizem, tudo terminou bem — disse Squires com um suspiro. — Foi uma jornada difícil, mas parece que tudo funcionou a contento, no final. De fato, de um modo curioso, a saga da peça que faltava provavelmente nos ajudou. Sayf al-Tha'r ficou tão desesperado para recuperá-la que nem por um momento lhe ocorreu que era falsa. Assim, por diversas razões, estamos em débito com vocês. Nossa gratidão!

Ele sorriu calorosamente e esmagou entre os dentes o que sobrava da bala.

— Vou voltar para o helicóptero agora — disse, lançando novo olhar para Daniel. — Deixo-lhes minhas despedidas. Não quero mais atrapalhá-los. Srta. Mullray, inspetor Khalifa, foi um prazer. De fato, foi.

Ele despediu-se dos dois com um aceno de cabeça, reforçado com um gesto da mão, e então pôs-se a atravessar a areia, seu cabelo sendo desmanchado pelo vento.

— E agora? — perguntou Tara.

— Agora — disse Khalifa — acho que o dr. Lacage vai nos matar.

43

O Deserto Ocidental

Daniel puxou a metralhadora de cima dos ombros e apontou para eles.

— Não há como nos deixarem partir — disse Khalifa. — Não, depois de tudo o que nos contou. Sabemos demais. Não podem se arriscar que esta história seja passada adiante.

— Daniel? — a voz de Tara soou totalmente desnorteada.

— Como já disse o inspetor, vocês sabem demais. — A voz dele era dura, os olhos estavam vazios. — Não posso permitir que nada me atrapalhe, não depois de ter feito tudo isso.

Ele apontou a arma, indicando que deveriam se encaminhar para a borda da trincheira.

— Talvez devesse ter me negado, quando eles pediram minha ajuda, no princípio — disse ele. — Podia não ter me envolvido. Mas, na ocasião, não se previa um final assim, não é? Se a peça não tivesse sido retirada, tudo correria direito. E quem sabe, Tara, talvez tivéssemos nos reencontrado em circunstâncias diferentes.

Já haviam atingido a trincheira. Daniel lhe fez sinal para que se voltassem de costas para ele. Um mar de ossadas desmembradas se estendia diante deles, levantando-se, abaixando, revolvendo-se e contorcendo-se como se estivessem sendo agitadas por uma correnteza misteriosa. Junto a ela, Tara pôde escutar Khalifa proferindo uma prece. Involuntariamente, sua mão se moveu e agarrou a dele.

— Não espero que você me compreenda — disse Daniel. — Eu próprio não consigo entender a mim mesmo. Tudo que sei é que seria insuportável não poder mais escavar. Ficar olhando de fora, enquanto outras pessoas ganhavam a concessão para escavar o vale. Meu vale. Pessoas que não sabem uma fração do que sei. Pessoas que não sentem uma fração sequer da paixão que sinto. Pessoas estúpidas. Ignorantes. E, todo o tempo, o receio de que encontrassem alguma coisa. Que descobrissem um novo túmulo. Que me derrotassem. Seria algo... insuportável.

O vento rugia, desarrumando os cabelos de Tara, embora ela mal se apercebesse disso.

"Vou levar um tiro", ela pensou. "Vou morrer."

— Eu sonhava com isso, sabe? — disse Daniel, sorrindo debilmente. — Com achar um novo túmulo. Dravic tinha razão. É um vício. Pode imaginar?... Passar por uma entrada e penetrar numa câmara selada quinhentos anos antes de Cristo? Imagine a emoção de algo assim. Nada pode se comparar a isso.

A alguma distância, à direita deles, ouviu-se um ronco e um rangido agudo, quando as hélices do Chinook começaram a girar, cortando o vento. Outros helicópteros também deram partida em seus motores. Os soldados começaram a fazer fila, ao longo do acampamento, e subir nos aparelhos.

— É engraçado... — Daniel agora gritava, elevando a voz para ser escutado apesar do barulho dos motores e do chiado do vento. — Quando estávamos no túmulo, você e eu, Tara, quando eu examinava as imagens na parede, traduzindo o texto, mesmo sabendo que era falso, que fora eu que fizera tudo aquilo, havia uma parte de mim que se sentia como se fosse tudo real. Como se eu tivesse descoberto alguma coisa verdadeiramente única. Algo maravilhoso. Coisas maravilhosas.

Ele começou a rir.

— Foi o que Carter disse, sabia? Quando ele entrou pela primeira vez no túmulo de Tutankâmon. Carnavon perguntou: "O que você está vendo?" E Carter respondeu: "Coisas maravilhosas." É por isso que preciso continuar escavando, entende? Porque há tantas coisas maravilhosas, ainda, para serem encontradas.

Ouviu-se um estalido, quando ele soltou a trava da metralhadora. A mão de Khalifa apertou ainda mais a de Tara.

— Tente não ter medo, srta. Mullray — disse. — Deus está conosco. Ele irá nos proteger.

— Acredita mesmo nisso?

— Preciso acreditar. Ou, então, o que mais haveria? Somente desespero.

Ele se virou para ela e sorriu.

— Confie nele, srta. Mullray. Confie no que for. Mas nunca entre em desespero.

Os helicópteros começaram a levantar vôo, o vento açoitando-os de todas as direções. Tara e Khalifa estavam de pé, um ao lado do outro, se olhando. E ela não sentiu medo, somente uma resignação exausta. Ia morrer. Era tudo. Não havia sentido em tentar discutir, nem em esboçar alguma reação.

— Adeus, inspetor — disse ela, apertando a mão dele, o vento castigando-a furiosamente. — Obrigada por tentar me ajudar.

Um lençol de areia veio de encontro ao seu rosto e o sol pareceu escurecer. Ela desviou a cabeça do vento, fechou os olhos e ficou aguardando os disparos.

O deserto possui diversas forças com as quais subjuga aqueles que invadem seus domínios secretos. Pode despejar sobre estes um calor tão lesivo a ponto de fazer a pele enrugar-se como papel sob o fogo, as órbitas dos olhos ferverem, os ossos parecerem que se liquefazem. Pode ensurdecer com seu silêncio, esmagar com sua imensidão vazia, distorcer o tempo e o espaço de maneira que aqueles que o atravessam percam a noção de onde e quando estão, e mesmo de quem são. Pode criar visões de fazer o coração pular de tanta beleza — uma enorme cachoeira, um balsâmico oásis —, e simplesmente fazê-las desaparecer no momento em que a pessoa se dirige para elas, enlouquecendo-a por conta da agonia dos desejos frustrados. Pode erguer dunas do tamanho de montanhas, alterar sua paisagem transformando-se num labirinto do qual ninguém deve ter esperanças de escapar, tragar a pessoa nas insondáveis profundezas de suas entranhas. De todas as suas armas de suas temíveis defesas, entretanto, nenhuma é mais poderosa, mais devastadora e absoluta do que aquela que é chamada de *A Ira de Deus*, a tempestade de areia.

Foi o que se abateu agora, repentina e incontrolável, surgida do nada. Num momento, soprava o vento, no momento seguinte, o deserto em volta deles pareceu entrar em erupção, bilhões de toneladas de areia erguendo-se como gêiseres para o céu, de um modo que o sol ficou bloqueado e o ar se tornou sólido. Uma força inimaginável. Caixotes sendo esmigalhados contra o chão, fardos de palha desintegrados, barris de combustível sendo sugados para o alto e carregados num rodopio pelos ares como se fossem folhas soltas. Um dos helicópteros foi esmagado contra a face da pirâmide de pedra, dois outros colidiram no ar, explodindo numa bola flamejante, sendo extinto o fogo mal se incandescera, abafado pelo impacto da areia. Homens eram esmigalhados contra o solo, um camelo foi carregado num redemoinho vale abaixo, cabeças dos corpos emaciados eram arrancadas e saíam rolando como se fossem gigantescas bolas de gude. O barulho era excruciante.

Tara foi atirada à frente e depois derrubada para dentro da cratera, envolvida na confusa folhagem de corpos. Ossos partiam-se e se destacavam, por baixo dela, pele desidratada rasgava-se como pergaminho, dentes saltavam de seus encaixes nas mandíbulas. Ela foi embrulhada, girando mais e mais, pernas e braços esbranquiçados parecendo chutá-la, golpeá-la, rostos macabros erguendo-se de todos os lados, até que finalmente conseguiu parar, o rosto mergulhado numa cavidade estomacal ossificada, uma boca murcha pressionando-se contra seu pescoço como se a beijasse. Por um momento, ficou estendida, imóvel, tonta, apavorada, então esforçou-se para ajoelhar-se e a seguir pôr-se de pé. O vento ainda era muito forte e prontamente a fez tombar, pressionando-a para baixo. Ela começou a rastejar, as mãos apoiando-se em costas e peitos, pés buscando apoio em vão por entre retorcidas colunas vertebrais e crânios, ossos ainda partindo-se por debaixo dela como se fossem galhos de árvores. A areia castigava sua carne, penetrando nas suas narinas e em seus ouvidos de um modo que ela sentiu como se estivesse se afogando.

Sem saber como, conseguiu afinal alcançar a borda da cratera e jogou-se para fora, aterrissando de bruços, puxando logo a camisa para cobrir a boca. Atrás dela, o exército rapidamente desaparecia, soterrado pela maré crescente de areia. Ao mesmo tempo, ao redor da borda da cratera, dúzias de novos cadáveres emergiam. Uma mão mumificada ergueu-se à sua frente, os dedos abertos como se tentassem agarrá-la. Lanças eram projetadas para cima. Um cavalo pareceu saltar da encosta da duna. Uma cabeça surgiu de repente na superfície, mas logo foi novamente coberta de areia. O uivo do vento era como cinqüenta mil vozes berrando em meio à batalha.

Ela tentou procurar Daniel e Khalifa, estreitando os olhos até parecerem apenas fendas contra a tempestade, mas não pôde enxergar coisa alguma, apenas a impenetrável massa de areia. Tara escutou um ronco abafado à sua esquerda e conseguiu girar a cabeça, os músculos do pescoço lutando contra a torção imposta pelo vento. O ronco aumentou de intensidade e, de repente, um helicóptero surgiu diretamente diante dela, numa altura insolitamente baixa, girando loucamente, cada vez mais e mais depressa, descontrolado. Por um átimo de segundo, conseguiu enxergar o rosto de Squires através de uma das janelas, a boca escancarada, gritando, e então o aparelho foi carregado para longe outra vez, descrevendo insanas cambalhotas, até colidir contra a solidez escura da face da rocha em formato de pirâmide. Houve um brilho, muito rápido, uma onda de calor, o rangindo agônico de metal, e então nada mais. Ela se pôs de joelhos e, cabeça curvada para baixo, começou a rastejar à frente.

Depois de alguns metros, parou e tentou gritar, mas tamanha era a intensidade da tempestade que nem mesmo ela escutou sua voz. Avançou um pouco mais, sempre rastejando, parou mais uma vez, e então percebeu um borrão vago à sua direita. Tara desviou-se naquela direção. Eles estavam mais próximos um do outro do que pensara e, depois de vencer uns poucos metros, juntou-se a eles. Daniel estava montado sobre Khalifa, ambas as mãos agarradas na metralhadora, que ainda tentava apontar para a cabeça do detetive. Khalifa tinha uma das mãos tentando afastar a boca da arma e a outra em volta da garganta de Daniel.

Nenhum dos dois se deu conta da aproximação de Tara e, lutando para alcançar Daniel, ela agarrou um chumaço dos cabelos dele e puxou, derrubando-o no chão. Os três embolaram-se, desequilibrados pelo vendaval, olhos e bocas cheios de areia. Em determinado instante, Tara e Khalifa conseguiram fixar Daniel no chão, mas uma raivosa pancada de vento jogou o detetive para trás, afastando-o.

Daniel tentou alcançar novamente a metralhadora que havia caído um metro à sua esquerda. Tara também esticou-se toda para pegá-la, mas Daniel aplicou-lhe um murro, deixando-a estirada no chão, sua cabeça escapando por pouco de cravar-se no gume de uma espada. Com esforço, Khalifa conseguiu ficar de joelhos e já estava rastejando, dedos fincados no solo para avançar em direção a eles, mas o vento mantinha-o à distância e Daniel conseguiu agarrar a metralhadora, virar-se e atingir o lado da cabeça de Khalifa com a coronha, derrubando-o para trás, sobre Tara.

Uma onda de areia momentaneamente cegou-os. Quando puderam enxergar de novo, Daniel havia sido carregado até quase sair de vista. Khalifa e Tara o assistiram lutar para ficar de joelhos e, então, desafiando a ventania, que soprava diretamente contra seu rosto, pôr-se de pé, cambaleante como um bêbado, mas tentando apontar a metralhadora contra eles. Khalifa olhou em volta freneticamente. Havia um braço de esqueleto no chão, junto dele, arrancado do ombro ao qual pertencera. Em desespero, o detetive o pegou pelo pulso, girou-o e lançou-o contra Daniel. Não conseguiu lançá-lo com força, mas, a favor do vento, o braço ganhou velocidade e bateu contra a garganta de Daniel com a força de um golpe de um malho. Ele cambaleou para trás, penetrando ainda mais na tempestade, sumindo outra vez de vista. Khalifa rolou o corpo, deitando-se de bruços, e começou a rastejar na direção dele. Tara seguiu-o.

A princípio, não conseguiram encontrá-lo. Então, depois de terem vencido cerca de dez metros, Khalifa esticou o braço e apontou. Tara acompanhou com os olhos a linha do dedo do detetive, protegendo os olhos com as mãos, e, no chão em frente a eles, aparecendo de dentro do vagalhão de areia como se estivesse sob uma cortina, lá estavam as pernas de Daniel, vestidas no jeans, e um pé, calçado numa bota, ligeiramente torcido, todo o corpo, da cintura para cima, ocultado deles. Tara e Khalifa se detiveram por um segundo ou dois, sem conseguirem se decidir sobre o que fazer, mas a seguir prosseguiram com todo cuidado e aos poucos o resto do corpo de Daniel ia se tornando visível.

— Meu Deus! — gaguejou Tara, quando o viu. — Oh, meu Deus!

Ele estava estirado de costas no chão, os braços bem abertos, uma espada atravessando-lhe o peito na altura do esterno. Daniel havia tombado para trás sobre a lâmina ereta. Era uma espada pequena, e havia a imagem de uma serpente gravada em sua lâmina, o corpo sinuoso enroscando-se no metal manchado de sangue como se estivesse saindo do corte no peito de Daniel. As presas da serpente, Tara reparou, abertas em direção à ponta da espada como se acrescentando sua picada à da lâmina.

— Meu Deus — exclamou ela, desviando o rosto. — Oh, Daniel...

Por um momento, ficou sentada, sem forças, na areia, alheia à convulsão ao seu redor. Sentia-se como se tudo em sua vida tivesse se partido e desintegrado. Seu pai se fora. Daniel se fora — era como se a concha de seu passado tivesse sido rompida, deixando-lhe uma ferida aberta em carne viva. Por tanto tempo, ela identificara a si mesma a partir de seus relacionamentos com estes dois homens, o pai e o amante. E agora que eles não existiam mais, ela se via... O quê? De certo modo, disforme. Fragmentada. Não acreditava que pudesse conseguir juntar de novo os pedaços.

— Srta. Mullray! — Khalifa encostou a boca diretamente na orelha dela, gritando para ser ouvido a despeito da barulho absurdo da tempestade. — Não podemos ficar aqui, srta. Mullray — berrou ele. — Vamos ser soterrados. Precisamos sair daqui. Vamos!

Ela não teve qualquer reação.

— Srta. Mullray, por favor — insistiu. — Precisamos nos pôr de pé. É nossa única chance.

Ele pressentiu que Tara havia perdido toda a vontade de sobreviver, que estava prestes a se entregar, e, segurando-lhe o rosto entre as mãos, virou-o para si.

— Por favor! — gritou, sua voz carregada pela tormenta. — Seja forte! Você precisa ser forte!

Ela encarou-o, a areia morbidamente lambendo suas faces a ponto de ela pensar que lhe removeria as feições do rosto, e então assentiu de cabeça. O detetive segurou a mão dela e, lentamente, foram se afastando, arrastando-se, dali. Poucos metros adiante, ela se voltou para olhar o corpo de Daniel, a boca dele aberta, já cheia de areia, e então o caos pareceu se intensificar ao redor dele e já não pôde mais enxergá-lo. Ela forçou-se a desviar o rosto para a frente e a seguir adiante, penetrando na fúria da areia.

Parecia impossível que a tempestade pudesse se tornar ainda mais violenta. No entanto, quando tudo indicava que já alcançara seu ápice, puxou do fundo de suas reservas de energia e desfechou um vórtice de areia e vento que fez tudo o que o antecedera parecer um suave prelúdio. Forças inimagináveis materializaram-se em volta deles. Tara sentiu como se suas roupas estivessem sendo arrancadas, a carne de suas costas e os músculos que prendiam seus ossos, e inclusive os ossos, retorcidos, partidos, reduzidos a poeira. Não tinha a menor noção de para onde estava indo ou por quê. Não tinha nenhuma noção sobre coisa alguma. Apenas manteve-se em movimento, automaticamente, obrigada por um imperativo qualquer fora do alcance da razão ou do pensamento. Adiante. Era tudo o que ela sabia. Adiante.

Eles alcançaram o sopé da duna e começaram a galgá-la, arrastando-se com o auxílio dos dedos e dos joelhos, centímetro a centímetro, lentamente, tentando escapar do vale, cada movimento um martírio para seus músculos e tendões exauridos. O ar estava tão denso por causa da areia que abrir as pálpebras, um milímetro que fosse significaria ter imediatamente as pupilas arrancadas, e assim prosseguiram, olhos cerrados, adivinhando o caminho a seguir apenas pela inclinação do terreno. Um agarrando a mão do outro, erguendo e baixando seus braços num movimento único, enquanto que, com a outra mão, mantinham as camisas cobrindo a boca. Respiravam em arquejos curtos e torturantes. Era tal o castigo da ventania que mesmo sobre os joelhos mal conseguiam manter-se equilibrados.

Como conseguia seguir adiante, Tara não tinha idéia. Em poucos segundos, estava exausta, e cada centímetro à frente a exauria ainda mais. O que mais desejava no mundo era deixar-se relaxar, rosto enterrado na areia, e ficar imóvel.

No entanto, de algum modo, ela continuou rastejando, forçando-se inexoravelmente a prosseguir, mais e mais, até que finalmente, bem no momento em que seus braços e pernas já iam entrar em colapso, o aclive à sua frente começou a ficar mais fácil, a aplainar-se. Ainda obrigou-se a avançar mais alguns poucos metros e tombou, já no cume da duna. Ainda escutou a voz de Khalifa, dizendo-lhe:

— Mantenha a cabeça abaixada, srta. Mullray. E tente... como se diz isso?... agitar o corpo o máximo que puder. Para não deixar a areia empilhar-se em cima de você.

*

Ela apertou-lhe a mão para demonstrar que havia escutado e enterrou o rosto entre os braços, a tempestade uivando sobre ela, a areia chicoteando-a de todas as direções como um milhão de insetos vindo devorá-la.

"Preciso agitar o corpo", pensou consigo mesma. "Agite, garota, agite!"

Debilmente, começou a bater as pernas e conseguiu também erguer uma ou duas vezes os quadris, mas estava cansada demais e, depois de alguns momentos, seu corpo inteiro entregou-se, imóvel. De repente, foi tomada por completo por uma deliciosa sensação de paz, como se estivesse rolando por uma manta de veludo negro. Havia imagens atravessando a sua mente: seus pais, Daniel, Jenny, o colar que seu pai lhe dera no aniversário de quinze anos. Ela lembrou-se de que logo que despertara encontrara o envelope sobre sua coberta, e que havia seguido as pistas do tesouro que a levaram afinal ao sótão, que riu deliciada ao abrir o velho baú e encontrou o colar escondido bem lá no fundo. E começou a rir também, ali, naquele momento, o ruído de sua risada crescendo gradativamente até abafar o rugido da tempestade e preencher inteiramente o mundo. Ela entregou-se à risada, permitindo-lhe que a percorresse toda, tranqüilizando-a, e então houve um *flash* ofuscante de luz clara e ela não podia lembrar-se de mais nada.

44

EPÍLOGO

O inspetor Khalifa estava adormecido junto à sua mulher, uma cascata de cabelos negros caindo sobre seu rosto. Estava tão acolhedor, aqueles cabelos tão perfumados, e, como sempre fazia quando estavam juntos na cama, enfiou-se entre eles, aspirando longa e profundamente como se sugasse o perfume para dentro dos pulmões.

Só que em vez de enchê-lo de serenidade e prazer, o fez tossir descontroladamente. Ele tossiu, cuspiu, lutando para respirar e, por fim, girando o corpo para afastar-se, ergueu-se, trôpego. A areia escorreu de suas costas e de seus ombros, sua mulher e a cama evaporaram-se. Ele estava de pé no topo de uma duna, no meio do deserto, com um sol impiedoso sobre sua cabeça e a boca cheia de areia. A tempestade havia terminado.

Ficou cuspindo e tossindo, por muitos segundos ainda, limpando a traquéia, e então, subitamente, lembrou-se de Tara. Ela estava junto a ele quando alcançaram o topo da duna, disso tinha certeza. Mas, agora, já não havia sinal dela. Ele caiu de joelhos e começou a escavar a areia.

De início, não pôde encontrar nada. Talvez tivesse rolado mais para a frente, pensou, ou tivesse sido carregada para trás, de volta ao fundo do vale. Ele redobrou seus esforços, sem resultado, e começava a se desesperar quando de repente sua mão atingiu algo sólido. Cavoucou furiosamente em torno, afastando com o braço a areia, mais e mais, até que pôs à mostra um pequeno pé apontado para cima. Ele agarrou o tornozelo e puxou, mas o corpo estava firmemente preso nas garras da duna. Então, recomeçou a cavar, tentando enfiar-se na toca que ia abrindo como se fosse um coelho, desenterrando primeiro uma perna, depois a outra.

— Vamos — ele grunhiu, exigindo de si mesmo. — Mais rápido! Cave!

Khalifa agarrou ambos os tornozelos e tentou puxar outra vez, mas de novo não conseguiu soltá-la. Decidiu então tentar em outro sentido, cavando de cima para baixo, em vez de pelos lados, arrastando a areia de cima de Tara com as mãos em concha e jogando-a para longe por entre as pernas. Finalmente, desenterrou um ombro, a parte posterior da cabeça e o braço esquerdo. Agarrando a mão livre, tentou sentir a pulsação. Nada.

— Por favor, Alá! — gritou, sua voz ecoando pelo deserto. — Por favor, permita que ela viva!

Ele retirou o restante da areia e virou-a, deitando-a de costas. Os olhos de Tara estavam fechados, seus lábios e boca ásperos, com os grãos amarelos, como biscoitos crocantes. Tentou novamente sentir-lhe a pulsação, mas não havia nenhuma, então virou-a de novo, pondo-a de bruços, envolveu os braços por sobre o diafragma e pressionou-o, fazendo-a curvar-se para cima. Khalifa repetiu o movimento, dando-lhe solavancos com toda a sua força, tentando trazê-la de volta à vida.

— Vamos! — gritou ele. — Respire, droga! Respire!

Ele curvou os joelhos e deu-lhe mais um solavanco, com os braços em volta dela, e desta vez, seu corpo se contorceu como se uma faísca de eletricidade o percorresse. Por um instante ainda ela permaneceu imóvel, pendendo frouxa de seus braços como se estivesse pendurada num varal, então começou a tossir e a cuspir. Ele aplicou-lhe um último solavanco e ela vomitou um jorro de areia sobre o solo da duna. Ela tossia, tinha espasmos de vômito, debatia-se, mas logo a seguir conseguiu aspirar uma agoniada golfada de ar. Ele a fez deitar-se, delicadamente.

— Obrigado, Alá! — murmurou ele. — Obrigado! Obrigado!

Tara ficou um instante ainda deitada, recobrando-se, tossindo, engasgando-se, recuperando a respiração, e então, limpando a boca com a manga, pôs-se sentada e ergueu os olhos para Khalifa, que estava agachado quase junto a ela. O detetive balançou a cabeça, satisfeito, para ela, ela retribuiu o gesto, eles sorriram, e só então voltaram sua atenção para o vale abaixo.

O exército desaparecera. Tudo desaparecera. Não havia mais tendas, nem helicópteros, nenhum caixote nem cadáveres. Nada. Estava tudo soterrado por baixo de uma manta lisa de areia recém-assentada, como se nada tivesse acontecido ali. Restava apenas a rocha em formato de pirâmide, enorme e silenciosa, apontada para o céu azul-pálido da manhã, cercada outra vez pela extensão imaculada do deserto. Havia, assim pensou Khalifa, uma certa aura de satisfação em torno dela, como se houvesse presenciado um drama sendo encenado e tivesse apreciado seu desfecho.

Ficaram sentados em silêncio por alguns instantes, olhar perdido contemplando o deserto, lutando, ambos, intimamente, para conseguir compreender o que acontecera, e então Khalifa perguntou:

— O celular?

Tara apalpou os bolsos, mas estavam vazios.

— Deve ter caído.

— E o GPS?

— Daniel ficou com ele.

Ele assentiu de cabeça e recostou-se na encosta da duna.

— Sendo assim, receio que vamos ter problemas para voltar para casa.

— A que distância estamos?

— Não é tão longe assim. Cerca de cento e vinte quilômetros até a povoação mais próxima. Mas não temos idéia da direção exata. Meio grau de desvio e podemos continuar andando até o Sudão.

— Dymmachus conseguiu.

— Somente na imaginação do dr. Lacage.

— Ah, claro — ela sorriu. — Esqueci.

Ele enfiou a mão num bolso e tirou seus cigarros, oferecendo-lhe o maço.

— Você não tem aí uns cubos de gelo, tem?

— Cubos de gelo?

— Estou tentando parar de fumar, sabe? E sempre que fico morrendo de vontade, chupo um cubo de gelo.

— Entendo. Não, lamento não ter nenhum cubo de gelo aqui comigo.

Ela esticou o braço, tirou um cigarro e o colocou entre os lábios. Khalifa inclinou-se à frente e acendeu-o para ela.

— Com isso, fico devendo cem libras a uma amiga minha — disse ela, fechando os olhos e dando uma tragada profunda. — Fizemos uma aposta. De que eu não agüentaria um ano sem fumar. Consegui me segurar por onze meses e duas semanas.

— Estou admirado — disse Khalifa. — Fumo um maço por dia desde os quinze anos.

— Deus do céu! Você vai acabar se matando.

Eles trocaram um olhar e caíram na gargalhada.

— Acho que não vai fazer diferença quantos cigarros eu fume, daqui pra frente.

— Você está achando que estamos ferrados, certos?

— Estou.

— Lembro-me de algo que você disse, sobre nunca se deixar tomar pelo desespero.

— É, foi o que eu disse. Entretanto, neste caso em particular, não estou vendo opções.

Riram de novo, nada forçado, uma risada espontânea. Tara puxou outra longa tragada do cigarro. Ficou com a sensação de que nunca fizera nada tão delicioso quanto fumar aquele cigarro.

— Sabe, é engraçado — disse ela —, mas na verdade estou contente. Vou morrer de sede no meio deste deserto e tudo o que me dá vontade é de rir. É como...

— Se tivesse tirado um peso das costas.

— Isso mesmo. Estou me sentindo limpa. Livre. Como se fosse dona da minha vida outra vez.

— Entendo perfeitamente. Sinto a mesma coisa, agora. Acertei as contas com o meu passado, já posso esquecê-lo... Posso olhar para a frente.

— Mesmo que não muito à frente.

— Tem razão. Não muito. Mas pelo menos, à frente.

Ele deu uma tragada profunda em seu cigarro.

— Vou ter saudades da minha mulher e de meus filhos.

Ficaram olhando para o deserto, fumando seus cigarros, em silêncio. O sol elevou-se lentamente e o ar começou a tremeluzir. Por toda volta, as dunas estendiam-se, alcançando o horizonte. Era até estranho pensar que, apenas um momento atrás, o mundo estava revirado pelo avesso. Tudo agora parecia tão sereno, tão ordenado. "É lindo", pensou Tara, "essa simetria curvilínea da paisagem, a cor da areia se alterando. Antes, ela considerava o deserto uma prisão. Agora, mesmo sabendo que morreria ali, sentia uma curiosa integração com o deserto.

Tara terminou o cigarro e jogou-o fora com um peteleco. O tabaco fazia sua cabeça dar voltas e, assim, quando olhou para baixo, parecia que a areia estava estremecendo. Ou pelo menos, uma pequena área da areia, perto da base da grande rocha. Ela respirou fundo duas vezes, fechou os olhos e olhou outra vez para aquele ponto. E ainda estava vendo o mesmo tremor, uma espécie de saliência, destacando-se na areia como se o deserto estivesse engasgado, lutando para respirar. Tara chamou a atenção de Khalifa cutucando-o com o cotovelo e indicou-lhe, com um sinal de cabeça, para onde deveria olhar. Ele franziu o cenho e se pôs de pé. Ela acompanhou-o.

— O que é aquilo lá? — perguntou Tara.

— Não sei. É esquisito. Como se fosse água fervendo.

— Pode ser o calor?

— Não parece.

— Areia movediça?

— Acho que não.

Ele continuou observando por alguns momentos e então, cautelosamente, começou a descer pela encosta da duna, com Tara seguindo-o. A saliência tornava-se cada vez mais revolta, a areia rodopiando e projetando-se para o alto, como se um pé gigantesco estivesse pisoteando o vale. O que quer que fosse, deteve-se subitamente, moveu-se de novo, parou outra vez, e então, com um mugido alto, parecido com o de uma trombeta, no que abriu-se a superfície do deserto, uma figura grande e desengonçada ergueu-se, espalhando por toda a volta a areia em que estava soterrada. Khalifa soltou um berro, alegremente surpreso, e começou a descer correndo a encosta da duna

— *Jamal!* — ele gritou. — Alá seja louvado! *Jamal!* Camelo!

Ele alcançou o fundo da descida e reduziu o passo, temendo assustar a criatura. O animal não pareceu perturbado com sua aproximação e permitiu a Khalifa chegar junto dele e agarrar suas rédeas.

— Seja bem-vindo, meu amigo — disse ele, alisando seus pêlos sedosos. — É um prazer que você tenha vindo juntar-se a nós.

O detetive voltou-se para Tara.

— Parece que meu pessimismo foi prematuro, srta. Mullray. Meu amigo aqui pode farejar água a um quilômetro de distância. Seja onde for o oásis mais próximo, ele nos levará até lá.

Khalifa colocou-se na ponta dos pés e sussurrou alguma coisa no ouvido do camelo. O animal soltou uma bufada e, devagar, pôs-se de joelhos, as patas dianteiras inclinando-se primeiro, depois as traseiras. Khalifa começou a soltar os caixotes do seu dorso.

— Já trabalhei com camelos — disse, por cima dos ombros. — Quando era rapaz. Há coisas que a gente aprende e jamais esquece.

Ele puxou fora os caixotes e rolou-os para o lado, ajustando as tiras e arreios. O camelo mordiscou a orelha de Khalifa.

— São animais maravilhosos. Incansáveis, leais, e tão bonitos... O único defeito é que têm um hálito de matar. Mas nenhum de nós é perfeito, não é mesmo? Ah-ah!

Ele brandiu um pequeno cantil que encontrou debaixo de uma aba da sela.

— Não está sobrando muita coisa, pelo barulho, mas é o suficiente, acho, para evitar que a gente morra de sede. Por favor.

Ele recuou um passo e estendeu o braço, indicando-lhe que devia montar. Tara avançou, rindo, e subiu para a sela. Khalifa subiu também, posicionando-se atrás dela.

— Uma amiga minha me disse para ficar longe dos camelos — disse ela. — Parece que os condutores são todos uns pervertidos.

— Sou um homem casado, srta. Mullray.

— Eu estava só brincando.

— Ah, entendi — ele soltou uma risadinha. — Sim, humor inglês. Como vocês dizem, é um paladar adquirido. Leva tempo. Mas Benny Hill... ele era bastante engraçado.

Ele ergueu a mão, dando uma palmada na corcova do camelo, emitindo um grito alto. O animal ergueu-se, jogando Tara primeiro à frente e depois para trás. Khalifa tomou as rédeas, rodeando a cintura dela com os braços.

— Numa marcha regular, devemos chegar em dois dias — disse ele —

três, no máximo. O camelo pode ser chamado de *o navio do deserto*, mas receio que não vamos ter um cruzeiro de luxo.

— Eu agüento.

— Sim, srta. Mullray. Não tenho dúvidas quanto a isso. Você parece uma mulher notável. Gostaria muito de apresentá-la à minha mulher e a meus filhos.

Ele deu outra palmada no flanco do camelo, incitando-o à frente.

— *Yalá besara!* — gritou. — *Yalá nimsheh!* Depressa, vamos!

Passaram pela pirâmide de rocha, erguendo-se escura e descomunal, sobre eles, um enorme monólito negro, inimaginavelmente antigo, inestimavelmente poderoso, uma sentinela do Tempo. Parecia vibrar tenuemente sob o calor e emitir um som, uma espécie de rosnado vindo de suas entranhas, como se a lhes dizer que poderiam ir-se dali em paz, contanto que jamais retornassem. E foi o que fizeram, afastando-se dela e descendo o vale.

— Sabe — disse Khalifa depois de um momento —, estou construindo uma fonte. Quero o meu lar tomado pelo barulho de água corrente.

— Parece maravilhoso — disse Tara sorrindo.

— Vou pôr ladrilhos azuis e verdes, e conchas, trazidas do litoral. E plantas também, ao redor da borda. À noite, vai estar iluminada para produzir reflexos na água, como se estivesse cheia de diamantes. Vai ficar linda.

— Vai sim — ela disse, fechando os olhos. — É claro que vai.

Khalifa agitou as rédeas e lançaram-se num galope, a pirâmide de rocha lentamente sumindo às costas deles, como se estivesse recuando no tempo. Por toda a volta, o deserto parecia estremecer e agitar-se, sob o calor da manhã.

— *Besara, besara!* — gritou ele. — *Yalá nimsheh, yalá nimsheh!*

NOTA DO AUTOR

Este livro foi escrito e publicado muito antes dos estarrecedores eventos do 11 de setembro de 2001. Embora a questão do terrorismo no Oriente Médio seja um tema central desta narrativa, o livro é acima de tudo um trabalho imaginativo de ficção e deve ser exclusivamente lido deste modo. Não há aqui nenhuma intenção de retratar episódios reais.

GLOSSÁRIO

Abu el-Haggag: Xeique patrono de Luxor (nascido em Damasco, *c.* 1150). Um *moulid* em sua homenagem é promovido anualmente em Luxor, duas semanas antes do Ramadã.

Abu Sir: Grupo de pirâmides ao sul de Gizé, datando da Quinta Dinastia (*c.* 2465-2323 a.C.).

Aketaton: Cidade construída pelo faraó Akhenaton nas margens do Nilo, mais ou menos a meio caminho entre o moderno Cairo e Luxor. O nome significa *Horizonte de Aton*.

Akhenaton: Faraó da Décima Oitava Dinastia. Governou de c. 1353-1335 a.C. Pai de Tutankhâmon.

Akhet: Uma das três estações em que o ano, no Egito Antigo, estava dividido (as outras eram Peret e Shemu). Akhet era a estação da enchente do Nilo, mais ou menos cobrindo os meses de junho e setembro.

***Al-Ahram*:** Um jornal popular egípcio. O título significa *As Pirâmides*.

Al-Jihad: Grupo de militantes fundamentalistas egípcios.

Al-Mukhabarat al-'amma: Serviço de segurança e inteligência egípcio.

Amarna: Nome atual de Akhetaton.

Amenófis I: Faraó do começo da Décima Oitava Dinastia. Governou entre *c.* 1525-1504 a.C.

Amenófis III: Faraó da Décima Oitava Dinastia. Governou entre 1391-1353 a.C. Pai de Akhenaton, avô de Tutankâmon.

Amonitas: Nome antigo dos habitantes do oásis de Siwa. O nome vem do antigo deus egípcio Amun, que tinha um oráculo em sua honra em Siwa.

Antigo Reinado: A história do Egito Antigo é dividida em três reinados: **Antigo, Médio, Novo** — com Períodos Intermediários, entre eles. O Antigo Reinado durou de *c.* 2575 a 2134 a.C.

Anúbis: Antigo deus egípcio, representado como um chacal ou um homem com a cabeça de um chacal. Deus da necrópole e da mumificação.

***Basbousa*:** Massa doce feita com semolina, nozes e mel.

***Beit*:** Lar, casa.

Belzoni, Giovanni Battista (1778-1823): Explorador. Descobriu o túmulo de Seti I no Vale dos Reis.

Bes: Deus-anão. Protetor das mulheres grávidas.

Cachimbo *shisha*: Um *cachimbo de água* (um cachimbo em que um recipiente bojudo é colocado sobre água, provido de um longo tubo, que passa por dentro da água, resfriando-a antes de entrar pela boca). Muito encontrado em cafés e residências por todo o Egito.

Cambises: Filho do imperador persa Ciro, o Grande. Nascido em *c.* 560 a.C. Sucedeu ao pai como rei da Pérsia em 529 a.C. Conquistou o Egito em 525 a.C., tornando-se o primeiro faraó da Vigésima Sétima Dinastia. Morreu em *c.* 522 a.C., em Ecbatana, Síria, possivelmente assassinado ou tendo se suicidado. Retratado por cronistas da época como um déspota enlouquecido.

Cária: Antiga região do Oriente Próximo, a sudoeste da atual Turquia, colonizada pelos gregos. Famosa por seus mercenários.

Carnavon: George Edward Stanjope Molyneux Herbert, quinto conde de **Carnavon** (1866-1923): Colecionador e egiptólogo amador. Patrocinador de Howard Carter.

Carter, Howard (1874-1939): Egiptólogo: Descobriu o túmulo de Tutankâmon (1922).

Cartouche: Moldura oval sublinhada por uma linha horizontal na parte inferior que envolviam os nomes dos faraós nos hieróglifos.

Colosso de Mêmnon: Par de colossais estátuas sentadas. Estão na margem oeste do Nilo, em Luxor. Antigamente, parte do templo mortuário de Amenófis III.

Cromer: Evelyn Baring, primeiro conde de Cromer (1841-1917). Cônsul-geral inglês no Egito e governante de fato do país entre 1883 e 1907.

Cuneiforme: Escrita em formato de cunha da Antiga Mesopotâmia.

Dahshur: Área de pirâmides ao sul de Saqqara. Local da famosa pirâmide *curvada* de Snofru.

Danishaway: Vilarejo na região do Delta, norte do Egito. Cenário do infame incidente de 1906, no qual quatro egípcios inocentes foram executados depois de uma discussão com soldados britânicos.

Davies, Nina MacPherson (1881-1965): Artista. Publicou diversos livros com pinturas dos túmulos egípcios.

Décima Oitava Dinastia: Primeira das três dinastias do Novo Reinado, *c.* 1550-1307 a.C.

Djellaba: Veste tradicional usada por homens e mulheres egípcios.

Escaravelho: Um inseto que põe seus ovos em excrementos. Era considerado sagrado no Antigo Egito.

Estela: Monólito de pedra ou madeira com imagens gravadas ou inscrições.

Faiança: Material feito de quartzo, levado a forno, com uma camada vitrificada externa. Muito usada no Egito para ourivesaria, pequenos vasos, *shabtis* etc.

Fellaha (pl. *fellahin*): Camponês.

***Hajj*:** Peregrinação a Meca, um dos *cinco pilares* da fé muçulmana. Os outros quatro são *shahada* (declaração de fé, credo), *salah* (prece, proferida cinco vezes por dia), *zakah* (caridade, oferecer donativos) e a observância do jejum do Ramadã.

Hatshepsut: Rainha da Décima Oitava Dinastia, mulher de Tutmés II, que governou o Egito entre *c.* 1463 e 1458 a.C. como faraó-regente, com seu enteado Tutmés III. Seu templo mortuário na margem oeste do Nilo, em Luxor, é um dos mais espetaculares monumentos egípcios.

Heródoto (*c.*485-425 a.C): Historiador grego, conhecido como *o Pai da História.* Famoso por seu *Histórias*, destacando as causas e os episódios das guerras entre os gregos e os persas.

Horemheb: Último faraó da Décima Oitava Dinastia (embora alguns egiptólogos o considerem o primeiro faraó da Décima Nona Dinastia). Anteriormente, comandante do exército egípcio, no reinado de Tutankâmon.

Imã: Líder da prece proferida pela congregação, numa mesquita.

Imhotep: Arquiteto e médico do Antigo Egito. Desenhou a primeira verdadeira pirâmide para um faraó — a Pirâmide de Degraus do faraó Djoser, da Terceira Dinastia, que governou entre *c.* 2630-2611 a.C. Passou a ser adorado como um deus, depois de sua morte.

'Imma: Turbante.

Ísis: Deusa no antigo Egito. Mulher de Osíris e mãe de Hórus. Protetora dos mortos.

Iteru: Nome no Antigo Egito para o Nilo. Também uma unidade de comprimento, equivalente aproximadamente a 2 km.

John Soane Museum: Pequeno museu no centro de Londres, na casa do arquiteto *sir* John Soane (1753-1837). Contém uma diversificada coleção de objetos, incluindo o sarcófago do faraó Seti I, da Décima Nona Dinastia

Ka'ba (ou Caaba): Um templo em forma de cubo, em Meca, o lugar mais sagrado do mundo islâmico. Contém a Pedra Negra que, segundo se acredita, foi dada pelo anjo Gabriel a Abraão. Todos os muçulmanos se voltam para sua direção, quando oram.

Karkadee: Uma infusão de flores de hibisco, muito popular em todo o Egito.

Karnak: Um enorme complexo de templos exatamente ao norte de Luxor, com construções que abrangem quase dois mil anos da história do Egito.

Kfur: Nome dado àqueles que não seguem a fé islâmica. Infiéis.

Khamsin: Um forte vento do deserto.

Khan-al-Khalili: Um grande mercado de rua no Cairo, que vende de tudo, de jóias a cachimbos *shisha.*

Khutbar: Sermão.

KV39: Túmulo junto ao Vale dos Reis. Considerado por alguns egiptólogos como o túmulo do primeiro faraó da Décima Oitava Dinastia, Amenófis I, que governou entre *c.*1525 e 1504 a.C.

KV55: Misterioso túmulo no Vale dos Reis, descoberto em 1907. Há considerável controvérsia a respeito de quem está realmente sepultado ali. Alguns estudiosos sugerem que seja Akhenaton, outros, Smenkhkare.

Lepsius, Karl Richard (1810-84): Egiptólogo alemão. Diretor do Museu de Berlim. Autor de um estudo fundamental em doze volumes sobre os monumentos do Egito.

Lídia: Reino Antigo do Oriente Próximo. Hoje, incorporado à Turquia.

Linear A: Escrita ainda não-decifrada usada na Creta Antiga.

Livros da Vida depois da Morte: Série de textos antigos egípcios descrevendo a vida depois da morte. A maioria data do Novo Reinado, embora suas origens possam remontar aos Textos das Pirâmides do Antigo Reinado. Seus títulos — *Livros dos Mortos, Livros dos Portais, Livro das Cavernas* etc. — são recentes.

***Machimos*:** Guerreiro.

Malqata: Lugar do antigo palácio de Amenófis III, na margem ocidental do Nilo, em Luxor.

Mariette, Auguste Ferdinand (1821-81): Egiptólogo francês. Fundador do Departamento de Antigüidades Egípcias e do Museu Nacional Egípcio.

Mastaba: Túmulo oblongo, feito de pedras e de tijolos de barro. Do árabe equivalente a *banco*.

Medinet Habu: Vilarejo na margem ocidental do Nilo, nas vizinhanças de Luxor, e sítio do templo mortuário de Ramsés III.

Mêmfis: Capital do Antigo Reinado, um importante centro administrativo, ao longo de toda a história do Egito Antigo.

Midan Tahrir: O centro da moderna cidade do Cairo. O nome significa *Praça da Libertação*.

***Mihrab*:** Nicho na mesquita que indica a direção de Meca.

Minóica: Cultura antiga, da Idade do Bronze, sediada na ilha de Creta.

***Mizmar*:** Instrumento musical de sopro, semelhante ao oboé.

Molochia: Um prato do Antigo Egito feito de folhas de malva ensopadas. Semelhante ao espinafre.

***Moulid*:** Festival popular, geralmente em homenagem a uma divindade local ou a um homem santo.

Muezim: Sacerdote da mesquita que conclama os fiéis para as preces, cinco vezes ao dia.

***Munshid*:** Um cantor ou membro de um coro que entoa cânticos devocionais.

Necrópole: Literalmente, *cidade dos mortos*. Área consagrada para enterros.

Nefertiti: Grande Esposa Real do faraó Akhenaton. Alguns estudiosos acreditam que, por ocasião da morte de Akhenaton, ela tenha assumido o nome de Smenkhkare e governado como faraó, com plenos poderes. Imortalizada no famoso *Busto de Nefertiti*, no Museu de Berlim.

Osíris: No Antigo Egito, deus do Mundo dos Mortos, o Mundo Subterrâneo.

Ostrakon: Fragmento de cerâmica ou de pedra calcária contendo imagem ou texto.

Peitoral: Uma jóia, geralmente com a forma de pilono, usada sobre o peito ou sobre os seios.

Pendlebury, John Devitt Stringfellow (1904-41): Egiptólogo. Escavou em Amarna. Fuzilado pelos alemães em Creta, durante a Segunda Guerra Mundial.

Peret: Uma das três estações em que era dividido o ano egípcio, na Antigüidade (as outras eram Akhnet e Shemu). Peret era a estação do plantio e do crescimento e atravessava, mais ou menos, os meses de outubro a fevereiro.

Persépolis: Capital da Antiga Pérsia. Atualmente, Irã.

Petorisis: Nome da família de nobres sepultada em Tuna el-Gebel. É um túmulo único, por usar dois estilos, grego e egípcio, ao retratar a vida cotidiana no antigo Egito.

Petrie, William Matthew Flinders (1853-1942): Arqueólogo e egiptólogo. Trabalhou intensamente no Egito e na Palestina.

Pilar Djed: Um antigo símbolo egípcio de estabilidade, retratado como um pilar encimado por quatro linhas horizontais. Considera-se que represente a espinha dorsal do deus Osíris.

Pilono: Portais ou entrada maciça situada na frente do templo.

Portais dos Mortos: Nome, no Antigo Egito, para o Vale dos Reis.

Qurn: Pico muito alto, em formato de pirâmide, assomando sobre o Vale dos Reis. O nome significa *chifre*, em árabe. Os antigos egípcios o chamavam de *Dehenet*.

Rá (ou Re): Deus do sol no antigo Egito.

***Rais*:** Supervisor de determinadas tarefas.

Ramesseum: Templo mortuário de Ramsés II, na margem ocidental do Nilo, em Luxor.

Ramessid: Denominação abrangente dada ao período compreendido pelas Décima Nona e Vigésima Dinastias.

Ramsés I: Primeiro faraó da Décima Nona Dinastia (alguns, entretanto, consideram que o primeiro foi Horemheb). Governou entre *c.* 1307 e 1306 a.C.

Ramsés II: Terceiro faraó da Décima Nona Dinastia. Governou entre *c.* 1290 e 1224 a.C. Um dos mais significativos faraós do Egito Antigo.

Ramsés III: Faraó da Vigésima Dinastia. Governou entre *c.* 1194-1163 a.C. Seu templo mortuário em Mediner Habu é um dos mais belos monumentos do Egito.

Ramsés VIII: Faraó da Vigésima Dinastia. Governou entre *c.* 1136 e 1131 a.C.

Re-Harakhty: Deus do Antigo Egito que combina os atributos de Rá e Hórus. Deus oficial do Novo Reinado. Normalmente, retratado como um homem com cabeça de falcão.

***Rek'ah*:** Ciclo de preces.

Rekhmire: Vizir de Tutmés III, que governou entre *c.*1479 e 1425 a.C., e de Amenófis II, que governou entre *c.* 1427 e 1401 a.C.

Rohlfs, Gerhard (1831-96): Explorador alemão. Viajou muito pelo Deserto Ocidental, realizando uma antológica travessia do Grande Oceano, em 1874.

Rosselini, Niccolo Francesco Ippolito Baldessare (1800-43): Egiptólogo italiano. Fundador da egiptologia na Itália.

Saidee: Nativo do Alto Egito.

Saqqara: Necrópole da antiga capital do Egito, Mênfis. Uma imensa área funerária no deserto, cobrindo quase sete quilômetros sagrados, onde está a Pirâmide em Degraus de Djoser, a primeira autêntica pirâmide egípcia.

Serapeum: Uma série de imensas galerias subterrâneas em Saqqara, onde o boi Ápis — um animal sagrado cultuado pelos antigos egípcios — foi enterrado.

Seth: Divindade egípcia, irmão de Osíris, a quem assassinou, associado aos desertos, à guerra e ao caos. Representado por um animal inidentificável.

Seti I: Faraó da Décima Nona Dinastia, pai de Ramsés II, que governou entre *c.* 1306 e 1290 a.C.

***Shabti*:** Uma pequena figura com o formato de múmia, feita normalmente de faiança ou de madeira, colocada nos túmulos para realizar as tarefas ordenadas pelo morto na vida depois da morte.

***Sharia*:** Lei islâmica.

Shepseskaf: Último faraó da Quarta Dinastia. Governou entre *c.* 2472 e 2467 a.C.

Siga: Um jogo de tabuleiro, também conhecido como *Tab-es-Siga*. Semelhante ao jogo de damas. Acredita-se que seja derivado do Senet, jogo de tabuleiro do Antigo Egito.

Smenkhkare: Faraó da Décima Oitava Dinastia. Governou entre *c.* 1335 e 1333 a.C. Alguns estudiosos sugerem que Smenkhkare seja, na verdade, Nefertiti, que teria governado como faraó de plenos poderes, depois da morte de seu marido, Akenathon.

Snofru: Primeiro faraó da Quarta Dinastia. Governou entre *c.* 2575 e 2551 a.C.

Sura: Um capítulo do Corão, o livro sagrado do Islã. Todos os 114 *suras* estão divididos em certo número de *ayat*, ou seções.

Susa: Capital do Antigo Império Persa. Atualmente, Irã.

Tebas: Nome dado pelos gregos à antiga Waset, atualmente, Luxor.

Teftish: Escritório.

Templo Mortuário: Templo onde eram proferidas preces e sacrifícios eram oferecidos em intenção do morto, geralmente, um rei.

Termous: Uma espécie de feijão.

Thot: No Antigo Egito, deus da escrita e das contas matemáticas. Normalmente, retratado com um corpo humano com cabeça de íbis.

Touria: Enxada.

Tuna el-Gebel: Antigo local no Médio Egito, perto da cidade de Mallawi.

Tutmés II: Faraó da Décima Oitava Dinastia. Governou entre *c.* 1492 e 1479 a.C.

Último Período: Período da história do antigo Egito que vai de 712 a.C. a 332 a.C., quando o país foi conquistado por Alexandre, o Grande.

Ummah: A comunidade muçulmana.

Vasos canópicos: Quatro vasos contendo as vísceras de um corpo mumificado.

Waset: Nome no antigo Egito para a atual Luxor.

Yuya e Tjuju: Um casal de nobres que viveu no século XIV a.C. Avós de Tutankâmon. O túmulo deles está no Vale dos Reis — KV46 — e foi encontrado em 1905. Até a descoberta de Tutankâmon, em 1922, era considerado um dos maiores achados da história da arqueologia egípcia.

Zamalek: Distrito do Cairo. Ocupa a parte norte da ilha de Gezira.

Zikr: Um grupo de devotos muçulmanos, geralmente membros de uma das irmandades místicas sufistas, que executam uma dança a qual induz ao transe.

AGRADECIMENTOS

Várias pessoas ajudaram-me a escrever este livro, que nunca teria saído de minha cabeça, quanto mais ido para as livrarias, sem seus conselhos, orientação e apoio.

Agradecimentos especiais para minha maravilhosa agente, Laura Susijn, que acreditou em mim, ao contrário de tantos outros, e ao meu editor de texto, Simon Taylor, um mestre na arte da revisão impiedosa.

Nicholas Reeves, Ian Shaw e Stephen Quirke me ofereceram uma crucial assistência em determinados aspectos da história e do idioma do Egito Antigo, e estou em grande dívida de gratidão para com eles, assim como peço que me perdoem pela grande liberdade com que usei as informações que me forneceram.

Stephen Ulph e James Freeman cobriram imensas lacunas no meu conhecimento, respectivamente, de árabe moderno e grego antigo. Agradeço a eles, e também a Andrew "Splodge" Rogerson e Tom Blackmore por seus inestimáveis comentários ao meu original.

De todos os meus amigos que me mantiveram com a cabeça fora d'água com suas palavras de encorajamento, quatro deles, em particular, merecem ser mencionados: John Bannon, Nigel Topping, Xan Brooks e Bromley Roberts.

Finalmente, dois agradecimentos especiais. Primeiro, à minha tia Joan, que semeou em mim o amor pelo Egito Antigo, incluindo aí todo um cuidado subseqüente em muitas deliciosas tardes no Museu Britânico.

Em segundo lugar, e mais importante do que todos, a todos os meus amigos na República Árabe do Egito, que demonstraram por mim carinho, gentileza e generosidade.

Este livro foi composto na tipologia Minion,
em corpo 11,5/15,5, e impresso em papel
Chamois Fine Dunas 80g/m^2 no Sistema Cameron da
Divisão Gráfica da Distribuidora Record.